Kruento
Der Aufräumer

BOOKS on DEMAND

MELISSA DAVID

KRUENTO

DER AUFRÄUMER

Bibliografische Information der Deutschen Nationalbibliothek:
Die Deutsche Nationalbibliothek verzeichnet diese Publikation in
der Deutschen Nationalbibliografie; detaillierte bibliografische Daten
sind im Internet über http://dnb.dnb.de abrufbar.

© *2016 Melissa David*
c/o Papyrus Autoren-Club
Pettenkoferstr. 16-18
10247 Berlin
Blog: www.mel-david.de
E-Mail: melissa@mel-david.de

Umschlaggestaltung: Juliane Schneeweiss
www.juliane-schneeweiss.de
Bildmaterial: © *Depositphotos.com*

Lektorat/Korrektorat: Jana Oltersdorff

Herstellung und Verlag: BoD – Books on Demand, Norderstedt

ISBN: 978-3-8423-5773-0

KAPITEL 1

Ein schwarzer Bus mit getönten Scheiben hielt in einer kleinen Seitenstraße in der Nähe des LDC-Towers. Isada umklammerte ihren Laptop. Rico, der Fahrer des Busses, blieb sitzen, während die Vampirin nach hinten kletterte und sich zu den zwei Männern setzte. Ihre Mienen zeigten Entschlossenheit. Jeder von ihnen wusste, worum es ging. Isada klappte den Computer auf, und sofort erschien der 3D-Lageplan des Towers. Angespannt konzentrierte sie sich auf den Bildschirm. Jetzt durfte nichts mehr schiefgehen. Die Technik hatte sie so oft überprüft. Erleichtert atmete Isada auf, als zwei blinkende Punkte aufleuchteten, die sich noch ein ganzes Stück vom Tower entfernt befanden. Um genau zu sein, befanden die Punkte sich genau an der Stelle, an der sie ihren Bus geparkt hatten. Isada blickte auf, musterte Rave und Vario, die beide einen Chip bei sich trugen, mit dem sie jeden ihrer Schritte genauestens verfolgen konnte.

„Ihr könnt los."

Rave und Vario sahen sich an.

„Hast du den Stick?", fragte Rave.

Vario griff in seine Tasche, zog die wenige Zentimeter große Speicherkarte hervor und verstaute sie sicher.

„Gehen wir." Rave zog die Kapuze seiner Trainingsjacke über den Kopf und stieg aus.

Vario folgte ihm. Die Tür des Busses schlug hinter den beiden Vampiren zu. Isada und Rico blieben allein zurück.

Isada verfolgte auf ihrem Bildschirm, wie sich die zwei Punkte dem LDC-Tower näherten.

Es war still im Bus. Nur das unregelmäßige Trommeln von Ricos Fingern auf dem Lenkrad war zu hören.

„Kannst du bitte damit aufhören?" Isada war genervt. Das Projekt zu begleiten kostete Konzentration.

Ihre Blicke begegneten sich im Rückspiegel. Die Anspannung stand nicht nur ihr ins Gesicht geschrieben. Rico knurrte, nahm seine Hände jedoch vom Lenkrad.

Isada griff nach dem In-Ear-Monitoring und steckte es sich an. Vario und Rave befanden sich nun direkt vor dem Eingang des Towers. Sie überbrückte die Sicherheitskameras und spielte das Video der vergangenen Nacht ein.

„Wir betreten jetzt das Gebäude", hörte sie Rave sagen.

Isada blickte kurz auf die Uhr. Sie befanden sich perfekt im Zeitplan. Es war weit nach Mitternacht, die Straßen und der LDC-Tower wirkten wie ausgestorben.

„Ich bin im Aufzug", sagte Vario in diesem Moment.

Isada stieß einen Seufzer der Erleichterung aus. Es lief besser als gedacht. Sie hatten nicht genau gewusst, ob es Vario gelingen würde, mit dem Aufzug nach oben zu fahren. Wäre er über das Treppenhaus gegangen, hätte das beim Wachpersonal, das sich auch zu später Stunde noch im Gebäude befand, Aufmerksamkeit erregt.

Während sich Varios blinkender Punkt in der 3D-Animation in die Höhe erhob, blieb Raves in der Eingangshalle.

Isada hatte sich vor Ort alles genauestens angesehen. Hinter dem großen Tresen an den zwei Schaltern saßen tagsüber zwei Sicherheitsbeamte, nachts nur einer. Einige Grünpflanzen und ein Zeitungsständer schirmten den Wartebereich ein wenig ab. Und genau dort musste sich Rave in diesem Augenblick aufhalten.

Schier endlos schien es zu dauern, bis Vario das oberste Stockwerk erreichte. Zu Fuß wäre er natürlich deutlich schneller gewesen.

„Ich bin da", kommentierte Vario und fluchte im nächsten Moment. „Ich brauche einen Zugangscode", erklärte er.

Isada zoomte den Bereich, in dem Vario sich befand, näher heran. „Das kann nicht sein." Fieberhaft suchte sie eine Erklärung für die verschlossene Tür, die nicht eingezeichnet war und die es demzufolge nicht geben dürfte.

„Ich kann den Wachmann befragen?", schlug Rave vor.

„Nein", entgegnete Isada rasch. Sie wollte nicht, dass das Projekt gefährdet wurde. „In welchem Stockwerk bist du?"

„Im obersten", antwortete Vario genervt.

„Im wievielten Stockwerk genau?", wiederholte sie ihre Frage eindringlich. Sie hörte Varios Stöhnen.

„Warte, ich sehe im Aufzug nach."

Es dauerte etwas. „Siebenundzwanzig", meinte er dann ungeduldig.

Isada verkleinerte das Bild vor sich, sodass sie das komplette Gebäude betrachten konnte. Sie musste nachdenken – schnell.

Eine Vermutung keimte in ihr auf. Sie zählte noch einmal die Stockwerke und kam wie Vario auf siebenundzwanzig. Entschlossen klappte sie den Laptop zu und schob die Bustür auf.

„Nicht, Isada! Was machst du?", rief Rico ihr hinterher.

Isada reagierte nicht, sondern schloss geräuschvoll die Bustür. Dann rannte sie auch schon mit dem Computer unter dem Arm in Richtung des Gebäudekomplexes, in dem sich Vario und Rave befanden.

Als der Tower sichtbar wurde, blieb Isada stehen und begann die Stockwerke abermals abzuzählen. Diesmal anhand der Fenster. Sie stutzte und begann noch einmal von Neuem zu zählen. Nun war sie sich ganz sicher.

„Du musst in den achtundzwanzigsten Stock."

Schweigen.

„Hast du mich verstanden?", fragte Isada nach.

„Du sagtest, ich soll ganz nach oben fahren, das habe ich gemacht. In diesem Gebäude gibt es kein weiteres Stockwerk."

„Doch", beharrte Isada.

Vario schnaubte: „Ich stehe hier im Aufzug. Es gibt genau siebenundzwanzig Stockwerke, ein Erdgeschoss und zwei Kellergeschosse."

„Ich stehe hier vor dem Gebäude und habe nachgezählt. Es gibt einen achtundzwanzigsten Stock", erklärte Isada noch einmal. Die Unruhe in ihr wuchs. Ein Blick auf die Uhr, und sie wusste, dass sie dem Zeitplan mittlerweile um acht Minuten hinterher hinkten.

„Versuch es über das Treppenhaus", schlug Rave vor.

„Okay."

Isada sah sich um. Sie brauchte einen Platz, an dem sie ungestört die Operation weiterverfolgen konnte. Sich hier auf öffentlicher Straße aufzuhalten, war nicht unbedingt klug, die Zeit reichte jedoch nicht, um zurück zum Bus zu laufen. So blieb ihr nichts anderes übrig, als den Einsatz von hier aus zu überwachen.

Nicht weit entfernt entdeckte Isada ein Steakhouse mit einer großzügigen Terrasse. Das Geschäft hatte längst geschlossen, die Sonnenschirme waren eingeklappt und die Stühle zusammengestellt. Isada setzte sich auf die Terrassenbegrenzung. Die Sträucher hinter ihr boten Schutz, dass niemand ihr über die Schulter blicken konnte. Eilig klappte sie den Laptop wieder auf und sah, wie Varios Punkt sich dem Dach näherte. Sie blickte hinauf, konnte von hier unten jedoch nichts sehen.

„Bist du auf dem Dach?"

„Nein. Du hattest recht, es gibt hier noch ein weiteres Stockwerk."

Erleichtert atmete Isada aus. Wie konnte ihr so etwas während der Vorbereitungen entgangen sein?

„Ich bin jetzt oben. Hier ist eine massive Stahltür mit einem Sicherheitsschloss. Ich brauche eine Chipkarte, um hineinzukommen."

„Mist!" Isada lagen noch weit schlimmere Schimpfwörter auf der Zunge, die sie tapfer hinunterschluckte. Ihre Finger bearbeiteten die Tastatur, während sie die gesammelten Dokumente durchsah, um einen Hinweis auf eine Chipkarte oder dergleichen zu bekommen.

„Ich finde einfach nichts." Sie klang frustriert. Wenn sie nicht fündig wurde, mussten sie die Operation abbrechen.

„Wie lange braucht die Polizei, bis sie hier sein wird?", erkundigte sich Vario.

„Denk nicht einmal daran", entrüstete Isada sich. „Dann wird nicht nur das Wachpersonal mitbekommen, dass etwas nicht stimmt, sondern auch die Ekklesia auf der Matte stehen."

„Wenn du keinen Weg findest, machen wir es so", beschloss Vario.

Isada zögerte das Unausweichliche hinaus. Sie wollte nicht klein beigeben, wollte nicht aufgeben, doch schließlich tat sie genau das. „Wir brechen ab."

„Nein!", verkündeten Vario und Rave gleichzeitig.

„Wenn ich die Tür aufbreche, müsste bei dem Sicherheitstyp der Alarm losgehen. Kannst du dich um ihn kümmern, damit er keine Verstärkung holen kann?", fragte Vario.

„Aber klar", entgegnete Rave.

„Das ist zu gefährlich." Isada fühlte sich unwohl dabei. Das, was ihre zwei Freunde da durchziehen wollten, war hirnrissig.

„Isada, wie lange, bis die Polizei da sein wird?" Vario ließ einfach nicht locker.

Isada schloss kurz die Augen, blickte auf den kaum beleuchteten Tower vor sich und antwortete dann resigniert: „Zehn Minuten."

Rave fluchte. „Das wird verdammt knapp. Schaffst du das?"

„Kümmere du dich darum, dass der Wachmann niemanden ruft. Alles andere überlass mir. Das wird schon klappen."

Isada blickte nach links und rechts. Die Straße lag verlassen vor ihnen. Weder ein Fußgänger noch ein Auto waren zu sehen. Dennoch fühlte sie sich unbehaglich.

„Ich habe es gleich", verkündete Vario.

„Ich auch!" Rave hörte sich nicht so überzeugt an.

Isada hatte ebenfalls kein gutes Gefühl bei der Sache. Sie zögerte ihre Zustimmung hinaus. Sie hatten geplant, den Stick anzubringen, ohne dass die Polizei – und damit auch die Ekklesia – von ihrem Eindringen erfuhr. Die Wahrscheinlichkeit, dass sie die einen Zoll große Speicherkarte fanden, war eher gering. Trotzdem hätte sie gerne Aufsehen vermieden.

„Also gut", stimmte Isada schließlich zögernd zu. „Weißt du, was zu tun ist, wenn du drin bist, Vario?"

„Klar, das haben wir ja schon so oft durchgespielt. Ich bin soweit. Eins, zwei, drei."

Isada hörte über ihren Ohrstöpsel einen Knall, Tumult brach aus, und sie konnte nicht ganz zuordnen, welche Geräusche von wem kamen. Durch den Knopf in ihrem Ohr hörte sie einen Signalton. Im zweiten Stock ging das Licht an.

„Der Wachmann ist bewusstlos und der Alarm abgeschaltet", erklärte Rave.

Erleichtert atmete Isada kurz durch. „Beeil dich, Vario."

Sie behielt die Countdown-Uhr stetig im Blick, ebenso Varios blinkenden Punkt, der sich auf ihrem Modell auf dem Dach befand.

„Ich bin drin!", rief Vario.

„Fuck!", brüllte Rave dazwischen.

„Was ist los?" Aufgeregt rutschte sie auf der Steinmauer hin und her. Am liebsten hätte sie alles stehen und liegen gelassen und wäre in das Gebäude gerannt. Nur, weil ihr die Vernunft einbläute, dass so eine Aktion völlig sinnlos wäre, ließ sie es bleiben.

„Zwei Wachmänner", keuchte Rave. „Einer davon ein Inimicus."

Isada fühlte sich plötzlich schwer wie Blei. Die Polizei und die Ekklesia waren eine Sache, ein Inimicus eine ganz andere.

„Verschwindet!", rief Isada aufgeregt. „Raus! Sofort!"

„Ich habe es gleich", hörte sie Vario.

„Rave?" Es war ihr egal, dass ihre Stimme zitterte. „Rave? Verdammt, sag etwas!" Sie presste sich schnell eine Hand auf ihrem Mund, damit sie nicht laut aufschrie.

„Der Stick steckt. Ich schau nach Rave", verkündete Vario.

„Nein", flüsterte Isada fassungslos. „Schau, dass du rauskommst. Die Polizei ist gleich da."

„Ich lass Rave nicht allein."

Isada starrte auf den grünen Punkt, der sich schnell fortbewegte und in übermenschlicher Geschwindigkeit Stockwerk um Stockwerk zurücklegte.

„Rave?", brüllte Vario, bekam jedoch keine Antwort.

Isadas Kehle war wie zugeschnürt. Warum antwortete Rave nicht? Sie hoffte inständig, dass er nur sein In-Ear-Monitoring verloren hatte und sich deswegen nicht meldete. Ein Inimicus, so ein Mist. Warum musste ausgerechnet ein Inimicus hier sein?

„Ich bin gleich in der Eingangshalle", vernahm sie Varios Stimme.

Ein Poltern.

„Vario?"

„Wie lange habe ich noch?"

Schnell blickte Isada auf den Countdown. „Weniger als eine Minute."

„Testa! Haut sofort ab. Hörst du, ihr müsst weg sein, bevor die Polizei kommt! Rave und ich kommen schon irgendwie klar."

„Was ist mit Rave?" Isada musste es wissen, brauchte eine Bestätigung. Auf dem Monitor sah sie, dass Vario sich nun im Eingangsbereich befand.

Dass eine Antwort ausblieb, war kein gutes Zeichen. Isada zitterte. Es war ihr unmöglich, sich zu rühren.

„Er ist tot."

Isada schloss die Augen.

„Ihr müsst sofort losfahren", keuchte Vario. „Ich versuche, den Inimicus aufzuhalten."

Begleitet von Varios schweren Atemgeräuschen, dachte Isada nach. Vario vermutete sie immer noch bei Rico im Bus.

Der Countdown näherte sich dem Ende. In zwanzig Sekunden würde es hier von Polizisten wimmeln. Isada schluckte. Was sollte sie tun?

Vario schrie auf, gurgelte. Dann war nichts mehr zu hören.

„Vario?", flüsterte sie tonlos. Nichts. „Vario?" Tränen rannen ihr über die Wangen.

Die Eingangstür des Towers öffnete sich. Ein kleiner, aber dafür umso breiter gebauter Muskelprotz trat auf den Gehweg. Er trug eine graue Wachmannuniform. Langsam hob er die rechte Hand ans Ohr.

„Ich werde dich finden", hörte sie eine kehlige Stimme. Die Härchen auf ihrem Körper stellten sich auf.

Der Inimicus blickte in ihre Richtung und kniff die Augen zusammen.

Es gab nichts, wo sie sich hätte verstecken können und so blieb sie einfach sitzen, tat so, als würde sie ihn nicht bemerken. Erst als er in ihre Richtung losrannte, sprang Isada auf, ließ den Laptop ins Gebüsch gleiten und stürmte los.

„Lauf nur, ich finde dich!", hörte sie ihn in ihrem Ohr.

Eilig riss sie sich den In-Ear-Stecker heraus und schleuderte ihn auf die Straße. Sie musste den Kerl abschütteln. Unbewaffnet wie sie war, hätte sie keine Chance gegen den Inimicus, wenn dieser sie in die Finger bekam.

Isada hastete weiter, die Umgebung flog nur so dahin. Sie stolperte fast, als sie mit dem Absatz der Pumps an einer Unebenheit hängen blieb und verfluchte ihre Entscheidung, sich gegen ihre flachen Demonia-Sneakers entschieden zu haben.

Sie drehte sich vorsichtig um und schnupperte. Ein undefinierbarer Duft stieg ihr in die Nase und verwirrte ihre Sinne. Sie konnte nicht einmal sagen, ob der Inimicus sie noch verfolgte. So hastete Isada weiter. Nach den häufigen Richtungswechseln hatte sie völlig die Orientierung verloren. Erneut lief sie in eine andere Himmelsrichtung und erhaschte im Vorbeirennen einen Blick auf ein Ortsschild. Sie befand sich in South End. Die Straßen wurden kleiner, verwinkelter.

Drei Blocks später verlangsamte sie das Tempo, schnupperte noch einmal. Es roch nach Menschen, Abfall, einer Frittenbude in der Nähe und Meer. Kein Geruch, der sie verwirrte, kein Duft, den sie nicht zuordnen konnte. Sie wurde ruhiger. Der Inimicus befand sich also nicht mehr in ihrer näheren Umgebung. Suchend blickte sie sich um. South End war groß, und sie hatte noch immer keine Ahnung, wo sie genau war und wie sie von dort wieder nach Hause kommen würde.

* * *

Das grelle Blaulicht blendete Pierrick, als er aus seinem SUV stieg. Er setzte seine Sonnenbrille auf und machte sich auf den Weg in das Gebäudeinnere. Seve erwartete ihn bereits im Eingangsbereich.

„Wie ist die Lage?", wollte er ohne Umschweife wissen und zog sich die Lederhandschuhe über.

„Zwei Tote. Rave Bagués von Soya Gregorio und Vario Karpinski von Soya Lucio. Beides Epheben. Sie haben eine Tür in der achtundzwanzigsten Etage aufgebrochen. Die Spurensicherung hat alles durchsucht, allerdings ebenso wenig gefunden wie Dale und Hadrian."

Pierrick nickte. Es war immer gut, wenn sich seine Leute noch einmal umsahen. Menschen übersahen so viel. Nicht gut hingegen war allerdings, dass auch die zwei Vampire nichts gefunden hatten.

„FBI?", wollte Pierrick wissen, als er die zwei ermittelnden Detectives sah, die ihm zunickten und sich dann einen Weg zu ihnen bahnten.

„Ja", antwortete Seve knapp.

Pierrick wandte sich zu den zwei Detectives um. „Special Agent Legrand", stellte er sich vor und reichte jedem von ihnen die Hand. „Wir übernehmen den Fall, da es sich um international gesuchte Verbrecher handelt. Mit Ihrem Chief ist bereits alles abgesprochen."

Überrascht sahen sich die beiden Männer an.

Pierrick ging etwas um die Ecke, winkte die Detectives zu sich. Neugierig folgten sie ihm.

„Sie verstehen, dass wir das überprüfen müssen", erklärte der Kleinere von ihnen.

„Selbstverständlich." Pierrick wartete, bis sie sich außer Sichtweite der anderen Menschen befanden, dann drehte er sich zu ihnen um und drang gleichzeitig in beide Köpfe ein. Er suchte nach Gedankenfetzen, die ihm weiterhelfen konnten. Es war nicht viel, was sie wussten. Im Wesentlichen hatten sie nur die zwei Ephebenleichen gesehen. Mit ihrer Arbeit waren die Detectives noch nicht sehr weit gekommen, dank dem schnellen Eingreifen seiner Männer. Anschließend tilgte er die Bilder der Toten aus den Köpfen und pflanzte dafür unbedeutende Erinnerungen ein. Ihr Chief hatte tatsächlich einen Anruf mit der Information erhalten, dass eine FBI-Sondereinheit aktiv wurde. Der Anrufer war niemand anderes als sein bester Mann, Seve, gewesen.

„Vielen Dank für Ihre Arbeit", bedankte er sich bei den Detectives und schickte sie fort. Eilig traten sie den Rückzug an, verließen das Gebäude, ohne sich noch einmal umzublicken, stiegen in ihr Auto und brausten davon.

Pierrick ging zu Seve hinüber. Am Boden lagen die zwei Vampire. Beide waren geköpft worden.

„Inimicus?", fragte er, während er die Epheben eingehend musterte.

„Ja."

„Dokumentieren und aufräumen. Wissen Gregorio und Lucio schon Bescheid?"

„Noch nicht. Ich wusste nicht, ob du sie informieren möchtest."

„Das überlasse ich dir. Ich werde Darius und Jendrael informieren."

Seve nickte knapp und zückte sein Handy, um eine Notiz zu machen.

Gerade kamen Tilford und Sandor herein, zwei weitere Männer seines Teams, die jegliche Spuren vernichten würden.

„Ich werde mich oben umsehen", erklärte Pierrick.

Seve zögerte kurz und entschied dann: „Ich begleite dich."

Pierrick steuerte das Treppenhaus an. In vampirischer Geschwindigkeit ließ er Stockwerk um Stockwerk hinter sich. Seve konnte mit seinem Tempo problemlos mithalten. Als sie die oberste Etage erreichten, sah Pierrick die aufgebrochene Tür.

„Dadurch wurde der Alarm ausgelöst", kommentierte Seve.

„Das hatte ich mir schon gedacht." Pierrick schob die Tür auf und betrat den Raum. Ein schmaler Gang war zu sehen. Rechts und links befanden sich deckenhohe Schränke, die mit Glastüren verschlossen waren. Dahinter befand sich das, worauf es die Epheben vermutlich abgesehen hatten.

„Die Firma Orion-Tec Security Inc. hat hier ihren Serverraum."

Pierrick pfiff anerkennend durch die Zähne. „Nicht schlecht. Da hat wohl jemand Interesse an diesen Daten gehabt?"

Seve zuckte mit den Schultern.

„Weiß man, ob etwas fehlt?"

„Da müssten wir jemanden finden, der sich hier auskennt." Seve ließ seinen Blick über die unzähligen Kabel und Steckverbindungen gleiten.

Pierrick tat es ihm gleich. „Ich brauche Virus hier. Er soll sich das ansehen", erklärte er knapp.

Seve hatte bereits das Telefon am Ohr. Deswegen schätzte er diesen Vampir als Mitarbeiter so ungemein. Er war zuverlässig, er war gründlich und was das Allerwichtigste war: Er war unglaublich schnell.

Über Pierrick schaltete sich ein Gebläse ein. Er blickte nach oben und inspizierte die Lüftung.

„Virus ist bereits auf den Weg." Seve steckte sein Handy wieder ein und holte Pierrick ein, der noch immer das Gebläse betrachtete. Beide Männer starrten nun auf das sich drehende Monstrum.

„Ist da etwas?" Seve trat einen Schritt zur Seite, um einen anderen Blickwinkel auf das Objekt zu haben.

„Nein." Pierrick ging weiter und blieb erst stehen, als sich der Weg kreuzte. Er blickte nach rechts, runzelte die Stirn und sah nach links. Jeweils fünfundsechzig Fuß in jede Richtung. Er sah nach vorne. Bis zur Wand waren es nochmal locker dreißig Fuß. Wofür brauchte man so viel Speicherplatz?

„Welche Daten werden hier gesammelt?", wollte Pierrick wissen.

Seve zuckte mit den Schultern. „Keine Ahnung, aber ich werde es herausfinden", erklärte er und zückte abermals sein Telefon.

Zehn Minuten später hatte Seve im Netz immer noch keine Antwort gefunden.

„Wow!", stieß jemand begeistert hervor.

Pierrick hatte Virus bereits gerochen und wandte sich langsam zu dem Computergenie um, das inzwischen auf Darius' Anwesen gezogen war und von dort aus die virtuellen Geschicke des Clans leitete.

„Kannst du mir sagen, was das ist?" Pierrick machte eine allumfassende Handbewegung und hoffte darauf, dass Virus ihm ein paar Antworten liefern konnte. Sie mussten den Tatort bald räumen, und bis dahin gab es noch viel zu tun.

Virus ließ sich nicht aus der Ruhe bringen und schritt bedächtig den Korridor entlang. Fasziniert strich er immer mal wieder über eine Glasfront der deckenhohen Schränke. „Unglaublich", murmelte er ehrfürchtig.

„Was ist das hier?" Langsam wurde Pierrick ungeduldig.

Virus ging an dem Soya vorbei, grinste dabei wie ein Kleinkind an Weihnachten und machte sich einige Meter von den anderen Vampiren entfernt zu schaffen.

Pierrick kam näher und sah, dass dort, wo Virus stand, etwas im Schrank fehlte. Gerade öffnete Virus die Glastür und stellte seinen Laptop auf den leeren Platz. Er griff nach einem Kabel, steckte es in seinen Laptop und fuhr diesen hoch.

Manchmal fragte sich Pierrick, ob diese ganze Technik nicht doch ein Fluch für sie alle war. Er mochte den Fortschritt und hatte sich ihm nie entzogen. Weder auf sein Mobiltelefon noch auf den Flatscreen in seinem Haus wollte er verzichten. Doch er kannte auch die Zeit, in der die Menschen mit Öfen heizten, Kerzen Licht spendeten und die ersten Tonaufnahmen noch in ferner Zukunft lagen. Er wünschte sich weiß Gott nicht in diese

Zeit zurück, aber manchmal vermisste er die Ruhe und Gelassenheit, wie sie zu dieser Epoche geherrscht hatten.

„Wow!", entfuhr es Virus, als er die ersten Daten auf seinem Bildschirm sah. „Das System kenne ich." Plötzlich war er sehr aufgeregt.

„Was ist das?"

„Hier werden sämtliche Überwachungsdaten aus ganz Boston gespeichert", verkündete er freudestrahlend. „Ich habe mich schon öfter in ihr Netz gehackt."

„Was wollten die Epheben hier?", fragte Seve, der nun neben Pierrick stand.

„Woher soll ich das wissen?" Virus konzentrierte sich auf die Daten, die über seinen Bildschirm huschten. „Den Serverraum vielleicht lahmlegen? Daten löschen? Keine Ahnung."

„Was hätten sie davon?", überlegte Seve laut.

Virus verfolgte die Datensätze, die sein Bildschirm ausspuckte. „Soweit ich feststellen kann, wurde das Programm weder gehackt, noch wurden Daten aus dem Speicher gelöscht."

„Dann haben sie also ihre Aufgabe nicht zu Ende bringen können." Pierrick sah sich noch einmal um. Er fühlte sich hier drinnen nicht wohl. „Wenn du nichts Auffälliges feststellen kannst, gehen wir. Mach fertig."

Seve schloss sich ihm an.

„Kümmern wir uns um die Wachleute."

Der Vampir nickte Pierrick zu und ging voran. Während sie die Treppen ins Erdgeschoss hinabstiegen, blieb Seve stehen und drehte sich zu ihm um: „Glaubst du, die Epheben gehören den *Gen Guards* an?"

„Wie kommst du zu der Annahme?"

„Du hast die Gruppe heute noch kein einziges Mal erwähnt."

Pierrick schwieg, dachte einen Moment nach und ging dann an Seve vorbei. „Das mag vielleicht daran liegen, dass mir diese Gruppierung zutiefst zuwider ist. Natürlich gehörten die Epheben den berüchtigten *Gen Guards* an. Was sonst sollten sie hier zu tun gehabt haben, als die blödsinnigen Befehle einiger irrer Vampire auszuführen, denen es egal ist, wenn sie unsere Kinder in den Tod schicken?" Er biss die Zähne fest zusammen und versuchte damit zu verhindern, dass seine Fänge hervorschossen.

Endlich erreichten sie den Eingangsbereich. Tilford und Sandor hatten schnell und zuverlässig gearbeitet. Nichts deutete mehr auf die blutige Auseinandersetzung hin. Sämtliches Beweismaterial würde in Kürze in Flammen aufgehen und die Tat der jungen Vampire für immer verschleiern.

„Wir sind fertig", erklärte Sandor.

Zur gleichen Zeit trat Dale durch die Tür. Während Hadrian vor der Tür Wache hielt und den Gebäudeeigentümer sowie den Direktor der Orion-Tec Security Inc. davon abhielt, das Haus zu betreten, hatte Dale die Umgebung abgesucht. Er hielt einen schwarzen Gegenstand in der Hand.

„Den Laptop habe ich gegenüber in einem Gebüsch gefunden", erklärte er.

„Mal sehen, was Virus dazu sagt", meinte Pierrick abweisend und machte eine ausladende Handbewegung.

„Ich bin schon da", erklärte der blonde Vampir, schob sich an Pierrick vorbei und nahm das Gerät in Empfang.

„Ich habe die Gebäudeüberwachung der letzten Stunden heruntergeladen und gelöscht", erklärte er freudestrahlend an Pierrick gewandt.

Dieser nickte anerkennend. Virus mochte jung sein und noch ordentlich Flausen im Kopf haben. Für einen Vampir war er gerade einen Wimpernschlag alt und hatte noch nicht einmal sein erstes halbes Jahrhundert hinter sich gebracht, aber auf dem Gebiet der modernen Technik war er unschlagbar.

„Wie lange wirst du noch brauchen?", fragte Dale mit einem stirnrunzelnden Blick auf Hadrian, der sich vor der Tür noch immer abmühte, die zwei Männer in ihren grauen Anzügen abzuwimmeln.

„Was ist mit den Wachleuten?", wandte sich Pierrick an Seve.

„Die warten in ihrem Pausenraum auf uns. Sind alle etwas durcheinander. Einer von ihnen hat einen ordentlichen Schlag auf den Hinterkopf bekommen und war daraufhin einige Zeit bewusstlos."

„Ich rede kurz mit ihnen, dann sind wir hier fertig", sagte Pierrick in Dales Richtung, der nickte und seinem Kollegen Hadrian zu Hilfe eilte.

Seve führte Pierrick in einen Raum, der sich hinter dem Empfang befand. Fünf Männer, alle in der einheitlichen grauen Uniform, warteten dort.

„Sind Sie vom FBI?", wollte ein großer, bulliger Kerl wissen und verschränkte die Arme vor der Brust. Pierrick blieb vor dem Wachmann stehen, legte den Kopf schief und sah ihn einfach nur an. Der Kerl wurde unruhig und hielt das Blickduell nur wenige Sekunden aus, ehe er den Kopf neigte.

„Wer von Ihnen hat den Schlag auf den Hinterkopf bekommen?" Pierrick blickte fragend in die Runde.

Ein etwas dünnerer, aber dafür umso größerer Mann trat vor. An den Schläfen war er bereits leicht ergraut. „Ich", meinte der Mann unsicher und fuhr sich über den Nacken. „Es geht aber schon wieder."

Pierrick drang in den Kopf des Wachmannes, durchstöberte die Erinnerungen und stellte zufrieden fest, dass Rave zumindest so umsichtig gewesen war, sich nicht sehen zu lassen. Vario, der zweite Ephebe, dagegen schon. Er hatte den Aufzug betreten. Pierrick ließ die Gedankenfetzen verblassen und nahm sich den nächsten Wachmann vor. Dieser hatte allerdings nur den Alarm mitbekommen und die toten Epheben gesehen. Auch diese Erinnerung nahm Pierrick mit, ehe er zum nächsten Mann ging. Einen nach dem anderen nahm er sie sich vor, reinigte ihr Gedächtnis.

Bei dem vorletzten Wachmann hielt Pierrick einen Moment inne, verweilte ungewöhnlich lange in seinen Gedanken. Mit einem Mal war ihm der Sinn der Erinnerung klar. Der Mann vermisste seinen Kollegen. Als der Alarm ausgebrochen war, war dieser ins Erdgeschoss gegangen und seitdem nicht mehr aufgetaucht. Er grub etwas tiefer und erhaschte einen Blick auf den vermissten Kollegen. Es überraschte Pierrick nicht, dass der Kerl ungewöhnlich klein war, dafür aber äußerst stämmig. Die fliehende Stirn und die breite Boxernase bestätigten Pierricks Vermutung. Es handelte sich um einen Inimicus: Acer Petterson. Den Namen würde er sich merken und alles, was es über ihn zu wissen gab, herausfinden. Pierrick wandte sich dem letzten Wachmann zu, dem Bulligen, der ihn dumm angeredet hatte. In seine Gedanken zu gelangen, war ein Spaziergang. Er war sehr einfach gestrickt und besaß kaum Abwehrmechanismen. In Kürze war er mit seiner Arbeit fertig.

Pierrick gab Seve das Zeichen zum Aufbruch und verschwand. Mit großen Schritten durchquerte er die Eingangshalle und trat in die dunkle Nacht hinaus. Sofort wurde er von dem Direktor bestürmt: „Special Agent, können Sie schon etwas sagen?"

„Soweit wir es bis jetzt beurteilen können, ist nichts passiert. Ihr Datenraum ist unversehrt. Das kaputte Türschloss kann man ersetzen. Lassen Sie Ihre Leute morgen alles überprüfen. Special Agent Nagana", er wies auf Seve, „wird mit Ihnen in Kontakt bleiben."

„Und das Wachpersonal?", ereiferte sich der Gebäudebesitzer.

„Sie sind nach der Nacht erschöpft, aber außer einer Beule und Kopfschmerzen geht es ihnen gut."

Er verabschiedete sich flüchtig von den Anzugträgern, die darauf warteten, dass die restlichen Männer das Gebäude verließen, ehe sie selbst hineinkonnten.

„Soll ich dich fahren?", fragte Pierrick und blickte sich nach Virus um. Seine Leute waren mit einem SUV und dem geräumigen Bus gekommen.

„Nein, das ist nicht notwendig. Ich bin mit dem Auto da", erklärte Virus und deutete auf einen dunkelroten Dodge Charger.

Während seine Leute in ihre Fahrzeuge stiegen und davonfuhren, blickte Pierrick die verlassene Straße entlang.

Er konnte sich nicht erklären, was die Epheben hier gewollt hatten, und er war sich diesmal auch nicht so sicher, dass die *Gen Guards* dahintersteckten. Aber das hatte er Seve gegenüber so nicht äußern wollen. Diese Aktion schien im Gegensatz zu dem bisherigen Vorgehen der Gruppe äußerst genau geplant zu sein. Wenn dieser Inimicus nicht erschienen wäre, hätte das Vorhaben ein voller Erfolg werden können.

Gedankenverloren ging er auf seinen Mercedes zu und hatte bereits die Tür geöffnet, als ihn etwas innehalten ließ. Ein vertrauter Geruch stieg ihm in die Nase. Honig und reife Birne. Der Duft war sehr feminin und gehörte einer jungen Vampirin, der er in letzter Zeit gekonnt aus dem Weg gegangen war. Er atmete noch einmal tief ein und schüttelte den Kopf. Seine überreizten Sinne mussten ihm einen Streich gespielt haben, denn jetzt roch es nach Boston: Abgase, Menschen und der verwesende Gestank von Speiseresten in einer Mülltonne hinter dem Steakhouse. Er hatte bereits die Jacke ausgezogen und auf den Beifahrersitz geworfen, als er abermals den süßlichen Geruch wahrnahm und seine Umgebung taxierte. Bildete er sich ihre Anwesenheit nur ein, oder hielt sie sich tatsächlich in der Nähe auf? Wenn sie hier war, befand sie sich in Gefahr. Er musste sicher gehen, sich vergewissern, dass er sich getäuscht hatte, sonst würde er keine ruhige Minute finden. Also schlug er die Autotür wieder zu und lief zu Fuß los, immer der Duftspur nach.

KAPITEL 2

Isada wusste nicht mehr, wie lange sie durch die Nacht gestolpert war. Sie war vollkommen erledigt und konnte einfach keinen Fuß mehr vor den anderen setzen. Wo sie sich befand, wusste sie noch immer nicht genau. Ein unbändiger Hunger war der Furcht gewichen. Sie musste sich nähren, musste einen Blutwirt finden. Verzweifelt sah sie sich um. Eine Straße sah wie die andere aus, düster und verlassen. Ehe sie den Heimweg einschlug, musste sie erst einmal Nahrung finden.

Sie schleppte sich weiter und beobachtete, wie zwei Jugendliche einige Meter vor ihr vorbeispazierten. Isada überlegte, ob sie es wagen sollte, die beiden anzugreifen, entschied sich jedoch dagegen. Beeinflussung von Menschengehirnen war noch nie ihre Stärke gewesen. Darüber hinaus sahen die Kerle kräftig aus, und in ihrem jetzigen geschwächten Zustand würde sie bei einer Auseinandersetzung womöglich den Kürzeren ziehen.

Sie wartete einen Moment, bis die jungen Männer vorbeigegangen waren, dann schlich sie aus der Gasse. Ein Auto fuhr an ihr vorbei. Ihr schwindelte, sie musste sich an der Mauer abstützen. Sie musste trinken, und dann würde sie zu ihrem Laptop zurückkehren und ihn in Sicherheit bringen. Die Daten waren geschützt, und es bedurfte einer ganzen Ecke Know-how, das Sicherheitssystem, das sie darauf installiert hatte, zu knacken. Dennoch würde sie sich besser fühlen, wenn sie den Computer in ihrer Nähe wusste. Zuerst brauchte sie jedoch eine Nahrungsquelle. Es musste nur ein Mensch vorbeikommen, der alleine war und der ihr in die Dunkelheit folgen würde. Ihr wurde kurz schwarz vor Augen, und sie lehnte sich mit dem Rücken an die Hausfassade.

Ihre Gedanken schweiften ab. Ein Inimicus. Wie hatte das nur passieren können? Die Operation war gut durchdacht gewesen. Sie hoffte, dass Rico entkommen war. Diese Inimicus waren Raubtiere. Einmal mehr hatten sie bewiesen, welche hinterhältigen Kreaturen sie waren. Sie hatten Vario und Rave auf dem Gewissen. Diese Wesen würden immer weiter morden, wenn man sie nicht aufhielt. Deshalb hatte sie sich den *Gen Guards* angeschlossen. Man musste diese Monster bekämpfen, ihnen Einhalt gebieten. Und wenn der Rat dazu nicht in der Lage war, dann musste sie es tun. Diese Einstellung hatte nicht nur sie, sondern etliche andere junge Vampire ebenfalls. Deshalb hatten sie sich unter dem Namen *Gen Guards* zusammengeschlossen.

Isada richtete sich auf und verdrängte die Angst, die noch immer durch ihre Adern pulsierte. Noch nie in ihrem Leben hatte sie sich so sehr gefürchtet, noch nie war sie so nah daran gewesen, einem Inimicus gegenüberzustehen. Sie hätte nichts gehabt, um sich gegen ihn zur Wehr zu setzen. Ihre Waffe war ihr Laptop. Den Umgang mit einem Schwert hatte sie nie gelernt. Ihr Vater hatte befunden, dass eine Frau sich mit dem schmutzigen Kriegshandwerk nicht zu befassen brauchte, schon gar nicht als Vampirin. Isada hatte diese Einstellung immer geteilt, aber nun wünschte sie sich doch zu wissen, wie man eine Waffe benutzte. Sie wollte sich verteidigen können, wollte so unabhängig sein wie Sam, die *Samera* ihres Anführers. Ihr *Homen*, der Soya Darius, hatte ihr erlaubt, mit ihm in den Krieg gegen die New Yorker Vampire zu ziehen und an seiner Seite zu kämpfen. Isada seufzte. Sam war ihr großes Vorbild. Sie war hübsch, intelligent und unabhängig. Neben den männlichen Vampiren leitete sie die Geschicke des Clans. Schon öfter hatte sie gehört, dass die junge Vampirin an jeder Ekklesia-Sitzung teilnahm. Auf die Idee wäre ihre Schwester Caren nie gekommen. Sie begnügte sich damit, die Frau eines Soyas zu sein und ihren Platz in der Gesellschaft einzunehmen. Die Leitung des Clans überließ sie ihrem Mann.

Schritte ließen Isada aus ihren Gedanken aufschrecken. Eine junge Frau kam auf sie zu. Sie trug eine rote Strickmütze und hatte die Hände in ihren Manteltaschen vergraben. Sie lief zügig und nahm ihre Umgebung kaum wahr.

Fieberhaft dachte Isada nach, wie sie die Frau ansprechen konnte, damit sie ihr in die dunkle Gasse folgte.

„Entschuldigung", begann sie unsicher.

Die Frau hielt an, musterte Isada kurz und blickte sich unruhig um. Es war, als spürte sie die nahende Gefahr.

„Tut mir leid, ich habe keine Zeit", meinte sie kurz angebunden und schob sich an Isada vorbei. Ohne sie eines weiteren Blickes zu würdigen, eilte die Frau weiter.

Frustriert blickte Isada zu Boden und betrachtete ihre schwarzen Pumps mit den lila Schleifen. „Na super", murmelte sie. Die Schleife auf der linken Seite fehlte. Sie musste sie bei ihrer Flucht verloren haben. „Auch das noch", stieß sie frustriert hervor und spähte suchend in die dunkle Gasse.

„Etwas verloren?"

Isada zuckte zusammen und fuhr herum. Sie starrte eine Frau an, die plötzlich vor ihr stand. Wo war sie nur hergekommen? Waren ihre Sinne inzwischen so benommen, dass dieser Mensch vollkommen ihrer Aufmerksamkeit entgangen war? Isada atmete tief durch und nahm den Duft eines süßen, blumigen Parfüms wahr. Die Frau vor ihr war vielmehr ein Mädchen, noch viel zu jung, um mitten in der Nacht allein unterwegs zu sein.

„Ich glaube, ich habe in der Gasse eine Schleife meines Schuhs verloren. Es sind meine Lieblingsschuhe." Das war nicht einmal gelogen, und Isada beglückwünschte sich zu dieser Idee. „Es ist nur so dunkel. Mein Handy-Akku ist leer, und eine Taschenlampe habe ich nicht dabei."

Das Mädchen grinste unter seiner Kapuze und zog aus der Manteltasche ein Mobiltelefon. „Aber ich habe Licht", erklärte es und zog seinen Handschuh aus, um das Telefon zu bedienen.

„Das ist wirklich sehr nett", bedankte sich Isada erfreut. Ihr lief bereits das Wasser im Mund zusammen. Am liebsten hätte sie sich augenblicklich auf das Mädchen gestürzt. Nur noch ein klein wenig, ermahnte sie sich. Sie kämpfte gegen das Herausschieben ihrer Fänge an und wandte den Blick ab. Wenn das

Mädchen Isadas glühende Augen zu früh entdeckte, würde es fliehen, und all ihre Mühe wäre vergebens.

Das Mädchen hielt sein Handy so, dass der weiße Bildschirm in die Gasse leuchtete. Ohne Scheu, ohne Bedenken, ging sie voran in die Dunkelheit. Isada folgte ihr. Noch immer riss sie sich zusammen. Es kostete sie schier übermenschliche Willenskraft zu warten, bis das Mädchen weit genug in die Gasse hineingegangen war. Dann griff sie nach dessen Schulter, wirbelte es herum und drückte es an die Wand. Ihr Mund öffnete sich zu einem stummen Schrei, und ihre Augen weiteten sich entsetzt, als sie Isada anblickte. Die Kapuze rutschte dabei vom Kopf und entblößte einen Schopf dunkler Haare.

Isada handelte nun nur noch instinktiv. Sie riss an dem Mantel des Mädchens, zerrte den Schal herunter und entblößte endlich ihren Hals. Mit Vorfreude auf das, was sie erwartete, leckte sie sich über die Lippen und schlug ihre Zähne in das weiche Fleisch. Gleich darauf spürte sie das Blut, das ihr entgegen quoll. Gierig presste Isada ihren Mund auf die Haut und trank. Es fühlte sich großartig an, wie das berauschende Lebenselixier in sie floss und durch ihren Körper gepumpt wurde, bis jede Zelle davon durchdrungen war. Sie konnte nicht genug davon bekommen, genoss jede Sekunde. Sie spürte, wie das Mädchen in ihren Armen immer mehr in sich zusammensackte, doch das störte sie nicht. Sie wollte immer weiter trinken, sich an ihr laben, bis dieses berauschende Gefühl abklang. In ihren Ohren begann es zu rauschen, und ihre Glieder wurden seltsam steif, was von der zu großen Menge Blut in ihrem Körper kam. Sie konnte und wollte sich nicht von dem Mädchen lösen, wollte keinen Tropfen des köstlichen Lebenssafts verschwenden. Sie musste mehr haben.

„Isada?" Sie hörte die sich nähernde Stimme kaum, konnte auch nicht aufblicken, weil sie am Hals des Mädchens hing.

„Isada!" Sie wurde brutal zurückgezogen. Das Mädchen entglitt ihren Fingern und sank zu Boden.

„Nein!", schrie sie und reckte sich der Blutwirtin entgegen. Feste Arme, die sich wie ein Schraubstock um sie schlossen, verhinderten dies. Isada kämpfte dagegen an. Sie musste mehr von dem köstlichen Blut haben.

„Isada!", hörte sie noch einmal die beschwörende Stimme, die in aller Bestimmtheit ihren Namen rief. Sie blinzelte und sah in die bernsteinfarbenen Augen des Vampirs, den sie hier am allerwenigsten sehen wollte. Pierrick Legrand, ein Soya, ihr Renovator und der Mann ihrer Schwester. Sie schluckte, als er sie bestimmt zur Seite schob und auf das leblose Mädchen zutrat. Er hob sie hoch, legte einen Finger auf ihre Halsschlagader und suchte nach einem Puls.

Isada starrte wie gebannt auf das leblose Ding, und die Erkenntnis überrollte sie wie eine Welle. Was hatte sie getan? Was war in sie gefahren? Sie hatte noch nie einen Menschen umgebracht! Blutrausch war etwas, was nur männliche Epheben überfiel, aber doch nicht sie. Sie hielt den Atem am, während Pierrick schier endlos seine Hand an den Hals des Mädchens hielt. Erleichtert stieß sie die Luft aus den Lungen, als der Vampir schließlich sagte: „Sie lebt. Der Puls ist schwach, aber wenn sie sofort ärztliche Hilfe bekommt, wird sie überleben."

Sorgfältig bettete er das Mädchen auf dem Boden, achtete darauf, dass sie sich nirgends stieß. Dann schloss er ihre Jacke, damit sie nicht so schnell auskühlte. Während er aufstand, wählte er bereits den Notruf. Isada musste zwei Mal hinblicken, ehe sie registrierte, dass er sich das Telefon des Mädchens ans Ohr hielt. Er nannte den genauen Ort, fügte ein paar Daten über die Verletzte hinzu und legte auf. Pierrick ließ das Handy fallen. Es landete auf der Jacke des Mädchens, ehe es langsam zu Boden rutschte.

Plötzlich war Pierrick neben ihr. „Wir müssen hier weg! Sofort!"

Isada konnte sich nicht rühren. Mit großen Augen blickte sie ihn an, als ob sie ihn das erste Mal sah. Was er sagte, kam in ihrem Gehirn nicht an.

Er stieß sie an. „Komm, los!"

Noch immer war sie unfähig, sich zu bewegen. Der Schock saß zu tief in ihren Gliedern.

Isada quiekte erschrocken auf, als Pierrick sie einfach hochhob. Sie musste sich an ihm festhalten, als er mit ihr durch die dunkle Nacht rannte.

Pierrick kannte den Weg, und es dauerte nicht lange, da kamen auch ihr die Straßenzüge wieder bekannter vor. Sie waren nicht mehr weit vom LDC-Tower entfernt. Unmerklich verspannte sie sich. Er wusste doch nicht, dass sie bei dieser Aktion beteiligt gewesen war, oder? Sie krallte ihre Finger fester in Pierricks Hemd und wenn sie ein kleines bisschen religiös gewesen wäre, hätte sie unablässig gebetet, dass der Soya nichts von ihrer geheimen Mission wusste.

„Lass mich runter", bat sie schließlich. Zu ihrer Überraschung gehorchte Pierrick sofort.

„Ich bin wieder in Ordnung", sagte sie und konnte ihn nicht ansehen, ohne dabei vor Scham im Boden zu versinken. „Ich komme schon allein nach Hause."

„Mach keine Dummheiten, Isada. Sich allein in dieser Gegend aufzuhalten, ist gefährlich. Du solltest überhaupt nicht hier sein."

Isada verschränkte die Arme vor der Brust. „Das geht dich überhaupt nichts an. Ich bin dir keine Rechenschaft schuldig."

Sie sah, wie Pierrick sie einen Moment nachdenklich musterte und dabei die Stirn in Falten legte. „Du hast keine Ahnung, was hier heute Nacht geschehen ist", murmelte er, umfasste ihr Handgelenk und zog sie mit sich. Ihr blieb nichts anderes übrig, als mit ihm zu gehen.

„Hör damit auf! Du bist nicht mein Vater!", protestierte sie und versuchte ihre Hand freizubekommen.

Pierricks Griff war unnachgiebig. „Aber ich bin dein Soya."

Isada schluckte. Sie spürte die übermächtige Präsenz, die ihn umgab und die sie niederzwingen würde, wenn sie sich weiter gegen ihn auflehnte.

„Was hast du hier überhaupt gemacht? Allein? So weit fort von zu Hause?" Er ließ sie los, und Isada hielt ihr schmerzendes Handgelenk.

Demonstrativ blickte sie fort. Sie mochte es nicht, wenn jemand so mit ihr redete. Sie war schließlich kein kleines Kind mehr und mit ihren achtundsiebzig Jahren schon fast erwachsen.

„Das geht dich nichts an." Nie durfte er erfahren, dass sie etwas mit dem Überfall auf die Sicherheitsfirma zu tun hatte. Wenn das herauskam, war ihr Schicksal besiegelt. Der Rat fackelte nicht lange mit Angehörigen der *Gen Guards* und griff unbarmherzig durch. Entweder wurden Mitglieder der Gruppierung von ihrem Familienoberhaupt unter Hausarrest gesetzt, oder sie verschwanden in Soya Darius' Haus, wo sie vermutlich ein weit schlimmeres Schicksal ereilte. Isada würde es nicht überleben, zu Hause eingesperrt zu werden. Es würde sie verrückt machen.

Da Pierrick ein Mitglied des Ekklesia-Rats war, waren sie in diesem Kampf Feinde, auch wenn er das nie erfahren durfte.

„Komm mit, ich bringe dich nach Hause", sagte Pierrick nachsichtiger.

Isada zögerte und befand, es würde ihr momentan nichts nützen, sich gegen Pierrick aufzulehnen. Wortlos stapfte sie hinter ihm her. Sie spähte an seinem breiten Rücken vorbei und versuchte, einen Blick auf das Steakhouse und den Platz davor zu erhaschen, dort, wo sie ihren Computer zurückgelassen hatte. Doch Pierrick ließ ihr absolut keine Chance und dirigierte sie zu seinem schwarzen Mercedes, der direkt vor dem Tower parkte.

Nachdenklich musterte sie das hell erleuchtete Gebäude, in dem nun ihr Stick im Serverraum der Sicherheitsfirma steckte und ihr mit ihrem Laptop uneingeschränkten Zugang zu allen Überwachungssystemen geben würde, ohne sich einhacken zu müssen. Ihr Plan war brillant gewesen. Nur mit einem Inimicus hatte sie nicht gerechnet. Sie biss sich auf die Lippe, um vor Wut nicht laut aufzuschreien.

„Steig ein!", forderte Pierrick sie auf und hielt ihr die Beifahrertür auf.

Pierricks Handy klingelte. Er zog es aus der Tasche, warf einen kurzen Blick auf das Display und nahm den Anruf entgegen. „Was gibt es, Seve?"

„Ich wollte dir nur sagen, dass die Leute von Orion-Tec nichts in ihren Systemen gefunden haben."

Problemlos konnte sie das Telefongespräch mithören.

„Danke dir", murmelte Pierrick und legte auf.

Isada zog interessiert eine Augenbraue nach oben, als sie an ihm vorbeiging und sich in den bequemen Autositz fallen ließ. Pierrick ignorierte ihre unausgesprochene Frage, warf die Tür hinter ihr zu und umrundete das Auto.

Er fädelte sich in den nächtlichen Verkehr ein und nahm die Straße Richtung Readville. Dort lebte Isada bei ihrem Vater, eine Straße vom Franklin Park entfernt.

Gerne hätte Isada die Beine unter sich angezogen, doch mit ihrem kurzen Tüllrock war sie dazu nicht passend gekleidet. Somit begnügte sie sich damit, aus dem Fenster zu starren und die nächtliche Ruhe in sich einzusaugen. Pierrick ignorierte sie, so gut es ihr möglich war.

„Was hast du dort gemacht?", fragte der Soya in die Stille hinein.

Er hatte die Frage an diesem Abend schon einmal gestellt, und Isada hatte sie in voller Absicht unbeantwortet gelassen. Sie wusste jedoch, wenn sie ihm keine zufriedenstellende Story auftischte, würde er nachfragen und irgendwann hinter ihr Geheimnis kommen.

„In der Nähe ist ein Goth-Club", meinte Isada leichthin. „Ich war mit ein paar Freunden dort."

Sie sah Pierricks Stirnrunzeln und hoffte inständig, dass er ihr die Lüge abkaufte.

„Du weißt, dass die ungeschützten Clubs gefährlich sind", tadelte er sie sanft, und Isada war erleichtert, dass er keinen Verdacht zu schöpfen schien.

„Es gibt keine sicheren Goth-Clubs, wie du sicher weißt. Außerdem war ich nicht allein, sondern mit ein paar Freunden unterwegs."

„Von denen habe ich keinen zu Gesicht bekommen. Es war keiner da, der dich davon abgehalten hätte, dem Blutrausch zu verfallen." Seine Stimme wurde schärfer.

Isada schnaubte. „Ich bin kein Kleinkind mehr."

„Das habe ich auch nicht behauptet." Sein Blick war starr nach vorne gerichtet, seine Hände umklammerten das Lenkrad. „Ich mache mir nur Sorgen um dich. Heute Nacht hat ein Inimicus zwei Epheben umgebracht."

Eine eiskalte Hand griff nach Isadas Herz. Pierrick musste das Entsetzen von ihrem Gesicht abgelesen haben.

„Mitglieder der *Gen Guards*", schob er entschärfend nach. „Sie bringen sich selbstverschuldet in gefährliche Situationen."

Isada lag bereits eine Antwort auf der Zunge, die sie in Anbetracht der Situation hinunterschluckte. „Wie kann man nur so dumm sein", sagte sie stattdessen kopfschüttelnd.

„Was hast du über die *Gen Guards* gehört?"

Isada zögerte und wählte ihre Antwort mit Bedacht: „Die Meinungen sind sehr geteilt. Manche heißen es gut, was sie für den Clan tun, andere halten ihre Aktionen für lebensmüde und dumm."

„Und was hältst du von ihnen?", hakte Pierrick nach.

Isada wagte nicht, ihn anzublicken, sonst würde er in ihren Augen die Wahrheit lesen. Ihr Hals war wie zugeschnürt, und so zuckte sie nur hilflos mit den Schultern.

„Die zwei Vampire waren in etwa so alt wie du", fuhr Pierrick unbeirrt fort.

Isada fragte sich, warum er ihr das erzählte. Wollte er sie prüfen? Hatte er einen Verdacht?

„Wer?", fragte sie vorsichtig und kannte die Antwort schon.

„Vario und Rave. Kennst du die zwei?"

Isada schlug sich die Hände vor den Mund und riss die Augen auf. Eine Welle der Übelkeit ergriff sie. Sie hatte gedacht, dagegen gewappnet zu sein, aber als Pierrick die Namen nannte, realisierte sie zum ersten Mal in voller Härte, dass die beiden wirklich tot waren. Ihr Magen rebellierte.

„Halt an!", keuchte sie, und Pierrick trat auf die Bremse. Mit quietschenden Reifen und schlingernd kam der Mercedes zum Stehen. Isada öffnete die Tür und erbrach sich auf den Bordstein. Ihr Körper bäumte sich immer wieder auf und entledigte sich eines Schwalls Blutes. Sie würgte und erbrach sich erneut. Magensaft und der Geschmack des Blutes mischten sich in ihrem Mund. Angeekelt schluckte sie.

Pierrick reichte ihr ein Papiertaschentuch. Isada nahm es wortlos entgegen und säuberte sich damit notdürftig.

„Alles in Ordnung mit dir?"

„Ja, geht schon", nuschelte sie in das Taschentuch. Sie schämte sich vor ihm. Sie wollte auf Pierrick nicht schwach und verletzlich wirken. Sie wollte ihm zeigen, dass sie eine starke und unabhängige Vampirin war. So wie ihr großes Vorbild, Sam Wesley, die sicher nicht auf den Bordstein gekotzt hätte.

„Du kanntest also die zwei?", stellte Pierrick tonlos fest, ehe er sich abwandte.

Isada schluchzte. Natürlich kannte sie Vario und Rave. Sie gehörten zu ihrem Freundeskreis. Seit sie gemeinsam den *Gen Guards* beigetreten waren, hatten sie noch engeren Kontakt als zuvor. Sie hatte die zwei Vampire in den Tower geschickt und damit war sie für ihren Tod verantwortlich. Undamenhaft schniefte sie in ein sauberes Taschentuch, das Pierrick ihr reichte, und wischte sich über die tränennassen Wangen.

Den aufmerksamen bernsteinfarbenen Augen des Soyas entging keine ihrer Regungen. Sie musste sich zusammenreißen, sonst würde er alles erfahren.

„Was weißt du über sie?"

Noch immer kneteten ihre Finger das Taschentuch. „Gar nichts", log sie. „Wir kennen uns halt, hängen ab und an zusammen herum. In letzter Zeit war ich aber meist mit anderen Leuten in Goth-Clubs unterwegs."

„Mach die Tür zu, wir fahren weiter!"

„Aber das ganze Blut."

Pierrick zückte sein Handy, drückte eine Kurzwahltaste und hielt sich das Mobiltelefon ans Ohr. „Seve, ich habe noch einen Job für dich. Etwas Blut am Straßenrand." Er nannte die Straße, wartete auf eine Bestätigung und verabschiedete sich.

„Mein Team kümmert sich darum. Tür zu!", wies er sie an, ohne Widerspruch zu dulden. Isada gehorchte. Normalerweise gehörte es nicht zum Job des Aufräumerteams, Erbrochenes von der Straße zu kratzen. Dafür war jeder Vampir selbst verantwortlich. Aber wenn Pierrick seinen Männern den Auftrag gab, würde sie es tunlichst vermeiden, daran etwas ändern zu wollen. Isada konnte sich durchaus schönere Dinge vorstellen, als die Straße zu putzen.

Kaum, dass ihre Tür zuschlug, fuhr Pierrick weiter. Es war nicht mehr weit bis zum Haus, in dem sie wohnte.

„Kannst du mich hier rauslassen?"

Pierrick schüttelte den Kopf. „Ich werde dich persönlich bis zur Haustür begleiten."

Sie verkniff sich einen Kommentar, wusste aber schon, dass es mit ihrem Vater mal wieder Streit geben würde. Sie seufzte und ließ sich im Sitz zurückfallen. Die Arme vor der Brust verschränkt, starrte sie auf die Straße. Wenn ihr Vater mitbekam, wo sie sich herumgetrieben hatte, würde sie heute Nacht nicht mehr loskönnen, um den Laptop zu holen. Sie betete inständig, dass ihn in der Zwischenzeit niemand gefunden hatte und ergab sich ihrem Schicksal. Pierrick hielt direkt vor dem Grundstück an.

KAPITEL 3

Erschöpft ließ Acer sich auf einer Steintreppe nieder. Sein Herz pochte laut vor Anstrengung. Er hatte alles gegeben, um die Vampirin zu verfolgen, aber dennoch war es der Kleinen gelungen, ihm zu entwischen. Als er zurück zum Tower gegangen war, hatte es dort von Vampiren gewimmelt. Er war schließlich nicht verrückt, und so war er wieder fortgegangen.

Er stützte die Ellenbogen auf den Knien ab und legte seinen Kopf in die Hände. Wie sollte es jetzt nur mit ihm weitergehen? Es war unmöglich, in sein Leben zurückzukehren. Die Vampire hatten in der Zwischenzeit sicher schon längst seinen Namen herausgefunden. Auf vampirischen Besuch in seinen eigenen vier Wänden konnte er gut und gerne verzichten.

Frustriert stöhnte er auf. Acer war zwar seit einem Jahr hier in Boston zu Hause, hatte jedoch kein Interesse gehabt, andere Personen kennenzulernen. Das bereute er jetzt. Denn er hatte niemanden, bei dem er unterschlüpfen, niemanden, bei dem er zumindest ein paar Tage wohnen konnte.

Er dachte an sein Leben in Bangor zurück. Das Entsetzen, das ihn ergriffen hatte, als er zu dem wurde, was er nun war. Der Ekel, mit dem ihn Marie, seine Freundin, angesehen hatte, als er einem lebenden Huhn den Kopf abgebissen und es in seinem Wahn roh verspeist hatte. Sie war gegangen und nie wiedergekommen. Acer hatte es in ihrer gemeinsamen Wohnung nicht ausgehalten, und so hatte er alle Zelte abgebrochen, um neu zu beginnen. Als er dann das erste Mal hier auf einen Vampir getroffen war, hatte er es nur knapp überlebt. Seitdem war er immer bewaffnet und ging diesen Wesen, so gut es ging, aus dem Weg.

Wo sollte er jetzt nur hingehen? Er wagte nicht, seine Wohnung aufzusuchen und seine Sachen zu packen. Die Angst, dass dort die Vampire bereits auf ihn warteten, war einfach zu groß. Sie waren überall, diese verdammten Blutsauger.

Warum nur musste er ausgerechnet bei seiner Arbeit diesen Vampiren über den Weg laufen? Glücklicherweise waren die Zwei im Kampf nicht ausgebildet gewesen. Da hatte er aus sicherer Entfernung schon andere Vampire sehen dürfen. Wäre auch nur einer seiner Gegner ein älterer Vampir gewesen, hätte sein letztes Stündlein geschlagen.

Acer nahm eine Veränderung der Umgebung wahr und hob den Kopf. Angespannt blickte er sich um. Weder sah noch hörte er etwas. Dennoch war er nicht mehr allein. Es war nicht unbedingt Gefahr, die auf ihn zukam, sonst hätten sich sämtliche Haare seines Körpers aufgestellt. Unruhig stand er auf, zupfte sein Hemd zurecht und blickte sich suchend um.

„Wer ist da?", rief er in die Dunkelheit.

Niemand antwortete ihm. Er zückte sein Messer, das noch immer vom Blut des Epheben bedeckt war, und ging ein paar Schritte weiter die Straße hinab. Das Einzige, was er hörte, war sein Atem.

„Ich weiß, dass ihr da seid!", rief er erneut und hoffte, dass diesmal eine Reaktion kam.

Er fuhr herum, als er hinter sich Schritte vernahm. Aus der Schwärze trat ein Mann auf ihn zu. Er war ein wenig größer als er selbst, was bei einer Körpergröße von einem Meter sechzig nicht verwunderlich war. Der Fremde trat näher und schob seine Baseballkappe, auf der das Logo der Red Sox prangte, weiter nach hinten. Acer sah eine breite Boxernase, einen leicht vorgeschobenen Mund und hohe, markante Wangenknochen.

Beschwichtigend hob der Mann die Hände. „Wir wollen dir nichts tun. Du bist einer von uns."

Irritiert starrte Acer den Mann an. „Wer seid ihr?", wollte er wissen und kam einen Schritt näher, das Messer immer noch griffbereit in seiner Hand.

„Ich bin Younes Sawall."

Ein Geräusch ließ Acer herumfahren. Hinter ihm tauchten zwei weitere Männer auf.

„Ethan und Kayden", sagte Younes und deutete auf die Kerle hinter ihm. „Wir sind wie du."

„Sag ihnen, sie sollen stehen bleiben", fuhr Acer ihn panisch an.

Younes hob die Hand und gab seinen Leuten ein Zeichen zu gehorchen.

„Ich kann mir vorstellen, was du durchmachst."

„Nichts kannst du!", brüllte Acer. Er umklammerte das Messer fester. Tränen schossen ihm in die Augen. „Ich habe zwei Jungen getötet. An meinen Händen klebt Blut." Als Beweis hob er die Waffe.

„Du hast nur der Gerechtigkeit Genüge getan. Das waren keine Jungen, das waren keine Menschen. Das waren Kruento", entgegnete Younes unbeirrt.

Acer erstarrte. „Kruento?", fragte er unsicher nach. Den Begriff hatte er noch nie gehört.

„Vampire", stieß einer der Kerle hinter ihm angewidert hervor.

„Ihr wisst von ihnen?" Acer ließ es zu, dass Younes immer näher kam und ihm schließlich das Messer aus der Hand nahm.

„Ich habe dir schon erzählt, dass wir wie du sind. Dein Hunger auf rohes Fleisch, die Veränderungen, die in deinem Körper stattgefunden haben."

„Woher weißt du davon?", stammelte Acer.

„Uns erging es ebenso wie dir. Wir sind anders. Wir sind extrem stark, springen aus dem Stand mehrere Meter weit. Unsere Schnelligkeit und Wendigkeit ermöglichen es uns, ernsthafte Gegner der Kruento zu sein und sie aufzuhalten. Wir sind keine Menschen."

Acers Augen wurden immer größer. „Was sind wir dann?"

„Die Kruento nennen uns Inimicus, den Feind. Die Menschen haben uns den Namen Neandertaler gegeben, weil wir aus direkter Linie von ihm abstammen."

Acer stand immer noch wie angewurzelt am selben Fleck.

„Der Name ist egal. Wichtig ist, was wir tun. Wir wurden geboren, um die Welt von den Kruento zu säubern. Heute Nacht hast du deine Bestimmung gefunden, mein Freund." Younes schlug Acer kameradschaftlich auf die Schulter. „Du kannst nicht zurück in dein altes Leben, nicht, nachdem die Kruento von deiner Existenz wissen. Schließe dich mir an, und ich werde dir alles zeigen, was ich weiß. An meiner Seite wirst du überleben, und wir werden Boston von den Monstern säubern, bis niemand von ihnen mehr übrig ist."

Es war das erste Mal seit langem, dass Acer wieder Mut schöpfte. Er glaubte dem Fremden. Dieser wusste Dinge, die er nie gewagt hatte, einer Menschenseele anzuvertrauen. Die Gier nach rohem Fleisch war ihm peinlich, und er hielt sich für nicht ganz normal im Kopf. Younes hatte ihn weder als abnormal noch als seltsam hingestellt. Er hatte ihn akzeptiert, wie er war, ja, ihm sogar gesagt, dass es andere gab, die wie er waren.

Zögernd blickte er sich zu den zwei anderen Männern um. Sie mochten harmlos wirken, doch er wusste, dass sie gefährlich waren. Ihre grimmigen Mienen zeugten von Entschlossenheit. Würden sie ihn lebend gehen lassen? Hatte er überhaupt eine Wahl? Wohin sollte er gehen? Younes hatte ihm einen Ausweg angeboten, ein Ziel gegeben. Er würde sich nicht länger einsam fühlen, sich nicht länger vor aller Welt verstecken müssen. Wenn er sich Younes anschloss, dann wären vielleicht all seine Probleme vom Tisch.

„Was muss ich dafür tun?" Noch immer skeptisch musterte Acer den Mann vor sich.

Hinter ihm hörte er ein kehliges Lachen und fuhr herum. Der Kerl mit der braunen Lederjacke hielt sich vor Lachen den Bauch, während auch der andere breit grinste. Acer verstand nicht, was so lustig an seiner Frage war.

„Mitkommen", erwiderte Younes ernst, gab den Männern ein Handzeichen, und sie verschwanden. Gleichzeitig drehte Younes sich um und entfernte sich langsam.

Acer stand da, zögerte noch.

Schließlich drehte Younes sich noch einmal um. „Kommst du nun?", fragte er.

Acer eilte los. Er würde mit Younes gehen. Etwas anderes blieb ihm nicht übrig, wenn er diese Nacht nicht auf der Straße verbringen wollte. Und wenn das, was Younes ihm anbot, nichts für ihn war, dann konnte er immer noch die Stadt verlassen.

* * *

Ohne Abschiedsgruß stieg Isada aus Pierricks Mercedes und nahm aus dem Augenwinkel wahr, dass der Soya ihr zur Eingangstür folgte.

Noch ehe sie die Tür aufsperren konnte, wurde sie von innen geöffnet. Isadas Vater stand mit angespannter Miene vor ihr.

„Isada?", fragte er besorgt.

„Alles okay", beschwichtigte Isada ihn und schob sich an ihm vorbei.

Mori Alexio straffte die Schultern und richtete die Aufmerksamkeit auf seinen Schwiegersohn, der soeben die Stufen vor dem Haus erklomm.

„Alexio", grüßte dieser seinen Schwiegervater.

„Pierrick." Er machte eine einladende Handbewegung, und Isada verfluchte Pierrick im Stillen, als er die Einladung annahm.

Flehend sah sie ihn an und bat stumm darum, dass er ihrem Vater nichts erzählte. Pierrick ließ sich nicht anmerken, ob er ihre wortlose Botschaft verstanden hatte.

„Ist etwas passiert?", fragte Alexio neugierig, als er hinter Pierrick die Tür schloss.

„Du solltest darauf achten, dass Isada sich nicht alleine in der Stadt herumtreibt. Die Nächte sind gefährlich geworden. Erst heute wieder sind zwei Epheben einem Inimicus zum Opfer gefallen."

Wütend riss sich Isada den Mantel von den Schultern und hängte ihn auf. Wenn Pierrick so weitermachte, würde sie das Haus überhaupt nicht mehr verlassen dürfen. Sie wusste nur zu gut, wie wichtig ihrem Vater die Meinung des hoch angesehenen Soyas war.

„Ich war nicht in Gefahr", log Isada und hoffte, dass Pierrick sie nicht korrigierte.

Ihr Vater schien zu spüren, dass sie nicht ganz bei der Wahrheit blieb. Zweifelnd sah er sie an und blickte schließlich zu Pierrick.

„Ich bin keinem Inimicus begegnet." Isada reckte das Kinn.

„Ich habe sie nach Hause gebracht, um sicher zu gehen, dass ihr auf dem Weg nichts passiert."

Isada funkelte Pierrick an. „Ich danke dir sehr dafür. Ich weiß, dass du als Soya viel zu tun hast." Sie versuchte, ihre Stimme zuckersüß klingen zu lassen. Innerlich kochte sie jedoch. Er mochte viel zu tun haben, was aber eher der Tatsache geschuldet war, dass er der Aufräumer des Clans war und sie ihr Projekt in den Sand gesetzt hatte.

„Ich bin dann in meinem Zimmer", erklärte Isada und war bereits auf der zweiten Stufe, als ihr Vater sie zurückpfiff: „Hast du nicht etwas vergessen? Du kannst doch deinen Soya nicht grußlos stehen lassen."

Isada blieb mit dem Rücken zu den Männern auf der Treppe stehen und überlegte einen Augenblick lang, die Anweisung ihres Vaters zu ignorieren. Dann beschloss sie, es nicht zu tun. Den Ärger, den dies heraufbeschwören würde, wäre es einfach nicht wert. So drehte sie sich um und befand sich mit Pierrick, der fast zwei Meter maß, in etwa auf Augenhöhe. Während sie in seine bernsteinfarbenen Augen blickte, ging sie zurück in die Eingangshalle. Vor ihm blieb sie stehen. Jetzt musste sie den Kopf weit in den Nacken legen, um zu ihm aufzublicken.

„Ich danke dir sehr, dass du mich nach Hause gebracht hast. Minola."

Er nickte ihr zu und signalisierte ihr, dass er sie entließ. Isada wandte sich ihrem Vater zu und wartete darauf, dass er sein Einverständnis gab und sie auf ihr Zimmer gehen konnte.

„Du kannst gehen", sagte er zufrieden.

Ohne Pierrick noch einmal anzuschauen, ging Isada die Treppe hoch. Sie musste sich zusammenreißen, damit ihr Hochgehen nicht wie eine Flucht aussah. Oben angekommen, ging sie in ihr Zimmer, ließ jedoch die Tür offen. So konnte sie problemlos das Gespräch der Männer einen Stock tiefer verfolgen.

„Muss ich mir um sie Sorgen machen?", wollte ihr Vater wissen.

„Ich denke nicht. Sie ist eine vernünftige junge Vampirin", entgegnete Pierrick.

Isada war überrascht. Sie hätte nach Pierricks Verhalten nicht damit gerechnet, dass er Partei für sie ergreifen würde.

„Achte nur darauf, dass sie zukünftig nicht alleine unterwegs ist. Sie soll die sicheren Clubs aufsuchen. Davon gibt es genügend."

Es wäre auch zu schön gewesen, um wahr zu sein.

Alexio seufzte laut auf. „Ich werde es versuchen. Es wird langsam Zeit, dass sie etwas ruhiger wird."

Pierrick lachte auf. „Wie willst du das anstellen?"

„Ich habe daran gedacht, sie zu verheiraten. Caren hat die Ehe auch gutgetan."

Isada stockte der Atem. Das konnte ihr Vater doch nicht ernst meinen. Sie wollte nicht heiraten.

Plötzlich war sie so mit ihren Gedanken beschäftigt, dass sie das restliche Gespräch verpasste. Sie hörte nur noch, wie die Eingangstür ins Schloss fiel und die leicht schlurfenden Schritte ihres Vaters im Arbeitszimmer verschwanden.

Mit zittrigen Fingern schloss sie die Zimmertür. Sie sollte heiraten. Dazu war sie noch viel zu jung, und überhaupt fühlte sie sich alles andere als bereit zu diesem bedeutenden Schritt. Wenn sie heiratete, müsste sie sich einem anderen Vampir unterordnen, und das ging überhaupt nicht. Es reichte schon, dass ihr Vater so viel Kontrolle über sie hatte, und bisher hatte sie das Glück gehabt, dass sie dennoch größtenteils machen konnte, was sie wollte. Nie würde sie sich einem männlichen Vampir bedingungslos unterordnen können. Sie wollte frei sein, wollte etwas bewegen. Das war auch einer der Gründe, warum sie sich den *Gen Guards* angeschlossen hatte.

Die *Gen Guards*. Sie stockte. Der Laptop. Er lag noch immer im Gebüsch vor dem Steakhouse.

„Testa!", rief sie frustriert aus, als ihr bewusst wurde, dass ihr Rucksack sich in Ricos Bus befand. Natürlich mit allen wichtigen Dingen inklusive ihrem Handy.

Auf ihrem Schreibtisch stand ein Festnetztelefon, das sie kaum benutzte. Nun dachte sie jedoch ernsthaft darüber nach, Rico anzurufen. Isada wusste, dass Mirosh, ihr Gruppenleiter, nicht davon begeistert sein würde. Letztendlich erledigte sich dieser Gedanke von selbst, denn sie wusste Ricos Telefonnummer nicht auswendig.

Ihr Laptop! Nicht das Gerät, das die *Gen Guards* finanziert hatten und das sie nur für deren Belange einsetzte, sondern ihr ganz persönlicher Computer. Ihr Rettungsanker. Ohne ihn wäre sie völlig von der Außenwelt abgeschnitten. Sie eilte zu ihrem Bett, griff nach dem Laptop, der auf ihrem Nachtisch lag, und klappte ihn auf. Auch hier hatte sie diverse Sicherheits-vorkehrungen getroffen, und selbst ein Profi würde Tage brauchen, ehe er das Sicherheitssystem ihres Computers außer

Gefecht setzen konnte. Unruhig trommelte sie auf das Metallgehäuse und wartete, bis das Betriebssystem hochgefahren war. Dann tippte sie den ersten von drei Geheimcodes des Sicherheitsprogramms ein, das sie selbst geschrieben hatte.

Kaum hatte sie sich angemeldet, öffnete sie ihr Nachrichtenprogramm und schickte Rico eine Nachricht. Es dauerte nicht lange, als dieser antwortete: *Alles okay bei mir. Wie geht es dir? Was ist mit Rave und Vario? Dein Rucksack liegt noch im Auto. Heute ist es zu spät. Vor Sonnenaufgang schaffe ich es nicht mehr zu dir und wieder zurück. Ich bringe ihn dir morgen vorbei.*

Isada schloss den Laptop. Mit Tränen in den Augen sah sie gerade ohnehin nichts. Sie wusste nicht, wie sie Rico sagen sollte, dass die beiden anderen nicht mehr lebten. Der Einsatz war vollkommen schiefgelaufen, und das alles war ihre Schuld. Nein, sie konnte Rico jetzt unmöglich antworten.

Isada vergrub ihren Kopf in den Kissen und weinte leise hinein. Diese einzige Nacht hatte ihr ganzes Leben aus der Bahn geworfen.

* * *

Pierrick verließ das Haus seines Schwiegervaters mit gemischten Gefühlen. Er bezweifelte, dass es der richtige Weg war, Isada in eine Ehe zu zwingen. Sie war ein Freigeist, unbezwingbar, und genau das machte ihr Wesen aus. Glücklicherweise war er nicht dafür verantwortlich, diese Entscheidung zu treffen.

Dass er mit Alexio über ihre Unvorsichtigkeit heute Nacht reden musste, war unabwendbar gewesen. Wenn Isada nicht besonnener war und besser auf sich aufpasste, dann musste es ihr Rinoka tun. Er und Isada hatten keine enge Beziehung, im Gegenteil, er war ihr in den letzten Jahren bewusst aus dem Weg gegangen. Sie löste eine Sehnsucht in ihm aus, die er gerne tief in sich vergrub. Aber dass ihr etwas geschah, wollte er auch nicht, schließlich war sie die Schwester seiner Frau. Er hatte Isadas Geburt miterlebt, sie aufwachsen sehen, war sogar Alexios Bitte gefolgt und ihr Renovator geworden und hatte sie durch die Verwandlung begleitet. Inzwischen war sie zu einer wunderschönen jungen Vampirin herangewachsen. Nicht einmal ihre derzeitige Vorliebe für diese grässliche Gothic-Kleidung konnte sie entstellen. Es war einfach alles ein wenig zu viel. Zu viel Make-up, zu wenig Kleidung. Ihm wurde schon wieder ganz heiß, als er an den kurzen Tüllrock dachte, der kaum ihre Oberschenkel bedeckte. Gut, ihre Beine hatten in diesem löchrigen Etwas gesteckt, das man kaum als Strumpfhose bezeichnen konnte. Zum Glück hatte sie ihre Jacke erst im Haus ausgezogen. Das Shirt, das sie trug, entblößte nicht nur ihre rechte Schulter, sondern endete auch knapp über dem Bauchnabel.

Die Bilder aus seinem Kopf vertreibend, startete er den Mercedes und gab Gas.

Er durfte sich nicht weiter Gedanken um Isada machen. Das war nicht gut für ihn. Er war ein verheirateter Mann. Und nur, weil seine Ehe momentan etwas schwierig war, bedeutete das nicht, dass er mit Caren nicht glücklich war.

„Vollia!" Er musste seinen Kopf freibekommen, sich auf seine Aufgabe als Aufräumer konzentrieren.

Entschlossen blickte er in den Rückspiegel, wechselte die Spur und bog ab. Bevor er nach Hingham fahren konnte, musste er noch einen Abstecher zu Darius' Anwesen machen. Dort würde er Virus antreffen. Vielleicht hatte er bereits Neuigkeiten für ihn und wusste, wer hinter dem Überfall in dem Tower steckte. Wenn nicht, konnte Virus ihm zumindest mit dem Inimicus weiter-helfen.

Zwanzig Minuten später passierte Pierrick das große Tor zu Darius' Anwesen. Zügig fuhr er die breite Einfahrt entlang und bog in Richtung Tiefgarage ab. Virus hatte ihm das Tor bereits geöffnet.

Neben Virus' dunkelrotem Dodge stand Areks BMW. Der Soya bildete gemeinsam mit Darius die Ekklesia-Krieger aus und war deswegen sehr oft in der unterirdischen Festung des Anführers anzutreffen. Mochte das weiße, viktorianische Gebäude noch so unschuldig wirken, tief unter der Erde erstreckte sich der eigentliche Wohnbereich der Vampire. Neben diversen Schlaf- und Gemeinschaftsräumen befand sich dort unten eine Trainings-halle, die die Mitglieder eines Kampfsportvereins vor Neid erblassen ließ. Eine Krankenstation und dank Virus eine inzwischen technisch gut ausgerüstete Kommandozentrale vervollständigten das unterirdische Labyrinth.

Pierrick betrat den Aufzug und ließ sich in die Tiefe bringen. Er kannte den Weg inzwischen gut. Unzählige Male war er im letzten Jahr hier gewesen, hatte mit Darius über Einsätzen gebrütet, mit den anderen Soyas Ratssitzungen abgehalten, und wenn es seine begrenzte Zeit zuließ, erschien er hin und wieder zum Training.

Er klopfte nicht an, als er Virus' Reich betrat; der junge Vampir hatte sicher längst an seinem Geruch erkannt, wer ihn besuchte.

Virus war jedoch so in seine Arbeit vertieft, dass er Pierricks Eintreten nicht bemerkte. So verschränkte der Soya die Arme vor der Brust und lehnte sich am Türpfosten an, während er Virus zusah, wie dieser hochkonzentriert in seine Monitore starrte und seine Tastatur bearbeitete.

Mitten in seiner Arbeit hob er plötzlich den Kopf und blickte überrascht Pierrick an. „Was machst du hier?"

„Ich wollte dich bei deiner Arbeit nicht stören." Pierrick schlenderte auf Virus zu. „Wie ich sehe, ist es dir noch nicht gelungen, dem Gerät ein paar Informationen zu entlocken."

„Nein!", sagte Virus frustriert. „Ich habe keine Ahnung, wie dieses Ding geschützt ist. Immer wenn ich denke, ich bin einen Schritt weiter, wirft mich dieses Sicherheitssystem wieder raus. Wer auch immer dieses Programm geschrieben hat, verdient meinen ganzen Respekt."

„Ich dachte, du bist ein Experte."

Virus grinste breit. „Nicht auf allen Gebieten der Technik. Ich schraube lieber, als eine eigene Software zu schreiben."

Pierrick nickte abwesend. „Ich brauche deine Hilfe."

„Ich weiß, du musst an die Daten des Laptops. Ich gebe mir wirklich Mühe, aber ich weiß nicht, wie lange ich brauchen werde."

„Das meinte ich nicht", unterbrach Pierrick das Computergenie.

Überrascht hielt Virus inne und wartete darauf, dass der Soya fortfuhr.

„Acer Patterson. Ich will, dass du alles über ihn herausfindest."

„Wie eilig ist das?", wollte Virus wissen.

„So schnell wie möglich. Das ist der Name des verschwundenen Wachmanns, und ich lege meine Hand dafür ins Feuer, dass er unser Inimicus ist."

Virus zog scharf die Luft ein, wirbelte auf seinem Drehstuhl herum und begann augenblicklich mit der Recherche.

„Das kann einige Minuten dauern. Aber es wäre mir recht, wenn du nicht hinter mir stündest und mir über die Schulter schaust."

Pierrick verstand den Wink, drehte sich um und verließ Virus' Arbeitszimmer.

In der Trainingshalle fand er Darius und Arek sowie eine Handvoll junger Krieger. Arek war gerade damit beschäftigt, ihnen einen neuen Griff zu zeigen, während Darius in Jeans und T-Shirt an die Wand gelehnt zuschaute. Offensichtlich trainierte er heute nicht mit.

Pierrick blieb an der Tür stehen und nickte Darius zu. Der Anführer ihres Clans stieß sich von der Wand ab und kam zu ihm.

„Sie machen sich gut", sagte Pierrick und nickte in Richtung der Epheben.

„Ja. Arek will sie in einem Monat auf Patrouille schicken."

Zustimmend nickte Pierrick.

„Weshalb bist du hier?", fragte Darius nach. Noch immer war sein Blick auf die jungen Vampire gerichtet.

„Hat Virus dir von den zwei Epheben im LDC-Tower berichtet?"

Darius machte einen undefinierten Laut. „Schon wieder zwei Tote. Sam habe ich es noch gar nicht gesagt. Sie ist momentan etwas emotional und steckt das nicht so leicht weg."

„Virus verfolgt für mich gerade eine Spur."

„Wenn ich dir irgendwie helfen kann, Pierrick, lass es mich wissen."

„Ich danke dir."

„Das Training ist für heute beendet." Arek klatschte in die Hände und schickte die Krieger unter die Dusche. Eilig räumten zwei der Epheben die Schwerter auf, während der Rest bereits Richtung Umkleideräume verschwand. Arek kam auf die Soyas zu.

„Deine Nacht scheint auch nicht besonders zu laufen", sagte er mit einem prüfenden Blick auf Pierrick.

„Zwei tote Epheben, ein herumlaufender Inimicus."

„Testa", schimpfte Arek. *Gen Guards?*

Pierrick nickte.

Das Gespräch der Soyas wurde unterbrochen, weil sich die Tür ein weiteres Mal öffnete und Virus mit einem ganzen Stapel bedruckter Papiere erschien.

„Alles, was ich über ihn finden konnte", sagte er grinsend und überreichte Pierrick die Ausdrucke.

„Hast du auch eine Zusammenfassung?", entgegnete dieser wenig begeistert von der Informationsflut.

„Natürlich." Virus begann die Papiere zu durchstöbern und riss sie Pierrick damit beinahe aus der Hand. Gerade so konnte der Soya vermeiden, dass sämtliche Schriftstücke auf dem Boden landeten.

„Hier!" Virus zog eine Seite mit einem Polizeifoto heraus.

„Schon am Bild erkennt man, dass er Inimicus-Gene in sich hat, wobei sie damals noch nicht so ausgeprägt waren. Das Bild ist zwei Jahre alt."

Pierrick kramte die Erinnerung des Wachmanns in seinem Gedächtnis hervor und musste Virus zustimmen.

„Er stammt ursprünglich aus Bangor und wurde dort wegen Körperverletzung verhaftet. Die Anklage wurde jedoch fallen gelassen. Kurz danach kam er nach Boston. Adresse, Sozialversicherungsnummer, Arbeitgeber, findest du alles in den Unterlagen."

Pierrick hatte bereits ein weiteres Papier in der Hand, auf dem der Wohnsitz des Inimicus vermerkt war. Er war sich nicht sicher, ob der Wachmann in seine Wohnung zurückkehren würde. Aber vielleicht dachte er, dass ihm am Tag keine Gefahr drohte. Das Haus musste überwacht werden. Pierrick hatte wenig Lust, sich den Tag um die Ohren zu schlagen. Er war müde und brauchte seinen Schlaf.

„Hättest du ein paar Krieger, die bereit für eine Tagesschicht wären? Nur beobachten?", wandte er sich an Arek.

Dieser dachte kurz nach, dann nickte er. „Ja, drei habe ich. Keine Epheben mehr, denen setzt das Sonnenlicht noch zu sehr zu."

„Wunderbar. Ich schicke dir die Daten aufs Handy. Sie sollen sich in Position bringen und sich bei mir melden, sobald jemand in die Wohnung will."

Arek nickte und hatte bereits sein Telefon gezückt, um die betreffenden Vampire zu kontaktieren.

„Mach ihnen bitte klar, dass sie nicht die Helden spielen sollen und es sich nur um eine Observation handelt."

„Keine Sorge", erwiderte Arek und grinste. „Die Vampire, die ich im Auge habe, sind absolut zuverlässig."

„Dann kann ich mich jetzt wieder dem Laptop widmen", verkündete Virus und verschwand.

Pierrick blickte auf seine Armbanduhr. Die Sonne war bereits aufgegangen. Kein Wunder, dass er so müde war. Die Nacht war ereignisreich und anstrengend gewesen. Es wurde Zeit, dass er etwas Ruhe bekam. So verabschiedete er sich von den anderen und machte sich auf den Weg nach Hingham.

KAPITEL 4

„Isada?!"

Isada, die gerade auf dem Weg die Treppe hinunter war, schloss die Augen. Sie hatte gehofft, das Haus verlassen zu können, ohne auf ihren Vater zu treffen.

„Ja, Vater?" Zum Glück sah er nicht, wie sie die Augen verdrehte.

„In mein Arbeitszimmer."

Isada schwante nichts Gutes, als sie das kleine Büro im Erdgeschoss des Hauses betrat.

„Wo willst du hin?" Alexio Dearing saß hinter seinem massiven Schreibtisch, die Augenbrauen ärgerlich zusammengezogen, als er seine Tochter von oben bis unten musterte. Isada wusste, dass er ihr Erscheinungsbild missbilligte. Vielleicht fand sie genau deshalb so große Freude am Gothic-Look. Heute hatte sie sich für eine relativ schlichte schwarze Jeans entschieden, deren Löcher einen Großteil ihres nackten Oberschenkels zeigten, und ein gewagtes Miederoberteil, das nur über der Brust nicht durchscheinend war. Ihr persönliches Highlight waren jedoch die schwarzen Spitzenhandschuhe, die sie über alles liebte.

„Ich bin mit einem Freund verabredet", erklärte Isada und versuchte, sich die Anspannung nicht anmerken zu lassen. Rico hatte ihr versprochen, ihr ihre Sachen zu bringen und sie hoffte, dass er mit ihr zum Tower fuhr, wo sie nach ihrem Laptop suchen konnte.

„Ich möchte nicht, dass du dich allein auf der Straße herumtreibst."

„Ich bin nicht allein. Rico Schweda holt mich ab."

Ihr Vater ließ einen verächtlichen Laut hören. „Schweda. Die Familie hat noch nie einen dominanten Vampir hervorgebracht. Das ist kein guter Umgang für dich."

Isada stemmte demonstrativ die Hände in die Hüfte. „Er ist ein Freund. Nicht mehr und auch nicht weniger."

„Du wirst dieses Haus nicht mehr alleine verlassen, und deine Begleiter will ich davor abgesegnet haben. Punkt. Morgen ist die Geburtstagsfeier von Zak Hogben, und ich erwarte, dass du daran teilnimmst. Es wird Zeit, dass ich dir ein paar geeignete Heiratskandidaten vorstelle."

„Ich denke nicht …"

„Mir ist es egal, was du denkst", unterbrach er sie. „Bis zum Ende des Jahres wirst du verheiratet sein."

„Nein!", rief Isada aufgebracht. „Ich will nicht heiraten."

„Du wirst, und das ist nicht verhandelbar."

Schmollend wandte sich Isada ab und war im Begriff, ihren Vater einfach stehen zu lassen.

„Wage es nicht zu gehen!"

Etwas griff auf mentaler Ebene nach ihr. Der Schlag traf sie so unvorbereitet, dass sie in die Knie ging und sich mit den Händen am Boden abstützen musste.

„Ich denke, es wird Zeit, dass du erwachsen wirst. Deiner Schwester hat die Ehe auch gutgetan. Als sie so alt war wie du, war sie längst verheiratet."

„Das ist etwas anderes", beharrte Isada, die noch immer außer Atem auf dem Boden saß. „Sie war in Pierrick verliebt." Auch wenn sich dies weit vor ihrer Geburt ereignet hatte, kannte Isada die Geschichte ihrer Schwester und des Soyas nur allzu gut. Jedes Mädchen, das sie kannte, träumte von so einer unglaublichen Liebesgeschichte, wie sie Caren erfahren durfte.

„Es geht hier nicht um Liebe, Isada, sondern um deine Zukunft. Ich möchte, dass du einen Ehemann findest, der die besten Voraussetzungen hat, dir im Clan eine gute Position zu verschaffen."

Es kostete Isada alle Kraft, sich aufzurichten. Wütend funkelte sie ihren Vater an. „Worum geht es dir eigentlich?

Darum, mich loszuwerden oder einen weiteren vorteilhaften Schwiegersohn zu haben? Ich lege keinen Wert auf eine Position im Clan, und ich will auch keinen Vampir, der …"

„Schweig!", donnerte ihr Vater. Die gedankliche Ohrfeige, die er ihr gleichzeitig verpasste, saß. Ihre Seele schmerzte mehr, als es ihre Wange jemals konnte. Es gab noch so viel, was sie ihm sagen wollte, doch dem Mori noch einmal verbal die Stirn zu bieten, traute sie sich nicht.

„Morgen Abend wirst du auf dieser Party erscheinen. Etwas anderes dulde ich nicht."

Abwartend blickte er sie an, sodass Isada nicht anders konnte, als „Ja, Vater" zu murmeln.

Endlich verschwand der Druck in ihrem Kopf, und Isada atmete erst einmal tief durch. Mit einem letzten hasserfüllten Blick auf ihren Vater stand sie auf und verließ das Arbeitszimmer. Den Rücken durchgestreckt, das Haupt erhoben, ging sie bis zur Treppe. Erst dort sackte sie in sich zusammen und eilte in ihr Zimmer hinauf. Erleichtert, die Tür hinter sich verriegeln zu können, erlaubte sie sich nun, die Tränen zu vergießen, die schon so lange in ihren Augen brannten. Sie sank auf den Boden, mit dem Rücken zur Tür, verbarg ihr Gesicht an ihrer Brust und schlang die Arme um die Beine. Hemmungslos weinte sie. Die Anspannung löste sich nur langsam.

Das Klingeln an der Haustür nahm Isada nur am Rande wahr. Erst die näherkommenden Schritte ihres Vaters veranlassten sie, das Schluchzen zu unterdrücken. Sie wischte sich mit den Händen über das tränennasse Gesicht und war froh, als sie hörte, wie ihr Vater etwas vor der Tür fallen ließ und wieder ging.

Sie wartete, bis sie sicher sein konnte, dass er fort war und öffnete ihre Zimmertür. Zu ihren Füßen lag der schwarze Stoffrucksack, den Rico vorbeigebracht haben musste. Grimmig griff sie danach und ärgerte sich über sich selbst. Wie sollte sie nun zum LDC-Tower kommen, wenn sie das Haus nicht mehr alleine verlassen durfte? Noch immer über sich selbst verärgert, stieß sie die Zimmertür hinter sich zu und öffnete den Rucksack. Neben ihrem Handy befand sich ein zweites Mobiltelefon darin. Das Prepaid-Handy hatte sie von

Mirosh, ihrem Gruppenleiter bei den *Gen Guards*, bekommen und wurde nur für die Angelegenheiten der Gruppe genutzt. Sie blickte auf das Display und erkannte, dass sie über den Messenger eine Nachricht bekommen hatte.

Schnell öffnete sie es und las Ricos Nachricht.

Im Clan wird über nichts Anderes mehr geredet. Warum hast du gestern nicht gesagt, dass Vario und Rave tot sind? Du hättest zumindest selbst an die Tür kommen können, anstatt deinen Vater zu schicken.

Isada presste die Lippen aufeinander. *Das lag nicht an mir,* tippte sie. *Ich hatte einen Streit mit meinem Vater. Kannst du mir einen Gefallen tun und am Tower beim Steakhouse nach meinem Laptop suchen?*

Isada setzte sich mit dem Telefon auf ihr Bett, lehnte sich an die Wand und wartete darauf, dass Rico ihre Nachricht las und ihr antwortete. Es dauerte ewig, bis das Piepen erklang, das den Eingang der neuen Nachricht ankündigte.

Was ist das für eine Schnapsidee? Ich bin doch nicht blöd. Die Ekklesia wartet doch nur darauf, dass wir uns dort blicken lassen.

Sauer warf Isada das Telefon auf ihr Kopfkissen. Warum hatte sich heute alle Welt gegen sie verschworen? Natürlich war es gefährlich dort aufzutauchen, aber noch viel brisanter wurde die Lage, wenn sie diesen Laptop in die Hände bekamen. Sie sprang auf und lief einige Runden durch ihr Zimmer, ehe sie sich in der Lage fühlte, eine halbwegs vernünftige Antwort zu schreiben.

Dann hoffe ich für dich, dass, wenn sie den Laptop finden, sie ihn nicht knacken können. Sonst sind wir nämlich beide dran.

Sie hielt das Gerät in der Hand und starrte auf das Display. Rico antworte nicht mehr. Typisch, ärgerte sie sich im Stillen über den Angsthasen, den sie zu ihren Freunden zählte. Zumindest wusste Isada nun, dass sie sich auf Rico nicht verlassen konnte.

Hast du Mirosh kontaktiert?, schrieb sie.

Mirosh musste dringend informiert werden. Er war derjenige, der den Kontakt zu den Ranghöheren in der Gruppe hielt.

Ja.

Isada war erleichtert. Das bedeutete nämlich, dass sie nicht mit ihm telefonieren musste. Er hätte Fragen gestellt, ihr zu Recht die Schuld am Tod ihrer Freunde gegeben, und sie hätte ihm erklären müssen, wo der Laptop abgeblieben war.

Als ob Mirosh Gedanken lesen konnte, vibrierte Isadas Telefon, und auf dem Display erschien sein Name. Sie fluchte und überlegte, ob sie das Gespräch ignorieren sollte. Doch auf diesem Weg würde sie es nur hinauszögern. Irgendwann musste sie sich Mirosh stellen, also konnte sie das auch sofort tun.

„Hallo, Mirosh!"

„Kannst du reden?", fragte er, anstatt ihren Gruß zu erwidern.

„Ja."

„Dann erwarte ich einen ausführlichen Bericht von gestern. Was ist passiert, dass wir nun mit zwei Leuten weniger dastehen?"

Isada seufzte, atmete tief durch und begann zu erzählen: „Zuerst verlief alles nach Plan. Rave und Vario sind hineingegangen. Dann gab es ein Problem. Das oberste Stockwerk war in den Plänen, die ich hatte, nicht eingezeichnet. Deswegen habe ich den Bus verlassen und bin direkt zum Tower gegangen."

„So etwas Ähnliches habe ich mir nach Ricos Erzählungen gedacht. Was ist dann passiert?"

Isada zögerte einen Moment, ehe sie weitersprach: „Vario musste den Alarm auslösen, sonst wäre er nicht in den Serverraum gelangt. Rave hat den Wachmann im Eingangsbereich außer Gefecht gesetzt. Dann ist irgendwie alles eskaliert. Einer der Wachmänner dort war ein Inimicus, der plötzlich auftauchte. Er hat zuerst Rave erledigt, und als Vario ihm zur Hilfe kam, auch ihn." Sie schluckte schwer und musste sich zusammennehmen, um nicht in Tränen auszubrechen.

„Wie hat der Inimicus von uns erfahren?"

„Ich habe keine Ahnung. Ich bin weggerannt, als er mich entdeckte. Glücklicherweise konnte ich ihm entkommen."

„Und der Stick?"

„Vario hat ihn platziert. Es müsste alles funktionieren. Nur …" Sie verstummte.

„Nur?", wollte Mirosh wissen.

„Ich musste den Laptop zurücklassen und hatte bisher keine Möglichkeit, ihn zu holen."

„Vollia!", fluchte Mirosh laut. „Heute ist es zu gefährlich, dort vorbeizugehen. Die Ekklesia wird alles rund um den Tower im Auge behalten. Warum hast du ihn nicht gleich gestern Nacht geholt?"

Isada presste die Lippen fest aufeinander. „Soya Pierrick hat mich aufgegabelt und nach Hause gebracht. Keine Sorge, er ahnt nichts", schob sie schnell nach. „Aber es gab dann noch eine etwas längere Unterhaltung mit meinem Vater …"

Mirosh brummte unzufrieden. „Und wie sollen wir jetzt ins Überwachungssystem kommen?"

„Ich überlege mir etwas, versprochen. Wenn ich nur die Zugangsdaten vom Laptop habe und das Programm, das ich geschrieben habe, dann ist es völlig egal, von welchem Computer ich zugreife."

„Wofür brauchst du dann diesen Laptop?"

„Ich muss das Programm freischalten und den Stick aktivieren."

Das mochte Isada an Mirosh. Auch wenn er sich in Computerdingen nicht so gut auskannte wie sie, hatte er doch ein gewisses Grundverständnis von der Technik, was bei den Vampiren nicht ganz alltäglich war.

„Wo soll dieses verdammte Gerät sein?", fragte Mirosh.

„Ich habe es im Gebüsch vor dem Steakhouse versteckt."

„Also gut, ich werde sehen, was sich machen lässt. Halte dich bereit, wenn ich den Laptop habe, brauche ich dich."

„Warte", beeilte Isada sich zu sagen, ehe Mirosh das Telefongespräch beendete.

„Was ist noch?" Seine Stimme klang scharf.

„Ich stehe vollkommen hinter unserer Sache und werde unser Projekt nach Leibeskräften unterstützen. Allerdings ist mein Vater gerade der Ansicht, dass ich zu viele Freiheiten habe."

Mirosh stöhnte auf. „Ahnt er etwas?"

„Nein, sicher nicht. Er möchte allerdings, dass ich seßhafter werde."

Mirosh lachte.

„Du und seßhaft, dass ich nicht lache."

Ein klein wenig fühlte Isada sich verletzt. Sie konnte durchaus ernsthaft und zielstrebig sein. Immerhin hatte sie drei Universitätsabschlüsse und wusste zumindest, was sie mit ihrem Leben nicht anfangen wollte. Nie wollte sie eine langweilige Vampirin sein, die im Schatten ihres Mannes ihr Dasein fristete und nur dann Anerkennung bekam, wenn sie Kinder in die Welt setzte. Alles, nur das nicht.

„Das ist nur eine Phase meines Vaters. In ein paar Wochen sieht alles schon wieder anders aus", log Isada und wünschte sich nichts sehnlicher, als dass sie damit Recht behalten würde. Allerdings änderte ihr Vater selten seine Ziele, zumindest nicht, wenn er groß und breit einen Soya, den er sehr schätzte, eingeweiht hatte. Schon allein deshalb würde Mori Alexio alles daransetzen, sie zu verheiraten.

„Gut. Ich werde dich vorerst keiner anderen Gruppe zuteilen. Wenn ich etwas für dich habe, melde ich mich." Noch ehe Isada etwas darauf antworten konnte, klickte es in der Leitung, und Mirosh hatte aufgelegt.

Erschöpft ließ Isada die Hand mit dem Telefon sinken. Sie fühlte sich plötzlich unglaublich müde, dabei war es erst kurz nach Mitternacht. Sorgfältig verstaute sie das Prepaid-Handy wieder im Rucksack und stopfte diesen in ihren Schrank. Ihr Vater pflegte ihre Sachen zwar in Ruhe zu lassen, aber man konnte nie wissen. Dann machte sie ihre Musikanlage an, suchte *If you feel better* von Emilie Autumn heraus und drehte die Lautstärke auf Anschlag. Zufrieden legte sie sich auf ihr Bett und tauchte ab in die Welt der Musik.

* * *

Die importierte mexikanische Haustür flog hinter ihm ins Schloss, als Pierrick sein Zuhause betrat. Er war als Aufräumer am späten Abend zu einem Notfall gerufen worden. Im Gegensatz zur Nacht davor war es ein harmloser Fall gewesen. Es ging lediglich darum, ein paar Menschen zu beeinflussen, die aufgrund der Unvorsichtigkeit einer Familie von der Existenz der Kruento erfahren hatten. Weder Verletzte noch Tote waren zu beklagen, es war nur eine Lappalie gewesen.

Der Eingangsbereich lag ruhig und verlassen vor ihm. Seine Schritte hallten auf den weißen, blank polierten Fliesen, als er den Flur entlangging. Im Vorbeigehen spähte er ins Wohnzimmer, fand dieses jedoch verwaist vor. Caren musste sich in ihre Räume im ersten Stock zurückgezogen haben. Seit Tagen verschanzte sie sich dort oben und ließ niemanden – auch ihn nicht – an sich heran. Die Tatsache, dass er für ihren Kummer mitverantwortlich war, lastete schwer auf seiner Seele. Er seufzte, fuhr sich mit der Hand durch die Haare und betrat sein Büro. Hier war sein Reich, sein Rückzugsort. Dunkles Holz und Leder dominierten den Raum. Caren betrat dieses Zimmer nur ungern, um genau zu sein nur dann, wenn er sie explizit darum bat.

Pierrick streifte den Mantel ab und warf ihn achtlos über den Stuhl vor dem Wandsekretär, ehe er zu seinem Schreibtisch ging. Erschöpft ließ er sich in seinen Ledersessel sinken, lehnte sich zurück und schloss die Augen. Wie sehr wünschte er sich jetzt jemanden an seiner Seite, dem er von seiner Nacht erzählen konnte, jemanden, der an seinem Leben teilnahm. Zunehmend fühlte er sich ausgepowert. Alle forderten immer nur von ihm. Der Clan brauchte ihn als Aufräumer, der die Drecksarbeit übernahm. Die Moris sahen in ihm den Soya, der Streit schlichtete und ihnen eine Richtung vorgab. Pierrick starrte die holzvertäfelte Decke an und versuchte sich an eine Zeit zu erinnern, in der es anders gewesen war. Caren war einst seine Freundin und Vertraute gewesen. Traurigkeit erfüllte ihn, als er an früher zurückdachte. Sobald er das Haus betreten hatte, war Caren da gewesen. Mit strahlenden Augen hatte sie ihm auf dem Weg ins große Wohnzimmer von ihrem Tag berichtet. Dort hatte Caren sich mit Handarbeiten beschäftigt, während er nebenan in seinem Arbeitszimmer den Papierkram aufarbeitete. Oder sie hatten die restliche Nacht gemeinsam verbracht. Es war lange her, seit sie das letzte Mal beisammengesessen hatten. Von Jahr zu Jahr hatte Caren sich immer weiter von ihm entfernt, ihn einfach nicht mehr an sich herangelassen. Er blickte auf die Fotografie von Caren und ihm, die auf seinem Schreibtisch stand. Er vermisste sie. Nach außen hin mimte sie nach wie vor die perfekte Ehefrau, und niemand, nicht einmal Carens Familie, ahnte, wie es tatsächlich um ihre Ehe stand.

Er überprüfte sein Handy, doch Virus hatte sich bisher nicht gemeldet. Vermutlich war es ihm immer noch nicht gelungen, an die Daten des Laptops zu kommen. Eigentlich hätte er auch noch zwei Suchanfragen an Virus gehabt, aber er konnte ihn nicht ständig von seinen eigentlichen Aufgaben abhalten. Vielleicht war es an der Zeit, sich selbst einen Computerexperten ins Team zu holen. Er hatte nur keine Ahnung, wer dafür infrage käme, deshalb hatte er bisher nichts unternommen.

Er zögerte, dann traf er eine Entscheidung und erhob sich. Pierrick wusste nicht, ob er erwünscht war, aber er wollte Caren sehen. Und als ihr Homen nahm er sich jetzt dieses Recht heraus.

Langsam stieg er die Treppe hinauf, die vom angrenzenden Wohnzimmer in den ersten Stock führte.

„Caren?", rief er.

Es blieb alles still. Er ging an den drei verschlossenen Türen vorbei. Jedes dieser drei Zimmer war für eines seiner Kinder bestimmt gewesen. Alle blieben sie bis heute unbenutzt. Nachdem Caren das erste Mal schwanger geworden war, hatten sie das erste Zimmer liebevoll in ein Kinderzimmer verwandelt. Als sie das Baby verloren hatte, hatte sie es nicht über sich gebracht, auch nur eine Winzigkeit zu verändern. Noch heute lagen auf dem Regal über dem Wickeltisch neben dem Babypuder winzige Leinenhemdchen, Fatschenbänder und kleine, kunstvoll bestickte Hauben, wie es zur damaligen Zeit gebräuchlich gewesen war.

In der zweiten Schwangerschaft weigerte Caren sich beharrlich, dieses Kinderzimmer zu benutzen und da sie genug leerstehende Räume hatten, verwandelte sich ein weiteres Gästezimmer in eine Kinderstube. Auch heute noch stand die handgeschnitzte Holzwiege unter einem seidenen Baldachin-Himmel, in dem einst sein Sohn gebettet werden sollte. Doch dazu war es nie gekommen.

Die letzte und dritte Schwangerschaft war nun etwa zwanzig Jahre her und hatte auch kein gutes Ende genommen. Caren erlitt bereits zu Beginn des zweiten Schwangerschaftsdrittels eine Totgeburt.

Pierrick erreichte Carens Zimmer. Einst war es ihr gemeinsames Schlafzimmer gewesen, doch schon vor Jahren war er ausgezogen. Er öffnete die Zimmertür. Das King-Size-Bett war frisch bezogen, die Kissen ordentlich aufgeschüttelt. Weder auf dem blauen Sofa, noch an dem zierlichen Holztisch mit den Stühlen war Caren zu finden. Er schloss die Tür wieder und ging weiter. Das Mondlicht durchflutete den weißen Salon. Am großen Fenster stand ein einzelner, weißlackierter Stuhl, auf dem Caren saß und hinaus in den Garten blickte.

Pierrick verweilte einen Moment an der Tür. Ein wehmütiges Lächeln lag auf seinem Gesicht, als er seine Frau betrachtete. Wie ein Fächer hatten sich ihre langen, schwarz-glänzenden Haare auf ihrem Rücken ausgebreitet – ein einsamer Schatten in dem weiß möblierten Raum mit der hellen Stuckdecke.

„Caren?", fragte er leise und trat langsam auf sie zu.

Sie bewegte sich keinen Millimeter, als er zu ihr trat und ihr sanft die Hand auf die Schulter legte. Erst, als er neben ihrem Stuhl in die Hocke ging, drehte sie ihm das Gesicht zu.

Sie hatte geweint. Aus unendlich traurigen Augen blickte sie ihn an. Pierrick hatte das Gefühl, dass sein Herz ein weiteres Mal in tausend Stücke zerbrach. Caren wandte den Blick wieder ab und starrte aus dem Fenster.

Sanft strich er über ihren Kopf und hauchte ihr einen Kuss auf dem Scheitel, als er sich erhob.

„Wann hast du das letzte Mal getrunken?"

Sie zuckte mit den Schultern.

„Du weißt, es ist nicht gut für dich, zu lange zu warten."

„Ich weiß", antwortete sie tonlos.

„Wann hast du das letzte Mal getrunken, Caren?", fragte er noch einmal, diesmal jedoch bestimmter.

Nachdem er keine Antwort bekam, öffnete er den Knopf an seinem Hemd und krempelte den Ärmel nach oben. Es gefiel ihm ganz und gar nicht, dass Caren sich selbst so vernach-lässigte. Sich so lange Nahrung vorzuenthalten, war sowohl für sie selbst als auch für ihr Umfeld gefährlich. Mehr als einmal hatte er einen Straßenzug aufräumen müssen, nachdem ein außer Kontrolle geratener Kruento in einen Blutrausch gefallen war.

Pierrick biss sich selbst ins Handgelenk und hielt Caren die blutende Wunde direkt an die Lippen. Zuerst war sie zögerlich, leckte mit ihrer Zunge nur über seine Haut. Dann leuchteten ihre Augen auf, und sie vergrub ihre Zähne in seinem Fleisch.

Er hatte recht gehabt. So gierig wie sie trank, hatte sie schon viel zu lange kein Blut mehr zu sich genommen.

In seinen Lenden zog es. Das Saugen an seinem Handgelenk und die Tatsache, dass es sich um Caren handelte, erregten ihn; in seiner Hose wurde es eng. Wie gerne hätte er jetzt Caren gepackt, sie aufs Bett gelegt und sich in ihr versenkt. Doch er wusste genau, sie würde es nicht wollen, und er verspürte keinen Gefallen daran, eine widerwillige Frau zu nehmen. Deshalb unterdrückte er sein Verlangen und biss die Zähne fest zusammen. Um Beherrschung ringend schloss er die Lider. Ein Bild tauchte vor ihm auf. Doch nicht seine Frau war es, die sich in schwarzer Spitze auf einem weißen Bettlaken räkelte. Es war Isada. Er riss die Augen wieder auf. Woher war dieser Gedanke gekommen? Er durfte nicht an Isada denken, während Caren von ihm trank. Auf diese Weise durfte er überhaupt nicht an Isada denken. Sie war seine Schwägerin und sowohl als Vampirin als auch als Frau in jeder Hinsicht tabu.

Am Anfang ihrer Ehe hatte es außer Caren niemanden gegeben. Doch nachdem sie sich immer weiter von ihm zurückgezogen hatte, musste er sich etwas überlegen. Er war kein Heiliger und hatte Bedürfnisse, die gestillt werden wollten. So war er auf Menschenfrauen ausgewichen, Mädchen, die leicht zu haben waren und die ihn entweder an ihr Blut oder zwischen ihre Beine ließen. Niemals beides gleichzeitig und nie ein zweites Mal. Caren hatte nichts dazu gesagt und es stillschweigend geduldet.

Als Isadas Bild sich noch einmal in seinen Geist schob, entwand er sich Carens Griff. Sie protestierte, wollte sein Handgelenk wieder an ihren Mund führen. Doch seine Wunde schloss sich bereits.

„Du hast genug", erklärte er ihr sanft und strich ihr über das Haar.

Sie blickte zu ihm auf, und ihre schokoladenbraunen Augen funkelten ihn an. Die Fänge weit ausgefahren, sein Blut noch immer auf ihren Lippen, knurrte sie ihn an.

„Du solltest schlafen gehen", sagte er, als er sich endgültig erhob und langsam das Zimmer verließ. Noch immer wütete das Verlangen in ihm. Er wollte sie berühren, ihren nackten Körper spüren. Sehnsüchtig wartete er auf eine Einladung, die Nacht bei ihr zu verbringen. Doch diese blieb aus, und so schloss er die Zimmertür hinter sich.

Er atmete tief durch und versuchte, sich unter Kontrolle zu bringen. So erregt wie er war, würde er unmöglich Schlaf finden. Also beschloss er, im Keller seinen Fitnessraum aufzusuchen. Einen Ort, den er öfter ansteuerte, als ihm lieb war. Aber zumindest musste er sich so nicht in seinem Bett schlaflos hin und her wälzen. Er würde trainieren, bis die Erschöpfung einsetzte und er für ein paar Stunden in einen unruhigen Schlaf fallen könnte.

* * *

Younes saß an seinem neuen Arbeitsplatz, einem Büro im West End, und schrieb an einer Rechnung. Nachts war das Industriegebiet verlassen und der perfekte Ort für ihn und seine Freunde, um zu arbeiten und anderen Tätigkeiten nachzugehen. Seit etwa zwei Monaten existierte nun ihre Schilder- und Lichtreklamewerkstatt, die sie unter den Namen *Light On* betrieben. Während im Erdgeschoss in der Lagerhalle die Reklameschilder zusammengebaut wurden, befanden sich im Obergeschoss die Büros. Jedoch wurde nur dieser Raum als solches genutzt. Alle anderen Räume waren in Schlafräume umfunktioniert worden. Je zwei Männer teilten sich ein Zimmer. Younes wohnte noch immer bei Natalie, die inzwischen hochschwanger war. Die meiste Zeit verbrachte er aber trotzdem hier bei seinen Brüdern.

Younes starrte auf die unfertige Rechnung. Er hasste den ganzen Papierkram. Das hier war mit Sicherheit nicht sein Traumjob, aber es spülte genug Geld in ihre Kasse, damit sie ihren Feldzug finanzieren konnten. Und einen weiteren Vorteil besaß diese Firma auch noch: Er kam ohne Probleme an

Utensilien, die man für den Bombenbau benötigte. Allein schon das Gas für die Neonröhren eröffnete ganz neue Möglichkeiten.

Ein Klopfen an der Tür riss ihn aus seinen Gedanken.

„Herein!", rief Younes, und Tyler steckte seinen Kopf durch den Türspalt.

„Du bist also doch noch da." Der Inimicus schob die Tür ganz auf und trat ein.

„Ja, ich habe noch etwas zu erledigen."

Tyler ließ sich auf einen der gepolsterten Stühle fallen. Younes kniff die Augen zusammen und musterte den jüngeren Inimicus. Er hatte etwas auf dem Herzen, das sah er ihm an der Nasenspitze an.

„Was ist passiert?" Langsam erhob Younes sich und umrundete den Schreibtisch, bis er vor Tyler stehen blieb und auf ihn hinabsah.

„Glaubst du wirklich, Acer, der Neue, ist vertrauenswürdig?"

Younes runzelte die Stirn, ehe er sich abwandte und zum Fenster hinter seinem Schreibtisch ging. Er blickte auf das schlafende Industriegebiet und wählte seine Worte mit Bedacht.

„Er wird seine Chance bekommen zu beweisen, ob er auf unserer Seite ist. Bis dahin wird er mitlaufen."

„Aber … wenn er uns verrät."

„An wen denn?" Younes drehte sich dem Inimicus zu und legte leicht den Kopf schief.

„Die Kruento? Oder die Behörden?"

Younes lächelte mild. „Du glaubst doch nicht, dass die Kruento ihn ausreden lassen, bevor sie ihn einen Kopf kürzer machen oder ein Schwert durchs Herz jagen. Er hat zwei von ihnen umgebracht."

„Und die Behörden?"

„Die Polizei wird einem vorbestraften und untergetauchten Wachmann sicherlich keinen Glauben schenken. Jeder von uns könnte die Vorwürfe, die er ersinnen würde, entkräften."

Tyler schien sich mit der Antwort zufrieden zu geben, zumindest entspannten sich seine Gesichtszüge.

„Wo ist er jetzt?", fragte Younes.

„Er ist unten in der Werkstatt und baut mit den anderen das Reklameschild fertig, das morgen Nachmittag abgeholt wird."

„Ich werde, bevor ich gehe, unten in der Halle nochmal vorbeischauen. Sei unbesorgt. Ethan und Will haben den Neuen im Blick und werden mir jede Unregelmäßigkeit melden."

„Ich danke dir", sagte Tyler. Er nickte Younes zu und verließ das Büro, um sich wieder seiner Arbeit zu widmen.

Nachdenklich ging Younes zu seinem Schreibtisch zurück. Er musste Tyler im Auge behalten. Der junge Inimicus zweifelte an ihren Zielen, an dem ganzen Projekt. Das musste sich ändern. Vielleicht wäre es eine gute Möglichkeit, ihn für ihren nächsten Angriff einzusetzen. Sollte er den Kampf überleben, war es gut, würde er es tun, hätten sie keinen großen Verlust zu beklagen.

In solchen Momenten wünschte er sich, dass sein Mentor noch am Leben wäre. Leyton wüsste mit Sicherheit Rat. Younes schloss kurz die Augen. Das Schicksal hatte es nicht gut mit ihm gemeint, und so musste er diese harten Jahre allein meistern. Zumindest so lange, bis sein Sohn alt genug war, den Platz an seiner Seite einzunehmen. Trotz allem hatte Leytons Tod auch einen Nutzen gehabt. Nur dadurch wurden ihm die Augen für die Wahrheit geöffnet. Die Kruento mussten ausgelöscht werden. Er würde weiter Seinesgleichen um sich sammeln, und eines Tages würden sie eine Armee haben, die schlagkräftig genug war, es auch mit den mächtigsten Kruento aufzunehmen.

Younes druckte die fertige Rechnung aus, faltete sie zusammen und steckte sie in einen Umschlag. Dann fuhr er seinen Computer herunter. Er griff nach seiner Jacke und verließ das Büro. Noch ein kurzer Stopp unten in der Fertigungshalle, dann würde er zu Natalie fahren.

KAPITEL 5

Isada war nichts anderes übrig geblieben, als ihren Vater auf die Geburtstagsfeier im Haus der Familie Hogben zu begleiten. Die einzige Form ihres Protestes drückte sie durch ihr Aussehen aus. Sie hatte sich dafür entschieden, ihre langen Haare aufzutoupieren und dunkellila Haarsträhnen einzuflechten. Die Augen waren schwarz umrandet und ihre Wangen und der Mund mit dunklem Violett bemalt. Das barocke Kleid mit einer raffinierten Schnürung endete vorne über dem Knie und ließ ihre langen, in Stiefeletten steckenden Beine frei, während es hinten bis zum Boden ging.

Missbilligend hatte ihr Vater sie gemustert, als sie im Eingangsbereich ihre Jacke auszog. Aber da war es zu spät gewesen, etwas dagegen zu unternehmen.

Am Arm ihres Vaters betrat Isada den weitläufigen Wohnbereich der Familie Hogben. Natalio, der Sohn des Hauses, war etwa so alt wie sie selbst. Ihn kannte sie ganz gut, weil er sich mit seinen Freunden öfter zu ihrer Clique gesellte. Mori Zak stand mit seiner Frau, einer blonden Vampirin in einem traumhaft schönen blauen Kleid, einige Schritte von ihnen entfernt und begrüßte gerade ein paar Gäste. Ihr Vater wies auf die Gastgeber und führte Isada zu ihnen. Isada versuchte ein Lächeln aufzusetzen und beglückwünschte Mori Zak zu seinem zweihundertsten Geburtstag.

Der Mori strahlte ein ungeheures Selbstbewusstsein aus, und das war genau das, was ihrem Vater imponierte.

„Natalio!", rief in diesem Augenblick Marena Hogben und winkte ihren Sohn heran.

„Ja, Mutter?"

„Kümmere dich ein wenig um Isada. Ihr jungen Vampire langweilt euch doch nur in unserer Gegenwart", erklärte sie lächelnd und legte Isadas Hand in die Armbeuge ihres Sohnes.

„Aber gerne." Er nickte Isadas Vater um Erlaubnis bittend zu und wartete auf sein stummes Einverständnis, ehe er Isada fortführte.

„Hast du gehört, was mit Vario und Rave geschehen ist?", fragte Natalio in einem aufgesetzten Plauderton und führte Isada durch den Raum.

„Ja", gab sie zu. „Schrecklich, nicht?" Das erdrückende Gefühl, das sie immer verspürte, wenn das Thema auf die toten Epheben kam, war wieder gegenwärtig.

„Ich hätte nie gedacht, dass sie sich den *Gen Guards* anschließen. So ein Blödsinn. Jeder, der das tut, muss mit dem Tod rechnen."

Isada wusste, dass Natalio eher zu den Konservativen gehörte und alles, was der Ekklesia-Rat beschloss, begeistert aufnahm. Sie verzichtete auf eine Antwort und machte sich von Natalio los, als sie Janet und Diango, zwei weitere Epheben, erreichten. Janet war früher in Kindheitstagen ihre allerbeste Freundin gewesen, doch in den letzten Jahren waren sie sich immer fremder geworden. Während Janet einen festen Freund suchte, hatte Isada Freunde in der Gothic-Szene gefunden. Als Isada ihr Computer-Science-Studium aufnahm, hatte Janet Musik studiert und einen Vampir gefunden, den sie in einem halben Jahr heiraten würde. Schon jetzt redete sie nur noch von Kindern. Ihre Leben hätten nicht unterschiedlicher verlaufen können.

„Schön, dich hier zu sehen", begrüßte Janet sie und gab ihr einen Kuss auf jede Wange.

„Ich freue mich auch. Wie geht es dir?", erwiderte Isada die Begrüßung.

„Wunderbar." Janet unterzog die Freundin einer genauen Prüfung und stellte dann fest: „Das Kleid steht dir, aber die Strähnen und das Make-up hätten durchaus etwas dezenter ausfallen können."

Isada grinste. Aus dem Mund der perfekten Janet hörte sich das wie ein Kompliment an. „Wo hast du Ennis gelassen?" Isada konnte Janets Verlobten nirgends sehen.

„Er hat heute Nacht andere Verpflichtungen."

„Dafür leiste ich ihr heute Gesellschaft", erklärte Diango und schob sich in den Mittelpunkt.

Isada mochte den hochgewachsenen blonden Vampir nicht, der alles viel zu genau nahm. Höflich lächelte sie ihm zu und war erleichtert, als sie in einer Traube von Frauen ihre Schwester Caren entdeckte, die sich die Hand vor den Mund hielt und lachte.

„Ihr entschuldigt mich, ich möchte kurz meine Schwester begrüßen." Isada wartete nicht, bis die anderen drei ihr Einverständnis gaben, sondern schob den Rock etwas zur Seite, sodass sie an Natalio vorbeigehen konnte.

Caren saß auf einem Stuhl und war umringt von etlichen Frauen, die die Gesellschaft der Mi genossen.

„Hallo, Caren", grüßte Isada und blickte auf ihre ältere Schwester hinab.

Caren hatte sich hübsch zurechtgemacht. Die langen schwarzen Haare waren aufwändig auf ihrem Kopf festgesteckt, ein Teil fiel offen über ihren Nacken. Sie trug ein schulterfreies, tiefrotes Kleid.

Isada bemerkte den missbilligenden Blick, mit dem ihre Schwester sie musterte. Sie bog den Rücken durch und straffte die Schultern. Es war ihr egal, was Caren zu ihrem Aussehen sagte. Ihr gefiel, wie sie sich gekleidet hatte, und das war die Hauptsache.

Caren erhob sich geschmeidig und nickte den Frauen gönnerhaft zu. „Bitte entschuldigt mich einen Moment. Ich muss kurz mit meiner Schwester reden", erklärte sie, fasste Isada am Arm und zog diese mit sich fort.

„Was soll das?", fragte Isada wütend und versuchte, sich loszumachen.

Der unnachgiebige Griff ihrer Schwester war jedoch zu fest.

„Wir müssen reden!" Caren öffnete die Terrassentür und wartete, bis Isada hindurchgegangen war, ehe sie ihrer Schwester folgte.

Die Nacht war kühl und auch wenn Vampire nicht schnell froren, hatte man die Party ins Haus verlegt. So waren sie hier ungestört.

„Du siehst aus wie eine Ancilla", meinte Caren empört.

Isada schnappte nach Luft. „Was fällt dir ein …?" Sie trat einen Schritt zurück und stieß gegen die steinerne Terrassenbrüstung. „Ich muss mich vor dir nicht rechtfertigen. Du bist nicht meine Mutter."

„Isada", meinte Caren etwas versöhnlicher und kam auf sie zu.

Isada wich ihr aus. „Lass mich!"

„Schau dich doch an. Du signalisierst damit jedem Vampir, dass du leicht zu haben bist."

„Du musst meine Kleidung nicht schön finden, es kann dir herzlich egal sein, wie ich herumlaufe. Und ich bin nicht leicht zu haben."

„Dann hör auf, wie eine Canicula herumzulaufen."

Isada schnaubte. „Das muss ich mir von dir nicht bieten lassen, Caren. Es reicht, dass ich auf Vater hören muss und er mir seinen Willen aufzwingen kann. Nur deshalb – hörst du! – nur deshalb bin ich heute hier. Es wird in meinem Leben nur zwei Vampire geben, die mir vorschreiben können, was ich tun und lassen kann. Der eine wird mein Rinoka sein und der andere mein Soya. Und du, meine liebe Schwester, bist weder das eine noch das andere." Damit wandte Isada sich ab, ließ Caren einfach stehen und machte sich auf den Rückweg ins Haus.

Natürlich wollte sie mit ihrer Kleidung Aufsehen erregen. Sie wollte anders sein als die langweiligen Vampirinnen. Sie war in der Gothic-Szene schon mit weit weniger Stoff am Leib herumgelaufen und nicht einmal begrabscht worden. Und auch in ihrem Clan hatte es bisher keiner gewagt, sie unsittlich zu berühren. Sicher, das mochte an ihrer familiären Bindung zu einem der mächtigsten Vampire in Boston liegen.

Aber selbst wenn. Es störte sie nicht, dass die Männer sie anglotzten. Von ihr aus konnten sie auch an sie denken und sich dabei einen runterholen.

Isada drehte sich nicht noch einmal um, um zu sehen, ob Caren ihr folgte. Ohne nach rechts und links zu blicken, stürmte sie ins Wohnzimmer. Erst dort blieb sie stehen und sah sich um. Vampire standen oder saßen in Grüppchen zusammen. Der Geräuschpegel war hoch, weil alle sich gleichzeitig unterhielten. Ein Blick auf die Uhr verriet ihr, dass sie noch eine Stunde hierbleiben musste, ehe es nicht mehr unhöflich war, sich zu entschuldigen.

Mori Alexio lächelte ihr zu. An seiner Seite stand Safar Winnar, ein Vampir, den sie nur flüchtig kannte. Sie wollte nicht mit ihm sprechen, sich mit ihm abgeben. Suchend sah sie sich um. Der einzige Vampir, bei dem sie in Sicherheit wäre, war Pierrick. Aber ihn konnte sie nirgends entdecken. Sie blickte sich um, fand ihren Schwager jedoch nicht. Ihr Geist suchte die Umgebung ab. Seine dominante Anwesenheit hätte sie spielend ausmachen können, wenn er da gewesen wäre. Enttäuscht drehte sie sich um und stand ihrem Vater gegenüber.

„Isada, Liebes", erklärte Mori Alexio überaus freundlich. „Schau, wen ich hier gefunden habe."

Safar war der einzige Sohn von Mori Dale, der mit Pierrick zusammenarbeitete. Ihr Vater hatte ihr bereits angekündigt, dass er ihr einige Vampire vorstellen würde, die er sich als zukünftigen Schwiegersohn vorstellen konnte. Aber doch nicht einen Holzkopf wie Safar, dachte Isada verzweifelt. Sie kannte ihn nur flüchtig. In seinem maßgeschneiderten Anzug mit der dunkelblauen Krawatte sah er sicher gut aus, wenn man auf glattgebügelte langweilige Typen stand.

Isada rang sich ein Lächeln ab. „Hallo, Safar."

Der Vampir musterte sie von oben bis unten. Ihr Vater murmelte: „Dann lass ich euch Jungvolk ein wenig allein." Er grinste vielsagend und ging.

„Isada", schnurrte Safar und ließ seinen Blick über ihren Körper gleiten. Ihm schien zu gefallen, was er sah, denn seine Augen glühten eine Spur intensiver. Isada wollte das nicht sehen und drehte den Kopf. Niemand schien ihr zu Hilfe kommen zu wollen. Seufzend ergab sie sich ihrem Schicksal.

„Hat mein Vater dich gebeten, mich etwas näher anzuschauen?", fragte sie spitz.

„Du bist ganz schön kratzbürstig, aber das gefällt mir." Er entblößte dabei eine Reihe perfekter Zähne. „Mein Vater hat einen guten Job und ein gewisses Ansehen im Clan."

„Und du?", fuhr sie ihn an.

Gelassen zuckte er mit den Schultern. „Die Schwägerin des Soyas wäre eine hübsche Partie, um meine Position zu festigen. Und ich glaube, wir könnten zusammen eine Menge Spaß haben." Er grinste sie anzüglich an.

Isada wurde schlecht. Wusste ihr Vater eigentlich, was er ihr antat? Er verkaufte sie wie ein Stück Vieh. War sie ihm nicht mehr wert? Sie wollte einen Mann, der sie mochte, sie achtete und ihr ihre Freiheiten ließ.

„Vielleicht sollten wir uns ein wenig näher kennenlernen?"

Isada rang um Fassung. Sie wollte nicht. Safar Winnar war ihr unsympathisch. Aber wenn sie ihn jetzt einfach abblitzen ließ, würde sie ihrem Vater nur eine Steilvorlage bieten, die Ketten, mit denen er sie gefangen hielt, noch enger zu ziehen. Das wollte sie um jeden Preis vermeiden. So schob sie ihre Hand in seine Armbeuge und ließ sich von ihm fortführen. Wohin, war ihr egal.

* * *

Es war bereits nach drei Uhr, als Pierrick das Haus der Familie Hogben betrat. Er hatte noch einen Abstecher zu Darius' Anwesen gemacht, um mit Virus zu sprechen. Der Vampir hatte bisher nicht die Zeit gefunden, sich um den Laptop zu kümmern und ihm auch keine Hoffnungen machen können, dass sich das in absehbarer Zeit änderte. Dafür hatte er ihm aber den Namen einer Computerspezialistin genannt: Isada. Er hatte überhaupt nicht gewusst, dass sie gleich zwei Master-abschlüsse in Computer Science besaß. Also war er zu ihr nach Hause gefahren, um sie um Hilfe zu bitten, blieb aber vor verschlossenen Türen stehen. Erst hatte er überlegt zu warten. Dann war ihm Zaks Feier zu seinem zweihundertsten Geburtstag wieder eingefallen. Sicher wollte Alexio sich dieses Ereignis nicht entgehen lassen. Also hoffte Pierrick, Isada dort ebenfalls anzutreffen.

Er war schnell nach Hause gefahren, hatte sich umgezogen und kam – mit einer Stunde Verspätung – auf der Geburtstagsfeier an.

Pierrick mochte diese Partys nicht sonderlich, aber da Zak seinen runden Geburtstag so groß feierte, war es als Soya seine Pflicht, dem ihm direkt unterstellten Mori seine Aufwartung zu machen.

Pierrick betrat den offenen Wohnbereich, in dem sich schon etliche Vampire tummelten. Er blickte sich um und sah allseits bekannte Gesichter. Suchend ließ er seinen Blick über die Menge schweifen und stellte wohlwollend fest, dass auch Caren gekommen war. Sie befand sich bei einer Gruppe von Vampirinnen, die förmlich an ihren Lippen zu kleben schienen. Ein Lächeln erschien auf seinem Gesicht, als er seiner Samera zusah, wie sie sich mit den anderen Frauen unterhielt und dabei zu amüsieren schien. So entspannt hatte er sie schon lange nicht mehr gesehen. Ob es an der Party lag, die ihren tristen Alltag unterbrach, oder daran, dass sie gestern getrunken hatte, vermochte er nicht zu sagen. Sie sah atemberaubend schön aus in der weinroten, schulterfreien Abendrobe.

Er überlegte gerade, wann sie sich das letzte Mal für ihn so hübsch gemacht hatte, als sein Blick bei einer anderen Vampirin hängenblieb. Für einen Moment musste er um Fassung ringen, ehe er sich wieder unter Kontrolle hatte. Was hatte seinen Schwiegervater dazu veranlasst, Isada in so einem Kleid herzubringen? Das Kleid betonte ihre atemberaubenden Kurven und entblößte Isadas schlanke Beine. Jeder Mann musste sich unwillkürlich vorstellen, wie es sich anfühlen würde, von ihnen umschlungen zu werden. Pierrick schloss für einen kurzen Moment die Augen, um der Erregung, die in ihm aufwallte, Herr zu werden. Er konnte nicht steif, mit glühenden Augen und ausgefahrenen Fänge durch die Geburtstagsgesellschaft marschieren. Ein zweiter Blick auf Isada, deren Oberteil raffiniert geschnürt war und ihren wunderbaren prallen Brüsten zu einem vollen Dekolletee verhalf, gab ihm fast den Rest. Dankbar für die Ablenkung wandte er sich seinen Gastgebern Zak und Marena zu, die in diesem Augenblick herbeigeeilt kamen, um ihn zu begrüßen.

„Soya."

Pierrick lächelte die Vampirin an, ergriff ihre behandschuhte Hand und hauchte einen Kuss darauf. „Wie wundervoll du wieder aussiehst, Marena."

Wie ein kleines Kind errötete sie und blickte verlegen zur Seite.

Dann war Zak, das Geburtstagskind, an der Reihe. Pierrick reichte dem deutlich kleineren Vampir die Hand und schlug ihm kameradschaftlich auf die Schulter. „Mein Freund, möge deine Gesundheit viele weitere Jahrhunderte andauern und der Schoß deiner Frau fruchtbar werden", begrüßte er den Vampir mit den traditionellen Glückwünschen. Wie auch er selbst, sehnten sich etliche Vampirpaare nach Kindern. Die Hogbens hatten zwar bereits einen Sohn, aber jede weitere Empfängnis wäre ein Segen für sie.

In ihrem Volk gab es viel zu wenige Kinder. Jede Schwangerschaft brachte eine große Gefahr für Mutter und Kind mit sich. Dennoch war es das größte Geschenk, das man einem Vampir wünschen konnte.

„Ich danke dir, Soya", sagte Zak ehrerbietig. „Es ist eine große Ehre für uns, dass du gekommen bist."

Abgelenkt nickte Pierrick, der aus dem Augenwinkel verfolgte, wie Isada mit Dales Sohn Safar fortging. Der Vampir war kein Ephebe mehr, hatte seinen Platz im Clan jedoch noch nicht so recht gefunden. Es fehlte ihm an Reife und Charakterstärke. Die Dominanz, die seinem Vater zu eigen war und die Gründlichkeit, mit der dieser seinem Alltagsgeschäft nachging, gefielen Pierrick sehr. An Safar hatte er diese Eigenschaften leider nicht weitergegeben.

Was machte Isada bei ihm? Ihr Gesicht war angespannt, aber es sah auch nicht so aus, als ob Safar sie zu etwas nötigte.

„Die Feier ist grandios organisiert", erklärte Pierrick der Gastgeberin, ohne sie direkt anzublicken. „Leider werde ich heute nicht so lange bleiben können. Ich habe noch ein paar Verpflichtungen. Deshalb werde ich mich schon jetzt von euch verabschieden."

„Selbstverständlich. Vielen Dank, dass du trotz deines straffen Zeitplans die Zeit gefunden hast, an unserem Fest teilzunehmen."

„Ich bleibe auch noch einen Augenblick, um ein paar Moris zu begrüßen."

Begeistert nickte Marena. „Bleib, so lange du möchtest."

Zak griff nach der Hand seiner Frau und bedeutete ihr still zu sein, ehe er sich mit einem letzten Kopfnicken von Pierrick verabschiedete und seine Samera mit sich fortzog, um die nächsten ankommenden Gäste zu begrüßen.

Pierrick wandte sich ab und suchte Isada. Er musste mit ihr sprechen und sie dann von dieser Veranstaltung fortbringen, bevor einer der männlichen Vampire die Kontrolle verlor und über sie herfiel. Isada war jedoch verschwunden – ebenso wie Safar. Im Stillen fluchte er und bemühte sich ruhig zu bleiben und nicht wie ein eifersüchtiger Narr durch den Raum zu rennen, um sie zu finden.

Er schlenderte zu einer Gruppe männlicher Vampire, schüttelte auch dort einige Hände, ehe er mit einer Entschuldigung weiterging.

Drei Gruppen später war er immer noch keinen Schritt weiter. Weder Alexio hatte er gefunden, noch Isada und Safar. Mit grimmigem Blick wandte er sich der Terrassentür zu und überlegte, ob sie sich vielleicht in den Garten abgesetzt hatten für ein heimliches Stelldichein. Daran wollte er überhaupt nicht denken.

„Alle begrüßt du, nur mich nicht", hörte er eine vertraute Stimme hinter sich.

Caren. Langsam drehte er sich zu ihr um. Sie hatte die Lippen schmollend verzogen, aber ein vergnügter Ausdruck lag auf ihrem Gesicht. *Wie schön sie doch ist*, schoss es ihm durch den Kopf, und etwas krampfte sich in seiner Brust zusammen.

„Nur dich würde ich so begrüßen", erklärte er, schloss sie in seine Arme und küsste sie direkt auf den Mund. Schon lange hatte Caren ihm gegenüber keine Zärtlichkeiten zugelassen. Hier in der Öffentlichkeit konnte sie ihn nicht so einfach von sich schieben. Er überlegte, ob er seine Zunge in ihren Mund gleiten lassen und den Kuss noch ein wenig intensiver auskosten sollte. Sie würde ihn gewähren lassen, das wusste er. Aber er wollte sein Glück nicht überstrapazieren, und so entschied er sich dagegen und gab sie frei. Caren warf ihm einen strengen Blick zu, ehe sie eine Haarsträhne hinter das

Ohr schob. Ihre Lippen waren von seinem Kuss geschwollen, und am liebsten hätte er seinen Mund gleich wieder auf ihren gedrückt.

Hinter ihm hörte er eine Vampirin verzückt aufseufzen. Wenn diese nur wüsste, wie sein Privatleben tatsächlich aussah, wäre sie bestimmt nicht mehr so angetan von der kleinen Showeinlage.

„Soll ich euch einen Raum besorgen, wo ihr ungestört seid?", bot Natalio, der Spross der Gastgeber, an. Pierrick sah den Schrecken, der sich in Carens Gesicht widerspiegelte und den sie verzweifelt zu verbergen versuchte.

„Nicht nötig, Natalio", erklärte er laut. „Meine Samera und ich haben ein eigenes Haus." Dann drehte er sich zu Caren um. „Möchtest du mich begleiten, oder soll ich dich deinen Freundinnen überlassen?"

Er hörte Caren erleichtert neben sich aufseufzen und wusste, dass sie nicht mitkommen würde. Enttäuschung breitete sich in ihm aus, und er wusste, dass der Moment, in dem die alte Caren durchgeschimmert hatte, vorbei war. Er sah es in ihren Augen.

„Geh du nur", sagte sie sanft, berührte kurz seinen Arm und wandte sich den Vampirinnen zu.

Pierrick sah Caren noch einen Augenblick hinterher, ehe er weiterging. Er begrüßte weitere Vampire und tauschte mit ihnen Belanglosigkeiten aus.

„Pierrick." Er gestattete nur wenigen Leuten, ihn in der Öffentlichkeit ohne seinen Titel anzureden. Sein Schwiegervater gehörte zu den Wenigen. Außerdem würde die Unterhaltung, die er gleich mit ihm führen wollte, sowieso eher persönlicher Natur sein.

„Alexio", begrüßte er seinen Schwiegervater und verzichtete ebenfalls auf dessen Titel. „Ich freue mich sehr, dich zu sehen."

Alexio deutete eine knappe Verbeugung an und blickte Pierrick interessiert an. „Kann ich dir bei etwas behilflich sein?"

„In der Tat", erklärte Pierrick, fasste seinen Schwiegervater am Arm und führte ihn etwas abseits, wo sie ungestört reden konnten.

„Was gibt es?" Alexio wirkte auf das Äußerste gespannt, und Pierrick wusste, der Vampir würde alles in seiner Macht Stehende tun, um ihm zu gefallen.

„Ich brauche Isadas Hilfe bei einem technischen Problem."

„Aber natürlich", eiferte Alexio sich.

„Allerdings eilt die Zeit, und es ist wichtig für unseren Clan. Ich brauche ihre Hilfe noch heute Nacht."

Alexios Augen wurden immer größer.

„Ich darf dir leider nicht sagen, worum es geht, und auch Isada wird zur Geheimhaltung verpflichtet sein. Du sollst aber wissen, dass der Rat dir für dein Einverständnis und Isada für ihre Hilfe äußerst dankbar sein wird."

„Das ist alles kein Problem. Ich werde sie sofort suchen, damit du mit ihr aufbrechen kannst. Wenn wir unserem Clan in irgendeiner Weise dienen können, sind wir selbstverständlich dazu bereit. Unser privates Vergnügen kann warten, wenn es um eine wichtige Sache geht."

„Danke dir, Alexio. Mach dir keine Umstände. Genieße die Party. Ich werde Isada suchen und sie vor Morgengrauen sicher nach Hause bringen."

„Soya." Alexio überschlug sich fast mit Förmlichkeiten. „Du weißt, dass ich dir vorbehaltlos meine Tochter anvertraue."

Darauf erwiderte Pierrick nichts. Würde Alexio es auch so sehen, wenn er wüsste, wie es um seine Ehe mit Caren stand? Es ging hier zwar gerade nicht um Caren, aber dennoch war sie auch seine Tochter, und bei ihr hatte er auf ganzer Linie versagt.

Pierrick verabschiedete sich und hatte es nun eilig, Isada zu finden.

Noch immer war die Party in vollem Gange und die Räumlichkeiten mit vielen Gästen gefüllt. Pierrick schloss die Augen und konzentrierte sich. Viele Gerüche lagen in der Luft. In dem Wirrwarr an Düften suchte er nach einer ganz speziellen Kombination. Honig und Birne – Isadas unverwechselbares Aroma.

Schnell fand er sie. Sie konnte nicht weit weg sein. Er öffnete die Augen, noch immer ihren Duft in der Nase, und folgte der Spur.

Wo auch immer sie und Safar steckten, es war Zeit, dass er ihre Zweisamkeit störte. Die Genugtuung darüber beunruhigte ihn weit mehr, als er sich eingestehen wollte.

* * *

Isada ließ sich von Safar durch die Räume führen. Er schien sich im Haus der Hogbens auszukennen. Sie begegneten immer weniger Vampiren. Eine leise warnende Stimme riet ihr, auf der Hut zu sein.

Der Vampir führte sie in ein weiteres Zimmer. Es war die Bibliothek. Fasziniert bestaunte Isada die mit Büchern vollgestopften deckenhohen Regale. Nur mit einer Leiter konnte man die oberen Reihen erreichen. Im hinteren Teil befanden sich gemütliche Sessel und eine gebogene Stehlampe, die sicher ein heimeliges Licht warf, bei dem man wunderbar lesen konnte.

Das laute Klicken der Tür, die ins Schloss fiel, ließ Isada herumfahren. Safar hatte die große Flügeltür geschlossen und kam auf sie zu.

„Warum hast du mich hierher gebracht? Was willst du von mir?"

Safar grinste sie breit an. „Ich dachte, wir lernen uns ganz in Ruhe etwas näher kennen."

Langsam kam er auf sie zu. Das ungute Gefühl wurde stärker. Sie fühlte sich nicht wohl, mit ihm allein zu sein und verschränkte die Arme vor der Brust.

Er kam immer näher und blieb dicht vor ihr stehen. Instinktiv wich Isada zurück, bis sie gegen einen Sessel stieß und nicht weiter zurückweichen konnte.

Safar war ihr gefolgt und grinste sie nun hämisch an. „Lernen wir uns doch ein wenig näher kennen", wiederholte er.

„Lass das!" Sie versuchte ihm auszuweichen, als er seine Hand ausstreckte und ihr damit über die Wange strich.

Er lachte kehlig, unterbrach die Berührung jedoch nicht. Im Gegenteil, er ließ seine Hand an ihrer Wange verharren und schob sich noch näher an sie heran.

„Dein Vater hat sehr deutlich gemacht, dass er an einer Verbindung mit meiner Familie interessiert wäre."

Isada atmete erleichtert aus, als Safar endlich seine Hand wegnahm. Aber noch immer war er ihr viel zu nahe. Sie spürte die männliche Präsenz, die sie unheilverkündend einhüllte. Sie überlegte einen Moment, ob sie ihren Vater zu Hilfe rufen sollte. Er war ihr Rinoka, und dadurch hatte sie eine ganz spezielle, geistige Verbindung zu ihm. Doch würde er ihr helfen? Schließlich hatte er gewollt, dass sie mit Safar fortging. Machte sie alles nur noch schlimmer, wenn sie nach ihm rief und er sie in dieser intimen Situation vorfand? Hatte sie dann ihr Schicksal besiegelt und musste Safar heiraten? Dieses Risiko würde sie nicht eingehen. Isada presste die Lippen fest aufeinander und entschied sich, die Situation durchzustehen. Lieber ertrug sie dieses Scheusal heute Abend als ein Leben lang.

„Ich mag es, wie du riechst." Er leckte sich über die Lippen, als ob er sie schmecken würde. „Und ich stelle mir vor, wie es wäre, von deinem Blut zu kosten."

Isada schloss die Augen, um der Situation zu entfliehen. Ihr war schlecht.

Safar schob seine Hand in ihren Nacken und zog Isada näher an sich heran, überschritt noch einmal ihre persönliche Distanzgrenze. Isada keuchte entsetzt auf, doch Safars Griff war unnachgiebig.

„Lass mich los!", stieß sie angewidert hervor und stemmte die Hände gegen seine Brust.

„Ich mag es, wenn du dich wehrst", lachte er und umfing sie nun auch mit der anderen Hand, die besitzergreifend auf ihrem Rücken landete.

„Das wirst du bereuen."

„Und was willst du tun?" Er ließ ihr ein klein wenig mehr Freiraum.

Isada ging ihre Möglichkeiten durch. Sie musste von hier fort. So viel stand fest. Safar wurde immer aufdringlicher und wenn er wirklich handgreiflich werden würde, hätte sie nicht viele Optionen, sich zu wehren. Um genau zu sein, eine einzige, und das war die Verbindung zu ihrem Rinoka. Ihr Verhältnis zu ihrem Vater war jedoch mehr als nur ein wenig angespannt, deshalb wollte sie diese Möglichkeit nur ungern nutzen.

„Ich mag es, wenn Frauen sich etwas zieren. Das macht mich besonders scharf."

Isada blickte ihn nicht an. Sie wollte sein anzügliches Grinsen nicht sehen. Es reichte ihr, dass sie seine Stimme hörte.

„Wenn du mir gehörst und ich über dich bestimmen darf, wirst du dich nicht mehr so freizügig kleiden und jeden Mann um den Verstand bringen. Jeder, der dich sieht, möchte dich am liebsten auf den nächsten Tisch setzen und sich zwischen deine Beine schieben."

Mit einer schnellen Drehung wollte sie ihm entkommen, doch er musste es geahnt haben und umfing nun ihre Taille. Während er sie an den Sessel drängte, berührten ihre Brüste seinen Oberkörper. An ihrem Bauch spürte sie seine Erektion.

„Lass mich gehen, Safar", erklärte sie mit so viel Selbstbewusstsein, wie es ihr möglich war. „Ich werde niemandem von diesem Zwischenfall erzählen."

„Nein, Isada. Ich werde dich nicht gehen lassen. Ein Wort zu deinem Vater, und ich werde ihm sagen, wie du mich bezirzt hast, mich angefleht hast, es dir zu besorgen. Was denkst du, wem dein Vater Glauben schenken wird? Schau dich nur an, wie du herumläufst, wie ein billiges Flittchen, eine Ancilla."

Isada schluckte. Das war einfach nicht fair. Tränen traten ihr in die Augen, nicht, weil Safars Worte sie verletzt hatten, sondern weil sie befürchtete, dass ihr Vater sich auf seine Seite stellen würde.

„Er wird mir sicher recht geben, dass du dringend die strenge Führung eines Homen benötigst", fuhr Safar fort. Seine Hand fuhr ihre Seite entlang hinauf und legte sich auf ihre Brust. Durch den Stoff ihres Kleides knetete er sie leicht.

In Isada rebellierte alles. Sie wollte nicht. Nicht hier, nicht mit Safar. Der Kerl widerte sie an.

„Na los, wehre dich", spornte er sie an. „Das macht mich noch viel geiler."

Sie roch bereits seine Erregung, sah an seinen glühenden Augen und den ausgefahrenen Fängen, wie sehr ihm dieses perfide Spiel gefiel.

„Du wärst nicht die Erste, die ich gegen ihren Willen nehme. Aber du wirst diejenige sein, die ich immer und immer wieder erniedrigen werde."

„Was für ein perverses Arschloch bist du eigentlich?", spie sie ihm entgegen.

Safar lachte auf und während seine Hand noch immer ihre Brust knetete, fuhr die andere an ihrem Oberschenkel entlang und tastete sich unter ihren Rock. Sie versuchte, sich aus seinem Griff zu lösen, aber sie war zwischen dem schweren Sessel und dem Vampir gefangen. Das Einzige, was sie erreichte, war, dass sie sich an ihm rieb. Isada gab ihren Widerstand auf und wandte den Kopf ab. Sie konnte nur beten, dass sie das Ganze unverletzt und halbwegs heil überstand. Eine Träne kullerte über ihre Wange, und sie schloss die Augen. Sie wollte den Triumph, dass er gewonnen hatte, nicht in seinem Blick sehen. Sie wollte überhaupt nichts sehen. Sie spürte, wie er über ihren Slip fuhr und wollte vor Scham im Boden versinken. Es fühlte sich so falsch an, und dennoch schüttelte sie den halbherzigen Gedanken, ihren Vater um Hilfe zu bitten, ab.

Mit einem lauten Krachen flog die Tür auf. Die Luft um sie herum vibrierte vor aufgeladener Dominanz und purer Macht. Sie riss die Augen auf und erstarrte. Im Türrahmen stand Pierrick. Nichts erinnerte mehr an den zivilisierten Vampir. Die Augen glühten beängstigend, seine Fänge waren deutlich ausgefahren. Seine übermächtige Aura erfüllte den ganzen Raum. Isada konnte kaum atmen. War Safar schon beängstigend gewesen, versetzte Pierricks Anblick sie in nackte Panik.

Safar musste es ebenso ergehen. Schnell trat er einen Schritt zurück.

Isadas Rock rutschte wieder nach unten. Ohne Safars Körper, der sie festgehalten hatte, sank sie zu Boden und blieb dort sitzen.

Langsam kam Pierrick näher. Isada schlug die Hände vors Gesicht. Ihr Herz schlug bis zum Hals. Jeden Moment konnte Pierrick sich wie ein Wirbelsturm auf sie stürzen, und es würde nichts von ihr übrigbleiben, rein gar nichts. Sie konnte doch überhaupt nichts für diese Situation. Warum war er denn so furchtbar wütend?

Safar wich weiter zurück. Von seiner vorherigen Überlegenheit war keine Spur mehr zu bemerken.

„Rühr. Sie. Nie. Wieder. An!", knurrte Pierrick leise.

Safar nickte eilig.

„Raus!", brüllte der Soya, und Safar flüchtete, so schnell es ihm möglich war.

Isada traute sich immer noch nicht, sich zu rühren. Sie spürte, wie Pierrick auf sie zukam und neben ihr in die Hocke ging. Tränen liefen ihr über das Gesicht. Isada konnte sie einfach nicht mehr zurückhalten.

„Hat er dich verletzt?" Pierricks Stimme klang immer noch viel zu tief, aber sanft.

Isada schüttelte den Kopf. Noch immer konnte sie die Situation nicht vollkommen erfassen. Was wollte Pierrick von ihr? Er setzte sich neben sie, lehnte sich mit dem Rücken an den Sessel und zog Isada in seine Arme. Dort lag sie, an seine breite Brust gebettet und weinte hemmungslos. Liebevoll strich ihr Pierrick über das Haar, murmelte beruhigende Worte. Der Heulkrampf ließ ihren Körper erbeben, und sie krallte sich fester an Pierricks Hemd.

„Es ist alles in Ordnung", erklärte er ihr und küsste sie auf den Scheitel. Immer und immer wieder. Sie spürte die sanften Schwingungen, die er aussandte, die in ihr Bewusstsein eindrangen und sie ruhiger werden ließen. Die Tränen versiegten. Ihren Platz in Pierricks Armen wollte sie trotzdem noch nicht aufgeben. Sie fühlte sich unendlich geborgen. Bei ihm war sie in Sicherheit. Er würde ihr kein Haar krümmen. Sie schloss die Augen und sog seinen unverwechselbaren Duft tief ein, wollte ihn sich einprägen und nie wieder vergessen, so als könnte bereits die Erinnerung daran alle Gefahren fernhalten. Er roch männlich und herb, und noch immer lag der schwere Geruch seiner Dominanz im Raum.

„Danke", flüsterte Isada schließlich kaum hörbar.

Als stumme Antwort fuhr er ihr über das Haar, verweilte auf ihrem Hinterkopf und küsste sie erneut auf die Stirn. Ewig verweilten seine Lippen an diesem Ort, und Isada schloss die Augen. Wenn es nach ihr ginge, könnte sie die ganze Nacht mit ihm hier sitzend verbringen.

„Er wird dich nie, nie wieder anfassen. Das verspreche ich dir", versicherte Pierrick ihr noch einmal.

Isada nickte stumm.

„Wir sollten jetzt gehen."

„Wohin?" Sie wollte sich nicht vom ihm lösen und bedauerte es, dass er den Körperkontakt abbrach.

Mit einem Satz war er auf den Beinen, reichte ihr die Hände und zog sie hoch.

Isada wandte den Kopf ab. Sie wollte nicht zurück auf die Party gehen, wollte Safar nicht noch einmal begegnen, ebenso wenig wie ihrem Vater, von dem sie sich verraten fühlte.

„Nicht ich sollte hier stehen, sondern dein Vater. Warum hast du ihn nicht gerufen?"

Fest presste sie die Lippen zusammen und schwieg.

„Ich brauche deine Hilfe. Mit deinem Vater ist bereits alles geklärt. Fühlst du dich dazu in der Lage?", fragte er weniger vorwurfsvoll, sondern nun ehrlich besorgt.

Isada blickte ihm direkt ins Gesicht. Er sah aus wie immer, der weltgewandte, unnahbare Soya. An die Naturgewalt von eben erinnerte nichts mehr.

„Wobei kann ich dir schon helfen?"

Jetzt war es Pierrick, der etwas verlegen schien. „Virus sagte, du hast einen Abschluss in Computer Science und wärst ein Genie, wenn es um Sicherheitssysteme geht. Wir haben einen Laptop gefunden, der vermutlich den *Gen Guards* gehört, und ich brauche deine Hilfe, um das Sicherheitssystem zu umgehen."

Isadas Augen wurden immer größer.

„Das muss aber unter uns bleiben", schob Pierrick eilig hinterher.

Langsam nickte Isada.

„Woher habt ihr den Laptop?"

„In der Nacht, als ich dich nach Hause gefahren habe, sind die *Gen Guards* in den LDC-Tower eingestiegen. Dort befindet sich ein Serverraum, in dem alle Videos der öffentlichen Überwachungskameras von ganz Boston gespeichert werden."

„Und was hat der Laptop damit zu tun?"

Pierrick zuckte mit den Schultern. „Ich weiß es nicht. Virus ist es nicht gelungen, dessen Sicherheitssystem zu umgehen.

Wir erhoffen uns einen Hinweis auf die Vampire, die hinter den *Gen Guards* stecken. Alleine konnten Rave und Vario die Operation niemals durchführen."

Einerseits war Isada mehr als erleichtert, dass es Virus nicht gelungen war, ihren Laptop zu hacken, andererseits hatte sie keine Ahnung, wie sie ihr Sicherheitssystem umgehen konnte, ohne sich selbst zu verraten.

„Fühlst du dich dazu wirklich in der Lage?" Pierrick musterte sie besorgt.

Isada reckte das Kinn nach oben und streckte ihren Rücken durch. „Mir geht es wunderbar. Ich freue mich auf eine Herausforderung." Es gelang ihr sogar, ein ernst gemeintes Lächeln zustande zu bringen.

„Okay, dann lass uns auf direktem Weg verschwinden. Virus wartet bereits auf uns."

KAPITEL 6

Das Anwesen lag im Dunkeln, als Pierrick und Isada Darius' Villa erreichten. Isada war noch nie hier gewesen und staunte über die beeindruckende Schönheit des Hauses.

„Warst du schon einmal hier?"

Isada schüttelte den Kopf. „Ich weiß nur, dass hier die Krieger trainiert werden."

Pierrick grinste sie an, als er in die unterirdische Garage abbog und seinen Mercedes dort parkte. Er gab Isada ein Zeichen, ihm zu folgen und führte sie auf direktem Weg zum Fahrstuhl. Mit einem Schmunzeln registrierte er ihre verblüffte Miene, als der Aufzug sie noch weiter in die Tiefe brachte. Die Türen öffneten sich, und der sterile, taghell beleuchtete Flur lag vor ihnen.

„Willkommen in Darius' Festung, dem Herzstück unseres Clans."

Mit großen Augen folgte Isada ihm.

Pierrick verlangsamte sein Tempo, als er merkte, dass Isada so sehr in die Betrachtung ihrer Umgebung vertieft war, dass sie nicht mehr Schritt hielt. Er führte sie geradewegs zur Kommandozentrale, wo sich im angrenzenden Raum Virus' Technikraum befand. Sie erreichten die Tür, und er hielt kurz inne.

„Alles, was du jetzt sehen wirst, unterliegt strengster Geheimhaltung. Hast du mich verstanden?"

Isada blickte ihn an und nickte ernst.

Er zögerte einen Moment. Wenn er die Tür aufstieß und Isada in seine Welt mitnahm, gab es für sie kein Zurück mehr. Sie war noch so jung, so unschuldig und unerfahren. Konnte er ihr das wirklich zumuten? Innerlich fluchte er, weil er wusste, dass er keine Wahl hatte. Isada war fast doppelt so alt wie Virus, und der junge Vampir steckte das Ganze erstaunlich gut weg, beruhigte er sein Gewissen.

Virus nahm Pierrick die Entscheidung ab, indem er die Tür von innen öffnete. Er breitete die Arme aus und grinste Isada mit seinem jugendlichen Charme an: „Cool, dass du da bist. Endlich jemand, der Ahnung von dem hat, womit ich mich den ganzen Tag herumschlage."

Mit Bauchgrummeln sah Pierrick zu, wie der junge Vampir Isada in die Arme nahm und sie kurz drückte.

„Komm herein", lud Virus sie mit einem Grinsen in sein Reich ein.

Pierrick folgte den beiden. Er hätte es nicht für möglich gehalten, aber Isadas Augen wurden noch eine Spur größer, als sie Virus' Einrichtung bestaunte.

„Ist es das, was ich denke?", fragte sie und blickte ungläubig auf den übergroßen Bildschirm an der Wand.

„Ja, das ist es." Mit Schwung setzte sich Virus auf seinen Stuhl, drehte sich einmal um die eigene Achse und zog sich an den Schreibtisch heran.

„Zieh deine Jacke aus, dann zeige ich dir alles!", rief Virus unbekümmert und deutete auf einen zweiten Stuhl mit Rollen.

Isada zögerte und warf Pierrick einen hilfesuchenden Blick zu. Ihre Kleidung hatte heute schon für genug Furore gesorgt, und wenn er ehrlich war, war es ihm lieber, wenn niemand mehr Isada in diesem aufregenden Kleid sah. Kein Mann wäre gegen ihre Reize immun. Vielleicht Darius und Jendrael, aber auch nur, weil sie ihre Seelengefährtinnen gefunden hatten.

„Behalte die Jacke an, bis ich dir etwas Vernünftiges zum Anziehen geholt habe", erklärte er schroff und wandte sich zum Gehen.

Aus dem Augenwinkel sah er, wie Isada sich gehorsam auf den zweiten Stuhl setzte und interessiert Virus' Ausführungen lauschte. Die Jacke behielt sie an.

Zufrieden machte er sich auf den Weg zu Sam, um von ihr ein paar Klamotten zu borgen.

Er kam jedoch nicht weit. Kaum hatte er die Tür hinter sich geschlossen, stand er Darius gegenüber.

„Hast du sie mitgebracht?", fragte dieser und spähte auf die geschlossene Tür.

„Ja, sie ist bei Virus."

„Na, dann bin ich mal gespannt, was Isada kann. Ich habe überhaupt nicht gewusst, dass du auch ein solches Computergenie in der Familie hast."

„Dann sind wir schon zu zweit", murmelte Pierrick. „Sag mal, könnte mir Sam eine Jeans und einen Pullover leihen?"

Entgeistert blickte Darius ihn an und brach in schallendes Gelächter aus.

„Nicht für mich, für Isada." Pierrick wusste, dass Darius sich damit nicht zufriedengeben würde, und so fügte er erklärend hinzu: „Wir kommen direkt von einer Party, und sie würde sich in einfacher Kleidung deutlich wohler fühlen."

„Ich denke, Sam wird etwas finden. Komm mit, ich begleite dich zu ihr."

Darüber war Pierrick froh. Er wusste wohl, dass Sam und Darius im Seitenflügel ihre Zimmer hatten, doch war er noch nie dort gewesen. Die Schlaf- und Wohnräume gehörten zu den Privatgemächern, und so nahe stand Pierrick weder Sam noch seinem Anführer.

„Du siehst aus, als würde dir ein kleiner Kampf gut tun", sagte Darius und musterte seinen Gast mit scharfem Blick.

Pierrick antwortete nicht. Darius hatte den Nagel auf den Kopf getroffen. Das Tier saß noch immer dicht unter der Oberfläche und verlangte mit Nachdruck, herausgelassen zu werden.

„Ich werde Sam bitten, Isada die Kleidung zu bringen. Du und ich, wir suchen die Trainingshalle auf. Was hältst du von diesem Vorschlag?"

Pierrick nickte dankbar.

„Schwert oder Dolch?", wollte der Anführer wissen.

Pierrick war gut im Umgang mit beidem, doch er bevorzugte die kleinere Waffe. „Dolch", entschied er und freute sich schon jetzt auf den Übungskampf. Sein letzter Kampf lag viel zu lange zurück, und ein ebenbürtiger Gegner wie Darius war eine Seltenheit. Diese Gelegenheit musste er unbedingt ergreifen.

* * *

Isada kam aus dem Staunen überhaupt nicht mehr heraus. Ungläubig sah sie Virus zu, der ihr mit einer kindlichen Begeisterung ein Schmuckstück nach dem anderen vorführte.

„Wo bekommt man so einen Prozessor her? Der muss ein Vermögen gekostet haben", wollte Isada wissen und beneidete Virus mit jeder Faser ihres Herzens dafür.

„Man muss die richtigen Leute kennen und das nötige Kleingeld haben", gab er augenzwinkernd zu. „Darius hat sich als äußerst großzügig erwiesen."

„Jetzt mal im Ernst, du arbeitest mit den Soyas richtig zusammen?" Isada bewunderte ihren alten Freund ungemein. Er hatte es geschafft und seine Leidenschaft zum Beruf gemacht. Mit einem Förderer, der über unermesslichen Reichtum verfügte, saßen sie hier umgeben von Spielzeugen mit einem Gesamtpreis, der sie schwindeln ließ.

Ein klein wenig stolz nickte Virus.

„Du hast gesagt, er habe dich engagiert, in seinem Haus ein paar technische Geräte zu installieren. Ich hatte keine Ahnung, dass du so richtig mit den Soyas zusammenarbeitest."

„Die Arbeit hier ist großartig, wobei ich ab und zu jemanden zum Fachsimpeln vermisse. Die Soyas wissen diese Sachen überhaupt nicht zu schätzen", gab Virus zögernd zu. „Und wie du siehst, benötige ich auch etwas Hilfe. Ich bin sehr froh, dass Pierrick dich gefragt hat. Du arbeitest in erster Linie für ihn, nicht für den Rat."

„Ich habe schon verstanden." Sie versuchte nicht beleidigt zu klingen, auch wenn sie sich so fühlte. Virus mochte es als achter Sohn eines Moris nicht einfach gehabt haben, sich in so eine vorteilhafte Position zu bringen, und sie wusste, dass er während seines Studiums hart gebüffelt hatte. Sein entscheidender Vorteil war, dass er sich als Mann nur seinem Familienoberhaupt und den Soyas unterwerfen musste. Sie dagegen wäre ein Leben lang an einen Rinoka gebunden und ihm auf Gedeih und Verderben ausgeliefert.

Wenn sie an so ein Scheusal wie Safar dachte, lief es ihr eiskalt den Rücken hinab. Sie musste eine Möglichkeit finden, ihren Vater umzustimmen, ihm irgendwie klarmachen, dass es besser war, wenn sie nicht heiratete. Sie wollte sich ihren Homen selbst aussuchen, wollte auf einen Vampir warten, der es schaffte, ihr Herz höher schlagen zu lassen und ihr weiche Knie bescherte.

„Erde an Isada", rief Virus und schnippte mit den Fingern vor ihrem Gesicht.

Augenblicklich verbannte Isada ihre Kleinmädchenträume – denn nichts anderes waren sie – in die hintersten Winkel ihres Seins und richtete ihre ganze Aufmerksamkeit auf Virus.

„Pierrick meinte, du brauchst Hilfe bei einem Laptop."

„Genau das habe ich dir gerade lang und breit erklärt", erwiderte Virus und fiel dabei vor Lachen fast vom Stuhl.

Verlegen grinste Isada ihn an.

Die Tür hinter ihnen öffnete sich mit einem leichten Quietschen. Gleichzeitig drehten sie sich um, und Isada erblickte eine hochgewachsene Vampirin mit schulterlangen braunen Haaren, gekleidet in eine schwarze Jeans und eine dunkelblaue Trainingsjacke. Auf ihrem Arm hielt sie ein Kleiderbündel.

Isada wusste sofort, wer die Frau war, die da vor ihr stand. Samantha Wesley, die Samera ihres Anführers. Ehemals Detective bei der Bostoner Mordkommission. Jeder im Clan kannte ihre Geschichte. Isada war ihr nur ein einziges Mal begegnet, als sie mit ihrer Schwester im *Fiftyfive* gewesen war. Die Mis Sam und Arnika waren damals dort gewesen. Bedauerlicherweise hatte Isada kaum die Zeit gehabt, mehr als zwei Sätze mit ihr zu wechseln, ehe Caren sie in eines der Abteile geschleppt hatte. Sie, Isada, gehörte nicht der Elite an, das tat nur ihre Schwester.

„Hi, Sam", begrüßte Virus die Besucherin wie eine alte Freundin.

Sie nickte Virus zu und wandte sich an Isada. „Hallo, Isada."

Isada erhob sich, sie wusste nicht so recht, wie sie sich gegenüber der Mi verhalten sollte. Sollte sie einfach zurückgrüßen, ihr die Hand geben oder gar einen Knicks machen? Wie sprach sie die Vampirin korrekt an?

„Ich bin Sam", sagte sie freundlich und nahm Isada die Entscheidung ab, indem sie ihr einfach die Hand hinstreckte.

Ehrfürchtig ergriff Isada die Hand. „Ich freue mich sehr, dich kennenzulernen."

„Ganz meinerseits."

Sam wirkte so natürlich, so ungekünstelt. Ganz anders als ihre Schwester Caren und damit die einzige Mi, die sie näher kannte.

Schließlich gab es derzeit auch nur drei Mis: Caren, Sam und die schwangere Arnika Collister.

„Ich habe dir etwas mitgebracht." Sam streckte ihr die Kleidung entgegen. „Ich hoffe, sie passen einigermaßen. Du bist etwas kleiner als ich."

„Vielen Dank." Isada nahm das Bündel in Empfang und drückte es an ihre Brust.

„Die Krieger sind gerade mit ihrem Training fertig und befinden sich in den Duschen und den Umkleideräumen. Aber du kannst dich nebenan in der Besprechungszentrale umziehen. Ich warte davor und sorge dafür, dass dich keiner stört."

Dankbar nahm Isada das Angebot an und folgte der Vampirin nach nebenan.

„Ich weiß, es ist nicht wirklich einladend hier, aber zum Umziehen müsste es genügen", meinte Sam und ließ ihren Blick durch den kahlen Raum gleiten. Die Einrichtung bestand aus einem kreisrunden Tisch, um den ein Dutzend metallener Stühle standen.

Isada legte die Kleidung auf dem Tisch ab. „Ich will hier ja nicht einziehen", erklärte sie schulterzuckend.

Sam grinste sie an, nickte ihr zu und schloss hinter sich die Tür.

Isada schälte sich endlich aus ihrer Jacke und löste die Verschnürung des barocken Kleides. Es fiel zu ihren Füßen in sich zusammen. Nur noch mit einem knappen Höschen bekleidet, schlüpfte sie aus den Schuhen, griff nach der Jeans und zog sie sich über die Hüften. Es gelang ihr gerade so, den Knopf zu schließen. An den Oberschenkeln saß der Stoff eng wie eine zweite Haut, und um den Po herum spannte die Hose leicht. Dafür war sie viel zu lang. Sam war nicht nur ein ganzes Stück größer als sie, sie war auch deutlich schlanker. Isada bückte sich und schlug die Hosenbeine um, bis ihre Füße zum Vorschein kamen. Dann angelte sie nach dem Pullover und zog ihn über den Kopf. Sie war froh, dass er nicht so kurz war und die Problemzonen an ihrer zu breiten Hüfte kaschierte. Sie zog die Haarnadeln und die künstlichen Haarsträhnen aus ihren Haaren, schüttelte sie und band sie sich zu einem Zopf im Nacken zusammen. Schließlich bückte sie sich, hob das Kleid auf und überlegte, was sie damit tun sollte. Sie würde es keinesfalls ein weiteres Mal anziehen. Also konnte sie es auch Sam in die Hand drücken, damit sie es entsorgte. Sie stieg wieder in ihre Stiefeletten, die überraschend gut zu ihrem jetzigen Outfit passten. Nur die schwarz umrandeten Augen und die dunkelvioletten Lippen erinnerten noch an das Partyoutfit. Aber lieber hatte sie etwas zu viel Make-up im Gesicht, als vollkommen ohne Schminke herumzulaufen. Ohne die Schutzschicht in ihrem Gesicht würde sie sich nur nackt und verletzlich fühlen.

Isada griff nach ihrem Mantel und ging zur Tür.

Wie versprochen wartete Sam davor.

„Kannst du das Kleid für mich wegwerfen?", fragte Isada und reichte Sam den Traum aus violett-schwarzem Gothic-Kleid.

Mit hochgezogenen Augenbrauen sah Sam erst Isada, dann das Kleid an. „Gern", murmelte sie schließlich, ohne weitere Fragen zu stellen. „Den Weg kennst du ja." Sie deutete auf die Tür zu Virus' Computerzimmer.

Dankbar nickte Isada und schlüpfte in den Computerraum.

„Ich bin bereit. Erzähl mir alles, was du über den Laptop weißt." Isada ließ sich wieder auf dem Stuhl nieder, zog die Beine an und lauschte Virus' Ausführungen.

Er hatte ganze Arbeit geleistet und war der Lösung des Problems schon ziemlich nahe gekommen, ohne es zu wissen. Nur ein kleiner Schubs in die richtige Richtung, und er würde das Sicherheitssystem umgehen.

„Ich kann es natürlich versuchen", erklärte Isada, als Virus geendet hatte. „Aber versprechen kann ich nichts."

„Wenn du es nicht schaffst, dann niemand", sagte er überzeugt und machte ihr Platz, damit sie an den Laptop herankam.

Isada betrachtete das metallene Gerät und überlegte, wie sie nun am besten vorgehen sollte, ohne dass Virus Verdacht schöpfte.

„Ich denke", Isada strich über die Tastatur, „ich werde dazu sicherlich mehrere Tage brauchen. Gibt es einen Ort, wo ich ungestört arbeiten kann?"

Nachdenklich schüttelte Virus den Kopf. „Ich denke nicht, dass es gut ist, den Laptop von hier zu entfernen. Das ist viel zu gefährlich. Wenn die *Gen Guards* davon erfahren, bist du ihre Zielscheibe. Du könntest doch hier arbeiten."

„Dann würde ich vorschlagen, du suchst dir für die nächsten Tage eine andere Beschäftigung", gab Isada eingeschnappt zurück.

„Ich kann mich jedenfalls nicht konzentrieren, wenn hier ständig jemand ein- und ausgeht. Du vielleicht?" Sie machte eine unwirsche Bewegung durch den Raum und blickte Virus fragend an.

„Ich gebe dir ja recht", gab Virus schließlich zu.

Gerade wollte sie ein weiteres Mal ansetzen, als sie innehielt und den Schritten lauschte, die sich der Tür näherten.

„Darius." Virus drehte sich mit seinem Stuhl einmal um die eigene Achse. „Und Pierrick."

Virus' Vermutung wurde bestätigt, als die Tür aufschwang und der Anführer und der Soya den Raum betraten.

„Wie weit seid ihr gekommen?", fragte Pierrick. Sein Blick glitt zwischen Isada und Virus hin und her.

„Das wird auf jeden Fall eine harte Nuss. Dafür brauche ich mehrere Tage", gab Isada zögernd zu.

„Und einen Raum, von wo aus sie ungestört arbeiten kann", fügte Virus hinzu.

„Einen Raum?" Darius dachte nach. „Das wird schwierig – zumindest hier unten."

„Ich brauche einfach einen leistungsstarken Computer, mit dem ich den Laptop verbinden kann. Es gibt da ein paar Programme, die ich über die Festplatte laufen lassen möchte und wenn das nicht klappt, arbeite ich gerade an einem speziellen Programm, das nur noch nicht ganz fertig ist und …"

Darius hob die Hand und bedeutete Isada still zu sein. „Davon verstehe ich nichts, und es ist mir auch egal. Du brauchst einen Computer und einen Raum."

„Ich nehme ihn auch mit nach Hause", schlug Isada vorsichtig vor.

„Nein!" Pierrick funkelte sie wütend an. „Das ist zu gefährlich. Euer Haus ist nicht gesichert. Wenn einer der *Gen Guards* mitbekommt, dass wir den Laptop haben, bist du zu Hause nicht mehr sicher." Der Soya wandte sich an Virus. „Wie lange dauert es, so ein Ding", er zeigte auf Virus' Monitor und Rechner, „zu beschaffen?"

„Ich kenne ein paar Leute in der Stadt. Bis morgen Abend habe ich dir etwas Funktionstüchtiges zusammengestellt. Allerdings wird das nicht gerade günstig, wenn du etwas Vergleichbares haben möchtest."

Isada hielt die Luft an.

„Kümmere dich darum und schaffe die Dinge in mein Haus. Isada wird von dort aus arbeiten."

Nach Luft schnappend starrte sie Pierrick an. Sie sollte nicht nur einen Supercomputer bekommen, sie sollte auch noch bei Pierrick arbeiten? „Hat Caren auch nichts dagegen?", erkundigte sie sich vorsichtig.

Pierrick musterte sie eingehend, und Isada wünschte sich, sie hätte nichts gesagt. „Caren wird das egal sein", erklärte er ruhig. „Wenn ihr beide noch etwas zu besprechen habt, dann tut das jetzt. Bald wird der Tag anbrechen, und ich habe deinem Vater versprochen, dich vor Sonnenaufgang zu Hause abzusetzen."

„Ich bin nicht mehr so empfindlich gegen das Sonnenlicht."

Pierrick warf ihr einen warnenden Blick zu, und sie verstummte augenblicklich. Es war nicht gut, ihm in Gegenwart anderer zu widersprechen. So wandte sie sich Virus zu, um noch ein paar Dinge bezüglich ihrer Anforderungen an den Supercomputer mit ihm zu besprechen.

* * *

Eine halbe Stunde später saß Pierrick mit Isada in seinem Auto und fuhr durch das nächtliche Boston.

Zeitlich würden sie es bequem vor Sonnenaufgang nach Readville schaffen.

Er warf einen Blick zu Isada hinüber, die desinteressiert den nächtlichen Verkehr betrachtete. Pierrick konnte sich ein kleines Schmunzeln nicht verkneifen, als er an ihren ungläubigen Gesichtsausdruck dachte, wie sie zusammen mit Virus die Einzelheiten für den Computer erörtert hatten. Die Stange Geld, die das Gerät kosten würde, tat ihm nicht weh. Selbst um Isada für einen einzigen Auftrag zu gewinnen, hätte er das Sümmchen locker gemacht. Sein Plan war jedoch, Isada dazu zu bewegen, auf Dauer für ihn zu arbeiten, und mit diesem Computer konnte er sie vielleicht ködern. Dass sie eine Vampirin war und er bisher nur männliche Vampire in seinem Team hatte, störte ihn nicht. Was ihm dagegen Sorge bereitete, war die Anziehungskraft, die sie auf ihn ausübte und die Tatsache, dass sie Carens Schwester war. Das war auch der Grund, warum er sie nicht gleich gefragt hatte, ob sie sich vorstellen konnte, fest für ihn zu arbeiten. Er war sich nicht sicher, wie lange er ihren Anblick ertragen würde. Schon jetzt fiel es ihm schwer, seine Sinne beisammen zu halten. Und wenn er nun in den nächsten Tagen feststellte, dass es mit ihr im Haus nicht ging, könnte er die Zusammenarbeit einfach beenden, ohne sich vor jemandem rechtfertigen zu müssen.

Er wechselte die Spur, um einen viel zu langsamen Motorradfahrer zu überholen.

Die Jeans und der Pullover, die Sam ihr gegeben hatte, standen ihr tausend Mal besser als das aufreizende Kleid, das sie davor getragen hatte. Dass Sam es für Isada entsorgen sollte, hatte er wohlwollend zur Kenntnis genommen, wobei die Jeans ihren wohlgeformten Hintern und die hübschen Beine nicht weniger betonten als das gewagte Kleid. Wenn es nach ihm ging, trüge sie nur noch weite Pullover und unförmige Hosen.

Verstohlen riskierte er noch einen Blick.

Isada sah abgekämpft aus. Wie sie ihren Kopf an das Fenster lehnte und sehnsüchtig nach draußen blickte, wirkte sie verletzlich, fast wie ein Kind. Sie war auch fast noch ein Kind! Noch war sie keine hundert Jahre alt, noch gehörte sie zu den Epheben. Sicher, bei den Vampirinnen, die stets von einem Rinoka unter Kontrolle gehalten wurden, waren die ersten hundert Jahre nicht so wichtig und prägend wie bei den männlichen Vampiren. Es gab etliche Frauen, die bereits als Blutkinder verheiratet wurden und ihr erstes Kind noch vor der Renovation gebaren.

„Ich möchte dir danken", unterbrach Isada plötzlich die Stille.

Pierrick zuckte zusammen. „Wofür?", fragte er viel zu schroff.

„Für dein Einschreiten auf der Party." Sie blickte ihn nicht an und sah noch immer wie gebannt aus dem Fenster.

Erneut brodelte die Wut in ihm. Der Kampf mit Darius hatte ihm gut getan, um die angestaute Energie loszuwerden. Aber nun kochten die Emotionen in seinem Inneren wieder hoch, und das Tier in ihm wartete nur darauf, die Gelegenheit zu nutzen und auszubrechen. Wenn er so weitermachte, würde er wieder den halben Tag in seinem Keller im Fitnessraum verbringen.

„Das musst du nicht." Er schwieg kurz, dann fügte er hinzu. „Kein Vampir hat das Recht, so etwas mit dir zu tun. Ich verstehe nur nicht, warum du nicht deinen Vater gerufen hast. Wozu hast du denn eine direkte Verbindung zu deinem Rinoka?"

Er hatte die Frage schon einmal gestellt, und Isada war ihm eine Antwort schuldig geblieben. Auch jetzt reagierte sie nicht, starrte nur weiterhin auf den Verkehr. Fast hätte er das leichte Schulterzucken übersehen.

Ein tiefes Knurren stieg in seiner Brust auf, und es kostete ihn alle Mühe, es niederzukämpfen.

„Mir gefällt nicht, dass du das Ganze hinnimmst, als wäre es nicht der Rede wert", knurrte er.

„Ach ja, und was soll ich deiner Meinung nach tun? Ich bin leider weder ein männlicher, dominanter Vampir, noch habe ich einen so einflussreichen Rinoka, dass sich alle vor ihm fürchten." Isada presste die Lippen fest zusammen, und er sah, dass ihre Augen feucht waren. Die Sache setzte ihr mehr zu, als er bis dahin gedacht hatte.

„Du musst lernen, dich zu verteidigen", stieß er hervor.

Isada wirkte kraftlos. „Und wer soll mir das beibringen? Du etwa?"

Sie sah nun noch verletzlicher und kindlicher aus, als sie die Beine an ihren Körper zog.

Am liebsten hätte er auf der Stelle das Auto angehalten, sie in die Arme genommen und getröstet. Doch genau das versagte er sich. Ihre Nähe war für seine Selbstbeherrschung gefährlich. Er umklammerte das Lenkrad fester und musste sich ermahnen aufzupassen, sonst würde es unter seinen Fingern zerbrechen wie Kristallglas, das auf Steinboden fiel.

Spöttisch fügte sie noch hinzu: „Zukünftig laufe ich dann mit einem Schwert herum. Das schreckt die Vampire sicherlich ab."

„Ich werde dir den Umgang mit einem Dolch beibringen", hörte er sich sagen, ehe er richtig begriff, was er gerade tat. „Den kannst du dir mit einem Oberschenkelgurt ans Bein binden."

Isada starrte ihn mit offenem Mund an, und er war mindestens so überrascht wie sie.

Was hatte ihn geritten, Isada dieses Angebot zu machen? Reichte es nicht, dass sie die nächsten Tage ständig in seinem Haus sein würde und er vorhatte, sie damit noch weiter an sich zu binden? Er verfluchte seine zweideutigen Gedanken. Er wollte keine Verbindung mit Isada eingehen, er war mit Caren verheiratet. Isada wollte er lediglich einen Job anbieten.

„Das würdest du wirklich tun?", hauchte sie.

Jetzt konnte er nicht mehr zurück und je mehr er es sich überlegte, umso besser gefiel ihm die Idee. Er würde Isada den Umgang mit dem Dolch beibringen. Die Waffe war für eine Frau ideal. Isada würde sich sicher geschickt anstellen, und er würde sich durchaus besser fühlen, wenn er wüsste, dass so etwas wie heute Nacht nie wieder geschehen konnte.

„Natürlich", bekräftigte er seine Entscheidung noch einmal.

Er war froh, dass er endlich Readville erreichte. Noch zwei Blocks, dann hatten sie das Haus erreicht, in dem Isada mit ihrem Vater lebte.

„Da wären wir", verkündete er, als er direkt vor dem Haus anhielt.

„Dankeschön fürs Heimbringen", murmelte Isada und öffnete die Wagentür.

„Kommst du alleine klar?", vergewisserte er sich noch einmal, war aber froh, als sie nickte. „Ich melde mich morgen."

Sie nickte noch einmal. „Schönen Gruß an Caren."

Damit warf sie die Autotür hinter sich zu und eilte die Stufen hinauf. Pierrick wartete, bis sie hineingegangen war, dann zückte er sein Handy.

„Ich brauche zwei Leute für eine Personenüberwachung", erklärte er dem Vampir am anderen Ende.

„Moment", murmelte dieser. „Ich kann dir Allerd Olfson und Blagden Sigmond anbieten. Zwei meiner besten Männer."

„Wunderbar. Schick mir sofort einen von ihnen an folgende Adresse." Er nannte ihm Isadas Anschrift. „Es geht um Isada Dearing, die Tochter des Hauses. Ich möchte, dass sie rund um die Uhr bewacht wird. Ihr darf kein Haar gekrümmt werden."

„Selbstverständlich."

Pierrick legte auf. Er blickte noch einmal auf das kleine Reihenhäuschen, in dem Isada verschwunden war. Sollte er auf die Personenschützer warten? Nein, bisher ahnte noch niemand, wie wichtig Isada für den Clan war. Noch war sie in Sicherheit. Er drückte das Gaspedal durch. Als er weiter Richtung Hingham brauste, hoffte er einen klaren Kopf zu bekommen. Isada setzte ihm gehörig zu. Er kannte sie ihr ganzes Leben, hatte sie aufwachsen sehen, sogar die Renovation bei ihr durchgeführt. Sie war immer Carens kleine Schwester gewesen. Doch irgendetwas war mit ihr geschehen. Das nette kleine Mädchen hatte sich in eine äußerst attraktive – heiß, korrigierte er sich – äußerst heiße, sexy Frau verwandelt. Er musste sich zurückhalten. Irgendwann würden sich diese Gefühle wieder legen – zumindest hoffte er das.

* * *

Isada lief die Stufen zur Haustür hinauf. In ihrer Hand hatte sie bereits den Haustürschlüssel. Pierrick fuhr nicht wie erwartet los, sondern wartete. Ungeduldig steckte sie den Schlüssel ins Schloss, was nicht gleich beim ersten Mal gelang. Dann endlich konnte sie ihn drehen, und die Tür öffnete sich. Schnell schlüpfte sie hinein und schloss erleichtert ab. Sie war noch immer ganz durcheinander von dieser Nacht, in der so unheimlich viel passiert war. Pierrick würde ihr den Umgang mit dem Dolch beibringen. Ungläubig schüttelte sie den Kopf und eilte in ihr Zimmer hinauf.

Kaum dort angekommen, riss sie die Schranktür auf. Sie musste Mirosh unbedingt berichten, was mit dem Laptop geschehen war und Entwarnung geben.

Sie wartete, bis das Handy Empfang hatte und wollte gerade den Messenger öffnen, als das Telefon klingelte und Miroshs Namen anzeigte.

„Hallo?", meldete sie sich verwundert.

„Ich stehe unten vor der Tür. Kannst du für einen Moment rauskommen?"

„Klar." Isada legte auf. Gut, dass sie noch die Schuhe anhatte. Sie eilte die Treppen hinunter und riss die Tür auf. Von Pierricks Auto war zum Glück weit und breit nichts mehr zu sehen.

Auf der gegenüberliegenden Seite trat eine Gestalt aus dem Schatten eines Baumes. Mirosh.

Nervös sah sie sich um, ob jemand sie beobachtete und eilte dann zu ihm.

„Was machst du hier?" Wenn sie jemand zusammen mit Mirosh sah und irgendwann herauskam, dass einer von ihnen zu den *Gen Guards* gehörte, hatte auch der andere ein Problem.

„Ich muss mit dir reden."

„Hier? Wenn uns jemand sieht? Warum konntest du nicht am Telefon mit mir reden?"

„Wenn sie das Telefon anzapfen? Das ist zu gefährlich."

Isada verschränkte die Arme vor der Brust. „In mein Telefonnetz hackt sich niemand ein. Das habe ich mehrfach gesichert."

Mirosh schien ihr nicht zu glauben.

„Also, was willst du? Ich muss rein." Sie deutete in Richtung Haustür.

„Als der Soya dich von der Party mitgenommen hat, habe ich schon das Schlimmste befürchtet."

„Ich auch", gab Isada zu. „Sie haben den Laptop, aber es nicht geschafft, ihn zu knacken. Dafür brauchen sie mich." Sie reckte den Kopf und schaute Mirosh geradewegs in die Augen. „Ich werde einen Weg finden, alle belastenden Daten zu vernichten, ohne dass sie Verdacht schöpfen."

„Das will ich dir geraten haben." Mirosh vergrub die Hände in seinen Hosentaschen. „Der Soya ahnt nichts?"

Isada schüttelte den Kopf.

Mirosh grinste breit. „Das ist unsere Chance. Finde heraus, was die Ekklesia über uns wissen. Finde heraus, was Soya Pierrick über uns weiß."

„Mirosh", zischte Isada aufgebracht. „Ich soll lediglich diesen Computer entsichern. Du glaubst doch nicht, dass sie mir Geheimnisse anvertrauen."

„Dann leg dich ins Zeug. Zeig, was du kannst. Du kennst den Soya, wickle ihn um den kleinen Finger." Mirosh hatte sich in Rage geredet. „Du wolltest für unsere Überzeugungen eintreten. Die Ekklesia ist mit ihrer Politik den Inimicus gegenüber auf dem Holzweg. Jetzt hast du die Möglichkeit zu beweisen, was in dir steckt."

„Ich werde sehen, was sich machen lässt", wich Isada ihm aus.

„Das reicht nicht. Der *Big Boss* hat von dem Laptop Wind bekommen und tobt."

Isada schluckte. Der unbekannte Big Boss, den keiner kannte und den noch nie einer zu Gesicht bekommen hatte. Isada vermutete, dass nicht einmal Mirosh wusste, wer an der Spitze der *Gen Guards* stand. Sie hegte jedoch die Vermutung, dass er in guten Kreisen unterwegs war. Manchmal lieferte er Informationen, die einfache Vampire nicht wissen konnten. Wenn er nicht selbst nahe am Rat war, dann kannte er zumindest jemanden, der die Ekklesia für ihn ausspionierte. In diesem Spiel bedeutete Wissen Macht, und Macht brauchten sie, um gegen die Ekklesia zu bestehen. Ein Wissensvorsprung war dabei ihre einzige Chance.

„Du schaffst das! Finde heraus, was der Soya über uns weiß."

„Ich werde es versuchen", seufzte Isada. Ihr war durchaus bewusst, dass sie sich auf ein gefährliches Spiel einließ. „Aber setz mich bitte nicht unter Druck."

Mirosh verzog das Gesicht, nickte jedoch.

„Ich werde mich bei dir melden, wenn ich etwas habe."

„Dann sind wir uns einig."

Der Vampir wollte sich gerade abwenden, als Isada ihn am Arm packte.

„Warte!"

„Was ist noch?"

„Was ist mit Rico? Als ich ihn das letzte Mal gesehen habe, war er ziemlich durch den Wind."

Mirosh runzelte die Stirn.

„Er wird sich zusammenreißen. Es war von vornherein klar, dass es durchaus gefährlich werden kann, bei den *Gen Guards* mitzumachen. Das hat auch er gewusst."

Isada schluckte. Sie mochte den Epheben.

„Ich habe ihn bereits einer neuen Gruppe zugeteilt. Schau du lieber nach deinem Soya."

Isada setzte gerade zu einer Erwiderung an, dass es nicht *ihr* Soya war, schluckte die Bemerkung jedoch hinunter.

„Kümmere dich bitte um Rico", bat sie Mirosh noch einmal.

Dieser zog nur fragend eine Augenbraue nach oben. „Ich bin nicht Mutter Theresa", erklärte er schroff, drehte sich um und lief eilig die Straße hinab.

Isada wartete, bis er außer Sichtweite war, dann begab auch sie sich zum Haus zurück. Die ersten Sonnenstrahlen brachen durch die Wolkendecke und kribbelten unangenehm auf ihrer Haut. Glücklicherweise war sie kein frisch verwandelter Vampir mehr, und so ertrug sie das Sonnenlicht für einige Stunden. Die alten Vampire, wie zum Beispiel Pierrick, gingen sogar am Tag spazieren, ohne dass es ihnen etwas ausmachte.

Isada sperrte die Tür auf und wollte gerade das Haus betreten, als ein unbekannter Geruch sie einen Moment innehalten ließ. Da war jemand in der Nähe. Sie schloss die Augen, um sich ganz auf den Duft zu konzentrieren. Ein Vampir, der zu ihrem Clan gehörte, mit einer leichten Note von Pierrick. Isada spähte die Straße entlang, konnte aber niemanden ausmachen. Dann zuckte sie mit den Schultern und schloss die Tür hinter sich. Wenn dieser Jemand etwas von ihr wollte, dann sollte er klingeln.

Trotzdem blieb ein ungutes Gefühl. Ihr Vater war nicht zu Hause, und sie hoffte, dass er bald zurück sein würde.

Die lange Nacht mit ihren vielen Überraschungen hatte Isada ziemlich ausgelaugt. Jetzt sehnte sie sich nur noch nach ein paar Stunden Schlaf.

Isada schleppte sich die Treppe hinauf in ihr Zimmer, zog sich um und fiel völlig erschöpft in ihr Bett. Es dauerte nicht lange, bis sie eingeschlafen war, und auch die Tatsache, dass sich ein fremder Vampir in der Nähe des Hauses aufhielt und sie allein war, hielt sie nicht davon ab, in die Traumwelt zu entgleiten.

KAPITEL 7

Als Isada am nächsten Abend erwachte, sah sie als erstes auf ihr Handy. Tatsächlich war eine Nachricht von Virus eingegangen.

Bin gerade dabei, dein neues Baby aufzubauen. Dauert noch etwas. Ich melde mich bei dir, wenn ich fertig bin.

Isadas Laune verbesserte sich augenblicklich. Sie hoffte inständig, dass er bald fertig war, damit sie endlich zu Pierricks Haus in Hingham aufbrechen konnte. Zu Fuß brauchte sie, wenn sie rannte, etwa eine halbe Stunde. Das würde sie einiges an Energie kosten. Ihren Vater wollte sie jedoch auch nicht fragen, ob er sie fuhr. Alexio Dearing, geboren im siebzehnten Jahrhundert, aufgewachsen zu einer Zeit, in der Frauen keine Rechte hatten, war heute noch der Ansicht, dass Vampirinnen hinterm Steuer nichts zu suchen hatten. So besaß Isada keinen Führerschein. Zur Uni war sie immer mit dem Bus gefahren. Sie war ja froh gewesen, dass ihr Vater ihr überhaupt das Studium erlaubt hatte.

Damit Isada nicht hinuntergehen und mit ihrem Vater über Safar reden musste, stellte sie die Musikanlage an. *Ville Valo* dröhnte aus den Boxen, als Isada ihren Computer hochfuhr und an ihrem Programm, das sie gerade schrieb, weiterarbeitete. Die Nacht wollte einfach nicht vorbeigehen. Isada überlegte gerade, ob sie nicht doch hinunter zu ihrem Vater gehen sollte, als es an der Tür klingelte. Wer mochte das nur sein? Sie lauschte den Schritten ihres Vaters, der zur Haustür ging. Die Neugier siegte. Isada stellte die Musik ab und schlich zur Treppe, von wo aus sie hinunter spähen konnte.

In der Tür stand niemand anderer als Pierrick. Ihr Herz machte vor Freude, ihn wiederzusehen, einen Hüpfer.

„Womit kann ich dir helfen?", wollte Alexio beflissentlich wissen.

„Ich bin hier, um Isada abzuholen. Hat sie dir nichts davon gesagt?"

Etwas verwundert hob ihr Vater eine Augenbraue. „Das muss ihr wohl entfallen sein." Fragend drehte er sich zur Treppe um.

Isada schloss für einen Moment die Augen. Ihr hätte klar sein müssen, dass die Vampire sie wittern würden.

„Können wir?", fragte Pierrick, der einen Schritt vortrat, um sie sehen zu können.

Ertappt wich sie zurück. „Du hättest anrufen können. Ich brauche noch einen Moment."

„Gut. Ich warte."

Isada hastete in ihr Zimmer und riss die Türen des Kleiderschranks auf. Sie brauchte etwas zum Anziehen. In Jogginghose und diesem abgetragenen Pullover konnte sie unmöglich Pierrick begleiten. Aber was sollte sie nur tragen? Einen Rock? Eine Hose? Auf jeden Fall etwas Bequemes. Schließlich entschied sie sich für eine schwarze Leggings und ein einfaches schwarzes Kleidchen, dessen Ausschnitt mehr als züchtig war. Nur am Rocksaum und an den weit geschnittenen Ärmeln war etwas weiße Spitze zu sehen. In Windeseile legte sie Make-up auf – diesmal dezenter als auf dem Ball – und band die Haare zu einem hohen Zopf am Hinterkopf zusammen. Dann griff sie nach ihrem schwarzen Stoffrucksack und beförderte alle lebenswichtigen Dinge, die sie unbedingt mitnehmen wollte, hinein.

Ein letzter Blick, ob sie auch nichts vergessen hatte, dann warf sie die Zimmertür hinter sich zu und eilte die Stufen hinunter.

Isada hörte Stimmen aus dem Arbeitszimmer und hatte bereits die Hand am Türgriff, als Pierricks Stimme sie innehalten ließ. „Ich hoffe, du hast begriffen, dass Safar für Isada keine gute Wahl ist."

Ihr stockte der Atem. Was hatte Pierrick ihrem Vater erzählt? Isada dachte darüber nach, ihren Lauschposten zu behalten, aber sicherlich hatten die Vampire bereits ihren Duft wahrgenommen. So öffnete sie die Tür.

„Ich bin fertig."

„Gut. Dann können wir gehen." Pierrick erhob sich aus einem Sessel, warf ihrem Vater noch einen letzten vielsagenden Blick zu und kam lächelnd auf Isada zu. „Ich bin sehr gespannt auf deine Fähigkeiten." Er bot ihr seinen Arm an. Kein Wunder, dass ihr Vater so begeistert von dem Soya war. Schließlich benahm er sich wie ein perfekter Gentleman. Isada hakte sich ein und ließ sich von ihm aus dem Büro ihres Vaters und aus dem Haus führen. Er öffnete ihr die Beifahrertür seines Mercedes und wartete, bis Isada eingestiegen war, ehe er um das Auto herumlief und sich hinter das Steuer setzte.

„Ich hoffe, du kannst heute Abend schon eine erste zeitmäßige Einschätzung geben. Wenn es länger dauern sollte, überlege ich, dir ein Auto zu besorgen."

Verwundert blickte Isada ihn an. Sie hatte nicht damit gerechnet, dass er sich darum kümmerte, wie sie nach Hingham und wieder zurückkam.

„Das ist nicht nötig", erklärte sie. Sie war es gewohnt, auf sich allein gestellt zu sein. Entweder man fuhr vor Mitternacht oder wartete auf die ersten Busse, die meist noch vor Morgengrauen fuhren.

„Ob das nötig ist oder nicht, entscheide immer noch ich", stieß der Soya verstimmt hervor.

Isada blinzelte aufgrund Pierricks heftiger Reaktion. „Ich kann ganz gut auf mich allein aufpassen und bin gut zu Fuß." Auch längere Wege, die sie in Normalgeschwindigkeit zurücklegte, schreckten sie nicht ab.

„Große Strecken sind aber gerade für dich als junger Vampir sehr anstrengend", warf Pierrick ein.

„Aber nur, wenn ich renne. Ich kann auch ganz normal gehen." Trotzig verschränkte sie die Arme vor der Brust.

Pierrick schien nachdenklich. Lange sagte er nichts. „Warum sträubst du dich so gegen ein Auto?", fragte er schließlich.

Isada hatte den Kopf gedreht, blickte aus dem Fenster. „Ich kann nicht fahren", murmelte sie.

Dankenswerterweise verkniff sich Pierrick jeden Kommentar. Hätte er einen blöden Spruch gebracht, wäre Isada ihm an die Gurgel gesprungen. So schwiegen sie eine Weile, ehe der Soya erneut das Gespräch suchte.

„Womit verbringst du momentan deine Zeit?"

„Ich gönne mir gerade etwas Ruhe", erklärte Isada und strich sich eine Strähne hinter das Ohr. „Vor kurzem habe ich meinen letzten Masterabschluss gemacht. Jetzt will ich ein oder zwei Jahre Pause machen, ehe ich mir eine neue Herausforderung suche."

„Du hast deinen Masterabschluss in Computer Science erst kürzlich gemacht?"

Isada schüttelte den Kopf. „Nein, die Abschlüsse sind schon etwas her. Mein letztes Studienfach war Betriebswirtschaft mit Schwerpunkt Kommunikation."

Pierrick runzelte die Stirn. „Wie viele abgeschlossene Studienrichtungen hast du?"

„Drei."

„Darf ich mir nun neben dir ungebildet vorkommen?", fragte Pierrick grinsend. „Ich habe noch nie studiert."

Isada blickte zu dem Soya hinüber. Eine Strähne hatte sich aus seinem Pferdeschwanz gelöst und fiel ihm ins Gesicht.

„Dich hat das Leben gelehrt", sagte sie schlicht.

„Hinter deinem hübschen Gesicht verbirgt sich ein messerscharfer Verstand." Ein Lächeln umspielte seine Lippen.

„Ich will etwas Sinnvolles tun. Nur zu Hause herumsitzen und Däumchen drehen, das ist auf Dauer nichts für mich. Ich brauche ein Ziel."

„Warum arbeitest du nicht für deinen Vater?"

Isada rümpfte die Nase. „Das Stoffgeschäft interessiert mich nicht, und die Modebranche ist mir ein Gräuel."

Amüsiert grinste Pierrick. „Ehrlich? Ich besitze ein paar Anzüge von deinem Vater. Seine Stoffe haben eine sehr gute Qualität."

„Das möchte ich überhaupt nicht bestreiten", ereiferte Isada sich.

„Was möchtest du dann machen?" Seine Stimme klang weder vorwurfsvoll noch von oben herab. Er schien ehrlich interessiert.

„Politik."

„Politik?"

„Politik. Ich möchte Politikwissenschaften studieren mit Schwerpunkt Gesundheit. Das amerikanische Gesundheitssystem ist ein Skandal. Krankenhäuser berechnen durchaus mal hundert Dollar für einen Liter Kochsalzlösung, die im Internet für fünf Dollar zu haben ist."

Pierrick lachte herzhaft. „Du weißt aber schon, dass du als Vampir nie eine Kochsalzlösung brauchen wirst?"

„Deswegen kann man trotzdem für eine gute Sache kämpfen."

Pierrick zuckte die Schultern. „Ganz ehrlich, ich habe genug mit unserem Clan zu tun. Sollen die Menschen doch machen, was sie wollen."

„Aber findest du es nicht auch ungerecht? In Europa zum Beispiel gibt es einige interessante Gesundheitssysteme."

„Amerika, Europa, da gibt es nicht viele Unterschiede."

„Woher willst du das wissen?"

Wieder lachte Pierrick. „Weil ich dort gelebt habe. Ich bin über vierhundert Jahre alt."

Eine Gänsehaut überzog Isadas Arme. Sie hatte gewusst, dass Pierrick zu den älteren Vampiren gehörte, wie alt er aber tatsächlich war, verschlug ihr die Sprache. Für sie war schon ihr Vater mit seinen dreihundertfünfzig Jahren alt. Im Gegensatz zu ihm besaß der Soya jedoch keine veralteten Weltansichten, zumindest soweit sie es beurteilen konnte.

„Wie ist es in Europa?", wollte sie gespannt wissen.

„Ich bin in Frankreich geboren und habe dort auch etliche Jahre meines Lebens verbracht."

„Bitte erzähl mir von dem Land. Stimmt es, dass es am Meer liegt?"

„Ein Teil schon. Wir haben direkt am Meer gelebt. Côtes d'Armor ist wunderschön. Steinige Klippen und tiefblaues Meer." Einen Moment schien er mit den Gedanken weit fort zu sein. „Aber das ist lange her."

„Warum bist du nach Boston gekommen?"

Pierrick zuckte mit den Schultern. „Es war einfach eine andere Zeit. Ich war jung und unbedarft. Mein Vater, ein einfacher Mori, wollte sich bei seinem Blutfürsten verdient machen und ist mit uns aufgebrochen in die Neue Welt, um dem abtrünnigen Ruwen Wesley Einhalt zu gebieten."

Isada lauschte gespannt seinen Worten.

„Was Ruwen sich in der Neuen Welt aufgebaut hatte, faszinierte mich. Ich fand seine Philosophie von Freiheit jenseits der starren Etikette der Innoka großartig. Anstatt in die Heimat zurückzukehren, schloss ich mich ihm an, und so wurde Boston zu meinem Zuhause."

„Und dein Vater?", fragte Isada leise.

„Wir hatten uns nichts mehr zu sagen. Ich war für ihn ein Verräter. Er ist zurückgekehrt zu seinem Blutfürsten."

Isada hatte das Gefühl, dass er ihr etwas verschwieg, wagte jedoch nicht nachzufragen. Pierricks Geschichte war beeindruckend. Er war mit Nichts gekommen und hatte sich an der Seite ihres verstorbenen Dominus einen Namen gemacht.

„Wir sind da."

Isada erschrak, als der Mercedes vor dem langgezogenen Gebäude mit der extrabreiten Haustür stoppte.

Sie atmete tief durch und stieg aus. Zunehmend wurde sie nervöser. Sie wusste nicht, ob es ihr gelingen würde, Pierrick glaubhaft vorzuspielen, dass sie alles versuchte, um das Sicherheitssystem des Laptops zu knacken.

Sie folgte Pierrick ins Innere des Hauses. Sie besuchte das Anwesen nicht zum ersten Mal. Zu verschiedenen Festen war sie bereits mit ihrem Vater hier gewesen. Sie wusste, dass sich im Erdgeschoss das schöne große Wohnzimmer mit dem gemauerten Kamin befand, von wo aus man über eine Treppe in den ersten Stock gelangte.

„Ist Caren auch hier?", frage Isada schüchtern und blickte sich in der Diele um.

„Sie wird oben sein. Soll ich sie rufen?"

Hilflos zuckte Isada mit den Schultern. Sie mochte Caren, sehr sogar. Schließlich war sie ihre Schwester. Aber dadurch, dass Caren mehr als hundert Jahre älter war als sie und Pierrick schon vor ihrer Geburt geheiratet hatte, fehlte die geschwisterliche Nähe.

Pierrick musste ihre Unschlüssigkeit bemerkt haben. „Komm! Jetzt zeige ich dir erst mal dein neues Arbeitsgerät."

Er führte sie den Flur entlang, an der Küche vorbei und durch das beeindruckende Wohnzimmer direkt in sein Arbeitszimmer. Isada betrachtete fasziniert die mit dunklem Holz vertäfelte Decke.

„Bitteschön", erklärte Pierrick und wies auf den Wandsekretär, der sich direkt neben der Tür befand.

Isada juchzte vor Freude auf, als sie die drei großen Bildschirme erblickte. Der Computer war noch großartiger, als sie es sich ausgemalt hatte. Virus hatte tolle Arbeit geleistet und ihr noch einen dritten Bildschirm mit angeschlossen.

„Darf ich?", fragte sie freudestrahlend und wartete nicht, bis sie die Erlaubnis bekam. Sie sah sich den Rechner an und brach ein ums andere Mal in helles Entzücken aus.

„Du darfst ihn auch anschalten", meinte Pierrick grinsend.

Ehrfürchtig betätigte Isada den Einschaltknopf und staunte nicht schlecht, mit welcher Geschwindigkeit der Computer hochfuhr.

„Virus meinte, du kennst das Passwort, wenn ich dir sage, es handelt sich um einen Film."

Isada musste grinsen und gab *Swordfish* ein. Ein *Ping!* kündigte an, dass das Passwort angenommen wurde.

„Krass!" Sie konnte sich vor Begeisterung kaum zurückhalten. „Ich brauche etwas Zeit, um mich mit dem Schnuckelchen hier vertraut zu machen."

„Mach nur, ich habe genug zu tun." Pierrick ging zu seinem Schreibtisch, der in der Mitte des Raumes stand und von wo aus er einen guten Blick auf sie und die Monitore hatte. Im Gegensatz zu ihr, da sie mit dem Rücken zu ihm saß.

Vorerst war Isada aber viel zu begeistert von dem Supercomputer, als dass sie sich daran störte.

„Hast du dir schon Gedanken gemacht, wie du das mit dem Laptop angehen willst?", fragte Pierrick nach einiger Zeit.

Isada drehte sich auf ihrem Stuhl um. „Aber sicher doch. Ich arbeite an einem Programm, das ich so lange differenzieren werde, bis das Sicherheitssystem einknickt."

Pierrick schien sichtlich beeindruckt zu sein. „So etwas kannst du?"

„Hast du Virus mal gefragt, welche Software er benutzt, wenn er sich in den Polizeicomputer einhackt?" Sie zog eine Augenbraue nach oben und wartete auf Pierricks Reaktion.

„Okay, du kannst so etwas. Und wann wirst du damit anfangen?"

Isada legte den Kopf schief. Jetzt musste sie diplomatisch antworten. „Dann, wenn ich weiß, was das Baby kann."

Pierrick wollte gerade wieder ansetzen, als er innehielt und den Kopf Richtung Tür drehte. Ein vertrauter Duft zog zu ihnen herein. Orange und Mohn. Und da hörte sie auch die Schritte von Füßen, die fast lautlos über die Treppe glitten.

Caren, gehüllt in ein weißes, fließendes Kleid, erschien barfuß in der Tür. Sie wirkte etwas verblüfft, Isada zu sehen, machte jedoch keine Anstalten hereinzukommen.

„Ich habe dir erzählt, dass Isada mir bei einem Projekt behilflich ist", erklärte Pierrick.

Caren lächelte ihn kühl an. „Mag sein." Sie verschränkte die Arme vor der Brust und blieb an ihrem Platz im Türrahmen stehen.

Isadas Blick huschte zwischen Caren und Pierrick hin und her. Hatten sie einen Streit gehabt? Sie gingen so unterkühlt miteinander um, als wären sie Fremde. Von dem Traumpaar, das sie in der Öffentlichkeit zeigten und von einer Verbindung, von der sämtliche Epheben träumten, war nichts zu sehen.

„Ich werde dann wieder nach oben gehen", verkündete Caren und hatte ihnen bereits den Rücken zugedreht.

„Wolltest du etwas Bestimmtes?", hakte Pierrick nach.

Caren schüttelte den Kopf, warf Isada einen Blick zu, den sie nicht deuten konnte und verschwand. Die Treppenstufen knarrten leise, als Caren zurück in den oberen Stock ging.

Pierrick vertiefte sich wieder in seine Papiere. Isada gelang es nicht, sich auf ihre Arbeit zu konzentrieren. Immer wieder sah sie auf, beobachtete Pierrick, dem Carens Verhalten vollkommen egal zu sein schien. Sie verstand es einfach nicht. Bisher hatte sie angenommen, dass Pierrick und Caren grenzenlos glücklich miteinander waren, alles miteinander besprachen. Caren war die Frau eines Soyas. Gehörte es da nicht zu ihren Aufgaben, ihren Homen in allen Bereichen zu unterstützen? Dass ihre Schwester nicht einmal wusste, dass sie da war und warum, irritierte Isada.

„Was geht in deinem hübschen Kopf vor sich?"

Isada zuckte ertappt zusammen.

Pierrick legte seinen Stift zur Seite und stand auf, um sich ein wenig die Beine zu vertreten.

„Ich habe nur über etwas nachgedacht", wich Isada ihm aus.

„Über Caren und mich?"

Überrascht riss sie die Augen auf. „Nein ... ich ..." Unfähig, ihre Gefühle zu verbergen, senkte sie schließlich den Blick und murmelte: „Ja."

Erschöpft fuhr sich Pierrick mit der Hand über die Augen. „Alles, was du in diesem Haus siehst, hörst oder mitbekommst, bleibt hier. Du wirst niemandem gegenüber ein Sterbenswörtchen verlieren. Dabei ist es egal, ob es sich um Clanangelegenheiten oder um Privates handelt."

Gehorsam nickte Isada. Sie hatte nicht die Absicht, über Pierricks Privatleben zu tratschen. Dass sie vorhatte, Informationen an die *Gen Guards* weiterzugeben, blendete sie einfach aus. Sie wollte weder Pierrick noch dem Ekklesia-Rat schaden, aber so lange sie nicht einsahen, dass man gegen die Inimicus etwas unternehmen musste, würde Isada weiter für die Splittergruppe arbeiten.

„Du darfst mich gerne hassen, aber dennoch erwarte ich, dass wir professionell zusammenarbeiten."

„Warum sollte ich dich hassen?"

„Caren ist deine Schwester."

Isada dachte kurz nach und wählte ihre nächsten Worte mit Bedacht. „Ich habe nichts gesehen, also brauche ich mir keine Gedanken über irgendetwas zu machen, und noch viel weniger muss ich mich für eine Seite entscheiden."

„Selbstverständlich", murmelte Pierrick und warf ihr einen Blick zu, den Isada nicht deuten konnte. Zweifelte er an ihren Worten?

Er ging zurück zu seinem Schreibtisch, setzte sich und schloss die Augen. Mit einem Mal wirkte er nicht mehr wie der souveräne Soya, der alles im Griff hatte. Er sah müde aus. Einsam.

Isada unterdrückte das Verlangen, zu ihm zu gehen und ihm Trost zu spenden. Mit Nachdruck wandte sie sich ihrem Computer zu und warf nur hin und wieder einen verstohlenen Blick zu Pierrick.

Etliche Stunden vor Sonnenaufgang befand Pierrick, sie habe genug gearbeitet und brachte sie nach Readville zurück. Isada war froh, da sie sich nicht wirklich konzentrieren konnte. Immer wieder schweiften ihre Gedanken zu Pierrick und Caren und auch wenn sie vorhin behauptet hatte, sie würde sich keine Meinung bilden, fragte sie sich doch, was zwischen dem Paar vorgefallen war.

* * *

Younes stand an der Treppe und blickte in die Lagerhalle hinab. Durch die Oberlichter der Halle drang Sonnenlicht. Seltsam, dachte er. Bisher war der Tag eher bewölkt und windig gewesen, aber der Sonnenschein passte viel besser zu seiner Stimmung. Er fühlte sich erschöpft, aber überglücklich. Gegen Abend hatte er Natalie mit Wehen ins Krankenhaus gefahren. Stundenlang waren sie den weiß getünchten Krankenhausflur entlang gewandert. Seine Geduld wurde auf eine harte Probe gestellt. Endlich wurden die Wehen regelmäßiger und stärker. Und vor drei Stunden war es dann schließlich soweit gewesen. Natalie hatte ihm einen Sohn geboren. Jaron Sawall, das süßeste Wesen auf dem Erdball. Er besaß schon jetzt eine kräftige Stimme und ordentlich Durchsetzungsvermögen. Younes war so unendlich stolz. Jaron würde eines Tages das fortführen, was er begonnen hatte: die Vampire aus Boston vertreiben. Sein Sohn würde der erste Inimicus sein, der seinen Vater kennenlernte und von ihm lernte. Er würde Jaron alles beibringen, was er wissen musste. Er würde ihn ganz anders auf das Leben als Inimicus vorbereiten, als es bei ihm der Fall gewesen war.

Mit einem breiten Grinsen sah er zu, wie Tyler mit Kayden und Will die soeben eingetroffene Warenlieferung auslud. Es war höchste Zeit. Auf die Lieferung wartete er bereits seit zwei Wochen. Nun endlich stand seinem Plan nichts mehr im Weg. Vorfreude erfüllte ihn, als er an die Möglichkeiten dachte, die sich ihm boten.

Als er das Angebot des Vampirs bekommen hatte, konnte er sein Glück kaum fassen. Wie unfassbar blöd doch diese Kruento waren. Es würde ihm das größte Vergnügen bereiten, sie alle auszulöschen. Einen nach dem anderen. Und wenn ihm die Verbindung zu dem Kruento nichts mehr nützte, dann würde auch dieser sterben.

Nachdenklich betrachtete er seine Männer und überlegte, wo jeder von ihnen ihm am meisten Nutzen brachte. Jarrett, Cody und Leith waren erfahrene Krieger. Sie würden die Nachhut bilden. Und Acer sollte auch dabei sein und sein Debüt geben. Er war gespannt darauf, wie sich der Neue schlagen würde. Bisher hatte er sich gut in die Gruppe eingefunden. Er war lernwillig und setzte alles, was man ihm zeigte, gut um. Kayden, Ethan, Will – wo waren Ethan und Will?

„Jarrett", rief er hinunter.

Der Inimicus drehte sich um und blickte zu ihm hoch. „Ja?"

„Wo sind Ethan und Will?"

„Ethan wollte etwas erledigen, und Will hat ihn begleitet. Haben sie das nicht mit dir abgesprochen?", fragte Jarrett verwundert.

Ethan und Will gehörten zu seinen engsten Vertrauten. Sie waren von Anfang an mit dabei und standen ebenso hinter der Sache wie er selbst. Sie mussten sich für nichts, was sie taten, rechtfertigen. Aber dennoch wusste er gerne, wenn sie fortgingen. Vermutlich waren sie zu der Zeit aufgebrochen, als er im Krankenhaus gewesen war. Der Handyempfang dort war miserabel gewesen und selbst wenn sie versucht hätten, ihn zu erreichen, hätten sie keinen Erfolg gehabt.

„Ich war vorhin fort", erklärte Younes.

Jarrett interessierte das nicht sonderlich. Er murmelte ein abwesendes „Okay" und fragte: „Kann ich weitermachen?"

Younes nickte. Er beschloss zu warten, bis die zwei wieder zurück waren, dann würde er seine Getreuen um sich versammeln und ihnen seinen Plan erklären. Die Idee dazu hatte ihm der Kruento selbst gegeben. Es hatte einige Zeit in Anspruch genommen, an die Polizeiberichte für den Wesley-Brand heranzukommen. Immer und immer wieder hatte er sich die Notizen durchgelesen, hatte den genauen Ablauf rekonstruiert und war schließlich zu dem Entschluss gekommen, dass das Vorgehen des Täters genial gewesen war. Leider wäre es unmöglich, einen aus ihren Reihen für den Plan zu begeistern, und so musste er wohl oder übel einen seiner Männer opfern. Diese Aufgabe würde Tyler zufallen. Er mochte zwar noch jung sein, aber er hatte eine Art, die Younes nicht gefiel. Ständig zweifelte Tyler seine Vorgehensweisen an und stiftete Unfrieden innerhalb der Gruppe. Niemand durfte wissen, dass die Bombe sofort bei Zündung hochgehen sollte. Es musste nach einem bedauerlichen Unfall aussehen. Sie würden um Tyler trauern und dann weitermachen wie bisher – ohne einen Störenfried. Nur er würde wissen, wie es wirklich zu diesem bedauerlichen *Unfall* bekommen war.

Acer stöhnte, als er eine Kiste hochwuchtete. Was auch immer sich darin befand, es war zu schwer – selbst für einen Inimicus.

„Jarrett, pack mal mit an!", rief Acer.

Jarrett kam ihm zu Hilfe, und gemeinsam schleppten sie die Holzkiste in den Lagerraum, der sich am anderen Ende der Halle befand.

Younes wollte sich gerade abwenden und in sein Büro gehen, als ein Tumult vor der Halle seine Aufmerksamkeit anzog.

„Verdammt, lass mich gefälligst los", brüllte Will und versuchte, sich aus Ethans festen Griff zu befreien.

Ethan, der ein kleines Stück größer war als der alte Inimicus, packte nur noch fester zu. Seine Fingerknöchel traten weiß hervor.

„Nun krieg dich wieder ein, Will. Ich lasse dich los, wenn du wieder bei Verstand bist."

Younes registrierte, dass die Männer, die mit dem Ausladen beschäftigt waren, in ihrer Tätigkeit innehielten. Aus der Werkstatt kamen weitere hinzu. Jeder wollte wissen, was da vor sich ging. Ethan und Will waren eine Einheit. Dass sie sich nun öffentlich stritten, konnte nur bedeuten, dass etwas nicht stimmte.

Younes wusste, er musste eingreifen, bevor die Situation eskalierte.

„Was ist los?", rief er laut und machte sich auf den Weg in die Halle.

Seine Leute hatten einen Kreis um Ethan und Will gebildet, machten jedoch bereitwillig für ihn Platz.

„Ich habe gestern Nacht etwas aufgeschnappt, und dem wollte ich nachgehen, bevor ich dir davon berichte", erklärte Ethan.

Younes verzog das Gesicht, sagte jedoch nichts dazu.

Ethan fuhr fort: „Will wollte mich begleiten. Es war eigentlich alles ganz harmlos."

„Wo seid ihr hingegangen?"

„Wir waren in der Stuart Street. Dort, wo die Nachtclubs sind."

„Und weiter?", drängte Younes.

„Will ist vollkommen ausgeflippt und auf einen der Türsteher los – einen Menschen und das auch noch am helllichten Tag."

Younes blickte Will an, der noch immer von Ethan festgehalten wurde. Er wehrte sich nicht mehr, sondern funkelte Ethan nur wütend an.

„Er hatte es verdient, dieses Arschloch, wenn er mich so blöd von der Seite anredet", verteidigte Will sich.

„Aber du hättest ihn nicht abstechen müssen."

Younes glaubte sich verhört zu haben. „Abstechen?"

„Will hat ohne jeden Grund dem Türsteher ein Messer in den Bauch gerammt."

„So ein Scheiß!", stöhnte Younes. „Was hast du dir dabei gedacht?"

Wills Gesicht wurde noch grimmiger. „Der verfluchte Typ hat mich beleidigt."

Younes' Mundwinkel zuckte. Ihre Rasse entsprach nicht gerade dem Schönheitsideal der Menschen, und wegen ihrer gedrungenen Größe, der breiten Nase und der fliehenden Stirn waren beleidigende Bemerkungen ihnen gegenüber an der Tagesordnung. Die meisten Inimicus hatten sich daran gewöhnt und überhörten solche Beleidigungen. Selbst wenn dieser Türsteher Will nun beleidigt haben sollte, war das noch lange kein Grund, so auszuflippen und ihn mit einem Messer anzugreifen.

Letztendlich gab es für Wills Verhalten nur einen Grund, und der gefiel Younes überhaupt nicht. Will hatte seinen Zenit überschritten und begann wahnsinnig zu werden, wie es in der Natur ihrer Art lag. Den Verfall des Gehirns konnte man nicht aufhalten, und Will würde immer weitermachen. Normalerweise kümmerten sich die Kruento darum und töteten die Schwachen und nicht mehr kampffähigen Inimicus. Er könnte Will aus ihrem Kreis ausstoßen, und die Vampire würden ihn unweigerlich finden. Aber Will wusste viel – zu viel. Das Risiko, dass er plauderte, konnte und wollte er nicht eingehen. Somit gab es nur einen Weg.

Langsam trat er weiter in die Mitte auf Will zu.

„Halte ihn fest", befahl er Ethan und winkte Kayden heran. So stand er vor den drei Männern, mit denen er schon so viel zusammen erlebt hatte. Es schmerzte ihn, dass er das tun musste.

„Du warst mir ein Verbündeter, ein guter Freund, Will."

„Nein!", rief Will und begann sich heftig zu wehren. Doch die beiden anderen umklammerten ihn mit festem Griff. Mit aller Kraft wehrte sich Will, wandte sich und konnte sich doch keinen Zentimeter bewegen.

„Ich bedauere es wirklich sehr. Aber ein solches Verhalten kann ich nicht dulden."

„Ich hatte jedes Recht dazu!", brüllte Will und versuchte sich immer noch loszureißen. „Gib mir eine Waffe und tritt mir gegenüber!"

Younes schüttelte den Kopf. Seine Hand schloss sich um den Griff des Messers. Blitzschnell zog er es hervor und schnitt tief in Wills Hals. Er durchtrennte die innere Halsschlagader mit einem sauberen Schnitt. Dadurch wurde die Sauerstoffversorgung zum Hirn unterbrochen und auch, wenn das Herz noch eine Weile weiter schlug, bekam Will das nicht mehr mit.

Younes schloss die Augen, als das Blut ihn direkt ins Gesicht traf. Er wich nicht aus, trat nicht zurück. Ethan und Kayden lockerten ihren Griff und ließen den Inimicus zu Boden gleiten. Schnell breitete sich eine immer größer werdende Pfütze um den leblosen Körper aus. Younes bewegte sich immer noch nicht, auch nicht, als das Blut seine Schuhe erreichte. Schließlich bückte er sich, drehte Will auf den Rücken und schloss dessen Augen. Dann richtete er sich auf und schaute in die teilweise überraschten, teilweise entsetzten Gesichter seiner Männer.

„Der Wahnsinn kann jeden von uns treffen und wenn es bei mir soweit sein sollte, wünsche ich mir, dass ihr mir die Gnade erweist, durch eure Hand zu sterben."

Die anwesenden Inimicus waren sichtlich betroffen. Einige nickten verstehend, andere begriffen immer noch nicht ganz, was vor ihren Augen geschehen war.

Der Tod war allgegenwärtig und, im Gegensatz zu den Vampiren, rannte ihnen die Zeit davon. Keiner von ihnen konnte genau sagen, wann der Geist zu verfallen begann. Dass es ausgerechnet Will getroffen hatte und obendrein jetzt, war ein herber Verlust für sie alle. Dennoch bereute Younes nicht, was er getan hatte. Es war allemal besser, durch die Hand eines Artgenossen zu sterben als durch die eines Kruento.

Er nickte Kayden und Ethan zu, die ebenso blutdurchtränkt waren wie er.

„Räumt auf!", sagte er schlicht, drehte sich um und verließ die Halle, um sich zu säubern.

* * *

Isada hatte den Tag über furchtbar geschlafen. Ein Albtraum jagte den nächsten. Einmal hatte Pierrick entdeckt, dass sie den *Gen Guards* angehörte und sie kurzerhand den Inimicus ausgeliefert. Ein anderes Mal war ihr Vater auf die Idee gekommen, sie mit einem Inimicus zu verheiraten. Als er sie in der Hochzeitsnacht bei lebendigem Leib verspeisen wollte, war sie schweißgebadet aufgewacht. Unruhig hatte sie sich von der einen Seite auf die andere gerollt, jedoch keinen Schlaf mehr gefunden. So war sie aufgestanden und hatte die Zeit bis Sonnenuntergang totgeschlagen.

Sie hatten nicht darüber gesprochen, ob Pierrick sie heute wieder abholen würde. Sie könnte natürlich auch zu Fuß nach Hingham laufen oder mit den öffentlichen Verkehrsmitteln fahren, aber unangemeldet wollte sie nicht bei dem Soya auftauchen.

Als es an der Tür klingelte, sprang Isada erleichtert auf, griff nach ihrem fertig gepackten Rucksack und eilte die Treppe hinunter. Es konnte ihr nicht schnell genug gehen, die Tür aufzureißen. Doch als sie den fremden Mann erblickte, hielt sie erschrocken inne.

Vor ihr stand ein Vampir, das erkannte sie an seinem Geruch sofort. Sowohl Pierricks Duft als auch der des Clans haftete ihm an. Er hatte aufmerksame braune Augen, mit denen er sie musterte. Mit der krummen Nase und den dichten Augenbrauen war er nicht wirklich schön. Dafür aber umso größer. Er müsste den Kopf einziehen, wenn er das Haus betreten wollte.

„Isada Dearing?", fragte er mit tiefer Stimme.

Isada nickte. Mehr konnte sie im Moment nicht tun.

„Blagden Sigmond", stellte er sich vor. „Der Soya schickt mich. Ich soll dich abholen." Er trat einen Schritt zur Seite und wies auf ein schwarzes Auto, das an der Straße geparkt wartete.

„Ich bin fertig", erklärte Isada.

Sie wollte gerade die Tür hinter sich zu ziehen, als ihr Vater rief: „Isada, wer ist an der Tür?" Er wartete nicht auf eine Antwort, sondern kam aus seinem Arbeitszimmer heraus.

„Ich bin auf dem Weg nach Hingham", erklärte sie schnell und wollte sich auf den Weg machen.

„Einen Moment."

Isadas Schultern sackten nach vorne. Er wollte ihr doch jetzt nicht verbieten zu gehen?

Der Vampir mit der krummen Nase schob Isada etwas zur Seite und quetschte sich an ihr vorbei ins Haus.

„Mori Alexio", grüßte er ihren Vater.

Sie sah, wie ihr Vater tief durchatmete und ehrerbietig den Kopf senkte. „Mori Blagden", begrüßte er den Gast.

„Ich bin beauftragt, mich um deine Tochter zu kümmern. Ich werde sie zum Soya bringen und sicherstellen, dass sie unbeschadet hierher zurückkehrt. Mit meinem Leben werde ich für ihren Schutz sorgen."

Isadas Hals schnürte sich zu. Ein so großer Vampir würde sie beschützen?

„Mori", stammelte Alexio verlegen. „Ich bin sehr gerührt, dass der Soya so besorgt um die Sicherheit meiner Tochter ist. Es erleichtert mich, wenn ich weiß, dass sie nicht allein in der Nacht unterwegs ist."

Der Vampir nickte, dann wandte er sich Isada zu. „Wenn du fertig bist, gehen wir."

Sie nickte und trat durch die Tür. Nicht, dass es sich ihr Vater noch einmal anders überlegte und doch der Ansicht war, dass sie nicht mit diesem riesigen Vampir mitgehen durfte.

Isada hatte noch nicht die halbe Strecke durch den Vorgarten zurückgelegt, als Blagden an ihr vorbei eilte und ihr die Tür des Fonds öffnete. Sie versuchte sich ihre Verblüffung nicht anmerken zu lassen und stieg hinten ein. Die Tür hinter ihr schloss sich, und nur Sekunden später setzte Blagden sich hinter das Steuer und fuhr los.

Es war eine windige Nacht. Die Bäume wurden durchgerüttelt, und immer wieder brachen kleine Äste ab und flogen gegen die Windschutzscheibe. Isada war froh, dass sie sicher im Auto saß und bei diesem unwirtlichen Wetter nicht zu Fuß unterwegs sein musste.

Blagden fuhr sicher und zügig, und eine halbe Stunde später bog er in die lange Einfahrt zu Pierricks Haus ein. Er hielt direkt vor der Tür an, sprang aus dem Wagen und öffnete Isada die Tür. Sie griff nach ihrem Rucksack, drückte ihn unsicher an sich und stieg aus. Es war kalt geworden. Fröstelnd zog sie ihre Jacke um sich. Zwar waren Vampire aufgrund ihrer niedrigeren Körpertemperatur nicht so verfroren, trotzdem bereute es Isada in diesem Augenblick, nicht ihre dicke Jacke mitgenommen zu haben. Es roch bereits nach Regen und würde nicht mehr lange dauern, bis sich die Himmelsschleusen öffneten.

Isada klingelte und wartete. Ungeduldig trat sie von einem Bein auf das andere. Hatte Pierrick sie vergessen? Sie drehte sich um und sah Blagden hinterher, der das Auto wegfuhr. Wieder wandte sie sich der noch immer verschlossenen Tür zu und klingelte. Es dauerte lange, bis sich im Inneren endlich etwas regte und Caren die Tür öffnete.

„Was machst du hier?", fragte ihre Schwester verwundert anstatt einer Begrüßung.

„Ich dachte, ich solle heute kommen. Zumindest hat dieser Mori Blagden mich abgeholt."

„Blagden hat dich abgeholt?"

„Ja."

Caren schien das nicht zu gefallen. „In der Regel ist er *mein* Leibwächter."

„Nun, er hat mich nur hergefahren", erklärte Isada. Dann stutzte sie doch, und ihr ging auf, was Caren gesagt hatte. Der Vampir war kein einfacher Chauffeur, sondern ein ausgebildeter Personenschützer. Warum war Pierrick der Ansicht, sie bräuchte Schutz?

„Dann komm rein", unterbrach Caren ihre Gedanken und machte ihr Platz.

„Pierrick ist nicht hier, aber den Weg ins Arbeitszimmer findest du sicher auch allein." Caren drehte sich um und ließ Isada einfach so stehen.

„Wo ist Pierrick?", wollte Isada wissen.

„Keine Ahnung."

Isada blinzelte. „Ist er in Clanangelegenheiten unterwegs? Kommt er bald wieder, oder wird es die ganze Nacht dauern?"

Genervt drehte Caren sich um. „Woher soll ich das wissen? Ich bin nicht sein Babysitter, und Pierrick ist alt genug, für sich zu sorgen."

Caren stand da in ihrem weißen Kleid, das bestimmt nicht von der Stange war, erhaben wie eine Königin. Isada hätte ihre Schwester am liebsten geschüttelt. Was war nur los mit ihr, dass sie sich so benahm?

„Er ist dein Homen." Isadas Worte waren leise, ließen Caren jedoch innehalten.

„Na und?" Caren zog einen Schmollmund.

„Denkst du nicht, als seine Samera solltest du ihn ein wenig mehr unterstützen?"

Ein Schatten legte sich auf Carens Gesicht. „Lass das mein Problem sein."

„Ich hatte gestern das Gefühl, er wäre einsam."

Carens Augenbraue zuckte. „Das dachtest du also", stellte sie hochmütig fest.

„Was ist los mit dir? Es ist doch wirklich nicht zu viel verlangt, dass du ihn unterstützt. Er sorgt dafür, dass es dir gut geht, dass du in diesem Haus alles hast, was du brauchst. Er kümmert sich um die Belange des Clans."

„Schweig!", brüllte Caren mit einem Mal.

Erschrocken verstummte Isada. So hatte sie ihre Schwester noch nie gesehen.

„Wage es nie wieder, mir Dinge zu unterstellen, von denen du keine Ahnung hast. Ich bin eine gute Samera, ich schon. Ich gebe ihm alles. Er ist derjenige, der …"

Isada schluckte, als sie in Carens Augen die Tränen sah. Mit einer ausholenden Drehung wandte sich die Mi um und rauschte davon.

Verwirrt blieb Isada zurück. Was stimmte nicht mit Caren? Warum war sie so ausgerastet? Was hatte sie sagen wollen, ehe sie sich selbst unterbrochen hatte? Zwischen Caren und Pierrick musste etwas vorgefallen sein, so viel war sicher. Im Gegensatz zu dem, was sie gestern Pierrick gegenüber behauptet hatte, interessierte sie das Privatleben des Soyas sehr wohl, aber das durfte er nicht wissen.

In Gedanken ging sie den Flur entlang ins Wohnzimmer und in Pierricks Büro. Dort war alles so, wie sie es in der Nacht zuvor verlassen hatte. Selbst der Drehstuhl hatte dieselbe Position wie die, als sie gegangen war. Sie schlenderte hinüber zu Pierricks Schreibtisch und strich über das Leder des Stuhls, als ob es ihr die Geheimnisse seines Besitzers verraten könnte. Das Bild von Pierrick, wie er müde und erschöpft dasaß, hatte sich tief eingebrannt. Wie von selbst glitt ihr Blick über den Schreibtisch und blieb an einigen Papieren hängen, die dort herumlagen. Der

Bericht war bereits älter und dokumentierte die Befragung eines *Gen-Guards*-Mitglieds, das der einzige Überlebende bei einem Übergriff in einem Motel gewesen war. Isada erinnerte sich an den Vorfall. Sie überflog den Bericht und überlegte, was sie tun sollte. Mirosh hatte gesagt, er wollte alles haben. Auch diesen alten Bericht? Warum nicht, entschied Isada. Sie ging hinüber zu ihrem Schreibtisch und stellte den Rucksack ab, kramte aus ihrer Tasche das Handy und schlich damit wieder zu den Dokumenten. Mit einem Stift schob sie die Seiten so hin, dass sie diese fotografieren konnte. Anschließend drapierte sie den Einsatzbericht wieder so hin, wie sie ihn vorgefunden hatte.

Fortschicken würde sie die Bilder erst von zu Hause, wo sie sicher war, dass niemand ihr Telefonnetz überwachte. Als ob nichts geschehen wäre, fuhr sie ihren Computer hoch. Immer wieder blickte sie zur Tür und warf einen prüfenden Blick auf Pierricks Schreibtisch. Das Gefühl, den Soya zu verraten, nagte stärker an ihr, als sie vermutet hatte. Noch war es nicht zu spät. Sie konnte einfach die Bilder löschen, und nie würde jemand davon erfahren, dass der Bericht herumgelegen hatte.

Mit einem prüfenden Blick auf die Tür stand sie auf, setzte sich in einen der großen Ohrensessel und betete, dass Pierrick nicht jetzt kommen würde. Er würde ihre Unsicherheit und ihre Angst riechen können. Isada nahm den Laptop auf den Schoß. Sie trommelte ungeduldig auf die Lehne des Sessels und wartete, bis sie endlich mit den Passwörtern das Sicherheitssystem entsperren konnte. Noch einmal ein nervöser Blick zur Tür. Isada lauschte. Es war nichts zu hören. Mit zittrigen Fingern zog sie den Stick aus ihrer Hosentasche, steckte ihn an den Laptop und startete das sich darauf befindende Programm. Es würde ein wenig dauern, bis alle verfänglichen Daten unwiederbringlich bereinigt waren. Dann würde nichts mehr auf sie hinweisen, und sie konnte endlich offiziell das Sicherheitssystem ohne Passwort knacken. Die Software, die sie dafür entwickelt hatte, war fertig, und Isada war neugierig auf die Erprobung.

Zäh verstrichen die Sekunden und kamen ihr wie eine Ewigkeit vor. Immer wieder verrenkte Isada sich in ihrer Position, um zur Zimmertür zu schielen und sich zu vergewissern, dass auch ja niemand hereingekommen war. So egal es Caren sein mochte, was sie trieb, so interessiert würde Pierrick sein. Ein Piepton kündigte an, dass das Programm mit seiner Arbeit fertig war. Isada zog den Stick ab und steckte ihn wieder ein. So schnell es ihr möglich war, fuhr sie den Laptop herunter und legte ihn zurück auf den Beistelltisch.

Erschöpft und erleichtert zugleich ließ sie sich auf ihren Drehstuhl fallen. Sie hatte es geschafft, jubelte sie innerlich. Sie musste nicht mehr befürchten, dass man ihre Aktivitäten anhand des Laptops aufdeckte. Mit einem breiten Grinsen wandte sie sich dem Computer zu und fuhr damit fort, ihr neues Programm zu schreiben.

KAPITEL 8

Eine Stunde später hörte Isada das Geräusch eines Schlüssels, der im Schloss gedreht wurde, und der Duft von Bergamotte und Moschus umhüllte sie. Augenblicklich versteifte sie sich. Würde Pierrick merken, dass sie an seinem Schreibtisch gewesen war? Würde er merken, dass sie den Laptop manipuliert hatte?

„Isada?" Er stand bereits in der Tür zum Arbeitszimmer.

Isada zuckte zusammen. Sie drehte sich zu ihm um, murmelte ein „Hallo" und hatte bereits eine Entschuldigung auf den Lippen, warum sie allein hier war. Als sie ihn jedoch sah, verstummte sie.

Pierrick wirkte abgekämpft. Dunkle Ringe unter den Augen zeugten davon, dass er nicht viel geschlafen hatte. Er zog seine Jacke aus und hängte sie achtlos über eine Stuhllehne, ehe er sich auf seinen Chefsessel fallen ließ.

„Schlechte Nacht gehabt?", fragte sie unsicher und wusste nicht, ob ihr eine solche Frage zustand.

„Nacht? Es hat schon am Tag angefangen." Er stützte die Ellenbogen auf dem Schreibtisch ab und fuhr sich mit den Händen durchs Haar. Mit gesenktem Kopf blieb er sitzen.

Vergessen war Isadas schlechtes Gewissen. Die Sorge um Pierrick nahm ihre Gedanken völlig in Anspruch. Sie wollte etwas unternehmen, konnte sich nun nicht mehr zurückhalten. Sie sprang auf und eilte zu ihm. Tröstend legte sie eine Hand auf seine Schulter und ging neben ihm in die Hocke.

„Kann ich etwas für dich tun?" Sie fühlte sich so hilflos.

Pierrick hob den Kopf. „Das könntest du tatsächlich." Ein flüchtiges Lächeln erschien auf seinen Lippen.

Isadas Herz krampfte sich für einen Augenblick zusammen. Sie tadelte sich selbst und ignorierte das Hochgefühl, das sich in ihr ausbreitete.

„Heute Nachmittag ist ein Inimicus ausgetickt. Er hat einen Security-Mann vor einem Club angegriffen und ihn tödlich verletzt. Er ist zwar noch ins Krankenhaus gekommen, dort aber verstorben. Dass diese verdammten Bastarde unfähig sind, ihre Spuren zu verwischen. Ich musste mit einem Team losziehen und sämtliches Beweismaterial beseitigen."

Isadas Augen wurden immer größer. „Seit wann arbeitest du denn für die Inimicus?" Sie war schlichtweg entsetzt.

„Ich arbeite nicht für die Inimicus. Als ob ich nicht genug zu tun hätte …" Er schüttelte den Kopf. „Wenn die Menschen von den Inimicus Wind bekommen, werden sie auch herausfinden, dass es uns gibt. Und das darf nie geschehen. Die Inimicus sind unsere Feinde, aber die Menschen sind noch viel gefährlicher als sie." Je länger Pierrick sprach, umso ruhiger wurde er.

Was er erzählte, war die altbekannte Leier, die Ekklesia vertrat und an die Isada schon lange nicht mehr glaubte.

„Mein Vater hat nicht nur die Vampirverfolgung Anfang des Mittelalters erlebt, sondern auch die Vampirhetzerei um die Jahrtausendwende."

Isada schauderte. Die Vampirhetzerei wurde den jungen Epheben in den brutalsten Farben geschildert. Es musste damals unvergleichlich abartig gewesen sein. Hunderte von Jahren hatte es gedauert, die Existenz der Kruento aus dem Bewusstsein der Menschen zu tilgen.

„Avel hat sein Leben lang vor den Menschen gewarnt. Er war der erbarmungsloseste Kruento, den ich je gekannt habe, aber von der Vampirhetzerei hat er immer angsterfüllt gesprochen. Vielleicht habe ich mich deshalb vor Jahren für die Aufgabe des Aufräumers gemeldet", murmelte Pierrick in Gedanken versunken.

„Mag sein, dass ich zu jung bin, um zu begreifen, wie gefährlich die Menschen uns werden können, aber ich finde es trotzdem nicht gut, die Inimicus zu decken."

„Wenn er heute Nacht auftaucht, werden wir ihn uns schnappen. Arek hat seine besten Leute auf die Straße geschickt."

Isada bekam große Augen. „Du meinst, die Ekklesia-Krieger patrouillieren durch die Stadt?"

„Ja, heute das erste Mal und in Zukunft wohl regelmäßig."

Das waren brisante Neuigkeiten, die sie unbedingt weitergeben musste.

Pierrick fuhr sich mit der Hand über das Gesicht. „Hör zu, du musst alles über die Person finden und aus den Systemen löschen." Er drückte ihr einen Zettel in die Hand.

Isada faltete ihn auseinander und starrte auf den Namen. „Kilian Maurice Cooper", las sie laut vor. „Vermutlich wird es davon mehr als einen in Boston geben."

„Kann dein Computer alle Personen finden, die so heißen?"

Isada konnte ein breites Grinsen nicht verhindern. „Ob der Supercomputer, den du gekauft hast, das kann, hängt davon ab, wer ihn bedient. *Ich* kann alle Personen mit diesem Namen finden."

„Dann los." Pierrick schob sie sanft Richtung Computer.

Isada freute sich darauf. Es war ein befreiendes Gefühl, sich mit dem Segen der Ekklesia – und damit für ihr Vampirvolk völlig legal – in fremde Datenbanken einzuhacken.

Virus hatte ihr auf dem Supercomputer ihr selbstgeschriebenes Programm installiert, das auch er für seine Suchen benutzte.

Isada gab den Namen ein, modifizierte ein paar Parameter und lehnte sich entspannt zurück, als auf dem Bildschirm mehrere Datenbanken gleichzeitig durchsucht wurden.

„Das kann jetzt ein wenig dauern", meinte sie. Hinter ihr stand Pierrick und beugte sich interessiert über ihre Schulter, um den Bildschirm genauer zu betrachten. Isada zuckte zusammen. Ihr war seine Nähe nicht bewusst gewesen. Seine starke Präsenz umhüllte sie, umnebelte ihre Sinne. Sie musste sich darauf konzentrieren, nicht mit dem Atmen aufzuhören. Bergamotte und Moschus. Wie konnte ein Mann nur so gut riechen? Erleichtert atmete Isada auf, als Pierrick sich aufrichtete und zurücktrat. Sie drehte sich nach ihm um. Noch immer war sein Blick auf den Monitor gerichtet. Die Müdigkeit, die ihn vor wenigen Minuten noch umgeben hatte, schien wie weggeblasen. Soya Pierrick, der Aufräumer des Clans, wirkte, als würde nichts und niemand ihm etwas anhaben können. Selbstbewusst stand er da, hatte die Arme vor der breiten Brust verschränkt. Seine Muskeln waren unter dem dünnen Stoff deutlich zu erkennen. Die Lederhose umspannte seine festen Schenkel. Das Haar trug er noch immer offen, was ein seltener Anblick war. Er hatte die Augen leicht zusammengekniffen, was seiner Schönheit keinen Abbruch tat. Isadas Mund fühlte sich plötzlich trocken an. Sie blinzelte und wandte sich schnell um, ehe Pierrick ihre schmachtenden Blicke bemerkte. Auch wenn sie ihn anziehend fand – als gebundener Vampir war er für sie einfach tabu.

Erleichtert hörte sie das *Ping* des Computers, der die abgeschlossene Suche ankündigte und als Ergebnis eine längere Liste mit Namen ausspuckte. Zuerst sortierte sie alle Namensfragmente aus, bis nur noch eine Handvoll Kilian Maurice Coopers übrigblieb.

„Hast du Fotos?", wollte Pierrick wissen und war wieder näher an den Bildschirm herangetreten.

„Natürlich. Ich gehe einen nach dem anderen durch."

Sie klickte den ersten Namen an und suchte in der Führerscheindatenbank das dazu passende Bild.

Pierrick schüttelte entschieden den Kopf, und sie machte mit dem nächsten Mann weiter. So ging es einige Male, ehe Pierrick stutzte, sich vorbeugte und sein Gesicht sich plötzlich direkt neben Isadas befand. Sie hätte ihn mit der Wange berühren können, wenn sie nur ein wenig den Kopf geneigt hätte.

„Hast du von diesem Kilian Cooper noch ein aktuelleres Foto?"

Isada beugte sich vor, versuchte, sich auf ihre Arbeit zu konzentrieren und suchte in den anderen Datenbanken nach einem neueren Foto. Wenn sie nun Zugriff auf die Überwachungskameras von Boston hätte, wäre sie sicher schnell fündig geworden. So dauerte es einige Minuten, ehe sie ein weniger gelungenes Facebook-Foto fand.

„Ja, das ist er." Pierrick schien zufrieden. „Lösche alles, was du über diese Person findest. Sie darf nie existiert haben. Bekommst du das hin?"

„Zumindest alles, was in Verbindung mit seinem Namen steht."

„Dann los."

Pierrick ging zu seinem Schreibtisch und fing an, ein paar Papiere zu lesen. Immer wieder sah er auf, blickte Isada nachdenklich an, die damit beschäftigt war, Kilian Maurice Cooper aus allen Datenbanken zu löschen.

Nach einer halben Stunde lehnte Isada sich zufrieden zurück. „So, fertig!"

Pierrick stand auf, kam zu ihr und sah über ihre Schulter auf den Monitor. „Ich danke dir", sagte er schließlich und wandte sich ab.

Isada überprüfte nochmal einige Dateien, damit sie auch nichts übersehen hatte.

„Isada?" Pierrick stand unschlüssig vor seinem Schreibtisch.

„Hmm?" Fragend sah sie zu ihm auf.

„Solche Aufgaben wie gerade eben habe ich öfter mal. Virus ist meist mit Clanangelegenheiten beschäftigt und hat nicht immer Zeit, sich um meine Aufräumer-Tätigkeiten zu kümmern." Er wartete, tigerte unruhig im Raum hin und her, bevor er erneut zu sprechen begann: „Ich brauche jemanden, der mir exklusiv zur Verfügung steht und jederzeit einsatzbereit ist. Virus kann nicht so flexibel sein."

Isada legte den Kopf schief und wartete, bis er endlich zum Punkt kam.

„Ich würde dir gerne einen Job anbieten. Ich möchte, dass du für mich arbeitest."

Isada schluckte. Während des Projekts für den Clan zu arbeiten, war in Ordnung. Aber nur für Pierrick zur Verfügung zu stehen, stand auf einem anderen Blatt.

„Wie abrufbar sollte ich sein, wenn ich das Jobangebot in Betracht ziehe?", erkundigte Isada sich vorsichtig.

„Ich will dich rund um die Uhr auf Abruf haben – zu jeder Tages- und Nachtzeit erreichbar. Über die Konditionen – insbesondere deine Bezahlung – werden wir uns sicher einig."

Isada schluckte. Das, was Pierrick ihr soeben anbot, war mehr, als sie sich jemals erträumt hatte. Aber war der Preis nicht zu hoch? Es wäre ein gefährliches Spiel, auf das sie sich einlassen müsste. Sie würde Dinge im Namen der Ekklesia tun müssen, die sie nicht vertreten konnte. Isada starrte auf ihre Finger, die ineinander verschränkt in ihrem Schoß lagen.

„Kann ich mir das in Ruhe überlegen? Dein Angebot ist großartig, aber ich weiß nicht, ob ich dem gerecht werden kann."

„Das würdest du", sagte Pierrick mit einer Sicherheit, die sie glauben machte, dass er sie unbedingt in seinem Team haben wollte.

„Ich hätte gerne einfach etwas Bedenkzeit, bevor ich eine so große Entscheidung treffe", bat Isada.

Ihr kam es vor, als wäre Pierrick etwas enttäuscht, als er zustimmend nickte und dann das Thema wechselte: „Wie kommst du mit deinem Programm voran?"

„Wie ausführlich möchtest du denn wissen, was ich die letzten Stunden gemacht habe?" Sie stützte den Kopf in ihre Hände und grinste Pierrick an.

„Ich möchte eigentlich nur wissen, ob es vorwärts geht und wie lange du noch brauchst."

Mit so einer Antwort hatte Isada gerechnet. „Ich denke, ich brauche noch eine oder zwei Nächte, je nachdem, wie komplex das Sicherheitssystem ist. Morgen würde ich allerdings gerne den ersten Versuch starten."

„Das hört sich prima an." Pierricks Sessel quietschte leise, als er sich darauf niederließ.

„Für heute würde ich allerdings gerne Schluss machen. Ich werde auf dem Heimweg einen Abstecher in einen Club machen."

„Natürlich. Es ist gut und wichtig, dass du für dich sorgst." Pierrick erhob sich und griff nach seiner Jacke. „Ich werde dich begleiten. Die Nacht ist unsicher geworden, und ich möchte nicht, dass dir etwas geschieht."

Isada blieb sitzen. „Und deswegen hast du mir einen Bodyguard geschickt, der mich abgeholt hat."

Pierrick blinzelte einmal, dann ein zweites Mal. „Allerd und Blagden werden ab sofort immer in deiner Nähe sein, sollte ich nicht da sein."

Perplex musste sie einen Moment überlegen, was sie darauf antworten sollte. Also nicht nur einen Chauffeur, sondern gleich zwei Personenschützer. „Bist du sicher, dass ich sie brauche?" Die Situation machte ihr Angst.

„Du arbeitest für die Ekklesia, damit bist du eine Zielscheibe. Ich möchte nicht, dass dir etwas geschieht."

Die Vorstellung, ständig unter Beobachtung zu stehen, war beängstigend. Wie sollte sie unter diesen Umständen nur Kontakt mit Mirosh aufnehmen?

„Ich kann mich ebenso gut von diesen Bodyguards nach Hause fahren lassen", erklärte Isada und hoffte, dass Pierrick sie alleine gehen lassen würde. Dann könnte sie ins *Alive* gehen, einen Nachtclub, der ebenfalls einem Vampir gehörte, der aber nicht so hoch frequentiert war wie das *Fiftyfive*. Mit etwas Glück würde sie dort sogar Mirosh antreffen.

„Mir macht das nichts aus", erklärte Pierrick und band sich die Haare im Nacken zusammen. „Ich sollte auch wieder trinken."

Isada reagierte nicht. Sie musste sich schnell etwas überlegen. Aber anscheinend gab es keine Möglichkeit, aus dieser Nummer herauszukommen.

Pierrick verstand ihr Zögern falsch: „Das versprochene Training holen wir auf jeden Fall nach."

Isada brauchte einen Augenblick, bis sie sich erinnerte, dass er ihr versprochen hatte, ihr zu zeigen, wie man mit einem Dolch umging. Danach stand ihr nach dieser Nacht der Sinn überhaupt nicht. Dankbar lächelte sie ihn an. „Kein Problem." Sie fuhr den Computer herunter und packte ihre Sachen zusammen.

Als sie die Eingangshalle betraten, fiel Isadas Blick auf die Treppe, die hinauf in den ersten Stock führte, und ihr Zusammentreffen mit Caren fiel ihr wieder ein. „Möchtest du Caren Bescheid sagen, dass du da bist und nun wieder gehst?"

„Nein!" Sein Ton machte unmissverständlich klar, dass er nicht bereit war, mit Isada über seine Samera zu sprechen. Also sagte sie nichts weiter und verließ an der Seite des Soyas das Haus.

* * *

Isada besuchte nicht häufig das *Fiftyfive*. Sie fühlte sich in den Gothic-Clubs der Stadt wohler, wo sie selbst mit glühenden Augen nicht sonderlich auffiel. Einmal hatte sie ein Typ gefragt, wo sie die mega geilen Kontaktlinsen her hatte. Als Antwort hatte sie ihn gebissen und sein Gedächtnis manipuliert. Wenn sie nicht in einen der Gothic-Clubs ging, suchte sie das *Alive* auf. Dort trafen sich immer ein paar Epheben. Die Getränke waren billig und zogen ein nicht ganz so erlesenes Publikum an. Aber da Blut in der Regel Blut war, störte das Isada nicht sonderlich.

Es war ein seltsames Gefühl, an der Seite des Soyas das exklusive *Fiftyfive* zu betreten. Für den Eintritt in die erste Ebene musste man eine ganze Menge zahlen, und die Schlange der Wartenden war immer enorm. In den zweiten Bereich kam man ohne Voranmeldung überhaupt nicht. Als Vampir hätte Isada zwar die Chance gehabt, dorthin zu gelangen und sogar die dritte Ebene zu betreten, aber sie fühlte sich bei der feinen Gesellschaft nicht wohl. Sie gehörte nicht dazu, und deswegen hatte sie hier nichts zu suchen. Sie war ein einfacher Vampir.

Pierrick wurde an der Tür von Nol, dem Security-Chef persönlich, achtungsvoll begrüßt. Durch den langen, verspiegelten Flur gelangten sie in die zweite Ebene. Es war trotz der späten Stunde immer noch ziemlich voll.

„Treffen wir uns später wieder hier?", fragte Isada und sah sich suchend um. Sie würde sich einen Besucher krallen, ihn auf die Toilette locken und ihren Durst stillen. Dann konnte sie schnell wieder von hier verschwinden.

Pierrick machte ihrem Plan einen Strich durch die Rechnung. „Such dir jemanden aus, dann gehen wir hoch. Hier riecht es heute nach Ärger."

Isada senkte den Blick. Sie wollte nicht gemeinsam mit dem Soya trinken, aber wenigstens durfte sie sich ihren Blutwirt selbst aussuchen. Sie ließ ihren Blick über die Menge schweifen und hatte sich schnell entschieden. Der Mann mochte Mitte zwanzig sein, hatte sich eine Glatze rasiert und besaß die Statur eines Bodybuilders.

„Hast du schon jemanden im Blick?"

„Ja." Isada deutete auf den Typen.

„Du meinst doch nicht den mit der Glatze?"

„Doch."

Pierrick gab einen verächtlichen Laut von sich. „Der protzt doch nur mit nicht vorhandener Stärke."

„Was willst du mir damit sagen?" Isada legte den Kopf in den Nacken und blickte zu Pierrick hinauf.

„Such dir einen richtigen Kerl."

Isada überlegte einen Moment und ließ ihren Blick erneut über die Menge schweifen. Da war aber niemand, der ihr zusagte.

„Der ist genauso gut wie die anderen", sagte sie schließlich.

„Der zieht den Schwanz ein, wenn du deine Beißerchen auspackst."

Isada grinste Pierrick frech an. „Ich will auch nicht seinen Schwanz, sondern sein Blut."

„Mach, was du denkst. Reichen dir fünf Minuten, um den Kerl aufzureißen?"

„Reichen dir fünf Minuten, um eine Frau zu finden, die dich an ihren Hals lässt?"

Er beugte sich zu ihr herunter, und sein warmer Atem strich über ihren Nacken. Sie nahm seinen ganz eigenen Geruch wahr und sein Moschusduft benebelte ihre Sinne. „Glaubst du tatsächlich, dass auch nur eine einzige Frau in diesem Raum meinem Charme widerstehen kann?"

Isada spürte am ganzen Körper Gänsehaut und unterdrückte ein lustvolles Aufkeuchen. Ihre Augen, die bereits glühen mussten, hielt sie starr auf den Boden gerichtet.

Pierrick lachte und schob sich an ihr vorbei in die Menge der Tanzenden.

Isada brauchte noch einen Moment, bis sie wieder klar denken konnte. Dann ging auch sie los. Doch sie brachte es einfach nicht fertig, den Glatzkopf anzusprechen. Neben Pierrick erschien er so langweilig und farblos, dass es ihr den Appetit verdarb. Jeder Mann hier konnte neben Pierrick nur verlieren. Deprimiert erreichte Isada die Bar.

„Na, auch von einem Kerl abserviert worden?", quatschte eine Frau Isada an.

Isada wandte sich ihr zu. Sie war etwas größer als sie selbst, extrem schlank, besaß jedoch eine ordentliche Oberweite, die durch ein enges Top betont wurde. Die langen Beine steckten in eleganten High Heels und einem viel zu kurzen Minirock. Die braunen Haare waren aufwändig nach oben gesteckt, und die geschminkten Smokey Eyes ähnelten Isadas Gothic-Look.

Isada berührte die Frau auf geistiger Ebene. Sie war intelligent, und unter normalen Umständen hätte sich die Vampirin von ihr abgewandt und sich ein anderes Opfer gesucht. Aber sie war mit Pierrick hier, dem Meister auf dem Gebiet der Gedächtnismanipulation.

„Die Kerle hier sind alle langweilig." Isada schob sich auf den freien Barhocker neben der Unbekannten.

„Leana." Die junge Frau streckte ihr die Hand entgegen.

„Isada."

Leana winkte Yoola herbei. „Zwei Fiftyfive bitte."

„Mach einen draus", sagte Isada schnell, als sie begriff, dass Leana sie einladen wollte. „Und bitte schnell, Yoola. Wir wollen gleich hoch."

Der Barkeeper nickte und begann den bestellten Cocktail zu mixen.

„Hoch?" Ungläubig musterte Leana sie. „Du meinst dort hinauf?" Sie warf einen vielsagenden Blick auf die Metalltreppe, die in die dritte Ebene führte.

Isada legte den Kopf schief und grinste die Frau vielsagend an. „Da hinauf."

„Wow. Gibt es dort oben auch Kerle?"

„Natürlich. Siehst du den Typen da auf der Treppe?"

Leana drehte sich um, und ihre Augen wurden immer größer, als sie Pierrick erblickte. Eine langbeinige Blondine hing an seinem Arm.

„Der ist ja heiß", stöhnte Leana. „Aber er hat schon eine Begleitung."

Als Yoola vor Leana den Cocktail abstellte, rutschte Isada vom Hocker. „Ich glaube, der ist Kerl genug für uns alle. Ich bin dann mal oben. Möchtest du nun mit?"

Eilig griff Leana nach ihrem Glas und folgte Isada, die sich einen Weg in Richtung Treppe bahnte.

Isada wusste, dass Leana ihr folgen würde. Pierrick sah auch aus der Entfernung beeindruckend aus. Leana war nicht dumm und wusste um ihre Chance. Allein hätte Isada sich nicht getraut, die Frau als Blutwirtin auszusuchen. Normalerweise suchte sie sich einfachere Opfer aus. Zu groß war die Gefahr, dass es ihr nicht gelingen würde, alle Erinnerungen von Leana zu tilgen. Doch mit Pierrick an ihrer Seite, der eine einzigartige Begabung in diesem Bereich hatte, konnte nichts passieren. Isada wollte unbedingt wissen, ob sich ihr Blut von dem der dümmlichen Nahrungslieferanten unterschied.

Endlich hatten sie die Treppe erreicht. Cev und Pide wichen zur Seite und gaben den Weg frei.

„Danke, Jungs."

„Immer gerne, Isada", lächelte Pide und zwinkerte ihr verschwörerisch zu.

„Ich gehöre zu ihr", beeilte Leana sich zu sagen, die von den zwei Security-Leuten sichtlich beeindruckt war.

Pierrick wartete mit seiner Begleitung auf sie. „Jetzt bin ich aber überrascht", raunte er ihr zu, als Isada an ihm vorbeiging.

Unschuldig blickte sie zu ihm hinauf und antwortete so leise, dass die Frauen es nicht hören konnten: „Ich wollte schon immer intelligentes Blut probieren und da ich heute Nacht auf deine Fähigkeiten zurückgreifen kann, wollte ich mir diese Chance nicht entgehen lassen."

Pierrick lachte laut.

Zu viert erreichten sie die dritte Ebene.

„Das ist Leana", stellte sie die junge Frau vor, „und ich bin Isada."

„Pierrick und …" Er runzelte für einen Moment die Stirn und schien angestrengt zu überlegen.

„Isabell", säuselte Pierricks Begleitung und warf ihm einen schmachtenden Blick zu.

„Genau, Isabell." Pierrick machte eine Handbewegung und forderte Isada auf voranzugehen. „Erstes Abteil, bitte."

Isada hakte sich bei Leana unter und marschierte mit ihr voraus.

„Wow, der Kerl ist wirklich ein Leckerbissen", flüsterte Leana aufgeregt. Für Vampirohren war sie viel zu laut, Pierrick musste ihre Unterhaltung mühelos mitverfolgen können. „Woher kennst du ihn?"

„Man kennt sich eben", wich sie Leana aus. Sie konnte ihr ja schlecht sagen, dass der *Leckerbissen* hinter ihr mit ihrer Schwester verheiratet war.

„Hat er Geld?"

Isada drehte sich etwas, damit sie einen Blick auf Pierrick erhaschen konnte.

Sein düsterer Blick sagte mehr als tausend Worte.

„Ja", wandte sie sich wieder an Leana. „So viel, dass er es nie schaffen wird, alles alleine auszugeben."

Theatralisch seufzte Leana. „Für so einen Typ würde ich sterben. Weißt du, ob er noch zu haben ist?"

Isada schob die Tür zum ersten Abteil auf, das für die Soyas reserviert war und sich von den anderen Rückzugsorten durch einen besonderen Schallschutz unterschied.

„Wow, ist das geil hier!", rief Leana begeistert und rutschte auf die kreisrunde Bank. Der Boden unter ihnen bestand nur aus Glas, und so hatte man einen atemberaubenden Blick auf die zweite Ebene.

Isada setzte sich neben Leana und lehnte sich gemütlich zurück. Pierrick folgte ihnen und schloss die Tür hinter sich.

Verwundert registrierte Isada, dass Isabell fehlte. „Wo hast du deine Begleiterin gelassen?"

Pierrick rutschte zu ihr, und der Geruch von Bergamotte und Moschus hüllte sie ein.

„Ich dachte, zu dritt wird es viel interessanter, und du teilst sicher gerne mit mir", raunte er ihr zu. „Wenn ich dann schon für dich aufräumen soll."

Leana, die immer noch damit beschäftigt war, fasziniert in die zweite Ebene hinunterzuschauen, blickte sich verwirrt um. „Wo ist Isabell?"

„Sie ist wieder hinuntergegangen. Es war ihr wohl etwas zu voll", erklärte Pierrick.

Wie auf Kommando blitzten Leanas Augen auf. „Ich kann jetzt nicht einmal sagen, dass ich das sehr schade finde", gestand sie grinsend und griff nach ihrem Cocktail, um einen Schluck zu nehmen. Unter halb geschlossenen Lidern warf sie Pierrick vielsagende Blicke zu.

„Was haltet ihr Mädels davon, die Plätze zu tauschen?", fragte Pierrick. „Dann können Leana und ich uns in Ruhe kennenlernen."

„Ich werde euch nicht beim Sex zusehen", zischte Isada und rutschte zur Seite, damit Leana sich zwischen sie und Pierrick setzen konnte.

Leana kuschelte sich sofort an Pierrick, der seinen Arm auf die Banklehne legte. „Ist sie deine Freundin?", wollte Leana mit einem Kopfnicken zu Isada von Pierrick wissen, anstatt sie direkt zu fragen.

„Nein."

Leana hatte nur noch Augen für Pierrick. „Aber sie steht darauf, uns zuzusehen?"

Amüsiert verzog Pierrick den Mund und linste an Leana vorbei. Isada zog warnend eine Augenbraue nach oben.

„Ich vermute eher nicht", sagte Pierrick. „Aber ich stehe darauf, euch zuzusehen."

Lächelnd nahm er Leanas Arm, küsste ihr Handgelenk und reicht es weiter an Isada.

Isada lief das Wasser bereits im Mund zusammen. Leanas blumiger Duft hing schwer im Raum. Ihre Erregung löste bei Isada ein noch dringenderes Hungergefühl aus. Als Pierrick ihr auffordernd Leanas Hand hinstreckte, konnte sie sich nicht mehr beherrschen. Sie wusste, dass ihre Augen glühten. Ihre Fänge schossen hervor. Sie griff nach dem Arm, leckte sich über die Lippen und biss Leana ins Handgelenk. Eisen und Süße formten sich zu einer formvollendeten köstlichen Mahlzeit. Gierig trank Isada.

Sie schielte zu Leana und sah, wie diese den Kopf zu ihr drehen wollte, aber Pierrick hielt sie davon ab und sagte etwas zu ihr, das Isada nicht verstand, weil ihr eigenes Blut zu laut in ihren Ohren rauschte. Sie sah zu, wie Pierrick sich über Leana beugte und sie sich küssten. Leana stöhnte auf, spreizte ihre Beine und schob Pierricks Hand dazwischen.

„Du missverstehst da etwas", meinte er sanft und zog seine Hand wieder fort.

„Bitte", keuchte Leana. „Ich brauche das jetzt."

Bestimmt neigte Pierrick Leanas Kopf zur Seite. Seine Fänge schossen hervor und mit einem glühenden Blick aus seinen bernsteinfarbenen Augen biss er sie in den Hals.

Sie quiekte erschrocken auf, machte jedoch keine Anstalten, sich zu wehren. Es schien ihr zu gefallen. Sie rekelte sich auf dem Sitzpolster, rutschte unruhig hin und her, während Pierrick ihre Schultern gepackt hatte und trank.

Isada hatte genug. Sie leckte über das Handgelenk und wusste, dass sich die Wunde innerhalb von Sekunden schließen würde.

Pierrick drehte Leana in seinen Armen ein wenig, so dass er und Isada einander sehen konnten. Satt lehnte Isada sich in die weichen Polster zurück und beobachtete Pierrick dabei, wie er trank. Ein warmes Prickeln breitete sich bei seinem Anblick in ihr aus. Einem anderen Vampir beim Trinken zuzusehen, war ein sehr intimer Moment.

Unzählige dunkle Sprenkel tanzten in seinen bernsteinfarbenen Augen, ehe er die Lider schloss und sich ganz dem berauschenden Geschmack des Blutes hingab.

Isada wusste nicht, wie viel Zeit verstrichen war, als Pierrick seine Mahlzeit beendete und den Kopf hob. Er leckte sich über die Lippe und strich mit seiner Zunge die letzten Blutspritzer fort. Wie gebannt sah Isada ihm zu.

„Bitte!", keuchte Leana. „Ich brauche …"

„Nein!", antwortete Pierrick bestimmt. „Du brauchst nichts."

Isada sah zu, wie Leanas Augen flatterten. Pierrick musste gerade in ihrem Geist sein und ihre Erinnerung an die letzten Minuten löschen. Es dauerte nicht lange, da erhob Leana sich, strich ihren Rock glatt und zog ihr Top zurecht, ehe sie wie ferngesteuert das Abteil verließ.

Als die Türen sich hinter ihr schlossen, lehnte Pierrick sich ebenfalls zurück und blickte zu Isada hinüber.

„Und? Schmeckt Intelligenz anders?"

Isada musste lachen und schüttelte den Kopf.

„Aber ich muss zugeben, dass du einen exzellenten Geschmack besitzt", sagte Pierrick und leckte noch einmal mit der Zunge über die Unterlippe.

„Hast du das je bezweifelt?"

Pierrick blickte sie nachdenklich an. „Ich weiß, dass sich über Geschmack streiten lässt, aber manchmal ist weniger einfach mehr."

Auch ohne, dass er noch mehr dazu sagen musste, wusste sie, dass er auf ihre oftmals gewagten Gothic-Outfits anspielte.

Sie beugte sich zu ihm hinüber, strich sich eine Strähne hinters Ohr und sagte: „Ich finde, es gleicht sich hervorragend aus. Das, was im Gesicht zu viel ist", sie zeigte auf ihre dunkel umrandeten Augen, „ist an anderen Stellen deiner Ansicht nach vielleicht zu wenig." Sie deutete auf ihren Bauch, der aufgrund ihres knapp geschnittenen Shirts nackt war.

In Pierricks Gesicht war kein Hohn mehr zu sehen. „Du bist so hübsch, Isada. Du hast es nicht nötig, dich hinter einer Maske aus Make-up zu verstecken."

Schnell wandte sie den Kopf ab. Sie fühlte sich ertappt und wollte nicht, dass Pierrick die Verletztheit in ihren Augen sah. Lieber versteckte sie sich hinter Spott und Sarkasmus.

„Du als Mann kannst das natürlich beurteilen." Sie stand auf, um Pierrick zu verdeutlichen, dass sie nicht länger darüber reden wollte. „Ich bin satt und müde, bringst du mich nach Hause?"

Pierrick reagierte zuerst nicht, schien zu überlegen, ob er Isadas Wunsch nachkommen sollte.

„Okay", gab er sich geschlagen und erhob sich ebenfalls. „Ich fahre dich nach Readville. Morgen wirst du abgeholt werden."

„Danke." Isada verzichtete darauf, Pierrick ein weiteres Mal zu erklären, dass sie den Chauffeur und Bodyguard überflüssig fand.

Seite an Seite verließen sie das *Fiftyfive,* und diesmal fühlte es sich nicht mehr so falsch an, neben dem Soya herzulaufen.

* * *

Isada war froh, endlich zu Hause zu sein. Müde stolperte sie in ihr Zimmer und stellte erleichtert fest, dass ihr Vater noch unterwegs war und sie mit ihm nicht reden musste.

Aber anstatt zu schlafen, riss sie das Fenster auf und lauschte. Kein ungewöhnliches Geräusch zu hören. Isada schnupperte, konnte aber auch den feinen, unbekannten Geruch ihres Leib-wächters nirgends ausmachen. Aber so wie sie Pierrick kannte, hatte dieser den Personenschützer bereits angewiesen, sich auf den Weg zu ihr zu machen. Sie musste sich beeilen. Schnell schloss sie das Fenster, zog ihr Prepaid-Telefon hervor und wählte Miroshs Nummer.

Es dauerte, bis er endlich das Gespräch annahm. „Was ist los? Ich hoffe, es ist wichtig."

„Ja, kann man so sagen", erklärte Isada.

„Dann los. Ich habe nicht viel Zeit."

„Ich war heute allein im Büro des Soyas."

Am anderen Ende hörte Isada, wie Mirosh geräuschvoll Luft in die Nase einsog. „Schieß los!"

„Der Bericht, den ich gefunden habe, ist schon älter."

„Das ist egal. Uns kann alles nützlich sein."

„Ich habe die Papiere fotografiert und werde sie dir gleich schicken."

„Sehr gut, sehr gut. Und wie sieht es mit dem Laptop aus?"

„Ich konnte alle verfänglichen Daten löschen. In der kommenden Nacht werde ich sehen, wie weit mein Programm ist."

„Schade", murmelte Mirosh.

Isada zögerte und war froh, als Mirosh weitersprach.

„Diese Position so nah am Aufräumer und damit auch an Ekklesia, ist uns wirklich von großem Nutzen. Kannst du die Sache mit dem Hacken nicht noch ein wenig rausziehen?"

Noch immer schwieg Isada.

„Bist du noch dran?"

„Ja."

„Also kannst du die Sache noch verzögern?"

„Ich denke nicht, dass das gut ist, aber ..."

„Aber was?"

Isada atmete tief durch. „Der Soya Pierrick hat mir einen Job angeboten. Er möchte, dass ich vierundzwanzig Stunden am Tag, sieben Tage die Woche für ihn auf Abruf bereit stehe, um Personen zu orten, Daten über sie zu löschen und was weiß ich noch alles."

„Scheiße, ist das gut!"

Isada presste die Lippen fest aufeinander.

„Das ist doch total super. Glückwunsch."

„Ich habe noch nicht zugesagt." Isada strich sich eine Strähne hinters Ohr.

„Du hast was?" Mirosh klang vollkommen fassungslos.

„Ich habe mir Bedenkzeit erbeten."

„Da gibt es keine Bedenkzeit. Absolut nicht. Du sagst zu, und zwar sofort. So nahe werden wir nie wieder an Ekklesia herankommen."

Davon war Isada nicht wirklich überzeugt. Natürlich wäre sie nahe am Geschehen, aber sie wusste nicht, ob Pierrick ihr tatsächlich vertrauliche Informationen zukommen ließ. Bisher hatte er sich sehr bedeckt gehalten.

„Sag zu!", befahl Mirosh ihr noch einmal.

„Okay", murmelte Isada. Sie war noch nicht glücklich damit. Es würde ein gewaltiger Balanceakt werden.

„Ruf ihn sofort an, hörst du?"

„Ja, ist ja gut." Isada schloss die Augen. „Ich schicke dir die Bilder, dann rufe ich ihn an."

„Und was immer er von dir verlangt, du wirst es tun."

„Mirosh, ich …"

„Nein, Isada."

Sie merkte, dass er nun völlig ernst geworden war.

„Das ist unsere Chance. Du hast es in der Hand. Durch dich können wir gegen Ekklesia gewinnen."

Eine Gänsehaut überzog Isadas Arme, wanderte die Schultern hinauf und über den Rücken.

„Ich werde mir Mühe geben."

„Mach das. Und wenn du etwas hast, ich bin jederzeit erreichbar."

Isada verabschiedete sich und legte auf. Rasch sendete sie ihm die versprochenen Fotos.

Sie nahm ihr zweites, privates Handy in die Hand und starrte auf Pierricks Telefonnummer. Der Morgen dämmerte bereits, der Soya musste längst zu Hause sein. War es gut, ihn jetzt noch zu stören? Vielleicht schlief er schon.

Isada gab sich einen Ruck und wählte.

Es dauerte nicht lange, da meldete Pierrick sich. „Isada?" Er klang außer Atem und auch ein wenig überrascht.

„Störe ich gerade?"

„Nein." Es klapperte und hörte sich an, als ob etwas Schweres über den Boden gezogen wurde. Dann war es wieder still.

„Ich rufe wegen des Jobangebots an."

„Oh."

Isada schluckte. Jetzt oder nie. „Ich würde gerne für dich arbeiten."

„Das freut mich wirklich. Dann hole ich dich morgen Nacht ab und kläre das gleich mit deinem Vater."

„Er wird vermutlich nicht sonderlich begeistert sein."

„Aber er wird es tolerieren", erklärte Pierrick bestimmt.

Isada nickte, bis ihr einfiel, dass Pierrick das am anderen Ende des Telefons überhaupt nicht sehen konnte. „Okay", murmelte sie schließlich. „Dann bis morgen."

„Bye."

Sie legte auf, räumte ihre Handys fort und zog ihr Schlafshirt an. Isada war froh, dass sie nun endlich ins Bett gehen konnte. Kraftlos kroch sie unter die Bettdecke und war bereits im nächsten Moment eingeschlafen.

* * *

Wie versprochen kam Pierrick am Abend vorbei. Als es an der Tür klingelte, schnappte Isada den gepackten Rucksack und hastete nach unten.

Alexio hatte bereits die Tür geöffnet und war überrascht, den Soya zu sehen. Höflich bat er ihn herein.

„Ich bin nicht nur gekommen, um Isada abzuholen, ich habe auch etwas mit dir zu besprechen", eröffnete Pierrick das Gespräch.

Perplex starrte der Mori Pierrick an. Dieser ergriff die Initiative und lotste den Hausherrn in sein Arbeitszimmer.

Isada wollte sich gerade auf die Treppe setzen, um dort auf das Ende des Gesprächs zu warten, als Pierrick ihr mit einem Handzeichen zu verstehen gab, dass sie sich ihnen anschließen sollte. Das war nun wirklich ungewöhnlich. Als Vampirin war sie es gewohnt, dass die Männer Dinge über ihren Kopf ausdiskutierten. Umso mehr freute es sie, dass Pierrick sie an der Unterredung teilhaben lassen wollte.

Alexio zog eine Augenbraue nach oben, als Isada hinter sich die Tür schloss.

„Ich habe sie gebeten mitzukommen. Schließlich betrifft es Isada, und ich denke, sie hat ein Recht zu erfahren, worüber wir sprechen."

Alexio nickte und bot Pierrick einen Platz an. Er setzte sich und winkte Isada abermals zu sich, damit sie sich auf den freien Stuhl neben ihn setzte, während Alexio seinen Schreibtisch umrundete und auf seinem Sessel Platz nahm.

Alexio räusperte sich geräuschvoll und fragte dann: „Also, was gibt es?"

„Ich möchte, dass Isada für mich arbeitet."

Isada wartete mit angehaltenem Atem auf die Reaktion ihres Vaters.

„Sie soll für dich arbeiten? Das tut sie doch schon."

„Nicht bis nächste Woche, sondern auf Dauer."

Isada starrte ihre Finger an. Sie wagte nicht, ihren Vater anzublicken. Inbrünstig hoffte sie, dass er zustimmte. Sie wollte den Job und das nicht nur wegen der *Gen Guards*. Es machte ihr nicht nur Spaß, für Pierrick zu arbeiten, es war auch eine Möglichkeit, von hier fortzukommen.

„Ich verstehe", murmelte ihr Vater.

Vor Spannung konnte Isada es nun doch nicht mehr aushalten und blickte hoch.

„Ich habe eigentlich andere Pläne für Isada", fuhr Alexio schließlich fort.

„Tatsächlich?", frage Pierrick überrascht.

„Ich wünsche mir, dass es Isada ebenso gut geht wie Caren. Ich möchte sie an der Seite eines Vampirs verheiratet sehen, damit sie mir eines Tages Enkelkinder schenken kann."

Isada starrte erst ihren Vater, dann Pierrick an. Ein Schatten hatte sich auf das Gesicht des Soyas gelegt, und Isada kannte ihn inzwischen gut genug, um zu wissen, dass er mit seinen inneren Dämonen kämpfte. Lag es daran, dass er und Caren noch keine Nachkommen hatten? Es war bei Vampiren nicht ungewöhnlich, dass es sehr lange dauerte. Und Caren war schließlich schon schwanger gewesen.

„Das Eine", antwortete Pierrick mit Bedacht, „schließt das Andere natürlich nicht aus."

Alexio legte die Fingerspitzen zusammen.

„Ich habe es Isada noch nicht erzählt", begann er und tat dabei so, als ob Isada überhaupt nicht anwesend wäre. „Es gibt einen Vampir, der großes Interesse an ihr zeigt und einer Verbindung unserer Familien nicht abgeneigt wäre."

Isada konnte nicht mehr an sich halten und fragte: „Wer?"

Ihr Vater ignorierte sie. Sein Blick ruhte weiter auf dem Soya.

„Wer?", rief Isada noch einmal, sprang auf und stützte sich am Schreibtisch ab, während sie ihren Vater wütend anfunkelte. Sie wollte nicht heiraten, das hatte sie ihm klar und deutlich zu verstehen gegeben. Sie war nicht bereit, sich zu binden.

„Beruhige dich, Isada." Pierricks Stimme war noch immer ruhig und beherrscht.

„Nein!", fuhr sie ihn an. „Er kann mich nicht einfach so verheiraten. Ich mache da nämlich nicht mit."

Sie übersah Pierricks warnenden Blick geflissentlich.

„Natürlich kann ich das, und das werde ich auch", brauste nun ihr Vater auf.

„Dann sag mir wer."

Alexio Dearing grinste breit. „Dan Manilo", erklärte er stolz.

Isada klappte die Kinnlade herunter. Sie kannte den Dan kaum, hatte ihn höchstens von weitem gesehen. „Das kann nicht dein Ernst sein." Sie ließ sich auf den Stuhl fallen, noch immer ganz benommen.

„Gregorios Bruder?" Pierrick schien ebenfalls überrascht.

„Ja, Soya Gregorios Bruder. Eine Verbindung zu den Garcia Martinez erachte ich als äußerst hilfreich."

„Hilfreich, hilfreich. Darum geht es dir doch nur. Du scherst dich einen Dreck darum, was ich will und möchte. Hauptsache du hast deinen Vorteil und … ahhhh."

Ein mörderischer Schmerz bohrte sich in ihren Schädel, ließ alle Gedanken in den Hintergrund treten. Sie fasste sich an den Kopf und wünschte sich, er würde platzen. Dann müsste sie zumindest nicht Manilo Garcia Martinez heiraten, einen Vampir, der zweihundert Jahre älter war als sie selbst.

„Lass dir das eine Warnung sein", zischte ihr Vater. „Du wirst nie wieder so mit mir reden."

Noch immer unter Schmerzen nickte sie. Es war nicht fair, ihre Unterlegenheit so zur Schau zu stellen und sie zu maßregeln, ausgerechnet vor Pierrick. Isada kämpfte mit den Tränen. Sie wollte nicht heiraten, nicht den Dan.

Hilfesuchend blickte sie Pierrick an, der bedauernd den Kopf schüttelte.

„Ich sehe jedoch kein Problem darin, dass Isada trotzdem für mich arbeitet", erklärte Pierrick gefasst.

„Bist du sicher?" In Alexios Stimme schwang Zweifel mit.

„Die Heiratsangelegenheiten interessieren mich nicht. Ich möchte Isada, ich brauche sie in meinem Team. Sie wäre dazu bereit und so lange sie nicht verheiratet ist, bist du derjenige, der das entscheiden muss. Nach der Hochzeit werde ich selbstverständlich mit ihrem Homen darüber verhandeln."

Isada wusste, dass ihr Vater am liebsten Nein sagen wollte. Pierrick hatte sein Anliegen jedoch so vorgetragen, dass Alexio kaum ablehnen konnte.

„Hmm …", murmelte Alexio unglücklich. „Ich würde mir für Isada zwar etwas Anderes wünschen. Diese ganze Studiererei mit all diesen neuen Sachen – ich hätte es von Anfang an unterbinden müssen."

„War das ein klares Ja?", hakte Pierrick ungerührt nach.

„Ja, sie kann für dich arbeiten. Es ist mir eine große Ehre, dass du sie haben willst. Ich als ihr Vater mache mir nur Sorgen um sie."

„So lange ich für sie verantwortlich bin, wird sie zu keiner Zeit in Gefahr sein. Sie wird mich zu keinem Außeneinsatz begleiten. Alles was sie tun wird, ist, in Sicherheit zu warten und den Computer zu bedienen."

Alexio wirkte plötzlich müde, als er sich mit der Hand über die Stirn und die Augen wischte.

„Gibt es sonst noch etwas?"

„Nein." Pierrick erhob sich. „Komm mit, Isada, wir gehen."

Das war es also gewesen. Die Männer waren sich einig. Noch immer geschockt von der Nachricht, dass ihr Vater sie nun ernsthaft verheiraten wollte, folgte sie dem Soya, griff sich im Flur ihren Rucksack und schlüpfte in ihre Jacke. Gedankenversunken schlurfte sie hinter Pierrick zum Auto und setzte sich auf den Beifahrersitz. Dass er neben ihr einstieg und losfuhr, bekam sie kaum mit.

KAPITEL 9

Die Fahrt von Readville nach Hingham dauerte etwas mehr als vierzig Minuten, die Pierrick und Isada schweigend verbrachten. Pierrick war einige Male kurz davor gewesen, ein Gespräch zu beginnen, doch Isada wirkte so abwesend, dass auch er seinen Gedanken nachhing. Schließlich erreichten sie das Anwesen. Er sperrte auf und betrat die leere Eingangshalle, trat zur Alarmanlage und stellte sie aus. Caren war heute Nacht im *Fiftyfive*. Es war gut, dass sie sich selbst um ihre Nahrung kümmerte, deswegen hatte er sie zu diesem Ausflug ermutigt.

„Ist Caren nicht da?", fragte Isada verwundert.

„Nein."

Er hatte keine Lust, sich Isada zu erklären. Sie hatte ohnehin schon viel zu viel mitbekommen.

„Wir gehen heute nicht ins Arbeitszimmer", erklärte Pierrick.

Isada blickte ihn mit ihren großen, schwarz geschminkten Augen an. Ein Hauch von Honig und reifer Birne wehte zu ihm herüber, und er musste schlucken. Wie sollte er die nächsten Stunden durchstehen?

„Wenn ich dir schon nicht anderweitig helfen kann, werde ich dir zumindest beibringen, wie du dich verteidigen kannst."

Noch immer konnte er nicht begreifen, wie Alexio ausgerechnet auf den Nichtsnutz Manilo kam. Pierrick schätzte Manilos älteren Bruder Gregorio, mit dem er im Ekklesia-Rat zusammenarbeitete. Doch er hatte auch mitbekommen, wie Gregorio sich mehr als einmal über seinen jüngeren Bruder ärgerte, wenn der wieder versäumt hatte, eine wichtige Erledigung für das Familienunternehmen auszuführen. Er war unzuverlässig, und beim besten Willen konnte Pierrick sich den Dan nicht als Homen vorstellen, schon gar nicht für Isada. Sie hatte etwas Anderes verdient, jemand Besseren. Einen Mann, der hinter ihre Maske blickte und das verletzte Wesen sah, das sich dahinter verbarg und das noch heute um Aufmerksamkeit und Anerkennung kämpfte. Isada war niemand, den man in einen Käfig stecken konnte, sie musste frei sein und atmen können.

Es hatte ihn geschmerzt, dass er ihr nicht helfen konnte. Am liebsten hätte er Alexio auf den Kopf zugesagt, dass er Isada unter seinen Schutz stellen würde, aber das konnte er nicht tun. Er war Alexios Soya, dennoch hatte er kein Recht, sich in dessen Familienangelegenheiten einzumischen. Er hatte genug Mitglieder der Familie Dearing unglücklich gemacht. Isada war nicht sein Problem, und er musste sich von ihr distanzieren.

Isada berührte ihn am Arm und holte ihn in die Gegenwart zurück. Er hatte völlig den Faden verloren und blickte sie fragend an.

„Das musst du nicht tun."

„Was?"

„Mir das Kämpfen beibringen."

„Oh doch", erklärte er bestimmt. „Zum einen habe ich es dir versprochen, und zum anderen fühle ich mich besser, wenn ich weiß, dass du selbst auf dich aufpassen kannst."

„Das wird in Zukunft ja mein Homen für mich tun." Bitterkeit lag in ihrer Stimme.

Pierrick antwortete nichts. Was sollte er auch sagen? Wenn Isada wirklich Manilo heiratete, war sie Gregorio unterstellt und hatte mit ihm – davon abgesehen, dass sie verschwägert waren – nichts mehr zu tun.

„Du fährst mit dem Aufzug hinab und hältst dich dann rechts. Dort ist ein Umkleideraum, wo du dich umziehen kannst. Wir treffen uns in der Halle. Die kannst du nicht verfehlen." Er wartete nicht auf ihre Zustimmung, sondern eilte die Treppe hinauf in den zweiten Stock in sein Zimmer, um sich dort umzuziehen.

Eilig zerrte er sich die Kleider vom Leib und stieg in die Trainingshosen. Er spürte nur allzu genau die Bestie, die in ihm herumtigerte, unzufrieden mit der Situation. Wenn es nach dem

Tier ginge, hätte er sich Isada geschnappt und in Sicherheit gebracht. Aber sie war nicht sein, würde es nie werden. Er war ein gebundener Vampir. Auch wenn die Ehe mit Caren momentan sehr schwierig war, hatte er ihr Treue geschworen, und der Mann in ihm war nicht bereit, diesen Schwur zu brechen.

Er zog aus einer Schublade ein Stoffbündel, wickelte es aus und strich bedächtig über den kunstvoll gearbeiteten Knauf. Der Dolch gehörte seiner Familie seit vielen hundert Jahren, war sogar älter als er selbst. Ein Wikinger hatte ihn einst seinem Vater geschenkt. Der Griff und die Verzierungen waren aus Gold. Er selbst hatte vor einigen Jahren die billigen Steine gegen echte Saphire austauschen lassen. Er schob den Dolch wieder in die Scheide und schlug das Tuch darum. Dann griff er noch einmal in die Schublade und holte den Oberschenkelgurt hervor, den er extra für Isada hatte anfertigen lassen. Die Gurte, die er selbst besaß, waren für ihren zierlichen Oberschenkel viel zu groß.

Pierrick angelte nach einem T-Shirt, streifte es sich über, holte seinen eigenen Dolch und befestigte ihn mit einem Riemen am Oberschenkel. Schließlich nahm er die Waffe, die er Isada schenken wollte, und verließ das Zimmer.

* * *

Isada wartete bereits auf ihn, als er den Trainingsraum betrat. Sie lächelte ihn an, und sein Mund wurde ganz trocken. Die Vampirin hatte sich komplett abgeschminkt und sah in ihrer Natürlichkeit schöner aus als je zuvor. Die Haare hatte sie zu einem Knoten im Nacken gebändigt. Zu einer engen Dreiviertelhose trug sie ein bauchfreies knappes Top.

Pierrick schloss kurz die Augen, um sich zu sammeln und fragte sich ein weiteres Mal, worauf er sich da nur eingelassen hatte. Dann ging er auf Isada zu und streckte ihr den eingewickelten Dolch entgegen.

„Hier, für dich."

Isada nahm ihm neugierig das Bündel ab und packte es vorsichtig aus. Er sah in ihren Augen Freude und Unsicherheit, als sie die edle Waffe in den Händen hielt.

„Ich glaube nicht, dass ich …", begann sie überwältigt.

Er wollte es nicht hören, und so schnitt er ihr das Wort ab. „Geschenke lehnt man nicht ab. Es ist für dich, und ich erwarte, dass du sie trägst. Aber zuerst beginnen wir mit Trockenübungen." Er nahm ihr den Dolch ab und legte ihn auf die Seite. Den Oberschenkelgurt legte er daneben. Dann begab er sich in die Hallenmitte und winkte Isada zu sich.

Sein Trainingsraum war nicht so groß und gut ausgestattet wie der von Darius, aber für ihn und seine Zwecke genügte er vollkommen. Nebenan befand sich der Fitnessraum, wo er in den letzten Wochen mehr Zeit verbracht hatte als hier in der kleinen Halle.

Nur zögernd folgte Isada ihm in die Hallenmitte.

„Stell dich hier hin", wies er sie an.

Er wartete, bis sie die Position einnahm und legte von hinten die Arme um sie. Ihre Haut fühlte sich samtweich an, und ihr Duft umhüllte ihn. Er nahm wahr, wie sie sich leicht in seinen Armen versteifte.

„Versuch dich loszumachen!", forderte er sie auf.

Zögerlich drehte Isada sich hin und her, allerdings ohne großen Kraftaufwand.

„So wird das nie etwas. Du benimmst dich wie eine Menschenfrau. Wo ist die Vampirin, die die Krallen ausfahren kann?", spornte er sie an und stellte wohlwollend fest, dass sie nun mit aller Kraft versuchte, sich loszumachen. Doch seine Arme waren fest um ihre Mitte geschlungen. Wie sehr sie auch ziehen und zerren würde, es wäre ihr nicht möglich, von ihm fortzukommen. Er ließ ihr etwas mehr Freiraum, damit sie nicht merkte, wie er hart wurde.

Isada nur noch mit einer Hand festhaltend, ergriff er mit der anderen ihren rechten Arm und begann ihn zu führen. „Mit dem Ellenbogen in die Seite", erklärte er. Er fasste sie an den Schultern und zeigte ihr, wie sie sich drehen musste.

Isada hörte aufmerksam zu und befolgte jeden seiner Befehle. Einige Male spielten sie das Szenario langsam durch, und Isada gewann immer mehr an Sicherheit.

„Wunderbar. Das sollte für den Anfang genügen. Nun zum Umgang mit dem Dolch."

Er holte die zwei Waffen und die Halterung, ging vor Isada in die Knie und schnürte ihr die zwei Lederriemen um den rechten

Oberschenkel. Zwangsläufig musste er ihr Bein mehrmals berühren, und jedes Mal durchzuckte ihn ein elektrischer Schlag, der sofort in seine Lenden schoss.

„Er muss ordentlich festgezogen werden. Aber nicht so sehr, dass du dir alles abschnürst." Die Erklärung diente eher dem Zweck, seine Nerven zu beruhigen, als Isada Informationen zu geben. Dann befestigte er die Scheide mit dem Dolch an den Gurten, erhob sich und trat schnell hinter Isada.

„Nicht umdrehen!", sagte er, als sie genau dies tun wollte. Seine Fänge drängten mit aller Kraft hervor, seine Augen mussten bereits glühen und hätten ihr seine Erregung offenbart. Auch sein Schwanz führte noch immer ein Eigenleben.

„Ich stehe hinter dir", sagte er und legte ihr einen Arm um den Hals. Er drückte leicht zu, dass Isada zwar den Druck spürte, aber dennoch genug Luft bekam. „Du musst ruhig bleiben. Nicht in Panik verfallen. Du bist es, die die Situation kontrolliert. Das weiß der Angreifer nur noch nicht."

Isada nickte kaum merklich. „So wie wir es vorhin geübt haben. Ellenbogen in die Seite rammen, drehen und zuschlagen." Isada befolgte seine Anweisungen und deutete einen Schlag in seine Weichteile an. Er wünschte innerlich, sie würde tatsächlich zuschlagen, damit sein Geschlecht endlich aufhörte, auf sie zu reagieren. Isada griff in sein Gesicht und drückte ihn nach hinten. Er ließ sich zu Boden fallen, rollte sich ab und sprang mit dem Dolch in der Hand wieder auf. Isada reagierte ebenfalls blitzschnell und zog ihre Waffe aus der Scheide. Er winkte Isada zu sich, die sofort auf ihn zukam. Mit einer einfachen Handbewegung und einer Drehung wehrte er ihren Angriff ab und setzte seinen Dolch an ihre Brust.

„Versuch es noch einmal!", wies er sie an und gab sie wieder frei. Sie versuchte es erneut, war diesmal darauf vorbereitet, dass er versuchen würde, sie auszuhebeln und blockte erfolgreich seine Drehung ab.

„Du lernst schnell", meinte er zufrieden und wandte einen anderen Griff an. Diesmal landete sein Dolch an ihrem Hals.

Isada schnappte frustriert nach Luft, und er ließ sie lachend los. Das Spiel begann von neuem.

Etliche Runden später merkte er, wie Isada immer öfter Kleinigkeiten vergaß. Sie war erschöpft.

„Genug für heute", verkündete er.

Er sah die Erleichterung in Isadas Gesicht, als sie „Endlich" murmelte und den Dolch zurück in die Scheide steckte.

„Geh unter die Dusche", schickte er sie mit einem Lächeln weg.

„Und du?"

Er schluckte, sein Mund war wie ausgetrocknet. Er wusste, dass ihre Frage ganz ohne Hintergedanken war. Trotzdem fühlte es sich verdammt nach einer Einladung an, und dem Tier in ihm gefiel die Vorstellung, mit Isada nackt unter der Dusche zu stehen, ausgesprochen gut.

Seine Fänge schossen hervor, sodass er sich blitzschnell umdrehen musste, damit sie es nicht sah.

„Ich bin nebenan trainieren." Damit ließ er Isada einfach stehen und begab sich in seine ganz persönliche Fitnesshölle.

* * *

Seit zwei Stunden saß Isada bereits vor dem Computer und noch immer war Pierrick nicht aufgetaucht. Das Programm war fertig, und Isada war sich sicher, dass es den Laptop knacken würde. Eigentlich war sie schon vor einer halben Stunde soweit gewesen und hatte seitdem nur noch ein paar Schönheitskorrekturen erledigt.

Ein weiteres Mal drehte sie sich mit ihrem Stuhl um die eigene Achse und starrte die Holzdecke an. Isada hatte keine Lust mehr, länger zu warten, und so beschloss sie, zu Pierrick zu gehen und ihm Bescheid zu geben. Entschlossen stand sie auf, zupfte an ihrem Shirt, das auf der einen Seite ihre Schulter entblößte. Sie hatte nach dem Training eine bequeme Jeans und Sneakers angezogen. Auf Make-up hatte sie komplett verzichtet. Seltsamerweise fühlte sie sich nicht nackt, wie sie es sonst tat. Vermutlich lag es daran, dass sie so viel Zeit hier verbrachte, dass es sich schon wie Zuhause anfühlte.

Schon von weitem war ein dröhnender Beat zu hören. Sie stieß die Tür auf und sah Pierrick, der mit nacktem Oberkörper an einer Eisenstange hing, die sich lose in einem Gestänge befand. Pierricks beeindruckender Körper spannte sich an, als er mit einem Satz mitsamt der Stange ein Stück nach oben sprang. Sie hatte schon davor gewusst, dass er durchtrainiert war, aber ihm beim Training zuzuschauen, war beeindruckend.

„Ich bin fertig", stammelte sie. *Mund zuklappen!*, ermahnte sie sich. Sie wollte nicht dabei ertappt werden, wie sie den Soya anschmachtete. Er war schließlich ihr Schwager. Das musste sie sich nur immer vor Augen führen. Er hatte sie aufwachsen sehen, hatte sogar ihre Renovation durchgeführt.

Pierrick befand sich noch immer einen halben Meter über ihr in der Luft. Stufe für Stufe arbeitete er sich mit der Eisenstange nach unten, ließ schließlich los und landete geschmeidig auf dem Boden.

„Wie fertig?", wollte er wissen.

„Ich habe das Programm fertig gestellt, das das Sicherheitssystem des Laptops umschiffen wird." Sie starrte auf seine breite Brust und stellte sich vor, wie sich seine schweißnasse Haut unter ihren Fingerspitzen anfühlen würde.

„Ich komme." Er griff nach seinem T-Shirt und zog es sich über, dann ging er an Isada vorbei und wartete in der Tür.

„Was ist?"

Isada betrachtete noch immer ganz fasziniert das ungewöhnliche Trainingsgerät. „Wie heißt das?", wollte sie schließlich wissen.

„Salmon Ladder. Wieso?"

Isada schüttelte den Kopf, lächelte ihn entschuldigend an und zwängte sich an Pierrick vorbei. Sie war froh, dass er nicht mit ihr den Aufzug nahm, sondern zu Fuß nach oben ging.

So war er bereits vor ihr im Arbeitszimmer. Geduldig wartete er, bis sie auf ihrem Stuhl Platz genommen hatte. Der Laptop war bereits angeschlossen.

„Fertig?" Sie wandte den Kopf nach hinten und wartete auf sein Okay.

Ihr Finger zitterte leicht, als er über der Enter-Taste schwebte. Sie drückte den Knopf und schloss die Augen. Jetzt durfte nichts schiefgehen. Das Programm sollte funktionieren und würde das Sicherheitssystem knacken. Blieb nur zu hoffen, dass sie wirklich alle Spuren ihrer Identität auf dem Gerät vernichtet hatte.

„Es hat funktioniert", rief Pierrick begeistert.

Isada öffnete die Augen. Tatsächlich. Der Laptop war entsperrt.

„Wonach soll ich suchen?" Unzählige Male war sie im Geiste genau diese Situation durchgegangen, um auf alles vorbereitet zu sein.

„Keine Ahnung. E-Mails, aufgerufene Seiten, Downloads und was sonst noch alles auf der Festplatte verborgen liegt und Aufschluss über den Inhaber des Geräts geben könnte."

Systematisch begann Isada die Ordner zu durchsuchen, fand jedoch nur gähnende Leere vor.

„Da ist nichts", erklärte sie und hoffte, dass er ihre Erleichterung nicht merkte.

„Was ist das?"

Er deutete auf das Symbol, das die Überwachung startete.

Isada klickte darauf und wartete, bis sich das Programm mit dem Hauptserver im LDC-Tower verbunden hatte.

„Cool", stieß sie begeistert hervor, als sie zum ersten Mal die unbegrenzten Möglichkeiten vor sich sah, die die Überwachungskameras boten.

„Was kann man damit machen?", wollte Pierrick beeindruckt wissen und beugte sich näher an den Bildschirm.

Eine dichte Wolke von Bergamotte und Moschus, der durch den Schweiß noch verstärkt wurde, umhüllte sie.

„Das sind …" Isada rief eine Überwachungskamera nach der anderen auf. „… Livebilder aus Boston. Science Park, Boston College, Jackson Square. Was würde dich denn interessieren?"

„Du meinst, du kannst damit alle U-Bahn-Überwachungskameras ansteuern?"

Isada drehte sich mit ihrem Stuhl um und war etwas überrascht, dass Pierrick ihr plötzlich so nahe war. Aber sie wollte nicht von ihm abrücken und antwortete: „Nein, ich kann *jede* Überwachungskamera in Boston damit ansteuern."

Sie blickte in seine bernsteinfarbenen Augen, in denen goldene Sprenkel tanzten.

„Wie haben sie das geschafft?"

Isada betrachtete Pierricks markantes Kinn, den gepflegten Bart und seinen Mund.

„Ich habe keine Ahnung", murmelte sie und war mit ihren Gedanken noch immer bei seinen Lippen.

Er rückte näher, verharrte jedoch. Seine Augen leuchteten nun von innen heraus, und Isada konnte das Verlangen in ihnen sehen. Ein Begehren, das ihrem in nichts nachstand. Sie wusste, dass er sie küssen würde. Er ließ sich Zeit, gab ihr die Möglichkeit, das Ganze zu beenden. Aber Isada wollte von ihm geküsst werden, wollte wissen, wie sich sein Mund auf ihrem anfühlte.

Sie schluckte, wagte nicht zu blinzeln, aus Angst, den Moment zu zerstören. Er kam noch näher. Seine Hand legte sich auf ihre Wange. Große schwielige Finger. Er zog sie noch näher an sich, sodass zwischen ihren Nasenspitzen nur noch wenige Millimeter Platz waren.

Seine Lippen kamen näher, würden gleich die ihren berühren.

Die Haustür öffnete sich und fiel krachend ins Schloss. Das laute Geräusch ließ beide zusammenzucken. Blitzschnell rückte Pierrick von ihr ab.

„Ich bin wieder da!", ertönte eine wohlbekannte Stimme.

Isada schloss die Augen. Caren war zurück. Ihre Schwester. Die Frau, die in diesem Haus wohnte. Gemeinsam mit Pierrick.

Schritte näherten sich dem Arbeitszimmer, und Caren erschien im Türrahmen.

„Ich bin wieder zurück."

Pierrick stand einen Meter hinter Isada, immer noch vollkommen durchgeschwitzt und mit verschränkten Armen.

„Was ist bei euch los?", fragte Caren verwundert und blickte von einem zum anderen.

Isada konnte ihrer Schwester nicht ins Gesicht blicken.

„Isada hat es geschafft, den Laptop zu knacken."

Umgehend erschien ein desinteressierter Blick auf Carens Gesicht. „Ach so", meinte sie beiläufig. „Ich gehe nach oben. Die Nacht war anstrengend."

„Alles okay bei dir?", vergewisserte Pierrick sich.

Caren lächelte. „Alles bestens."

Sie drehte sich um, und kurz darauf hörte Isada das Klappern ihrer Absätze auf den marmornen Treppenstufen.

Isada schloss die Augen.

„Es tut mir leid", entschuldigte Pierrick sich.

„Das muss es nicht." Zumindest hörte sich ihre Stimme sicherer an, als sie sich fühlte. „Es ist nichts passiert – und das wird es auch in Zukunft nicht."

Pierrick nickte. „Danke."

Isada verfluchte ihn im Stillen. Sie fühlte sich miserabel und hätte auf der Stelle losheulen können.

„Ich denke, für heute hast du genug erreicht. Mach ruhig Schluss. Ich gehe jetzt duschen."

„Ist okay. Bis morgen dann."

Pierrick war bereits wieder verschwunden. Isada fuhr den Computer und den Laptop herunter, suchte ihre Sachen zusammen und verließ Pierricks Haus. Blagden erwartete sie und fuhr sie nach Hause.

KAPITEL 10

Es war düster, und die Nacht war kalt. Younes schloss seine Jacke bis zum Hals und vergrub die Hände in den Taschen, während er die unwegsame und nur spärlich beleuchtete Straße entlangging. Dass der Treffpunkt an einem abgelegenen Ort sein würde, damit hatte er gerechnet. Dass er dabei im hintersten Winkel von South End landen würde, nicht. Wäre der Deal, der ihm in Aussicht gestellt wurde, nicht so unschlagbar gewesen, wäre er augenblicklich umgedreht und nach Hause gefahren.

Seine Schritte wurden langsamer, als er eine verlassene Baustelle im Schein einer trüben Laterne ausmachen konnte. Hier musste doch irgendwo dieser beschissene Stromkasten sein, an dem er warten sollte. Suchend sah er sich um und hätte den hüfthohen, mehr grauen als weißen Kasten, der sich noch einige Meter vor ihm befand, fast übersehen. Er hielt darauf zu und sah sich suchend um. Younes konnte in der Dunkelheit kaum etwas sehen, und da weder seine Augen noch sein Geruchssinn dem der Kruento glichen, musste er sich auf das verlassen, was sein Bauchgefühl ihm sagte. Er wartete, bis sein siebter Sinn anschlug. Auch wenn er immer noch niemanden sah, wusste er mit Sicherheit, dass er nicht mehr alleine war. Unruhig trat er von einem Bein auf das andere, griff schließlich zu seinem Gürtel und zog das Messer hervor.

Ein Schatten löste sich aus der Dunkelheit und trat auf Younes zu. Breitbeinig stand der Inimicus da, das Messer kampfbereit in seiner Hand. Er traute dem Unbekannten nicht. Mit einem Kruento konnte er fertig werden, wenn es aber mehrere waren, hatte er ein Problem. Denn niemand wusste, wo er war. Nicht einmal Ethan und Kayden. Er hatte ihnen absichtlich nichts gesagt.

Der Schatten kam immer näher, und Younes kniff die Augen zusammen, um besser sehen zu können. Der Typ war ganz in schwarz gekleidet: schwarze Lederhose, schwarze Schuhe und eine schwarze Jacke, deren Kapuze er tief ins Gesicht gezogen hatte.

„Bist du allein?", herrschte der Kruento ihn an.

„Bist *du* allein?", fragte er zurück und umklammerte sein Messer fester. Sein Herz raste. Er wusste, dass der Kruento seinen beschleunigten Pulsschlag hörte. Angst durfte er keine zulassen. Denn wenn diese aus seinen Poren strömte, wusste der Vampir, wie es um ihn bestellt war. Er repräsentierte seine Rasse und durfte keine Schwäche zeigen.

„Lass uns über den Deal sprechen", sagte der Kruento.

Younes schwieg wartend. Der Kruento hatte ihn herbestellt, also sollte er reden.

„Ich verrate dir Ort und Zeit, wo du einen Haufen Kruento antreffen wirst."

In Younes' Nacken kribbelte es. Ein Zeichen aufkommender Freude. Was für ein Gewinn wäre es für sie, mehr als eine Handvoll Kruento zu erwischen.

„Was verlangst du dafür?", fragte er angespannt nach.

„Deine Zusage, dass du so viele wie möglich umbringst."

Younes zögerte. Er vertraute dem Vampir nicht. „Warum verrätst du deine Rasse?"

„Das ist mein Problem", erklärte der Unbekannte.

Etwas flog durch die Luft, und Younes hob reflexartig die freie Hand, um das Ding aufzufangen. Ein Prepaid-Handy.

„Morgen, weit nach Mitternacht. Halte dich einfach bereit. Ich werde dich anrufen und dir die genaue Adresse mitteilen." Der Unbekannte wandte sich zum Gehen.

„Und woher weiß ich, dass es keine Falle ist?", fragte Younes.

„Ich biete dir die Chance, auf einen einzigen Streich etliche Vampire umzubringen. Nimm das Angebot an, oder lass es." Damit verschwand der Mann, wurde wieder eins mit der Dunkelheit.

Younes blieb zurück. Noch immer umklammerte seine eiskalte Hand das Messer. Die Kälte kroch zunehmend seine Gliedmaßen hoch, als er unbeweglich in die Schatten starrte. Es war niemand mehr zu sehen, und auch sein Instinkt sagte ihm, dass er wieder allein war.

Langsam steckte er das Messer in die Scheide an seinem Gürtel und machte sich auf den Rückweg zum Auto. Das Telefon hielt er noch eine ganze Weile in der Hand. Was, wenn ein Peilsender in dem Gerät war? Was, wenn der Kruento ihn nur ausspionieren wollte?

Mitten auf der Straße blieb Younes stehen, sah sich noch einmal um. Er zögerte noch immer, wusste aber, dass er zu einem Entschluss kommen musste. Schließlich steckte er das Telefon in die Tasche und setzte seinen Weg fort. Die Entscheidung war gefallen.

Er würde es riskieren. Die Chance, die dieser Kruento ihm bot, konnte er nicht ungenutzt verstreichen lassen. Die Möglichkeit, so viele Kruento gleichzeitig zu vernichten, war etwas, worauf er schon lange gewartet hatte. Warum der Vampir seine Leute verriet, war ihm egal.

Ein Lächeln stahl sich auf sein Gesicht. Er freute sich auf die morgige Nacht, in der sie über die Kruento das erste Mal triumphieren konnten. Ihr Angriff würde die Vampire mitten ins Herz des Clans treffen.

* * *

Auch in der nächsten Nacht begleitete Isada ein Schatten. Diesmal war es der Mori Allerd. Am Abend machte sie sich auf ins *Alive*. Sie hielt sich nicht lange dort auf. Sie war nur hier, um sich zu nähren. Danach ließ sie sich von Allerd wieder nach Hause fahren. Ihr Vater hatte sie dazu verdonnert, ihn auf die Party von Soya Gregorio zu begleiten. Dort sollte sie ihren zukünftigen Homen kennenlernen. Alles Zetern und Betteln hatte nichts genutzt. Alexio war stur geblieben. Isada blieb nichts anderes übrig, als sich seinem Willen zu beugen, und so zog sie sich für die Party um.

Auf ihr Aussehen verwendete sie diesmal besonders viel Zeit und Sorgfalt. Das schwarze Spitzenkleid reichte bis zu den Waden. Ein Ausschnitt war nicht vorhanden, weil das Kleid am Hals hochgeschlossen war. Lediglich die Schultern und ihre Arme waren unbedeckt, aber das kaschierte sie mit einem dunkellila Schultertuch. Auf schwarzumrandete Augen hatte sie diesmal auch komplett verzichtet und stattdessen Smokey Eyes gezaubert. Lediglich der dunkellila Lippenstift und die gleichfarbig lackierten Fingernägel fielen etwas aus dem Rahmen. Ansonsten hätte sie als ganz gewöhnliche Vampirin durchgehen können.

Ihr Vater hatte ihr dezentes Auftreten wohlwollend zur Kenntnis genommen und sogar eine Bemerkung darüber gemacht, dass er sich freue, dass sie nun erwachsen werde.

Die Party war bereits im vollen Gange, als Isada mit ihrem Vater am späten Abend dort ankam. Soya Gregorio wohnte in einer prächtigen Villa im Nobelviertel Beacon Hill. Trotz der frühen Stunde verteilten sich schon etliche Gäste überall im Haus.

Isada wartete geduldig, bis ihr Vater den Soya begrüßt hatte und der Gastgeber sich schließlich ihr zuwandte.

„Isada." Gregorio Garcia Martinez nickte ihr zu.

„Soya." Sie knickste leicht.

„Mein Bruder freut sich schon, dich zu sehen." In seinen stechend grün-blauen Augen blitzte es vergnügt. „Und vielleicht werden wir uns in Zukunft öfter begegnen." Er nickte ihr vielsagend zu, ehe er den nächsten Gästen entgegenging.

Isada hätte am liebsten laut aufgeseufzt. Sie wollte nicht hier sein, sie wollte Manilo Garcia Martinez nicht kennenlernen. Aber sie musste sich selbst eingestehen, dass ihr Verhalten ihm gegenüber nicht fair war. Sie würde Manilo eine Chance geben. Vielleicht hatte ihr Vater recht, und er war tatsächlich der richtige Mann für sie, der auch ihr Herz höherschlagen lassen würde. Für ihren Seelenfrieden wäre das zumindest gut. Ihr dummes Herz begann nämlich immer in Pierricks Nähe schneller zu klopfen, und das war ein Umstand, der nicht sein durfte. Wenn sie sich in Manilo verlieben könnte, würden ihre Kleinmädchenschwärmereien für ihren Schwager auch endlich der Vergangenheit angehören.

„Kommst du?", fragte ihr Vater und bot ihr seinen Arm an.

Isada nickte und legte ihre Hand in die Armbeuge.

Alexio Dearing führte Isada zielstrebig durch den Raum. Er wusste anscheinend genau, wo der Dan anzutreffen war. In einem der Nebenräume saß Dan Manilo mit zwei anderen Vampiren um

einen runden Tisch, auf dem neben Spielkarten auch hohe Bar-
geldbeträge lagen.

Ihr Vater hasste das Glücksspiel und machte um solche Leute
für gewöhnlich einen großen Bogen. Bei dem Dan schien ihn das
nicht zu kümmern. Schweigend wartete der Mori etwas abseits,
bis das Spiel am Tisch beendet war. Dann trat er auf den Bruder
des Hausherrn zu.

„Dan Manilo?"

Isada beobachtete, wie der Angesprochene aufblickte und ihren
Vater stirnrunzelnd ansah. Erst als er an ihm vorbei spähte und sie
erblickte, spiegelte sich Erkennen auf seinem Gesicht wieder. Er
verzog den Mund zu einem spöttischen Lächeln und wandte sich
seinen Freunden zu.

„Ich befürchte, wir müssen unser Spiel an dieser Stelle kurz
unterbrechen", erklärte er und sammelte seinen Gewinn ein. Der
Vampir, der ihm gegenübersaß, protestierte leise, verstummte aber
nach einem scharfen Blick des Dans.

Manilo erhob sich und wandte sich ihr zu. Isada stand noch
immer einige Schritte hinter ihrem Vater. Sie atmete tief durch
und betrachtete den Vampir neugierig. Der Dan war nicht so
groß wie Pierrick, viel weniger durchtrainiert und dadurch auch
viel schlanker. Für einen Vampir wirkte seine Haut eine Spur zu
gebräunt, was auf seine spanischen Wurzeln zurückzuführen sein
mochte. Wie sein Bruder, der Soya, hatte auch er stechend grün-
blaue Augen. Seine Haare waren vorne ein wenig zu lang und
fielen ihm in die Augen. Der gepflegte Vollbart verlieh ihm etwas
Verwegenes. Mit seiner Anzughose, einem weißen Hemd und
einer schwarzen Weste darüber, mochte er zwar elegant gekleidet
sein, erinnerte in seinem Auftreten aber doch eher an einen
Piraten.

„Dan", hörte Isada ihren Vater ehrfürchtig sagen. „Ich möchte
dir meine Tochter Isada vorstellen."

Der Vampir ignorierte ihren Vater. Sein Blick war unverwandt
auf sie gerichtet. Er musterte sie von oben bis unten. Um seinen
Mund lag noch immer das spöttische Lächeln. Isada fühlte sich
wie ein Stück Vieh, das zum Verkauf stand und dessen Eignung
festgestellt wurde. Schließlich sah der Dan ihr direkt in die
Augen. Isada zuckte innerlich zusammen, als sie die Härte in
seinem Blick bemerkte. Sein stechender Blick war unangenehm,

und Isada fühlte sich nackt. Sie unterdrückte den Drang wegzurennen. Sie war nicht schwach. So biss sie die Zähne zusammen und reckte den Kopf in die Höhe.

Langsam kam der Dan auf sie zu. Noch immer bohrte sich sein Blick in sie.

„Isada", ihr Vater trat neben sie, „das hier ist Dan Manilo."

Der Dan stand nun direkt vor ihr.

„Ich freue mich, dich kennenzulernen, Isada." Manilos Lächeln erreichte seine Augen nicht. Darin war nichts als Kälte zu sehen.

Isada fröstelte. Der Vampir vor ihr war gefährlich. Noch viel gefährlicher als Safar, nur auf eine andere, viel bösartigere Art und Weise. Es war eine Gewissheit, die sie tief in sich spürte.

Etwas Mächtiges strich über ihren Geist, und sie zuckte zusammen, floh in sich und verschloss die Mauern. Sie wollte ihm nicht auf geistiger Ebene begegnen.

„Vielleicht lässt du Isada ein wenig hier, damit wir uns näher kennenlernen können", schlug Manilo vor, ohne ihren Vater anzusehen.

Isada schlug die Augen nieder. Ihr war klar, dass sie sich fügen musste. Dennoch hoffte sie verzweifelt, ihr Vater würde sie nicht bei Manilo lassen.

„Selbstverständlich", säuselte Alexio, legte Isada kurz eine Hand auf die Schulter und verschwand aus ihrem Sichtfeld.

Nun war Isada allein. Allein mit Dan Manilo und seinen Freunden. Sie schluckte und heftete den Blick auf Manilos blank polierte Schuhe.

„Komm, ich stelle dir meine Freunde vor", erklärte Manilo und legte ihr die Hand auf den Rücken, um sie zu dirigieren. Seine Berührungen waren ihr, trotz der zwei Schichten Stoff, unangenehm. Dennoch ließ sie sich von ihm zum Tisch schieben.

Er wies auf die zwei Männer. „Benas und Hadley."

Dann setzte er sich wieder auf seinen Platz und ließ Isada einfach neben sich stehen. Er griff nach den Spielkarten und teilte eine neue Runde aus.

„Nettes Ding", nuschelte Benas, der Manilo gegenübersaß.

„Deine neue Flamme?", wollte der blonde Vampir, Hadley, mit einem Kopfnicken auf Isada wissen.

„Wenn sie mir gefällt", Manilo warf ihr einen anzüglichen Seitenblick zu, „wird sie meine Samera."

„Du willst heiraten?", prustete der Dicke los und hielt sich vor Lachen den Bauch. „Als ob dir eine Frau genügen würde."

Isada schloss die Augen. Sie wollte hier weg. Warum kam ihr Vater nicht zurück, um sie abzuholen? Wie lange sollte sie sich noch die Beine in den Bauch stehen und warten? Aber Manilo ansprechen wollte sie nicht, und einfach fortgehen konnte sie nicht. Also stand sie weiter dort und wartete.

Die Vampire lachten auf, als Hadley einen frauenfeindlichen Witz erzählte. Am lautesten lachte Manilo. Kälte überzog Isadas Glieder, und jedes Haar stellte sich auf. Ein Vampir, der sich über so etwas amüsierte, dem konnte sie nichts Gutes abgewinnen. Die Angst, dass er sie zu Grunde richtete, wenn sie sich ihm öffnete, war überwältigend. Er war ganz sicher kein Mann für sie. Wäre er etwas netter oder freundlicher ihr gegenüber gewesen, hätte sie es zumindest versucht. Schon nach wenigen Minuten, die sie Manilo erlebt hatte, war ihr klar: Ein Leben an der Seite dieses Mannes kam für sie nicht in Frage. Lieber wollte sie sterben, als sich ihm unterzuordnen.

Er spielte eine Karte aus und grinste die anderen Männer an. „Kannst du pokern?", wollte er beiläufig wissen.

Isada brauchte einige Augenblicke, um zu realisieren, dass die Frage an sie gerichtet war. „Nein!"

Langsam drehte er sich auf seinem Stuhl um und blickte sie spöttisch an. „Das ist auch besser so. Vampirinnen sind keine ebenbürtigen Partner."

Ob seine Worte nur auf das Spiel oder das Leben an sich bezogen waren, ließ er offen.

Isada musste einen Weg finden, ihren Vater davon zu überzeugen, dass sie Manilo nicht heiraten konnte.

„Du bist an der Reihe." Ungeduldig wartete Manilo, bis sein Gegenüber endlich eine Karte ausspielte.

Um sich nicht mehr länger auf den Vampir vor sich konzentrieren zu müssen, versuchte sie das Kartenspiel zu analysieren. Die Spielregeln waren recht banal. Eigentlich musste man nur die Karten zählen und konnte sich so die Chancen relativ leicht ausrechnen. Warum die Männer trotzdem einige unsinnige Spielzüge machten, verstand sie nicht.

Schon bald langweilte Isada sich. Die Vampire spielten inzwischen das dritte Spiel in Folge. Um sie kümmerte sich niemand. Noch immer stand sie hinter Manilo, der ihr weder einen Sitzplatz angeboten, noch ein weiteres Wort mit ihr gewechselt hatte. Verzweifelt hielt sie Ausschau nach einer Möglichkeit, von hier fort zu kommen. Aber so, wie sie es für gewöhnlich tat und solche Orte mied, handhaben es die meisten anderen Vampire auch. Die, die sich doch hierher verirrten, kannte sie nicht.

Ihre Füße taten in den High Heels ordentlich weh. Um sie zu entlasten, wechselte sie immer wieder das Bein, auf das sie ihr Gewicht verlagerte. So langsam begann auch ihr Rücken zu schmerzen. Wo war ihr Vater? Warum kam er nicht mehr zurück?

Schritte näherten sich, und Isada spürte eine bekannte Präsenz, die sich ihr näherte. Pierrick. Auch ohne ihn zu sehen, wusste sie, dass er es war. War er ihretwegen gekommen? Würde er sie aus dieser unerträglichen Situation retten?

Sie drehte sich um und blickte zur Tür, wartete, dass er endlich erschien. Dann bog er um die Ecke. Sein Gesicht wirkte konzentriert. Er trug schwarze Lederkleidung, eindeutig seine Kampfmontur. Die Haare hatte er im Nacken zusammengebunden. Es war, als sähe er durch sie hindurch. An der Tür blieb er kurz stehen, ließ seinen Blick über den Raum gleiten und schritt entschlossen auf sie zu.

„Da bist du also", stellte er fest. „Komm mit, ich brauche dich."

Erleichtert strahlte sie ihn an. Er war also tatsächlich ihretwegen gekommen.

Manilo erhob sich und schob sich zwischen Isada und Pierrick. „Sie ist gerade bei mir, siehst du das nicht?"

Pierrick blieb unbeweglich stehen. „Manilo, ich habe jetzt keine Zeit für deine Spielchen."

Pierrick wollte Manilo umrunden, um zu Isada zu gelangen, doch Manilo trat zur Seite und versperrte ihm somit abermals den Weg.

„Sie ist meine Verlobte. Wenn du etwas von ihr willst, dann besprich das mit mir." Dabei klopfte er sich mit der Faust auf die Brust.

„Ihr Vater weiß Bescheid und wenn ich nichts verpasst habe, ist er immer noch ihr Rinoka", entgegnete Pierrick ungehalten.

Die Vampire funkelten sich an.

Isada spürte, wie die Luft sich um sie herum auflud. Pierrick war ganz klar der Dominantere und würde als Sieger hervorgehen, wenn er es darauf anlegte.

„Ich nehme Isada mit!", knurrte Pierrick, seine Augen begannen zu glühen.

Manilo fauchte. Seine Fänge schossen hervor, und er nahm eine Abwehrhaltung ein.

Ein dunkles Grollen kam aus Pierricks Brust. Isada erzitterte. Pierricks Präsenz umgab sie, hüllte sie ein und war so allgegenwärtig, als ob es nichts anderes um sie herum gäbe.

Manilo schien diesem Angriff auf geistiger Ebene nichts entgegensetzen zu können. Er fluchte und trat schließlich zur Seite.

Pierrick packte Isada am Handgelenk und zog sie mit sich. Manilo würdigte er keines Blickes mehr.

Isada musste aufpassen, dass sie nicht stolperte, so schnell ging der Soya.

„Was gibt es so Dringendes?", keuchte sie.

„Nicht hier, im Auto", wies er sie an und verlangsamte seine Schritte, als sie das Wohnzimmer, das Zentrum der Party, betraten. Er legte beschützend einen Arm um Isadas Schulter und bugsierte sie durch die Menge Richtung Ausgang.

Es dauerte nicht lange, und sie traten ins Freie. Pierricks Mercedes stand direkt vor der Tür. Er hatte sich nicht einmal die Mühe gemacht, den Schlüssel abzuziehen.

„Steig ein!"

Er hielt ihr nicht wie sonst die Tür auf, sondern umrundete den Wagen.

Isada setzte sich auf den Beifahrersitz. Kaum hatte sie die Tür hinter sich zugezogen, brauste Pierrick auch schon los.

„Ich kann nicht behaupten, dass ich sehr traurig darüber bin, dass du mich von dieser beschissenen Party erlöst hast, aber musst du so rasen?", fragte Isada und hielt sich am Türgriff fest.

„War es dort so schlimm?" Er warf ihr einen schnellen Seitenblick zu, drosselte sein Tempo jedoch nicht.

Isada wollte nicht über Manilo reden und wechselte deshalb das Thema. „Warum hast du mich abgeholt? Ist wirklich etwas passiert?"

„Hat er dir etwas getan?" Pierrick schien nicht bereit, Isada so einfach davonkommen zu lassen.

Isada ärgerte sich, dass er nicht auf ihre Frage einging, und beschloss, ihn zu ignorieren.

„Hat Manilo dir etwas angetan?", wiederholte Pierrick seine Frage noch lauter, so dass Isada zusammenzuckte.

„Nein." Ihre Hand umklammerte noch immer den Türgriff. „Aber dabei wird es vermutlich nicht bleiben."

„Ich werde mit deinem Vater reden", versprach Pierrick.

„Ach ja? Und was soll das bringen? Manilo ist eine exzellente Partie für mich. Nur ein Vampir, der noch höher steht als er, würde meinen Vater umstimmen."

Diesmal war es Pierrick, der ihr eine Antwort schuldig blieb.

„Also, warum hast du mich abgeholt?", hakte sie noch einmal nach.

Pierrick seufzte. „Ich habe heute Nacht einen Inimicus getötet, der seltsame Sachen gefaselt hat. Ich muss wissen, ob da etwas dran war."

„Hast du einen Namen?"

Pierrick griff in seine Brusttasche und beförderte einen Ausweis hervor, den er zu Isada hinüberwarf.

Neugierig griff sie nach dem Plastikkärtchen.

Denley Geary stand darauf und eine Adresse, die mit Sicherheit nicht mehr stimmte. Der Typ wies die typischen Inimicus-Merkmale auf.

„Dann werden wir mal sehen, was wir über den Kerl herausfinden können." Trotz der angespannten Lage breitete sich ein Lächeln auf Isadas Gesicht aus. Es fühlte sich wundervoll an, gebraucht zu werden.

„Und was ist jetzt mit Manilo?"

Isada erstarrte. Gerade hatte sich ihre Laune halbwegs gebessert, da machte Pierrick alles wieder zunichte.

„Was soll mit ihm sein? Mein Vater möchte, dass ich ihn heirate."

„Hm …", murmelte Pierrick.

„Du kennst ihn, oder? Du weißt, wie er ist."

„Isada", wich Pierrick ihr aus und legte beruhigend seine Hand auf ihre. „Ich würde dir sehr gerne helfen. Mir sind nur die Hände gebunden. Ich werde mit deinem Vater reden."

Isada schluckte. Sie wusste, dass dieser nie einlenken würde, ganz egal, was Pierrick vorschlug. Letztendlich sah sie nur einen einzigen Ausweg. „Du könntest mein Rinoka werden."

„So funktioniert unser System nicht, und das weißt du, Isada. Wenn ich dein Rinoka werde, wirst du offiziell meine Ancilla, dann ist dein Ruf ruiniert. Ich kann dich nicht einfach so bei mir aufnehmen, so lange du noch lebende, männliche Verwandte hast – auch nicht durch unsere familiäre Verbindung."

Isada schluckte und wusste, dass Pierrick recht hatte. Aber lieber würde sie eine Geächtete ihres Volkes sein, bevor sie Manilo heiratete.

„Such dir lieber einen Vampir, den du stattdessen heiraten möchtest, dann sind deine Chancen, bei deinem Vater auf offene Ohren zu treffen, deutlich größer."

„Ich will nicht heiraten, warum versteht mich denn keiner?" Isada hätte gerne die Beine angezogen, aber mit ihrem Kleid hätte das sehr komisch gewirkt. So starrte sie zum Fenster hinaus und wartete, bis sie endlich in Hingham ankamen.

KAPITEL 11

Auch wenn Isada gerne auf Pierrick sauer sein wollte, gelang ihr dies nicht lange. Vielmehr war sie ihm dankbar, dass er ihre Hilfe ausgerechnet jetzt benötigte.

Sie folgte ihm in sein Arbeitszimmer und schaltete dort den Computer ein. Während dieser hochfuhr, drehte sie ungeduldig die Plastikkarte zwischen den Fingern.

„Hol dir einen Stuhl!", sagte sie zu Pierrick, der sich wieder einmal mit verschränkten Armen hinter ihr aufgebaut hatte und sie noch nervöser werden ließ. „Wenn du mir schon zusehen willst, dann bitte auf Augenhöhe."

Pierrick lachte leise und schob seinen Bürostuhl näher. Er setzte sich, legte einen Fuß auf den Oberschenkel und sah Isada zu, wie sie ein Programm nach dem anderen öffnete.

Ihre Finger huschten über die Tastatur, als sie den Namen der gesuchten Person eingab. Dann begann der Computer zu arbeiten und die Suchalgorithmen im Hintergrund abzuspielen. Ungeduldig klopfte Isada mit der Plastikkarte auf den Schreibtisch. Es schien ewig zu dauern, bis endlich ein Fenster aufging und ein Bild erschien. Es zeigte den Mann, der auch auf der Karte abgebildet war: Denley Geary. Er hatte ursprünglich mal als Paketzusteller in Atlantic City gearbeitet und war vor vier Monaten unbekannt verzogen. Es waren weder eine aktuelle Adresse, ein Arbeitgeber, noch Kontobewegungen zu erkennen. Es schien, als wäre Denley Geary bereits vor vier Monaten ums Leben gekommen und nicht erst in dieser Nacht.

„Wie ist das möglich?", murmelte Pierrick.

„Ich habe keine Ahnung. Wenn er den Ausweis dabei hatte, glaube ich kaum, dass er sich eine andere Identität zugelegt hatte."

Pierrick knurrte eine Zustimmung. „Du musst etwas über ihn finden. Es ist wichtig."

„Was hat er gesagt, bevor er starb?", wollte Isada wissen.

Der Soya winkte ab. „Nur wirres Zeug."

„Aber auch das könnte ein Anhaltspunkt für meine Suche sein", gab sie zu bedenken.

Pierrick fuhr sich mit beiden Händen über das Gesicht. „Wir Vampire werden heute Nacht alle sterben. Der Plan ist genial, und es wird uns unvorbereitet treffen. So etwas in die Richtung."

Isada klickte sich durch die Dateien. Der Inimicus war weder polizeilich in Erscheinung getreten, noch schien er in den letzten vier Monaten etwas gekauft zu haben. Die einzige logische Erklärung, die ihr dafür einfiel, war, dass es jemand geben musste, der seinen Lebensunterhalt für ihn finanzierte.

„Ich fürchte, ich muss dich enttäuschen", murmelte Isada frustriert und lehnte sich in ihrem Stuhl zurück.

Eine ganze Reihe von Schimpfwörtern, teilweise in der alten Vampirsprache, teilweise auf Französisch, kam Pierrick über die Lippen.

„Das Programm auf dem Laptop ..." Isada sprang auf.

Abrupt unterbrach Pierrick seine Schimpftirade. „Was ist damit?"

„Wenn dieser Mann in Boston unterwegs war, dann wurde er auch gefilmt, und dann werde ich ihn mit diesem Programm finden."

„Dann los, los!", fauchte Pierrick. „Wenn der Laptop schon nicht zu gebrauchen ist, um die *Gen Guards* zu finden, dann finde zumindest diesen Inimicus."

Isada ließ sich das kein zweites Mal sagen, und zwei Minuten später hatte sie eine ganze Reihe von Überwachungsbildern auf dem Monitor. Zumindest mit der U-Bahn war Denley Geary regelmäßig gefahren.

Pierrick war aufgesprungen, lief nun hin und her und raufte sich dabei die Haare. So unausgeglichen und nervös hatte sie ihn noch nie erlebt.

„Warum bist du so aufgebracht?"

Pierrick tigerte weiter durch den Raum, zog sein Haarband aus den Haaren und fasste die Haare erneut zusammen.

„Ich habe einfach ein ganz mieses Gefühl. Wenn ich aber nicht weiß, wo ich ansetzen soll, bin ich hilflos."

Er wanderte weiter auf und ab. „Darius' Anwesen ist zu gut bewacht, als dass die Inimicus es wagen würden, uns dort anzugreifen. Aber mir fällt nichts ein, was sie sonst Großes planen können? So lange die Festung unseres Anführers nicht fällt, kann uns doch nicht viel passieren."

Isada schnappte sich einen Bleistift und drehte ihn zwischen den Fingern hin und her. Das half ihr oft beim Nachdenken, aber heute brachte es sie nicht weiter. Als endlich alle Fotos, auf denen der Inimicus zu sehen war, geladen waren, begann Isada diese nach unterschiedlichen Kriterien zu sortieren. Was auch immer sie jedoch ausprobierte, es ergab alles keinen Sinn.

„Komm mit, wir fahren zu Darius!", beschloss Pierrick schließlich.

Isada fand den Vorschlag gut. „Virus kennt vielleicht noch eine Möglichkeit, mehr herauszubekommen." Sie klappte den Laptop zu und erhob sich.

Pierrick war bereits an der Tür. „Caren?", rief er laut.

Es dauerte einen Moment, bis im ersten Stock eine Tür zu hören war.

„Ja?"

„Ich muss nochmal fort."

Caren erschien oben an der Treppe und spähte neugierig herunter. „Isada ist schon wieder hier? Wollte sie nicht heute zur Geburtstagsfeier bei Gregorio?"

„Ja, ihr kam etwas dazwischen." Pierrick blickte zu ihr hinauf. „Wir fahren zu Darius."

Die Vampirin rührte sich keinen Millimeter, beugte sich nur ein wenig vor, um einen Blick auf Isada erhaschen zu können.

„War die Party so langweilig?", richtete Caren sich nun direkt an ihre Schwester.

„Du weißt, was ich von solchen Veranstaltungen halte. Warum warst du nicht da?"

Beleidigt zog Caren ihren berühmten Schmollmund. „Mir war heute nicht nach so viel Tumult und Gesellschaft." Caren kniff noch einmal die Augen zusammen, ehe sie spitz bemerkte: „Du siehst heute recht normal aus."

„Ich bin immer normal", entgegnete sie gekränkt.

„Caren", schaltete sich Pierrick ein. „Bitte, wir haben es eilig."

„Aber natürlich." Caren drehte sich schwungvoll um.

Verwundert sah Isada ihrer Schwester nach, als etwas in ihrem Kopf explodierte. Der Laptop, den sie noch in der Hand hielt, fiel scheppernd zu Boden. Der Schmerz war so stark, dass es ihr einfach die Beine wegzog. Sie ging auf die Knie und hielt sich den Kopf. Tränen rannen unkontrolliert über ihre Wange, und sie war so von diesem Dröhnen benebelt, dass sie nichts um sich herum mehr wahrnahm. So schnell wie es gekommen war, war es auch wieder vorbei. Isada blinzelte und wusste im ersten Moment überhaupt nicht, wo sie sich befand. Erst langsam kamen ihre Erinnerungen zurück. Das Gefühl von Einsamkeit umhüllte sie. Hilfesuchend tastete sie nach der Verbindung zu ihrem Rinoka. Sie war fort. Panisch begab sie sich auf die geistige Ebene. Sie musste das Band finden. Ohne dieses wäre sie verloren. Eine außer Kontrolle geratene Vampirin würde kein männlicher Vampir am Leben lassen. Fieberhaft sah sie sich in ihrem Kopf um, aber da war nichts außer gähnender Leere. Mit tränenverschleiertem Blick öffnete sie wieder die Augen, sah die Treppenstufen hinauf und erblickte ihre Schwester Caren. In ihren Augen konnte sie das Entsetzen sehen. Sie wusste, dass Isada allein war, dass sie keinen Rinoka mehr hatte. Caren fürchtete sich vor ihr.

Angst, wie Isada sie noch nie verspürt hatte, bemächtigte sich ihrer. Sie wagte nicht, Pierrick anzublicken, fürchtete sich vor dem, was sie in seinen Augen sehen würde. Sie spürte seine Präsenz hell und klar wie ein strahlendes Licht, das um ihren Geist strich. Isada versteifte sich. Der Soya war so mächtig, dass er mit einem einzigen gezielten Schlag all ihre Schutzschilde niederreißen konnte.

Doch er holte nicht zum großen Schlag aus, sondern klopfte sanft gegen ihre Schilde. Kraftlos gab sie nach und ließ ihn in ihren Kopf. Gegen ihn anzukämpfen, hatte ohnehin keinen Sinn. Wenn er sie umbringen wollte, dann konnte er es auch jetzt sofort tun.

Wie ein Wirbelsturm drang er in ihren Geist, strich über ihre Seele hinweg. Nicht grob, nicht vernichtend, sondern vorsichtig, sich vortastend. Seine Anwesenheit hüllte sie ein, gab ihr ein Gefühl von Geborgenheit.

Ruhig, vernahm sie seine Stimme dunkel und klar.

Seine Gelassenheit ging auf sie über, und sie beruhigte sich.

Sie spürte, wie er nach ihrer Hand griff, sie an sich zog. Sie lag in seinen Armen, an seiner breiten Brust. Sie roch seinen Duft und fühlte sich unendlich getröstet. Doch noch immer wagte sie nicht, die Augen zu öffnen. Sie war schutzlos, aus dem Gleichgewicht gebracht.

Erneut strich er über ihre Seele, bis er schließlich in sie eindrang. Isada hörte sich schreien, ihre Welt drohte auseinanderzubrechen, als etwas ihren Geist spalten wollte.

Und dann war die Welt wieder in Ordnung. Sie wankte nicht mehr, denn sie wurde gehalten, von einem starken, festen neuen Band.

Es ist alles in Ordnung, Isada. Du bist in Sicherheit. Ich verspreche, dir wird nichts passieren. Das lasse ich nicht zu. Pierricks Stimme rauschte durch ihren Kopf.

Isada hielt es nicht mehr aus und riss die Augen auf. Bernsteinfarbene Seen hielten sie gefangen.

Ihre Lippen zitterten so sehr, dass sie kein Wort hervorbrachte. Ihre Knie waren weich und wenn Pierrick sie nicht festgehalten hätte, wäre sie längst zu Boden gesunken.

Der Soya beugte sich in diesem Augenblick zu ihr herunter und küsste sie wie selbstverständlich auf die Stirn.

„Alles gut!", flüsterte er und streichelte ihr übers Haar.

Isada lehnte sich dankbar an seine starke Brust, genoss seine Nähe und ließ zu, dass er sie tröstete.

„Mein Gott, Isada, rede endlich, was ist passiert?", drängte Caren und riss Isada aus ihrer Trance.

Plötzlich nahm sie wieder wahr, wo sie sich befand. Noch immer war sie im Treppenhaus. Caren stand auf der Treppe und blickte aus sicherer Entfernung auf sie herab, während der Soya sie im Arm hielt. Das Bild passte nicht, es war falsch. Sie machte sich von Pierrick los und trat einen Schritt zurück. Er war immer noch ein gebundener Vampir, der Mann ihrer Schwester. Auch wenn sie seine Nähe genossen hatte, es stand ihr nicht zu. Sie war kein Familienmitglied.

Beschämt zupfte sie an ihrem Kleid. Sie war noch immer etwas durcheinander und begriff erst langsam, was in den letzten Minuten geschehen sein musste.

„Sie hat die Verbindung zu ihrem Rinoka verloren. Weil es so unvorbereitet kam, war es für Isada wohl ein heftiger Schlag", versuchte Pierrick die Situation zu erklären.

„Was ist mit Vater?" Carens Stimme zitterte.

Isada wischte sich mit der Hand über die tränennassen Wangen.

„Was hast du mit ihm gemacht?", brüllte Caren sie an.

„Caren", ermahnte Pierrick seine Samera.

„Du musst es mir sagen, Isada. Was ist mit Vater?"

Hilflos zuckte Isada mit den Schultern. Sie wusste nicht, was los war und konnte sich das alles nicht erklären. Plötzlich und völlig unvorbereitet war sie alleine gewesen und in Panik verfallen. Wäre Pierrick nicht da gewesen … daran mochte sie gar nicht denken.

„Ich weiß nicht, was mit Vater ist. Er war plötzlich fort."

„Wenn du sogar zu blöd bist, eine einfache Verbindung zu halten, dann …"

„Caren!", donnerte Pierrick mit einer Vehemenz, die selbst Isada bis ins Innerste durchzuckte. Pierrick musste gleichzeitig einen geistigen Stoß auf Caren losgelassen haben, denn sie taumelte zurück, fing sich jedoch und ließ sich auf die Treppe sinken.

„Geh nach oben!", befahl er ihr.

Caren funkelte Isada wütend an, ehe sie sich umdrehte und das tat, was ihr Homen befohlen hatte, nicht ohne Isada noch einen letzten vernichtenden Blick zuzuwerfen.

Wie angewurzelt stand Isada an Ort und Stelle. Selbst als Pierrick sie am Arm packte, reagierte sie nur zögerlich.

„Wir fahren zurück zur Party", erklärte er kurz angebunden und schob sie vor sich her.

Isada blieb nichts anderes übrig, als mitzugehen.

* * *

Acer saß neben Ethan auf dem Boden, hinter einer Hecke. Von ihrem Versteck aus hatten sie einen guten Blick auf das hell erleuchtete Haus in Beacon Hill, das dem Soya Gregorio gehörte. Die Party, die dort an diesem Abend stattfand, war noch in vollem Gange. Nur vereinzelt verließen ein paar Gäste die Feier.

„Worauf warten wir jetzt noch?"

„Hast du nicht richtig zugehört, als Younes uns den Plan erklärt hat?", blaffte Ethan ihn an. „Wir warten, bis sie Tyler gefangen nehmen und in ihr Haus bringen. Sie werden ihn direkt zu dem Soya führen. Und wenn die Rauchbombe, die er dabei hat, hochgeht, nutzen wir die Verwirrung und greifen an. Ziel ist es, so viele Vampire wie möglich zu töten."

Acer hatte bei Younes' Rede sehr wohl zugehört und kannte den Plan. Dennoch hegte er Zweifel, ob das alles so ablaufen würde. Er konnte nicht genau sagen, woran es lag, aber er traute Younes nicht. Momentan war er nur nicht in der Position, um seine Bedenken zu äußern. Acer wusste sehr genau, dass dies seine Bewährungsprobe war. Er würde während des Angriffs unter Beobachtung stehen. Younes wollte wissen, wie loyal er war. Deshalb war er mit Ethan in ein Team eingeteilt worden. Ethan wusste häufig mehr als die anderen Inimicus. Er war ein Vertrauter von Younes, ebenso wie Kayden. Gemeinsam mit Will hatten die drei Inimicus die Widerstandsgruppe gegründet. Später waren noch Isaiah und Tyler dazugekommen. Tyler mochte er sehr gern. Der Inimicus war clever und hinterfragte vieles. Schon einige Male war er mit Younes aneinandergeraten. Wenn seine Position in der Gruppe erst einmal gefestigt war, würde er mit Tyler reden. Davor konnte er es sich nicht leisten.

Acer umklammerte das Schwert in seiner Hand fester. Er hatte keine Probleme damit, Kruento zu töten. Ob nun männlich oder weiblich, sie waren alle Tiere, die in einer hübschen Hülle steckten. Sobald man ihnen den Rücken zudrehte, zeigten sie ihr wahres Gesicht und schlugen erbarmungslos zu. Nein, die Vampire verdienten den Tod, und deswegen würde er nicht zögern, sie umzubringen.

„Es geht los", warnte Ethan ihn vor, der durch ein Fernglas spähte. „Da, sie haben Tyler erwischt. Er wird gerade ins Haus gebracht."

Acer reckte sich, konnte aus seinem Versteck auf die Entfernung jedoch nichts sehen. Wenn sie auch in manchen Bereichen den Vampiren ebenbürtig waren, das Sehvermögen gehörte nicht dazu.

„Was passiert jetzt?"

„Es sind vier Kruento, die ihn gefesselt haben und reinbringen. Es wird gleich losgehen. Halte dich bereit."

Acer bewegte den Kopf nach rechts und links, um seinen verspannten Hals zu lockern. Das geduckte Sitzen tat seinen Muskeln nicht gut.

„Jetzt sind sie fort." Ethan senkte das Fernglas und verstaute es in einer Tasche, damit er es beim Kampf nicht verlor. Dann kauerte er sich neben Acer, mit Blickrichtung auf das Haus, und wartete.

Zuerst war ein lauter Knall zu hören, gefolgt von zerberstendem Glas, Holz und Steinen. Der Erdboden unter Acers Füßen bebte leicht, er spürte die Eruption bis in die Knochen. Das war keine einfache Rauchbombe gewesen. Er spähte auf das Haus. Nicht nur Rauch, sondern auch Feuer quoll aus den Fenstern. Es roch nach verkokeltem Holz und verbranntem Plastik. Die Vampire, die nicht augenblicklich den Flammen zum Opfer gefallen waren, strömten nun aus dem brennenden Gebäude.

„Los!", brüllte Ethan und rannte mit erhobenem Schwert los.

Acer hatte das Gefühl, dass er das Falsche tat. Doch er ignorierte die warnende Stimme und stürmte hinter Ethan her.

Kreisförmig hatten die Inimicus das Haus umlagert und rannten auf die Vampire zu, die sich in Sicherheit bringen wollten. Es gab kein Entkommen für sie. Ethan köpfte gerade einen Vampir und wandte sich dem nächsten zu, als Acer an seine Seite trat und einer Vampirin den Weg abschnitt.

„Bitte nicht." Mit großen flehenden Augen sah sie ihn an.

Ohne zu zögern, hob er sein Schwert und hieb der hübschen Frau den Kopf ab. Ihr Körper brach in sich zusammen. Acer richtete seinen Blick nach vorne. Ethan war bereits einige Schritte weiter. Er beeilte sich und rannte hinterher. Ein erneuter Knall war zu hören. Große Teile des Daches flogen durch die Luft und prasselten auf die Erde nieder. Instinktiv hielt Acer seinen Arm schützend hoch. Dachziegel regneten um ihn herum herunter, trafen ihn aber glücklicherweise nicht.

Flammen züngelten am Dachstuhl. Noch immer versuchten etliche Vampire zu fliehen. Nicht nur Ethan schnitt ihnen den Weg ab. Er sah Isaiah, Naitik und Rhett, an seiner anderen Seite Cody, Leith und Younes. Von Norden waren Ader und Bernan unterwegs. Er hob sein Schwert und durchbohrte einen schlaksigen Vampir, der mindestens drei Köpfe größer war als er selbst. Der Kruento fiel auf die Knie. Acer zog sein Schwert zurück, holte aus und enthauptete ihn. Dann hastete er weiter. Noch ein paar Meter, dann hatte er das brennende Inferno, in das sich das Haus verwandelt hatte, erreicht.

Sirenen ertönten in der Ferne.

„Scheiße!", hörte er Ethan brüllen. „Die Feuerwehr rückt an."

„Was sollen wir tun?", wollte Acer wissen.

„Wir müssen weg. Sofort!", bekam er als Antwort.

Acer nickte. Etwas entfernt von ihm sah er, wie sich Isaiah zurückzog. Von Naitik war bereits nichts mehr zu sehen.

Er drehte sich um und rannte den Weg, den er soeben gekommen war, zurück.

„Wenn wir uns trennen müssen, treffen wir uns im Hauptquartier. Stelle sicher, dass dir niemand folgt!"

Acer hatte nicht vor, jemanden zu ihrem Versteck zu führen. Mit einem großen Satz sprang er über eine Hecke und verschwand im Dickicht. Er vermutete, dass dies der kürzeste Weg zur Straße war. Tatsächlich behielt er Recht. Wenige Sekunden später kletterte er über den Zaun und war bereits von der Straße verschwunden, noch bevor die Feuerwehr eintraf.

KAPITEL 12

Mehrere Einsatzfahrzeuge der Feuerwehr waren vor Ort. Die Polizei hatte um das Anwesen herum weiträumige Absperrungen veranlasst. In der Ferne schraubten sich noch immer voluminöse Rauchsäulen in den Himmel. Pierrick hielt am Straßenrand, unweit einer Absperrung, und stellte den Motor aus.

Ungläubig blickte Isada aus dem Fenster. Sie fürchtete sich vor dem, was sie dort zu sehen bekommen würde.

„Ich werde mir das anschauen, du bleibst hier und wartest auf mich."

Isadas Augen wurden groß. Sie musste wissen, was passiert war, musste wissen, wie es ihrem Vater ging.

„Wenn ich in einer halben Stunde nicht wieder da bin, rufst du Darius an und gehst zurück nach Hingham."

„Nein!", entfuhr es Isada.

Streng blickte Pierrick sie an. Er hatte bereits sein Handy gezückt. „Du wartest. Wenn etwas ist, rufst du Darius an. Ich schicke dir seine Kontaktdaten", wiederholte er noch einmal seine Anweisung.

Stumm saß Isada da und kämpfte mit sich. Sie wollte nicht untätig warten, und noch weniger wollte sie von Pierrick getrennt sein. Er konnte sie wenigstens beschützen. Wenn ihm auch etwas zustieß, stand sie endgültig ohne einen Rinoka da. Angst umklammerte ihr Herz, und sie versuchte mit aller Kraft, die aufkeimende Panik zu ersticken.

„Darius wird wissen, was zu tun ist."

Isadas Telefon vibrierte.

„Du wartest hier!"

Sie nickte langsam und sah dem Soya zu, wie er die Tür öffnete.

„Bitte finde ihn", bat Isada leise.

Er beugte sich über den Fahrersitz zu ihr und strich ihr über die Wange. „Keine Sorge, du bist nicht mehr allein. Du wirst mich zu jeder Zeit spüren können." Dann war er verschwunden und ließ Isada allein zurück.

Sie schluckte und zog ihr Mobiltelefon aus der Tasche. Auf dem Display blinkten Soya Darius' Kontaktdaten. Ein unbestimmtes Gefühl breitete sich in ihr aus. Sie hoffte inständig, dass sie nie diese Nummer anrufen musste. Den Anführer ihres Clans zu informieren bedeutete, dass die Situation außer Kontrolle war.

Langsam steckte sie das Telefon wieder weg und spähte aus dem Fenster. Von den Feuerwehrleuten war von ihrer Position aus nichts zu sehen. Die Menge der Schaulustigen vor der Absperrung ein paar Meter von ihr entfernt war beachtlich angewachsen. Unruhig rutschte Isada auf ihrem Sitz hin und her. Hoffentlich ging es ihrem Vater gut. Die Tatsache, dass er das Band durchtrennt hatte, konnte allerdings nur eine einzige Erklärung zulassen. Sie wollte sich dem nicht stellen. Die Wahrheit verdrängend, hielt sie nach Pierrick Ausschau.

Mit den Augen verfolgte sie vier Officers, die sich schnellen Schrittes der Absperrung näherten. Sie brauchten einige Zeit, bis die Menge zur Seite wich, um sie durchzulassen.

Das Entriegeln der Autotür ließ Isada zusammenzucken. Sie erstarrte und fiel gleich darauf in sich zusammen, als sie Pierrick erkannte, der die Tür öffnete und sich hinter das Steuer gleiten ließ. In der linken Hand hielt er sein Handy und telefonierte.

„Ich fahre jetzt zu Darius. Ich möchte, dass du ein paar Leichen organisierst und sie hier positionierst. Je schneller, umso besser."

Erleichtert, dass Pierrick wieder da war, atmete Isada aus. Ihr war gar nicht bewusst gewesen, dass sie die Luft angehalten hatte.

Pierrick lächelte ihr zu. Er lauschte, was am anderem Ende gesprochen wurde und schüttelte dann den Kopf: „Nein, die Sache ist bereits zu groß, als dass wir alles an uns reißen könnten. Erinnere dich, wie bei dem Tod unseres Dominus plötzlich das

New Yorker FBI auf der Matte stand. Eine Entdeckung können wir uns nicht leisten. Auch meine Mittel sind begrenzt."

Er wartete wieder, nickte eifrig und antwortete: „Ja, mach das."

Pierrick legte auf, ließ sein Handy in die Tasche gleiten und startete den Wagen.

„Was ist los? Was hast du gesehen?"

„Isada, lass mich nachdenken, bitte. Wenn wir bei Darius sind, wirst du alles erfahren."

Sie schluckte, presste die Lippen zusammen und wandte den Kopf ab. Ihr Vater war tot. Sie wusste es einfach und dass Pierrick allein zurückgekehrt war, bestätigte diese Vermutung. Tränen rannen ihr über die Wange. Sie war mit ihrem Vater nicht immer einer Meinung gewesen, aber er war doch ihr Vater gewesen, ihre einzige Familie. Nie hätte er die Verbindung zu ihr abgebrochen. Der Schmerz über den Verlust überrollte sie. Sie unterdrückte ein Schluchzen, kämpfte mit sich. Sie musste tapfer sein, durfte nicht schwach wirken. Das hätte ihr Vater nicht gewollt.

Was war in der Villa geschehen? War es ein Unfall gewesen? Wie viele Vampire waren getötet worden?

Sie begann zu zittern, als ihr bewusst wurde, dass sie vor wenigen Stunden auch in diesem Haus gewesen war. Es hätte sie ebenso treffen können. Ihr wurde schlecht. Dass sie noch lebte, verdankte sie lediglich dem Umstand, dass der Soya, der neben ihr saß, sie unplanmäßig von der Party abgeholt hatte.

„Hast du gewusst, dass auf der Party etwas passieren würde?", krächzte sie. „Hast du mich deswegen abgeholt?"

Er blickte sie an, und in seinen bernsteinfarbenen Augen blitzte es gefährlich auf. „Wenn ich gewusst hätte, dass dort etwas passiert, hätte ich jeden einzelnen Vampir fortgeschafft."

Er hatte natürlich recht, und sie ärgerte sich über ihre dummen Gedanken. Sie strich sich über die Wangen und wischte die Tränenspuren fort.

„Es tut mir leid", murmelte sie betroffen und kauerte sich in ihren Sitz. Die Fahrt zu Darius' Anwesen schien endlos zu dauern.

* * *

Als Isada und Pierrick schließlich Darius' unterirdische Festung erreichten, war dort alles in heller Aufregung. In den Gängen kamen ihnen mehrere nervöse Vampire entgegen. Die Unruhe war fast greifbar.

Pierrick schlug ein schnelles Tempo an und führte Isada durch die Flure. Sie erreichten den Besprechungsraum, in dem Isada sich bei ihrem ersten Besuch umgezogen hatte. Ohne anzuklopfen, stürmte der Soya hinein.

Sollte sie ihm folgen? Bei einer Ratssitzung hatte sie nichts zu suchen. Unsicher spähte sie in den Raum hinein und erblickte Darius und Sam, Jendrael und Arnika, aber auch Arek und seinen Bruder André, der kein Mitglied des Rats war. Auch Virus und ein ihr unbekannter Vampir saßen am Tisch.

Unsicher betrat Isada den Besprechungsraum hinter Pierrick.

„Setz dich!", forderte Pierrick sie auf und zog einen Stuhl für Isada vom Tisch fort, während er sich selbst setzte.

„Wir warten bereits auf dich", erklärte Darius und forderte Pierrick auf, mit seinem Bericht zu beginnen.

Pierrick schloss kurz die Augen, ehe er anfing: „Es muss eine Bombe gewesen sein. Ähnlich wie die, bei der unser Dominus ums Leben gekommen ist. Das Haus brennt immer noch. Die Vampire, die der Explosion entkommen sind", er unterbrach sich und schluckte, „wurden draußen von einem Enthauptungskomitee empfangen."

Einer der Vampire fluchte leise.

„Meine Männer sind inzwischen dort. Sie werden die Vampire nach Möglichkeit verschwinden lassen und im Haus Leichen deponieren. Um die Einsatzkräfte werde ich mich später kümmern, deswegen hoffe ich, dass sie den Brand bald unter Kontrolle bringen und nicht noch mehr Feuerwehrmänner hinzugezogen werden müssen. Die Sache ist ohnehin schon unübersichtlich genug."

„Radim?", fragte André leise.

„Er oder die Inimicus." Darius ballte die Hände zu Fäusten. „Wer Schuld hat, ist zweitrangig, wir müssen sehen, dass wir feststellen, wer getötet wurde und die restlichen Vampire in Sicherheit bringen."

„Ausgangssperre", schlug der unbekannte Vampir vor, und Isada glaubte sich zu erinnern, dass er Cathal hieß.

Sein Vorschlag blieb unkommentiert im Raum stehen.

„Wir müssen Struktur in das Chaos bringen", erklärte Jendrael. „Die Moris sollen ihre Familien überprüfen und sich bei ihrem Soya melden."

Pierrick schüttelte den Kopf. „Das schaffe ich nicht. Für mich gibt es dringendere Aufgabe zu erledigen. Mir läuft schon jetzt die Zeit davon."

Isada spürte die Unruhe, die von ihm ausging und hätte Pierrick am liebsten beruhigend eine Hand auf den Arm gelegt. Doch sie versagte sich diese vertraute Geste. So etwas stand ihr nicht zu. Überhaupt sollte sie nicht hier sein. Es war Carens Platz. Sie sollte neben Pierrick sitzen und ihn unterstützen.

„André kann deine Leute übernehmen." Arek deutete auf seinen Bruder.

„Und Gregorio?", fragte Sam. „Hat jemand etwas von ihm gehört?"

Betretenes Schweigen und Kopfschütteln waren Antwort genug.

Isada wusste, dass die Wahrscheinlichkeit, dass der Soya und seine Familie zu den Opfern gehörten, relativ hoch war. Soya Gregorio hatte sie sehr sympathisch gefunden. Seinen Tod bedauerte sie aufrichtig. Den seines Bruders Manilo dagegen nicht wirklich. Er würde sie zumindest nie mehr belästigen können.

„Thorvid ist in Boston", warf Arek ein.

„Und dich, Arek, brauchen wir, um die Ekklesia-Krieger zu koordinieren", fügte Cathal hinzu.

„Also wird es so nicht funktionieren." Jendrael blickte in die Runde.

Darius ballte die Hände zu Fäusten und schlug auf den Tisch. „Die Moris sollen sich bei mir melden. Ich bin ihr Anführer."

Erleichtert nickte Jendrael. „Das ist eine gute Idee. Ich werde versuchen, Lucio und Prosper zu erreichen und dir dann helfen, Darius", verkündete er.

„Nein!", entgegnete Cathal. „Um die anderen Soyas kümmere ich mich. Du bist wichtig, um die Vampire zu beruhigen. Etliche werden herkommen und Schutz suchen. Dir vertrauen sie, Jendrael."

Jendrael presste die Lippen zusammen und murmelte schließlich ein „Okay". Es war ihm anzusehen, dass ihm die

Situation missfiel. Erst als seine Frau ihm ihre Hand auf den Arm legte und er sie kurz anblickte, huschte ein Lächeln über sein Gesicht, und er schien sich ein wenig zu entspannen. Es war, als ob das Paar stumm miteinander kommunizierte.

„Wie viele Krieger kannst du mobil machen?", wandte Pierrick sich an Arek.

Dieser dachte kurz nach, ehe er antwortete: „Zehn sind heute Nacht in der Stadt unterwegs. Zwanzig könnte ich auf jeden Fall herbekommen."

„Je mehr, desto besser. Ich brauche sie auf Gregorios Anwesen. Sie müssen die Vampirleichen wegschaffen." Pierrick war schon dabei, sich zu erheben.

„Warte!", ereiferte Jendrael sich. „Alle Meldungen sollen bei Virus eingehen. Er wird eine Liste erstellen, damit wir einen Überblick haben, wer fehlt."

Pierrick nickte ihm zu und schob geräuschvoll seinen Stuhl zurück. Allgemeine Aufbruchsstimmung herrschte. Isada stand auf und war unsicher, was nun von ihr erwartet wurde. Gerne würde sie Pierrick begleiten. Sie wollte mit eigenen Augen sehen, was dort geschehen war.

„Du bleibst hier."

„Nein", protestierte sie. „Ich will wissen, was passiert ist und … helfen."

„Ich möchte, dass du hier bleibst – in Sicherheit. Hilf Virus oder tu sonst etwas. Aber du bleibst hier."

„Ich bin kein kleines Kind mehr."

„Isada!" Seine Stimme klang unendlich sanft, als gleichzeitig sein Geist über den ihren strich. „Ich möchte nicht, dass dir etwas passiert."

„Aber du darfst dich in Gefahr bringen? Was ist mit mir, wenn dir etwas geschieht?"

Pierrick schloss für einen Moment die Augen, rang innerlich mit sich. „Ich komme zurück, das verspreche ich dir." Er zog sie an sich und küsste sie aufs Haar. Seine Nähe wühlte Isada erneut auf. Es war nicht richtig. Sie gehörte hier nicht hin.

„Sam?", vernahm sie Pierricks Stimme.

„Ja?" Die dunkelhaarige Vampirin tauchte neben Isada auf.

Er löste sich von ihr und strich ihr noch ein letztes Mal über die Wange. „Mach keinen Unsinn." Dann wandte er sich an Sam.

„Hast du ein Auge auf Isada? Ich möchte nicht, dass sie sich in Gefahr begibt."

Isada wollte schon protestieren, als Pierricks Finger auf ihrem Mund landete und sie daran hinderte. „Ich verspreche dir, nach deinem Vater zu suchen. Aber du musst in Sicherheit sein, damit ich den Kopf frei habe."

Schon wieder schossen Isada Tränen in die Augen. Tapfer nickte sie.

Pierrick wandte sich zu Arek um, und augenblicklich waren die Vampire in eine Diskussion vertieft, während sie den Raum verließen.

Tröstend legte Sam Isada einen Arm um die Schulter.

„Komm, lassen wir die Männer ihre Arbeit tun."

Isada verkniff sich weitere Tränen und ließ sich von Sam hinüber in Virus' Reich führen.

„Seit wann hast du eine Verbindung zu Pierrick?", fragte Sam und musterte Isada interessiert von der Seite.

„Er war mein Rettungsanker, als das Band zu meinem Vater riss", krächzte sie bebend.

Eine weitere Hand legte sich auf ihre Schulter und als Isada aufblickte, sah sie durch die Tränen hindurch Arnika, die ihr freundlich zulächelte.

„Ich glaube, wir stehen hier nur im Weg herum. Lasst uns zu Sam gehen. Sie hat ein überaus gemütliches Sofa. Und wenn es Nachrichten gibt, erfahren wir auch dort davon."

Sam schien von der Idee ganz angetan zu sein und führte Isada durch das unterirdische Labyrinth bis hin zu ihren privaten Räumen. Dort machten es sich die Frauen auf dem Sofa gemütlich. Sam legte einen Film ein und während sich Tobey Maguire als Spiderman über die Dächer von Manhattan schwang und die Welt rettete, versuchte Isada nicht weiter an Pierrick und ihren Vater zu denken.

KAPITEL 13

Nachdem Pierrick mit Arek das weitere Vorgehen mit den Ekklesia-Kriegern besprochen hatte, brach er zu Fuß nach Beacon Hill auf. In drei Stunden würde die Sonne aufgehen, und bis dahin hatten er und sein Team noch eine ganze Menge Arbeit vor sich.

Arek wollte mit den verfügbaren Kriegern so bald wie möglich nachkommen und die Aufräumarbeiten unterstützen.

Der Wind blies Pierrick ins Gesicht, als er durch die Nacht rannte und sich dem Nobelviertel näherte. Für gewöhnlich bevorzugte er seinen Mercedes, doch in dieser Situation würde der Wagen nur im Weg sein.

Etwas außer Atem kam er schließlich bei Gregorios Villa an – oder dem, was von ihr übrig geblieben war. Die Rauchschwaden über dem Haus waren verschwunden und die Feuerwehrleute damit beschäftigt, ihre Schläuche zusammenzupacken. Dazwischen eilten Polizisten und Leute mit den Schirmmützen der Gerichtsmedizin umher. Wenn die Einsatzkräfte das Feld geräumt hatten, würde Ordnung einkehren, und das war überhaupt nicht gut. Davor mussten die Leichen ausgetauscht und die Überreste der Vampire verschwunden sein.

Pierrick sah sich nach seinen Männern um und ging mit großen Schritten auf Seve zu, der gerade damit beschäftigt war, einen Leichensack in einen schwarzen Bus mit der Aufschrift der Gerichtsmedizin zu hieven. Als er Pierrick sah, unterbrach er seine Arbeit und lief zu dem Soya herüber.

„Gut, dass du kommst." Die Erleichterung war Seve anzumerken. „Ich habe schon befürchtet, die Feuerwehrleute rücken vor deiner Ankunft ab."

„Dann werde ich mich zuerst um sie kümmern."

„Auf der Nordseite steht noch ein LKW, dorthin haben wir die meisten Leichen geschafft. Die Einsatzkräfte gehen davon aus, dass wir hier sind, um die Toten in die Gerichtsmedizin zu bringen."

„Sehr gut", lobte Pierrick seinen ersten Mann.

„Dale ist in die Gerichtsmedizin gefahren, um die Leute dort aufzuhalten. Ein paar helfende Hände mehr wären hier ganz gut."

„Soya Arek ist inzwischen sicher auf dem Weg hierher. Er wird euch mit den Ekklesia-Kriegern unterstützen. Ich möchte, dass du sie in die Arbeit einweist."

Seve nickte. „Kein Problem."

„Wo ist der Chief?" Suchend blickte Pierrick sich um, konnte ihn jedoch nirgends sehen.

Seve deutete auf einen hochgewachsenen Mann, der zwar eine Feuerwehrkluft, aber keinen Helm trug. Diesen hielt er in seiner Hand, während er in der anderen ein Funkgerät hatte.

„Ich beeile mich", versprach Pierrick und rannte los.

Als er sich dem Chief näherte, wurde er langsamer und hielt schließlich neben ihm an.

„Kann ich Ihnen helfen?", fragte dieser schroff und taxierte Pierrick von oben bis unten.

„Ja", erklärte Pierrick und begab sich auf die geistige Ebene. Der Mann war intelligent, er brauchte zwei Anläufe, um den natürlichen Schutzwall des Chiefs zu umgehen. Er pflanzte ihm den Gedanken ein, dass er alle seine Männer zusammentrommeln musste.

„Tut mir leid", sagte der Chief. „Ich habe jetzt keine Zeit für Sie, ich muss meine Männer informieren." Er griff nach seinem Funkgerät und sprach eifrig Befehle aus.

Es dauerte gerade mal zwei Minuten, da kamen die ersten Männer angerannt. Es wurden immer mehr, bis schließlich eine ganze Gruppe Feuerwehrleute dastand und sich wunderte, was der Chief wollte.

Verwirrt blickte dieser auf seine Männer und fragte sich, warum er alle herbeordert hatte. Pierrick, der noch immer neben dem Chief stand, grinste in sich hinein. Er begab sich wieder auf die geistige Ebene und drang in den Kopf des Chiefs ein. Hier spann er den ersten Faden und streckte sich nach den anderen Männern aus. Wie eine Spinne knüpfte er ein Netz, verband alle Feuerwehrleute miteinander. Dann begann er alle Erinnerungen der letzten Stunden einzusammeln und aus den Gehirnen zu tilgen. Um die Gedächtnislücken zu füllen, kreierte er eine neue Wahrheit, in der sie den Brand löschten, aber keine Überlebenden mehr fanden. Er vergewisserte sich noch einmal, dass er auch kein Detail übersehen hatte. Schließlich gab er den Befehl, alles zusammenzupacken und zurück zur Feuerwache zu fahren. Den Chief wies er an, in der Zentrale Bescheid zu geben und die Anzahl der Opfer zu korrigieren.

Ruhe und Gelassenheit war auf den Gesichtern der Männer zu sehen, als diese auseinandergingen. Jeder schien zu wissen, was er zu tun hatte. Keiner achtete auf ihn, einen Mann, der im Schatten des Feuerwehrautos stand. Dort verweilte er, um sicher zu gehen, dass auch alles nach Plan lief.

Der Chief griff beherzt nach seinem Funkgerät und gab die Meldung durch, dass es keine Verletzten gab und sich die Angaben davor auf einen Irrtum zurückführen ließen.

Pierrick war zufrieden und wandte sich ab. Aus der Entfernung sah er, wie Arek mit einigen Kriegern eintraf und wie Seve alle mit Schirmmützen der Gerichtsmedizin ausstattete. Sein erster Mann schien alles unter Kontrolle zu haben, sodass er sich auf die Polizeibeamten und die anderen Menschen, die hier um das Haus herumschwirrten, kümmern konnte. Er verdrängte die Erschöpfung aus seinem Bewusstsein. So viele Männer gleichzeitig zu beeinflussen, hatte ihn Kraft gekostet. Dennoch konnte er sich keine Müdigkeit leisten. Er musste hellwach bleiben. Es würde eine lange Nacht werden, und er hatte noch jede Menge zu tun.

Pierrick machte sich auf den Weg um das Haus herum. Auf der anderen Seite stand – wie von Seve beschrieben – ein LKW. Er erblickte Hadrian, der einen Leichnam nach dem anderen auflud. Der Soya ging zu ihm und packte mit an.

„Es sind viel zu viele", erklärte Hadrian betroffen. Viele der toten Vampire hatten sie gekannt, ja, es waren Freunde gewesen.

„Bist du schon auf Soya Gregorio gestoßen?", erkundigte Pierrick sich.

Hadrian schüttelte den Kopf.

Unzufrieden drehte Pierrick sich um. Es musste nichts heißen, dass der Soya nicht hier draußen lag. Viel wahrscheinlicher war ohnehin, dass er mit seiner Familie direkt im Haus gewesen und restlos verbrannt war.

Pierricks Blick fiel auf eine große Kiste, in die Hadrian die abgetrennten Körperteile, die er nicht zuordnen konnte, geworfen hatte. Alexio Dearing starrte ihn aus weit aufgerissenen leblosen Augen an. Pierrick schluckte und wandte das Gesicht ab. Tief atmete er die kühle Nachtluft ein und wünschte sich, seinen Schwiegervater nicht so gesehen zu haben. Was sollte er Isada über den Verbleib ihres Vaters erzählen? Sein Herz krampfte sich bei dem Gedanken an sie zusammen. Er schluckte, ballte die Fäuste und schritt davon, seinen Aufgaben als Aufräumer entgegen.

* * *

Als der Anruf kam, dass Pierrick auf dem Weg in den Besprechungsraum war, gab es kein Halten mehr für Isada. Sie ließ Arnika und Sam einfach stehen und rannte los. Blindlings stolperte sie den Flur entlang und verlief sich prompt. Wo musste sie entlang, um zum Besprechungsraum zu kommen? Hatte sie eine falsche Abzweigung genommen? Sie konnte sich nicht mehr erinnern und schimpfte im Stillen vor sich hin.

Dann kam ihr eine Idee. Sie wechselte auf die geistige Ebene und folgte dem Band, das zu Pierrick führte. Es dauerte nicht lange, und sie sah die zwei Türen, von denen eine in den Besprechungsraum und die andere in Virus' Zimmer führte. Erleichtert ging sie auf die linke Tür zu und öffnete sie zaghaft. Arnika und Sam, die sich im Gegensatz zu ihr nicht verlaufen und den direkten Weg gewählt hatten, waren bereits da, drehten sich zu ihr um und blickten sie fragend an.

Isada reagierte nicht. Ihre ganze Aufmerksamkeit war auf Pierrick gerichtet. Er saß auf einem Stuhl, die Arme auf dem Tisch abgestützt. Seine ganze Körperhaltung drückte Erschöpfung aus. Hätte man Isada vorher gefragt, hätte sie geschworen, dass der Soya nie an seine Grenzen kommen konnte. Doch für heute waren seine Kräfte offensichtlich erschöpft.

Pierrick starrte unbeweglich auf einen Punkt vor sich und schien um sich herum kaum etwas wahrzunehmen. Isada ging zu ihm und legte ihm eine Hand auf die Schulter. Neben ihm ging sie in die Hocke, um mit ihm auf Augenhöhe zu sein.

Endlich reagierte er und wandte ihr das Gesicht zu. Isada erschrak zutiefst, als sie in seine Augen blickte. Sie waren so dunkel, dass das Braun wie Schwarz wirkte.

„Es tut mir leid", stammelte er und schloss gequält die Augen.

Isada schossen ein weiteres Mal Tränen in die Augen. Sie wusste, dass er von ihrem Vater sprach. Tapfer kämpfte sie dagegen an. Sie wollte nicht weinen, nicht jetzt. Das musste warten.

Darius und Jendrael betraten den Raum. Auch Virus hastete mit seinem Laptop herbei, den er eilig verkabelte. Es dauerte nicht lange, dann erschien eine Grafik auf dem Bildschirm.

Wieder öffnete sich die Tür. Diesmal traten Arek und Cathal ein. Beide wirkten ähnlich erschöpft wie Pierrick. Wenn sich Isada nicht täuschte, schwankte der glatzköpfige, breit gebaute Cathal sogar ein wenig.

„Wie sieht es an der Front aus?", durchbrach Darius schließlich das Schweigen.

Isada rutschte schnell auf den Stuhl neben Pierrick. Sie wollte nichts verpassen. Mühsam richtete Pierrick sich auf, um der Besprechung zu folgen.

„Wir haben die Leichen erst einmal fortgeschafft. André ist immer noch dort. Sie gleichen die toten Vampire mit Virus' Vermisstenliste ab", berichtete Arek.

Nachdenklich nickte Darius und blickte neben sich. „Virus?"

„Siebenundachtzig vermisste Vampire."

Isada schluckte. So viele. Sie wusste nicht, wie viele Vampire genau zum Bostoner Clan gehörten, aber siebenundachtzig erschienen ihr sehr viel.

„Einen Teil haben wir bereits zuordnen können, bei einigen wird es wohl schwierig werden, und die meisten sind bei der Explosion vollständig verbrannt", fuhr Virus fort. „Wir hoffen, dass einige Vampire bei Tagesanbruch noch auftauchen werden. Die Moris sind informiert und werden sich sofort melden, wenn sie etwas Neues wissen." Die nächste Grafik erschien auf dem Bildschirm. Sieben Balken von unterschiedlicher Höhe waren darauf abgebildet. „Die meisten der vermissten Vampire stammen von Soya Gregorio. Er selbst wird auch noch vermisst. Seine Brüder, die Dans Manilo und Rosario, hatten aus unterschiedlichen Gründen die Party verlassen. Sie stehen beide unter Schock, sind aber wohlauf."

„Wo befinden sie sich jetzt?", wollte Arnika wissen.

„Soweit ich weiß, sind die Brüder beide in Manilos Stadtwohnung."

„Wir sollten ihnen unbedingt jegliche Unterstützung anbieten, die sie brauchen." Jendrael wartete einen Augenblick, ehe er noch hinzufügte: „Ich gehe davon aus, dass Manilo den Familienvorsitz übernehmen wird. Ich weiß, ihr seid mit euren Gedanken gerade anderweitig beschäftigt, aber wir sollten ihn bald als Soya in den Ekklesia-Rat berufen. Für unsere Leute ist in dieser Situation Beständigkeit das Allerwichtigste."

Allein bei der Nennung von Manilos Namen wurde Isada eiskalt. Egal ob Manilo bald Soya sein würde oder nicht, sie wollte ihn nicht heiraten. Ängstlich sah sie zu Pierrick hinüber und fragte sich, ob er sie vor einer Heirat beschützen würde. Doch momentan hatte der Soya andere Dinge im Kopf, das war ihm anzusehen. Zuerst einmal brauchte er dringend Erholung und ebenso nötig Blut.

„Ich werde auf dem Nachhauseweg bei Manilo vorbeigehen", schlug Arek vor.

„Mach das. Für den Moment können wir nicht mehr viel tun. Wir sollten uns eine Pause gönnen und ein paar Stunden schlafen."

Isada fühlte sich überhaupt nicht müde. Die Aufregung sorgte dafür, dass sie hellwach war.

„Wer möchte, kann gerne hierbleiben. Wir haben ein paar Gästezimmer." Darius blickte auffordernd in die Runde.

„Danke für das Angebot. Für mich nicht", lehnte Arek ab.

„Natürlich", nickte Darius und richtete sich direkt an Pierrick: „Fühle dich frei zu entscheiden. Du und natürlich auch Isada, ihr seid uns willkommen. Ich verstehe aber auch, wenn du zu deiner Samera gehen möchtest."

Pierrick zögerte. „Caren hat genügend Schutz. Ich würde gerne dein Angebot annehmen. Wenn Probleme auftreten, werden sie hier zuerst eintreffen, und dann kann ich schneller handeln."

„Sehr gerne. Was ist mit euch, Jendrael?"

„Wir werden auch bleiben", erklärte dieser. „Arnika verträgt noch kein Sonnenlicht. Jetzt nach Hause zu fahren, wäre ein unnötiges Risiko."

Isada blickte zu der blonden Vampirin hinüber, die neben ihrem Homen und ihrer Schwester saß. Man sah ihr überhaupt nicht an, dass sie erst vor kurzer Zeit in einen Vampir verwandelt worden war. Sie strahlte eine innere Ruhe und Festigkeit aus, um die Isada sie beneidete. Konnte es daran liegen, dass sie mit einem Soya verheiratet war? Bei ihrer Schwester hatte sie dies jedoch nie feststellen können. Vielleicht war auch die Seelenverbindung, die den Soya und Arnika einte, dafür verantwortlich. Der Gedanke war einleuchtend. Je länger sie darüber nachdachte, umso mehr Sinn ergab es. Denn auch Sam strahlte diese innere Festigkeit aus. Bisher hatte Isada diese Beobachtung auf Sams früheres Leben als Polizistin geschoben.

Als Pierrick sich langsam erhob, sprang Isada auf, um ihn zu stützen.

„Ich zeige euch eure Zimmer", erklärte Sam und ging voran.

Es dauerte nicht lange, da erreichten sie eine Sackgasse mit drei Türen. Eine davon öffnete Sam und ließ ihre Gäste in einen quadratischen Raum mit einer leeren Garderobe und einem ebenso verwaisten Schuhregal darunter eintreten. Rechts und links ging jeweils eine Tür ab. Sam öffnete sie nacheinander.

„Die Gästezimmer sind in etwa gleich groß. Beide haben ein eigenes Bad. Ihr werdet euch schon einig, wer welches Zimmer nimmt. In den Schubladen findet ihr ein paar Kleidungsstücke. Wenn ihr noch etwas braucht, gebt einfach Bescheid. Sophie wird sich darum kümmern."

„Danke", sage Pierrick ehrlich und drückte kurz Sams Hand.

„Schlaft gut", verabschiedete Sam sich und zog hinter sich die Tür zu.

Isada sah zu Pierrick hinüber, der ihr fast gegenüberstand.

„Nun?" Er machte eine Kopfbewegung erst in die eine, dann in die andere Richtung.

Isada zuckte mit den Schultern und schlich in das Zimmer, das ihr am nächsten war.

Über die Schulter sah sie, wie Pierrick den anderen Raum betrat und hinter sich die Tür schloss.

* * *

Isada entkleidete sich und schlüpfte unter die Dusche. Als das Wasser auf ihren Körper niederprasselte, ließ sie ihren Tränen freien Lauf. Ihr Vater war tot! Noch nie hatte sie sich dermaßen einsam und allein auf dieser Welt gefühlt. Wie sollte es nun mit ihr weitergehen? Sie hatte niemanden mehr und war Pierricks Gunst auf Gedeih und Verderben ausgeliefert.

Verzweifelt schlang sie die Arme um sich, rutschte an der Duschwand hinab und blieb auf dem Boden sitzen. Immer wieder erbebte ihr Körper unter den Schluchzern.

Warum ausgerechnet ihr Vater? Ziellos kreisten ihre Gedanken um das Thema. Wie lange Isada so dasaß, konnte sie nicht sagen. Als das Wasser kälter wurde und sie zu frösteln begann, waren auch die Tränen versiegt. Sie stieg aus der Dusche. Sie erinnerte sich, dass Sam etwas von Kleidung in den Schränken gesagt hatte. So ging sie in ein Badetuch gehüllt nach nebenan und wurde in einer der Kommoden fündig. Das T-Shirt war zu groß, aber zum Schlafen perfekt. Die Ärmel reichten ihr bis zu den Ellenbogen, der Halsausschnitt war ein bisschen weit, und der Saum endete an ihren Kniekehlen. Ihren Slip hatte sie wieder angezogen, denn ganz ohne Hose wollte sie nicht schlafen, und eine Boxershorts – wie sie sie gewöhnlich zum Schlafen trug – war nicht zu finden.

Isada schlüpfte zwischen die Laken. Noch immer gingen ihr die Geschehnisse des Tages im Kopf herum. An Schlaf war nicht zu denken. Unruhig wälzte sie sich hin und her, stand irgendwann auf, um sich im angrenzenden Badezimmer etwas Wasser ins Gesicht zu spritzen. Dann legte sie sich wieder ins Bett und schloss die Augen.

Was war mit ihrem Vater passiert? War er von der Bombe getroffen worden, oder lag er in diesem Lagerhaus mit abgetrenntem Kopf? Die Bilder, die ihr Geist zusammenspann, ließen sie einfach nicht mehr los. Sie brauchte Antworten, sonst würde sie kein Auge zu tun können. Pierrick war nebenan. Schlief er schon? Sie zögerte, wollte ihn nicht stören. Er hatte so müde ausgesehen. Frustriert stieß Isada eine Faust in ihr Kissen und schloss die Augen. Es half aber alles nichts, und so erhob sie sich schließlich.

Barfuß verließ sie ihr Zimmer, schlich hinüber zu Pierricks Tür und lauschte. Von innen drangen dumpfe Geräusche an ihr Ohr. Er war also noch wach. Isada nahm all ihren Mut zusammen und klopfte an.

„Ja?", erklang Pierricks vertraute Stimme.

Sie holte noch einmal tief Luft, dann öffnete sie die Tür.

Pierrick stand über einen kleinen Tisch gebeugt, richtete sich aber auf, als sie eintrat.

„Isada?", fragte er verwundert und musterte sie.

Isada starrte ihn an, als ob sie ihn das erste Mal sehen würde. Auch er musste zwischenzeitlich geduscht haben, denn seine offenen Haare waren noch feucht. Der Oberkörper war nackt, er trug lediglich seine schwarze Lederhose.

Isada schluckte und versuchte sich zu sammeln. In seinem Trainingsraum hatte sie ihn doch auch schon oben ohne gesehen.

„Kann ich dir helfen?", erkundigte er sich.

„Ja." Sie wollte Antworten, eher würde sie nicht gehen, also trat sie auf ihn zu. In der Mitte des Raumes verließ sie jedoch der Mut.

„Was ist los?"

Er sah erholter aus als vorhin. Sie blickte zu Boden und erschrak, als er plötzlich direkt vor ihr stand. Auf dem Teppich hatten seine nackten Füße keine Geräusche verursacht. Ein lautloser Killer. Sie hob den Kopf und sah ihn an. Seine Augen glühten sanft, und auch seine Fänge waren ein klein wenig ausgefahren. Alarmiert blickte sie sich nach Fluchtmöglichkeiten um, als ihr bewusst wurde, dass sie ihrem Rinoka gegenüber stand und er sie mit einem einzigen Gedanken daran hindern konnte zu fliehen.

„Ich wollte dich nicht stören", stammelte sie und versuchte zu vermeiden, noch mehr Unmut auf sich zu ziehen. Warum nur war er so angespannt?

Ein leises Knurren entwich seiner Kehle. Pierrick umfasste ihr Kinn und zwang sie, ihn anzusehen.

„Warum bist du hier, Isada?" Seine Aussprache war aufgrund der Fänge etwas undeutlich, aber sein Tonfall machte deutlich, dass er auf einer Antwort bestand.

„Hast du meinen Vater gesehen?"

Die Anspannung wich ein wenig aus seinem Körper, Pierricks Gesichtsausdruck wurde milder. „Isada", murmelte er und sah auf sie herab.

Sein intensiver Blick schien sie zu durchdringen. Unwillkürlich streckte ihr Geist sich nach ihm aus, suchte den seinen. Er zog sich vor ihr zurück.

„Ich muss es wissen. Bitte, Pierrick. Ich muss wissen, ob er in dieser Lagerhalle liegt." Flehend sah sie ihn an.

„Bei manchen Dingen ist es besser, wenn man sie nicht weiß." Sein Griff um ihr Kinn lockerte sich. Zärtlich strich er ihr über den Mund.

Isada schluckte und kämpfte mit den Tränen.

Pierrick zog sie in seine Arme. Sie schmiegte sich an seine nackte Brust und genoss das beschützende Gefühl.

„Wichtig ist nur, dass du am Leben bist. Lass die Toten ruhen." Er vergrub sein Gesicht in ihrem Haar.

Wer nun wem Trost spendete, wusste Isada nicht. Sie klammerte sich an Pierrick und hielt ihn gleichzeitig fest. Ihre Hand strich wie von selbst über seinen Kopf.

Völlig unvorbereitet machte er sich von ihr los, sodass Isada fast das Gleichgewicht verlor.

„Gehe jetzt!", forderte er sie schroff auf und wandte sich ab.

Doch Isada hatte das verräterische Funkeln in seinen Augen gesehen, und nun begriff sie auch, warum seine Augen leicht glühten und seine Fänge halb ausgefahren waren. Er war nicht wütend, er war hungrig. Wann mochte er das letzte Mal getrunken haben? Nach diesem anstrengenden Tag musste er sich dringend nähren.

„Möchtest du trinken?", fragte sie leise.

Er schüttelte den Kopf, aber sie sah die Gier in seinen Augen.

„Es ist okay. Du bist mein Rinoka", erinnerte sie ihn an die neue Verbindung, die ihre Beziehung zueinander in einem völlig anderen Licht erscheinen ließ. Noch vor Stunden wäre es undenkbar gewesen, dass Isada Pierrick einfach so ihr Blut angeboten hätte. Aber da er ihr Rinoka war, gehörte sie zu seiner Familie, und Familienmitglieder sorgten füreinander.

Pierricks Fäuste waren geballt, die Zähne fest zusammengebissen. Trotzdem verlängerten sich seine Eckzähne. Der Durst nach Blut musste unbändig sein, wenn er sich so wenig unter Kontrolle hatte.

Isada nahm ihm die Entscheidung ab. Sie strich ihre langen Haare zur Seite und legte ihre Halsbeuge frei. Dann trat sie vor Pierrick und sah ihn abwartend an.

Noch immer stand er vollkommen verkrampft da und rührte sich keinen Millimeter. Jeder andere Vampir hätte diese Selbstdisziplin nicht aufgebracht. Es überraschte Isada dann doch, als Pierrick auf sie zuschoss, sie mit sich riss und sie mehrere Meter hinter ihr gegen eine Wand drängte. Noch ehe sie blinzeln konnte, vergrub er seine Zähne in ihrem Hals.

Isada erschauderte und schloss die Augen. Nur zwei Mal in ihrem Leben hatte ein anderer Vampir von ihr getrunken, und beide Male war es Pierrick gewesen. An das erste Mal, direkt bei ihrer Renovation, erinnerte sie sich nicht mehr. Das zweite Mal, als er von ihr trank, war bei der rituellen Renovationsfeier gewesen, als sie sich, wie es Tradition war, bei ihrem Renovator mit Blut bedankt hatte.

Auch wenn es wieder Pierrick war, der seine Zähne in ihrem Hals vergrub, war es diesmal doch etwas völlig anderes. Jeder Quadratzentimeter ihres Körpers schien unter Strom zu stehen.

Pierrick hob sie hoch, damit er sich nicht mehr so weit zu ihr herunterbeugen musste. Instinktiv schlang Isada ihre Beine um seine Hüfte und hielt sich an seinem Nacken fest.

Etwas Festes stieß gegen ihre Mitte, und unwillkürlich rieb sich Isada daran. Alles um sie herum verschwand, wurde unwichtig. Nur noch dieses Gefühl, das Hier und Jetzt zählte.

Pierrick knurrte und drückte sie noch fester an die Wand.

Isada genoss es, seine Erektion durch den Stoff seiner Hose zu spüren. Sie schloss die Augen und kostete den wunderbaren Moment noch länger aus.

Pierricks Hand wanderte über ihren nackten Oberschenkel immer weiter nach oben.

Sie verzehrte sich nach ihm, nach seinen Berührungen. Sie brauchte mehr, brauchte ihn, wie die Luft zum Atmen. Als er über ihren Slip strich, keuchte sie auf und biss sich auf die Unterlippe, um nicht laut aufzuschreien.

Erst als sein Mund sich auf ihren legte, registrierte sie, dass er aufgehört hatte, von ihr zu trinken. Fordernd schob sich seine Zunge zwischen ihre Lippen, tastete, erkundete.

Isada schmeckte ihr Blut, schmeckte ihn. Gierig reckte sie sich ihm entgegen.

Seine Hand verweilte noch immer auf ihrem Slip. Nun begann er durch den dünnen Stoff ihren sensiblen Punkt zu streicheln.

Isada stöhnte und glaubte jeden Moment vergehen zu müssen.

Etwas griff nach ihrem Geist, umschmeichelte ihn und spielte mit ihm. Es erschien ihr ganz natürlich, alle Schutzmechanismen fallen zu lassen und ihn in ihren Kopf zu lassen.

Pierrick zog seine Hand fort, und Isada wollte gerade protestieren, als seine geschickten Finger sich an ihrem Slip zu schaffen machten und den Stoff zur Seite zogen. Sie bog sich ihm entgegen, legte den Kopf weit zurück. Er knabberte an ihrem Hals, liebkoste sie. Dann spürte sie seine nackte Männlichkeit. Wann hatte er sich ausgezogen? Die Frage löste sich sofort auf, als er mit einem einzigen kräftigen Stoß in ihr war. Seine Lippen suchten die ihren, seine Zunge forderte ihre zum Duell heraus. Sanft strich sein Geist um sie, ließ ihre Seele vibrieren.

Isada! Die Stimme war nicht mehr als ein Hauch, ein Gedanke in ihrem Kopf.

Sie antwortete darauf, indem sie sich ihm entgegenstreckte.

Noch nie hatte sie dieses vollkommene Ausgefülltsein erlebt. Es fühlte sich richtig an, Pierrick in sich zu spüren. Vorbehaltlos gab sie sich ihm hin. Es war wie in einem Rausch. Seine bernsteinfarbenen Augen standen in Flammen, verzehrten sie. Und als er ein weiteres Mal in sie stieß, während er gleichzeitig ihre Seele liebkoste, zersprang Isada in tausend winzige Fragmente.

Zitternd hielt sie sich an ihm fest, die Augen noch immer geschlossen. Er versenkte sich noch einmal in ihr und knurrte auf dem Gipfel seiner Lust ein „Ma heol", ehe auch er seinen Höhepunkt erreichte.

Eng umschlungen hielten sie sich fest, spürten den Nachhall in ihren Körpern und genossen die Nähe des anderen. Eine einzelne Träne löste sich aus Isadas Wimpern und rollte die Wange hinab. Der Moment war so unglaublich schön, und sie wollte ihn für immer festhalten. Sie spürte, wie Pierrick sich aus ihrem Geist verabschiedete. Die Sonne erlosch, und es blieb nichts als Leere und Dunkelheit zurück. Vorsichtig zog Pierrick sich aus ihr zurück und stellte sie auf die Beine, die aus Gummi zu bestehen schienen, sodass sie sich an der Wand hinter ihr anlehnen musste.

Isada fürchtete sich davor, ihm ins Gesicht zu sehen. Sie starrte zu Boden.

Pierrick schloss seine Hose und räusperte sich. Nun blieb ihr doch nichts Anderes übrig, als den Kopf zu heben.

„Isada", murmelte er, und sein Tonfall drückte das Bedauern aus, das sich auch in seinem Blick widerspiegelte.

Isadas Hals schnürte sich zu. Sie schämte sich, konnte nicht begreifen, wie das eben hatte geschehen können. Sie hatte mit Pierrick … Sex gehabt. Etwas Anderes war es nicht gewesen. Etwas Anderes durfte es nicht sein.

Erneut brannten Tränen in ihren Augen. Das Gefühl der Einsamkeit zerrte an ihr, dabei wünschte sie sich nichts sehnlicher, als wieder mit Pierrick verbunden zu sein. Dennoch wusste sie, dass das nie wieder geschehen durfte. Sie kämpfte die Tränen nieder, holte tief Luft und flüsterte mit zitternder Stimme: „Lass es uns einfach vergessen!"

Sie hatte ihre Schwester hintergangen. Das war ein unverzeihlicher Fehler gewesen. Sie musste hier fort, musste duschen, die Erinnerung an das eben Erlebte fortspülen und es aus ihrem Gedächtnis verbannen. Doch gleichzeitig wusste sie, dass sie den Moment in Pierricks Armen nie vergessen würde. Bis an ihr Lebensende würde sie von der Erinnerung an diese intensive Vereinigung zehren.

„Isada, bitte."

Hastig wandte sie sich ab „Kein Wort mehr! Es ist einfach nie passiert." Sie zitterte am ganzen Körper und musste sich beeilen, sonst würde sie dieses Zimmer nicht mehr verlassen können. Sie hastete an Pierrick vorbei und rannte in ihr Zimmer. Hinter sich verriegelte sie die Tür, warf sich auf ihr Bett, vergrub ihr Gesicht in den Kissen und begann hemmungslos zu weinen.

Warum ausgerechnet Pierrick?

KAPITEL 14

Als Isada am Abend erwachte, war im Nebenzimmer alles still. Auf ihr Klopfen reagierte niemand. Pierrick war wohl bereits unterwegs. So machte sie sich auf durch das unterirdische Labyrinth. Beim dritten Anlauf fand sie endlich den Besprechungsraum. Er war leer, aber von nebenan, aus Virus' Reich, hörte sie das Klappern einer Tastatur. Sie trat ein.

„Hallo, Isada", grüßte Virus sie, ohne aufzublicken.

„Hallo."

Sie ließ sich auf dem freien Stuhl nieder und sah Virus einige Zeit bei seiner Arbeit zu. Sie kam sich überflüssig vor, denn für sie gab es nichts zu tun.

„Wo sind die anderen?", fragte sie schließlich.

„Die anderen oder Pierrick?" Er sah nicht auf. Trotzdem sah sie sein breites Grinsen.

„Beides."

„Keine Ahnung, wo die anderen sind, aber Pierrick ist raus zur Lagerhalle gefahren. Er kommt später wieder und holt dich ab."

Sie zog eine Augenbraue hoch. Eine weitere Frage lag ihr auf der Zunge, doch sie schluckte und blickte fort. Nicht nur, dass Virus zu ahnen begann, was mit ihr los war, obendrein wusste sie selbst nicht, wie sie sich Pierrick gegenüber verhalten sollte. Sie schämte sich für das, was passiert war und bereute gleichzeitig keinen einzigen Augenblick. Doch wie würde Pierrick heute dazu stehen? Würde er sie fortschicken? Wo sollte sie hingehen, wenn er sie verstieß? Sie hatte niemanden mehr auf der Welt. Nein, daran wollte sie jetzt nicht denken. Sie musste sich ablenken.

„Ich habe den Laptop geknackt", begann sie.

„Das hat Pierrick erzählt. Allerdings auch, dass es keine verwertbaren Spuren gab. Muss ein echter Profi am Werk gewesen sein." Virus wirkte gelangweilt.

„Damit hast du sicher recht. Aber dass nichts auf dem Laptop war, stimmt so nicht ganz."

„Tatsächlich?" Nun war Virus interessiert.

Isada rollte mit ihrem Stuhl zu ihm, wartete, bis er ihr die Tastatur überließ, und begann, das Programm herunterzuladen, mit dem man sich in den Server des LDC-Towers einwählen konnte. Als die Anmeldung erledigt war und die ersten Bilder über den Bildschirm flimmerten, war Virus für ein paar Minuten sprachlos. Er wusste natürlich genau, wo Isada sich virtuell befand.

„Du hast alle Zeit der Welt. Keine Verschleierung, keine Verschlüsselung, keine Hektik."

Virus Augen wurden immer größer „Ist es das, was ich denke?"

„Ich weiß nicht, was du denkst. Aber das ist eine direkte Verbindung zu allen Überwachungskameras Bostons."

„Nie mehr einhacken und nur begrenzte Zeit zur Verfügung haben?" Virus' Grinsen wurde immer breiter.

Isada nickte.

„Nie mehr die IP verschlüsseln und nie mehr befürchten müssen, dass sie mir zu nahe kommen?"

„Du hast es erfasst. Das System stuft dich als dazugehörig ein."

„Wie ist das möglich?", wollte Virus erstaunt wissen.

Natürlich hätte Isada ihm von dem Stick erzählen können und wie sie zu der Idee gekommen war, ihn dort zu platzieren, aber sie zuckte nur völlig unbeteiligt mit den Schultern.

„Es ist ein Traum", seufzte Virus. „Nur schade, dass er zwei Vampire das Leben gekostet hat."

„Ja", stimmte Isada traurig hinzu.

Überrascht stellte sie fest, dass sie in den letzten Tagen kaum noch an Rave und Vario gedacht hatte, und ihr schlechtes Gewissen meldete sich.

„Was ist, du siehst so traurig aus?"

Isada wandte das Gesicht schnell ab. Zu verräterisch wären die Tränen gewesen, die ihr bereits in den Augen standen.

„Ich habe gestern meinen Vater verloren, ich denke, ich habe das Recht, traurig zu sein."

„Tut mir leid. Du hast recht. Mein Beileid. Wenn ich dir irgendwie helfen kann …" Er brach ab.

Isada schüttelte den Kopf, zog ein Papiertaschentuch hervor und trocknete die Tränen.

„Es geht schon. Danke."

„Du kannst von Glück reden, dass du eine Schwester und einen Schwager hast, die sich um dich kümmern werden."

„Ich weiß", flüsterte Isada. Momentan fühlte es sich nicht wirklich wie Glück an. Die Vorstellung, bei Pierrick und Caren einzuziehen, versetzte sie in Panik. Das, was gestern mit Pierrick passiert war, war einfach wundervoll gewesen. Zu wissen, dass sie so etwas nicht mehr erleben würde, brach ihr das Herz. Gleichzeitig wusste sie aber, dass sie Caren nie wieder in die Augen blicken könnte, wenn sie etwas mit Pierrick anfing. Es war vielleicht das Beste, wenn sie sich möglichst schnell Gedanken über ihre Zukunft machte. Der nächste logische Schritt wäre eine baldige Heirat. Wenn es doch nur einen Vampir gäbe, mit dem sie sich eine Verbindung vorstellen konnte. Keiner reichte an Pierrick heran. Ihn als Maßstab heranzuziehen, verurteilte ihr Unterfangen zum Scheitern.

„Sie sind zurück." Virus betätigte einen Schalter, der das Tor öffnete, und zwei Autos fuhren die lange Einfahrt hinauf. Das erste war Pierricks Mercedes, das zweite ein schwarzer SUV.

Isada verkrampfte sich und blieb stumm auf ihrem Stuhl sitzen.

Es dauerte nicht lange, und Schritte näherten sich ihnen. Jendrael, Arek und Pierrick betraten den Raum und grüßten knapp.

Isada konnte ihren Rinoka nicht ansehen und konzentrierte sich stattdessen auf ihre Schuhspitzen.

Sam und Darius kamen nun auch dazu. Während Pierrick zu Virus ging und mit ihm einige Dinge durchsprach, gesellte Sam sich zu Isada.

„Wie geht es dir?", fragte die Vampirin und lächelte Isada freundlich an.

„Alles in Ordnung. Vielen Dank für das Zimmer."

„Gerne."

Isada richtete ihren Blick in die Ferne. „Warst du auch in dieser Lagerhalle?"

„Ja."

Isada schluckte. Ihr Mund war ganz trocken. „Hast du … hast du meinen Vater dort gesehen?"

Sam zögerte. „Ich kenne deinen Vater zu wenig, um ihn zu erkennen. Da müsstest du mit Pierrick reden." Sie deutete in Richtung des Soyas, der noch immer in eine rege Diskussion mit Virus verwickelt war.

Isada kniff die Lippen zusammen und nickte.

Pierrick und Virus beendeten das Gespräch. Pierrick drehte sich um, und zum ersten Mal seit ihrer Flucht begegneten sich ihre Blicke. Der Schmerz, der sich in Isadas Brust ausbreitete, war kaum auszuhalten. Schon wieder schossen ihr die Tränen in die Augen.

„Können wir gehen?", erkundigte sich Pierrick.

Isada nickte und erhob sich.

„Vielen Dank für eure Gastfreundschaft", bedankte sie sich bei Sam.

Diese umarmte Isada und flüsterte ihr ins Ohr: „Ich wünsche dir alles Gute. Lass dich nicht unterkriegen. Wenn du etwas brauchst, sag einfach Bescheid, und wenn du ein paar Tage ein Bett brauchst, wir haben hier genug Platz."

„Vielen Dank." Schüchtern lächelte Isada die Vampirin an. Nie würde sie es wagen, die Frau des Soya als Freundin zu bezeichnen, aber es fühlte sich fast so an.

Pierrick wartete an der Tür auf sie. Schweigend verließen sie die unterirdische Festung. Isada presste die Lippen so fest zusammen, dass sie schmerzten und spähte immer wieder aus dem Augenwinkel zu Pierrick, der die Ruhe selbst zu sein schien. Sie erreichten die Tiefgarage.

„Und nun?" Isada konnte die Ungewissheit nicht länger aushalten.

„Jetzt werden wir nach Readville fahren, damit du deine nötigsten Sachen holen kannst. Den Rest werden Seve und die anderen in den nächsten Tagen abholen."

„Hältst du das für eine gute Idee?"

„Isada!" Pierrick blieb stehen und packte sie an den Schultern. „Du hast deinen Vater verloren, und als nächster männlicher

Vampir bin ich nun für dich verantwortlich. Du wirst bei uns einziehen, keine Widerrede."

„Aber ich …"

„Nein!" Pierrick schnitt ihr das Wort ab, zog sie an sich und küsste sie auf die Stirn. „Du bist Teil meiner Familie, und ich werde für dich sorgen, bis …", er zögerte einen Augenblick, „… bis es einen anderen Vampir gibt, der diese Aufgabe übernimmt."

Isada schloss die Augen und nickte. Er sollte nicht in ihr lesen können wie in einem offenen Buch. Erleichtert folgte sie ihm, als er sie endlich losließ.

* * *

Pierrick fühlte sich vollkommen ausgelaugt. Er hatte sich in den letzten drei Nächten kaum eine Ruhepause gegönnt. Der einzige positive Nebeneffekt dabei war, dass er nicht über Isada nachdenken musste.

Die Zahl der Opfer war auf dreiundneunzig angestiegen. Der Tod hatte weder vor den alten Vampiren noch vor Epheben Halt gemacht. Vampire, Vampirinnen, sogar zwei Blutkinder befanden sich unter den Opfern. Von Soya Gregorio fehlte jede Spur, sodass Darius ihn in der vergangenen Nacht für tot erklärt hatte. Alle Leichname waren verbrannt worden. Für jeden der vermissten Vampire war eine Urne angefertigt worden, in die gleichmäßig die Asche verteilt worden war. Lange hatten die Soyas darüber diskutiert, wie sich der Clan von seinen Verstorbenen verabschieden konnte. Es waren Stimmen laut geworden, die eine größere Versammlung für gefährlich hielten. Letztendlich hatten die Soyas abgestimmt und sich dafür entschieden, die Asche mit einem feierlichen Akt dem Wind zu übergeben. Als Ort hatten sie das bestgeschützte Haus gewählt, das ihnen zur Verfügung stand – Darius' Anwesen. Arek und seine Krieger waren für die Überwachung während der Feierlichkeiten verantwortlich. Die Verabschiedung würde Darius leiten.

Eine Stunde vor Beginn der Veranstaltung betrat Pierrick das Anwesen. Die Soyas sammelten sich in einem Nebenraum, um gemeinsam in den Festsaal einzuziehen. Dadurch wollten sie Geschlossenheit demonstrieren. Diesmal hatten sie entschieden, ohne ihre Sameras zu agieren, und so wartete Caren mit Isada und den restlichen Vampiren im großen Saal.

„Alle bereit?", erkundigte Darius sich. Er zerrte zum wiederholten Male an seiner Fliege, die er zur Feier des Tages trug. Sie alle hatten sich in Schale geschmissen und ihre Anzüge und Fracks hervorgekramt. Pierrick trug – ebenso wie die anderen Soyas – eine schwarze Hose, ein blütenweißes Hemd, Fliege und Jackett. Außer Thor, der Verpflichtungen in New York hatte, waren sie vollzählig.

„Du machst das schon", versuchte Jendrael seinen Freund zu beruhigen. „Deine Rede ist gut."

Ein missglücktes Lächeln war auf Darius' Gesicht zu sehen.

„Vertrau mir einfach." Jendrael schlug seinem Freund auf die Schulter.

Darius wollte gerade zu einer Erwiderung ansetzen, als ein Klopfen an der Tür ihn unterbrach.

Die Soyas tauschten verwunderte Blicke, denn eigentlich erwarteten sie niemanden.

„Herein!", rief Arek laut, sah aber auch verwirrt aus, als keiner seiner Leute in der Tür stand, sondern Manilo, der Bruder des verstorbenen Soyas.

„Kann ich etwas für dich tun?", fragte Darius.

Manilo trat ein und schloss die Tür hinter sich. Er trat vor Darius und reckte das Kinn. „Ich denke, als neuer Soya habe ich das Recht, mit euch gemeinsam einzuziehen", verkündete er und verschränkte die Arme vor der Brust.

Pierrick musterte den Vampir. Er mochte ihn nicht, und das lag gewiss nicht nur daran, dass sein Schwiegervater diesen Vampir als Homen für Isada auserkoren hatte.

„Heute werden die Toten im Mittelpunkt stehen", sagte Jendrael, der eigentlich immer dafür plädiert hatte, Manilo bald in den Rat aufzunehmen. „Natürlich steht dir als neues Familienoberhaupt ein Sitz im Rat zu, aber erweise deinen Leuten die Möglichkeit, sich angemessen von ihrem Soya zu verabschieden."

Manilo verzog den Mund. „Ich bestehe darauf, noch heute als neuer Soya in den Clan eingeführt zu werden. Es sei denn, ihr habt jemand anderen für den Posten vorgesehen, aber auch dann behalte ich mir das Recht vor, diesen zu einem Zweikampf herauszufordern."

„Niemand will dir dieses Recht streitig machen", beeilte Jendrael sich zu sagen.

„Ihr wollt mich wohl nicht dabeihaben", giftete Manilo zurück.

„Jetzt und hier hast du nichts zu suchen", erklärte Darius bestimmt und trat einen Schritt vor. Er legte alle Macht und Autorität in seine Worte, sodass Manilo instinktiv zurückwich. „Zuerst werden wir uns von den Toten verabschieden. Dazu bist du als Bruder eines der Opfer gerne eingeladen. Danach", dieses Wort betonte er und schloss eine kurze Pause an, „werden wir dich als Soya in den Clan einführen. Deine Leute haben schlimme Verluste erlitten. Sie brauchen Stabilität und Sicherheit. Fühlst du dich dieser Aufgabe gewachsen?"

„Schlimme Verluste?" Manilos Tonfall klang verächtlich. „Zwei Drittel der getöteten Vampire gehörten zu mir."

Pierrick verkniff sich die Bemerkung, dass sie seinem Bruder Gregorio unterstellt gewesen waren und nicht ihm.

„Natürlich fühle ich mich dem gewachsen." Manilo rümpfte die Nase.

„Dann bitte ich dich jetzt, in den Saal hinüberzugehen und dort auf uns zu warten."

Manilo öffnete bereits den Mund für eine Antwort, schloss ihn aber unverrichteter Dinge wieder, drehte sich um und verließ den Raum.

„Ich weiß nicht, ob Manilo ein guter Soya sein wird", murmelte Prosper, als sie wieder unter sich waren.

Pierrick blickte den jüngsten Vampir in ihrer Runde verblüfft an. Prosper wirkte meist abwesend und desinteressiert. Diese Worte aus seinem Mund überraschten ihn.

„Ich auch nicht, aber er ist der dominanteste in seiner Familie. Die übrigen Vampire unter uns Soyas aufzuteilen, halte ich momentan für keine gute Idee. Das bringt nur noch mehr Unruhe."

Pierrick konnte Prosper nur zustimmen. Es gefiel ihm auch nicht, Manilo in ihren Reihen zu wissen. Er traute dem Vampir einfach nicht über den Weg.

„Darüber haben wir bereits ausgiebig geredet. Manilo wird als Soya berufen und nachdem er heute darauf besteht, tun wir ihm diesen Gefallen. Aber zuerst trauern wir um diejenigen, die wir verloren haben." Darius wandte sich Richtung Tür. Als ihr Anführer machte er den Anfang. In zweiter Reihe folgten Pierrick und Jendrael und dahinter Lucio und Prosper.

Die Vampire machten ihnen Platz. Als sie eintraten, bildeten sie einen Gang, durch den die Soyas bis zu den Tischreihen schreiten konnten. Mehrere lange Tische mit blütenweißen Tischdecken standen auf der einen Seite des Raumes. Darauf befanden sich die Urnen. Während Pierrick und die anderen Soyas etwas abseits stehen blieben, trat Darius vor und begann mit seiner Rede.

Pierrick hörte nur mit halbem Ohr zu. Er ließ den Blick über die Menge schweifen. Caren und Isada standen weit vorne im Publikum. Seine Frau hatte sich seit Tagen in eisiges Schweigen gehüllt. In ihrem bodenlangen schwarzen Satinkleid und mit den streng zurückgekämmten Haaren wirkte sie noch unnahbarer, als sie es für gewöhnlich tat. Isada stand direkt daneben. Auch sie trug ein schwarzes Kleid. Es war schmal geschnitten, endete aber züchtig in den Kniekehlen. Die Ballerinas, die sie dazu trug, waren ebenso schlicht und schmucklos. Nur die aufwändig geflochtenen und hochgesteckten Haare und die dicke Make-up-Schicht erinnerten an das sorglose Mädchen, das sie vor wenigen Tagen noch gewesen war. Doch wenn er jetzt in ihre Augen blickte, lag darin nur Trauer und tiefer Schmerz. Er konnte sich nicht dagegen wehren, sich für ihren Kummer mitverantwortlich zu fühlen.

Gerne wäre Pierrick zu Isada gegangen, hätte sie in seine Arme genommen und sie getröstet. Doch seit der verhängnisvollen Nacht bei Darius hatte er es kaum noch gewagt, sie zu berühren. Er wusste, dass er ihr den Körperkontakt nicht auf Dauer verwehren konnte. Er war ihr Rinoka und musste dafür sorgen, dass sein Geruch an Isada haftete. Er verzog den Mund, als er daran dachte, dass sie noch immer nach ihm roch.

Sein schlechtes Gewissen meldete sich. Ihr Zusammensein war ein Fehler gewesen. Er schämte sich, dass er einfach über sie hergefallen war. Isada hatte sich nicht gewehrt und es mit Sicherheit auch genossen, aber deswegen machte es die Sache noch immer nicht richtiger. Er war deutlich älter als Isada und trug nicht nur die Verantwortung für sie, sondern auch für seine Samera. Vehement verdrängte er die Gedanken an Caren. Es durfte einfach nicht noch einmal vorkommen.

Wenn er es genau betrachtete, war ja nicht sonderlich viel passiert. Er hatte mit ihr Sex gehabt, ebenso wie mit unendlich vielen Menschenfrauen. Dennoch: Mit allem, was er sich einredete, belog er nur sich selbst. Die Vereinigung mit Isada war unvergleichlich gewesen. Nie hatte er sich so vollkommen gefühlt, nie war er nach dem sexuellen Akt körperlich und seelisch so befriedigt gewesen. Er schloss die Augen und versuchte die Bilder von Isada aus dem Kopf zu bekommen.

„Und so übergeben wir unsere Freunde dem Wind, der sie mitnehmen wird, um sie an einen besseren Ort zu tragen", beendete Darius seine Rede.

Die nahen Angehörigen der Verstorbenen traten hervor. Isada war auch dabei. Sie nahm die Urne ihres Vaters und folgte Darius und den anderen Vampiren hinaus in den nächtlichen Garten. Es war eine kühle, windige Nacht. Pierrick hielt sich am Rand. Die Urnen wurden geöffnet. Er sah zu, wie Isada die Asche verstreute. Wie auf Kommando frischte der Wind auf und trug einen Teil der Asche mit sich fort.

Schließlich gingen alle wieder zurück in den Saal. Leises Tuscheln und Murmeln war zu hören. Als Darius jedoch noch einmal vor die Vampire trat, wurde es augenblicklich wieder still.

„Wir wollen unsere Freunde in Erinnerung behalten. Deswegen geben wir sie frei", erklärte er und trat zur Seite. Einer nach dem anderen traten die Vampire hervor und ließen die Urnen auf den Boden fallen, wo sie krachend entzweibrachen. Der Haufen wurde immer größer und breiter, aber schließlich waren alle Gefäße zertrümmert.

Darius trat ein weiteres Mal vor die versammelte Menge. „Wir als Clan müssen nach vorne sehen, und deswegen möchte Ekklesia einen neuen Soya berufen." Pierrick trat gemeinsam mit den anderen Soyas neben Darius. Aus dem Publikum trat Manilo hervor.

Ein schneller Blick in die Menge sagte Pierrick, dass ihre Entscheidung trotz der Bedenken, die sie gegenüber Manilo als neuem Soya hegten, gut war.

Darius erklärte: „Laut altem Brauch musst du vor deinem Dominus niederknien. Da wir keinen haben, bitte ich dich, vor deinem Clan niederzuknien und um Aufnahme zu bitten."

Manilo tat, wie ihm geheißen, und kniete sich vor dem Clan auf den Boden.

„Trage deine Bitte vor", forderte Darius ihn auf.

„Riu ab summo di Soya", erklärte Manilo laut.

„Loka mimare, loka mimare", schrien die Vampire im Chor.

Pierrick blieb stumm, ebenso wie die anderen Soyas.

Als Darius die Hand hob, verstummte die Menge.

Nun waren die Soyas an der Reihe. „Loka mimare", erklärten sie gemeinsam.

„Loka mimare", bestätigte auch Darius noch einmal und reichte Manilo die Hand, damit er aufstehen konnte.

„Die Familienoberhäupter, die Gregorio die Treue geschworen hatten, haben sich binnen einer Woche bei Soya Manilo einzufinden, um ihren Blutschwur zu erneuern."

Vereinzelte Zustimmung war zu hören.

„Damit ist der offizielle Teil beendet. Ich lade euch ein, bleibt noch hier, unterhaltet euch, tauscht euch aus", forderte Darius die Kruento auf, die bereits begannen, sich zu zerstreuen.

Pierrick suchte Caren und Isada. Sie befanden sich inmitten der Menschenmenge. Er machte sich auf den Weg und arbeitete sich zu ihnen vor. Ständig wurde er jedoch aufgehalten. Etliche Vampire wollten sich kurz mit ihm unterhalten. Er versuchte, geduldig zu bleiben, sprach mit jedem ein paar Worte und entschuldigte sich dann. Der Saal hatte sich bereits zur Hälfte geleert, als er endlich die beiden Frauen erreichte.

„Können wir jetzt gehen?", fragte Caren gelangweilt und verdrehte die Augen.

„Ich komme nur meinen Pflichten als Soya nach." Er wusste nicht, warum er sich sofort verteidigte. Sonst ließen Carens Anfeindungen ihn kalt, doch heute schaffte sie es, ihn auf die Palme zu bringen.

„Gehen wir", erklärte Pierrick betont versöhnlich und bot seiner Samera den Arm an.

Sie zögerte, legte dann aber doch ihre Hand in seine Armbeuge und ließ sich von ihm hinausführen. Isada folgte ihnen schweigend.

* * *

Seit sieben Tagen wohnte Isada nun bei Pierrick und Caren. Mit gemischten Gefühlen blickte sie auf die Woche zurück.

Caren hatte sie nicht besonders herzlich empfangen. Mit hochgezogener Augenbraue hatte sie erklärt, dass im ersten Stock kein Platz wäre. Dann hatte sie sich umgedreht und war gegangen. Pierrick hatte zu Isadas Verwunderung nichts gesagt oder getan, um sie aufzuhalten. Stattdessen hatte er einfach ihre Tasche genommen und sie hinauf in die zweite Etage geführt. Dort bewohnte sie nun ein nett möbliertes Zimmer mit einem eigenen Bad. Die zwei Räume neben ihrem standen leer, und am Ende des Gangs hatte Pierrick sein Schlafzimmer. Den Umstand, dass der Soya und ihre Schwester getrennt schliefen, hatte Isada unkommentiert gelassen. Dass sie ausgerechnet auf einer Ebene mit Pierrick wohnte, gefiel ihr zwar nicht, aber sie traute sich nicht, danach zu fragen, warum sie nicht bei Caren im ersten Stock ein Zimmer bekommen konnte.

Inzwischen war der Brand von Seiten der Kruento aufgeklärt. Die Inimicus waren dafür verantwortlich. In den Trümmern des Hauses befanden sich unter den vielen Vampiren auch die Überreste eines Inimicus. Dieser musste die Bombe gezündet haben, als er sich direkt im Haus befand. Den Vampiren, die vor dem Feuer geflohen waren, hatten weitere Inimicus aufgelauert.

Welchen Tod ihr Vater gestorben war, hatte Isada immer noch nicht herausbekommen. Pierrick schwieg eisern dazu, und diejenigen, die ihr hätten Auskunft geben können, verwiesen auf den Soya.

Die gemeinsame Trauerfeier hatte ihr gutgetan. Es war befreiend gewesen, die Asche vom Wind davontragen zu lassen und die Urne zu zerschlagen. Dennoch vermisste Isada ihren Vater sehr und weinte sich jeden Morgen in den Schlaf.

Wie es mit ihr nun weiterging und wie lange sie bei Caren und Pierrick wohnen musste, darüber hatten sie noch nicht gesprochen. Isada zögerte das unvermeidliche Gespräch nun schon seit ein paar Tagen hinaus und verschwand immer oder war äußerst beschäftigt, wenn Pierrick in ihre Nähe kam.

Auf Seiten der *Gen Guards* wurden die Stimmen, die gegen Ekklesia wetterten, immer lauter. Isada bekam jedoch aus erster

Hand mit, wie aktiv der Rat war und was er alles in die Wege leitete, um die Vampire zu schützen. Soya Arek hatte die ersten Ekklesia-Krieger nun zu regelmäßigen Wachrundgängen in Boston eingeteilt. Davon versprach sich Isada eine ganze Menge. Außerdem arbeitete Pierrick – und in gewisser Weise auch sie – daran, nicht nur die Inimicus in Schach zu halten, sondern auch die *Gen Guards* aufzuspüren.

Am heutigen Abend war Pierrick allein unterwegs. Wenn er fort war, befanden sich immer zwei ausgebildete Krieger in der Nähe des Hauses, die bei Bedarf einschreiten konnten. Als sie sich vor drei Tagen heimlich davonschleichen wollte, um sich mit Mirosh zu treffen, war einer der Krieger ihr gefolgt. So hatte sie ihre Mission abgebrochen und war stattdessen ins *Alive* gegangen, um sich zu nähren.

Das sturmfreie Arbeitszimmer würde Isada heute dazu nutzen, um ihre ganz eigenen Nachforschungen anzustellen.

Pierricks Arbeitszimmer wirkte seltsam leer, als sie dort das Licht einschaltete und sich an ihren Computer setzte. Während dieser hochfuhr, drehte sie das Mobiltelefon in ihrer Hand. Es war nicht das Handy, das sie für private Telefonate benutzte, sondern das, welches ihr Mirosh gegeben hatte und mit dem sie den Kontakt zu den *Gen Guards* hielt.

Wenn sie schon das Risiko einging, mit dem Telefon hier entdeckt zu werden, konnte sie auch gleich ein paar Fotos machen. Sie lauschte, ob sie auch wirklich allein war. Es war nichts zu hören. Caren musste oben in ihren Räumen sein. Sie ließ sich ohnehin nur selten blicken.

Isada schlich lautlos zu Pierricks Schreibtisch und durchstöberte die Papiere, die darauf lagen. Obenauf befand sich die Liste mit den getöteten Vampiren. Sie legte die Seiten nebeneinander und fotografierte sie. Als nächstes nahm sie sich den Einsatzbericht aus der Brandnacht, den Seve, Pierricks erster Mann, verfasst hatte, vor. Am rechten Rand stand in roten Lettern: *Vertraulich*. Isada ignorierte dies, legte die Seiten nebeneinander und fotografierte sie. Dann schickte sie alles an Mirosh.

Ihr Computer war inzwischen einsatzbereit, und so stöpselte Isada ihr Handy an. Mit ihrem neuen Programm gelang es ihr problemlos, sich in den Provider des Mobilfunkanbieters einzuhacken. Sie verfolgte Miroshs Nummer und lud sich alle Daten herunter, die sie bekommen konnte. Das meiste war nichtssagend, aber endlich fand sie eine Liste mit den Einzelverbindungsnachweisen. Sie verglich die Nummern erneut mit dem Funknetz, ortete die Telefone und ließ sich das Ergebnis in einer Karte anzeigen.

Die schwere Eingangstür öffnete sich. Isadas Herz begann zu rasen. Sie musste das Telefon in Sicherheit bringen. Eine Hosentasche besaß sie nicht. Da sie nicht vorgehabt hatte, das Haus zu verlassen, trug sie nur Leggings und einen bequemen Fledermauspullover. Kurzerhand stopfte sie das Gerät in ihren BH. Schnelle Schritte näherten sich dem Arbeitszimmer. Hastig speicherte sie die Daten ab und rief eine harmlose Browserseite auf. Keine Sekunde zu früh, denn schon betrat Pierrick das Büro.

Er stutzte einen Moment, als er Isada erblickte, trat zur Seite und ließ seinen Besucher eintreten.

Isada wurde flau im Magen, als sie Manilo erblickte. Warum war er hier?

„Ah, eine ganz Fleißige", begrüßte der neue Soya sie.

„Ich gehe schon", beeilte Isada sich zu sagen und wollte gerade an den Männern vorbei, als Pierrick den Kopf schüttelte.

„Manilos Besuch gilt dir, also wirst du bei unserer Unterredung mit dabei sein."

„Das können wir auch unter uns Männern regeln", schlug Manilo vor.

Isada wurde eiskalt. Sie wusste nicht, ob sie bei diesem Gespräch beiwohnen wollte, aber noch weniger konnte sie den Gedanken ertragen, nicht zu wissen, worüber die Männer redeten. Jetzt bedauerte sie, mit Pierrick noch nicht über ihre Zukunft geredet zu haben. Als ihr Vater noch lebte, hatte Pierrick ihr gesagt, dass er mit dessen Entscheidung nicht übereinstimmte. Aber war dies immer noch der Fall? Vielleicht hatte er ja seine Meinung geändert – nun, nachdem Manilo Soya war und damit Pierrick als gleichgestellt galt.

Pierrick wies auf die Sitzgruppe. Manilo ging voran und setzte sich auf das Sofa. Nachdem auch Isada sich in einen der Sessel gesetzt hatte, nahm Pierrick in einem weiteren Sessel Platz.

„Machen wir es kurz. Die Nacht ist nicht mehr lang, und wir haben alle noch etwas anderes vor", eröffnete Pierrick das Gespräch.

„Wie du wünschst. Nachdem mir Mori Alexio die Hand von Isada zugesagt hat, erwarte ich von dir, dass du unserer Verbindung deinen Segen gibst."

Isada wurde schlecht. Sie versteifte sich und warf Pierrick einen flehenden Seitenblick zu.

„Ich habe keine Ahnung, welche Abmachungen du mit Mori Alexio getroffen hast, Manilo. Ich hoffe, du hast einen Vertrag."

Manilo funkelte Pierrick an. „Vertrag, Vertrag. Es war alles mündlich abgesprochen."

Pierrick lehnte sich zurück, die Ruhe selbst. „Was war abgesprochen?"

„Dass Isada meine Samera wird."

„Nun, von dieser Absprache habe ich keine Kenntnis."

Manilos Gesichtsausdruck verfinsterte sich.

„Isada, was weißt du darüber?"

Manilo schnappte nach Luft, als Pierrick Isada direkt ansprach.

„Nichts, eigentlich … ich sollte ihn …", sie blickte kurz zu Manilo hinüber, dessen finstere Miene Bände sprach, „… kennen-lernen. Mehr weiß ich nicht."

Pierrick zuckte mit den Schultern und sah dann fragend zu dem anderen Soya hinüber.

„Natürlich weiß sie nichts", schnauzte dieser verächtlich.

Pierrick warf Manilo einen wütenden Blick zu. „Ich bin sehr bemüht, eine Lösung für dein Problem zu finden."

Manilo schnaubte: „Gib mir einfach dein Okay, dann bringen wir die Sache ganz schnell hinter uns."

„Wie stehst du dazu, Isada?", überraschte Pierrick mit dieser direkten Frage nicht nur sie, sondern auch Manilo.

Der junge Soya brauste auf: „Du kannst sie doch nicht nach ihrer Meinung fragen."

„Warum nicht?"

Isada blickte zwischen den Männern hin und her. Unter-schiedlicher hätten sie nicht sein können. Pierrick sah ruhig und aufgeräumt aus, die langen Haare im Nacken zu einem Zopf zusammengebunden. Manilo dagegen rutschte unruhig hin und her und fuhr sich mit den Händen durch die Haare, die nun noch wirrer vom Kopf abstanden.

„Sie ist ein Weib."

„Ja."

„Sie wird das tun, was du ihr befiehlst."

„Ja."

Die Augenbraue des jungen Soyas zuckte heftig.

„Und warum sollte ich Isada nicht nach ihrer Meinung fragen?"

Manilo ließ nun alle Masken fallen und zeigte sein wahres Gesicht. „Weil sie eine Vampirin ist. Sie ist schwach, wie alle Frauen. Sie können sich nicht kontrollieren und können das auch nicht lernen. Sie sind dumm und nur dazu da, uns zu Diensten zu sein, indem sie die Beine für uns breitmachen und uns Kinder gebären."

Noch immer ließ sich Pierrick nicht aus der Ruhe bringen. „Isada ist mir zu Diensten."

Isada glaubte sich verhört zu haben. Auch Manilo bekam Schnappatmung.

Überlegen lächelte Pierrick ihn an, ehe er erklärte: „Isada ist mir zu Diensten, indem sie für mich arbeitet. Ich schätze nicht nur ihr spezielles Wissen, sondern auch ihren messerscharfen Verstand."

Wütend sprang Manilo auf. „Dann behalte sie doch." Er gestikulierte wild mit den Armen. „Sie wäre mir ohnehin irgendwann nur lästig geworden. Aber ich fordere jeden Cent zurück, den ich an Alexio für sie bezahlt habe."

Isada schloss die Augen. Ihr Vater hatte sie verkauft. An einen Spieler, der jetzt auch noch das unverschämte Glück hatte, den Titel und den Posten eines Soyas zu erben.

„Ich weiß nichts von dem Geld." Langsam erhob Pierrick sich.

„Du kannst sie behalten, wenn ich mein Geld wieder bekomme." Die Männer standen sich gegenüber und maßen sich mit Blicken.

Isada konnte nichts anderes tun, als dazusitzen und zu warten, wer aus dem geistigen Duell als Sieger hervorgehen würde.

Es dauerte lange, bis schließlich Manilo den Blick senkte. „Sie ist eine Heuchlerin, und eines Tages wird sie ihr wahres Gesicht zeigen. Sie wird dich ins Unglück stürzen, und du wirst den Tag verfluchen, an dem du ihr deinen Schutz angeboten hast."

Isada schluckte und zog unwillkürlich den Kopf ein. Waren das alles nur Mutmaßungen von Manilo, die er in seiner Wut erfunden hatte?

„Glaube ja nicht, dass ich dir das vergessen werde." Damit stapfte Manilo aus Pierricks Büro.

Isada blieb mit hängenden Schultern sitzen und zuckte zusammen, als die Eingangstür krachend hinter dem Soya ins Schloss fiel.

„Ich glaube, deine Verlobung ist damit aufgelöst."

Noch immer wagte Isada nicht, sich zu rühren.

„Seine Worte haben mir Angst gemacht", gestand sie leise.

„Dummes Geschwätz." Pierrick machte eine wegwerfende Handbewegung.

Isada gelang es kaum noch, das Zittern, das ihren Körper ergriffen hatte, zu unterdrücken.

Als Pierrick ein weiteres Mal ansetzen wollte und Isada befürchtete, dass er ein Gespräch über ihre Zukunft anstrebte, sprang sie abrupt auf. „Ich hätte gerne etwas Zeit für mich." Noch ehe er etwas sagen konnte, rauschte sie an ihm vorbei die Treppen hinauf in ihr Zimmer. Mit zittrigen Fingern verriegelte sie die Tür. Für einen Vampir wie Pierrick wäre das bisschen Holz kein Hinderungsgrund, aber es fühlte sich trotzdem besser an. Die Anspannung wich aus Isadas Körper, und sie schaffte es gerade noch, ihr Bett zu erreichen, ehe sie ganz zusammenbrach. Für einen Augenblick hatte sie tatsächlich geglaubt, Soya Manilo wüsste etwas von ihrem doppelten Spiel. Aber das war natürlich totaler Blödsinn. Kaum jemand wusste, dass sie den *Gen Guards* angehörte, und für die, die es wussten, stand ebenso viel auf dem Spiel, wie für sie selbst.

Isada fischte das Handy aus ihrem BH, das unangenehm gegen ihre Brust drückte. Fest umklammerte sie es. Eigentlich sollte sie es ausschalten und in ihrem Rucksack verstecken, aber ihr fehlte die Kraft, sich zu bewegen.

Pierrick hatte sie vor einer Ehe mit Manilo gerettet. Doch wie lange würde er ihr eine Schonfrist gewähren, bevor auch er mit einem Heiratskandidaten auf der Matte stand?

KAPITEL 15

Isada war verunsichert, als Caren sie fragte, ob sie Lust hätte, mit in das *Fiftyfive* zu kommen. Aber sie musste sich nähren, und da Caren vermutlich das gleiche Ziel hatte, konnten sie sich ebenso gut zusammentun. Zumindest müsste sie dann nicht mit Pierrick gehen.

Caren hatte sich ordentlich in Schale geworfen. Das schwarze Stretchkleid betonte ihre langen Beine und zauberte ein gut bestücktes Dekolletee. Isada seufzte, als sie an sich hinabsah. Mit ihrem schwarzen, schlichten Kleid wirkte sie neben Caren nicht nur unauffällig, sondern regelrecht dick. Auch ihre Lieblings- schuhe und die dunklen Smokey Eyes konnten nicht darüber hinwegtäuschen, dass sie einfach keine klassische Schönheit war.

Isada bedankte sich bei Blagden und dem anderen Vampir, den sie nicht kannte, der aber Carens Leibwächter zu sein schien. Die beiden würden hier vor dem Club warten und sie sicher wieder nach Hause bringen.

Mit ihren langen, grazilen Beinen stieg Caren aus dem Auto, und Isada folgte ihr – leider lange nicht so elegant. Caren schritt an der wartenden Menge vorbei, die in die erste Ebene des Clubs wollte. Nicht nur Männer drehten sich nach ihr um, auch Frauen, denen der Neid ins Gesicht geschrieben stand, sahen der Vampirin hinterher. Isada beeilte sich, zu ihrer Schwester aufzu- schließen. Nicht, dass Caren eingelassen wurde und sie vor der Türe bleiben musste.

Nol stand am Eingang für die zweite Ebene und machte ihnen den Weg frei.

„Viel Spaß, meine Damen", sagte er respektvoll.

Caren nickte ihm zu, und der Vampir warf ihrer Rückansicht einen interessierten Blick zu.

„Danke", murmelte Isada und ging ebenfalls den verspiegelten Flur entlang, der in den Nachtclub führte.

In der zweiten Ebene angekommen, wartete Caren bereits. „Besorgst du uns etwas zu trinken?" Ohne eine Antwort abzuwarten, erklärte sie: „Eine Frau, nicht mehr ganz so jung, aber auch noch nicht jenseits ihrer Schönheit. Keine Latina. Am besten brünett. Ich warte oben in einem Separee."

Fassungslos blickte Isada ihrer Schwester hinterher, die auf die Treppe zuschwebte, die in die dritte Ebene führte. Die zwei davor postierten Security-Leute machten Caren Platz, die, ohne sich noch einmal umzudrehen, in den VIP-Bereich verschwand.

Was war das eben gewesen? Seit wann wurde sie von ihrer Schwester wie ein Dienstbote behandelt? Isada wusste immer noch nicht so recht, was sie nun tun sollte. Am liebsten hätte sie sich einfach einen heißen Kerl angelacht und wäre mit ihm auf der Toilette verschwunden. In anderen Clubs, in denen es keinen reservierten Bereich für Vampire gab, war dies eine gängige Praxis, und Isada hatte darin inzwischen durchaus Übung. Sie ließ ihren Blick über die Menge schweifen. Jeder Mann, den sie eines zweiten Blickes würdigte, war doch nicht der Richtige. Als ihr klar wurde, dass sie nach einem zweiten Pierrick Ausschau hielt und es nie einem einfachen Sterblichen gelingen würde, an den Soya heranzureichen, beschloss sie, doch eine Frau zu suchen.

So schob sich Isada an einer größeren Gruppe von Mädchen vorbei, die ihrem Aussehen und ihrem Verhalten nach zu urteilen, gerade so alt waren, dass sie den Club betreten durften.

„Hey", vernahm sie plötzlich eine tiefe Stimme von hinten.

Ein angenehmer Geruch schlug ihr entgegen und als sie sich umdrehte, blickte sie in intelligente blaue Augen. Zu intelligent, und leider war die Iris nicht bernsteinfarben.

„Hi", antwortete Isada lahm.

„Lust auf einen Drink? Wir könnten uns ein wenig unterhalten."

„Tut mir leid, ich bin bereits verabredet." Isada wollte sich gerade abwenden, als er sie am Handgelenk packte.

„Nicht so schnell, Süße."

„Lass los!"

„Und wenn nicht?" Er grinste sie breit an.

„Lass los!" Isada betonte jedes Wort. „Oder ich breche dir jeden Knochen einzeln."

Der Kerl schien irritiert, musterte sie abschätzend und ließ sie dann los.

„Wenn du es dir doch noch anders überlegst, ich sitze mit ein paar Kumpels dort drüben." Er deutete in ein weniger beleuchtetes Eck am Rand der Tanzfläche.

Isada nickte, wusste, dass sie nie auf das Angebot eingehen würde, und ging weiter Richtung Bar. Sie war dort fast angekommen, als sie zwei Frauen erblickte. Beide brünett, halbwegs hübsch, wenn man einmal von der zu langen Nase der einen und den O-Beinen der anderen absah. Bei solchen Beinen konnte auch das schicke rote Kleid nicht mehr viel retten.

„Seid ihr allein hier?", fragte Isada, die sich unverschämter Weise zwischen die beiden gedrängt hatte.

Die Frauen sahen sich einen Moment an, ehe die mit der zu langen Nase sprach: „Ja, warum willst du das wissen? Wir stehen nicht auf Frauen."

„Ich auch nicht", entgegnete Isada frech. „Aber ich habe gehört, dort oben soll es ein paar hübsche Kerle geben." Sie blickte vielsagend zur Metalltreppe.

„Dort oben ist der VIP-Bereich. Die lassen nicht jeden dort hoch."

„Ich bin Isada", stellte sie sich den Mädchen vor „Wenn ihr wollt, könnt ihr mich gerne hinauf begleiten."

Beide Mädchen starrten Isada verblüfft an. Die mit dem roten Kleid fasste sich als erste wieder. „Ich bin Agnes", beeilte sie sich zu sagen. „Und meine Freundin ist Sarah."

Langnase war also Sarah, und Agnes hatte diese furchtbaren Beine.

„Klar. Folgt mir!" Isada drehte sich langsam um und ging ein paar Schritte. Aus dem Augenwinkel sah sie, wie die Frauen sich anstarrten, dann eilig ihre Cocktails leerten, um ihr hinterherzugehen.

„Meinst du wirklich, wir kommen dort hoch?", fragte Sarah zweifelnd ihre Freundin. Trotz des Discolärms konnte Isada die Worte gut hören.

„Einen Versuch ist es wert, meinst du nicht auch?" Sie strich sich eine Strähne ihres langen Haares hinter das Ohr und grinste ihre Freundin an.

Als sie sich dem Security-Personal näherte, traten die Männer unmerklich zur Seite, sodass Isada passieren konnte.

„Die beiden gehören zu mir", erklärte sie.

Sogeri, der rechts stand, winkte die Frauen mit einem Kopfnicken durch.

Eilig, als ob sie befürchteten, die Männer könnten es sich doch noch einmal anders überlegen, rannten sie kichernd die Stufen hinauf, sodass Agnes beinahe über ihre Füße stolperte.

Die Mädchen waren so damit beschäftigt, sich umzusehen, dass sie vermutlich Isadas Vorstellung nicht einmal mitbekommen hatten. Isada führte sie an der Bar vorbei, zu den Separees. In einem der Abteile wartete Caren auf sie. Carens Duft war leicht zu finden, aber noch ein weiterer Geruch waberte in der Luft. Vielleicht hatte der Vampir davor nicht sorgfältig getrunken, und so war Blut zurückgeblieben.

Isada schob die Tür auf und traute ihren Augen nicht, als sie Caren dort bereits mit einer anderen Frau vorfand. Ihre Schwester hatte sich weit über die Fremde gebeugt und trank gerade aus ihrer Halsbeuge. Die Blutwirtin räkelte sich stöhnend unter Caren, knetete mit der einen Hand ihre Brust, während sie sich mit der anderen ungeniert fingerte. Schnell zog sie die Schiebetür wieder zu, damit die zwei Frauen davon nichts mitbekamen.

„Ist belegt", sagte sie entschuldigend und ging eine Tür weiter.

Diesmal hielt sie kurz inne und sog die Luft ein. Keine Witterung schlug ihr entgegen, und so öffnete sie die Tür und ließ die Mädchen eintreten.

„Wow, ist das cool." Begeistert drängten sie sich hinein. Besonders fasziniert waren sie von dem gläsernen Boden, durch den man auf die Tanzfläche unter ihnen blicken konnte.

Isada ließ die Tür offen, damit jemand von der Bar kommen und ihnen Getränke anbieten würde. Kaum hatte Isada sich gesetzt, erschien Yoola, der tätowierte Barkeeper.

„Was kann ich euch denn bringen?", erkundigte er sich gutgelaunt.

„Einen Fiftyfive", sagte Agnes.

„Für mich auch."

„Mach drei daraus", beeilte Isada sich zu sagen, ehe Yoola verschwinden konnte.

Die zwei Freundinnen redeten aufgeregt miteinander, während Isada etwas abseits saß. Sie musste sich überlegen, wie sie jetzt vorgehen sollte. Dank ihrer Schwester hatte sie nun gleich zwei Blutwirte hier sitzen und beide gleichzeitig zu beeinflussen, würde sie nicht schaffen.

Ärgerlich verwünschte sie Caren. Mit ihr würde sie auf jeden Fall ein Hühnchen rupfen, wenn sie allein waren. Zuerst schickte sie Isada als Laufboten los und kümmerte sich dann doch selbst um einen Blutwirt.

Yoola erschien und servierte augenzwinkernd die Getränke, ehe er die Tür hinter sich schloss.

„Fehlen nur noch die Kerle", seufzte Agnes und lehnte sich am Strohhalm nuckelnd in die weichen Polster zurück.

Sarah saß näher bei Isada, deswegen richtete die Vampirin sich an sie: „Vielleicht solltest du mal auf die Toilette gehen."

Fragend sah Sarah sie an und schien nicht recht zu wissen, was sie mit dieser Empfehlung anfangen sollte.

Isada begab sich auf die geistige Ebene, strich langsam über den Geist der Frau und suchte eine Stelle, die nicht so gut geschützt war. Dort zwängte sie sich hindurch und pflanzte Sarah einen Gedanken ein.

Diese sprang auf. „Meine Haare!", rief sie entsetzt und wühlte in ihren langen Haaren. „Ich brauche einen Spiegel. Bin mal schnell auf der Toilette." Eilig rannte sie hinaus. Isada wusste, dass Sarah ins Erdgeschoss zurückkehrte und dass die Security ihr das erneute Betreten der dritten Ebene untersagen würde.

„Seltsam", wunderte sich Agnes, wandte dann aber ihre Aufmerksamkeit der tanzenden Menge unter ihr zu.

Isada rutschte immer näher. Nur noch wenige Zentimeter trennten sie. Gerade wollte sich Isada ein weiteres Mal auf die geistige Ebene begeben, als Agnes aufgeregt nach unten zeigte: „Wow, schau dir den Typ an."

Neugierig blickte Isada nach unten und erkannte Jendrael, der sich durch die Menschen drängte. Er war allein.

„Ich muss dich leider enttäuschen, er ist bereits vergeben."

„Vergeben?" Agnes klang enttäuscht. „Kennst du ihn etwa?"

„Ja."

Mit leuchtenden Augen drehte sich Agnes zu ihr um und zupfte nervös ihr Kleid zurecht. „Wer ist er? Woher kennst du ihn? Vielleicht kannst du mich mit ihm bekannt machen."

„Ihm gehört der Club hier."

Agnes schnappte nach Luft.

„Aber ganz ehrlich, Agnes, er ist glücklich verheiratet. Schlag ihn dir aus dem Kopf."

„So einfach gebe ich nicht auf", verkündete Agnes und richtete nun auch ihren Ausschnitt.

„Dann solltest du vielleicht hinunter gehen und dein Glück versuchen." Isada wusste, dass Agnes diesem Vorschlag nachkommen würde.

„Ich werde dir beweisen, dass ich jeden Typ haben kann, den ich will. Man muss es nur richtig anstellen. Sieh zu und lerne!" Damit stapfte Agnes hinaus und ließ Isada allein zurück. Frustriert lehnte sie sich in die Polster und sah hinab auf die Tanzfläche. Irgendwie hatte sie sich die Nacht anders vorgestellt. Mit Caren würde sie jedenfalls in keinen Club mehr gehen. Wenn sie allein unterwegs gewesen wäre, hätte sie zumindest ins *Alive* gehen können. Dieser Schickimicki-Laden hier nervte sie.

Unter ihr erreichte Agnes gerade die Tanzfläche und schob sich Richtung Bar, wo Jendrael stand und sich mit Inka, der Chefin der Servicekräfte, unterhielt. Agnes war nur noch wenige Schritte von ihm entfernt, als Jendrael sich verabschiedete und an ihr vorbei auf die Treppe zusteuerte. Sie versuchte sich an seine Fersen zu heften, doch während die Menschen Jendrael Platz machten, versperrten sie Agnes den Weg. Er war schon mitten auf der Treppe, als die Security- Männern Agnes endgültig stoppten.

Sogeri sagte etwas, worauf Jendrael sich umdrehte und den Kopf schüttelte. Er verschwand ohne Agnes in der dritten Ebene. Isada musste grinsen. Es war so vorhersehbar gewesen. Ohnehin würde Jendrael keine Frau mehr anblicken, nicht, seit er seine Seelengefährtin gefunden hatte. Nur als Blutwirt kam eine andere Frau als Arnika für ihn in Frage.

Isada sah unter sich den Typ mit den blauen Augen, der sie vorhin angemacht hatte und traf eine Entscheidung: Sie würde jetzt hinunter gehen und den Kerl mit auf die Toilette nehmen. Dort würde sie ihren Durst an ihm stillen.

An der Bar zahlte sie die Getränke. Normalerweise wurden sie am Monatsende vom Konto ihres Vaters abgebucht, aber er war nicht mehr da. Und sie wollte nicht, dass Pierrick für sie zahlte.

Verwundert nahm Yoola das Geld entgegen. „Der Rest ist für dich, du kannst abräumen", teilte sie dem Barkeeper mit und eilte an ihm vorbei nach unten.

Blauauge war gerade beschäftigt. Er tanzte mit zwei blonden Mädchen. Isada bewegte sich zum Takt der Musik, steuerte auf ihn zu und drängte die Mädchen ab. Offensiv tanzte sie ihn an. Er strahlte, zwinkerte ihr vergnügt zu und zog ihre Hüfte ein wenig näher zu sich heran.

„Ich freue mich, dass du es dir anders überlegt hast."

Isada musste zu ihm aufblicken, da er sie um mindestens zwanzig Zentimeter überragte. „Ich habe immer noch keine Lust auf eine Unterhaltung, aber für etwas Spaß wäre ich zu haben." Anzüglich schmiegte sie sich an ihn.

Sein Grinsen wurde eine Spur breiter, als er einen Arm um sie legte und Isada noch näher an sich zog.

„Kein Problem. Wo wollen wir den *Spaß* haben?"

Isada spürte bereits den Beweis seiner Erregung an ihrem Bauch. Sie griff nach seiner Hand und zog ihn Richtung Toiletten. Rote und grüne Lichtkegel warfen verzerrte Schatten an die Wand des Flures, von dem es in die Damen- und Herrentoiletten abging. Ohne zu zögern, ging Isada in die Frauentoilette und stieß ihre Begleitung in die erste freie Kabine. Gleich darauf drängte sie mit hinein und zog hinter sich die Tür zu. Sie roch seine Erregung, als er sie hochhob und an die Wand drängte. Dann küsste er sie. Etwas in Isada protestierte, doch sie ließ es zu. Seine Hand fuhr ihr nacktes Bein entlang und verschwand unter ihrem Rock. Er tastete über ihren Po, versuchte, unter ihren Slip zu greifen. Isada entwand ihm ihre Lippen und fuhr stattdessen mit der Zunge über seinen Hals. Sie spürte das Pochen seiner Halsschlagader. Voller Vorfreude auf die Mahlzeit lief ihr das Wasser im Mund zusammen. Ihre Fänge schossen förmlich hervor und gruben sich tief in sein Fleisch.

Er keuchte, und Isada befürchtete einen Moment, er würde sie von sich stoßen. Dann jedoch wurde er ruhiger, legte den Kopf zur Seite und stöhnte genussvoll. Isada trank schnell und zügig. Die Beule, die er ihr verlangend entgegenstreckte, wurde noch größer. Allein die Vorstellung, sein Geschlecht in sich zu spüren, verursachte Isada Übelkeit. Eilig beendete sie die Mahlzeit, strich über die Wunde und sah zu, wie diese sich schloss.

Benommen ließ er sie auf ihre eigenen Füße hinab und hielt sich an der gegenüberliegenden Wand fest.

Isada stützte ihn und half ihm, sich auf die Toilette zu setzen. Sie hatte ihm wohl etwas zu schnell zu viel Blut genommen. Er würde noch einige Augenblicke benommen sein, aber dann würde es wieder gehen.

„Deine Augen", murmelte er.

Sein Verstand klärte sich bereits, also drang sie rasch in sein Gedächtnis ein und löschte die letzten Minuten, so gut sie konnte.

Dann zupfte sie ihr Kleid zurecht und verließ die Toilette. Ihr Hunger war gestillt. Sie wollte nicht mehr auf Caren warten, sie wollte nur noch nach Hause. Vielleicht war ihre Schwester auch schon nach Hause gefahren. Wie sie dann zurück nach Hingham kommen sollte, wusste sie nicht. Aber diese Frage beantwortete sich von selbst, denn kaum trat sie aus dem Club, hielt vor ihr ein Wagen. Blagden saß am Steuer. Ehe er aussteigen und ihr die Wagentür öffnen konnte, kam Isada ihm zuvor und stieg ein.

„Nach Hause?", wollte Blagden wissen.

„Ja, bitte." Energisch zog Isada die Tür hinter sich zu. „Und Caren?"

„Um die Mi wird sich Elodan kümmern."

Isada ließ es damit auf sich beruhen. Sie lehnte sich zurück, schloss die Augen und genoss das Gefühl von Lebendigkeit, das ihren Körper durchströmte.

* * *

Nach dem Desaster mit Caren, die keinen Grund sah, sich für ihr Benehmen zu entschuldigen, beschloss Isada, zukünftig alleine fortzugehen. Da ihr heute nicht danach war, die Nacht in Gesellschaft von Pierrick oder Caren zu verbringen, beschloss sie, ihr Vorhaben sofort in die Tat umzusetzen.

Zwei Stunden war sie damit beschäftigt gewesen, ihre Haare hochzustecken. Dunkelrote Strähnen hatte sie sorgfältig zwischen ihre schwarzen Haare eingeflochten. Die Fingernägel und der

Mund waren in demselben Rot wie auch die Applikationen auf ihrem Kleid, eine eng geschnürte Korsage und ein kurzer, weit ausgestellter Rock mit jeder Menge Tüll. Ihre Augen waren dick schwarz umrandet, und auch das Rouge hatte sie sehr großzügig aufgetragen. Künstliche Wimpern, an den Spitzen ebenfalls dunkelrot, vervollständigten ihr Make-up. Dazu trug sie einen breiten Gürtel, Netzstrümpfe und hohe, schwarze Pumps. Anstatt ihres Rucksacks nahm sie diesmal eine kleine Handtasche.

Ihr Ziel war ein bekannter Gothic-Club, in dem an diesem Abend eine große Party stattfand. Dass dieser Club am anderen Ende von Boston lag, war auch kein Problem mehr, seit sie auf einen regelmäßigen Fahrer zurückgreifen konnte.

Sie verließ ihr Zimmer und ging die Treppe hinunter. Pierrick befand sich in seinem Arbeitszimmer. Gerne hätte sie sich aus dem Staub gemacht, ohne ihn zu sehen, aber nun blieb ihr nichts anderes übrig, als kurz zu ihm hereinzuschauen.

„Ich bin dann fort", sagte sie kurz angebunden.

Pierrick saß an seinem Schreibtisch in einige Unterlagen vertieft und blickte nicht einmal auf, als er beiläufig fragte: „Wo willst du hin?"

„In einen Club." Schnell wandte sie sich um und war schon ein paar Schritte gegangen, als sie Pierricks verwunderte Stimme hörte.

„Du warst doch gestern erst."

Sie hörte das Rutschen eines Stuhls, senkte den Kopf und blieb stehen. Auch ohne sich umzudrehen, wusste sie, dass Pierrick hinter ihr stand.

„Ich habe mein Handy dabei, falls du mich brauchen solltest."

„In welchen Club willst du gehen?"

Noch immer war seine Stimme viel zu ruhig. Das gefiel ihr überhaupt nicht.

„In einen Goth-Club."

„Du wirst nicht gehen."

Isada fuhr herum und starrte Pierrick an. „Warum?"

Entschieden schüttelte er mit dem Kopf. „In diesem Aufzug lasse ich dich nicht vor die Tür. Das ist eine Provokation für jedes Auge."

Beleidigt verzog Isada den Mund. „Dann sag Blagden, dass er mich vor der Clubtür absetzen und dort auf mich warten soll. Was soll mir dort schon passieren?"

„Ich habe nein gesagt."

Isada wollte noch nicht aufgeben. „Ich habe auch den Dolch dabei."

Sie hob ein klein wenig ihren Rock und zeigte Pierrick die Waffe, die in ihrem Oberschenkelgurt steckte.

Seine Augen verdunkelten sich, als er leise sagte: „Geh hoch, zieh dich um und komm in mein Arbeitszimmer. Wir haben zu arbeiten."

Wütend blitzte Isada ihn an. Sie überlegte seine Anweisung zu ignorieren, wusste jedoch gleichzeitig, dass sie damit keinen Erfolg haben würde. Sie presste die Lippen zusammen und schob sich an ihm vorbei ins Arbeitszimmer.

„Ich habe gesagt, du sollst dich umziehen." Seine Stimme war nun etwas lauter geworden.

Isada warf Pierrick einen vernichtenden Blick zu, schaltete ihren Computer an und sortierte die Stifte an ihrem Arbeitsplatz. Sollte er es ihr doch befehlen, dachte sie trotzig und reckte das Kinn. Sie würde sich von ihm jedenfalls nicht wie ein Kind behandeln lassen. Er mochte ihr Rinoka sein, aber er hatte kein Recht, so mit ihr umzuspringen.

Mit einem heftigen Ruck wurde ihr Stuhl herumgedreht. Pierrick türmte sich wie eine Urgewalt über ihr auf. Die Arme stützte er rechts und links auf ihren Armlehnen ab. Seine Augen standen förmlich in Flammen, züngelnde Bernsteine. Inzwischen waren auch seine Fänge ausgefahren. Sie spürte das Raubtier in ihm, das gefährlich nah an der Oberfläche kratzte und nur eine kleine Ermutigung brauchte, um auszubrechen und sie in Stücke zu reißen.

Isada schluckte. Ein einziges Mal hatte sie Pierrick so erlebt, und schon damals hatte ihr der Soya eine Heidenangst eingejagt. Dabei hatte sich sein Zorn gegen Safar gerichtet. Nun war sie für seinen Ärger verantwortlich.

„Ich. Will. Dich. So. Nie. Mehr. Sehen." Nach jedem Wort, holte er kurz Luft, als kosteten ihn diese Worte unglaublich viel Überwindung.

Isada erschauderte. Das war kein Spiel mehr. Das war bitterer Ernst. Sie schluckte ihren Stolz herunter und senkte den Kopf.

„Geh einfach!", knurrte er und wandte sich ab.

Sie war frei. Hastig griff sie nach ihrer Tasche und konnte nicht schnell genug in ihr Zimmer fliehen. Isada wagte nicht, sich noch einmal nach Pierrick umzudrehen. Sie kämpfte gegen die Tränen der Wut an, die in ihren Augen brannten. Blindlings rannte sie die Treppen hinauf, musste sich zwei Mal am Treppengeländer festhalten, sonst wäre sie gestolpert. Dann erreichte sie ihr Zimmer, schlug die Tür hinter sich zu und verriegelte sie. Endlich musste sie das Weinen nicht länger unterdrücken. Tränen rannen ihre Wangen hinab, benetzten ihr Dekolletee. Sie schluchzte und sank vor ihrem Bett zu Boden.

Dieser verdammte Soya entpuppte sich als ebenso tyrannisch wie ihr Vater.

Kraftlos rollte sie sich zusammen und weinte hemmungslos. Sie griff nach einem Kissen, das auf ihrem Bett lag, und vergrub ihr Gesicht darin.

Nie wieder wollte sie Pierrick gegenüberstehen, ihn nie wieder ansehen. Dabei sollte er doch da sein, um sie zu beschützen. Statt-dessen beschnitt er ihre Freiheiten, engte sie ein. Das nahm sie ihm übel. Sie verabscheute ihn, sie hasste ihn sogar. Nie wieder würde sie sich von ihm so erniedrigen lassen!

* * *

Pierrick starrte die Wand an. Seine Hände waren zu Fäusten geballt. Wut färbte sein Sichtfeld rot ein. Das Tier in ihm tobte, und es kostete ihn all seine Selbstbeherrschung zu warten, bis Isada gegangen war. Erst dann wagte er wieder zu atmen. Honig und reife Birne, so klar und intensiv, umnebelten noch immer seine Sinne. Und dann diese Kleidung dazu. Er schloss die Augen und versuchte, das Bild loszuwerden, das sich in seinem Gedächtnis eingebrannt hatte.

Isada hatte absolut keine Ahnung, wie sie auf Männer wirkte. Der lächerlich kurze Rock und die eigentlich nicht vorhandene Stumpfhose glichen einem Witz. Ebenso gut hätte sie nackt fort-gehen können. Ihm schauderte, wenn er daran dachte, dass andere Männer sie so hätten sehen können. Diese makellosen

Beine, die sich so wunderbar um die Hüfte eines Mannes legen konnten. Die weichen Kurven, die genau an den richtigen Stellen waren, um ihre Weiblichkeit zu betonen.

Ein kehliges Stöhnen entrang sich seiner Kehle. Er war noch immer aufs Äußerste angespannt. Sein Glied pochte in seiner Hose und lechzte nach Erfüllung. Seit dem Ausrutscher mit Isada hatte er sich zurückgehalten. Jetzt sah er ein, was das für ein Fehler gewesen war. Er war ein gesunder Mann mit Bedürfnissen. Sie zu verdrängen war nicht gut. Damit lief er nur Gefahr, die Kontrolle zu verlieren. Er musste Isada aus seinen Gedanken vertreiben, und wer konnte das besser als …

Mit einer einzigen fließenden Bewegung war er bereits an der Tür und hastete die Treppenstufen in den ersten Stock hinauf. Hier verlangsamte er ein wenig sein Tempo, als er auf Carens Zimmer zustürmte und die Tür aufriss.

Caren, die lesend in einem Sessel am Fenster saß, zuckte zusammen.

Pierrick war bei ihr, ehe sie auch nur einmal Luft holen konnte, nahm ihr das Buch weg, schleuderte es auf den Boden und zog sie an den Händen hoch.

„Pierrick?", fragte sie erschrocken.

Er antwortete nicht, riss sie in seine Arme und küsste sie stürmisch. Er merkte ihren Widerwillen, doch das war ihm egal. Hungrig küsste er ihren Hals entlang, knetete mit der einen Hand ihren Po, während er ihren Unterleib fest gegen sich drückte. Sie sollte ruhig merken, was er wollte und wie erregt er war.

„Lass mich los!", forderte Caren mit Nachdruck und versuchte ihn fortzuschieben.

Pierrick ließ sie nicht los. Stattdessen leckte er über ihr Schlüsselbein und atmete ihren Duft tief ein. Gegen den süßen Duft von Honig und reifer Birne roch Caren langweilig und alles andere als betörend. Er stöhnte frustriert auf. Das nutzte Caren und stemmte sich mit aller Kraft gegen seine Brust.

„Ich will dich nicht."

Ihre Worte wirkten wie ein Eimer Wasser, der über seinen Kopf ausgegossen wurde. Er ließ die Hände sinken, und Caren flüchtete zur anderen Seite des Raumes. Sie griff nach einem Kissen und hielt es sich schützend vor die Brust.

„Ich will, dass du gehst!", forderte sie ihn mit bebender Stimme auf. „Such dir eine Menschenfrau, mit der du spielen kannst."

„Das genügt mir nicht länger." Seine Stimme war noch immer rau vor Erregung, und das Sprechen fiel ihm durch die ausgefahrenen Fänge schwer.

„Wollen wir es nicht noch einmal mit einem Kind versuchen?", lockte er sie.

Caren schüttelte den Kopf. „Nicht jetzt."

Bittend sah er sie an. „Du bist meine Samera, mein Licht. Ich brauche dich."

Carens Miene blieb verschlossen. „Wenn es dir um deinen Spaß geht, dann hol dir in einem der Clubs ein paar Mädchen. Ich bin noch nicht bereit dazu, es wieder zu versuchen."

„Ach ja?" Er wurde zornig. „Du verbarrikadierst dich hier, hältst mich auf Abstand. Ich bin es leid, Caren. Du bist meine Samera, mir unterstellt, und ich fordere meine Rechte nun ein!" Er wies auf das Ehebett, das Caren seit Jahren alleine nutzte.

Mit einem tödlichen Blick, aber hoch erhobenen Hauptes ging Caren auf das Bett zu und legte sich darauf.

Pierrick starrte sie an. Caren hatte kapituliert. Wenn er mit ihr schlafen wollte, würde sie es über sich ergehen lassen. Aber es wäre ein rein körperlicher Akt, nicht viel anders, als wenn er mit einer Menschenfrau Sex hatte. Er schloss die Augen. Was machte er überhaupt hier? Er wollte nicht Caren, er wollte in Wahrheit … Abrupt drehte er sich um, verbot sich jeden weiteren Gedanken an die kleine Vampirin mit den durchdringenden, azurblauen Augen und verließ Carens Zimmer.

Nachdem er Anweisungen gegeben hatte, dass keine der Frauen das Haus verlassen durfte, brauste er mit seinem Mercedes davon. Sein Weg führte ihn nach Boston in die La Grange Street. Es war lange her, dass er das letzte Mal im *Esmerald* gewesen war. Er liebte die Jagd nach den Frauen, die Eroberung seiner Beute, die sich ihm in der Regel nur zu bereitwillig zur Verfügung stellte. Doch heute war ihm nicht nach Spielen. Er wollte lediglich seine Bedürfnisse stillen, und so war ihm jede Frau recht.

Mit weit ausholenden Schritten betrat er das Bordell.

Etliche der Mädchen drängten sich an der Bar. Ausnahmslos alle blickten sich nach ihm um und versuchten seine Aufmerksamkeit auf sich zu ziehen.

„Hallo, mein Hübscher", raunte ihm eine rothaarige Schönheit mit beachtlicher Oberweite zu. „Ich bin Madeline. Soll ich mich um dich kümmern?"

Sie hatte bleiche Haut und niedliche Sommersprossen im Gesicht. Die dunkelgrüne Satinunterwäsche betonte ihre zerbrechliche Gestalt. Was ihm jedoch am meisten an ihr gefiel, war, dass sie absolut keine Ähnlichkeit mit den Frauen in seinem Leben hatte. Deswegen nickte er zustimmend.

„Dann komm mit, Süßer!" Sie lächelte ihn an, hakte sich bei ihm unter und führte ihn die mit rotem Teppich bezogene Treppe hinauf. Der Gang, der sich von dort erstreckte, war in sanften Gelbtönen ausgeleuchtet. Es wirkte etwas schummrig, aber heimelig. Madeline öffnete eine Tür und schob ihn hinein.

In der Mitte des Raumes befand sich ein riesiges Bett. Erst als sie es erreichten, ließ das Mädchen seine Hand los und ging vor ihm auf die Knie. Mit verführerischen Blicken öffnete sie seine Hose.

Pierrick stand einfach nur da, sah von oben herab auf die Rothaarige, die sein erigiertes Glied aus seinem Gefängnis befreite und sich verführerisch über die Lippen leckte. Starr stand er da, wartete darauf, dass sie ihn in den Mund nahm. Es dauerte nicht lange, und sie tat ihm den Gefallen. Genießerisch schloss Pierrick die Augen, genoss das Gefühl des engen, feuchten Mundes, der flinken Zunge, die an seinem Bändchen spielte und den warmen Händen, die seine Hoden bearbeiteten.

Madeline drängte ihn gegen das Bett, und er gab nach. Weich landete er auf der Matratze.

Sofort war sie über ihm und machte dort weiter, wo sie soeben aufgehört hatte. Noch immer hielt Pierrick die Augen geschlossen. Er wollte sie nicht sehen, wollte sich lieber vorstellen, dass es seine Frau wäre. Ganz automatisch tastete er auf geistiger Ebene nach Madeline. Sie stöhnte auf, als er durch ihren Geist strich. Er befeuchtete seine Lippen, als er sich verzweifelt Caren vorstellte, die sich über ihn beugte und ihn in den Mund nahm. Ihre schokoladenbraunen Augen wurden azurblau, und plötzlich war es Isada, die ihn anblickte. Erschrocken richtete er sich auf und war erleichtert, als er Madeline vor sich sah, die soeben von ihm abließ, um sich die Unterwäsche auszuziehen.

„Ich werde dir alles geben, wonach du dich sehnst", versprach sie ihm und krabbelte wieder auf ihn zu.

Sie würde ihm nie das geben können, wonach er sich sehnte, dachte er bitter. Sie war schön, mochte das Handwerk der körperlichen Liebe beherrschen, aber nie würde sie in der Lage sein, ihm auf geistiger Ebene zu begegnen. Es wäre ihr nicht möglich, durch seinen Geist zu streichen, wie Isada es getan hatte.

Auf allen vieren kam sie näher, zog ihm ein Kondom über und setzte sich rittlings auf ihn. Mit Leichtigkeit nahm sie ihn in sich auf. Es fühlte sich nicht schlecht an, aber Isada war viel enger gewesen. Krampfhaft versuchte er, nicht weiter an sie zu denken, versuchte alle Gedanken abzuschalten. Er wollte sich einzig und allein auf das Hier und Jetzt konzentrieren.

Madeline bewegte sich auf ihm, während ihre wunderbaren Brüste im gleichen Rhythmus auf und ab hüpften. Ohne es verhindern zu können, näherte er sich ihr wieder auf geistiger Ebene. Sie stöhnte auf und krallte sich mit den Nägeln in seine Schultern. Er musste lächeln. Sie genoss es weit mehr, als sie zugeben wollte. Nicht er war derjenige, der kurz davor war zu kommen, sondern sie. Unbemerkt zog er sich aus ihrem Kopf zurück, verweilte nun ganz bei sich. Pierrick wollte nur noch die Frau auf sich spüren, und endlich gelang es ihm, alles andere auszublenden. Er spürte, wie die Spannung sich in ihm aufbaute, wie es in seinem Unterleib zuckte. Dann löste er sich für eine Sekunde lang auf und verlor sich in ihr. Die reale Welt um ihn herum war nicht mehr existent. Wie es seiner Natur entsprach, tastete er auf geistiger Ebene nach Madeline. Er wollte nach ihr greifen, doch da war nichts als Leere. Sie würde ihn nie hören, nie in der Lage sein, ihm in dieser Form zu antworten. Er spürte, wie sie erbebte und selbst ihren Höhepunkt erreichte, badete in der Euphorie, die sie durchströmte.

Madeline ließ sich schwer atmend neben ihn auf das Bett gleiten.

„Oh wow!", murmelte sie benommen und blickte versonnen zur Decke hinauf.

Reglos lag Pierrick da, lauschte dem Nachhall, der durch seinen Körper vibrierte. Eine bleierne Schwere legte sich auf ihn, und Einsamkeit hüllte ihn ein. Er sehnte sich nach einer Frau, die ihn lieben konnte, nicht nur auf körperlicher Ebene, sondern auch auf geistiger.

Krampfhaft versuchte er sich an eine Zeit zu erinnern, in der ihm seine Ehe das gegeben hatte, und er fragte sich, ob das überhaupt jemals der Fall gewesen war. Diese Leere, die er in sich spürte, die ihn zu verschlingen drohte, raubte ihm alle Energie. Nur ein einziger Lichtblick zeichnete sich am Horizont ab. Isada, wie sie sich ihm vorbehaltlos hingegeben hatte. Sie hatte es nicht nur zugelassen, dass er sie körperlich und seelisch geliebt hatte, sie hatte seine Gefühle sogar erwidert. Und doch wusste er, dass eine Verbindung mit ihr nicht sein durfte. Das würde nicht nur Caren, sondern auch Isada zerstören. Die zwei Frauen, die das Wichtigste in seinem Leben waren und denen er versprochen hatte, sie zu beschützen.

Wenn er neben seiner Samera eine Verbindung mit Isada einging, machte er sie zu einer *Ancilla*, was sich wenig von einer gemeinen Hure unterschied. Die Vampire in seinem Clan würden auf sie hinabsehen. Das würde ihm das Herz brechen. Caren als seine Frau zu verstoßen und stattdessen Isada als Gefährtin zu nehmen, konnte er ebenso wenig tun. Egal, aus welcher Sicht er die Lage betrachtete, es gab keinen Weg für ihn und Isada. Also würde er sein Schicksal hinnehmen, so weitermachen wie bisher und darauf hoffen, dass es ihn nicht vernichtete.

KAPITEL 16

Isadas Wut ließ nach. Noch immer saß sie in ihrem Zimmer und ärgerte sich über Pierricks Verhalten. Sie langweilte sich. Pierrick hatte vor einigen Stunden das Haus verlassen, und Isada überlegte, ob sie sich über seine Anweisung hinwegsetzen und trotzdem ins *Alive* gehen sollte. Aber Blagden oder Allerd hielten vor der Tür Wache. Keine Chance, dass Pierrick nichts erfahren würde. So versuchte sie es gar nicht erst. Seufzend zog sie die Strähnen aus dem Haar, entfernte das Make-up und schlüpfte in eine weite Stoffhose und ein einfaches T-Shirt.

In ihrem Zimmer fühlte sie sich nach wie vor gefangen, und so beschloss sie hinunterzugehen und dort auf Pierrick zu warten. Eine Aussprache mit ihm hatte sie bereits viel zu lange vor sich hergeschoben. Sie mussten über ihre Zukunft reden, und Isada hatte eine klare Vorstellung, was für sie infrage kam und was nicht. Allerdings – und das behagte ihr keinesfalls – war sie in der schlechteren Verhandlungsposition. Dennoch würde sie nicht klein beigeben, schließlich hing ihr Leben davon ab.

Der Wohnbereich lag verlassen vor ihr. Isada spähte zur offenen Bürotür hinein. Auf ihrem Schreibtisch stapelten sich die Ordner und Mappen, die noch digitalisiert werden mussten. Doch heute Nacht hatte sie keine Lust dazu. Sie wanderte durch das Erdgeschoss, sah sich sogar im kaum benutzten Esszimmer und in der verlassenen Küche um, ehe sie sich vor dem großen Kamin in einem Sessel niederließ und lustlos in einer Reisezeitschrift blätterte.

Von oben waren Geräusche zu hören. Eine Zimmertür öffnete sich, und Schritte kamen näher.

Isada ärgerte sich noch immer über das Verhalten ihrer Schwester und tat so, als wäre sie völlig ins Lesen vertieft.

„Was machst du hier?" Caren baute sich mitten auf der Treppe auf, verschränkte die Arme vor der Brust und blickte Isada düster an.

„Ich lese."

Caren antwortete mit einem empörten Laut und schritt die restlichen Stufen hinab.

Isada spähte hinter ihrer Zeitschrift hervor. Caren hatte sich sorgfältig zurechtgemacht. Die langen Haare trug sie offen, sie hatte sich aber vereinzelt Strähnen geflochten. Große Kreolen baumelten an ihren Ohren. Die blaue Tunika und die schwarze Hose betonten ihre schmale, hochgewachsene Gestalt.

„Wo ist Pierrick?"

Der Befehlston ihrer Schwester war unglaublich. Isada versuchte trotzdem, ruhig zu bleiben. „Keine Ahnung. Ich bin nicht sein Kindermädchen." Sie überblätterte einen längeren Text über Urlaube in Hawaii und betrachtete interessiert die dazugehörige Fotostrecke.

„Du solltest aber wissen, wo er ist!"

Isada glaubte sich verhört zu haben. Langsam ließ sie die Zeitschrift sinken und starrte ihre Schwester entgeistert an. „Ich arbeite für ihn. *Du* bist mit ihm verheiratet."

„Und als seine Samera habe ich doch das Recht zu erfahren, wo er ist." Caren verzog schmollend den Mund.

„Natürlich hast du das Recht dazu, Caren." Isada erhob sich langsam. „Es ist sogar deine Pflicht, als rechtschaffene Ehefrau zu wissen, wo der Soya ist. Es ist deine Aufgabe, ihn zu unterstützen, ihn zu den Ratssitzungen zu begleiten, an seinem Leben teilzuhaben. Aber stattdessen verkriechst du dich hier."

Isada sah Caren nicht kommen, als diese mit glühenden Augen auf sie zuschoss. Sie wurde mit voller Wucht nach hinten geschleudert und stieß seitlich gegen den Sessel.

Caren baute sich vor ihr auf. „Du hast kein Recht, so mit mir zu reden, nicht du." Vor Wut zitterte sie am ganzen Körper. „Du bist nur meine kleine Schwester, die von nichts eine Ahnung hat."

In Isada regte sich Widerstand. Sie reckte das Kinn und bot Caren die Stirn. „Dann kläre mich doch bitte auf!", zischte sie Caren an.

„Du hast nicht den leisesten Schimmer, welche Verantwortung und Pflichten ich als Frau eines Soyas zu tragen habe."

„Erkläre es mir, Caren!"

„Du weißt nicht, wie Pierrick in Wirklichkeit ist."

Isada war fast einen ganzen Kopf kleiner als Caren und musste zu ihr hochblicken. „Ich denke, ich habe inzwischen eine ganz gute Vorstellung davon, wie Pierrick in Wirklichkeit ist. Ich arbeite für ihn, ich arbeite mit ihm, und ich lebe mit ihm unter einem Dach."

Caren lachte. „Was sind schon zwei Wochen gegen die über einhundert Jahre, die ich schon mit ihm lebe?"

Isada stemmte die Hände in die Hüften. „Erzähle mir nicht, dass Pierrick dich ein einziges Mal schlecht behandelt hat. Er würde sich an dir weder körperlich noch seelisch vergreifen." Isada wusste selbst nicht, warum sie plötzlich so eifrig Partei für ihren Schwager ergriff. „Er ist ein guter Mann. Du hättest es weitaus schlimmer treffen können."

„Hör auf, über Dinge zu reden, von denen du keine Ahnung hast." Carens Augen funkelten gefährlich, doch Isada hatte sich bereits so in Rage geredet, dass sie sich nicht mehr bremsen konnte und es auch nicht mehr wollte.

„Vielleicht solltest du dich mal fragen, ob du die Frau bist, die er verdient."

„Schieb nicht die Schuld mir zu", kreischte Caren.

„Es geht doch nicht um eine Schuldfrage", unternahm Isada den Versuch, die Wogen zu glätten.

Caren fauchte, ihre Fänge schossen hervor. Isada konnte nicht weiter zurückweichen. An ihren Kniekehlen spürte sie bereits den Sessel.

„Du magst meine Schwester sein, aber so lange du in *meinem* Haus wohnst, dulde ich nicht, dass du mich infrage stellst." Caren stieß Isada mit beiden Händen zurück. Mit so einer heftigen Reaktion hatte diese nicht gerechnet. Sie schwankte und fiel in den Sessel, der hinter ihr stand. Als Caren es damit nicht auf sich beruhen ließ, sondern sich mit gebleckten Fängen auf sie stürzte, zog Isada die Beine an und stieß ihrer Schwester damit

mit voller Wucht in den Bauch. Caren flog einige Meter zurück, und Isada sprang eilig auf. Keine Sekunde zu früh, denn schon hechtete Caren abermals auf sie zu. Isadas Fänge schossen hervor, als Carens Fingernägel sich in ihren Unterarm gruben.

„Lass mich los!", brüllte Isada und versuchte, Caren von sich zu stoßen.

„Du Made, du miese Zecke!", brüllte Caren und schnappte mit den Fängen nach Isada. Gerade noch rechtzeitig schaffte es Isada, sich ihr zu entziehen. Caren bekam Isadas Haare zu fassen und riss daran. Isada brüllte auf, versuchte sich wegzudrehen und aus ihrem Griff zu befreien. Es gelang ihr nicht. Carens Zähne bohrten sich in ihre Schulter. Anstatt jedoch zu trinken, biss sie zu und riss eine tiefe Wunde. Es brannte höllisch, und Isada sank in die Knie. Tränen schossen ihr in die Augen. Blindlings schlug sie um sich, traf Caren jedoch nicht, die sich geschickt hinter ihr positioniert hatte.

„Schluss!", donnerte Pierricks Stimme durch den Raum. Ein mentaler Stoß ging durch ihren Körper; unfähig, sich gegen seinen Befehl zu wehren, sank Isada in sich zusammen. Ihre Schulter brannte wie Feuer, und auch ihre Kopfhaut schmerzte. Caren kniete neben ihr, die Hände auf den Boden gestützt. Sie starrte vor sich hin, schnaufte heftig, aber auch sie konnte sich Pierricks Befehl nicht widersetzen.

„Was geht hier vor?", wollte er von den beiden Frauen wissen.

Isada presste die Lippen zusammen. Was sollte sie dem Soya auch antworten? Pierrick kam näher, schlich wie ein Raubtier heran. Ein unbekannter Duft umgab ihn, den Isada zuerst nicht einordnen konnte. Dann wurde ihr schlagartig bewusst, dass es der Geruch einer anderen Frau war. Eifersucht flammte in Isada auf, und sie schloss die Augen, um ihre Gefühle wieder unter Kontrolle zu bringen. Die Fänge, die sich bereits langsam zurückgezogen hatten, schossen erneut hervor.

„Caren?"

Demonstrativ wandte die Vampirin ihren Kopf ab.

„Isada?", richtete Pierrick nun seine Aufmerksamkeit auf sie.

Isada wagte nicht, ihn anzublicken und starrte betreten zu Boden.

„Wir hatten eine Meinungsverschiedenheit", erklärte Caren. Ihre Stimme war ruhig, fast teilnahmslos.

„Ach, ja?", hakte Pierrick nach. „Und deswegen geht ihr euch gegenseitig an die Gurgel? Um welche *Meinungsverschiedenheit* ging es denn?"

„Nichts, was dich etwas angeht."

Pierrick baute sich vor Caren auf, die noch immer neben Isada auf dem Boden saß.

„Würdest du die Entscheidung, was mich etwas angeht und was nicht, bitte mir überlassen? Ich bin dein Rinoka." Er blickte zu Isada hinüber. „Ich bin *euer* Rinoka und wenn ihr aufeinander losgeht, dann geht es mich sehr wohl etwas an."

Caren hob den Kopf. „Ich habe Isada mitgeteilt, dass ich Vaters Ansichten teile. Eine Ehe und ein Homen, der ihr endlich eine Richtung weist, würden ihr guttun."

Zu Carens Glück konnte Isada nicht abermals auf ihre Schwester losgehen. Für diese dreiste Lüge hätte sie sich gerne noch einmal auf Caren gestürzt und ihr dafür die Augen ausgekratzt. Sie zwang sich zu schweigen und von einer verbalen Verteidigung abzusehen.

Überrascht sah Pierrick zwischen den Frauen hin und her.

„Isada?", fragte er leise.

„Was?", fauchte sie ihn viel zu heftig an.

Ohne sie aus den Augen zu lassen, sagte Pierrick: „Caren, geh nach oben!"

Ein süffisantes Grinsen lag auf ihrem Gesicht, als Caren sich erhob und wie zufällig beim Vorbeigehen an Isadas verletzte Schulter stieß, sodass sie schmerzerfüllt aufschrie.

Pierrick hatte ihre geistigen Fesseln noch nicht gelöst, so dass sie noch immer am Boden kniete.

„Setz dich auf das Sofa, ich will mir deine Schulter ansehen", befahl der Soya ihr und gab ihren Geist frei.

Es würde keinen Sinn machen, sich jetzt gegen Pierrick zu stellen, und ihre Wunde trieb ihr vor Schmerzen Tränen in die Augen. Gehorsam ging Isada hinüber zum Sofa und setzte sich. Wieder umnebelte sie der fremdartige Geruch, als Pierrick neben ihr Platz nahm und vorsichtig das blutdurchtränkte T-Shirt vom Hals her aufriss, um ihre Schulter freizulegen.

Isada wandte den Kopf ab. Moschus und Bergamotte hüllten sie ein, während der Geruch von Bärlauch und Feige in ihre Nase stach und ihr Übelkeit verursachte. Wieder schäumte die Eifersucht in ihr hoch. Sie musste sich wirklich zusammenreißen. Pierrick war der Mann ihrer Schwester, sie hatte kein Anrecht auf ihn. Das musste sie sich nur immer wieder vor Augen halten, dann würde sie irgendwann selbst daran glauben. Dass aber Caren, die es ebenfalls gerochen haben musste, es einfach so hinnahm, war Isada unbegreiflich.

Isada stöhnte auf und biss sich auf die Lippe, als Pierrick über ihre Schulter strich.

„Das ist ganz schön tief", stellte er grimmig fest und zupfte die Reste ihres BH-Trägers, der Carens Angriff nicht überlebt hatte, aus der Wunde.

Es brannte wie Feuer und begann nun auch unangenehm zu pochen.

„Das wird jetzt etwas wehtun, aber sonst heilt es nicht richtig ab", erklärte Pierrick und beugte sich zu ihr herab.

Isada zuckte zusammen, als sie seine Lippen spürte, die sich auf ihre Schulter legten. Ihre Hände krallten sich in den Sofastoff. Pierrick hielt sie fest, sodass sie sich ihm nicht entziehen konnte. Es fühlte sich an, als ob er eine offene Flamme an ihre Verletzung hielt. Isada kaute auf ihrer Unterlippe. Sie wollte nicht klein beigeben, wollte nicht schreien. Tapfer ertrug sie den Schmerz, auch wenn er ihr erneut Tränen in die Augen trieb. Erleichtert stellte sie fest, dass der Schmerz nachließ. Ihre Schulter begann zu prickeln, und es kitzelte. Pierricks Speichel schloss nicht nur die Wunde, sondern betäubte auch den Schmerz. Ihre Selbstheilungskräfte erledigten den Rest.

„Es wird noch einige Zeit empfindlich sein", sagte Pierrick und strich vorsichtig über die dünne Haut, die sich bereits über der Verletzung gebildet hatte.

„Danke", murmelte Isada und wischte sich über die verräterischen, wässrigen Augen.

„Es ist spät", erklärte Pierrick. „Geh hinauf und leg dich schlafen."

„Wir sollten miteinander reden." Sie knetete nervös ihre Hände. So lange war sie diesem Gespräch aus dem Weg gegangen, und nun war es soweit.

„Ja, das sollten wir", bestätigte er. „Aber nicht heute, Isada. Ich bin erschöpft und muss noch arbeiten." Er beugte sich über sie und küsste sie in den Nacken, dort, wo ihre Haut unverletzt geblieben war. „Gute Nacht!" Dann erhob er sich und ging in sein Arbeitszimmer.

Isada blieb reglos sitzen, ihre Finger ineinander verknotet in ihrem Schoß liegend. In ihr herrschte absolutes Chaos. Erst der Streit mit Pierrick, dann die Handgreiflichkeiten mit Caren. Pierrick, der nach einer anderen Frau roch, sich aber liebevoll um sie kümmerte und sie sogar küsste. Nur in den Nacken, eine Stelle, die nicht verwerflich war. Pierrick war ihr Rinoka, und es gehörte zu seinen Aufgaben, dafür zu sorgen, dass sein Duft ihr anhaftete, damit jeder Vampir sie ihm zuordnen konnte.

Wie in Trance erhob Isada sich und ging die Stufen zu ihrem Zimmer hinauf.

Wer war die Frau, zu der Pierrick heute Nacht gegangen war? Eine andere Vampirin? Nein, dann hätte er anders gerochen. Es musste eine Menschenfrau sein. Eine Frau, mit der er sich öfter vergnügte, die ihm etwas bedeutete? Die Gedanken an die Unbekannte verfolgten Isada. Längst lag sie in ihrem Bett und drehte sich unruhig von der einen auf die andere Seite. Irgendwann waren Geräusche zu hören. Pierrick ging den Flur entlang zu seinem Zimmer. Dann war wieder alles still.

Es war weit nach Tagesanbruch, als Isada endlich Schlaf fand.

* * *

Isadas aufgebrachte Gedanken verfolgten sie bis in ihre Träume. Bereits kurz vor Sonnenuntergang war sie aufgestanden und hatte sich an den Computer gesetzt. Es gab noch immer viel zu tun. Das Programm, das sie extra für Pierricks Bedürfnisse entwickelt hatte, war fertig, und so bestand die einzige ihr verbleibende, langweilige Aufgabe darin, sämtliche Aufzeichnungen und Protokolle abzutippen, Fotos einzuscannen und unter die betreffenden Stichworte abzuheften. Nach zwei Stunden erschien Pierrick mit feuchten Haaren vom Duschen. Da Pierrick kein Langschläfer war, vermutete Isada, dass er im Keller trainiert hatte. Er grüßte sie kurz angebunden, setzte sich an seinen Schreibtisch und begann zu arbeiten. Einige Minuten später wurde er jedoch von seinem Handy unterbrochen.

„Ich bin unterwegs", erklärte er und stürmte aus dem Arbeitszimmer.

Nachdenklich blickte Isada ihm hinterher. Es schien zwar wichtig zu sein, ging sie aber offensichtlich nichts an. So wandte sie sich ihrem Schriftstück zu und fuhr damit fort, es Wort für Wort auf den Bildschirm zu übertragen. Als sie damit fertig war, überprüfte sie die Firewall und die Sicherheitsmechanismen, die sie für das Telefonnetz angelegt hatte. Es war alles intakt. So lange Pierrick außer Haus war, konnte sie es wagen, einen Blick auf das Prepaid-Handy zu werfen. Schnell eilte sie die Treppe hinauf in ihr Zimmer und schloss sogar hinter sich ab. Caren würde es nicht wagen, sie hier aufzusuchen. Sie war noch nie hier oben gewesen, seit Isada in diesem Haus lebte. Aber es herausfordern und dieses unnötige Risiko eingehen wollte Isada auch nicht.

Sie riss die Türen ihres Schrankes auf und zog den Rucksack heraus, der ganz unten hinter einem Stapel Bücher versteckt lag. In einer Seitentasche befand sich das Handy. Gerade hatte Isada den Einschaltknopf betätigt und wartete darauf, dass das Gerät hochfuhr, als ein Rumpeln unter ihr sie innehalten ließ.

„Isada", brüllte Pierrick durchs Haus. Der Soya verlieh seinem Ruf Nachdruck, indem er noch einen leichten, mentalen Stoß hinterher schickte.

Eilig schaltete Isada das Handy aus und versteckte es im Seitenfach des Rucksacks, den sie anschließend in ihrem Schrank verschwinden ließ.

„Ich komme!", rief sie laut, während sie immer zwei Stufen auf einmal nahm.

„In mein Büro!", donnerte Pierrick.

Seine Miene war grimmig, als Isada das Arbeitszimmer betrat. Er hatte sich nicht einmal die Mühe gemacht, sich hinzusetzen, sondern stand breitbeinig mitten im Raum.

„Was ist los?", fragte Isada und huschte herein.

„Arbeit."

Mehr brauchte Isada nicht zu wissen. Sie eilte zu ihrem Computer. „Startklar. Was soll ich tun?", erkundigte sie sich und hatte die Hände bereits auf die Tastatur gelegt. Noch waren nicht alle Daten im Computer erfasst, aber vielleicht hatte sie Glück, und die nötigen Infos waren bereits digitalisiert.

Pierrick klatschte neben Isada einen Flyer auf den Schreibtisch. Isada erkannte das Schriftstück sofort. Das Logo, zwei ineinander hängende Gs, war das Zeichen der *Gen Guards*. Ihre Gedanken überschlugen sich. Die Inimicus mussten bekämpft und vernichtet werden, daran bestand immer noch kein Zweifel. Aber die letzten Kämpfe hatten in ihren Reihen einige Todesopfer gefordert, und Isada war sich nicht sicher, ob ein weiterer offener Kampf die richtige Strategie war.

„Wo hast du das her?" Ihre Stimme war belegt.

„Arek hat mich angerufen. Ein paar Ekklesia-Krieger haben das bei ihrem Routinerundgang in einem Club gefunden."

Isada griff nach dem Flyer und drehte ihn um. Auf der Rückseite waren lediglich das heutige Datum, eine Uhrzeit, die in etwa einer Stunde war, und eine Adresse in Boston aufgedruckt. Jeder Mensch, der die Werbung in die Hände bekam, würde sie gelangweilt zur Seite legen, sich vielleicht noch über das schlechte Design wundern und es ganz schnell wieder vergessen.

„Ich muss wissen, wo genau das ist. Kannst du mir einen Lageplan besorgen?"

Isada zögerte. Sie hatte leider keinen Blick mehr auf ihr Handy werfen können und wusste nicht, ob Mirosh ihr eine Anweisung gegeben hatte. Aber jetzt war es zu spät. Pierrick hatte sie engagiert und erwartete Ergebnisse, und die würde sie ihm in Sekunden liefern können.

„Ist das ein Problem?"

Mist. Pierrick hatte ihr Zögern bemerkt.

„Nein", antwortete Isada schnell. „Ich überlege nur, was das effektivste Programm dafür ist", log sie und öffnete eine herkömmliche Suchmaschine. Auch damit würde sich die Umgebung anzeigen lassen. Dass es nur dreimal so lange dauerte, bis die Daten geladen waren und die veralteten Bilder mit der Live-Übertragung eines Satelliten nicht mithalten konnten, musste Pierrick ja nicht unbedingt wissen.

„Was hast du vor?", fragte Isada so beiläufig wie möglich, während die Seite lud.

„Arek stellt bereits einen Trupp zusammen. Wir werden versuchen, diesen Kampf zu verhindern, und vielleicht wird es uns sogar gelingen, das eine oder andere Mitglied der *Gen Guards* aufzugreifen. Diese kopflosen Epheben riskieren ihr Leben für eine absurde Idee."

Eine Weltkarte erschien, und Nordamerika wurde herangezoomt. Anstatt einfach die Straße und den Ort einzugeben, fuhr Isada die Kamera manuell heran und landete irgendwo zwischen Nebraska und Kansas.

„Ist es denn so eine absurde Idee, die Inimicus zu jagen?" Sie hoffte, dass ihre Frage möglichst unverfänglich klang, während sie Nordamerika wieder verkleinerte und erneut einen Anlauf nahm, diesmal Richtung Ostküste.

„Jeder Ephebe, der heute Nacht stirbt, ist einer zu viel. Ich bin nicht bereit, diesen Preis zu zahlen."

Isada konnte Pierrick nur zustimmen. Sie hatte bereits zu viele Freunde in diesem Krieg verloren. Dennoch waren die Inimicus ihre Feinde. Dieses Problem erledigte sich nicht von selbst, indem man die Hände in den Schoß legte und abwartete.

„Die Inimicus sind durchaus ernstzunehmen. Wir arbeiten daran. Je mehr ausgebildete Krieger wir haben, umso sicherer wird die Stadt."

„Weshalb greifen uns dann die Inimicus immer noch hinterhältig an?"

„Es wird besser werden", versprach Pierrick ihr. „Arek und Darius arbeiten mit Hochdruck an der Ausbildung unserer Krieger. Wenn sich die Epheben uns anstatt den *Gen Guards* anschließen würden, bekämen sie nicht nur eine fundierte Ausbildung, sondern würden sogar den Inimicus auf Augenhöhe entgegentreten können."

Aus Pierricks Mund hörte sich das alles so einfach an. Aber in der Realität sah es anders aus. Die Ausbildung der Krieger war brutal, und nicht alle Vampire wurden genommen. Vario war einer von jenen gewesen, die der Rat abgelehnt hatte. Deswegen hatte er sich den *Gen Guards* angeschlossen.

„Das klingt fast so, als ob du an einen Frieden mit den *Gen Guards* glaubst", spottete Isada.

Pierrick lachte freudlos auf. „Schön wäre es. Aber hast du gewusst, dass es einst eine Zeit gab, in der alle drei Rassen – die Menschen, die Inimicus und wir – gleichberechtigt und in Frieden miteinander gelebt haben sollen? In dieser Zeit hatten die Inimicus Familien, wie wir."

Isada kannte die Geschichten, die jedem Blutkind erzählt wurden. „Natürlich." Sie konnte den Sarkasmus nicht verbergen. „Aber ich hätte nicht gedacht, dass du an die alten Geschichten glaubst."

„Jede Geschichte birgt einen wahren Kern. Hättest du es für möglich gehalten, je einem Seelengefährten-Paar zu begegnen?"

Isada starrte Pierrick an, der sich längst wieder dem Stadtplan zugewandt hatte.

Jedes Blutkind kannte die Geschichten der Seelengefährten – einer Vereinigung zwischen Liebenden, einem Band, das so wunderschön sein sollte, dass es kaum in Wort zu fassen war. In tausend Jahren gab es auf der ganzen Welt ein Paar, dem dieses Glück vergönnt war. Verblüfft hatte der Clan zugesehen, als Soya Darius, ihr Anführer, in Sam seine Seelengefährtin fand. Ungläubig hatten sie ein weiteres Mal verfolgt, wie nur wenig später Soya Jendrael ebenfalls seine Seelengefährtin fand. Ob das ein unglaublicher Zufall oder der Anbeginn einer neuen Ära war, konnte niemand sagen.

Isada war verwirrt. Sie zweifelte an den Zielen des Ekklesia-Rats, sie zweifelte an den Zielen der *Gen Guards*, aber sie wusste plötzlich mit einer Bestimmtheit, dass sie nicht zulassen konnte, dass die Epheben ins Verderben liefen. Pierrick hatte recht: Jeder Ephebe, der heute Nacht umkam, war einer zu viel.

Sie schloss die Anwendung.

„Was tust du?", verlangte Pierrick zu wissen und starrte auf den Bildschirm, auf dem eben noch Straßenzüge von Boston zu sehen gewesen waren.

Unbeirrt fuhr Isada fort, ein neues Fenster zu öffnen. Mit Leichtigkeit klinkte sie sich mit Hilfe des Sticks im LDC-Tower in das Überwachungssystem von Boston ein. Gleichzeitig rief sie einen Stadtplan auf und gab die Adresse ein.

„Du wolltest mich, weil ich gut bin. Ich versichere dir, ich bin die Beste." Isada vergrößerte den Bildausschnitt vom Nordosten Bostons. Auf einer Halbinsel erstreckte sich Charlestown. Die genannte Adresse befand sich in der Nähe des Mystic River.

Pierrick beugte sich neben Isada näher zum Bildschirm.

„Was ist das?", fragte er und deutete auf einen großen Gebäudekomplex.

„Das ist das BCYF Charlestown Community Center."

„Derra el madera", schimpfte Pierrick. „Da sind Menschen in der Nähe. Wollen sie etwa mit aller Gewalt unsere Existenz an die Öffentlichkeit zerren?" Er hatte bereits sein Handy am Ohr.

In einer unglaublichen Geschwindigkeit sprach Pierrick in das Telefon, an dessen anderen Ende sich Arek befand, wie Isada mithören konnte. Er hatte bereits eine größere Truppe zusammengetrommelt und war abmarschbereit.

„Hast du einen Lageplan?" Er deutete auf das Community Center.

„Natürlich." Sie rief einen aktuellen Plan des Gebäudes auf.

„Das brauche ich auf meinem Handy und den Stadtplan ebenfalls."

„Kein Problem."

„Isada schickt mir die Pläne, du bekommst sie auch gleich. Ich mache mich sofort auf den Weg." Pierrick hatte bereits nach seiner Jacke gegriffen und war auf dem Weg hinaus.

„Nein, ich bin noch in Hingham. Es lohnt sich wahrscheinlich nicht, auf mich zu warten. Viel wichtiger ist, dass ihr eingreift, bevor die Epheben zu Schaden kommen."

Die schwere Eingangstür knallte hinter Pierrick zu, und Isada hörte nur Sekunden später den Motor seines Mercedes aufheulen. Dann war alles still. Sie lehnte sich in ihrem Stuhl zurück und schloss die Augen. Sie mochte sich nicht ausmalen, was in Kürze am Mystic River los sein würde.

Die *Gen Guards*! Sie schoss aus ihrem Stuhl hoch und hastete die Treppen hinauf in ihr Zimmer. Ohne auch nur die Tür zu schließen, riss sie ihren Schrank auf, warf die Bücher zu Boden und griff nach dem Rucksack. Dann zog sie das Handy hervor und war froh, dass es noch immer an war. Von Mirosh war keine Nachricht gekommen. Er hatte es nicht für nötig befunden, sie über den bevorstehenden Kampf zu informieren. Oder waren er und seine Gruppen daran nicht beteiligt, und sie tat ihm mit dieser Anschuldigung unrecht? Das wiederum konnte sie sich nicht vorstellen. Isada konnte es jedoch nicht zulassen, dass die Krieger ihre Leute überraschten und haufenweise Gefangene nehmen würden. Schon zwei oder drei Epheben, die redeten, waren zu viel und eine enorme Gefahr für jedes Mitglied der *Gen Guards*. Sie musste ihre Leute warnen, damit sie nicht die Inimicus angriffen. Um die würden sich die Krieger kümmern.

Die Ekklesia-Krieger sind auf dem Weg zu euch, schrieb sie Mirosh eine Nachricht. Dann drückte sie das Telefon an ihre Brust. Hatte sie das Richtige getan? Sie wusste es nicht. Erschöpft ließ sie sich auf ihr Bett fallen und schloss für ein paar Minuten die Augen. Sie wollte sich nur ein wenig Erholung gönnen. An Schlaf war natürlich nicht zu denken. Sie sorgte sich um Pierrick, wollte wissen, wie es ihm und den anderen Kriegern ging. Was war mit den *Gen Guards*?

Es wurmte sie, dass sie darauf warten musste, bis Pierrick zurückkam. Würde er ihr Bericht erstatten? Wohl kaum.

Aber sie wusste einen Ort, wo alle Fäden zusammenliefen: Virus. Der Vampir hatte ihr stolz sein Kampfüberwachungssystem vorgeführt. Jeder Truppführer war über ein In-Ear-Monitoring mit Virus in der Zentrale verbunden. So konnte er den Überblick behalten und die Krieger in die richtige Richtung lotsen.

Isada wusste, wohin sie wollte. Eilig suchte sie ein paar Sachen zusammen und schmiss sie in ihren Rucksack, ehe sie in ihre bequemen Turnschuhe schlüpfte und die Treppe hinuntereilte.

Allerd kam ihr entgegen, sobald sie die Haustür aufgerissen hatte und stellte sich ihr in den Weg. „Der Soya hat angeordnet, dass du und die Mi das Haus nicht ohne seinen ausdrücklichen Befehl verlassen dürfen."

Die Worte des Bodyguards verunsicherten Isada kurz, dann drückte sie ihren Rücken durch und reckte das Kinn. „Fahr mich zu Soya Darius' Anwesen." Sie hoffte, dass Allerd wusste, wo dieses war, denn sie hatte keinen Schimmer, wie sie sonst dorthin kommen sollte. „Der Rat braucht meine Hilfe."

Allerd sah sie zweifelnd an. Sie konnte seine Zerrissenheit in seinem Gesicht ablesen.

„Ich hole das Auto", erklärte er schließlich und war bereits in der Dunkelheit verschwunden. Es dauerte nicht lange, und Isada hörte Motorengeräusche, die schnell lauter wurden. Ein schwarzer Mercedes hielt vor ihr. Sie wartete nicht, bis Allerd ihr die Tür des Fonds aufmachte, sondern stieg kurzerhand selbst ein. Über den Rückspiegel warf sie ihm einen Blick zu und signalisierte ihm, dass er losfahren konnte.

„Soya Darius' Anwesen", bestätigte sie noch einmal ihr Ziel.

Allerd nickte und gab Gas.

Isada lehnte sich in die gemütlichen Polster zurück. Es würde bestimmt eine Dreiviertelstunde dauern, bis sie dort ankamen. Zeit genug, um über einige Dinge nachzudenken.

KAPITEL 17

Younes harrte in seinem Versteck aus. Ein weiteres Mal blickte er auf seine Armbanduhr und musste feststellen, dass von den Vampiren noch immer nichts zu sehen oder zu hören war. Die jungen Vampire hatten dazugelernt und waren nicht einfach her gestürmt wie die ersten Male. Dennoch könnten sie langsam auftauchen. Bereits vor zwanzig Minuten waren sie hier verabredet gewesen, und noch immer hatte sich kein einziger blicken lassen.

Er überlegte einen Moment, ob es sich um eine Falle handelte, verwarf den Gedanken jedoch recht schnell wieder. Diese *Gen Guards*, wie sich ihre Gruppierung nannte, waren jung und planlos. Er hatte bisher das Gefühl gehabt, dass die einen nicht wussten, was die anderen taten. Nun, er wollte nicht den Moralapostel spielen. Ihm kam es entgegen, wenn innerhalb des Clans Unfriede herrschte. Und diese Schwäche würde er gnadenlos ausnutzen.

Younes meinte etwas in der Ferne zu bemerken und reckte sich ein wenig, um besser sehen zu können. Tatsächlich. Eine kleine Gruppe Vampire mit gezückten Schwertern näherte sich dem vereinbarten Ort. Sorgfältig musterte Younes die Umgebung, konnte jedoch nichts Auffälliges feststellen. Er gab seinen Leuten ein Zeichen, dass sie sich bereithalten sollten.

Die Vampire kamen immer näher. Acht Mann zählte er. Das waren zu wenig. Irgendwo mussten sich weitere Kruento verstecken. Aber wenn die *Gen-Guards*-Krieger nicht alle auf einmal angriffen, hatten sie es umso leichter. Zuerst konnten sie diese hier vernichten, dann würden sie sich um den Rest kümmern.

Younes hatte diesmal sehr deutlich gemacht, dass sie nicht zum Spielen hergekommen waren. Nach dem Motto *Jeder tote Kruento ist ein guter Kruento* würden sie alles niedermetzeln, was ihnen in die Quere kam.

Noch ein paar Meter mussten die Vampire zurücklegen, dann waren sie direkt vor ihnen. Er hob die Hand und zählte lautlos von fünf bis null. Das stumme Zeichen zum Angriff folgte. Während seine Leute auf die wartenden Kruento losstürmten, blieb er noch einen Moment länger in seinem Versteck und beobachtete die Lage.

„Scheiße!", fluchte er im Stillen, als sich von Norden weitere zehn Vampire näherten.

Eilig sprang er auf und rannte zu seinen Leuten, das Schwert fest in der Hand. Er hieb auf einen der Kruento ein und musste zu seiner Verwunderung feststellen, dass dieser seine Schwerthiebe ohne Anstrengung parierte.

„Verflucht!", murmelte er leise vor sich hin. Jetzt, als er sich umsah, konnte er feststellen, dass die anderen Vampire ebenso gute Kämpfer waren. Das waren nicht die *Gen Guards*, das waren keine Anfänger. Auch wenn es Epheben sein mochten, schienen sie etwas von ihrem Handwerk zu verstehen.

Nun musste es schnell gehen. Entweder sie stellten sich den Vampiren entgegen und versuchten sie mit aller Kraft zurückzuschlagen, oder sie flohen. Noch bevor er jedoch reagieren konnte, stießen weitere Kruento zu ihnen. Nicht nur er, sondern auch die anderen Inimicus hatten alle Hände voll zu tun. An einen strukturierten Kampf war nicht zu denken. Er reagierte nur noch.

In letzter Sekunde riss er sein Schwert hoch und parierte einen Hieb. Schnell duckte er sich, drehte sich um die eigene Achse und ging in die Knie, als eine scharfe Klinge über ihn hinwegsauste. Younes griff an, allerdings vereitelte ein hochgewachsener Vampir seinen gezielten Schlag. Younes wich einen Schritt zurück, blickte sich hastig um. Hinter ihm musste Kayden sich gegen zwei Vampire behaupten, die ihn immer weiter zurückdrängten. Sie mussten hier fort, wenn sie überleben oder nicht in Gefangenschaft geraten wollten.

„Rückzug", schrie Younes laut und merkte, wie die Vampire augenblicklich ihre Reihen schlossen. Geschickt hatten diese sie in die Mitte gedrängt. Nun standen sie da. Ihnen blieben nur zwei

Möglichkeiten: aufgeben oder den Weg freikämpfen. Naitik sah ängstlich zu ihm herüber, und auch Acer verzog besorgt das Gesicht.

„Wir schaffen das. Gemeinsam", versuchte er seine Leute zu motivieren. „So wie abgesprochen."

Seine Männer nickten ihm zu. Dann hob Younes seine Waffe und lief auf die Mauer aus Vampiren zu. Seine Freunde taten es ihm gleich. Von neuem entbrannte ein heftiges Gefecht. Schweiß bildete sich auf seiner Stirn. Die Zeit, mit seinem Ärmel darüber-zufahren, blieb ihm nicht. Er musste sein Schwert hochreißen und einen Angriff abwehren. Dafür gelang es ihm, den Kreis der Kruento zu durchbrechen. Ein schneller Blick zurück auf die anderen zeigte ihm, dass sie noch immer von den Kruento eingekreist waren. Die Lücke hinter ihm hatte sich längst geschlossen. Sollte er weiterkämpfen, auf seine Freunde warten oder lieber die Beine in die Hand nehmen und verschwinden? Die Entscheidung stand für ihn fest, als eine Klinge seine linke Schulter streifte. Schmerz durchzuckte seinen Körper, Blut durch-tränkte seine Kleidung. Noch ein letztes Mal hob er sein Schwert und hieb auf einen Kruento ein, der auf ihn zurannte. Dann lief er davon. Er musste sich in Sicherheit bringen. Wenn er starb, war alles verloren. Er war der Kopf ihrer Gruppierung. Ohne ihn würden sich seine Brüder wieder in alle Himmelsrichtungen verstreuen. Er würde im Hauptquartier auf sie warten und dort hoffen, dass seine treuesten Gefährten überlebten.

Die Einladung war wie immer gewesen. Er hatte nicht wissen können, dass dies eine Falle der Ekklesia war, denn zu niemand anders gehörten die ausgebildeten Krieger. Ihn traf keine Schuld. Er hatte alles in seiner Macht Stehende getan. Wenn in dieser Nacht etliche seiner Gefährten ums Leben kamen, lag es sicher nicht an ihm. Für die Zukunft mussten sie sich eine neue Strategie überlegen. Hoffentlich überlebten genug von ihnen. Gerade Kayden und Ethan würde er in nächster Zeit dringend brauchen. Ethan war ein schlauer Fuchs, und Kayden genoss das Vertrauen der Männer. Wenn er einen Befehl gab, und Kayden sich ihm anschloss, dann taten es die anderen auch. Die beiden mussten einfach überleben. Auf alle anderen würde er zur Not verzichten können. Je mehr sie jedoch waren, umso besser.

Younes erreichte den grauen Mercury, der einst seinem Mentor gehört hatte. Er stieg ein und fuhr los, entfernte sich immer weiter vom Mystic River, bis er schließlich West End erreichte. Nur noch ein paar Blocks, dann hatte er das Gewerbegebiet erreicht, in dem das Hauptquartier lag.

* * *

Allerd hielt in der Tiefgarage, stieg aus und öffnete Isada die Tür.

„Danke", murmelte sie und lief Richtung Aufzug. Als Allerd ihr nicht folgte, drehte sie sich fragend zu ihm um.

„Hier bist du sicher. Ich werde im Wagen warten, falls du zurück möchtest."

Sie nickte und trat in die Aufzugkabine, die sie hinab in die Tiefe brachte.

Inzwischen kannte sie sich in diesem Labyrinth von Gängen halbwegs aus. Zumindest wusste sie, wo sie Virus finden konnte. So eilte sie den Flur entlang. Noch bevor sie die Tür öffnete, konnte sie anhand der Gerüche feststellen, dass Virus nicht alleine war. Sam und Arnika waren bei ihm.

„Hallo", begrüßte sie die drei. Für einen Augenblick zweifelte sie daran, ob es eine kluge Idee gewesen war, hierherzukommen.

Arnika, die neben Virus auf einem Stuhl saß, lächelte ihr zu und erhob sich. „Schön, dass du hier bist." Ihr Bauch war förmlich explodiert, seit sie die Vampirin das letzte Mal gesehen hatte. Es war allseits bekannt, dass die Mi ein Mädchen erwartete. Wenn Isada die Liebe, die zwischen Arnika und Jendrael herrschte, nicht gesehen hätte, würde sie sagen, dass es ein genialer Schachzug des Rates war, ausgerechnet jetzt mit Nachwuchs zu brillieren.

Virus war völlig in seinem Element. Er redete aufgeregt in ein Headset, während seine Finger über die Tastatur schossen. Auf jedem Bildschirm war etwas anderes zu sehen.

„Isada", bemerkte Sam und lächelte ihr warm zu.

„Ich habe es in Hingham nicht mehr ausgehalten. Die Ungewissheit, was mit den Kriegern ist", gestand sie.

Arnika kam auf sie zu und umarmte sie.

„Das kann ich nur zu gut verstehen. Ich bin auch krank vor Sorge um Jendrael." Sie betrachtete Isada stumm, zuckte mit den Schultern und zog sie mit sich.

„Arek und die ersten zwanzig Mann kämpfen bereits gegen die Inimicus", erklärte Virus und deutete auf einen Bildschirm. „Deine Satellitenüberwachung ist einfach nur genial."

Isada musste grinsen. Das war das größte Lob, das man ihr aussprechen konnte. „Das haben wir den *Gen Guards* zu verdanken", sagte sie aber trotzdem. Interessiert spähte sie über Virus' Schulter. Auf dem Bildschirm direkt vor ihm war ein Lageplan zu sehen, auf dem sich mehrere farbige Punkte bewegten. So koordinierte der Vampir also die Truppen.

„Jendrael und Darius sind mit der Verstärkung auf dem Weg", fügte Sam erklärend hinzu.

Isada blickte auf den Lageplan, der am Bildschirm angezeigt wurde. Mehrere Punkte markierten die einzelnen Truppen.

„Den Kriegern ist es gelungen, die Inimicus zu überraschen." Arnika strich sich eine blonde Strähne hinters Ohr.

„Die Verstärkung ist in zehn Minuten bei euch", verkündete Virus und lauschte kurz. Dann gab er etwas ein. Am Bildschirmrand leuchtete Darius' Bild mit einem bläulichen Rand auf.

„Ihr müsst euch beeilen. Die Inimicus haben zum Rückzug aufgerufen, einigen ist die Flucht bereits gelungen", informierte Virus die Verstärkung. „Ich weiß, ihr beeilt euch schon." Dann drückte er erneut eine Taste und drehte sich zu den Frauen um. Seine Haare waren noch verwuschelter als gewöhnlich und standen wirr in alle Richtungen, als hätte er sie vor lauter Aufregung völlig zerrauft.

„Schön, dass du da bist, Isada", begrüßte er sie. „Das Überwachungssystem, das du angezapft hast, ist gigantisch."

Isada konnte sich ein breites Grinsen nicht verkneifen.

„Wer auch immer für die *Gen Guards* arbeitet, er muss ebenso brillant sein wie du."

Virus' Worte wirkten wie eine kalte Dusche. Ihre Gesichtsmuskeln erschlafften. Ahnte Virus etwas?

„Was ist mit den *Gen Guards*?", fragte sie, um den Vampir abzulenken.

Virus zuckte mit den Schultern. „Die sind nicht aufgetaucht."

Erleichtert atmete Isada auf. Das war wirklich gut. Zumindest würde heute Nacht kein Ephebe umsonst sterben.

Innerlich fühlte sie sich völlig zerrissen. Sie war Mitglied bei den *Gen Guards* und hatte heute Nacht einen wichtigen Beitrag dazu geleistet, dass die Gruppe fortbestehen konnte. Doch gleichzeitig spürte sie auch die Verbundenheit zum Rat. Hier mit Virus, Sam und Arnika zu stehen und darauf zu warten, dass die Soyas und die Krieger zurückkamen, fühlte sich richtig an, fast so, als würde sie zu ihnen dazugehören.

Virus drehte sich hektisch um, aktivierte alle Sprechkanäle gleichzeitig. „Kannst du das bitte wiederholen?", bat er und lauschte. Die Männer unterhielten sich wohl gerade miteinander. Durch das spezielle Headset konnte Isada selbst mit ihrem vampirischen Gehör das Gespräch nicht verfolgen.

„Die Inimicus sind fort", sagte Virus, nachdem er die Kanäle deaktiviert hatte.

„Und Darius?", hakte Sam nach.

„Sie treffen jetzt erst ein und sind zu spät gekommen."

„Ich kann jetzt nicht behaupten, dass ich traurig darüber bin, dass mein Homen diesen Kampf verpasst hat." Arnika strich mit der Hand über ihren gewölbten Leib. „Schließlich soll das Blutkind hier seinen Vater kennenlernen."

Isada konnte Arnika gut verstehen.

„Weißt du etwas über Pierrick?", erkundigte Isada sich bei Virus.

„Ja, er ist vorhin dazugestoßen und hat Arek und die Krieger unterstützt. Ich gehe davon aus, dass er nun mit ihnen herkommt."

Dankend nickte Isada. Es schien ihm gut zu gehen. Dennoch würde sie erst aufatmen, wenn sie Pierrick unverletzt durch die Tür kommen sah.

Virus nahm das Headset ab. „Bis die Krieger kommen, muss ich noch einiges für die Besprechung vorbereiten. Würdest du mir helfen?", fragte er Isada.

Ein schüchternes Lächeln erschien auf ihren Lippen, als sie eifrig nickte. Endlich stand sie nicht nur dumm herum, sondern konnte etwas tun. Sicher hätte Virus das, was er zu tun hatte, auch allein erledigen können, darum war sie ihm umso dankbarer, dass er sie um Hilfe gebeten hatte.

* * *

Eine Stunde später erreichten die Krieger Darius' Anwesen. Sam und Arnika eilten ihren Männern entgegen und warfen sich in ihre Arme. Isada hatte das Bedürfnis, es ihnen gleich zu tun und Pierrick zu begrüßen. Doch sie hielt sich zurück und blieb stocksteif neben Virus stehen. Die Männer waren vergnügt, scherzten und lachten gemeinsam. Isada war erleichtert, Pierrick unverletzt zu sehen.

Als Pierrick sie erblickte, blieb er verwundert stehen. Isada befürchtete schon, dass es in seinen Augen keine gute Idee gewesen war, hierher zu kommen. Doch dann breitete sich auf seinem Gesicht ein Lächeln aus, und er kam auf sie zu.

„Das ist ja eine Überraschung."

„Ich habe Allerd überzeugt, mich herzubringen. Sei bitte nicht böse auf ihn." Eigentlich hatte sie etwas anderes sagen wollen. Worte, die nicht angebracht waren. So biss sie sich auf die Lippen, bevor sie doch noch etwas Dummes tat.

„Bin ich nicht. Es ist schön, erwartet zu werden."

Er sah ihr in die Augen, und Isada bekam weiche Knie. Die Sehnsucht, sich in seine starken Arme zu werfen und sich von ihm festhalten zu lassen, erdrückte sie förmlich. Das Verlangen, das plötzlich in ihr aufkeimte, erschreckte sie. Schnell senkte Isada den Blick, damit Pierrick nicht ihr Begehren darin lesen konnte.

Er streckte seine Hand nach ihr aus und fuhr ihr über die Wange. Eigentlich eine harmlose Berührung, die für einen Rinoka durchaus angebracht war. Die Haut, die er berührte, brannte, und Isada sehnte sich nach mehr.

Es schien, als wolle Pierrick etwas sagen, doch dann nahm er lediglich seine Hand weg. Eine gähnende Leere breitete sich in Isada aus. Mit einer erdrückenden Gewissheit wurde ihr plötzlich klar, was sie nie haben würde. Ihr Körper sehnte sich nach ihm, ihre Seele verzehrte sich nach der seinen. Wann würde ihr dummes Herz endlich kapieren, dass es nicht für ihn schlagen durfte? Er war bereits vergeben, und sie würde nicht damit leben können, ihrer Schwester den Mann zu stehlen. Es schmerzte, den Mann loslassen zu müssen, der ihr mehr bedeutete als jeder andere auf der Welt.

„Gehen wir." Pierrick legte ihr eine Hand auf den Rücken und führte sie in den Besprechungsraum.

Als sie eintraten, schluckte Isada. Die Krieger waren nicht hier. Lediglich die Soyas und ihre Mis hatten sich hier versammelt. Unsicher sah sie sich um, als ihr Pierrick einen Stuhl hinschob und sie sich darauf sinken ließ.

Isada registrierte den Blick, den Darius ihr zuwarf. Am liebsten wäre sie aufgesprungen und hätte vor der Tür auf das Ende der Besprechung gewartet. Fast so, als hätte Pierrick ihr Vorhaben vorausgeahnt, ergriff er ihre Hand und hielt sie fest.

„Isada arbeitet für mich und war an den Vorbereitungen wesentlich beteiligt. Ich wäre sehr dankbar, wenn sie bei der Besprechung dabei sein könnte, sonst müsste ich sie danach nämlich über alles informieren."

Darius tauschte einen kurzen Blick mit Sam. Es schien, als ob sie sich auf einer nonverbalen Ebene austauschten. „Loka mimare. Schließlich ist das hier keine offizielle Ratssitzung", begründete er seine Entscheidung kurz.

Damit war das Thema erledigt, und Arek begann, die Ereignisse der Schlacht zusammenzufassen. „Es waren etwa zwanzig Inimicus. Ich habe das Gefühl, sie werden immer mehr."

„Das bestätigen auch die Zwischenfälle, die unsere Krieger auf ihren Rundgängen melden", ergänzte Darius.

„Wie haben sich unsere Krieger geschlagen?", wollte Jendrael wissen.

„Gut. Sie waren den Inimicus durchaus ebenbürtig. Kurzzeitig war es uns gelungen, sie einzukreisen, aber es waren einfach zu viele, sodass wir den Kreis nicht aufrechterhalten konnten. Ihre Gehirne sind ja leider gegen jegliche Manipulation immun."

„Wir hätten nur etwas schneller sein müssen, dann hätten wir gute Chancen gehabt, es ein für alle Mal zu beenden", ärgerte Darius sich und ballte seine Hand auf dem Tisch zur Faust.

Sam griff nach ihm, und er entspannte sich merklich.

„Verluste?", fragte Sam.

Arek schüttelte den Kopf. „Glücklicherweise keinen einzigen. Nur ein paar Verletzungen, aber alle nicht schwerwiegend."

Sam wollte noch mehr wissen: „Und auf der Gegenseite?"

Darauf wusste niemand eine Antwort. Schließlich war es wieder Arek, der antwortete: „Ich habe zwei tote Inimicus gesehen. Genaueres weiß ich nicht."

„Was ist mit den *Gen Guards*?" Diesmal war es Arnika, die diese Frage stellte.

„Sie sind nicht aufgetaucht", murmelte Pierrick. „Fast so, als hätten sie einen Tipp bekommen, dass wir unterwegs sind."

Isada verkrampfte sich und presste die Lippen fest zusammen. Hoffentlich bemerkte niemand ihr Unwohlsein.

„Es wäre auch zu schön, um wahr zu sein, wenn wir sie endlich hätten hochgehen lassen können."

Es war das erste Mal, dass Isada Jendrael so grimmig erlebte. Sie blickte die Soyas an. Jeder von ihnen war beispiellos gefährlich. Sie mochte keinem von ihnen gegenüberstehen, wenn herauskam, dass sie die Verräterin war.

„Wenn ich nur herausbekommen würde, welches Kommunikationssystem sie verwenden. Aber vielleicht kann Isada helfen."

Isadas Kopf schoss in die Höhe. Ihre Wangen brannten, als sie Virus mit großen Augen ansah.

„Isada wird sich das gerne anschauen, Virus", sprang Pierrick für sie ein. „Aber nicht heute Nacht. Die Gefahr ist erst einmal gebannt, und ich bin guter Dinge, dass die *Gen Guards* nicht noch einmal so unvorsichtig sind und die Inimicus öffentlich herausfordern. Sie wissen nun, dass wir reagieren werden."

„Und die Inimicus sind auch gewarnt. Sie werden es sich das nächste Mal sehr gut überlegen, ob sie noch einmal der Einladung der *Gen Guards* folgen. Einer großen Anzahl an Kriegern sind sie nicht gewachsen."

„Ich werde dafür sorgen, dass immer genug Krieger auf Abruf bereit stehen, sodass wir – sollte es nochmal zu so einer Situation kommen – zum vernichtenden Schlag ausholen können." Areks Worte wurden zustimmend aufgenommen.

„Wir müssen auch zusehen, wie wir die Vampire beruhigen. Die Unruhe im Clan nimmt zu." Jendrael warf Arnika einen besorgten Blick zu. „Es gibt immer mehr Sympathisanten mit den *Gen Guards*. Die Epheben befolgen die Befehle, ohne zu wissen, was sie damit eigentlich tun. Wenn sich die Gruppierung plötzlich nicht mehr gegen die Inimicus richtet, sondern gegen uns, steht uns ein Auseinanderbrechen des Clans bevor."

„Ich bin immer noch dafür, dass wir jemanden einschleusen." Sam verschränkte die Arme vor der Brust.

„Wer soll das deiner Meinung nach sein? Dir und Arnika glaubt niemand, dass ihr plötzlich mit dem Rat brecht, Virus arbeitet zu lange für uns und sonst kenne ich keinen Epheben, dem ich genug vertrauen würde, um ihn dorthin zu schicken."

„Was ist mit Isada?" Sam ließ nicht locker und blickte die Vampirin direkt an.

Isada schluckte. Ihr Hals war wie zugeschnürt.

„Nein!", donnerte Pierrick bestimmt. „Das ist viel zu gefährlich. Isada hat keine Kampfausbildung. Außerdem weiß jeder, dass sie für mich arbeitet."

„Aber noch nicht lange", warf Sam ein und beugte sich auf ihrem Stuhl vor. „Sie könnte ja die Nase vom Rat voll haben, weil ihr untätig seid und den Tod ihres Vaters nicht rächt."

„Sam", warf Darius scharf ein, und die Vampirin verstummte. Es schien nicht so, als hätte Darius sie dazu genötigt, dennoch funkelte sie ihn grimmig an.

„Das steht nicht zur Diskussion", verkündete Pierrick.

„Isada wäre auch die falsche Person."

Verwundert sah Isada Virus an, der bisher zu dem Thema geschwiegen hatte.

„Isada ist brillant, was Software und Programme anbelangt, aber die *Gen Guards* haben in ihren Reihen bereits jemanden, der sich in diesem Bereich sehr gut auskennt. Derjenige, der auf die Idee kam, sich in den LDC-Tower einzuhacken, um Zugriff zum Überwachungssystem zu haben, ist nicht auf Isadas Hilfe angewiesen."

Stumm hörte sie Virus' Argumentation zu. Aus seiner Sicht war das, was er sagte, völlig logisch. Der einzige Denkfehler an dem Ganzen lag darin, dass Isada diese Person war.

„Damit ist die Sache endgültig vom Tisch", entschied Darius. „Wir müssen einen anderen Weg finden, um nicht nur vereinzelt einen Epheben in die Finger zu bekommen, der ohnehin nichts weiß. Wir brauchen die Gruppenführer, die Vampire dahinter."

Ein Piepsen erklang, und Virus richtete seine Aufmerksamkeit auf den Laptop vor sich. Seine Finger flogen über die Tastatur, während er gebannt auf den Bildschirm blickte. Interessiert sahen ihm alle zu.

„Entschuldigung." Er sah kurz auf. „Nichts Wichtiges. Hat mit dieser Sache nichts zu tun."

Die Enttäuschung war deutlich in die Gesichter der Anwesenden geschrieben.

„Fahren wir nach Hause", erklärte Pierrick und berührte Isada kurz an der Schulter.

Pierrick erhob sich und murmelte einen Gruß. Isada hätte sich gerne persönlich von den Mis verabschiedet. So blieb ihr nur, in die Runde zu nicken und Pierrick zu folgen, der ein straffes Tempo angeschlagen hatte. Sie musste fast rennen, um an seiner Seite zu bleiben. Stumm war er in Gedanken versunken und bekam vermutlich überhaupt nicht mit, dass sie neben ihm herlief.

* * *

Zwei Tote, sieben Schwerverletzte und drei Inimicus, die in wenigen Minuten ihren Brüdern den Rücken kehren würden. Das war die Bilanz einer verheerenden Nacht.

Grimmig blickte Younes über seinen Schreibtisch hinweg Ethan und Kayden an. Kayden hatte sein Bestes versucht, um die drei zum Dableiben zu bewegen. Aber ihr Entschluss stand fest. Sie wollten zurückkehren in ihr einsames Leben in irgendeiner Großstadt. Sie würden sich damit zufriedengeben, hin und wieder einen Vampir zur Strecke zu bringen.

„Dann sollen sie doch gehen!", donnerte Younes und fegte mit der Hand einmal über den Schreibtisch. Die Papiere, zwei Aktenordner und diverse Schreibutensilien flogen durch den Raum. „Ich werde niemanden zwingen hierzubleiben."

„Die Nacht war beschissen, aber deswegen alles hinzuschmeißen ... Ich verstehe sie einfach nicht", murmelte Ethan. „Sie sollten dankbar sein für das, was wir für sie getan haben. Hier haben wir ein besseres Leben. Aber jedem das Seine. Sollen sie doch in die Gosse zurückkriechen, aus der sie gekommen sind."

Kayden war der Ruhigste von ihnen. „Ich habe ihnen vor versammelter Mannschaft gesagt, dass, wenn sie gehen, sie nicht zurückzukommen brauchen."

Zustimmend nickte Younes. Keinen dieser Verräter wollte er mehr sehen. Sie waren für ihn ebenso tot wie die anderen zwei

Inimicus, die in der Schlacht gefallen waren. Aber diese zwei waren Helden, waren für eine gute Sache gestorben. Die anderen drei waren Verräter. Ein Entschluss reifte in seinem Kopf. Er sah zu Ethan und Kayden hinüber, überlegte kurz, sie einzuweihen, entschied sich jedoch dagegen. Es war besser, wenn seine zwei Vertrauten nichts davon ahnten. Wenn auch Ethan und Kayden fassungslos waren, nahmen es die restlichen Inimicus sicher besser auf.

„Zukünftig", wechselte er das Thema, „werden wir keiner Einladung der Vampire mehr folgen."

„Aber du hast doch gesagt, dass wir den Clan dadurch an ihrer verwundbarsten Stelle treffen: ihren Kindern."

Nachsichtig lächelte Younes Kayden an. „Ja, das habe ich damals gesagt. Inzwischen haben sich die Dinge geändert. Wir werden auch zukünftig Ziele haben, das verspreche ich euch. Wir werden die Kruento empfindlicher treffen denn je, aber zuerst müssen wir wachsen."

Sollte seine anonyme Quelle bei den Kruento ihm abermals eine günstige Gelegenheit verschaffen, wie diese Geburtstagsfeier, würde er die Einladung natürlich annehmen und vernichtend zuschlagen. Bis dahin würden sie die Nacht unsicher machen, diejenigen angreifen, die sich außerhalb der Schutzzone der Kruento bewegten.

„Bist du sicher, dass das der richtige Weg ist?" Ethan runzelte nachdenklich die Stirn.

„Natürlich bin ich mir sicher. Die Vampire sind uns zahlenmäßig überlegen und so lange das so ist, ist ein offener Kampf sinnlos. Wir müssen mehr Inimicus anwerben, und bis dahin werden wir durch die Nacht streifen und uns das krallen, was uns in die Finger kommt."

„Für mich erscheint es eher wie ein Schritt zurück", gab Kayden zu bedenken. „Ich weiß nicht, ob wir alle überzeugen können."

Dazu schwieg Younes. Er hatte bereits einen Plan, wie er ganz ohne Worte die anderen Inimicus überzeugen konnte. Keiner von ihnen würde es wagen, ihm zu widersprechen, keiner von ihnen würde seine Tasche packen und fortziehen. Einfach aus dem Grund, weil es nichts gab, wohin sie gehen konnten.

„Trommelt die Jungs zusammen, ich werde zu ihnen sprechen", gab er Kayden und Ethan den Befehl. Beide sprangen auf, nickten Younes zu und gingen hinaus.

In der Tür drehte Kayden sich noch einmal zu ihm um. „Ich wollte dir nur sagen, dass ich hundertprozentig hinter unserem Plan stehe. Das übergeordnete Ziel ist es, die Kruento in Boston zu vernichten und die Stadt zu unserer zu machen. Wie lange das dauert und welche Rückschläge wir hinnehmen müssen, spielt für mich keine Rolle."

Younes nickte dem Inimicus zu. „Ich weiß deine Integrität zu schätzen."

Die Tür schloss sich hinter Kayden. Langsam lehnte Younes sich in seinem Sessel zurück, stützte die Arme auf die Lehne und stieß die Finger aneinander. Er dachte nach. Sollte er es wirklich tun, oder es doch lieber selbst erledigen? Aber drei auf einmal erschienen ihm etwas viel.

Er zog die mittlere Schublade auf, griff unter einen Stapel Papier und zog ein Handy hervor. Den Akku hatte er entfernt, damit auch wirklich niemand das Telefon aufspüren konnte. Jetzt setzte er diesen wieder ein und startete das Gerät. Es dauerte, bis es hochgefahren war. Younes wählte aus dem Telefonbuch die einzige eingespeicherte Nummer. Es tutete, und er wartete. Gerade, als er schon wieder auflegen wollte, meldete sich eine Männerstimme.

„Ja?"

„Diesmal habe ich ein Geschenk für dich", erklärte er.

„Ein Geschenk also."

„Drei Inimicus, die vom Erdboden verschwinden müssen."

Am anderen Ende war überhaupt nichts zu hören, und Younes befürchtete bereits, sein Gesprächspartner hatte das Telefonat beendet.

„Ich soll für dich also drei Verräter aus dem Weg räumen?" Der Vampir klang eindeutig amüsiert.

Es gefiel Younes nicht, dass sein Plan so leicht zu durchschauen war.

„Was bekomme ich dafür?", erkundigte sich der Vampir.

„Das ist ein Gefallen unter Freunden", erklärte Younes. „Du tust mir einen, und ich bin dir einen schuldig."

„Einfach nur umbringen?", hakte der Unbekannte nach.

„Ihr dürft euch gerne austoben, solang wir die Leichen anschließend finden."

Der Vampir lachte. „Eine Warnung an deine restliche Truppe."

Younes war sich plötzlich nicht mehr so sicher, ob der Vampir zustimmen würde. Wenn er das tat, musste er sich um die drei Abtrünnigen kümmern, und dazu würde er Ethans und Kaydens Hilfe brauchen, auf die er gerne verzichtet hätte.

„Schick mir eine Nachricht mit den genauen Daten, dann kümmere ich mich darum."

Erleichtert atmete Younes auf. Ein Lächeln legte sich auf seine Lippen, und er konnte nicht verhindern, dass er erleichtert klang. „Aber natürlich."

Ein Klicken und das Telefongespräch war unterbrochen. Younes öffnete das Nachrichtenprogramm, wählte die eingespeicherte Telefonnummer und schrieb die wichtigsten Daten nieder. Großzügig wie er war, würde er den Verrätern ein Auto zur Verfügung stellen, mit dem sie die Stadt verlassen konnten.

Nachdem Younes die Nachricht abgeschickt hatte, zerlegte er das Mobiltelefon wieder, entfernte den Akku und räumte die Einzelteile zurück in die Schublade unter die Papiere.

Dann erhob er sich. Es war Zeit, vor die Männer zu treten, sie einzuschwören und die drei Verräter zu verabschieden. Dass sie heute Nacht noch sterben würden, bereitete ihm eine unendliche Genugtuung. Niemand würde mehr seine Bruderschaft infrage stellen, niemand würde es wagen, ihm den Rücken zu kehren.

Hoch erhobenen Hauptes schritt er durch sein Büro, öffnete die Tür und trat hinaus in die Halle, wo seine Männer ihn bereits erwarteten.

KAPITEL 18

Schlaflos wälzte Isada sich in ihrem Bett hin und her. Die Geschehnisse des heutigen Tages hatten sie so aufgewühlt, dass an Schlaf einfach nicht zu denken war. Die Angst, dass doch ein Kruento hinter ihr Geheimnis kommen würde, dass jemand erfuhr, dass sie Mitglied der *Gen Guards* war. Die Erleichterung, dass heute keiner der Epheben gestorben war. Am meisten beschäftigte sie jedoch Jendraels Aussage, dass die Epheben nicht wüssten, was sie taten und die Hintermänner die *Gen Guards* leiteten. Wer gab Mirosh Befehle? Wer waren die Drahtzieher der *Gen Guards*? Für wessen Interessen riskierte sie ihr Leben?

Natürlich war es sinnvoll, möglichst wenig von den anderen zu wissen, damit sie nichts verraten konnten, wenn sie geschnappt wurden. Die letzten Ereignisse machten sie jedoch misstrauisch. Ging es wirklich nur darum, die Inimicus auszuschalten, oder würden sich die *Gen Guards* eines Tages offen gegen den Rat stellen und damit eine Spaltung des Clans heraufbeschwören?

Isada drehte sich auf den Rücken, starrte zur Decke hinauf. In ihrem Zimmer war es dunkel, die Rollläden schlossen das Tageslicht aus. Als sie das letzte Mal auf die Uhr geblickt hatte, war es kurz vor Mittag gewesen. Jetzt konnte es nicht viel später sein.

Sie konnte nicht länger hier herumliegen und nichts tun. Sie brauchte Antworten. Isada machte Licht, zog sich eine Jogginghose über die Boxershorts und trat barfuß zur Tür. So leise wie möglich öffnete sie diese, lauschte und als sie nichts hörte, schlüpfte sie flink hinaus. Vorsichtshalber bleib sie noch einmal stehen, vergewisserte sich, dass sich in Pierricks Zimmer nichts

243

rührte und schlich weiter die Treppen hinunter, bis ins Wohnzimmer. Auch hier war alles dunkel, so dass selbst ihre Vampiraugen kaum die Umrisse der Möbel wahrnehmen konnten. Zum Glück kannte sie sich inzwischen so gut aus, dass sie den Weg in Pierricks Arbeitszimmer fand. Sie schaltete den Computer an und entschied sich für nur einen Bildschirm. Sanftes Licht erhellte nun Pierricks Büro. In einem gut versteckten Ordner befand sich die Datei, in der alle Telefonnummern und die dazugehörigen Orte vermerkt waren. Einer vagen Idee folgend, ließ sie die Telefonnummern ein weiteres Mal orten und richtete einen Automatismus ein, der alle Stunden die aktuellen Daten abrufen sollte.

Es schien ewig zu dauern, bis endlich das Ergebnis der aktuellen Abfrage angezeigt wurde. Isada legte die zwei Karten virtuell übereinander und ließ die Übereinstimmungen markieren. Drei Telefonnummern waren identisch. Sie notierte sich die Adressen und recherchierte, wer dort wohnte.

Die erste Telefonnummer musste zu einem Hannigan gehören. Nachdem sie es dreimal überprüft und alles andere ausgeschlossen hatte, war sie sich sicher, dass einer von Virus' Brüdern ein Mitglied der *Gen Guards* war, auch wenn sie sich das nicht so recht vorstellen konnte. Außer Virus kannte sie keinen der Brüder persönlich, aber Kostek Hannigan, das Familienoberhaupt, war für seine Loyalität zu seinem Soya bekannt.

Die nächste Adresse konnte sie nicht einwandfrei zuordnen. Sie konnte nur Vermutungen anstellen und tippte auf jemanden, der Soya Arek unterstellt war.

Nummer drei ließ sie noch mehr stutzen. Diese Adresse kannte sie nur zu gut. Unzählige Male war sie in diesem Haus ein- und ausgegangen, denn dort wohnte niemand anderes als ihre Kindergartenfreundin Janet Dockhorw. Sie konnte sich die perfekte Janet mit ihren blonden, sorgfältig eingedrehten Haaren, dem Kleidchen und den schicken Schuhen überhaupt nicht als *Gen-Guards*-Mitglied vorstellen. Aber noch weniger war es vorstellbar, dass der strenge Mori Carver, Janets Vater, ein Mitglied des Widerstands war.

Fassungslos starrte Isada auf den Bildschirm. Das konnte doch unmöglich sein. Von jedem hätte sie eine Mitgliedschaft erwartet, aber doch nicht von Janet. Die Vampirin interessierte sich nicht einmal groß für die Clanpolitik. Auch hatte sie absolut nie ein abfälliges Wort über das Vorgehen des Rats von sich gegeben. Allerdings musste Isada sich eingestehen, schwieg auch sie, wenn solche Themen zur Sprache kamen. Außerdem hatte sie sich in letzter Zeit nicht sonderlich oft mit Janet unterhalten.

Noch immer etwas benommen, speicherte sie die zweite Datei ebenfalls in dem versteckten Ordner und verwischte ihre Spuren auf dem Computer. Sie bezweifelte zwar, dass jemand ihr hier nachspionieren würde, aber wenn sie eines gelernt hatte, dann, dass man nicht vorsichtig genug sein konnte.

Leise schlich sie wieder die Treppe hinauf und erstarrte, als sie im Flur einen Schatten bemerkte. Wie angewurzelt blieb sie stehen und wusste nicht, was sie tun sollte.

„Was machst du denn hier?" Es war Pierrick. Seine Stimme klang noch ganz rau vom Schlaf.

Wie lange stand er schon da? Hatte er auf sie gewartet? Oder war er sogar hinuntergegangen und hatte gesehen, was sie im Arbeitszimmer getrieben hatte?

„Ich konnte nicht schlafen", erklärte sie wahrheitsgemäß. „Und du?"

„Ich auch nicht." Er kam auf sie zu und blieb vor ihr stehen.

Sie musste den Kopf in den Nacken legen, um ihn anzublicken. Seine Haare waren strähnig, der Zopf im Nacken hatte sich zur Hälfte aufgelöst. Die bernsteinfarbenen Augen glommen sanft. Er stand so dicht vor ihr, dass sie seinen nackten Oberkörper hätte berühren können, wenn sie sich nur ein klein wenig nach vorne gebeugt hätte.

„Du solltest ins Bett gehen", murmelte er und leckte sich kurz über die Unterlippe.

Wie gebannt starrte Isada auf seinen Mund. Sie wusste, wie weich seine Lippen waren und wie gut seine Küsse schmeckten. Alles in ihr sehnte sich danach. Sie wollte von ihm geküsst werden. Und dann beugte er sich zu ihr herunter. Seine Nähe, sein Duft hüllten sie ein und als seine Zunge sanft über ihre Lippen strich, erschauderte sie. Nur Sekunden später hatte er sie an sich gedrückt. Sein Mund lag fest auf ihrem und seine Zunge forderte Einlass. Sie ließ es zu, dass er in sie eindrang, mit ihrer Zunge spielte. Sie krallte sich sogar an ihn, als habe sie Angst, dass er sie loslassen würde. Und in gewisser Weise befürchtete sie das auch. Sie schloss die Augen, gab sich ganz den köstlichen Gefühlen hin und wollte nicht denken. Ein schlechtes Gewissen Caren gegenüber konnte sie später auch noch haben. Aber als der Gedanke in ihrem Geist auftauchte, gelang es ihr nicht mehr, ihn zu verdrängen. Isada versteifte sich. Blitzschnell trat Pierrick zurück, als habe er sich verbrannt und hielt die Hände in die Luft. Seine Augen glühten, er atmete schwer.

Verlegen blickte Isada zu Boden. Es war nicht okay, was sie hier taten, auch wenn es sich unvergleichlich richtig anfühlte. Ihre Seele schrie förmlich nach ihm. Sie wollte ihn um sich haben, ihn spüren, sich mit ihm vereinen.

„Ich gehe besser schlafen." Widerwillig schob sie sich an ihm vorbei, doch er ließ sie nicht durch.

„Isada", seufzte er und fuhr sich mit der Hand durch sein langes Haar. Traurig blickte sie ihn an, sah die Verzweiflung in seinen Augen, die auch sie verspürte.

„Es tut mir so leid."

„Mir auch." Ihre Stimme versagte. Sie merkte bereits, wie ihre Augen vor Verzweiflung brannten. Doch hier vor Pierrick wollte sie nicht weinen, nicht schwach wirken. Blind vor ungeweinten Tränen stolperte sie in ihr Zimmer, verriegelte die Tür und warf sich auf ihr Bett. Sie zog das Kopfkissen über ihren Kopf und weinte endlich.

Innerlich fühlte sie sich einsam und leer. Nicht nur ihr Körper, sondern auch ihre Seele verzehrte sich nach einem Mann, den sie nicht haben konnte. Ihr Verstand dagegen hielt ihr gnadenlos vor Augen, dass sie sich nicht in eine Ehe hineindrängen konnte. Damit würde sie nicht nur ihre Schwester Caren, sondern auch sich selbst und Pierrick unglücklich machen. Die Situation war hoffnungslos.

Lange weinte Isada. Die Dämmerung brach bereits herein, ehe sie schließlich, das Kissen noch immer über dem Kopf, in einen unruhigen Schlaf fiel.

* * *

Nachdem er Isada geküsst hatte, war an Schlaf nicht mehr zu denken gewesen. So hatte er sich in den Keller aufgemacht und seine Frustration mit Training zu ersticken versucht. Er würde tausende von Stunden hier unten zubringen können, ohne dass sich das Verlangen nach Isada abschwächte. Was hatte diese Frau nur an sich, dass alles in ihm nach ihr schrie?

Frustriert schlug er auf den Boxsack ein, der in der hinteren Ecke seines Trainingsraums baumelte. Für gewöhnlich gehörte dieses Gerät nicht zu seinen Vorlieben, aber durch das Boxtraining trainierte er nicht nur Beweglichkeit und Schnelligkeit, sondern auch Koordination und Ausdauer. Daher war es ihm heute klug erschienen.

Seine Gedanken kehrten zu Isada zurück. Er kannte sie doch schon so lange. Als wäre es gestern gewesen, erinnerte er sich daran, wie Melina eine Tochter zur Welt brachte und die Niederkunft nicht überlebte. Er war mit dabei, als sie die Menschenfrau beerdigten und sich gleichzeitig über Isadas Geburt, die Geburt eines Blutkindes, freuten. Er sah sie aufwachsen, in die Schule gehen. Sie wuchs zu einem hübschen und intelligenten Mädchen heran, aus dem schließlich eine kluge und eigensinnige Frau wurde. Als sein Schwiegervater ihn darum bat, Isadas Verwandlung durchzuführen, hatte er zugestimmt und Isada durch die schweren Stunden ihrer Renovation begleitet. Und dann hatte er sie für ein paar Jahre aus den Augen verloren, sie nur flüchtig bei einigen Feierlichkeiten gesehen.

Er hielt den Boxsack an und zog seine Handschuhe aus. Schweiß rann ihm von der Stirn. Er war vollkommen nass geschwitzt. Für heute hatte er genug. Er warf die Boxhandschuhe zur Seite und blickte auf die Uhr. Seit mehr als sechs Stunden war er nun hier. Er hatte sich lange genug verkrochen. Es wurde Zeit, wieder in die Realität zurückzukehren. Zu der Frau, der er einst die Treue geschworen hatte.

Pierrick hob das Handtuch auf und fuhr sich damit über das Gesicht. Die Haare klebten auf seiner nassen Schulter. Er brauchte dringend eine Dusche.

Anstatt wie sonst die Treppe zu nehmen, fuhr er diesmal mit dem Aufzug in den zweiten Stock. So konnte er die Begegnung mit Isada noch ein wenig hinauszögern. Es wurde allerhöchste Zeit, dass er sich mit ihr unterhielt. Sie mussten über ihre Zukunft sprechen. Das war längst überfällig.

Pierrick duschte, zog sich an und ging fest entschlossen, die Aussprache nicht länger aufzuschieben, auf Isadas Zimmertür zu.

Doch bevor er die Hand erhoben hatte, um zu klopfen, hörte er von unten gleichmäßige, monotone Geräusche. An das Klackern der Tastatur hatte er sich in den letzten Tagen gewöhnt. Es hatte etwas Vertrautes und Beruhigendes zugleich, Isada in seinem Arbeitszimmer zu wissen.

Nachdenklich ging er die Stufen hinunter. Das Haus lag in völliger Stille. Nur das regelmäßige Klappern der Tastatur, Isadas Herzschlag und … Er stutzte. Ganz klar und deutlich hörte er das schnelle, aber regelmäßige Pochen eines weiteren Herzens. Pierrick lauschte angestrengt, vergewisserte sich, dass dieses zweite Klopfen tatsächlich aus seinem Arbeitszimmer kam. Er irrte sich nicht. Mit jeder Treppenstufe wurde er schneller. Wer war bei Isada? Wen hatte Isada zu Besuch? Aber wenn jemand sein Haus betreten hätte, hätte er es doch mitbekommen. Tief atmete er ein, konzentrierte sich ganz auf das, was er roch. Süßer Honig und reife Birne und … Da stimmte etwas nicht. Das war nicht Isadas Duft. Es fehlte etwas. Er holte noch einmal tief Luft. Es fehlte nichts, es war etwas zu viel. Dieser Hauch von … ja wovon eigentlich … hatte sich unter Isadas Duftnote gemischt und verfälschte ihren unverwechselbaren Geruch.

Noch immer mit der Analyse dieses unerklärlichen Umstandes beschäftigt, betrat er sein Arbeitszimmer und blieb abrupt in der Tür stehen. Er hatte erwartet, eine weitere Person zu sehen, aber es war nur Isada, die ihn, versunken in ihre Arbeit, nicht bemerkte.

Er wusste nicht, wie lange er dastand und sie einfach nur anschaute. Ihr langes, schwarzes Haar fiel ihr über den Rücken. Noch immer schlugen die Herzen, das eine schneller als das andere, aber ebenso beständig. Honig, reife Birne und ein Hauch von Feige ließen sie noch verführerischer duften, als sie es davor schon getan hatte.

„Hallo", murmelte Isada. Sie musste bemerkt haben, dass er da war, ließ sich dadurch jedoch nicht von ihrer Arbeit ablenken.

„Isada?" Er wollte eigentlich ruhig klingen, aber er hörte, wie seine Stimme zitterte.

„Ja?" Sie blickte auf und warf ihm ein kurzes Lächeln zu.

Er wartete. Hatte sie es selbst noch nicht bemerkt?

„Brauchst du etwas von mir?" Endlich verstummte das Klackern, und Isada drehte sich auf ihrem Stuhl zu ihm um. Ihr

Gesichtsausdruck veränderte sich, war plötzlich angespannt. „Was ist los?"

„Hörst du es nicht?", fragte er.

Isada stutzte, drehte den Kopf ein wenig und lauschte. Dann wurden ihre Augen immer größer. „Das kann nicht sein", stammelte sie fassungslos.

„Also ich bin definitiv nicht schwanger", versuchte er zu scherzen, was allerdings gründlich misslang.

„Aber ich ..."

Isada war schon immer bleich gewesen, nun schien sie aber noch eine Nuance blasser zu werden. Steif saß sie auf ihrem Stuhl und schüttelte unablässig den Kopf.

Tief in seiner Kehle stieg ein Knurren auf, das er nur mühsam unterdrückte. Er wollte Isada nicht erschrecken. Mit aller Kraft hielt er das Tier in sich zurück, das sich schüttelte und nach außen drängte. Es wollte sich auf die Vampirin stürzen, aber nicht um sie zu verletzen, sondern um zu erfahren, ob das Kind von ihm war. Mein, hätte er am liebsten laut herausgeschrien und widerstand dem Drang, Isada fest in seine Arme zu ziehen und sie bis zur Besinnungslosigkeit zu küssen. Er wollte ihren Bauch streicheln, sie liebkosen und mit dem winzigen Wesen reden, das in Isada heranwuchs. Sein Kind. Und wenn es doch nicht von ihm war? Die Bestie in ihm brüllte auf. Sein! Sie gehörte ihm, und sollte ein Mensch oder ein Vampir es wagen, sie auch nur anzurühren, würde er ihn in Fetzen reißen. Sie war sein!

Hilflos blickte Isada ihn an. „Das kann unmöglich sein." Ihre Schultern sackten nach vorne, ein Zittern ging durch ihren Körper.

Er schluckte. In seiner Brust wurde es plötzlich sehr eng. Er wollte zu ihr eilen, ihr die Last von den Schultern nehmen und ihr versichern, dass alles gut werden würde.

Isada hob den Kopf, und er las in ihren Augen wie in einem offenen Buch. Es war sein Kind, das sie unter dem Herzen trug. In ihm ging die Sonne auf und überstrahlte alles. Die Bestie in ihm beruhigte sich, wurde ganz zahm. Er wurde Vater. Sein Kind. So hatte er kein einziges Mal gefühlt, als Caren guter Hoffnung war. Caren. Ihr Name ließ ihn zusammenzucken. Nicht, weil er sich schuldig fühlte, sondern weil sie Isadas Schwangerschaft nicht gut aufnehmen würde. Er musste Isada fortbringen.

Noch ehe er seine Gedanken in Worte fassen konnte, hörte er Caren. Orange und Mohn schlugen ihm entgegen.

„Wer ist da bei euch?", fragte sie und kam nun schneller die Stufen hinab.

„Niemand!", entgegnete Pierrick etwas zu schroff und trat ihr in den Weg.

Seine Samera warf ihm einem verunsicherten Blick zu und spähte an Pierrick vorbei. „Aber ich höre doch, dass da noch jemand ist."

Es war sinnlos, ihr den Weg weiter zu versperren, und so ließ er sich von ihr zur Seite schieben. Früher oder später würde sie es mitbekommen.

Caren verharrte im Türrahmen, starrte ihre Schwester an. Sie riss ungläubig ihre Augen auf und schlug beide Hände vor den Mund, als ein erstickter Laut aus ihrer Kehle kam. Ihre Miene verdüsterte sich, und ihre schokoladenbraunen Augen begannen unheimlich zu glühen.

„Canicula", stieß sie erzürnt hervor. Dann folgte ein undeutliches Zischen, als ihre Fänge heraus schossen. „Ein Kind." Ihre Stimme wurde immer lauter. „Du hast sie in unser Haus geholt und nun sieh, was du davon hast. Jetzt musst du dich auch noch mit einem fremden Balg herumschlagen."

Die Bestie, die sich eben noch so friedlich verhalten hatte, brüllte auf. Am liebsten hätte er sich auf Caren gestürzt und ihr die Kehle zerfetzt, damit nie wieder solche Beleidigungen aus ihrem Mund kommen konnten. Er brauchte einige Augenblicke, um sich halbwegs unter Kontrolle zu bringen, dann sah er Isada an. Wenn sie sich nun dazu berufen fühlte, Öl ins Feuer zu gießen, würde ihm in den nächsten Minuten hier alles um die Ohren fliegen.

„Von wem ist das Kind?", kreischte Caren. „Nicht auszudenken, wie sich die Vampire den Mund über dich zerreißen werden."

„Das tut nichts zur Sache", hörte er in diesem Moment Isada ruhig sagen.

„Ist es ein Mischling?"

Beschützend legte Isada ihre Hände auf den noch nicht vorhandenen Bauch, als wolle sie ihr Ungeborenes schützen.

„Es ist nicht dein Problem, Caren. Es ist mein Kind."

„Ich dulde nicht, dass du in meinem Haus wohnst, mit einem Balg, von dem man nicht einmal weiß, woher es kommt. Vermutlich ist der Vampir so schwach, dass das Blutkind nicht überleben wird." Sie lachte laut auf.

Pierrick gefiel die Wendung, die die Unterhaltung nahm, überhaupt nicht. Er musste dieses Gespräch unterbrechen.

„Was hast du eigentlich für ein Problem?" Isada richtete sich auf und funkelte Caren an. „Du magst meine Schwester sein, aber ich bin dir keine Rechenschaft schuldig."

„Aber Pierrick hat ein Anrecht zu erfahren, wer der Vater ist", zischte Caren.

„Caren." Pierrick legte seiner Samera beruhigend eine Hand auf die Schulter.

„Lass mich!", giftete Caren nun ihn an.

Damit konnte er wiederum umgehen. Solange Caren auf ihn einhackte, ging sie zumindest nicht auf Isada los.

„Du musst etwas dagegen tun. Sie muss das Kind loswerden", befahl seine Samera ihm.

Pierrick schüttelte den Kopf. „Caren", sagte er mahnend, doch sie reagierte nicht auf ihn.

„Dieses Kind ist ein Bastard, ich will es nicht im Haus haben. Es muss sofort verschwinden. Das Balg ist ein Fluch."

Pierrick merkte, wie bei Caren die Stimmung kippte.

„Ich werde dir das Balg aus dem Leib reißen!", schrie sie und wollte auf Isada losstürzen.

Pierrick reagierte blitzschnell und schloss seine Arme fest um Caren.

„Lass mich los! Sie hat das Kind nicht verdient. Sie darf es nicht bekommen." Caren tobte, schlug um sich, sodass Pierrick noch fester zupacken musste, damit sie sich nicht losreißen konnte.

„Caren, beruhige dich", redete er auf sie ein. Doch sie hörte nicht auf ihn, verstärkte ihre Anstrengung, sich von ihm loszumachen, sogar noch.

„Caren!" Seine Stimme wurde unnachgiebiger, und er ließ eine gewisse Autorität mit einfließen.

„Das Kind muss fort!", kreischte sie.

Das war für Pierrick der Punkt, Caren einen mentalen Stoß zu verpassen. Sie schrie auf und brach in seinen Armen zusammen.

Völlig benommen blieb sie liegen. Vielleicht war er etwas zu grob mit ihr umgegangen, aber er würde nicht tolerieren, dass Caren ihre Schwester angriff und *seinem* Kind Schaden zufügte. Auch wenn er sich nicht zu Isada und dem Ungeborenen bekennen konnte, würde er doch alles in seiner Macht Stehende tun, um Isada zu beschützen.

Er hob Caren auf seine Arme und trug sie hinauf in ihr Zimmer. Dort legte er sie aufs Bett, küsste sie auf die Stirn und schickte sie in einen tiefen Schlaf.

Dann richtete er sich auf und massierte sich die Stirn. Nun kam der weitaus schwierigere Teil. Er musste mit Isada reden. Er musste ihr erklären, wie er zu dem Kind stand. Hoffentlich nahm sie es gut auf. Isada konnte nicht bleiben. Pierrick hatte bereits einen Plan, aber er wusste nicht, ob sie sich mit seinem Vorschlag einverstanden zeigen würde.

* * *

Am liebsten hätte sich Isada in ein Mäuseloch verkrochen. Ihr Leben hatte sich innerhalb weniger Minuten in ein einziges Desaster verwandelt. Sie war schwanger. Noch immer konnte ihr Verstand die Bedeutung des Wortes kaum verarbeiten. Warum musste das ausgerechnet ihr passieren? Wie viele Vampirinnen wünschten sich sehnlichst ein Kind und das über Jahrhunderte hinweg. Sie musste nur ein einziges Mal Sex haben und …

Wer der Vater des Kindes war, stand nicht zur Diskussion. Die letzten Wochen hatte sie lediglich einmal mit einem Mann verkehrt, und der war definitiv der Falsche gewesen.

Schwanger. Noch immer hörte sich dieses Wort seltsam fremd an. Sie wiederholte es einige Male laut, um sich daran zu gewöhnen.

Ein Lächeln stahl sich auf ihre Lippen, als sie an das kleine Ding dachte, dass man geradeso als lebendes Wesen bezeichnen konnte. Aber das Herz schlug, und damit hatte sein oder ihr Leben begonnen. Auch wenn sie nicht wusste, was da in ihrem Schoß heranwuchs, spürte sie doch eine tiefe Verbindung. Es war ihr Kind und was auch immer geschah, sie musste es beschützen.

Hier konnte sie nicht länger leben, ohne sich zwischen Caren und Pierrick zu drängen. Isada hatte keine Ahnung, wohin sie gehen sollte. Aber wenn sie an Carens Gesichtsausdruck dachte, bestand kein Zweifel daran, dass sie und das Ungeborene in diesem Haus nicht mehr sicher waren. Wäre Pierrick nicht dagewesen und hätte Caren daran gehindert, auf sie loszugehen, wäre es ein blutiger Kampf geworden. Diesmal wäre es Caren ernst gewesen. Es ging nicht um eine Meinungsverschiedenheit, sondern um ein Leben.

Die Angst kroch ihre Glieder hinauf, und Isada rieb sich über die Arme, um die plötzliche Kälte zu vertreiben. Sie stand auf, ging zu Pierricks Schreibtisch und wieder zurück, fuhr sich mit den Händen über das Gesicht und drehte sich abermals um. Ihr Blick fiel auf das Sofa, und plötzlich erschien es ihr eine gute Idee, sich dort niederzulassen. Sie setzte sich, schlüpfte aus ihren Schuhen und zog die Beine an. Das Gefühl von Hilflosigkeit drohte sie zu übermannen. Sie musste das Kind beschützen und wusste doch nicht wie. Sorge, wie Pierrick reagieren würde, breitete sich in ihr aus. Sie schloss die Augen, kämpfte gegen das Bedürfnis zu weinen an.

Sie hörte Pierricks Schritte. Einen Moment später hüllten Bergamotte und Moschus sie ein. Sie versuchte darin Trost zu finden, aber es fühlte sich alles falsch an.

„Wir müssen reden", erklärte er und ließ sich ihr gegenüber nieder.

Isada öffnete die Augen und sah ihn an. „Wie geht es Caren?"

„Sie schläft und wird sich wieder beruhigen." Pierrick fuhr sich mit beiden Händen über das Gesicht.

„Wenn sie wach wird, bin ich fort", begann Isada.

„Ja", murmelte Pierrick.

Isada konnte die Tränen kaum zurückhalten. War das alles, was er zu sagen hatte? Es war sein Kind, sein Fleisch und Blut, das in Gefahr war. Sie wusste nicht, wohin sie gehen sollte. Er war doch ihr Rinoka, er musste doch für sie sorgen.

Stumm saßen sie einige Zeit da. Jeder war mit seinen Gedanken beschäftigt.

„Ich möchte nicht, dass du dich zwischen Caren und mir entscheiden musst." Ihre Stimme zitterte.

Pierrick wich ihrem Blick aus.

Wieder herrschte Stille. Unerträglich und schwer hing sie zwischen ihnen. Isada starrte vor sich hin. Warum sagte er nichts, warum schwieg er? Sie wusste nicht, wohin sie gehen sollte. Sie konnte doch nicht einfach auf der Straße übernachten.

„Steht Vaters Haus noch leer?", fragte sie leise.

„Ja, aber das möchte ich nicht."

Endlich reagierte er, wenn auch nicht so, wie sie es sich erhofft hatte.

„Du wirst vorübergehend zu Jendrael und Arnika ziehen, bis ich eine geeignete Wohnung für dich gefunden habe."

Isada starrte ihn an, glaubte sich verhört zu haben. Warum sollte sie bei dem Soya wohnen, wenn ihr Elternhaus leer stand?

„Aber ich kann doch auch in Readville wohnen."

„Nein!", schnitt er ihr das Wort ab. „Es macht mich verrückt, dich wegzuschicken. Ich möchte für dich da sein, möchte …" Er blickte auf ihren Bauch und brach ab. „Du bist in Readville nicht sicher. Ich lasse nicht zu, dass dir oder dem Kind etwas geschieht. Wenn ich auch nicht so für dich da sein kann, wie ich gerne möchte, verspreche ich, dass es dir und dem Kind an nichts fehlen wird."

Isada atmete tief durch. Hier ging gerade etwas gründlich schief. „Pierrick, das musst du nicht. Ich komme sehr gut alleine klar. Readville wäre vollkommen ausreichend. In dem Haus ist Platz, es ist eine schöne Gegend für Kinder."

„Ich werde mit dir darüber nicht diskutieren. Du arbeitest für mich, für den Rat. Damit bist du ein potenzieller Schwachpunkt. Ich werde diesem Kind nie der Vater sein können, der ich gerne wäre. Dann lass wenigstens zu, dass ich dich mit allem versorge."

Sie las die Qual in seinen Augen und wäre am liebsten zu ihm gegangen und hätte sich in seine Arme geworfen.

„Okay", gab sie schließlich nach. Sie spürte, wie wichtig ihm das war, also beschloss sie, es ohne Murren hinzunehmen. Dann zog sie eben zu dem Soya und seiner Mi, wenn es ihn glücklich machte.

„Was ist los?" Inzwischen kannte sie ihn ganz gut und wusste, wenn er etwas vor ihr verbergen wollte.

Er zögerte, rang mit sich, ehe er schließlich mit der Sprache herausrückte. „Sie werden über dich reden."

Isada zuckte mit den Schultern und versuchte, eine unbekümmerte Miene aufzusetzen. „Sie zerreißen sich über alles das Maul, aber ebenso schnell vergessen sie es auch wieder." Das entsprach nur teilweise der Wahrheit. Das Gerede würde tatsächlich schnell verstummen, wenn der nächste Skandal kam. Aber dennoch würde sie eine Ausgegrenzte bleiben, bis sie einen Vampir fand, der ihr seinen Namen anbot. Das war Isada jedoch egal. Sie hatte noch nie sonderlich Wert auf die feine Gesellschaft gelegt, es kümmerte sie nicht, was sie über sie sagten. Auf einen Homen konnte sie ebenso gut verzichten, solang Pierrick ihr seinen Schutz nicht entzog.

„Und noch etwas", begann Isada.

Pierrick horchte auf, hob abwartend den Kopf.

„Ich möchte weiterhin für dich arbeiten."

Zweifelnd sah er sie an. „Ich weiß nicht …"

„Bitte." Flehend sah sie ihn an. „Ich verstehe, dass ich nicht hierherkommen kann, aber wenn du mir eine Wohnung suchst, könntest du doch dafür sorgen, dass ich dort ein kleines Büro einrichten kann. Letztendlich kann ich von überall arbeiten."

Pierricks Miene verdüsterte sich. „Ich halte das für keine gute Idee."

Isadas Lippen begannen zu zittern. „Nimm mir das bitte nicht", flüsterte sie.

„Okay." Wirklich überzeugt hörte er sich nicht an.

„Danke", murmelte sie und wäre ihm am liebsten um den Hals gefallen.

„Geh packen!", schickte er sie fort.

Isada erhob sich.

„Nur das, was du für die nächsten Wochen brauchst. Den Rest werde ich in deine Wohnung bringen lassen."

Isada nickte und schlich mit gesenktem Kopf hinauf in ihr Zimmer. Dort holte sie ihren Koffer und eine Reisetasche aus dem Schrank und warf wahllos alles hinein, was ihr wichtig erschien. Tränen rannen ihr über das Gesicht, und sie nahm ihre Umgebung kaum noch wahr. Sie hatte Mühe, den Koffer zu schließen und riss an dem Reißverschluss, der einfach nicht zugehen wollte.

Plötzlich tauchte Pierrick neben ihr auf. Sie hatte keine Ahnung, woher er auf einmal kam. Ungestüm riss er sie in seine Arme, und Isada barg ihr tränenüberströmtes Gesicht an seiner Brust. Seine Umarmung war tröstend, sie schmiegte sich Halt suchend an ihn, während er ihr beruhigend über den Rücken strich und sie aufs Haar küsste.

„Du bist nicht allein", flüsterte er ihr zu.

Isada fand in seinen Worten Trost. Waren es nur seine Worte oder sein Geist, der über ihre geschundene Seele strich und sie ruhiger werden ließ?

„Ich werde immer für dich da sein." Er hob ihr Kinn an, so dass sie ihn anblicken musste, und wischte ihr die Tränenspuren aus dem Gesicht. Langsam kam er näher. Isada sehnte sich nach ihm, schloss die Augen. Seine Lippen strichen sanft über die ihren, ehe er sie fester an sich zog und sich mit einem frustrierten Stöhnen auf ihren Mund stürzte. Sie gab sich ihm hin, schmeckte ihn. Die Tränen flossen unaufhörlich, während sie sich leidenschaftlich küssten. Ein letzter Kuss. Ein Abschiedskuss. Nie wieder würde sie ihm so nah sein.

„Ma hoel", hauchte er und trat schließlich von ihr zurück. Abrupt wandte er sich zu ihrem Koffer und der Tasche um, griff danach.

„Ich warte unten", erklärte er und floh förmlich.

Isada schwankte, hielt sich an der Wand fest und berührte mit den Fingerspitzen nachdenklich ihre Lippen. Es schmerzte so unendlich zu wissen, dass sie ihn für immer verloren hatte. Was ihr blieb, war die Erinnerung an ihn und sein Kind. Schützend legte sie eine Hand auf ihren flachen Unterleib. Sie mochte ein zweites Mal in kurzer Zeit entwurzelt werden, doch diesmal war sie nicht allein. Sie hatte keine Angst vor der Zukunft. So lange dieses kleine Wesen bei ihr war, hatte ihr Leben einen Sinn. Sie wusste, wofür es sich zu kämpfen lohnte. Aufgeben war keine Option.

Isada griff nach ihrem Rucksack, sah sich noch ein letztes Mal um und verließ das Zimmer, das in den letzten Wochen ihr Zuhause geworden war.

KAPITEL 19

Pierrick parkte den Mercedes direkt vor Jendraels Haus. Er warf einen Blick auf Isada, die die letzte halbe Stunde schweigend neben ihm verbracht hatte.

„Wir sind da", erklärte er überflüssigerweise.

Isada nickte, schnallte sich ab und öffnete die Tür.

Pierrick atmete tief ein, ehe auch er ausstieg. Es fühlte sich so falsch an, Isada hierher zu bringen. Sie gehörte nicht hierher, sie gehörte zu ihm. Er blendete die Gedanken aus, durfte einfach nicht daran denken.

Entschlossen hob er Isadas Koffer und Reisetasche aus dem Kofferraum. Isada war neben dem Auto stehengeblieben und sah auf die hölzerne Eingangstür.

„Jendrael hat das Haus vor ein paar Monaten gekauft", erzählte er Isada, um endlich das Schweigen zu durchbrechen.

Stumm nickte sie.

„Es ist wirklich nett hier. Für eine Familie perfekt."

Er ging an ihr vorbei, sie folgte ihm zögernd.

„Arnika hat darauf bestanden", verriet er ihr augenzwinkernd.

Isada reagierte nicht und er gab es auf.

Pierrick erreichte die grün gestrichene Holztreppe, die zur überdachten Veranda führte. Zwei Sofas und ein kleiner Tisch luden zum Verweilen ein. Zwei Leuchten spendeten genug Licht, dass man sich auch in der Dunkelheit hier wohl fühlen konnte.

Pierrick drückte auf die Klingel und wartete. Es dauerte nicht lange und Jendrael öffnete die Tür. Für einen Augenblick schien er kurz irritiert und musterte Isada stirnrunzelnd. Dann trat der Soya zur Seite und öffnete die Tür weit. „Herzlich willkommen."

Arnika erschien hinter Jendrael, stutzte ebenfalls einen Moment und streckte Isada die Hände entgegen. „Ich freue mich so, dass du hier bist." Die Mi strahlte Isada an und sie erwiderte das Lächeln scheu.

Pierrick wusste, dass seine Entscheidung, Isada hier unterzubringen, richtig gewesen war. Da Arnika selbst schwanger war, würde sie Isada gegenüber keinen Neid empfinden. Zudem hatte Jendrael für seine Samera ein gigantisches Sicherheitssystem auf die Beine gestellt, das sich problemlos auf Isada ausweiten lassen würde. Hier war sie ebenso sicher wie bei ihm zu Hause. Allerd und Blagden hatte er bereits informiert, dass sie ab sofort hier Wache schieben würden.

„Jendrael ist so viel unterwegs, dass ich mich oft einsam fühle. Wir werden eine schöne Zeit haben." Arnika hakte sich bei Isada unter und führte die Vampirin davon.

Pierrick hoffte, dass Arnika es schaffte, Isada aus ihrer Betrübtheit zu reißen.

„Komm mit, ich zeige dir dein Zimmer!" Arnika steuerte auf die Treppe zu und führte ihren Gast hinauf ins Obergeschoss.

„Stell die Taschen einfach ab." Jendrael deutete Richtung Treppe. „Ich bringe sie später hinauf oder du – wie du möchtest."

Pierrick folgte der Aufforderung.

„Bitte", lud Jendrael ihn mit einer Handbewegung ein.

Eigentlich wollte er nicht hierbleiben, wollte lediglich Isada abliefern und wieder nach Hause fahren. Jendraels Einladung einfach abzulehnen wäre unhöflich gewesen, und so folgte er seinem Freund. Er war schon einige Male hier gewesen und wusste, dass sich hinter der Treppe ein offenes und helles Wohnzimmer befand. Um ihn herum war alles modern eingerichtet, aber im Gegensatz zu Jendraels Penthouse strahlte dieses Haus Wärme und Behaglichkeit aus.

Jendrael wies auf einen schwarzen Ledersessel, der vor einem Kamin stand. In der kalten Jahreszeit spendete er sicher behagliche Wärme, doch noch war es zu warm, um ein Feuer darin zu schüren.

Pierrick setzte sich.

„Dein Anruf hat mich beunruhigt", gestand Jendrael.

Pierrick atmete tief durch und wappnete sich innerlich für das Gespräch. Vor Jendrael hatte er so gut wie keine Geheimnisse und auch wenn es niemanden gab, den er als Freund bezeichnete, kam Jendrael dieser Beschreibung schon sehr nahe.

„Isada ist schwanger." Es wäre sinnlos, Jendrael das zu verschweigen. Jeder Vampir konnte den Herzschlag des Ungeborenen hören.

Jendrael nickte und wartete, dass Pierrick fortfuhr.

„Caren ist ziemlich ungemütlich geworden. Ich kann nicht immer da sein und mich zwischen die beiden Frauen stellen. Es ist für Isada", er zögerte einen Augenblick, „und ihr Kind zu gefährlich, bei uns zu bleiben."

Bedächtig hörte Jendrael zu. „Das ist aber eine ziemliche Überraschung. Wie willst du mit Isada umgehen? Wird sie den Vater des Kindes heiraten?"

Pierrick schüttelte den Kopf.

„Du lässt ihr das durchgehen?", hakte Jendrael nach und schien verwirrt zu sein.

„Es ist etwas kompliziert. Isada wird eine Wohnung bekommen, ich werde sie finanziell versorgen. Bis dahin ist sie hier bei euch am sichersten aufgehoben."

Jendrael fuhr sich nachdenklich über die Stirn. „Ist das wirklich der richtige Weg? Als alleinstehende Mutter wird ihr die Chance auf einen Gefährten für immer verwehrt bleiben."

Pierrick konnte Jendrael förmlich zusehen, wie ihm ein Licht aufging. „Testa. Ein gebundener Vampir. Hast du ihn zumindest einen Kopf kürzer gemacht?"

Betreten schüttelte Pierrick den Kopf. Sollte er Jendrael die Wahrheit sagen? Er wusste, dass der Soya ein Geheimnis für sich behalten konnte.

Jendrael zog eine Augenbraue nach oben. „Glaub mir, den Kerl würde ich ausfindig machen." Dann hielt er inne. „Ach du Scheiße", murmelte er.

„Behalte es bitte für dich", bat Pierrick ihn kleinlaut.

„Vor Arnika kann ich es nicht verbergen. Aber dein Geheimnis ist bei uns sicher." Er schien noch immer fassungslos und schüttelte den Kopf. „Ausgerechnet du …"

Pierrick fuhr sich mit den Händen über das Gesicht. „Glaub mir, wenn ich etwas an der Situation ändern könnte, dann würde ich es tun."

„Du könntest Isada offiziell anerkennen."

Er hatte in Gedanken diese und jede andere Möglichkeit zig Mal durchgespielt. Das Ergebnis blieb dasselbe.

„Caren ist meine Samera. Ich bin ihr gegenüber verpflichtet."

„Was tut sie, dass sie den Titel als Mi noch länger verdient? Sie hat dir keine Kinder geschenkt. Du könntest die Verbindung zu ihr lösen."

„Nein!" Entschieden schüttelte Pierrick den Kopf. „Darüber brauchen wir nicht zu reden, das wird nicht passieren. Caren gehört zu mir, und ich bin nicht bereit, sie aufzugeben. Wir haben nur", er dachte kurz nach, „eine schwierige Zeit."

„Das musst du wissen", schloss Jendrael das Thema ab. „Ich wünsche dir einfach, dass du glücklich wirst – egal mit wem."

„Danke." Pierrick erhob sich. „Ihr seid mir bereits eine große Hilfe, indem ihr Isada bei euch aufnehmt."

„Aber gerne doch."

Jendrael begleitete Pierrick zur Tür. Dort gaben die Vampire sich zum Abschied die Hand.

„Pass gut auf sie auf", bat er seinen Freund eindringlich.

„Das werde ich", versprach Jendrael.

„Morgen werden sich Mori Blagden und Mori Allerd mit dir in Verbindung setzen. Sie werden Isada begleiten, sobald sie das Haus verlässt."

„Natürlich. Ich werde alle nötigen Absprachen mit ihnen treffen."

Langsam verließ Pierrick das Haus. Er fühlte sich, als hätte er etwas Wichtiges vergessen, und in gewisser Weise stimmte das auch. Isada. Aber sie musste hierbleiben.

Sein Herz lag wie ein Stein in der Brust, aber zumindest schmerzte es nicht. Steif ging er zu seinem Mercedes, stieg ein und fuhr nach Hause, in ein Heim, das ohne Isada trostlos und leer war.

* * *

Noch immer fühlte Isada diese Benommenheit, die sich einfach nicht abschütteln lassen wollte. Ihre Schwangerschaft verdrängte sie größtenteils, ebenso wie das schlechte Gewissen, wenn sie an Caren dachte.

Arnika war einfach großartig. Jendrael war in den vergangenen zwei Tagen viel unterwegs gewesen. Die beiden Frauen hatten es sich gut gehen lassen. Arnika unternahm alles Mögliche, um Isada von ihren trüben Gedanken abzulenken. Sie gingen ausgiebig einkaufen. Als Mi besaß Arnika gute Kontakte und hatte mehr als einen Boutiqueninhaber dazu bringen können, exklusiv für sie mitten in der Nacht zu öffnen. Zudem hatte Arnika einen absolut stilsicheren Kleidergeschmack und Isada vertraute auf ihr Urteil. Sie glaubte zwar nicht, dass sie das schicke Abendkleid, das sie erstanden hatte, jemals tragen würde, ebenso wenig wie die zwei Partykleider. Aber Arnika hatte beteuert, dass sie umwerfend darin aussah, und so hatte Isada nicht widerstehen können. Da sie in letzter Zeit äußerst sparsam gelebt und von Pierrick bereits Gehalt erhalten hatte, konnte sie sich die Shoppingtour problemlos leisten.

Bei den drei Kleidern war es nicht geblieben. Röcke, Hosen, T-Shirts und Jacken waren dazugekommen. Bis auf ein paar Lieblingsstücke hatte Isada die schwarze Kleidung aus ihrem Kleiderschrank verbannt, dessen Inhalt nun ebenso bunt schillerte wie ein Papagei.

Um einen endgültigen Schlussstrich unter ihr altes Leben zu ziehen, hatte Isada beschlossen, sich die Haare abzuschneiden. Arnika hatte extra ihretwegen eine ganze Meute kommen lassen. Zwei Stunden lang waren zig Menschen um sie herumgewuselt, bis man ihr endlich einen Blick in den Spiegel gewährt hatte. Ihre Haare waren zu einem kinnlangen Bob geschnitten, der Pony leicht angeschrägt. Isada gefiel sich gut, und Arnika war vor Begeisterung ganz aus dem Häuschen gewesen. Sogar Jendrael war etwas über die Lippen gekommen, das man mit viel Fantasie als Kompliment ansehen konnte.

Häufig saßen die beiden Frauen an ihrem Lieblingsplatz, der Dachterrasse, und unterhielten sich. So auch heute. Sie hatten herzhaft gelacht, als Arnika von ihrer Zeit als Kellnerin im Club erzählt hatte. Als Arnika schließlich ins *Fiftyfive* aufbrechen wollte, lehnte Isada dankend ab. So war die Mi alleine aufgebrochen.

Isada schlich in ihr Zimmer, kramte das Prepaid-Handy hervor und stellte erleichtert fest, dass von Mirosh bisher keine Nachrichten gekommen waren. Ihre Zugehörigkeit zu den *Gen Guards* musste sie in Ruhe überdenken. Ein Kind veränderte vieles in ihrem Leben. Die Prioritäten verschoben sich.

Isada war gerade damit beschäftigt, das Handy wieder in ihrem Rucksack zu verstauen, als ihr eine handschriftliche Notiz in die Hände fiel. Sie hatte darauf zwei Adressen von möglichen *Gen-Guards*-Mitgliedern notiert. Janets Adresse und eine weitere in Dorchester, mit der Isada nichts anfangen konnte. Deshalb beschloss sie, dort vorbeizugehen.

Isada brauchte nicht lange vor der Tür zu warten, da fuhr Blagden bereits vor und öffnete ihr den Fond, damit sie einsteigen konnte. Sie nannte ihm die Adresse in Dorchester, lehnte sich zurück und schloss die Augen.

„Wir sind da", erklärte Blagden etwas später und hielt vor einem Ladengeschäft, über dessen Eingang in Neonschrift *24-Copyshop* stand. „Soll ich warten?"

„Ja, bitte." Rasch stieg sie aus, bevor Blagden ihr die Tür öffnen konnte und spähte durch die Schaufenster hinein. Der Laden war hell erleuchtet. Etliche hüfthohe Kopierer standen um einen großen Tisch, auf dem allerhand Utensilien lagen. Neugierig betrat Isada den Laden. Eine Glocke über ihr erklang und kündigte einen neuen Kunden an. Eine Frau, die hinter dem Tresen an einem Computer gesessen hatte, erhob sich und kam auf Isada zu.

„Kann ich Ihnen helfen?"

Isada kniff die Augen zusammen und musterte die Frau. Sie waren etwa gleich groß. Während Isadas Bob gerade geschnitten war, trug die Frau ihren schräg in blauschwarz. Der Pony leuchtete in Neonblau. Piercings zierten ihre Unterlippe, die linke Augenbraue und ihre Nase. In jedem Ohrläppchen befand sich ein sogenannter Tunnel, ein Ring. Blaugraue Augen schauten sie belustigt an.

„Möchtest du etwas kopieren oder bist du wegen etwas anderem hier?" Nahtlos war sie zum Du übergegangen, wie es in der Vampirwelt üblich war.

Hilfesuchend blickte Isada sich um. „Ich hätte gerne ein T-Shirt", sagte sie das Erstbeste, was ihr in den Sinn kam.

„Klar, kein Problem." Die Vampirin deutete über sich an die Wand, an der aufgereiht T-Shirts in unterschiedlichen Farben hingen. „Welches Motiv darf es sein?"

Isada zögerte. Wie weit konnte sie gehen? „Ich weiß nicht, ob ich dir vertrauen kann. Das Motiv ist etwas heikel."

„Nun, das weiß ich auch nicht", sagte die Vampirin vergnügt. „Ich bin Bella Du Barry, mein Homen Ben ist Soya Darius unterstellt."

„Isada Dearing. Ich gehöre zu Soya Pierrick."

Wissend lächelte Bella. „Ich habe davon gehört."

Nachdenklich betrachtete Isada Bella. Ein angenehmer Duft von Honigmelone und Jasmin ging von ihr aus. Die Vampirin wirkte auf sie sympathisch, auch wenn sie sich etwas zurückhaltend gab.

„Ich habe auch Kinder", sagte Bella und schielte auf Isadas Bauch. Noch immer war nichts zu sehen, aber die Vampire nahmen den Herzschlag des Ungeborenen wahr.

„Da du ein Ephebe bist, musst du sehr jung Mutter geworden sein."

Bella zuckte mit den Schultern. Es sollte beiläufig wirken, doch Isada nahm das Glitzern in ihren Augen wahr. Die Familie war der Vampirin sehr wichtig.

„Ich bin mit meinem Gefährten seit zwanzig Jahren glücklich. Wir kamen zusammen, als ich noch ein Blutkind war."

Isada beneidete die Frau, bei der sich alles so einfach anhörte.

„Also, was soll auf das T-Shirt?"

Isada starrte hinauf und überlegte, welche Farbe sie nehmen sollte. Eigentlich war es total egal. Dieses T-Shirt würde sie nie tragen.

„Kennst du das Logo der *Gen Guards*, die zwei verschlungenen Gs?"

Skeptisch zog Bella eine Augenbraue nach oben. „Du weißt aber schon, dass man diesen Namen nicht öffentlich in den Mund nehmen sollte?"

Isada grinste sie verschwörerisch an. „Ich dachte, ich könnte dir vertrauen. Du wirkst nicht so, als ob du alles, was der Rat sagt, kommentarlos hinnehmen würdest." Hatte sie sich damit zu weit aus dem Fenster gelehnt? Würde Bella einen Rückzieher machen, sie sogar an den Rat verraten? Wenn Pierrick von dieser Aktion hier erfuhr, musste sie sich eine ziemlich gute Ausrede einfallen lassen.

„Ich tue das, was für meine Familie am besten ist", sagte Bella und wandte sich um. „Such dir ein anderes Motiv, dann bekommst du ein T-Shirt." Sie setzte sich wieder an den Computer und arbeitete weiter.

Isada stand unschlüssig da. Hatte sie sich in Bella getäuscht? Aber sie hatte das Handy hier geortet – zwei Mal.

„Gibt es noch andere Vampire, die hier arbeiten?", fragte Isada.

Bella blickte nicht auf, schüttelte aber den Kopf. „Ich bin die einzige. Den Großteil der Nachtschichten übernehme ich. Die Menschen wollen lieber tagsüber arbeiten."

Isada nickte. Gedankenverloren ging sie. „Dankeschön. Ich melde mich dann wegen des T-Shirts." Mit gemischten Gefühlen verließ sie den Copyshop. Sie war sich, was Bella betraf, nicht sicher. Möglich, dass sie Mitglied der *Gen Guards* war, möglich, dass sie es nicht war. In Gedanken versunken stieg sie ins wartende Auto ein und wies Blagden an, sie auf direktem Weg zu Jendraels Anwesen zu bringen.

* * *

Als Isada das Haus betrat, roch sie sofort, dass Arnika bereits zurückgekehrt war. Sie suchte die Freundin und fand sie schließlich auf der Dachterrasse. Da es kühler geworden war, hatte sie sich unter eine Wolldecke gekuschelt.

„Du bist schon zurück?"

„Es war heute unglaublich langweilig", sagte Arnika achselzuckend. „Einfach niemand Vernünftiges da. Alleine hatte ich keine Lust herumzusitzen, deswegen bin ich früher gegangen."

Isada ließ sich auf den zweiten Stuhl sinken und nahm dankend eine Decke entgegen, die ihr Arnika reichte. Sie breitete diese über sich aus und sah in den Sternenhimmel.

„Was hast du heute Nacht gemacht?", fragte Arnika beiläufig.

Isada bekam ein schlechtes Gewissen. Sie wollte die Mi nicht belügen und beschloss deshalb, ihr zumindest teilweise die Wahrheit zu sagen.

„Ich war in Dorchester und habe dort eine andere Vampirin getroffen."

Arnika wollte gerade etwas darauf erwidern, als ihr Handy klingelte, das auf der Stuhllehne lag. Bevor Arnika das Gespräch entgegennahm, erhaschte Isada einen Blick auf das Display. Jendrael war darauf zu sehen.

„Ist bei dir alles in Ordnung?", fragte Arnika verwundert.

Isada verstand nicht alles, schnappte aber „*Gen Guards*" und „viele Verletzte" auf.

„Ich komme sofort."

„Nein!" Die Antwort war deutlich zu verstehen.

„Aber ich könnte helfen."

Isada lauschte, verstand Jendraels Worte jedoch nicht.

„Okay", stimmte Arnika schließlich zu. „Aber versprich mir, dass Sam kommt."

Arnika lauschte noch einen Moment, dann legte sie auf. Ihre Miene wirkte angespannt. Es mussten beunruhigende Neuigkeiten gewesen sein, wenn Arnika so reagierte.

Ein beklemmendes Gefühl ergriff Isada. War etwas mit Pierrick? „Was ist passiert?" Ihre Stimme war leise, kaum hörbar.

„Die *Gen Guards* haben einen Angriff gestartet. Diesmal nicht gegen die Inimicus, sondern gegen die Ekklesia-Krieger, die auf ihrem Rundgang durch die Stadt waren."

Isada wusste nicht, was sie sagen sollte, starrte Arnika einfach nur an. Sämtliche Gedanken wirbelten in ihrem Kopf durcheinander. Das war unmöglich. Die *Gen Guards* würden so etwas nie tun. Ihr Ziel war die Vernichtung der Inimicus, aber nie würden sie sich gegen die Krieger, gegen den Rat stellen. Arnika musste da etwas verwechseln oder es falsch verstanden haben. War Pierrick etwas zugestoßen? Warum meldete er sich nicht bei ihr? Andererseits: Warum sollte er sich bei ihr melden?

„Das ist unmöglich", stammelte Isada.

„Leider nicht. Ein Ephebe der *Gen Guards* ist schwer verletzt. Sie wissen nicht, ob er überleben wird. Drei Krieger hat es auch ziemlich erwischt. Sie werden gerade zu Darius auf die Krankenstation gebracht."

Warum saßen sie dann noch hier herum? Warum waren sie nicht längst auf dem Weg zu Darius, um den Soyas beizustehen?

„Geht es den Soyas gut?" Isada brachte die Worte kaum heraus, so zugeschnürt war ihre Kehle.

„Ja, sie waren nicht dabei. Arek muss wohl ziemlich toben, und auch Darius ist unausstehlich."

Das konnte sich Isada lebhaft vorstellen und war für einen Augenblick ganz froh, weit entfernt von den Soyas zu sein.

„Sam kommt nachher und holt mich ab. Der Rat trifft sich im *Fiftyfive*."

Isada schluckte und nickte. Sie wusste, dass sie kein Recht hatte mitzugehen. Die Ekklesia-Sitzung war ausschließlich den Soyas und ihren Gefährtinnen vorbestimmt. Sie gehörte nicht dazu. Wut auf Caren kroch in ihr hoch. Sie hätte die Möglichkeit gehabt hinzugeben, aber stattdessen verbarrikadierte sie sich in ihrem Zimmer.

„Ist okay", beeilte sich Isada zu sagen. Es war natürlich nicht okay, aber das würde sie niemals zugeben.

Die beiden Frauen saßen noch einige Zeit zusammen, bis ein Auto zu hören war. Es fuhr die Einfahrt hinauf und blieb vor dem Haus stehen.

„Du musst dir keine Sorgen machen."

Isada winkte ab. „Verschwinde schon. Ich komme alleine klar, und mein Schatten ist ja auch noch da." Blagden hielt sich wie immer in der Nähe auf.

Bevor Arnika verschwand, drückte sie Isada kurz an sich. Mit ihrem runden Bauch war das gar nicht so einfach. „Pass auf dich auf und mach keine Dummheiten!", rief Arnika ihr zu und verschwand.

Isada kuschelte sich in ihre Decke ein und lauschte dem Motorengeräusch, das sich immer weiter entfernte und schließlich verstummte.

Sie blickte hinauf in den Himmel, betrachtete die unzähligen Sterne. Es war ihr unbegreiflich, wie es dazu kommen konnte, dass die *Gen Guards* die Krieger angegriffen haben sollten. Sie hatten doch beide dasselbe Ziel: die Vampire zu schützen. Isada schluckte. Es musste sich um ein Missverständnis handeln. Anders konnte sie sich diesen Vorfall nicht erklären.

Was, wenn es sich nicht um einen Irrtum handelte? Was, wenn Arnika alles richtig verstanden hatte und die *Gen Guards* tatsächlich auf die Krieger losgegangen waren?

Isada zog die Decke fester um sich. Sie fröstelte. Den einmal aufgekeimten Zweifel konnte sie nicht so einfach beiseiteschieben. Sie überlegte hin und her und beschloss, Mirosh anzurufen und ihn direkt auf den Angriff anzusprechen. Entschlossen erhob sie sich, faltete die Decke zusammen und trat in das warme Haus. Ihr Gästezimmer lag etwas weiter den Flur hinab. Stille umgab sie. Alle waren fort. Nur sie war noch hier. Auch wenn es keinen Grund gab leise zu sein, schlich sie in ihr Zimmer und schloss hinter sich die Tür.

Sie holte das Handy aus seinem Versteck. Es dauerte einige Augenblicke, bis es hochgefahren war. Das Display blinkte auf. Einmal, zweimal. Isada konnte nicht mitzählen. Etliche Anrufe in Abwesenheit waren angekommen. Immer dieselbe Nummer. Mirosh hatte insgesamt dreizehn Mal versucht, sie zu erreichen. Etliche Textnachrichten, immer mit demselben Inhalt, kamen noch dazu. Sie sollte sich so schnell wie möglich mit ihm in Verbindung setzen. Das tat Isada nun.

„Endlich, ich dachte schon, du meldest dich überhaupt nicht mehr", fuhr Mirosh sie anstatt einer Begrüßung an.

„Es ist schön, von dir zu hören, Mirosh." Isada ließ sich im Schneidersitz auf dem breiten Doppelbett nieder und lehnte sich an der hölzernen Rückwand an.

„Du musst alles herausfinden, was die Ekklesia über die *Gen Guards* weiß. Alles. Jedes noch so kleine Detail ist wichtig."

„Das wird nicht gehen." Das Holz quietschte, als sie ihre Position veränderte.

„Du musst. Wir befinden uns jetzt offiziell in einem Krieg."

Es war alles so unwirklich. Sie hatte das Gefühl, als ob die Welt stehen geblieben wäre. Nichts bewegte sich mehr. Selbst sie saß steif auf ihrem Bett, telefonierend. Gleichzeitig stand sie neben sich, konnte sich frei bewegen. Es war wie ein Blick von außen. Doch leider änderte dies nichts an den Tatsachen. Die Erde drehte sich weiter, und Isada war wieder ganz bei sich.

„Warum sollten wir gegen unsere eigenen Leute kämpfen? Wir sind dafür da, die Vampire zu beschützen."

„Der Rat ist gefährlich. Pass nur auf, dass sie dich nicht erwischen. Sie haben in den letzten zwei Tagen willkürlich Vampire zum Verhör mitgenommen. Darunter auch einige von uns. Ich hoffe, keiner von ihnen hat geplaudert. Aber so wahllos, wie sie noch immer Epheben mitnehmen, waren unsere Leute bisher standhaft."

Isada musste erst einmal Luft holen.

„Wenn auch nur der leiseste Verdacht besteht, greifen sie rücksichtslos durch. Pass auf dich auf. Sollten sie dich schnappen, bist du ganz auf dich gestellt."

„Mirosh, ich kann das nicht."

„Was kannst du nicht?", blaffte Mirosh sie an. „Du wusstest von Anfang an, worauf du dich einlässt. Wir haben dich extra bei Soya Pierrick eingeschleust, damit du an Informationen kommst."

Niemand hatte sie eingeschleust. Ihre Entscheidung, für Pierrick zu arbeiten, hatte sie vollkommen selbstständig getroffen. Die *Gen Guards* hatten sich lediglich ihre Position zu Nutze gemacht.

„Ich bin nicht mehr bei Pierrick, deswegen werde ich euch keine Hilfe sein können."

„Was?" Jetzt brüllte er. „Wo bist du? Wir brauchen dich dort. Unbedingt. Schau, dass du sofort zu ihm zurückkehrst."

„Das ist nicht möglich."

„So geht das nicht", belehrte er Isada und rang dabei sichtlich nach Fassung. „Du wirst jetzt auf der Stelle zu ihm gehen."

„Ich kann nicht."

„Verdammt noch mal, warum nicht?"

„Es gibt ein familiäres Problem mit meiner Schwester. Ich bekomme eine eigene Wohnung und werde auch weiterhin für den Aufräumer arbeiten, aber das wird wohl noch ein paar Wochen dauern, bis ich wieder an Daten herankomme." Isada bezweifelte, dass sie jemals wieder eine Information, die von Belang war, an Mirosh weiterleiten konnte. Wie konnte eine Organisation, die sich zum Schutz des Clans gegründet hatte, plötzlich die eigenen Leute angreifen? Sie machten den Clan doch dadurch zu einem leichten Ziel für die Inimicus.

„Testa!", fluchte Mirosh, und Isada konnte sich bildlich vorstellen, wie er die Haare raufte. „Das wird ihnen gar nicht gefallen." Eine Spur Verzweiflung schwang nun bei ihm mit.

„Mirosh, ich sagte dir doch, es ist im Moment nicht möglich. Ich kann mich melden, wenn sich an meiner Situation etwas ändert." Isada verspürte überhaupt kein Verlangen, möglichst bald in eine eigene Wohnung zu ziehen.

„Sie werden mich einen Kopf kürzer machen", jammerte Mirosh.

Warum erzählte er ihr das? Um ihr ein schlechtes Gewissen zu machen? Er war nicht der ängstliche Typ, hatte alles zu jeder Zeit unter Kontrolle.

„Warum?", fragte Isada nach.

„Ich habe ihnen von dir erzählt."

„Wem?"

„Dem, der über mir steht."

„Wer?"

Sie hörte Mirosh seufzen. „Das kann ich dir nicht sagen. Wie stehe ich jetzt nur da? Das alles nur, weil du unfähig bist, deinen Job ordentlich zu erledigen."

Das Mitleid, das sie soeben mit ihm empfunden hatte, verschwand.

„Erzähl mir etwas über den Angriff heute, dann werde ich sehen, was sich machen lässt."

„Ich war nicht beteiligt", wich Mirosh ihr aus.

„Entweder du erzählst mir jetzt etwas, oder ich beende das Telefonat auf der Stelle."

Isada lauschte angestrengt und befürchtete schon, die Auseinandersetzung verloren zu haben, als Mirosh schließlich seufzte: „Zwei Teams haben je einen Krieger angegriffen."

Jedes Team bestand aus drei Leuten. Von Pierrick wusste sie, dass acht bis zehn Krieger jede Nacht in der Stadt unterwegs waren. Es waren also jede Menge Epheben in dieser Nacht mobilisiert gewesen. Dass es dabei nur einen von ihnen erwischt hatte, glich einem Wunder.

„Einer unserer Männer muss sehr schwer verletzt sein. Ob er überleben wird, ist noch nicht sicher", gab Isada das wenige, das sie wusste, an Mirosh weiter.

„Vollia! Hoffen wir, dass er nicht überlebt."

Isada schloss die Augen.

„Warum habt ihr die Krieger angegriffen?", fragte sie leise.

„Um dem Rat zu zeigen, dass ihre tollen Ekklesia-Krieger nichts taugen. Wir müssen endlich handeln. Ein Zeichen setzen gegen die Inimicus. Das können wir nicht mit diesen schwächlichen Pseudo-Kriegern." Mirosh räusperte sich. „Wie viele Verluste haben die Ekklesia-Krieger erlitten?"

Isada zögerte. Sollte sie auch diese Information preisgeben? Aber was konnte Mirosh damit schon anfangen? „Drei Verletzte", sagte sie schließlich.

„Tot wären sie mir lieber gewesen", murmelte Mirosh verdrossen. „Weißt du sonst noch etwas?"

„Nein."

„Gut, dann werde ich jetzt den anderen erklären, dass du derzeit nicht zur Verfügung stehst."

„Danke."

Bevor Mirosh es sich noch anders überlegen konnte, legte sie auf. Sie hatte das Handy noch nicht zur Seite gelegt, als es wieder klingelte. Es war Mirosh. Doch Isada wollte nicht noch einmal mit ihm reden. Deshalb schaltete sie es einfach ab, entfernte den Akku und schleuderte die Einzelteile in ihren offen stehenden Schrank.

Blöder Mirosh und diese idiotischen Vampire, die über Mirosh standen!

Isada war übel. Ihre Knie waren weich. Sie legte sich flach aufs Bett und schloss kurz die Augen. Dass die *Gen Guards* öffentlich ihre eigenen Leute angriffen, war alles andere als gut. Sie musste an Areks Worte denken, der schon bei der Besprechung mit Darius vermutet hatte, dass so etwas geschehen würde. Damals hatte sie ihm nicht geglaubt. Nun hatte er doch recht behalten.

Isadas Magen rebellierte. Schnell hievte sie sich hoch, rannte hinüber ins angrenzende Badezimmer und übergab sich in die Toilettenschüssel. Der Geschmack in ihrem Mund war ekelhaft, aber zumindest ihr Magen beruhigte sich ein wenig. Sie spülte ihren Mund mit Wasser aus. Müde und erschöpft kroch sie in ihr Bett und zog die Decke über sich. Sie wollte nur noch schlafen und den beschissenen Tag heute vergessen.

KAPITEL 20

Nach einer Stunde Schlaf ging es Isada besser. Ihr Magen hatte sich beruhigt, sie fühlte sich ausgeruht und fit. Arnika und Jendrael waren bisher nicht zurückgekehrt. Die Sonne sollte erst in drei Stunden aufgehen. Eine Adresse eines potenziellen *Gen-Guards*-Mitglieds hatte sie bereits unter die Lupe genommen, die zweite noch nicht. Ihre ehemals beste Freundin Janet würde Besuch bekommen und dann wollte Isada ein paar Antworten. Sie war wirklich gespannt darauf, was die perfekte Frau von Welt von den *Gen Guards* wusste.

Zum zweiten Mal in dieser Nacht verließ sie das Haus. Blagden zeigte sich nicht verwundert, als er ein weiteres Mal das Auto vorfuhr. Als sie ihm jedoch die gewünschte Adresse in Readville gab, zögerte er.

„Ich will eine alte Freundin besuchen. Janet und ich kennen uns schon ewig."

Blagden schwieg. Er hatte sich noch immer nicht zu einer Entscheidung durchgerungen.

„Was ist schon dabei, zum Haus von Mori Carver zu fahren?", versuchte Isada ihn zu überzeugen.

„Okay", gab Blagden schließlich nach und fuhr los.

Zwanzig Minuten später stand Isada in Readville vor dem Haus der Familie Dockhorw. Ihr letzter Besuch lag einige Jahre zurück, dabei war Janet jahrelang ihre beste Freundin gewesen.

Sie klopfte an und wartete.

Mit Schwung wurde die Tür aufgerissen, und Janet strahlte sie begeistert an. Als sie jedoch registrierte, dass Isada vor der Tür stand, wandelte sich ihre Mimik. „Ich dachte, ich hätte Ennis gerochen", sagte sie enttäuscht. Missbilligend ließ Janet ihren Blick an Isada von oben nach unten wandern.

„Möchtest du mich nicht hereinbitten?", fragte Isada.

„Aber nur so lange, bis Ennis kommt. Ich warte auf ihn."

Isada trat ein. Auch wenn der Duft von Mori Carver überall im Haus präsent war, war er selbst nicht anwesend. Sie war also mit Janet allein. Besser hätte sie es nicht treffen können.

Das Wohnzimmer hatte sich nicht verändert. Es war genauso, wie Isada es in Erinnerung hatte. Die blau gemusterte Tapete an den Wänden, der grobmaschige, dunkle Teppich und die inzwischen leicht verschlissene Sofagarnitur. Wenn es bei ihnen so aussähe, hätte ihr Vater längst eine neue Einrichtung gekauft. Auch der Fernseher war in die Jahre gekommen, ein alter Röhrenmonitor. Von einer modernen HiFi-Anlage oder einem Flachbildschirm war nichts zu sehen. Verschloss sich Mori Carver vor der Technik, oder konnte sich die Familie das schlicht und einfach nicht leisten?

Janet war ordentlich zurechtgemacht, aber der Schnitt ihres Kostüms erinnerte an die achtziger Jahre. Den Rock trug man heutzutage deutlich kürzer, und auch die Schulterpolster waren ziemlich aus der Mode gekommen. Der Familie schien es finanziell wohl nicht besonders gut zu gehen, und Isada bedauerte ihre Freundin aufrichtig dafür. War sie vielleicht deswegen so erpicht darauf, bald zu heiraten? Die Familie ihres Verlobten schien dieses Problem nicht zu haben.

Isada setzte sich auf das alte Sofa und wartete, bis Janet ebenfalls Platz genommen hatte.

„Du hast dich verändert", stellte Janet fest.

Von den schwarzen Schuhen über das hübsche blaue Kostüm bis hin zu den blonden Locken war alles perfekt aufeinander abgestimmt. So war Janet schon immer gewesen.

„Mag sein", erklärte Isada ausweichend.

„Du bist schwanger."

„Ja, aber das hat mit meinem Besuch nichts zu tun."

„Darf man dich also beglückwünschen. Wer ist der stolze Vater?"

„Das tut nichts zur Sache."

Janet lächelte verkrampft. „Ein Mensch?" Sie konnte die Verachtung in ihrer Stimme nicht verbergen.

„Es ist nicht wichtig und nicht der Grund, warum ich hier bin."

„Okay, was willst du dann?" Ihre perfekt manikürten Finger verschränkten sich in ihrem Schoß.

Die Zeit, in der sie sich nahegestanden hatten, war längst vorbei. Sie saßen hier wie zwei Fremde, unterhielten sich über oberflächliche Dinge und maßen sich abschätzend.

Isada atmete tief durch. „Was weißt du über die *Gen Guards*?"

Zum ersten Mal wirkte Janet nun wirklich überrascht. „Die *Gen Guards*? Diese Splittergruppe?" Verächtlich verzog sie das Gesicht. „Nichts."

Isada wusste nicht, ob sie ihr glauben konnte oder ob die Vampirin einfach eine gute Schauspielerin war.

„Hör zu, Janet", Isada machte eine kurze Pause, „entweder du erzählst mir das, was ich wissen möchte, oder ich werde dem Rat berichten, dass du etwas mit den *Gen Guards* zu tun hast."

Janets Maske begann zu bröckeln. „Das kannst du nicht tun. Das wäre eine glatte Lüge. Ich habe mit dieser Gruppe nichts zu tun."

„Und wenn ich Beweise habe?"

„Das ist unmöglich."

Janets überzeugtes Auftreten verunsicherte Isada. Zweifel keimte in ihr auf. Hatte sie sich doch geirrt? Aber das Handysignal kam eindeutig von hier.

Isada beschloss, es auf sich beruhen zu lassen und ein anders Thema anzuschneiden. „Wann wirst du heiraten?"

Die Augen der Vampirin begannen zu glänzen, als sie voll Freude antwortete: „Im nächsten Sommer. Es wird eine ganz romantische, wunderschöne Feier werden. Allerdings nur im engsten Kreis. Darauf besteht Ennis."

Isada nickte abwesend. „Ist Ennis häufig bei dir?"

„Ja, er kommt eigentlich jede Nacht vorbei."

„Heute auch?", wollte Isada wissen.

„Er sollte schon längst hier sein, aber vielleicht wurde er aufgehalten. Du musst wissen, er hat einen wichtigen Job."

Bemüht, sich daran zu erinnern, was Janets Verlobter von Beruf war und wo er arbeitete, dachte Isada angestrengt nach. Es wollte ihr nur nicht einfallen.

Es klingelte an der Tür.

Janet schoss hoch. „Das wird er sein", verkündete sie freudestrahlend und ließ Isada einfach allein, um die Tür zu öffnen.

„Was ist denn mit dir passiert?", hörte Isada die entsetzte Stimme der Vampirin und kam neugierig in den Eingangsbereich.

„Nichts Schlimmes, Liebling." Ennis humpelte herein. Etwas stimmte nicht mit seinem Bein, zumindest zog er es nach. Sein rechtes Auge war leicht geschwollen. Alles nichts Tragisches und binnen Stunden würde zumindest das Auge wieder unversehrt sein. Sein Aussehen sagte Isada jedoch mehr, als es jedes Geständnis gekonnt hätte. Sie wusste nun, wessen Handy sie geortet hatte. Dass Ennis mit seinen etwas über hundert Jahren kein Ephebe mehr war, hatte ihn nicht daran gehindert, sich der Splittergruppe anzuschließen.

„Wer ist denn das?" Ennis hielt Janet im Arm und spähte an ihrer Seite vorbei Isada an.

„Isada Dearing", stellte sie sich vor.

„Isada und ich kennen uns aus Kindertagen", beeilte Janet sich, ihm zu erklären.

„Sie ist schwanger", stellte Ennis überflüssigerweise fest.

„Ja, ich bin schwanger. Noch nie eine schwangere Vampirin gesehen?" Genervt verdreht sie die Augen.

„Der Duft von Soya Pierrick und Soya Jendrael umgibt dich. Beide Vampire haben jedoch eine Gefährtin." Argwöhnisch maß Ennis sie mit Blicken.

„Soya Pierrick ist mein Rinoka, und bei Soya Jendrael und seiner Samera lebe ich zurzeit."

Herablassend zog Ennis eine Augenbraue hoch. Sie hatte nicht erklärt, warum sie nicht nach dem Vater des Kindes roch. So gut es ging, blendete Isada ihn aus. Sie mochte Ennis nicht. Hoffentlich beging Janet keinen Fehler, wenn sie sich ihm unterordnete.

„Auf Wiedersehen, Janet. Ich wünsche dir alles Gute", verabschiedete Isada sich von ihrer ehemals besten Freundin.

„Danke für deinen Besuch!", rief Janet ihr hinterher, als Isada den schmalen Weg bis zur Straße entlang lief, wo Blagden bereits auf sie wartete. Es hatte zu regnen begonnen, und Isada beeilte sich ins Trockene zu kommen.

„Zum Anwesen?", fragte Blagden und blickte sie im Rückspiegel an.

Isada nickte.

Ihr gingen Janet und Ennis nicht aus dem Kopf. Was waren ihre Beweggründe für diese Hochzeit? Was geschah, wenn Isada ihn an den Rat verriet? Würde Janet die Verlobung lösen und ihm dem Rücken kehren, oder hielt sie zu ihm, weil sie ihn liebte?

Sie hatte zwei weitere *Gen-Guards*-Mitglieder ausfindig gemacht. Bei Ennis war sie sich sicher, bei Bella dagegen nicht. Sollte sie ihre Entdeckungen Pierrick mitteilen oder diese Erkenntnisse lieber für sich behalten? Sie hatte keine Ahnung, was der richtige Weg war.

* * *

In dieser Nacht war das eingetroffen, wovor sie sich alle gefürchtet hatten. Die *Gen Guards* hatten die Krieger angegriffen. Ein Krieg, den Pierrick gerne um jeden Preis vermieden hätte. Er kochte innerlich, und die Bestie in ihm hätte sich am liebsten den Epheben geschnappt, der noch immer auf der Krankenstation lag und mit seinem Leben rang. Arek hatte dafür gesorgt, dass ihm Vampirblut eingeflößt wurde, doch ob sein Körper die nötigen Selbstheilungsprozesse schaffte, konnte man noch nicht sagen.

Die Epheben waren allesamt dumme Kinder. Sie hinterfragten wenig, glaubten alles, was man ihnen erzählte und ließen sich gerne von Euphorie und Stimmung mitziehen. Dass sie den *Gen-Guards*-Anführern hinterherdackelten, war eine Sache. Dass aber keiner von ihnen darüber nachdachte, als sie den eigenen Clan angreifen sollten, verstand er nicht. Sie ließen sich wie Blätter im Wind lenken und folgten blind Befehlen.

Noch immer ungläubig schüttelte Pierrick den Kopf und drückte das Gaspedal durch, während er in Richtung Hingham brauste. Zu Hause würde ihn zwar nur Leere und Schweigen erwarten, aber er wollte sich einfach in sein Büro verziehen und arbeiten, bis er sich ein wenig beruhigt hatte. Der Stapel auf seinem Schreibtisch wuchs von Nacht zu Nacht, und er war mehr als einmal versucht gewesen, Isada anzurufen und sie um Hilfe zu bitten. Bewusst hatte er sich in den letzten Tagen von ihr ferngehalten, aber er wusste, dass er dies nicht ewig tun konnte. Als ihr Rinoka war es seine Pflicht, sie zu beschützen, und das konnte er nur dadurch tun, dass jeder Vampir sie geruchsmäßig ihm zuordnen konnte.

Was er für Isada fühlte, war nicht richtig und beunruhigte ihn zunehmend. Allein ihre Anwesenheit ließ ihn sich mehr zu Hause fühlen, als es je in Carens Nähe der Fall gewesen war. Die räumliche Trennung tat fast körperlich weh. Einzig und allein seine geistige Verbindung zu ihr, die ihm bestätigte, dass bei ihr alles in Ordnung war, hielt ihn davon ab, den Verstand zu verlieren.

Zu seinem Bedauern hatte er Hingham schon erreicht. Es graute ihm davor, das stille Haus zu betreten. Ob Caren noch wach war? Seit Isadas Auszug hatte sie kein einziges Wort mehr mit ihm geredet. Das Auto wurde immer langsamer, und schließlich kam er vor dem Haus zum Stehen. Er hatte keine Lust hineinzugehen und blieb noch einige Zeit sitzen. Aber es half nichts.

Die Ekklesia-Sitzung bei Jendrael war ziemlich deprimierend gewesen. Arek brachte eine Hiobsbotschaft nach der anderen mit, und auch Darius hatte von den Verletzten nichts Gutes zu vermelden. Prosper war schlichtweg in Panik ausgebrochen, und der neue Soya in ihrer Runde, Manilo, hatte sich aufgeführt, als wäre er ihr Dominus. Ihr Clan stand am Scheideweg. Wenn es nach Pierrick ginge, würde die Ekklesia sich auflösen und stattdessen einen Dominus einsetzen. Er wäre nur allzu gerne bereit, sich einem starken Soya zu beugen und ihm den Blutschwur abzuleisten. Das war für ihn der einzige Weg, wie Ruhe in ihrem Clan einkehren würde. Der andere Ausweg, die *Gen Guards* zu zerstören, rückte in immer weitere Ferne, denn sie hatten überhaupt keinen Ansatzpunkt.

Pierrick schloss die Augen, als er daran dachte, wie Darius ein weiteres Mal rundheraus abgelehnt hatte, Dominus zu werden. Weder Jendrael noch Thor waren bereit, das Erbe von Ruwen Wesley anzutreten, und er selbst sah sich ebenfalls nicht als Dominus. Die Verantwortung für den Clan als Dominus fehlte ihm gerade noch. Er hatte mit Caren, Isada und seinem Job als Aufräumer genug um die Ohren.

Pierrick seufzte, öffnete die Tür und stieg aus. Eigentlich wollte er sich beeilen, um halbwegs trocken die Eingangstür zu erreichen, aber die hell erleuchteten Fenster im ersten Stock ließen ihn innehalten. Binnen Sekunden war er völlig durchnässt. Wie gebannt starrte er die Lichter an. Dass Caren noch wach war, war völlig in Ordnung, aber dass sie sich in eines der Kinderzimmer zurückgezogen hatte, ließ ihn nichts Gutes ahnen. Er atmete tief durch und ging entschlossen auf die Tür zu. Gerade heute Nacht hätte er das nun wirklich nicht gebraucht. Wenn Caren die Kinderzimmer aufsuchte, war sie vermutlich in keiner guten Verfassung. Er hatte weder Lust noch Kraft, sich nun auch noch mit einer melancholischen Vampirin herumzuärgern. Doch es half nichts.

Die Tür schwang auf und er trat in den dunklen Eingangsbereich. Sofort wusste er, dass etwas anders war als sonst. Er zog die triefende Jacke aus, hängte sie über das Geländer und schnupperte. Ein fast beißender Orangenduft lag in der Luft. Die mohnige Note kam kaum zur Geltung. Isadas Duft hatte sich fast völlig verflüchtigt. Nur noch schemenhaft nahm er ihn wahr. Aber da war noch mehr. Eine Mischung, die ihn an Lucio erinnerte. Er wusste jedoch ganz sicher, dass der Soya in den letzten Monaten sein Haus nicht betreten hatte.

„Caren?", rief er laut, bekam jedoch keine Antwort.

Pierrick fuhr sich mit den Händen über das Gesicht, um die Regentropfen abzuschütteln. Am liebsten wollte er einfach nur kurz unter die Dusche springen und dann ins Bett fallen. Eine bleierne Müdigkeit legte sich auf seine Schultern und erleichterte das Denken nicht gerade. Vielleicht spielten ihm seine überreizten Sinne nur einen Streich. Wer sollte schon bei Caren sein?

Ein Schrei durchbrach die Stille des Hauses. Pierrick erstarrte. Ein Baby? Das war eindeutig das Schreien eines Babys gewesen. Er brauchte länger als gewöhnlich, um eins und eins zusammenzuzählen. Caren. Licht im Kinderzimmer. Ein Baby. Der fremde Geruch.

„Testa!" In Rekordgeschwindigkeit hastete er die Treppe hinauf. Einen Wimpernschlag später stieß er die Tür zum Kinderzimmer seines ersten Sohnes auf.

Die Stehlampe brannte. Caren saß im Schaukelstuhl im Eck und hatte ein Bündel im Arm. Auf den zweiten Blick konnte er das weiße Etwas als Baby identifizieren.

„Caren?", fragte er und trat vorsichtig ein.

Sie blickte zu ihm auf, in ihren Augen züngelten Flammen.

Er blieb stehen. „Was machst du hier?"

„Ich muss mich doch um mein Baby kümmern."

Er starrte Caren an. Sie hielt in der Tat einen Säugling im Arm.

„Woher ist das Kind?"

Caren lächelte ihn an. „Erinnerst du dich nicht mehr an Hiram Spencer Legrand? Er ist mein Sohn."

„Caren, du hast keinen Sohn."

„Natürlich", beharrte sie.

Pierrick seufzte auf. Wie konnte er ihr nur begreiflich machen, dass dieses Baby nicht ihr Kind war?

„Wo hast du das Baby gefunden?"

Liebevoll strich Caren über seine Wange. „Er war ganz einsam und allein. Er hat auf mich gewartet. Nicht wahr, Hiram?"

Pierrick konnte und wollte sich dieses Schauspiel nicht länger ansehen. Er ging auf Caren zu und redete dabei sanft auf sie ein. „Caren, gib mir das Kind."

„Nein!", kreischte sie, sprang auf und hechtete mit dem Kind im Arm Richtung Fenster. Das Baby verlor den Schnuller und fing an zu weinen. Caren schien dies nicht einmal zu bemerken. Er wusste nicht, woher plötzlich das Messer in ihrer Hand kam, doch sie hielt es gefährlich nahe an die Kehle des Jungen.

„Caren, nicht!"

„Ich lasse nicht zu, dass du mir mein Kind fortnimmst."

„Es ist nicht dein Baby. Erinnere dich, du warst nicht schwanger."

„Oh, doch. Ich war es dreimal. Aber du hast sie mir alle genommen. Diesmal werde ich nicht zulassen, dass du mich von meinem Kind trennst." Ihre Stimme kippte fast, so schrill war sie. „Wenn du es wagst, mir zu nahe zu kommen, oder mich über das Band zu etwas zu zwingen, werde ich dieses Kind umbringen. Dann kannst du es mir nicht wegnehmen, denn dann will es keiner mehr haben, und ich kann es behalten."

Pierrick blickte Caren einen Moment fassungslos an. Er drang einfach nicht zu ihr durch. Mit ihr konnte er nicht mehr auf einer sachlichen, klaren Ebene reden. Dass sie dem Kind etwas antun würde, glaubt er ihr in diesem Zustand sofort.

„Beruhige dich. Dir will niemand etwas tun", versuchte er erneut auf sie einzureden und das schreiende Baby zu übertönen.

„Ich will nicht mit dir reden. Du verstehst mich nicht. Wie willst du das auch nachvollziehen, wie eine Mutter fühlt?"

„Auch ich habe unsere Kinder verloren, Caren. Mich schmerzt es ebenso sehr, aber deswegen einer anderen Vampirin das Kind wegzunehmen, ist doch keine Lösung."

„Geh weg! Ich will nicht mit dir sprechen. Hol Isada", verlangte sie.

Die Hand mit dem Messer zitterte gefährlich, und Pierrick befürchtete, sie würde das Kind fallen lassen.

„Okay", gab er schließlich nach und trat den Rückzug an. „Du setzt dich in den Stuhl und beruhigst das Kind. Ich werde Isada holen."

Eifrig nickte Caren. Dennoch blieb sie stehen. Pierrick ging weiter zurück. Abwehrend hob er die Hände.

„Siehst du, ich tue überhaupt nichts."

„Ich kann dir nicht trauen. Du bist gefährlich", erklärte sie ihm, als ob sie mit einem Kind spräche.

Pierrick gab es auf. Hier kam er nicht weiter. Wenn sie nach Isada verlangte, sollte sie doch ihr Glück versuchen. Er schloss die Tür und betete im Stillen, dass Caren so vernünftig war und dem Säugling kein Leid zufügte. Er verweilte noch einige Augenblicke vor der Tür, lauschte auf die Geräusche. Caren bewegte sich, dann hörte er ihr Summen, begleitet von dem leisen Quietschen des Schaukelstuhls. Kurz darauf hörte auch das Weinen auf. Pierrick entfernte sich und begab sich hinunter. Er wollte nicht, dass Caren sein Telefonat belauschte, und im Arbeitszimmer würde sie ihn nicht hören.

* * *

Isada hatte sich sofort nach Pierricks Anruf von Blagden nach Hingham fahren lassen. Entgegen Pierricks sonst sehr strukturierten Erzählungen war dieses Gespräch etwas seltsam gewesen. Er hatte einige Male den Faden verloren und von neuem begonnen.

Es war bereits hell, aber mit den abgetönten Scheiben war die Fahrt kein Problem. Auf der kurzen Strecke zum Haus setzte sie eine Sonnenbrille auf und zog die Kapuze über den Kopf.

Isada brauchte nicht zu klingeln, da Pierrick bereits in der Tür stand und auf sie wartete.

„Gut, dass du da bist." Er schob sie in den Eingangsbereich und schloss hinter ihr die Tür. Im Haus war es dunkel, alle Rollläden waren heruntergelassen und das elektrische Licht eingeschaltet.

Isada setzte Kapuze und Sonnenbrille ab und zog die Jacke aus.

„Wie geht es Caren?", fragte sie ohne Umschweife.

Pierrick wirkte erschöpft und müde. Die Wangen waren eingefallen, die Augenringe kaum zu übersehen. „Sie ist oben. Ich hoffe nur, sie hat dem Kind nichts angetan."

Isada legte kurz eine Hand auf seinen Unterarm und schenkte ihm ein Lächeln.

„Isada", murmelte Pierrick und zog sie fest in seine Arme.

Sie ließ es zu. Wenn er diese Umarmung brauchte, dann konnte sie es zulassen. Außerdem genoss auch sie die Berührung. Es war viel zu lange her, dass sie Pierrick gesehen hatte. Erst jetzt merkte sie, wie sehr sie ihn vermisste. Für einen kurzen Moment gestattete Isada es sich, sich an ihn zu schmiegen und sich bei ihm geborgen zu fühlen. Dann machte sie sich von ihm los.

„Gehen wir hinauf."

Pierrick nickte und ging voran.

Zu Isadas Überraschung führte er sie nicht zu Carens Zimmer, sondern blieb vor einer anderen Tür stehen. Er klopfte und fragte vorsichtig: „Caren, darf ich die Tür aufmachen? Isada ist da."

Da Caren nicht antwortete, drückte Pierrick langsam die Türklinke herunter und spähte in den Raum.

Neugierig spitzte Isada an ihm vorbei. Die Möbel waren so alt, dass ein Antiquitätenhändler eine wahre Freude an diesem Zimmer gehabt hätte. Im Schaukelstuhl erblickte Isada ihre Schwester. In ihren Armen wiegte sie ein schlafendes Kind.

„Ihr müsst leise sein, Hiram schläft", erklärte sie im Flüsterton.

Isada schob sich an Pierrick vorbei und betrat den Raum.

„Hallo, Caren!"

Bis jetzt hatte Isada nicht gewusst, was sie erwarten würden. Pierrick hatte ihr gesagt, dass Caren nicht ansprechbar war. Doch ihre Schwester machte einen ganz vernünftigen Eindruck. Isada hatte mit weitaus Schlimmerem gerechnet und entspannte sich. Sie blickte sich kurz nach Pierrick um und ging dann auf ihre Schwester zu.

Caren betrachtete noch immer völlig versunken das Kind.

„Warum wolltest du mit mir sprechen?" Etwa einen Meter vor dem Schaukelstuhl entfernt blieb sie stehen.

„Er ist so wunderschön." Caren blickte auf, und Isada erkannte die Hingabe und Liebe, wie sie nur eine Mutter so bedingungslos spüren konnte. Sie musste an ihr Ungeborenes denken und legte unwillkürlich eine Hand auf ihren Unterleib.

Der Schmerz, das eigene Kind gehen zu lassen, es sterben zu sehen, musste unendlich sein. Wie konnte man so etwas nur ertragen? Caren hatte dies nicht nur einmal durchleben müssen, sondern gleich dreimal.

„Darf ich näherkommen und ihn mir ansehen?", fragte sie vorsichtig.

Erst als Caren nickte, traute sich Isada, weiter auf das Kind zuzugehen. Das Baby schlief friedlich, schien sich der Gefahr, in der es schwebte, nicht bewusst zu sein.

„Er ist wirklich wunderschön." Sie reckte sich und suchte mit den Augen alles ab. Pierrick hatte von einer Waffe gesprochen, doch Isada sah nichts.

„Warum Hiram?" Sie ließ sich auf dem Boden nieder und blickte ihre Schwester wartend an.

„Das ist hebräisch", flüstere Caren, „und heißt ‚der Erhabene'."

„Wie wunderschön."

Isada konnte Carens Liebe zu ihrem vermeintlichen Sohn sehen. Ihre Schwester hatte so viel zu geben und wäre eine wunderbare Mutter gewesen. Für einen kurzen Moment kam ihr in den Sinn, was wäre, wenn das Kind, das in ihr heranwuchs – Pierricks Kind – in Carens Leib verwurzelt wäre. So schnell wie dieser Gedanke kam, verdrängte sie ihn wieder. Ihre Mutterinstinkte meldeten sich. Sie würde das Ungeborene nicht hergeben. Nie. Wenn es sein musste, würde sie für es kämpfen. Es sollte ihm gut gehen, es sollte in Sicherheit sein.

„Ich muss gut auf ihn aufpassen." Caren sah auf, und ihr Blick verfinsterte sich, als sie Pierrick ansah, der noch immer im Türrahmen stand und die ganze Szene schweigend verfolgte. „Er will ihn mir fortnehmen."

„Warum?" Isada berührte die Hand ihrer Schwester, um ihre Aufmerksamkeit auf sich zu lenken. Es war nicht gut, wenn sie Pierrick anstarrte. Augenblicklich beruhigte Caren sich.

„Warum?", wiederholte sie gedankenverloren Isadas Worte. Sie schien sich an die Frage nicht mehr zu erinnern.

„Warum will Pierrick ihn dir fortnehmen?"

Carens Lippen pressten sich fest aufeinander. Ihr Körper begann zu zittern.

„Er gehört doch zu dir", schob Isada schnell hinterher.

Carens Gesichtszüge glätteten sich wieder, ihre Anspannung ließ nach.

„Er gönnt mir mein Glück nicht. Pierrick ist böse mit mir. Er liebt mich nicht mehr. Er liebt eine andere."

Isada hielt die Luft an. Wie viel wusste ihre Schwester? Etwas krampfte sich in ihrem Magen zusammen. „Wen?", brachte sie mühsam über die Lippen.

Die schmalen Schultern von Caren hoben sich. „Ich weiß es nicht", flüsterte sie vor sich hin und wiegte sich mit dem Kind im Arm vor und zurück. „Aber mit dem Kind werde ich ihn halten können. Er hat sich schon immer Kinder gewünscht, und nun kann ich ihm diesen Wunsch erfüllen."

Isada bemühte sich, Carens verdrehten Gedanken zu folgen.

„Die andere hat kein Kind. Deswegen wird Pierrick bei mir bleiben."

Isada war erleichtert, dass Caren nichts zu ahnen schien. Darauf bedacht, sich langsam zu bewegen, beugte sich Isada über das Baby und sprach es direkt an: „Hiram, ich bin es. Isada, deine Tante."

Caren lächelte glückselig.

„Darf ich ihn berühren?"

Wieder wartete Isada Carens Zustimmung ab, ehe sie dem schlafenden Baby vorsichtig über die Wange strich. Die Haut fühlte sich weich an und hatte eine rosige Farbe. Ganz anders als die Hautfarbe der Vampire. Nach der Renovation würde sich das allerdings ebenso ändern wie die Körpertemperatur.

„Er ist wirklich ganz zauberhaft." Isada strich über die winzigen Fäustchen und zog sich wieder zurück.

Verträumt blickte Caren auf das schlafende Kind und schien alles um sich herum zu vergessen.

„Und wie geht es dir?"

„Wie soll es mir gehen?"

„Bist du glücklich?", hakte Isada nach.

„Ja. Sehr." Carens Worte klangen seltsam fremd, so als ob jemand ihr einflüsterte, was sie zu sagen hatte.

Isada traute sich nicht, nach Pierrick zu sehen, da sie Carens Aufmerksamkeit nicht auf ihn lenken wollte. Aber sie musste ihm nahe sein, musste wissen, dass er da war. Sonst würde ihr der Mut für den nächsten Vorstoß fehlen. So begab sie sich auf die geistige Ebene, suchte nach dem Band, der Verbindung zu Pierrick. Sie spürte ihn, wusste plötzlich, dass er noch immer in der Tür stand und ihnen zuschaute. Das gab ihr neue Kraft, sich weiter vorzuwagen, alles auf eine Karte zu setzen.

„Darf ich", begann Isada vorsichtig, „darf ich Hiram halten?"

Man hätte eine Stecknadel fallen hören. Isada war wie erstarrt. Hatte sie Carens Vertrauen verspielt? Endlos rannen die Sekunden dahin. Schließlich nickte Caren.

Isadas Puls beschleunigte sich, als sie sich erhob. Sie wusste genau, dass ihre Schwester das hören würde, und mahnte sich selbst zur Ruhe. Eine Welle von Gelassenheit schwappte über sie hinweg. Isada griff danach wie eine Ertrinkende nach der rettenden Hand und zog sich damit in ruhigere Gefilde. Eine Ahnung stieg in ihr auf, dass dieses Gefühl nicht von ihr kam, sondern dass Pierrick seine Hände im Spiel hatte. So lange es ihr half, sollte es ihr recht sein.

Caren erhob sich aus dem Schaukelstuhl und legte Isada behutsam das Bündel in den Arm. „Du musst sehr vorsichtig sein. Er soll nicht aufwachen."

„Ich passe auf", versprach Isada und nahm das Kind entgegen. Das kleine Wesen verzog etwas seine Nase, schmatzte mit dem Schnuller im Mund und schlief selig weiter. Es war so klein und leicht, so zart und verletzlich.

Möglichst unauffällig trat Isada einen Schritt zurück, wiegte das Kind dabei hin und her. Stück für Stück brachte sie es näher zu Tür, in Sicherheit und entfernte sich dabei von Caren.

„Gib ihn mir wieder!", verlangte Caren.

„Noch ein klein wenig", bat Isada und entzog sich geschickt dem Zugriff ihrer Schwester.

„Nein!", schrie Caren.

Das Kind zuckte zusammen, schlief aber glücklicherweise weiter.

„Caren", versuchte Isada versöhnlich auf ihre Schwester einzureden.

Doch Caren wollte sich nicht beruhigen. Ihre Augen verdunkelten sich, ehe sie zu glühen begannen. Auch ihre Fänge schossen hervor. Plötzlich hielt Caren ein Messer in der Hand. Es ging alles so blitzschnell. Sie sah noch, wie die Vampirin auf sie zustürzte. Isada drehte sich zur Seite, schützte instinktiv die Kinder, das in ihrem Arm und das in ihrem Bauch. Die kalte Klinge des Messers bohrte sich in ihre Schulter, und Isada schrie vor Schmerzen auf. Dabei entglitt ihr beinahe das Baby. Gerade noch rechtzeitig konnte sie danach greifen und drückte es fest an ihre Brust. Das Kind erwachte, schlug die Augen auf und schrie.

Wie von unsichtbaren Fäden gezogen, wurde Caren mit Wucht nach hinten geschleudert. Das Messer fiel klirrend zu Boden, während die Vampirin benommen liegen blieb.

Isada nahm alles um sich herum wie durch einen dichten Nebel wahr. Pierrick tauchte wie aus dem Nichts neben ihr auf. Sie drehte den Kopf, sah den roten Fleck auf ihrer Schulter, der sich schnell ausbreitete. Der Soya zog Isada zu sich, zerriss ihren Pullover. Sie spürte seine Zunge, die über den länglichen Schnitt fuhr und die Blutung zum Stoppen brachte. Oberflächlich war die Haut bereits unversehrt, und auch die inneren Verletzungen würde ihr Körper schnell heilen. Pierricks große Hand glitt an ihr vorbei und legte sich auf den Kopf des Kindes. Das Geschrei verstummte. Mit großen Augen sah das kleine Wesen den Soya an, dann schloss es die Augen und kuschelte sich vertrauensvoll an Isada. Erleichtert sank sie an Pierricks Brust. Sie fühlte sich geborgen, wusste, dass er auf sie und das Baby aufpassen würde. Am liebsten hätte sie einfach die Augen geschlossen und wäre eingeschlafen. Aber das konnte sie noch nicht.

„Was ist mit Caren?" Isada versuchte sich aufzurichten, doch Pierrick hielt sie unerbittlich fest.

„Wenn ich weiß, dass es dir gut geht, sehe ich nach ihr."

Isada schob ihn von sich. „Bei mir ist alles in Ordnung. Sieh nach Caren.“

Widerwillig folgte Pierrick ihrer Aufforderung, kniete sich neben seine Samera und tastete sie ab.

„Sie hat keine äußeren Verletzungen.“

Zweifelnd sah Isada ihn an.

„Für die nächsten Stunden wird sie keinen Unsinn mehr anstellen können.“ Er nahm Caren auf die Arme und hob sie hoch. „Ich werde sie in ihr Bett legen, dann können wir das Baby seinen Eltern zurückbringen.“

Isada betrachtete das schlafende Kind in ihren Armen.

„Weißt du, wer er ist?“

„Das finden wir unterwegs heraus.“

Pierrick ging an Isada vorbei und ließ sie mit dem Kind allein zurück. Erschöpft setzte Isada sich in den Schaukelstuhl und wartete auf Pierrick.

Um sie herum sah es ziemlich chaotisch aus. Die hölzerne Wiege stand quer im Raum. Von einem Regal waren diverse Utensilien zu Boden gefallen. Ein großer Blutfleck auf dem Teppich zeugte noch von ihrer Verletzung, ebenso wie der zerrissene Pullover, den sie am Leib trug.

Schreckliches war an diesem Ort geschehen und noch Schlimmeres wäre passiert, wenn Pierrick es nicht verhindert hätte. Die Wände schienen näherzukommen, schienen Isada erdrücken zu wollen. Sie hielt es hier einfach nicht mehr aus. So stand sie auf und ging hinunter ins Erdgeschoss, um dort auf Pierrick zu warten.

KAPITEL 21

Schweigend saßen sie im Auto. Isada hatte sich nach hinten gesetzt. Durch die getönten Scheiben konnte sie dem direkten Sonnenlicht entgehen. Da sie keinen Sitz für das Kind hatten, hielt Isada es im Arm. Es schlief noch immer. Pierrick hatte inzwischen von Lucio erfahren, dass die völlig verzweifelten Eltern, Isamu und Dominga, sich bei ihm befanden. Es dauerte einige Zeit, bis sie Lucios Residenz erreichten.

Pierrick parkte das Auto vor der Tür, und sie liefen zum Eingang über die Straße. Der Portier nickte ihnen zu, als sie das Haus betraten.

„Mr. Caviness hat Sie bereits angekündigt", begrüßte der uniformierte Mann sie und öffnete ihnen die Fahrstuhltür.

„Vielen Dank."

Pierrick schob Isada mit dem Kind im Arm an dem glatzköpfigen Mann vorbei und betrat nach ihr den Aufzug.

Der Portier folgte ihnen und drückte auf den obersten Knopf. Lucio bewohnte die Penthousewohnung. Pierrick befürchtete einen Moment, der Mann würde mit ihnen hinauffahren, doch er drehte sich um und ging zurück hinter seinen Empfangstresen. Die Türen schlossen sich, und der Aufzug brachte sie ins oberste Stockwerk.

Pierrick war bereits einige Male in Lucios Wohnung gewesen. Französischer Stuck, italienischer Marmor sowie importierter Fischgrätenboden aus französischer Eiche. Zwei weiße Säulen unterteilten den riesigen Wohnbereich. Vorne befand sich ein Flügel, mittig ein großer Tisch mit vielen Stühlen und im hinteren Drittel erstreckte sich das Wohnzimmer. Allgemein dominierten die Farben schwarz und weiß.

Lucio, der sich im hinteren Teil aufgehalten hatte, erhob sich und kam auf sie zu.

„Gut, dass ihr endlich da seid", begrüßte er sie. „Dominga wird sehr erleichtert sein."

Isada nickte dem Soya zu und ging an ihm vorbei zu dem wartenden Paar.

Dominga saß auf dem weißen Sofa, ihr Mann daneben. Er hatte einen Arm um die weinende Frau gelegt. Als Isada näherkam, hob die Vampirin den Kopf.

„Jago!", rief sie und sprang auf.

Sie riss Isada das Baby förmlich aus der Hand und presste es erleichtert an sich. Noch mehr Tränen flossen über ihre Wangen. In einem nicht enden wollenden, spanischen Wortstrom redete sie auf das Kind ein.

Lucio war neben Pierrick stehen geblieben.

„Es tut mir sehr leid", entschuldigte Pierrick sich. Er fühlte sich für die Situation mitschuldig, schließlich war es eine Vampirin, für die er verantwortlich war, die der Familie Schaden zugefügt hatte. Wäre ein ihm unterstellter Mori der Verursacher, würde er erwarten, dass dieser hart durchgriff. Er selbst zögerte, hatte noch nicht entschieden, wie er mit Caren verfahren würde. Trotz allem blieb sie noch immer seine Samera.

„Es ist ja alles gut gegangen", entgegnete Lucio.

Pierrick hatte ihn am Telefon kurz über die Situation informiert.

„Wie geht es deiner Samera?"

„Sie schläft."

Sie schwiegen wieder und sahen dem glücklichen Paar zu, wie sie sich in den Armen lagen und vor Erleichterung weinten.

„Du weißt, dass Konsequenzen folgen müssen. So etwas darf nicht ungestraft bleiben, auch wenn sie deine Samera ist."

„Ich weiß." Pierrick hoffte, dass er sich nicht so niedergeschlagen anhörte, wie er sich fühlte. „Ich wollte bis morgen warten und mir in Ruhe Carens Beweggründe anhören. Dann werde ich über das Strafmaß entscheiden."

Nachdenklich wandte Lucio sich ihm zu. „Ich möchte ehrlich nicht in deiner Haut stecken."

„Ich auch nicht." Pierrick spürte die Müdigkeit wie einen bleiernen Mantel, der auf seine zusammengesunkenen Schultern drückte. Er wünschte sich nichts sehnlicher, als Isada in seinen Armen zu halten, die Augen zu schließen und zu schlafen.

Er vertrieb die Gedanken aus seinem Kopf und wandte sich ab. Leider kam Isada in diesem Moment mit einem strahlenden Lächeln auf ihn zu.

Ma heol, er konnte nicht anders. Die Worte hatten sich ganz von selbst in seinen Kopf geschlichen und waren zu ihr entschlüpft, ehe er es verhindern konnte.

Überrascht blieb Isada stehen, sah ihn mit weit aufgerissenen Augen an.

Pierrick schwieg, kämpfte gegen das Bedürfnis an, auf geistiger Ebene nach ihr zu greifen, bei ihr Trost zu suchen.

Isada hatte sich wieder gefangen. „Sie sind so glücklich", seufzte die Vampirin und betrachtete die wieder vereinte kleine Familie.

Er dagegen hatte nur Augen für sie. Begierig nahm er ihren Anblick in sich auf, prägte sich jede Einzelheit ein, um lange davon zehren zu können. Isada hatte sich verändert. Sie schien reifer und gefestigter zu sein. Die Tonnen von Make-up waren verschwunden. Das konnte auch daran liegen, dass sie nach seinem Anruf überstürzt aufgebrochen war. Sie so in ihrer natürlichen Schönheit bewundern zu können, gefiel ihm. Sie wirkte ungekünstelt, und das machte sie noch anziehender. Isada trug, für sie ungewöhnlich, eine einfache hellblaue Jeans und dazu einen roten Pullover, dessen Farbe ihr ausgezeichnet stand. Keine Spur mehr von schwarzer Kleidung, kein Anzeichen mehr des von ihr geliebten Gothic-Looks. Die Haare waren deutlich kürzer, aber ihm gefiel der Schnitt.

Eine Welle unglaublicher Zuneigung erfasste ihn, und er musste sich zusammenreißen, die Vampirin nicht in seine Arme zu ziehen und sie vor den anderen besinnungslos zu küssen.

„Komm, ich bringe dich nach Hause." Er legte ihr einen Arm über die Schulter, drückte sie kurz an sich und küsste sie auf die Haare. Mehr versagte er sich.

„Ja."

Sie blickte ihn mit ihren azurblauen Augen an, und es zog in seinem Magen. Er verbot sich jeden weiteren Gedanken in diese

Richtung. Stattdessen nickte er dem anderem Soya zum Abschied zu.

Isada machte sich von ihm los und trat auf Lucio zu. Mit einem respektvollen „Soya" verabschiedete sie sich, wie es ihrem Stand gebührte.

Pierrick hatte es nun eilig zu verschwinden. Er führte Isada zum Aufzug und wartete angespannt, bis sich die Türen hinter ihnen endlich schlossen. Gerne hätte er die Vampirin an sich gezogen, sich in ihrem Haar vergraben und sich in ihrem unverwechselbaren Duft verloren. Es missfiel ihm, als Isada sich von ihm löste und sich gegen die Aufzugwand lehnte.

„Was wird mit Caren passieren?" Er las die Sorge um ihre Schwester in ihrem Gesicht und bewunderte sie dafür. Caren war mit einem Messer auf sie losgegangen, hatte nicht nur den Säugling, sondern auch Isada und das ungeborene Kind in ihrem Leib in Gefahr gebracht. Wut wallte in ihm auf, und das Tier in ihm kratzte dicht unter der Oberfläche. Es ging ihr gut und dem Baby ebenfalls, das musste er sich vor Augen halten, um nicht die Kontrolle über die innere Bestie zu verlieren.

„Darüber werde ich mir Gedanken machen, wenn ich weiß, warum sie das getan hat." Er konnte ihr keine andere Erklärung als vorher Lucio geben.

„Bitte lass sie nicht fallen", bat Isada mit zitternder Stimme.

„Das habe ich nicht vor." Er konnte sie nicht anblicken, sonst würde er womöglich in seinem Entschluss wanken. Das war seine Möglichkeit, die Ehe mit Caren aufzulösen. Der Clan würde seine Beweggründe verstehen, seine Entscheidung vielleicht sogar gutheißen. Eine Mi, die so etwas tat, war nicht tragbar. Dennoch würde er auf seine Freiheit verzichten, denn er wusste, er würde Isada für immer verlieren, wenn er Caren verstieß. Und das war schlimmer, als nie mit ihr zusammen sein zu können.

„Ich fahre dich zu Jendrael und Arnika."

Isada nickte stumm.

Die Türen des Fahrstuhls öffneten sich, und der Portier grinste ihnen entgegen. Mit gesenktem Blick schlich Isada an ihm vorbei.

„Auf Wiedersehen", verabschiedete Pierrick sich.

„Ich hoffe, Sie hatten einen angenehmen Aufenthalt. Einen schönen Tag noch."

Der Portier eilte zur Tür und hielt sie auf.

Isada kramte nach ihrer Sonnenbrille und setzte sie auf, als sie ins Tageslicht traten. Er spürte, wie sie neben ihm kurz zusammenzuckte. Doch anstatt dass diese unglaubliche Frau neben ihm jammerte, strafften sich ihre Schultern, und sie ging hoch erhobenen Hauptes auf den Mercedes zu, der auf der gegenüberliegenden Straßenseite parkte. Er betätigte die Zentralverriegelung und öffnete ihr die hintere Tür. Dankbar schlüpfte sie ins schützende Innere des Wagens.

Pierrick beeilte sich ebenfalls einzusteigen. Zwei Blocks weiter fädelte er sich in den dichten Vormittagsverkehr von Boston ein. Es würde einige Zeit dauern, bis sie Jendraels Anwesen erreichten.

Schweigend verbrachten sie die Fahrt. Er lieferte Isada ab, ging aber nicht mit hinein. Er wollte niemanden mehr sehen. Kurz überlegte er, sein Auto stehen zu lassen und sich zu Fuß nach Hingham aufzumachen. Doch dann brauchte er wieder jemanden, der seinen Mercedes abholte, deswegen verwarf er den Gedanken schnell wieder.

Eine Stunde später erreichte er schließlich Hingham. Auf dem Weg in sein Zimmer sah er kurz nach Caren, die noch immer friedlich schlafend in ihrem Bett lag. Seufzend verließ er seine Frau und begab sich selbst zu Bett. Er war übermüdet und brauchte dringend Ruhe.

* * *

Unruhig wälzte Isada sich im Bett hin und her. Sie hatte kaum geschlafen. Jedes Mal, wenn sie weggedämmert war, sah sie Caren, wie sie das Messer in den Bauch des Kindes bohrte, Pierrick umbrachte oder auf sie losging. Jeder Traum endete mit einem blutdurchtränkten roten Zimmer.

Es war noch vor Sonnenuntergang, aber Isada hielt es einfach nicht mehr aus. Sie duschte, zog sich an und versuchte sich irgendwie zu beschäftigen. Als endlich die Sonne unterging, meldete sich der Hunger. Sie überlegte, ins *Alive* zu gehen, wollte aber nicht auf Mirosh oder ein anderes Mitglied der *Gen Guards* treffen. Deshalb entschloss sie sich, das *Fiftyfive* zu aufzusuchen.

Jendrael und Arnika schienen noch zu schlafen, und Isada bemühte sich, leise zu sein. Vor der Tür musste sie nicht lange warten, bis Allerd den Mercedes vorfuhr. Isada hatte sich inzwischen an diesen Luxus gewöhnt.

Es war ganz natürlich, sich vor den Club chauffieren zu lassen. Es war noch früh am Abend. Die Besucher der zweiten Ebene würden erst in ein paar Stunden kommen. Die Schlange vor der ersten Ebene war bereits lang. Es gab unzählige Bostoner, die gerne eine Nacht im legendären *Fiftyfive* feiern wollten, auch wenn sie nur Zutritt zur ersten Ebene bekamen. Isada ging an den aufgetakelten Frauen und den wartenden Männern vorbei. Die zwei von der Security – ein Mann und eine Frau – kannte Isada nicht. Sie gehörten Jendraels Leuten an und winkten sie einfach durch. Sie bedankte sich mit einem Kopfnicken und stürzte sich ins Getümmel. Noch war es hier nicht brechend voll. Dennoch hatten die Bottlecatcher allerhand zu tun. Sie flitzten zwischen den Gästen hin und her und sammelten die leeren Flaschen ein.

Isada ließ ihren Blick über die Menge schweifen. Kurz und schmerzlos trinken, mehr wollte sie nicht. Sie bahnte sich einen Weg zu den Toiletten. Der schmale Flur, der dorthin führte, war nur spärlich mit grünen und roten Lichtern beleuchtet. Es gab jede Menge dunkle Ecken. Und in genau eine solche Ecke zog Isada ihr Opfer, eine junge Frau, die sich soeben auf der Toilette nachgeschminkt hatte – zumindest ließ ihr Lippenstift darauf schließen.

Isada drang in den Geist der Frau ein, gab ihr den Befehl, still zu sein und stieß ihre Fänge in die Halsbeuge. Gierig trank sie und verschloss anschließend die Wunde mit ihrem Speichel. Die Blutwirtin hatte sich gegen die Wand gelehnt. Ihr Blick war noch immer verhangen, und sie schien ihre Umgebung kaum wahrzunehmen. Isada löschte ihre Erinnerung und gab ihr den Befehl, zurück in den Club zu gehen.

Dann schickte sie sich an, das *Fiftyfive* zu verlassen. Allerd stellte keine Fragen, als sie nach nicht einmal einer halben Stunde zurückkam, und sie war ihm dankbar dafür.

„Wohin soll ich fahren?", fragte er, als Isada keine Anstalten machte, ihm eine Adresse zu nennen.

Isada rang noch immer mit sich. Sie wusste nicht, ob sie willkommen war, aber Caren war ihre Schwester, ihre einzige noch lebende Verwandte. Sie sorgte sich um sie und auch wenn Pierrick klargemacht hatte, dass er sich nicht von ihr trennen würde, wusste sie nicht, wie die Bestrafung, die er über Caren verhängen würde, ausfiel. Sie musste Klarheit haben, vielleicht noch ein gutes Wort für Caren einlegen.

„Hingham", sagte sie.

Allerd runzelte die Stirn, fuhr aber ohne weiteren Kommentar los.

Je näher sie Hingham kamen, umso unruhiger wurde Isada. Ihr Magen flatterte so wie damals, als sie ihren ersten Schultag hatte. Das war eine Ewigkeit her, eine Erinnerung wie aus einem anderen Leben. Und in gewisser Weise war es damals ein anderes Leben gewesen. Sie hatte in der Sonne spazieren gehen können, hatte ein vollkommen menschliches Leben geführt.

Allerd bog in die lange Einfahrt ein und hielt vor dem Haus an. Obwohl die Rollläden nicht heruntergelassen waren, brannte nirgends Licht. Isada wusste, dass das nichts hieß. Sie stieg aus und eilte die wenigen Stufen bis zur hölzernen Eingangstür hinauf. Dann drückte sie auf den Klingelknopf und wartete. Nichts rührte sich. Noch einmal klingelte Isada und lauschte angestrengt. Kein Geräusch drang zu ihr. Ein ungutes Gefühl überkam sie. Sie drehte sich um und lief zurück zum Auto.

„Es ist niemand da", sagte sie und ließ sich auf die Rückbank fallen.

„Doch. Der Soya ist im Haus. Ich spüre seine Anwesenheit ganz deutlich."

Isada hob überrascht den Kopf. Auf die Idee, Pierrick auf geistiger Ebene aufzuspüren, war sie nicht gekommen. Schnell suchte sie nach ihm. Das Band lag glänzend und stabil vor ihr. Sie spürte, dass er nicht weit entfernt war, konnte aber nicht mehr ausmachen. Die männlichen Vampire hatten ein feineres Gespür. Isada vermutete, dass es an den Blutschwüren lag, die sie miteinander verband.

„Dann versuche ich es noch einmal", entschied sie und lief ein weiteres Mal die Stufen zur Haustür hinauf. Wieder rührte sich auf ihr Klingeln nichts. Doch wenn Allerd sagte, dass Pierrick hier war, würde sie nicht so einfach aufgeben. Mit der Faust hämmerte sie gegen die Eingangstür.

„Pierrick!", rief sie laut. „Pierrick, mach auf!"

Die Unruhe, die sie ergriffen hatte, nahm immer weiter zu. Warum öffnete Caren nicht, wenn Pierrick verhindert war?

Vielleicht war ihm etwas zugestoßen. Der Gedanke war lächerlich. Der Soya war ein ausgebildeter Krieger, dem man nicht so leicht etwas anhaben konnte. Wenn einer auf sich aufpassen konnte, dann er. Die einzige Gefahr in diesem Haus war Caren, und sie konnte ihrem Rinoka nichts antun, selbst wenn sie es gewollt hätte. Pierrick war unversehrt, das bestätigte das Band.

Noch einmal klopfte sie gegen die Tür. „Pierrick!", rief sie laut. Doch auch diesmal blieb ihr Ruf ungehört.

Isada zögerte. Es gab noch eine Möglichkeit, ihn zu erreichen, aber sollte sie es wirklich wagen? Die Verbindung zu ihm war nur für den Notfall gedacht. Er wäre sicher nicht begeistert, wenn sie nach ihm rief. Noch einmal hämmerte sie mit den Fäusten gegen die Tür und schrie seinen Namen, aber noch immer regte sich nichts.

Das ungute Gefühl in ihr wurde immer stärker. Etwas stimmte in diesem Haus nicht. Sie musste Pierrick sehen. Jetzt sofort. Sie musste wissen, dass es ihm gut ging. Mit aller Kraft zog sie an dem Band und schickte einen mentalen Ruf hinterher: *Wo bist du? Lass mich herein!*

Keine Minute später wurde die Tür aufgerissen. Pierrick stand vor ihr. Er trug eine Jogginghose, ansonsten war er unbekleidet. Seine Haare waren zerzaust, Bartstoppeln zierten seine Wangen.

Isada fiel ihm vor Erleichterung um den Hals und klammerte sich an ihm fest.

„Was ist passiert?" Sorge schwang in seiner Stimme mit. Er drehte sich mit Isada ein wenig, um hinaus in die Nacht spähen zu können.

Isada schluchzte. „Nichts."

Sanft löste er ihre Finger von seinem Hals, hielt sie jedoch am Handgelenk fest, als er sie ins Haus zog und die Tür mit dem Fuß schloss.

„Und deswegen zerrst du mich aus dem Bett?"

Schuldbewusst blickte Isada an ihm vorbei. Sie hatte Caren erwartet. Von ihr war jedoch nichts zu sehen.

„Du hast geschlafen?"

„Ja. Ich war mehr als dreißig Stunden auf den Beinen. Auch ich brauche mal eine Auszeit."

„Das tut mir leid."

Er verschränkte die Arme vor der breiten Brust. „Warum bist du hier?"

Isada konnte das selbst nicht so richtig beantworten. Sie hätte natürlich Caren vorschieben können, aber das wäre eine glatte Lüge gewesen. Sie war seinetwegen hier, wollte sehen, dass es ihm gut ging.

„Wie geht es Caren?", fragte sie und reckte das Kinn.

„Deswegen bist du gekommen?" Er sah nachdenklich auf sie herab und als sie seinem Blick auswich, umfasste er ihr Kinn und hob ihren Kopf an, so dass ihr nichts anderes übrigblieb, als ihn anzusehen.

Seine bernsteinfarbenen Augen funkelten gefährlich.

„Caren ist meine Schwester", verteidigte Isada sich. „Sie ist meine einzige noch lebende Verwandte." Was sie unausgesprochen ließ, war das zu verhängende Strafmaß, das noch offen blieb.

„Du hast doch nicht gedacht, dass ich ihr meinen Schutz entziehe?"

Betreten blickte sie fort. Pierrick kannte sie zu gut.

„Ich habe dir gestern gesagt, dass ich die Beweggründe von ihr hören will und erst dann Konsequenzen folgen lasse. Auf die eine oder andere Weise muss ich sie bestrafen, das verstehst du doch."

Tränen schossen ihr in die Augen. Seit wann war sie so emotional, so nah am Wasser gebaut?

„Sie hat es sicher nicht so gemeint gestern."

Pierrick schüttelte fassungslos den Kopf.

„Sie hat dir ein Messer in die Schulter gerammt und damit nicht nur dein Leben, sondern auch das deines Kindes aufs Spiel gesetzt."

„Ich bin eine Vampirin. Ein Messer kann mich nicht so schnell umbringen", verteidigte Isada sich.

„Unser Kind schon", murmelte Pierrick und riss Isada in seine Arme. Isada ließ es zu, auch wenn er sie fast ein wenig zu fest drückte. Es tat so unendlich gut, ihn zu spüren.

„Sie ist doch meine Schwester", schluchzte sie hilflos, und die Dämme brachen.

Pierrick hielt sie fest, während sie an seiner nackten Brust weinte. Er strich ihr über das Haar, küsste sie auf den Scheitel.

„Ich habe geschworen, sie zu beschützen", erklärte er ihr wie einem kleinen Kind. „Zu meinem Wort werde ich immer stehen. Ich habe mit ihr noch nicht gesprochen, aber für mich ist nur zu klären, wie lange sie das Haus nicht alleine verlassen darf und was ich tun kann, damit es ihr besser geht."

Isada beruhigte sich langsam, schniefte noch einige Male und wischte Tränen fort.

„Und wenn sie der Blutverwässerung ...", Isada brach ab. Sie konnte den Satz nicht zu Ende sprechen.

„Das glaube ich nicht. Sie altert nicht, und auch sonst sind mir keine Veränderungen an ihr aufgefallen."

„Aber warum hat sie dann ein Kind entführt? Nicht ein beliebiges Kind, ein Blutkind", jammerte Isada.

„Caren wollte immer Kinder. Viele Kinder. Unserer Rasse ist es nicht vergönnt, viel Nachwuchs zu bekommen. Manche warten Jahre auf eine Schwangerschaft, manchmal gar Jahrhunderte."

Isada bekam eine Gänsehaut. Sie wusste, dass es bei vielen Vampirinnen schwierig war, deshalb war es umso verwunderlicher, dass es ausgerechnet bei ihr und Pierrick so schnell geklappt hatte.

„Ich erinnere mich noch gut an die Nacht der Niederkunft", begann Pierrick zu erzählen.

Gespannt lauschte Isada. Sie hatte weder ihn noch Caren jemals über die missglückten Schwangerschaften reden hören.

„Es war eine regnerische Nacht. Der Dominus hatte mich zu einer Säuberung geschickt. Als ich zurückkam, bekam Caren die Wehen schon in regelmäßigen Abständen. Stundenlang litt sie, und ich bangte mit ihr, musste zusehen, wie die Schmerzen sie fast um den Verstand brachten und konnte ihr nicht helfen. Caren kämpfte unglaublich tapfer."

Stumm hing sie an seinen Lippen, wagte kaum zu atmen.

„Dann kam er schließlich. Ein Junge. Mit einer Stupsnase und dunklen Haaren auf dem Kopf. An die Farbe seiner Augen erinnere ich mich nicht mehr. Vielleicht hat er auch nie die Augen geöffnet."

Pierrick verstummte, ein Beben ging durch seinen Körper. Ohne nachzudenken, trat Isada zu ihm, schlang ihre Arme um seine Mitte und hielt ihn fest. Nun war sie es, die ihn stützte, die ihm Trost spendete.

„Wir haben ihn verbrannt und seine Asche in alle Himmelsrichtungen verstreut", fuhr Pierrick mit zitternder Stimme fort. „Caren war lange Zeit nicht ansprechbar, aber sie hat sich wieder gefangen. Wir waren unendlich glücklich, als sie wieder schwanger wurde."

Isada ahnte Schlimmes. Am liebsten hätte sie ihn unterbrochen. Aber nur so konnte sie Caren verstehen, und auch Pierrick musste sich seine Last von der Seele reden. Also schwieg sie und lauschte seiner Stimme.

„Es war wieder ein Junge. Die Schwangerschaft verlief gut, bis Caren überraschend Wehen bekam. Sie tat alles, um es aufzuhalten, aber er kam einfach. Viel zu früh. Er war winzig. Seine Augen waren azurblau, so wie deine."

„Von meiner Mutter", flüsterte Isada.

„Ja." Sie spürte sein trauriges Lächeln mehr, als dass sie es sah, denn noch immer hielten sie sich eng umschlungen fest. „Er tat genau zwei Atemzüge, kämpfte ums Überleben, und dann hat er uns verlassen."

Isadas Herz wurde schwer. Wie viel mussten ihre Schwester und Pierrick ertragen?

„Caren trauerte lange, fiel in eine tiefe Depression. Und dann wurdest du geboren. Du warst Carens Wunder, du hast ihr neue Kraft gegeben."

„Aber die Geburt hat meine Mutter das Leben gekostet."

„So etwas passiert. Immer wieder. Es ist das Risiko, das man eingeht, um ein Kind zu bekommen, und es hat Caren nicht davon abgehalten, es erneut versuchen zu wollen."

„Aber das letzte Mal …" Sie hob den Kopf, ihre Blicke begegneten sich.

„Vor zwanzig Jahren erwarteten wir wieder ein Kind."

„Ich erinnere mich." Isadas Stimme brach.

„Sie verlor unsere Tochter in der vierzehnten Schwangerschaftswoche."

Isada strich ihm eine Strähne aus dem Gesicht. Die Liebe, die sie für diesen Mann empfand, war grenzenlos. Es war furchtbar, was er durchmachen musste und wenn es etwas gegeben hätte, das sie hätte tun können, hätte sie es getan. Wie musste er sich nun fühlen? Sie trug sein Kind unter dem Herzen. Ein Kind, das zu ihm gehörte, sein Fleisch und Blut war, aber zu dem er sich nie bekennen durfte.

„Es tut mir so unendlich leid." Isada wusste nicht, welche Worte ihm Hoffnung geben konnten.

Sein Kopf senkte sich, und ihre Münder trafen sich zu einem Kuss. Isada schloss die Augen, wollte ihn einen Moment nur für sich alleine haben, es genießen. In dieser Sekunde gehörte er ihr, nur ihr. Sie waren ein Mann und eine Frau, die etwas füreinander empfanden und etwas Großartiges miteinander teilten.

Viel zu schnell beendete er den Kuss.

„Das alles hat Caren verändert, das hat unsere Beziehung verändert. Ich kann sie nicht einfach aufgeben. Lange bevor es dich gab", er strich mit dem Daumen über ihre Wange, „habe ich mich für sie entschieden. Ich kann diese Entscheidung nicht rückgängig machen, so gern ich es wollte."

„Es muss dir nicht leidtun." Isada schluckte. Sie bewunderte Pierricks Entschlossenheit. Sie war froh, dass er Caren nicht gehen lassen würde. Aber gleichzeitig schmerzte es, ihn zu verlieren. Er würde nie ihr gehören.

„Ich verspreche dir, dass das Kind und ich die Geburt überleben werden. Ich werde auf es aufpassen. Und du musst für Caren da sein."

Pierrick schluckte, dann nickte er. Noch einmal nahm er sie fest in den Arm, drückte sie an sich. Dann war es an der Zeit, einander loszulassen. Isada trat zurück und widerstand dem Drang, sich direkt wieder in seine Arme zu werfen.

„Ich werde jetzt nach Caren sehen", erklärte Pierrick.

„Darf ich im Wohnzimmer warten?"

„Natürlich."

Sie blickte ihm hinterher, wie er die Treppe hinauf in den ersten Stock ging. Nachdenklich lief sie an der Küche vorbei, die seit Jahren unbenutzt war, erreichte das Wohnzimmer und setzte sich auf den grauen Zweisitzer. Dort saß sie, starrte das Mosaik des offenen Kamins an und wartete.

* * *

Pierrick musste etwas Abstand zu Isada bekommen. Es hatte ihm gutgetan, mit ihr zu reden, ihr alles erzählen zu können. Sie war verständig, hatte ihm zugehört, ihn gehalten und getröstet. Ihre Nähe hatte etwas Vertrautes, Wohltuendes.

Isada war einfach vollkommen. Seine Seele verzehrte sich nach ihr. Beharrlich stellte sie das Glück ihrer Schwester über ihr eigenes. Ihre Bestätigung, dass er das Richtige tat, war Balsam für ihn gewesen, auch wenn es ihn innerlich zerriss. Der Kuss hatte ihm wieder einmal deutlich vor Augen geführt, wie sehr er sich nach ihr sehnte.

Als er außer Sichtweite war, hielt er kurz inne. Er musste sich sammeln. So aufgewühlt konnte er nicht zu Caren gehen. Für einen Moment schloss er die Augen, konzentrierte sich ganz auf seine Pflichten als Homen. Jetzt war Caren wichtig. Er musste herausfinden, was mit ihr los war. Entweder würde sie ihm freiwillig gestatten, einen Blick in ihr Innerstes zu werfen, oder er verschaffte sich ohne ihre Zustimmung Zugang.

Pierrick klopfte an ihrer Tür und lauschte. Nichts zu hören. Schlief sie immer noch? Er spitzte die Ohren, konnte aber weder ihren Herzschlag noch ihren Atem hören. Eine dunkle Vorahnung überkam ihn. Er zögerte nicht länger, sondern stieß die Zimmertür auf und stürmte hinein. Das Bett war fein säuberlich gemacht. Auch Carens Lieblingsplatz, der Sessel am Fenster, war leer.

„Caren?", rief er und sah sich um. Nichts rührte sich, seine Samera war nirgends aufzufinden.

„Bist du im Bad?", fragte er und spähte in das dunkle Badezimmer. Doch auch dort war Caren nicht.

Er drehte sich um und eilte in den angrenzenden Salon. Wenn Caren nicht in ihrem Zimmer war, musste sie sich dort aufhalten.

Der Salon lag ebenso verlassen vor ihm wie das Schlafzimmer. Es roch eindeutig nach Caren, aber die Duftnote war nicht frisch. Es war einige Zeit vergangen seit ihrem letzten Aufenthalt.

Pierrick nahm sich als nächstes die Kinderzimmer vor. In dem Raum, in den Caren gestern das Baby gebracht hatte, lag noch immer alles am Boden verstreut. Auch Isadas Blut war deutlich auf dem Teppich zu erkennen. In keinem der Kinderzimmer fand er jedoch seine Samera.

Er wechselte auf die geistige Ebene, sah die zwei Bänder, die ihn mit den Schwestern verbanden. Die Verbindung zu Isada bestand aus einem zarten, dünnen Band, das geheimnisvoll glänzte. Carens Band dagegen war viel breiter, wie ein dickes Seil. Es war fest bei ihm verankert und zeugte von ihrer beständigen Verbindung. Dass es mit den Jahren etwas stumpf geworden war, spielte keine Rolle. Pierrick tastete nach Caren, bekam sie jedoch nicht zu fassen. Sie war nicht in der Nähe. Er brauchte nur wenige Sekunden, um diese Erkenntnis zu verarbeiten, dann kam Bewegung in ihn. Er hechtete die Stufen hinauf in den zweiten Stock, zog sich in aller Eile an und stürmte ins Erdgeschoss. Als er Isada erblickte, die im Wohnzimmer saß, stockte er. Er hatte sie völlig vergessen.

„Was ist los?" Alarmiert stand Isada auf.

„Caren ist fort."

Isada starrte ihn an.

„Ich muss sie suchen."

„Ich komme mit", beeilte Isada sich zu sagen.

„Nein!" Er würde nicht zulassen, dass Isada ihn begleitete. Er wollte zu Fuß aufbrechen, und sie würde mit dem Tempo, das er gedachte anzuschlagen, überfordert sein. Zudem wollte er nicht, dass sie sich in Gefahr begab. Er hatte keine Ahnung, wo Caren war und was sie vorhatte.

„Wer hat dich hergefahren?", wollte Pierrick wissen.

„Allerd."

„Gut. Er wird hierbleiben und auf dich aufpassen."

„Nein, ich will mitkommen."

Er nahm sich die Zeit stehenzubleiben und sich ihr zuzuwenden. „Ich möchte nicht, dass du in Gefahr bist. Hier bist du sicher." Noch immer hatte er vor Augen, wie Caren Isada das Messer in die Schulter stieß. So etwas wollte er nie wieder miterleben.

„Ich finde es nicht gut, dass du allein gehst."

„Das werde ich nicht. Ich hoffe, Darius wird dazustoßen."

Er sah, wie Isada mit sich rang, dann ließ sie sich auf das Sofa zurückfallen und murmelte: „Bitte bring sie einfach zurück."

„Das habe ich vor", entgegnete er mit grimmiger Miene.

Während er noch schnell im Arbeitszimmer verschwand und dort einen weiteren Dolch aus der Schublade holte, den er sich um den Oberschenkel band, wählte er mit der Freisprechanlage Darius' Handynummer. Darius und die Technik waren ein

Kapitel für sich und nachdem der Soya nicht abnahm, wählte er Sams Nummer.

„Pierrick?", begrüßte sie ihn nach dem zweiten Klingeln.

„Ist Darius in der Nähe?"

„Ja, warte einen Augenblick." Er hörte es rascheln, während er den Dolch in den Gurt steckte und noch ein Messer an seinem Gürtel befestigte. Die Straßen waren gefährlich, und er würde nicht riskieren, unbewaffnet durch unsichere Straßen zu streifen und einem Inimicus über den Weg zu laufen.

„Was gibt es denn, Pierrick?"

„Ich brauche deine Hilfe. Caren ist verschwunden und nachdem sie gestern ein Blutkind entführt und mit einem Messer auf Isada eingestochen hat, weiß ich nicht, in welcher Verfassung sie ist. Sie könnte sowohl eine Gefahr für sich als auch für andere sein. Ich werde dem Band folgen und sie aufspüren. Würdest du mich begleiten?"

„Selbstverständlich. Wo soll ich hinkommen?"

„Ich werde jetzt aufbrechen und Richtung Boston laufen."

„In einer Viertelstunde an der Tankstelle, wo die 3A die Interstate 93 kreuzt?"

„Alles klar, bis dann. Und vielen Dank für deine Unterstützung."

„Gerne."

Ohne einen weiteren Abschiedsgruß legte Darius auf. Pierrick steckte das Telefon ein und warf sich die Lederjacke über. Zuletzt band er sich die Haare zu einem Zopf im Nacken zusammen.

Als er sich umdrehte, stand Isada in der Tür und blickte ihn aus großen, traurigen Augen an.

„Ich werde sie finden", versprach er und berührte sie sanft an der Schulter.

Tapfer nickte Isada, doch er wusste, dass sie ihm nicht glaubte. Aber konnte er ihr das verübeln? Er wusste selbst nicht, was er denken sollte.

„Mach es dir eine Runde gemütlich. Ich bin bald wieder da." Er zog Isada kurz an sich, küsste sie auf die Stirn. Dann zwang er sich, sie alleinzulassen und zu gehen. Bevor er jedoch Richtung Boston aufbrach, musste er noch mit Allerd reden. Egal was geschah, so lange er nicht persönlich bei dem Personenschützer anrief, sollte Isada das Haus nicht verlassen. Hier war sie zumindest in Sicherheit und wenn er Caren suchte, brauchte er einen freien Kopf und konnte sich nicht auch noch Sorgen um Isada machen.

KAPITEL 22

Seit einer Stunde verfolgten Pierrick und Darius Caren nun schon. Dank des Bandes verlor Pierrick auch im Getümmel der Großstadt ihre Spur nicht. Caren musste ziemlich planlos durch die Gegend gelaufen sein. Immer wieder hielt Pierrick an einer Ecke inne, prüfte die Verbindung und nahm erneut die Verfolgung auf.

Darius war wie ein Schatten. Er folgte ihm und hielt sich mit dummen Kommentaren zurück. Dafür war Pierrick ihm sehr dankbar.

Sie hatten inzwischen den *Theatre District* erreicht und hielten vor dem *Wilburg Theatre* an.

„Wir nähern uns ihr", erklärte Pierrick und begab sich ein weiteres Mal auf die geistige Ebene, um Caren zu orten. Das Band war nach wie vor stabil. Winzige Fäden vereinten sich zu einem tragfähigen, robusten Seil, das fest in ihm verankert war. Diese Verbindung fühlte sich so ganz anders an als das dünne, zarte Band, das zu Isada führte. Die einzelnen Fäden schimmerten golden, waren aber so hauchdünn, dass er es mühelos durchtrennen konnte. Auch die Verankerung bei ihm bildete eine winzige Stelle. Sie wieder loszulassen – und das musste er, wenn sie sich entschied, einen Gefährten zu nehmen – würde schmerzen, aber schnell verheilt sein. Immer wieder schweiften seine Gedanken zu Isada ab. Er rief sich zur Ordnung und fokussierte Carens Band.

„Hier entlang", erklärte Pierrick und rannte Richtung Osten los.

Sie erreichten *Waterfront*.

Hier musste sie sein. Ihre Anwesenheit war deutlich zu spüren. Er verlangsamte sein Tempo. Er sah sie noch immer nicht, aber ihr Duft wehte ihm in die Nase.

„Ich kann sie riechen", vernahm er neben sich Darius' Stimme.

Sie sahen sich kurz an und suchten dann ihre Umgebung ab. Vor Pierrick auf einem hölzernen Schild stand in gelben Lettern 152 Milk Street. Hinter ihm befand sich eine Fahrradmietstation. Langsam ging er die Straße entlang, folgte der immer deutlicher werdenden Duftspur. Die Straßen waren um diese Uhrzeit leer. Die Nachtschwärmer waren längst nach Hause gegangen, und die ersten Frühaufsteher wälzten sich gerade noch einmal im Bett herum. Der Wind frischte auf und brachte erneut Carens Geruch mit sich.

Schließlich standen sie vor dem Eingang der *Harbor Garage*, einem Parkhaus. Sie blickten sich verwundert an. Die unausgesprochene Frage, was Caren hier wollte, hing zwischen ihnen. Pierrick atmete tief durch, dann betrat er das Parkhaus. Darius folgte ihm. Sie folgten der Duftspur, bis sie schließlich das Dach erreichten. Kein einziges Auto parkte hier oben, sodass Pierrick sofort die junge Frau erblickte, die am Rand stand und in Richtung Meer blickte. Beißender Benzingeruch schlug ihm entgegen. Hier in der Nähe musste ein Auto eine größere Menge davon verloren haben. Pierrick schluckte. Etwas in ihm zog sich zusammen, als er seine Frau betrachtete. War sie im Meer geschwommen? Ihre Haare waren nass, und auch das gelbe Sommerkleid klebte an ihrem Körper.

Langsam ging er auf sie zu. Der Benzingeruch nahm zu, und ihm wurde klar, dass Caren danach stank. Sie hatte sich damit übergossen. Ihm wurde übel, doch er zwang sich weiterzugehen.

Caren musste ihn gespürt haben, denn in diesem Moment drehte sie sich um. Alles in ihm verkrampfte sich.

„Caren", flüsterte er kaum hörbar und wusste, dass sie seine Worte verstanden hatte.

„Es tut mir leid", hauchte sie.

Er sah die Tränen in ihren Augen.

„Das braucht es nicht. Es ist doch alles in Ordnung", versuchte er sie zu beruhigen.

Traurig schüttelte sie mit dem Kopf. „Es ist nichts in Ordnung, und das weißt du. Ich habe ein Kind entführt, habe Isada verletzt, habe dich enttäuscht. Mein Kopf ... diese Stimmen ...“

Zwanzig Meter trennten ihn von Caren, für ihn als Vampir keine Entfernung. Er war schnell, doch Caren war ebenfalls ein Vampir und ihr Tempo ihm ebenbürtig. Zu spät sah er das Feuerzeug in ihrer Hand. „Verzeih mir!“, flüsterte sie. Er hörte das Reibrad. Mit einer Stichflamme ging Caren in Flammen auf.

„Nein!“, brüllte Pierrick und wollte auf sie zurennen. Er konnte sie retten. Er musste nur das Feuer löschen. Doch starke Arme umklammerten ihn von hinten, hinderten ihn daran, seiner Frau zu helfen.

„Caren!“, brüllte er und versuchte sich mit aller Kraft loszumachen.

„Du kannst ihr nicht helfen.“

„Nein.“ Pierrick wollte das nicht akzeptieren. Er musste zu Caren. Sie konnten sie doch nicht in den Flammen sterben lassen.

„Nein!“, brüllte er noch einmal und stemmte sich mit ganzer Kraft gegen Darius, der ihn immer noch mit unbarmherziger Härte festhielt.

Mit aller Gewalt wurde seine Verbindung zu Caren getrennt. Pierrick fühlte sich, als ob ein Teil seiner selbst mit hinfortgerissen wurde und in dem Feuer mit seiner Samera verbrannte.

Er ging in die Knie, und Darius ließ ihn los. Fassungslos starrte er auf die immer kleiner werdenden Flammen. Ihre Rasse war stark, schnell und langlebig, aber Feuer war eine ihrer größten Schwächen. Mit Benzin übergossen brannten sie schneller und heißer als jedes Stück Holz. Selbst ihre Knochen gingen in Feuer auf, und zurück blieb nichts als Asche. Der Wind frischte auf und wehte das, was von Caren übrig geblieben war, davon. Nur noch ein dunkler Benzinfleck erinnerte an das eben dort Geschehene.

Pierrick konnte nicht recht begreifen, was sich vor seinen Augen abgespielt hatte. Caren war fort. Der Platz in seiner Seele, an dem sie fest verwurzelt gewesen war, lag nun verwaist da. Die Trauer schien ihn auffressen zu wollen.

„Nein!“, schrie er immer wieder verzweifelt und schlug mit der bloßen Faust auf den Asphalt, der krachend unter ihm nachgab. „Ich hätte ihr helfen können.“

„Das hättest du nicht", widersprach ihm Darius, der immer noch neben ihm stand.

„Ich hätte es ahnen müssen."

„Du willst es jetzt vermutlich nicht hören, aber ich habe in den letzten Jahren mitverfolgt, wie Caren immer seltsamer wurde. Ich denke nicht, dass sie dem Wahnsinn verfallen ist, wie die Inimicus, aber dennoch war sie auf ihre Art krank."

„Sei still!", fauchte Pierrick.

„Sie hat es gewusst und wenn du ehrlich zu dir bist, hast du es auch gewusst. Wie hätte ihr Leben ausgesehen, wenn du sie ans Haus gebunden hättest? Nach der Aktion mit dem Kind wäre dir doch überhaupt nichts anderes übrig geblieben."

Er schloss die Augen. Caren hätte so nicht leben wollen, hätte so nicht leben können, und doch wäre es die einzige möglich Konsequenz gewesen, wie er sich nun eingestehen musste. Sie hatte ihre Leibwächter bewusst getäuscht, um ihnen zu entkommen, hatte sich hinterhältig und unter einem Vorwand in das Haus dieser unschuldigen Vampirfamilie geschlichen, um ihnen das Kind zu rauben.

Der unsägliche Schmerz in seinem Herzen brachte ihn um den Verstand.

„Lass uns gehen." Darius legte ihm eine Hand auf die Schulter.

Benommen stand Pierrick auf. Anstatt jedoch zu gehen, ging er auf den dunklen Fleck zu, trat genau an die Stelle, an der noch vor kurzem Caren gestanden hatte. Pierrick drehte sich um und blickte zu seinem Anführer, der ihm schweigend zunickte. Er brauchte noch einige Augenblicke, und Darius gewährte sie ihm. Dann wandte er sich dem Meer zu.

„Ich gebe dich frei", murmelte er, und seine Worte wurden vom Wind davongetragen wie ihre Asche. Er hoffte für Caren, dass sie ihren Frieden gefunden hatte, dass sie jetzt an einem Ort war, wo es ihr besser ging.

Ihm wurde schwer ums Herz, wenn er daran dachte, dass er nun zu Isada zurückkehren musste. Wie sollte er ihr erklären, dass ihre Schwester tot war? Wie sollte er ihr beibringen, dass er versagt hatte, sie nicht hatte retten können?

Er drehte sich um und ging auf Darius zu. „Lass uns zurückkehren."

Darius nickte und wartete, bis Pierrick an ihm vorbeigegangen war. Dann folgte er ihm.

* * *

Die Eingangstür fiel scheppernd ins Schloss. Isada war eingedöst und fuhr von ihren Sessel hoch. Pierrick war zurück! Doch wo war Caren? Isada konnte sie nicht riechen. Hatte der Soya ihre Schwester etwa nicht gefunden?

Isada rannte den Flur entlang und blieb in der Eingangshalle stehen, wo sie Pierrick erblickte.

„Was ist passiert?"

Er wirkte völlig niedergeschlagen. Zuerst dachte sie, er habe sich verletzt, weil seine Schultern schlaff nach unten hingen. Mit gesenktem Kopf zog er seine Jacke aus. Seine geschmeidigen Bewegungen überzeugten Isada jedoch, dass er keine Verletzung davongetragen hatte. Er warf die Jacke über das Treppengeländer und ging an ihr vorbei ins Wohnzimmer. Dabei wich er ihrem Blick aus.

Etwas war passiert. Etwas stimmte nicht.

„Wo ist Caren?", fragte sie und lief hinter ihm her.

Hartnäckig schwieg der Soya. Isada streckte sich auf geistiger Ebene nach ihm aus. Doch er verwehrte ihr jeglichen Zugang, schloss sie vollkommen aus. Seine Schilde bildeten eine unüberwindbare Mauer um seinen Geist.

„Setz dich!" Er deutete auf das Sofa und setzte sich ebenfalls.

Mit einem Zwicken in der Magengegend und wackeligen Beinen fiel Isada mehr, als dass sie sich setzte und kam sich dabei vor wie ein Schaf, das zur Schlachtbank geführt wurde. Pierricks Gebaren und sein Schweigen ließen nichts Gutes ahnen, doch dabei wollte sie einfach nur von ihm hören, dass alles gut war.

„Was ist mit Caren?" Verzweiflung breitete sich in ihr aus und mit jeder Sekunde, die er zögerte, wurde es schlimmer. „Bitte", schob sie bedrückt hinterher.

„Es tut mir leid", krächzte Pierrick. Seine Stimme war belegt, das Sprechen schien ihm schwer zu fallen.

Unkontrolliert begann Isada zu zittern. Sie wusste, dass etwas Schreckliches geschehen war, sie brauchte nur eins und eins zusammenzuzählen, um das zu wissen.

„Was hat sie getan?", fragte Isada leise. Was hast *du* getan?, spukte die eigentliche Frage in ihrem Kopf herum.

Pierrick sprang auf, tigerte vor ihr zum Kamin, zur entgegengesetzten Wand und wieder zurück zu ihr. Sie schaute ihm zu, bereitete sich innerlich auf das Schlimmste vor. Hatte er doch sein Wort gebrochen und Caren seinen Schutz entzogen? Hatten sie einen so heftigen Streit gehabt, dass er sich nicht mehr in der Lage fühlte, für sie verantwortlich zu sein?

Er kam auf sie zu, ließ sich vor ihr zu Boden sinken. Seine Iriden sahen aus wie flüssiger Bernstein. Seine Augen wirkten seltsam wässrig, braune Schatten waberten darin..

„Sie ..." Er brach ab, begann noch einmal von vorne. „Das Feuer hat sie verschlungen."

Isada presste zitternd die Lippen zusammen. Pierrick schlug die Hände vors Gesicht.

„Sie hat sich mit Benzin übergossen. Ich bin an allem schuld."

Fassungslos starrte Isada auf sein gesenktes Haupt. Die Worte nahmen nur langsam in ihrem Kopf Gestalt an. Caren hatte sich selbst mit Benzin übergossen? Warum war Pierrick schuld? Hatte er sie angezündet? Es tat ihr in der Seele weh, den Mann, der ihr so viel bedeutete, innerlich gebrochen vor sich knien zu sehen. Zögernd streckte sie die Hand aus und strich über seinen Kopf. Sie hörte und spürte, wie ein Beben durch seinen Körper ging, und hatte das Bedürfnis, nach ihm zu greifen. Dankbar barg er sein Gesicht in ihrem Schoß. Er weinte, und sie hielt ihn einfach fest.

Zuerst spürte sie nur ein ganz zartes Anklopfen an ihren Geist, doch als Isada ihm auf dieser Ebene entgegentrat, zog er sie regelrecht an sich, in seinen Kopf.

Isada war ihm noch nie auf dieser Ebene so nahe gewesen. Selbst als sie sich geliebt hatten, hatte er sorgfältig einen Teil seines Selbst hinter undurchdringlichen Mauern verborgen. Doch nun zeigte er sich ihr, so wie er war. Es gab zwischen ihnen keine Schranken, keine Grenzen. Der mächtige Soya, ein Meister auf dem Gebiet der Beeinflussung und der Gedankenkontrolle, zeigte sich ihr mit allen Schwächen, allen Narben und Verletzungen. Seine Geheimnisse lagen offen vor ihr. Sie fühlte den Schmerz, der ihn lähmte, als ob es ihr eigener wäre. Sie sah vor ihrem geistigen Auge, was er gesehen hatte. Isada konnte die Tränen nicht zurückhalten, als Caren in Flammen aufging. Er hatte sie nicht umgebracht! Die Entscheidung hatte Caren allein getroffen. Ihn traf überhaupt keine Schuld. Sie umklammerte ihn fester, als würde dadurch alles wieder wie früher werden. Sie spürte die Wut, die Qual und die Verzweiflung, die in ihm tobten. Und auch, wenn es schon lange keine Liebe mehr gewesen war, wusste sie, dass er ihre Schwester nie freiwillig aufgegeben hätte.

Dann sah Isada die Lücke. Anders konnte man den Bereich in seinem Geist nicht beschreiben. Das Band zu seiner Samera war stark gewesen und über die Jahrzehnte, die sie miteinander verbracht hatten, tief in ihm verwurzelt. Nun erinnerte nur noch ein klaffendes Loch daran, dass es da einmal jemanden gegeben hatte. Die Wunden waren tief, es würde dauern, bis sie heilten. Isada konnte nicht anders. Vorsichtig strich sie über die Wunde und hörte den Widerhall eines zufriedenen Knurrens in ihrem Geist. Das Tier in ihm kam zum Vorschein. Wild und ungezähmt. Doch Isada wusste, dass sie keine Angst zu haben brauchte. Wie ein unerschütterlicher Fels in der Brandung hielt sie ihn fest, spendete ihm Halt und Trost.

Immer wieder starrte sie die leere Stelle an. Caren hatte einen so großen Raum bei ihm eingenommen. Als sie dagegen ihre eigene Verbindung mit ihm betrachtete, wurde ihr bewusst, wie sehr ihre Beziehung doch am sprichwörtlichen seidenen Faden hing. Dieses Band war so zart, so leicht zu zerstören und gleichzeitig so kostbar und besonders. Noch nie hatte sie etwas ähnlich Schönes gesehen.

Er umgab sie und überschüttete sie mit seinen Gefühlen. Schmerz, Sehnsucht und Verlangen hüllten sie ein. Isada glaubte zu ersticken. Schnell zog sie sich zurück. Sie konnte sich jetzt nicht von ihm so vereinnahmen lassen.

„Das geht nicht." Noch immer kniete er vor ihr, und sie strich ihm durchs Haar. „Du musst das Ganze erst verarbeiten und ich auch."

Sie verstummte, spürte aber, wie er sich versteifte. Die unüberwindbaren Schilde legten sich wieder um seinen Geist, und er verschloss sich vor ihr. Bedauern lag in seinem Blick, als er sich erhob. Seine Augen glühten noch immer, die Fänge waren gut sichtbar. Er trat zurück, fuhr sich über das Gesicht und wischte die Tränen fort. Der Soya hatte sich wieder unter Kontrolle.

„Tut mir leid. Ich wollte dich damit nicht belasten."

Isada empfand eine erdrückende Einsamkeit. Die Nähe zu Pierrick hatte sich so wundervoll angefühlt. „Schon okay", murmelte sie, versuchte sich einzureden, dass es ihr nichts ausmachte, dass er wieder auf Distanz ging. „Schließlich sind wir doch immer noch eine Familie, oder?" Plötzlich war sie doch etwas unsicher.

„Natürlich sind wir das." Er machte Anstalten zu gehen. „Ich wäre jetzt gerne etwas allein. Blagden wird dich zu Jendraels Haus bringen."

Isada schluckte. Er wollte sie loswerden.

„Wenn du möchtest, kannst du noch einen Tag dort verbringen, ansonsten wird dir dein Zimmer wie gewohnt zur Verfügung stehen." Sein Blick richtete sich auf die Treppe. Er spielte auf ihr Zimmer im zweiten Stock an.

Ohne einen weiteren Abschiedsgruß stürmte er an ihr vorbei, hinauf in seine Räumlichkeiten. Verwirrt blieb Isada zurück. Hatte sich damit ihre eigene kleine Wohnung erledigt? Die Vorstellung, hier wieder einzuziehen, bereitete ihr Unbehagen. Ein Leben in diesem Haus ohne Caren erschien undenkbar. Den kompletten ersten Stock hatte sie bewohnt und liebevoll eingerichtet. Alles hier würde sie an ihre Schwester erinnern. Zwar hatte Caren die meiste Zeit unsichtbar in ihrem Zimmer verbracht, aber dennoch war sie in diesem Haus präsent gewesen. Noch immer hing ihr Duft überall, und es würde dauern, bis dieser völlig verschwunden war. Auch wenn ihr im Moment viele Orte schöner vorkamen, wusste sie doch, wo ihr Platz war. Außer Pierrick hatte sie niemanden mehr. Binnen weniger Wochen hatte sie alles verloren. Aber auch Pierrick hatte einen herben Verlust hinnehmen müssen. Sie war alles, was er noch hatte. Wenn es sein Wunsch war, dass sie hier lebte, würde sie es tun.

Als sie aus dem Haus trat, wartete Blagden bereits auf sie. Er öffnete die hintere Wagentür, ließ sie einsteigen und fuhr sie zurück nach Boston.

* * *

Pierrick hielt es nicht mehr aus. Er wartete in seinem Zimmer, bis Isada das Haus verlassen hatte und der Wagen, der sie zurück nach Boston brachte, nicht mehr zu hören war. Dann stürmte er hinunter in den ersten Stock und stieß die Tür zum weißen Salon auf. Das war Carens Lieblingszimmer gewesen. Alles hier erinnerte ihn an sie. Auf dem kleinen Tisch am Fenster lag der Roman, in dem sie zuletzt gelesen hatte. Das Lesezeichen steckte noch darin. Er setzte sich auf den Stuhl, in dem Caren so viele Stunden verbracht hatte. Sie hatte sich gerne hier vor der Realität versteckt und vielleicht auch vor ihm. Was war in den letzten Jahren mit ihr geschehen? Hätte er früher etwas merken müssen? Hätte er ihr helfen können, wenn er es nur früher bemerkt hätte? Immer wieder fragte er sich das. Er hatte sich damals Hals über Kopf in Caren verliebt. Er hätte für sie alles gegeben, hatte ihr die Welt zu Füßen gelegt. Aber aus irgendwelchen Gründen hatten sie sich immer weiter voneinander entfernt, bis sie schließlich überhaupt nicht mehr zusammenfanden. Zwei Totgeburten hatten sie gemeinsam überwunden, an der dritten war Caren schließlich zerbrochen. Nichts konnte diesen Verlust mehr kitten. Auch die Geburt ihrer Schwester hatte nicht dazu beigetragen, dass Caren sich aus der Spirale, in der sie gefangen war, befreien konnte.

Pierrick stand auf und ging hinüber zu dem Bild, das ihn und Caren zeigte, eine Schwarz-Weiß-Fotografie, bereits etliche Jahrzehnte alt.

Caren.

Das Tier in ihm kratzte an seiner Haut, wetzte bereits die Krallen. Es wollte frei gelassen werden. Pierrick beherrschte sich mühsam, ballte die Fäuste. Er durfte jetzt nicht die Kontrolle verlieren. Er musste sein Leben neu ordnen und weitermachen – ohne Caren. Der Clan brauchte ihn als Soya, die Vampire brauchten ihren Aufräumer, Isada brauchte einen Rinoka und sein Kind ... Er schluckte. Er konnte sich nicht aufgeben, wie es Caren getan hatte, auch wenn er sich manchmal nichts sehnlicher wünschte. Er musste die Gefühle in sich verschließen und funktionieren. Die Bestie in ihm brüllte auf, und für einen Moment verlor er die Oberhand. Die geballte Faust landete im Bilderrahmen. Scherben rieselten zu Boden, Teile des Holzrahmens und Putz folgten. Die Aufschürfungen an seiner Hand verheilten, bevor er die Faust öffnete. Pierrick drängte das Biest zurück. Es hatte ihm gut getan, ein Ventil zu finden, das Tier herauszulassen. Noch immer strich es durch seinen Körper, wartete auf einen Moment der Schwäche. Er wünschte sich nichts sehnlicher, als sich in sich selbst zurückzuziehen und diesem von Instinkten geleiteten Ich den Vortritt zu lassen. Er wollte sich vor der Realität verschließen, wollte allein sein. Isada würde nicht vor Nachteinbruch zurückkehren. Einen ganzen Tag hatte er für sich. Die Vampire betteten sich zur Ruhe und würden ihn erst wieder am Abend brauchen. So ließ er es zu, dass die Kreatur in ihm, die er stets verborgen hielt, die Zügel in die Hand nahm. Er stürzte zum Sofa hinüber, zerfetzte die Polster, bis winzige Schaumstoffbröckchen den Boden bedeckten. Doch das war ihm noch nicht genug. Er trat mit den Füßen auf das Holz ein, dass es krachend zerbarst, dann riss er die Vorhänge herunter. Das Sideboard und der Tisch mussten als nächste daran glauben. Er wütete, verwüstete alles um sich herum. Als er inmitten eines Trümmerhaufens stand und nichts mehr fand, auf das er einschlagen konnte, stürmte er in das nächste Zimmer. Carens Schlafzimmer, das einst auch das seine gewesen war. Er wollte nicht mehr an Caren erinnert werden, die sich heimlich aus seinem Leben gestohlen hatte. Er riss das Bettzeug herunter und zerfetzte die Kopfkissen noch in der Luft. Die Matratze folgte. Der Lattenrost zerbrach, als er ihn gegen die Wand schleuderte. Dann zerlegte er das restliche Bettgestell. Das Sofa, der Tisch und die Stühle folgten. Als er kräftig an den Vorhängen riss, kamen sie herunter – mitsamt der Stange. Er machte auch vor den Gemälden an der Wand nicht Halt und durchbohrte eine Leinwand mit einem Bettpfosten. Nachdem auch hier nur noch Verwüstung herrschte, marschierte er ins nächste Zimmer, das älteste der drei Kinderzimmer. Er hob den blutbefleckten Teppich vom Boden auf, zerrte daran, bis er endlich zerriss und nur noch Fetzen um ihn herum lagen. Als nächstes folgten der Schaukelstuhl, der Wickeltisch und das Regal. Die unbenutzten Hemdchen flogen zu Boden, das Babypuder verteilte sich gleichmäßig über allem. Binnen Minuten war auch hier alles verwüstet, und er nahm sich die anderen Kinderzimmer vor.

Eine halbe Stunde später brach er auf dem Flur völlig entkräftet zusammen. Es war genug. Er brüllte vor Schmerzen auf, krümmte sich auf dem Boden. Tränen rannen über sein Gesicht und reinigten seine geschundene Seele. Er ließ es zu. Er war allein. Niemand würde ihn klagen hören, niemand seine Trauer spüren. Schließlich konnte er nicht einmal mehr weinen und lag einfach nur reglos da. Er hatte keine Kraft mehr, fühlte sich vollkommen leer. Mühsam hievte er sich hoch und begab sich einen Stock höher in seine Räume. Er zog sich nicht einmal mehr aus, sondern fiel, so wie er war, auf seine Matratze, schloss die Augen und schlief vor Erschöpfung ein.

* * *

Isada kehrte in der darauffolgenden Nacht nach Hingham zurück und zog wieder in ihr altes Zimmer. Pierrick ließ sich nicht blicken. Sie suchte sogar im Keller nach ihm. Doch als sie dann vor seinem Schlafzimmer stand, nahm sie seine Präsenz wahr. Lange stand sie davor, wartete. Entweder er schlief, oder er wollte nicht mit ihr sprechen. Isada war hin- und hergerissen zwischen dem Wunsch, nach Pierrick zu sehen und sich zu vergewissern, dass es ihm gut ging und dem Drang, einfach in ihr Zimmer zu verschwinden. Für Vampire völlig untypisch klopfte sie an und lauschte. Nichts rührte sich. Langsam drückte sie die Klinke hinunter, und die Tür schwang etwas auf. Pierrick lag auf seinem Bett – vollkommen angekleidet – und schlief tief und fest. Leise schloss sie die Tür und ging in ihr Zimmer. Die ganze Nacht verbrachte sie dort, weinte immer wieder, bis sie schließlich in den frühen Morgenstunden eingeschlafen war.

Am nächsten Abend traf sie Pierrick in seinem Arbeitszimmer an. Er beugte sich über seine Papiere und arbeitete einen Bericht durch. Zögernd setzte Isada sich an ihren Computer. Ihr Herz hüpfte vor Freude darüber, dass sie nun endlich wieder arbeiten durfte. Es war fast wie immer, und niemand verlor ein Wort über das, was geschehen war.

Als Pierrick in der folgenden Nacht außer Haus war, schlich Isada in den ersten Stock. Sie wollte sich in Ruhe in den Zimmern ihrer Schwester umsehen und erschrak zutiefst, als sie das Durcheinander erblickte. Nichts stand mehr. Alles – egal ob aus Holz, Glas, oder Stoff – lag zu Schnipseln verarbeitetet auf dem Boden. Fassungslos ging Isada von Raum zu Raum. Überall dasselbe Bild. Was war hier nur geschehen? Sie ahnte die Wahrheit und verließ den ersten Stock.

Die Woche verging. Isada arbeitete, besuchte zwei Mal das *Fiftyfive,* um zu trinken und versuchte tagsüber zu schlafen, was bei dem Lärm, den die von Pierrick bestellten Handwerker, die ein Stockwerk unter ihr arbeiteten, nicht so leicht war. Dann war die tägliche Ruhestörung vorbei. Isada wagte trotzdem nicht, den ersten Stock allein zu betreten, und Pierrick hatte sie bisher nicht dazu eingeladen.

Die Tage und Nächte zogen ins Land, und Caren war schon zwei Wochen tot.

Pierrick hatte viel zu tun und war häufig mit Clanangelegenheiten außer Haus beschäftigt. Isada versuchte, ihm so gut es ihr möglich war, den Rücken freizuhalten und kümmerte sich um den Papierkram. Manchmal hatte sie das Gefühl, dass sie mit Seve, Pierricks erstem Mann, mehr redete als mit dem Soya selbst.

Inzwischen hatte sie die Aufzeichnung der letzten zehn Jahre digitalisiert und bekam dadurch einen ganz anderen Einblick in die Zusammenhänge der claninternen Abläufe. Es machte ihr richtiggehend Spaß, Begebenheiten zu analysieren, und zu einigen Befragung hatte sie sogar persönliche Notizen hinzugefügt. Ihre Achtung vor dem, was Pierrick als Aufräumer leistete, wuchs mit jedem Bericht. Sie wollte sich nicht ausmalen, was er alles bereits gesehen und durch andere Augen erlebt hatte.

Sie verbot sich, noch länger über Pierrick nachzudenken und arbeitete konzentriert weiter. In den Nächten gelang es ihr ganz gut, sich abzulenken, doch an den Tagen, wenn sie wach im Bett lag und nicht schlafen konnte, brachen die Gefühle über sie herein. Deshalb zögerte Isada das Zubettgehen immer länger hinaus. So saß sie auch an diesem Morgen noch vor ihrem Computer und war mit Schreibarbeiten beschäftigt, als Pierrick endlich nach Hause kam.

Er wirkte müde und angespannt, wie so häufig in letzter Zeit.

„Was machst du noch hier?", fragte er verwundert, als er sein Büro betrat, die Lederjacke auszog und sich auf seinen Sessel fallen ließ. Die Beine weit von sich gestreckt, legte er den Kopf nach hinten und schloss für einige Sekunden die Augen.

„Keine gute Nacht gehabt?"

„Es war eine lange Nacht, viel los", wich er ihr aus.

Das wusste sie bereits. Seve informierte sie regelmäßig über die Aktivitäten des Aufräumers. Vor einer halben Stunde hatte sie mit ihm telefoniert. Dabei hatte er erwähnt, dass Pierrick noch damit beschäftigt war, einigen Jugendlichen die Erinnerung zu nehmen. Sie hatten zufällig gesehen, wie ein unvorsichtiger Vampir mit zwei Huren ein Blutbad angerichtet hatte.

„Komm mit, lass uns nach oben gehen." Sie stand auf. Auf dem Computer lief gerade ein umfangreiches Update, das noch einige Zeit brauchen würde.

Abwartend blieb sie neben Pierrick stehen, bis dieser sich endlich seufzend erhob. Schweigend ging sie voran. Pierrick folgte ihr. Als sie im ersten Stock ankamen, zögerte Isada kurz. Sie war neugierig auf die neuen Räume, wollte aber nicht in Pierricks Privatsphäre dringen. Es war sein Haus und wenn er ihr die Zimmer zeigen wollte, würde er schon auf sie zukommen.

Sie erreichten den zweiten Stock.

„Schlaf gut", verabschiedete sich der Soya vor ihrer Tür und ging weiter.

„Du auch", murmelte Isada und betrat ihr Zimmer.

Die Rollläden waren bereits heruntergefahren. Sie zog sich um, lauschte, aber auf dem Flur war nichts zu hören. Zur Sicherheit schloss sie die Tür ab, ehe sie aus dem untersten Schrankfach ihren Rucksack hervor holte und das Prepaid-Handy kurz anschaltete. Eine Textnachricht von Mirosh kündigte sich durch ein kurzes *Bling* an.

Wir müssen uns treffen. Dringend.

Isada dachte nach. Allerd oder Blagden würden sie begleiten, wenn sie das Haus verließ. Die einzige Möglichkeit, sich mit Mirosh zu treffen, war im *Alive*. Auch wenn Pierrick es lieber sah, dass sie das *Fiftyfive* besuchte, ließ sie sich die Freiheit nicht nehmen, selbst zu bestimmen, in welchem Nachtclub sie auf Nahrungssuche ging.

Morgen Nacht. Drei Uhr. Alive, schrieb sie zurück.

Dann schaltete sie das Telefon wieder aus, versteckte das Gerät in der Seitentasche ihres Rucksacks und verstaute diesen wieder im Schrank.

Obwohl sie hundemüde im Bett lag, ging ihr so viel im Kopf herum, dass sie einfach keinen Schlaf finden konnte. Immer wieder schoben sich die Bilder vom Tod ihrer Schwester vor ihr Auge. Was hatte Caren dazu bewogen, den Tod zu wählen? Warum hatte sie nicht früher erkannt, dass mit ihrer Schwester etwas nicht stimmte? Warum war es Pierrick nicht aufgefallen? Hätte er es vielleicht verhindern können? Hätte sie es verhindern können? Wie auch immer sie es drehte und wendete, der Auslöser, dass Caren ausgerastet war, blieb ihre Schwangerschaft. Auch wenn ihre Schwester nicht gewusst hatte, dass Pierrick der Vater des Kindes war, hatte die Tatsache, dass Isada ein Kind erwartete, Caren völlig aus dem Gleichgewicht gebracht. Isada verstand Caren, verstand sogar, warum sie das Baby entführt hatte. Aber warum hatte sie sich umgebracht? Sie hatte Pierricks Narbe gesehen. Caren war ein fest verwurzelter Teil seiner Seele gewesen. Ihre Schwester musste doch gewusst haben, dass Pierrick ihr nie ein Haar gekrümmt hätte. Er hätte sie bestrafen müssen, aber ihre Strafe wäre nie so schlimm ausgefallen, dass es sie das Leben gekostet hätte.

Isada drehte sich um und starrte die Wand an.

Sie hatte Carens Gleichgewicht zerstört, einerseits indem sie hier eingezogen war, andererseits indem sie wegen der Schwangerschaft wieder ausgezogen war. Tränen rannen ihr über die Wangen, benetzten das Kissen unter ihr. Ihr Herz schmerzte unerträglich, und sie wusste nicht, ob dies jemals aufhören würde. Auch wenn sie Caren nie sonderlich nahe gestanden hatte, war sie doch ihre Familie gewesen.

Schützend legte sie eine Hand auf ihren noch immer flachen Bauch, in dem ihr Kind heranwuchs.

„Ich bin froh, dass es dich gibt", flüsterte sie dem Baby zu. „Du und ich, wir werden eine Familie sein."

Sie war dankbar, nicht allein auf der Welt zu sein. Und wenn es auch ein Fehler gewesen war, mit Pierrick zu schlafen, bereute sie diesen Fehltritt nicht. Er hatte ihr auf diese Weise das kostbarste Geschenk gemacht, das sie je erhalten hatte. Auch wenn dieses Wesen noch winzig war, noch überhaupt nicht überlebensfähig, liebte sie es schon jetzt über alle Maßen und war bereit, jedes Risiko für es einzugehen. Sie verstand jetzt, warum Vampirinnen immer wieder die Gefahr einer Schwangerschaft eingingen.

Würde sie auch einen Vampir heiraten, damit dieses Kind einen Vater hatte? Isada wünschte sich nichts sehnlicher als eine Verbindung mit Pierrick. Sie war noch immer überwältigt von den Gefühlen, die er ihr entgegenbrachte, ja nahezu erschlagen. Ihre Liebe zu ihm stand der seinen zu ihr in nichts nach. Pierrick war jetzt frei, und es wäre keine Schande für sie, wenn er sie als die Seine erwählen würde. Aber wenn sie zusammenlebten, wenn sie ein Paar wurden, würde Pierrick von ihr die gleiche Offenheit erwarten, die er ihr entgegenbrachte. Er würde erwarten, dass er in ihrem Kopf ein- und ausgehen konnte. Dadurch wäre es ihr unmöglich, Geheimnisse vor ihm zu haben. Sie konnte vor ihm nicht verbergen, dass sie für die *Gen Guards* arbeitete, aber ebensowenig konnte sie ihm das beichten. Sie hatte nicht nur den Rat verraten, sondern auch ihn. Wenn er jemals davon erfuhr, würde er sich von ihr abwenden und sie verstoßen. Und das konnte sie nicht zulassen. Nicht, so lange das Leben ihres Babys auf dem Spiel stand. Erst, wenn das Kind erwachsen war, als Vampir auf eigenen Beinen stand, würde sie es riskieren können, entbehrlich zu sein.

Noch immer weinte sie heiße Tränen in ihr Kopfkissen und war dankbar für die Erschöpfung, die sie schließlich ins Reich der Träume entführte.

KAPITEL 23

Isada hatte sich ausgehfertig zurechtgemacht. Sie trug zurückhaltendes Make-up. Die Haare waren zu kurz, um sie in einem Zopf zusammenzufassen, deshalb trug sie diese offen. Dazu hatte sie eine Röhrenjeans gewählt, die inzwischen am Bauch ziemlich kniff, sündhaft teure Stiefel, die sie zusammen mit Arnika eingekauft hatte, und eine raffinierte dunkelblaue Bluse, die ihrer Figur schmeichelte. Seit sie schwanger war, hatte sie ohnehin ein paar Rundungen dazubekommen. Die Brüste wirkten fülliger, und auch an der Hüfte hatte sie an den richtigen Stellen etwas zugelegt. Eine echte Gewichtszunahme konnte sie bisher nicht verbuchen, was ihrer Ansicht nach auch noch etwas Zeit hatte.

Isada schnappte sich eine kleine Tasche, in der sich alles Überlebensnotwendige für diesen Abend befand, und verließ ihr Zimmer. Sie hatte beinahe das Erdgeschoss erreicht, als ihr Pierricks Duft entgegenwehte. Intensiv, warm und besitzergreifend hüllte er sie ein. Sie schluckte. Ungern wollte sie ihm begegnen. Sie war erleichtert gewesen, als er sich in den Keller zurückgezogen hatte, um zu trainieren und sie hatte gehofft, er würde da bleiben, bis sie fort war.

Als sie das Erdgeschoss erreichte, kam Pierrick, nur mit einer Trainingshose bekleidet, den Flur entlang. Seine definierten Muskeln spielten unter der schweißbedeckten Haut. In seinen Augen blitzte etwas auf, als er sie interessiert von oben bis unten musterte.

„Du gehst aus?"

„Ins *Alive*", erklärte Isada kurz angebunden.

Auch ohne, dass Pierrick etwas dazu sagte, zeigte sein spöttisch verzogener Mundwinkel nur allzu deutlich, was er davon hielt.

„Wäre das *Fiftyfive* nicht eine bessere Wahl?"

„Das *Fiftyfive* mag deine erste Wahl sein, ich werde heute ins *Alive* gehen. Und keine Angst, Blagden wird schon dafür sorgen, dass ich wieder sicher nach Hause komme", fügte sie noch schnell hinzu.

Ein müdes Lächeln erschien auf Pierricks Gesicht. „Es tut gut, dich so zu sehen." Er trat ganz nah an sie heran und küsste sie auf die Stirn. Seine Hand legte sich auf ihren Rücken, und ein warmes Prickeln breitete sich von dieser Stelle aus.

Isada musste den Kopf heben, um ihn anzublicken. Seine bernsteinfarbenen Augen schimmerten wie dunkler flüssiger Honig. Am liebsten hätte Isada sich in seine Umarmung geschmiegt und den Rest der Welt vergessen. Doch das konnte sie nicht tun. Sie hatte sich auf dieses Spiel eingelassen und musste es zu Ende bringen. Und wenn das bedeutete, dass sie und Pierrick auf unterschiedlichen Seiten standen, dann war das eben so.

Er musste gemerkt haben, dass Isada sich innerlich verschloss. Abrupt ließ er sie los und trat einen Schritt zurück.

„Ich wünsche dir eine schöne Nacht", murmelte er.

Isada schloss die Augen, ihr Herz hämmerte noch immer viel zu schnell, und auch das Rauschen ihres Blutes war ungewöhnlich laut in den Ohren zu hören. Erleichtert atmete sie auf, als Pierrick endgültig verschwunden war. Sie eilte durch die Eingangshalle, stürzte zur Haustür hinaus und hielt erst auf dem Platz vor dem Haus an. Aus Angst, Pierrick könnte es sich doch noch anders überlegen, wagte sie nicht, sich umzudrehen.

Sie wartete auf Blagden, den sie rechtzeitig über ihren Ausflug zum Club informiert hatte. Eine Minute später hielt der schwarze Mercedes vor ihr und Isada stieg in den Fond ein. Über den Rückspiegel nickte ihr Blagden kurz zu.

„*Alive*", wies sie ihn an und lehnte sich in die Sitzpolster zurück, während der Wagen über die Straße Richtung Bostoner Innenstadt schoss.

* * *

Der Club war noch nicht voll. Bis Mitternacht würden es aber noch ein paar mehr Gäste werden. Isada schob sich an den hölzernen Stehtischen vorbei auf die Bar zu. Ein miserabler DJ beschallte die Diskothek, sodass die meisten Besucher sich in der Nähe des Tresens aufhielten. Auch eine Möglichkeit, Umsatz mit Getränken zu machen, überlegte Isada, während sie sich an einer Gruppe von Halbstarken vorbeidrängte, die ihr anzügliche Bemerkungen hinterher riefen. Sie blickte sich nicht nach ihnen um, sondern richtete ihre Aufmerksamkeit auf den Barkeeper. Ein hochgewachsener dunkelhäutiger Mann namens Roman, der seit Jahren jedes Wochenende hinter der Bar stand. Isada drängte sich an der Schlange der Wartenden vorbei, bis sie schließlich die Theke erreichte.

Roman war gerade damit beschäftigt, zwei Mixer synchron zu schwenken. Dann schüttete er den Inhalt gekonnt in zwei Long-drinkgläser und stellte sie auf den Tresen, wo eine Blondine eilig danach griff.

Sie wollte sich gerade bemerkbar machen, als Roman zu ihr aufblickte.

„Er ist oben und wartet bereits seit einer halben Stunde auf dich."

„Danke dir", murmelte Isada und wandte sich von der Theke ab, um hinauf in die Galerie zu gehen. Dort befanden sich gemütliche Sitzgruppen. Die Musik war etwas leiser, sodass man sich durchaus unterhalten konnte. Der kürzeste Weg zur Treppe führte über die Tanzfläche. Da das Gedränge am Rand deutlich dichter war, entschied Isada sich für den direkten Weg.

„Hey, Süße, Lust zu tanzen?", sprach sie ein dünner Kerl an, dessen Muskelshirt an seinem klapprigen Oberkörper hing.

Isada verzog spöttisch den Mund. So einfallslos war sie lange nicht angebaggert worden. „Du bist nicht mein Typ, ich stehe mehr auf Muskeln", entgegnete Isada und ließ ihn einfach stehen.

Sie hatte das nur gesagt, um den Typ schnell loszuwerden, aber je länger sie darüber nachdachte, umso mehr wurde ihr bewusst, wie wahr die Worte doch waren. Pierrick hätte dieses Muskelshirt ohne Probleme ausfüllen können. Vermutlich wäre es ihm sogar zu klein gewesen. Seine Schulterpartie war breit und muskelbepackt, schließlich trainierte er regelmäßig. Sie hatte sich davor noch nie Gedanken darüber gemacht, welche Art von Männern ihr gefiel. Pierrick war eindeutig das Maß aller Dinge, und bewusst oder unbewusst verglich sie nun jeden Kerl mit ihm.

Als Isada die Galerie erreicht, blickte sie sich nach ihrer Verabredung um. Zu ihrer Rechten befanden sich etliche Holztische, die nahezu alle besetzt waren. Auf ihrer linken Seite waren noch ein paar Tische frei. Ganz hinten, in einer Nische, erblickte sie Mirosh. Er hatte klugerweise einen Ort gewählt, an dem sie ungestört reden konnten, ohne befürchten zu müssen, belauscht zu werden.

Zielstrebig ging Isada auf ihn zu. Jetzt erst sah sie ein blondes Mädchen, das sich an ihn schmiegte. Isada trat näher, blieb vor der Sitzecke stehen und betrachtete unschlüssig das knutschende Pärchen. Mirosh blickte auf, hatte sie vermutlich am Geruch erkannt. Er machte sich von dem Mädchen los, zog aus seiner Hosentasche einen großen Geldschein und hielt ihn ihr hin.

„Geh an die Bar etwas trinken."

Die Blondine betrachtete mit großen Augen den Schein, den er ihr vor die Nase hielt. Sie zögerte ihn zu nehmen und musterte Isada. Diese warf dem Mädchen ein gelangweiltes Lächeln zu. Beherzt griff die Blonde schließlich nach dem Schein und erhob sich. Ihre Bewegungen waren etwas ungelenk, und ihrem unangenehmen Geruch nach zu urteilen musste sie schon einiges an Alkohol getrunken haben.

Hoch erhobenen Hauptes ging sie an Isada vorbei und zischte ihr zu: „Ich werde zurückkommen."

Isada konnte sich ein Grinsen nicht verkneifen. Sollte sie doch zurückkommen, sodass Mirosh sich später mit ihr herumärgern musste. Sie würde zu diesem Zeitpunkt längst wieder auf dem Weg nach Hause sein.

Mirosh schlug die Beine übereinander und legte seinen Arm auf die Armlehne. Isada setzte sich ihm gegenüber. In seiner Hose war eine große Ausbuchtung zu sehen.

„Scheint so, als käme ich ungünstig", meinte Isada mit einem vielsagenden Blick auf seinen Schritt.

Das Glühen in Mirosh Augen hatte nicht an Intensität verloren. „Du kannst mir gerne zu Hilfe eilen."

Isada stutzte einen Moment. Mirosh war ihr noch nie zu nahe getreten, und sie hatte bisher nicht den Eindruck gehabt, als würde er sich auf sexueller Ebene für sie interessieren.

Ungeniert musterte er Isada. „Du hast dich verändert", stellte er schließlich fest.

Daher wehte also der Wind. „Und deswegen hast du mich herbestellt? Um mir das zu sagen?"

„Die Schwangerschaft steht dir ausgezeichnet."

„Vielen Dank."

„Ebenso die Farben." Zum wiederholten Male wanderte sein gieriger Blick über ihre Bluse und blieb in ihrem Ausschnitt hängen. „Du siehst verdammt heiß aus."

„Hör auf, mir Komplimente zu machen und sag mir lieber, warum du mich herbestellt hast."

Mirosh beugte sich nach vorne, griff nach seiner Sonnenbrille, die auf dem hölzernen Tisch zwischen ihnen lag und spielte mit ihr.

„Wir, die *Gen Guards* werden ein weiteres Mal die Inimicus angreifen."

Isada erstarrte. „Und was habe ich damit zu tun?"

„Wir brauchen von dir die Dienstpläne der Ekklesia-Krieger."

Isada atmete hörbar tief ein. „Das ist nicht dein Ernst."

„Das ist echt wichtig für uns, Isada." Mirosh beugte sich nach vorne und stützte sich mit den Ellenbogen auf den Oberschenkeln ab. „Wenn die Krieger dazwischen funken wie das letzte Mal, haben wir ein Problem. Deswegen ist diesmal der Plan zu wissen, wo sie sind und ihnen aus dem Weg zu gehen."

„Und da ist es einfacher, mir das Problem aufzuhalsen. Du glaubst doch nicht ernsthaft, dass ich einfach so Zugriff auf die Dienstpläne der Ekklesia habe."

„Du bist die beste Hackerin, die ich kenne."

„Ich bin die Einzige", korrigierte sie ihn, ohne eine Miene zu verziehen.

Er lächelte. „Eindeutig die Beste. Außerdem hast du einen starken Soya an deiner Seite, der schützend seine Hand über dich hält."

Verächtlich schnaubte Isada. „Wie kommst du darauf?"

„Du bist schwanger von einem Unbekannten und anstatt dass der Soya dich in eine Verbindung mit dem Kindsvater zwingt, steht er hinter dir."

Isada biss sich auf die Lippen, um nichts Falsches zu sagen. Da Mirosh jedoch auf eine Antwort wartete, wählte sie ihre Worte sehr sorgfältig.

„Das heißt nicht, dass er mir alles durchgehen lassen wird."

„Dann lass dich nicht erwischen." Herausfordernd blickte Mirosh sie an.

„Ich werde es versuchen. Was genau brauchst du?"

„Die Dienstpläne für die gesamte Nacht von Samstag auf Sonntag."

Isada runzelte die Stirn. Die Zeit, die gewünschten Informationen zu besorgen, war knapp. Heute war Sonntag. Fünf Tage. Sie ging kurz ihre Möglichkeiten durch. Über Pierrick würde sie keine Informationen bekommen, zumindest nicht, ohne dass er Verdacht schöpfte. Seve hatte vermutlich keinen Zugriff auf diese Daten. Blieb nur, entweder mit Virus Kontakt aufzunehmen oder sich in sein System einzuhacken. Keine der beiden Möglichkeiten gefiel ihr besonders gut.

„Es wäre für unsere Jungs wirklich eine Katastrophe, ein weiteres Mal auf die Ekklesia zu treffen", betonte Mirosh noch einmal.

Isada nickte geistesabwesend. Das wusste sie. Nur den Vampiren zuliebe, die sich ins Schlachtgetümmel stürzen würden, wollte sie alles in ihrer Macht Stehende tun, um ihnen zu helfen.

„Ich kann nichts versprechen, aber ich werde alles daran setzen, dass es klappt."

Mirosh strahlte übers ganze Gesicht und klopfte sich vergnügt auf die Schenkel. „Ich wusste, dass ich auf dich zählen kann. Du bist eben eine von uns."

Isada blieb stumm und hoffte im Stillen, dass sie das Richtige tat, indem sie Mirosh zugesagt hatte. Aber sie befürchtete, dass die Verantwortlichen bei den *Gen Guards* die einfachen Vampire auch ohne einen genauen Plan der Krieger in die Schlacht schickten, und das wollte Isada um jeden Preis verhindern.

„Dann werde ich wieder gehen." Isada erhob sich und zupfte an der Bluse.

Mirosh stand ebenfalls auf. „Du hast dich wirklich zu deinem Vorteil gemausert." Ein anzügliches Grinsen umspielte seinen Mundwinkel. „Das Blau steht dir ausgesprochen gut."

„Danke." Isada wandte sich bereits zum Gehen.

„Wenn du an einer netten Nummer interessiert bist …"

Isada drehte sich um und hob betont langsam eine Augenbraue. „Du machst mir doch nicht ernsthaft gerade ein Angebot."

„Warum nicht? Wir könnten eine ganze Menge Spaß haben."

Isada hatte kein Problem damit, Mirosh ohne zu zögern eine Abfuhr zu erteilen. Mit dem Vampir würde sie nie etwas anfangen wollen. Auch wenn er nicht ganz so klapperdürr wie der junge Mann auf der Treppe war, konnte er mit Pierrick einfach nicht mithalten. Das lag nicht unbedingt daran, dass er mit seinen achtundneunzig Jahren selbst noch ein Ephebe war, es fehlte ihm einfach an Ausstrahlung, eine Eigenschaft, die sie an einem gewissen Soya sehr schätzte.

„Mirosh, der einzige Spaß, den ich mir heute gönne, ist einen Schluck zu trinken, und dafür benötige ich keine Spielchen. Wenn du dich dafür nicht zur Verfügung stellen willst, wird das mit uns heute nichts."

Theatralisch seufzte Mirosh auf. „Dann werde ich mal nach dem blonden Luder suchen. Sie war ganz und gar nicht abgeneigt."

„Tu das." Damit wandte Isada sich endgültig ab und steuerte auf die Holztreppe zu. Während sie am Geländer vorbeilief, sah sie hinunter auf die Tanzfläche, die inzwischen ziemlich voll war. Die Musik, die nun gespielt wurde, klang eindeutig besser. Auf der Mitte der Treppe erhaschte sie einen Blick auf den DJ. Es war ein anderer als vorhin. Dieser verstand sein Handwerk und konnte mit seinem Mischpult umgehen, auch wenn er mit seiner Vokuhila-Frisur aussah, als wäre er den Achtzigern entstiegen.

Suchend durchkämmte ihr Blick die Menge. Sie hatte Durst. Doch keiner der Kerle, die sie entdeckte, sprach sie an. Die Sprüche und Angebote, die sie von allen Seiten bekam, ignorierend, schob sie sich am Rand der Tanzfläche Richtung Bar vorwärts.

„Hey, Süße, wie wäre es mit einem kleinen Tänzchen?" Ein dunkelhaariger Typ mit trainierten Oberarmen versperrte ihr den Weg.

„Tut mir leid, kein Interesse."

Er griff nach ihrem Arm und hielt sie fest.

Isada wirbelte herum. „Ich habe ‚nein' gesagt."

Der Typ lächelte sie überlegen an und wollte gerade Isada an sich ziehen, als sie ihn von sich stieß. Der Kerl taumelte und fiel gegen die Menschen, die hinter ihm standen und schimpften. Isada wartete nicht darauf, dass er sich wieder fing und begann Fragen zu stellen, woher ihre Kraft kam. Sie eilte durch die Menge Richtung Toiletten. Als sie sich sicher war, dass der Typ sie nicht verfolgte, fasste sie ein Mädchen am Arm, das gerade aus den Toiletten kam und offensichtlich allein unterwegs war.

„Hey, was ist?", fuhr sie Isada an, verstummte dann aber, als die Vampirin sie konzentriert anblickte.

Komm mit!, befal sie ihr.

Ohne Protest folgte sie Isada zu den Toiletten. Gegenüber den Toilettentüren etwas versteckt hinter einer halbhohen Wand standen zwei kleine Tische mit vier Sesseln vor einer über und über mit Fotos beklebten Wand. Die Sitzecke lag im Halbdunkel und wurde deswegen gerne übersehen. Der perfekte Ort.

Du bist stumm!, wies sie die Kleine an, ehe Isada sie in einen Sessel drängte und sich über sie beugte. Ihre Fänge grub sie in den Hals ihres Opfers. Blut füllte ihren Mund, die warme Flüssigkeit rann ihre Kehle hinab. Gierig trank Isada, bis sie genug hatte. Sie leckte über die Bisspuren und hob den Kopf. Das Mädchen hatte sich in den Sessel zurückgelehnt und die Lider geschlossen. Als Isada sich nicht rührte, sie nur ansah, öffnete sie die Augen. Sie waren riesig, glänzend, in ihnen stand die Sehnsucht nach mehr.

Vergiss alles, was hier passiert ist. Du warst kurz auf der Toilette, und jetzt gehst du wieder zurück.

Das Mädchen erhob sich, ignorierte Isada, als ob es diese noch nie gesehen hätte und verließ den Flur. Isada ließ sich in den Sessel fallen und starrte dem Mädchen hinterher. In Gedanken bereits bei den Dienstplänen der Ekklesia-Krieger, massierte sie sich mit den Fingerspitzen die Schläfen. Schließlich erhob sie sich und machte sich auf den Weg nach Hause.

* * *

Eilig betrat Pierrick das *Fiftyfive*. Hätte er gewusst, dass er heute noch hier sein würde, hätte er darauf bestanden, dass Isada ihn begleitete, anstatt ins *Alive* zu gehen. Er durchschritt eilig die zweite Ebene, nickte Pide zu, der die Treppe bewachte und eilte an ihm vorbei nach oben. Tatsächlich war er – wie es so überhaupt nicht seine Art war – ein wenig zu spät. Er war einer Spur nachgegangen, die Seve aufgedeckt hatte. Irgendwo in ihren Reihen musste es ein Leck geben, das Informationen an die *Gen Guards* weiterleitete. Leider hatte besagte Spur nur in eine Sackgasse geführt, und Pierrick wusste immer noch nicht mehr.

Ohne nach rechts und links zu blicken, marschierte er auf das hinterste Abteil zu und schob die Türen auf. Sie waren bereits alle versammelt: Darius und Jendrael mit ihren Ehefrauen, Arek, Lucio, Prosper und Manilo. Er nickte in die Runde und nahm Platz.

Darius nickte ihm zu, bevor er ohne Umschweife begann: „Wir müssen dringend wegen der *Gen Guards* handeln, bevor uns alles um die Ohren fliegt."

Jendrael nickte. „Die Vampire werden unruhig. Immer mehr sympathisieren mit den *Gen Guards*. Sie halten uns für unfähig. Wir müssen aufpassen, dass wir nicht die Kontrolle verlieren."

„Dann wird es Zeit, dass wir endlich hart durchgreifen." Lucio blickte herausfordernd in die Runde. „Ich bin immer noch dafür, alle enttarnten *Gen Guards* ohne Kompromisse aus dem Clan auszuschließen."

Von Prospers Seite war ein verschluckter Protest zu hören, und auch Arek schien nicht mit Lucios Vorschlag übereinzustimmen. „Denkst du wirklich, dass das der richtige Weg ist? Die meisten von ihnen sind jung. Sie wären ohne einen Clan nicht überlebensfähig."

„Trotzdem bin ich dafür, ein Exempel zu statuieren. Wenn sie genügend Angst vor den Konsequenzen haben, werden sie so einen Blödsinn nicht länger mitmachen", beharrte Lucio.

„Ohne mich", schaltete sich nun auch Pierrick in die Diskussion mit ein. „Ich werde nicht mithelfen, ein paar Mitläufer – und nichts anderes sind die Epheben – umzubringen."

„Das finde ich immer noch besser, als tatenlos zuzusehen, wie unser Clan zerbricht. Wieder einen Dominus einzusetzen, wurde ja von einigen Beteiligten rundheraus abgelehnt." Zornig blickte Lucio Pierrick direkt ins Gesicht.

„Darüber haben wir bereits ausführlich diskutiert." Pierrick senkte den Blick nicht, sondern starrte zurück, bis schließlich Lucio den Blickkontakt unterbrach.

„Wir müssen sie beruhigen, ihnen einen Grund geben, uns zu vertrauen. Das können wir nicht, wenn wir alle *Gen-Guards*-Mitglieder verbannen. Diese Epheben sind die Zukunft unseres Clans", äußerte sich nun auch Arnika.

„Wir brauchen die Hintermänner", seufzte Darius frustriert und verschränkte die Arme vor der Brust.

„Ich gehe jeder Spur nach, die mir nur sinnvoll erscheint", warf Pierrick ein. „Virus sucht seit Wochen verzweifelt nach einem Ansatzpunkt, aber auf digitaler Ebene scheint es so, als würde es diese Gruppierung nicht geben."

„Vielleicht könnte Isada ihm helfen?", fragte Sam.

Pierrick schüttelte den Kopf. „Wenn wir einen konkreten Ansatzpunkt haben und sie eine Unterstützung für Virus ist, gerne, aber sie ist momentan mit anderen Dingen beschäftigt."

„Ach ja, mit anderen Dingen?", blaffte Manilo. „Du meinst, sie ist schwanger. Von wem eigentlich? Vermutlich ein daher-gelaufener Mensch, denn jeder Vampir hätte genug Eier in der Hose, zu seinen Pflichten zu stehen."

Pierrick musste an sich halten. Dennoch konnte er nicht verhindern, dass seine Fänge hervordrängten. Manilo musste seine Entscheidung, sich hinter Isada zu stellen, nicht gutheißen. Gerade dass er die Hochzeit verhindert hatte, machte ihn sicher nicht zum besten Freund des jüngsten Soyas. Aber Isada zu beschimpfen, sie während ihrer Abwesenheit durch den Dreck zu ziehen … Er ballte die Fäuste.

„Sprich nie wieder so über sie!", sagte er tödlich leise und warf dem jüngeren Vampir einen Blick zu, der ihn scharf einatmen ließ.

Das Tier in ihm kratzte an seiner Haut, wollte freigelassen werden und sich auf Manilo stürzen. Es kostete ihn all seine Selbstbeherrschung, diesen Drang niederzukämpfen.

Darius warf Manilo einen warnenden Blick zu, der sich demonstrativ von Pierrick abgewandt hatte.

„Dann werden wir weitermachen wie bisher und nach Spuren zu den Hintermännern suchen. Jendrael wird sich weiterhin bemühen, die Wogen im Clan zu glätten. Hoffen wir, dass wir bald Ergebnisse haben, bevor wir am Scheidepunkt stehen", schloss Darius das Thema ab. Er wartete kurz und vergewisserte sich, dass es Pierrick gut ging, ehe er mit dem nächsten Punkt fortfuhr. „Wenn die Gerüchte aus Europa stimmen und der fränkische Blutfürst wirklich tot ist, dann werden wir die nächsten Wochen mit einer Schwemme von einreisenden Vampiren zu rechnen haben." Darius blickte in die Runde. „Wir müssen uns überlegen, wie wir uns verhalten."

„Ist es denn sicher, dass der Vetusta tot ist?", wollte Prosper wissen.

„Eine offizielle Bestätigung werden wir erst erhalten, wenn die Vampire einreisen wollen. Aber laut Ducin, unserem Kontaktmann in Norwegen, spricht viel dafür. Sein Urenkel, der als Unterpfand bei den Sjüten gelebt hat, ist in seine Heimat zurückgereist. Ducin geht also davon aus, dass sein Vater Sebum Potestas das Kommando führt und das versprochene Land gegen seinen Sohn getauscht hat." Erklärend schob Darius in Manilos Richtung hinterher: „Das war die Abmachung, damit die Franken unsere Leute in Norwegen verfolgen durften. Ohne Ducin hätten sie es nie zurück geschafft."

Pierricks Gedanken schweiften immer wieder ab. Einerseits ärgerte er sich noch immer über Manilo, andererseits machte er sich Sorgen um Isada. Er hätte sie gerne hier im Club gewusst, anstatt sie ins *Alive* gehen zu lassen. Doch auch wenn er in erster Linie für die inneren Clanangelegenheiten verantwortlich war, waren die politischen Dinge für ihn wichtig.

„Was ist, wenn wir New York einfach schließen?", fragte Lucio und verschränkte die Arme vor seiner breiten Brust.

„Daran haben wir auch schon gedacht", murmelte Sam. „Allerdings werden die Vampire, die wirklich fort wollen, einen Weg finden. Wenn wir sie nicht in Empfang nehmen und auf die Clans aufteilen, wird Radim sie mit offenen Armen empfangen, um seine Armee neu aufzubauen."

„Und wir dürfen nicht vergessen", fügte Jendrael hinzu, „dass nicht nur schwache Vampire kommen werden. Auch die Dans und die Soyas, die sogenannten *Innoka* der Alten Welt, werden die Chance zur Flucht ergreifen."

„Wir nehmen sie alle auf und ziehen gegen die räudigen Altwelter in den Krieg", stieß Manilo hervor.

Pierrick sah den jungen Soya irritiert an. Nicht nur ihm ging es so, auch die anderen waren angesichts dieses völlig blödsinnigen Vorschlags sprachlos.

„Die haben uns doch sowieso auf dem Kieker, seit", Manilo fuchtelte mit dem Zeigefinger in Sams und Arnikas Richtung, „wir ihre unwürdige Brut aufgenommen haben."

Darius knurrte. Sam legte ihrem Homen beruhigend eine Hand auf den Arm, um ihn davon abzuhalten, eine Dummheit zu begehen. Jendrael rutschte unruhig auf seinem Sitz hin und her.

„Zumindest kann ich auf eine reinere Blutlinie zurückblicken als du", erklärte Arnika in ihrer unnahbaren Art. Pierrick konnte sich ein Grinsen nicht verkneifen.

„Wie stellst du dir das vor, Manilo? Wir nehmen sie alle auf und dann?" Lucio schien ebenfalls wenig begeistert von der Sache. „Wir können keine hundert zusätzlichen Vampire hier unterbringen, ohne dass die Menschen darunter leiden würden. Nicht zu vergessen, dass die wenigsten von ihnen das Kriegshandwerk beherrschen."

„Die Menschen sind mir egal. Wir sammeln sie um uns, bilden sie aus, ebenso wie unsere Leute, und dann stopfen wir dieser hochnäsigen Innoka das Maul."

„Sie fliehen, um hier bei uns ein besseres, selbstbestimmtes Leben führen zu können", erklärte Arek beherrscht, „und wir zwingen sie dazu, sich gegen ihre zurückgebliebenen Familienmitglieder und Freude zu stellen? Es ist eine Entscheidung, gegen den Dominus zu sein und das System zu verdammen, aber etwas anderes, unschuldige Vampire umzubringen, mit denen sie Jahrhunderte lang Seite an Seite gelebt haben."

„Ihr seid so verweichlicht", murmelte Manilo und zog ein finsteres Gesicht.

„Man könnte fast glauben, du sympathisierst mit den *Gen Guards*." Auf Prospers Worte folgte eine gespenstische Stille. Alle starrten abwechselnd Prosper und Manilo an.

„Willst du mir etwas unterstellen?", wollte Manilo herausfordernd wissen.

„Nein!", konterte Prosper überraschend souverän. „Ich stelle lediglich fest, dass du ebenso verbissen wie die *Gen Guards* die Inimicus jagen und gegen die Altweltler vorgehen willst."

Pierricks Respekt für Prosper wuchs. In dem noch jungen Vampir steckte weit mehr, als er vermutet hatte. Ganz im Gegensatz zu Manilo. Pierrick mochte den neuen Soya nicht. Dass er

Isada für sich eingefordert hatte, machte die Sache nicht besser. Ihm aber zu unterstellen, er würde die Ansichten der *Gen Guards* in gewisser Weise teilen, war außerordentlich dreist. Gespannt wartete er darauf, wie Manilo reagieren würde.

Dessen Miene wurde noch finsterer. „Solltest du konkrete Beweise für eine Verbindung haben, bin ich ganz Ohr. Ansonsten verbitte ich mir jede weitere Anschuldigung in diese Richtung."

Die zwei Soyas duellierten sich mit Blicken. Auf geistiger Ebene fand ein Kräftemessen statt, auf dessen Ergebnis Pierrick und auch die anderen Soyas gespannt warteten. Prosper war bisher der schwächste in ihren Reihen gewesen. Wo würde sich nun Manilo einreihen? Es dauerte ein paar Minuten, schließlich senkte Prosper den Blick, und Manilo stieß ein überlegenes Knurren aus. Die Fronten zwischen den Männern waren geklärt. Manilo war als Sieger hervorgegangen. Pierrick dachte einen Augenblick darüber nach, welche Auswirkungen das für den Rat haben würde. Vermutlich keine großartigen.

„Letztendlich haben wir zwei Möglichkeiten", fasste Lucio ihre Optionen zusammen. „Wir schließen die Grenze und laufen Gefahr, starke Vampirfamilien an Radim zu verlieren, oder wir versuchen, so viele wie möglich in die Clans zu integrieren."

„Ich kann auf jeden Fall nochmal mit Ducin und den anderen Kontaktmännern in der Alten Welt sprechen. Auch sie haben begrenzte Kapazitäten und können nicht unendlich viele Vampire zu uns schleusen", erklärte Jendrael.

„Weiter wäre es nicht verkehrt, die Clans hier zu kontaktieren und im Vorfeld abzuklären, was und wie viel sie aufnehmen möchten", ergänzte Arek.

„Es ist schon etwas länger her, seit ich mit Arjun, dem Dominus des Chicagoer Clans, Kontakt hatte", beteiligte sich nun auch Pierrick aktiv am Gespräch. „Dieser sucht immer noch händeringend nach dominanter Unterstützung."

„Ja, aber man kann ihm keine Vampire schicken, die ihm seinen Platz streitig machen würden. Wohin das führt, sehen wir ja an der momentanen Situation dort", entgegnete Lucio.

Pierrick musste daran denken, wie Darius als Schleuser seinem Vater dringend davon abgeraten hatte, den Vampir Them Deschanel zu Arjun zu schicken. Ihr Dominus hatte damals alle Bedenken abgetan. Das Resultat war eine Spaltung des Clans gewesen. Them war mit einigen anderen Vampiren gegangen und hatte sich selbst zum Dominus ernannt. Seitdem gab es eine fortwährende Feindschaft zwischen Them und Arjun, denn keiner von beiden war bereit, Chicago zu verlassen.

„Ich denke, Thor hat nach wie vor ein gutes Gespür dafür. Seit er in New York ist, gab es kaum Unstimmigkeiten bei der Verteilung der Vampire. Das, was er bisher zusammenführte, hat wunderbar funktioniert." Pierrick lehnte sich zurück. Innerlich wartete er darauf, dass Manilo ein weiteres Mal quer schoss, aber zu seinem Erstaunen hielt sich der junge Soya nun zurück.

„Eine Tendenz ist klar ersichtlich. Dennoch möchte ich darüber abstimmen", erklärte Darius. „Wer ist dafür, dass wir vorerst die Grenzen offen halten?"

Darius, Jendrael und auch Pierrick hoben sofort die Hände. Arek folgte nur Sekunden später. Lucio zögerte etwas, doch dann stimmte auch er dafür. Manilo und Prosper schlossen sich ebenfalls an.

„Einstimmig." Zufrieden nickte Darius. „Ich werde mit Thor sprechen und alles weitere abklären. Sollte von unserer Seite Handlungsbedarf bestehen, müssen wir nochmal darüber reden. Jendrael, sprichst du mit unseren Kontaktmännern?"

Jendrael nickte zustimmend. „Und Thor soll mit den Clans sprechen", fügte er hinzu.

„Gibt es noch etwas, über das wir reden sollten?" Fragend blickte Darius in die Runde. „Dann wünsche ich euch einen erholsamen Tag."

Der Club unter ihnen hatte sich geleert. Pierrick sah auf seine Uhr. Es war bereits nach sieben Uhr am Morgen. Während er aufstand, um nach Hause zu gehen, war er doch froh, dass Isada nun schon längst in ihrem Bett lag. Sonnenlicht war für eine schwangere Vampirin nicht das Gesündeste, und ausreichend Schlaf und Erholung waren ebenso wichtig. Sein Blick huschte zu Arnika, deren Schwangerschaft sich bereits dem Ende näherte. Jendrael zog sie gerade aus den niedrigen Sitzpolster nach oben. Das Aufstehen mit der riesigen Kugel sah beschwerlich aus. Jendrael legte Arnika eine Hand auf den Rücken und führte sie zum Ausgang des Separees.

Neben ihm blieb Arnika jedoch stehen und schob sich eine lose Haarsträhne hinter das Ohr. „Wie geht es Isada?"

Er wusste, dass die Vampirinnen, seit Isada bei ihnen gewohnt hatte, so etwas wie Freundinnen waren.

„Soweit ganz gut." Ob das wirklich den Tatsachen entsprach, wusste er nicht. Seit dem Tod ihrer Schwester hatte Isada sich völlig vor ihm verschlossen. Dabei hatte er gehofft, dass sie sich nun näher kommen würden. Doch jedes Mal, wenn er einen Schritt auf sie zuging, sah sie ihn mit diesen großen angsterfüllten Augen an. Die Angst, etwas Falsches zu tun und sie vollkommen zu verlieren, hatte ihn bisher davon abgehalten, etwas zu unternehmen. Aber er wollte sie, mehr denn je. Trotz allem, was Manilo gesagt hatte, mit einem hatte er recht: Jeder Vampir sollte genug Eier in der Hose haben, um sich um sein Kind zu kümmern. Das wollte er. Nichts wünschte er sich sehnlicher, als für Isada und das Baby dazusein.

„Richte ihr bitte Grüße aus", bat Arnika. „Ich würde mich freuen, wenn sie mich mal besucht."

„Das werde ich ihr sagen", versprach Pierrick und drückte Arnika zum Abschied kurz die Hand. Jendrael verabschiedete er mit einem Nicken. Als das Paar an ihm vorbeigegangen war, schloss er sich ihnen an. Er hatte es plötzlich eilig, nach Hause zu kommen, wollte da sein, wo Isada war. Natürlich spürte er sie durch das Band, aber sie in seiner Nähe zu wissen, ihren Duft einzuatmen, beruhigte ihn ungemein.

So ging er rasch zu seinem Mercedes und stieg ein. Fluchend fädelte er sich in den morgendlich Bostoner Verkehr ein und wusste, dass er mehr als die doppelte Zeit nach Hingham brauchen würde.

KAPITEL 24

Isada war kurz vor Morgenrauen wieder in Hingham eingetroffen. Von Pierrick war weit und breit nichts zu sehen. So hatte sie schnell geduscht und war dann ins Bett geschlüpft. An Schlaf war jedoch nicht zu denken. Zu viel ging in ihrem Kopf herum.

Später hörte sie Pierrick kommen. Vor ihrer Zimmertür blieb er einige Zeit stehen. Isada schloss die Augen, damit er sie schlafend vorfinden würde, wenn er die Tür öffnete. Doch er kam nicht herein, die Schritte verklangen Richtung Erdgeschoss.

Immer noch lag Isada wach, wälzte sich schlaflos im Bett umher und zerbrach sich den Kopf, wie sie unbemerkt an die Dienstpläne der Krieger herankommen konnte. Schließlich hielt sie es einfach nicht mehr aus, stand auf und schlich barfuß hinunter in Pierricks Büro. Unschlüssig stand sie in der Tür und starrte auf seinen Schreibtisch. Die dort liegenden Unterlagen waren ihr inzwischen vertraut. Auf der rechten Seite befand sich ein Stapel Papiere: Protokolle, Vernehmungen, Einsatzberichte, die er noch durcharbeiten wollte, ehe sie diese abheften konnte.

Isada ging auf den Schreibtisch zu. Sie ließ bewusst die Tür offen. So würde sie zumindest hören, wenn Pierrick kam. Sie setzte sich auf seinen Schreibtischstuhl und sah sich unschlüssig um. Ihr Blick blieb an den Schreibtischschubladen hängen. Was sich in den oberen zwei befand, wusste sie. Briefumschläge in verschiedenen Formaten, Briefpapier, ein antiker Füllfederhalter und ein Fässchen Tinte und Briefmarken, die schon etwas älter waren, sodass sie dem aktuellen Porto nicht mehr entsprachen. In der anderen Schublade befanden sich Locher, Büroklammern,

Spitzer, Radiergummi, Adressaufkleber sowie ein paar Münzen. In der untersten Schublade war ein Hängeregister mit geheimen Dokumenten. Pierrick hatte die Papiere selbst durchgesehen und ihr nur diejenigen hingelegt, die sie digitalisieren sollte. Den Rest hatte sie nicht zu Gesicht bekommen. Aber seit er ihr uneingeschränkten Zugang zu seinem Kopf gewährt hatte, wusste sie, wo er den Schlüssel für die Schublade versteckte. Sie lauschte noch einmal, aber es war alles ruhig. Dann griff sie mit der Hand unter den Schreibtisch und tastete die dort angebrachte Leiste ab. Schließlich fand sie, wonach sie gesucht hatte und zog den kleinen silbernen Schlüssel hervor. Tief durchatmend schob sie ihn ins Schloss, drehte ihn um und hörte, wie die Schublade entriegelt wurde. Langsam, damit sie keine unnötigen Geräusche machte, zog Isada sie auf. Sie ging neben dem Schrank auf die Knie und durchstöberte die Unterlagen. Es befanden sich einige interessante Dinge darunter: Verträge mit anderen Clans, Namenslisten, die sie nicht zuordnen konnte. Von aktuellen Dienstplänen oder Dokumenten über die Ekklesia-Kriegern fehlte allerdings jede Spur. Noch immer darauf bedacht, so wenig Lärm wie möglich zu machen, schob Isada das Fach wieder zu und verschloss es. Den Schlüssel legte sie zurück.

Da ihre Suche erfolglos war, blieb ihr nur eine einzige Möglichkeit. Sie wechselte den Schreibtisch und setzte sich an ihren Computer, der sich im Ruhemodus befand. Isada zögerte. Indem sie Virus Zugriff auf das Überwachungssystem von Boston gegeben hatte, kam sie umgekehrt auch in sein System, ohne Spuren zu hinterlassen. Diesen Weg wählte sie nun und durchstöberte seine Dateien. Eine Reihe an Listen mit dem Vermerk ,Höchste Geheimhaltungsstufe' erweckte ihr Interesse. Sie überlegte kurz, diese auch an Mirosh weiterzuleiten, entschied sich aber dagegen. Es wäre definitiv falsch. Isada suchte weiter und stieß schließlich auf zwei ähnliche Dateien, die beide das Datum vom kommenden Samstag trugen. Sie öffnete beide und verglich die Daten miteinander. Zwei völlig unterschiedliche Dienstpläne. Sie überprüfte, an welchem Ort Virus die Daten abgespeichert hatte. Die eine, mit zwei Männern pro Team befand sich in dem Ordner ,Ekklesia-Überwachungsplan'. Das zweite Dokument befand sich in dem Ordner ,inoffizielle Dienstpläne' und war mit einer höheren Geheimhaltungsstufe als die andere Datei gesichert.

Isada wusste, dass Virus zusammen mit Soya Arek die Dienstpläne ausarbeitete. Die zwei Pläne waren wohl aus Sicherheitsgründen angefertigt worden. Der eine offizielle, der überall aushing und zu dem sämtliche Leute Zugriff hatten und der inoffizielle, den wohl nur eingeweihte Personen zu Gesicht bekamen.

Isada starrte das Dokument an. Es war den *Gen-Guards*-Kriegern gegenüber einfach nicht fair, den offiziellen Dienstplan zu schicken und dadurch zu riskieren, dass die Ekklesia-Krieger sie überraschten und ihren Kampf mit den Inimicus zunichtemachten. Es grenzte schon an Dreistigkeit, wie lapidar die Hintermänner den Tod ihrer eigenen Leute in Kauf nahmen. Nur deshalb speicherte sie den Einsatzplan schließlich ab und verwischte alle restlichen Spuren, die vermuten ließen, dass sie sich unberechtigten Zugang verschafft haben könnte. Sie war noch nicht ganz fertig, als sie Pierricks Tür im zweiten Stock aufschwingen hörte. Seine Schritte waren ihr inzwischen vertraut. Er näherte sich ihr zügig. Eilig schloss sie alle Fenster, verschob noch einmal die Kopie in einen Unterordner und blockierte die Suche danach. Dann öffnete sie ein Festplattenreinigungsprogramm, das die letzten Spuren auf der Hardware beseitigen würde.

„Was macht du hier?", fragte Pierrick und kam näher.

Isada drückte schnell auf den Startknopf und während das Programm zu arbeiten begann, ließ sie das Fenster in der Leiste verschwinden.

Isada drehte sich auf ihrem Stuhl zu ihm um und erstarrte, als sie ihn erblickte.

Wie er mit zerzausten Haaren und nacktem Oberkörper vor ihr stand, ließ ihr Herz höher schlagen. Pierrick sah so heiß aus. Nur eine schwarze Trainingshose hing ihm tief auf der Hüfte. Isadas Mund wurde ganz trocken. Das Verlangen, das sich wie ein Wirbelsturm in ihr ausbreitete und alles erfasste, machte das Denken unmöglich.

Sie versuchte zu lächeln, ehe sie Pierrick endlich eine Antwort gab. „Der Rechner sammelt so viele Daten, dass er inzwischen langsamer wird. Ich reinige die Festplatte, um ihn wieder schneller zu machen."

Pierrick kam noch etwas näher. „Und deswegen treibst du dich am helllichten Tag hier unten herum, anstatt zu schlafen?"

Isada zuckte mit den Schultern. „Ich konnte nicht schlafen."
Das war nicht mal eine Lüge.

„Du weißt, dass du Schlaf brauchst. Für dich und das Kind",
schimpfte er sanft und streckte ihr eine Hand entgegen.

Isada zögerte, dann griff sie danach und ließ sich von ihm
hochziehen.

Als sie so voreinander standen, wurde ihr bewusst, dass sie
kaum mehr Kleidung trug als er. Das weite Schlafshirt bedeckte
gerade so ihren Po.

Die Luft zwischen ihnen schien elektrisch aufgeladen und
knisterte vor Spannung, als Pierrick ihre Hand losließ und
stattdessen eine Strähne hinter ihr Ohr schob.

„Wenn du der Ansicht bist, dass ich Schlaf brauche, sollte ich
jetzt ins Bett gehen", erklärte Isada, während sie noch immer wie
hypnotisiert auf seine Lippen starrte. Sie wollte, dass er sie küsste.
Ein Seufzer entrang sich ihrer Brust, und dann lag sie in seinen
Armen. Sein Mund senkte sich auf ihren, und in diesem Moment
stand die Welt still.

Er fühlte sich warm an, vertraut.

Sie genoss seine Berührungen, liebte es, wie er mit den Lippen
über ihren Mund fuhr, seine Zunge um Einlass bat. Sehnsüchtig
kam Isada der Aufforderung nach und hieß ihn willkommen.
Besitzergreifend erkundete er sie, saugte, knabberte an ihr. Mit
aller Kraft klammerte Isada sich an ihn, hielt sich an seinen
breiten Schultern fest. Er presste sie besitzergreifend an sich, und
Isada genoss es, seine nackte Haut zu spüren. Isada spürte, wie er
sie begehrte, roch ihre eigene Erregung, die sie aus jeder Pore
verströmte. Pierricks Hände glitten langsam ihren Oberschenkel
herauf, strichen über ihren Po, wo sie kurz verweilten, und fuhren
schließlich unter ihr T-Shirt. Isada sehnte sich nicht nur nach
seinen Berührungen, sie wollte ihn ganz spüren. Fest und hart
zwischen ihren Beinen, tief in sich. Sie nahm wahr, wie er über
ihren Geist strich und zuckte zusammen. Er würde sie so lange
umwerben, bis sie ihn einließ und wenn sie sich ihm öffnete,
würde ihre Seele vor ihm liegen wie ein offenes Buch. Nichts
würde sie vor ihm verbergen können.

Pierrick musste ihren Widerstand gespürt haben, denn er
versteifte sich und ließ schließlich von ihr ab.

Isada spürte plötzlich Einsamkeit. Seine Nähe, seine Wärme fehlten ihr. Vorsichtig hob sie den Kopf.

Seine Fänge waren ausgefahren, die bernsteinfarbenen Augen schimmerten wie flüssiger Honig. Betreten sah Isada fort. Sie fühlte sich schuldig und konnte ihm nicht länger in die Augen blicken.

Frustriert trat Pierrick noch einen Schritt weiter zurück, fuhr sich durch die langen Haare und stieß einen Seufzer aus. „Isada, ich …"

„Bitte nicht …", flüsterte sie, rannte an ihm vorbei und floh förmlich die Treppe hinauf in ihr Zimmer. Sie verriegelte die Tür und warf sich auf ihr Bett. Dort konnte sie endlich ihren Tränen freien Lauf lassen. Sie sehnte sich so sehr nach diesem Vampir, und doch war er so unerreichbar fern. Ein Zusammensein wäre nie möglich. Wenn er erführe, dass sie die *Gen Guards* unterstützte, würde er sie verstoßen, und das würde nicht nur ihren Tod bedeuten, sondern auch den ihres ungeborenen Kindes. Sie legte eine Hand auf ihren Bauch, als könnte sie das kleine Wesen so streicheln.

„Ich lasse nicht zu, dass dir etwas passiert", flüsterte sie dem Baby zu.

Irgendwann würde der Schmerz nachlassen, und sie würde akzeptieren, dass Pierrick nie ganz ihr gehören könnte. Vielleicht konnte sie seine Nähe dann wieder besser ertragen, ohne das Gefühl zu haben zu verbrennen. Sie schluchzte noch einmal und zog sich die Decke über den Kopf. So eingehüllt lag sie da, bis sie sich schließlich in einem kuriosen Traum wiederfand, in dem Pierrick und ihr Vater über ihre Zukunft stritten und Soya Manilo beschloss, ihre Schwester Caren zu heiraten.

* * *

Erst als Pierrick in der nächsten Nacht das Haus endlich verließ, wagte Isada es, die Datei mit den Dienstplänen an Mirosh weiterzuleiten. Es dauerte auch nicht lange, und ihr Telefon piepte.

Danke dir. Ich wusste, dass ich mich auf dich verlassen kann.

Isada antwortete nicht darauf. Sie wusste beim besten Willen nicht, was sie dazu sagen sollte. Es fühlte sich falsch an. Sie hatte Pierrick hintergangen, ein weiteres Mal. Zudem nun auch Virus und den gesamten Rat. Und wofür das alles? Wenn jemals herauskam, was sie getan hatte, war sie erledigt. Sie hoffte nur, dass die *Gen-Guards*-Krieger die Nacht unbeschadet überstanden und zumindest die Ekklesia ihnen nicht in die Quere kam.

Wer steckte hinter den *Gen Guards*? Isada suchte den Stadtplan heraus, auf dem etliche farbige Punkte die Stellen markierten, an denen die Handys der *Gen-Guards*-Mitglieder geortet worden waren. Parallel dazu startete Isada abermals das Programm, das sich in Miroshs Netz einwählte. Wenn er die Dienstpläne weiterleitete, würde sie es mitbekommen. Sie hoffte nur, dass Pierrick sich mit seiner Rückkehr Zeit ließ.

Isada lehnte sich zurück und ließ den Bildschirm nicht aus den Augen. Ungeduldig wippte sie mit dem Fuß. Sie war zu aufgeregt, um sich anderweitig zu beschäftigen. Es dauerte nicht lange, dann blinkte ein Punkt in Dorchester auf. Sie recherchierte und fand kurz darauf heraus, dass Mirosh, der sich in der Nähe des *Alive* befand, nach Hause telefonierte. Etliche Minuten starrte sie auf den Punkt, ehe es ihr wie Schuppen von den Augen fiel. Mirosh telefonierte nicht mit seiner Mutter, um ihr zu versichern, dass es ihm gut ging, sondern wohl eher mit einem seiner Brüder. Der jüngste der drei Pangolin-Brüder war vor nicht allzu langer Zeit bei einem Angriff der Inimicus der einzige Überlebende gewesen – zumindest glaubte sie, so etwas in Pierricks Unterlagen gelesen zu haben. Arbeitete Jez immer noch für die *Gen Guards*? Sie kannte ihn nicht und konnte deshalb keine Einschätzung abgeben. Allerdings hatte Mirosh auch noch einen älteren Bruder: Zero. Ihm war Isada einmal begegnet. Er war ein idiotischer Rassist. Bei ihm konnte sie sich durchaus eine Mitgliedschaft bei den *Gen Guards* vorstellen. Isada zog ihren Stuhl näher an den Computer. Ihre Finger flogen über die Tastatur. Sie war dabei, das Mobiltelefon, das Mirosh angerufen hatte, zu hacken. Gerade als sie es geschafft hatte, blinkte ein weiterer Punkt auf. Der Besitzer des Telefons schien gerade zu telefonieren. Diesmal blinkte es in Brighton auf. Zwei weitere rote Punkte gesellten sich dazu, der eine nur wenige Straßen vom ersten entfernt. Dieser schien sich auf den ersten Punkt zuzubewegen. Die zweite Markierung befand sich in der Nähe des Hyde Parks. Sie hatte nur einen Vampir aus Hyde Park gekannt, und das war Rave gewesen. Isada schluckte, als sie an ihren verstorbenen Freund dachte. Es schien eine Ewigkeit her zu sein. So viel war seitdem passiert. Hadley Bagués. Vor ihr geistiges Auge schob sich das Bild des hochgewachsenen Vampirs, der zwar kein Ephebe mehr war, sich jedoch die meiste Zeit noch immer so verhielt. Isada notierte sich den Namen und beschloss, später in Ruhe zu überprüfen, ob es sich bei der angegebenen Adresse um den Wohnort der Familie Bagués handelte und ob tatsächlich Hadley der Besitzer des Handys sein konnte. Ein weiterer Punkt leuchtete auf, gerade als die Eingangstür aufschwang.

Isadas Herz rutschte in die Hose. Eilig schloss sie das Programm, rief das letzte Dokument auf, das sie abgeschrieben hatte und tat so, als würde sie es mit dem Original noch einmal vergleichen.

Pierricks Duft wehte ihr entgegen, und sie spürte seine Präsenz, als er den Raum betrat.

Isada sah ihn an und legte die Papiere zur Seite. Er sah abgekämpft und müde aus.

„Anstrengende Nacht gehabt?", fragte sie.

Isada spürte sein Zögern und rechnete nicht mit einer Antwort.

„Es gibt im Umfeld des Rats eine undichte Stelle, die Informationen an die *Gen Guards* weitergibt. Seve hat da eine Spur ausfindig gemacht."

Isada schluckte. Warum erzählte er ihr das? Sie fühlte sich unbehaglich und hoffte, dass Pierrick nichts merkte. Oder ahnte er bereits etwas und testete sie?

„Sein Verdacht war allerdings unbegründet. Der Kerl hat nichts mit den *Gen Guards* am Hut."

Sie unterdrückte ein erleichtertes Aufseufzen „Das tut mir leid. Wenn ich dir behilflich sein kann, musst du nur etwas sagen."

„Danke dir."

Isada wollte auf ihn zugehen, ihm eine Hand auf den Arm legen und ihm versichern, dass alles gut werden würde. Sie wünschte sich, ihm alles beichten zu können, die Wahrheit endlich auszusprechen. Sie wollte sich nie gegen den Rat stellen, ihr ging es lediglich darum, die Inimicus zu bekämpfen.

„Lass uns nicht mehr davon reden", unterbrach Pierrick ihre Gedanken.

Isada sah auf. Alles in ihr sehnte sich danach, sich mit ihm zu verbinden, eins zu werden mit ihm.

„Natürlich." Ihre Stimme klang belegt und so wandte sie sich schnell ab. Nicht, dass ein Blick aus ihren glühenden Augen ihre innere Zerrissenheit widerspiegelte. Wenn Pierrick nun auf sie zukam und sie küsste, wusste sie nicht, ob sie es noch einmal übers Herz bringen würde, ihn abzuweisen.

„Ich soll dir schöne Grüße von Arnika ausrichten. Sie würde sich freuen, wenn du sie in den nächsten Tagen besuchst."

Isada war verwundert. Wann hatte Pierrick Arnika getroffen? Die Frage musste ihr buchstäblich ins Gesicht geschrieben gewesen sein.

„Wir hatten gestern kurzfristig eine Ekklesia-Sitzung im Club einberufen Ich kam noch nicht dazu, dir davon zu erzählen."

Isada runzelte die Stirn. Wenn Jendrael es zuließ, dass seine schwangere Frau bei einer Ratssitzung dabei war, die bis in die Morgenstunden dauerte, dann musste die Besprechung äußerst wichtig gewesen sein.

„Ich hoffe, es geht ihr gut."

„Ich denke schon." Pierrick schien zu überlegen, ob er noch etwas sagen wollte, schüttelte dann aber nur mit dem Kopf.

Für einige Augenblicke herrschte Schweigen.

„Wie kommst du mit der Digitalisierung voran?", fragte er schließlich.

„Ganz gut. Das meiste habe ich schon. Einige Sachen fehlen noch. Du wirst die Suche lieben", prophezeite sie mit einem verschmitzten Lächeln.

„Das hoffe ich doch, nachdem du dir so viel Mühe gegeben hast."

„Seve ist eine großartige Hilfe." Das meinte sie wirklich so. Seve Nagana, Pierricks rechte Hand, hatte sich darüber gefreut, als Isada ihm eine App auf das Handy gespielt hatte, mit einem Fragenkatalog, den er nur noch ausfüllen musste. So war jeder Fall schnell erfasst und im Handumdrehen in Isadas Datenbank. Die Verlinkung zu ähnlichen Fällen, Namengleichheit und örtliche Übereinstimmungen wurden automatisch geprüft und ergänzt. Isada hoffte, dass Pierrick sehr bald dieselbe App nutzen würde und damit Ausdrucke und Protokolle überflüssig wurden.

Pierricks dunkles Lachen erfüllte den Raum. „Er hat so etwas in die Richtung erwähnt."

Isada grinste zurück und strich sich verlegen eine Haarsträhne hinters Ohr. Für einen Moment konnte sie fast vergessen, wie verworren und kompliziert ihre Beziehung zu dem Vampir ihr gegenüber war. Es tat gut, so ungezwungen mit ihm zu reden, und sie hoffte, dass sie zukünftig zu diesem unbeschwerten Umgang zurückfanden.

Pierrick erhob sich. „Ich werde trainieren gehen.“

„Jetzt?“ Skeptisch warf sie einen Blick auf die Uhr. Langsam fielen ihr die Augen zu. So lange Pierrick im Haus war, würde sie es ohnehin nicht wagen, das geheime Dokument zu öffnen. Sie musste warten, bis sie wieder alleine war, dann würde sie herausfinden, wer sich hinter den zwei unbekannten Punkten verbarg und wer zu den verantwortlichen Hintermännern der *Gen Guards* gehörte.

„Ja.“ Pierrick war bereits aufgestanden.

„Ich gehe ins Bett“, verkündete Isada und konnte ein Gähnen nicht unterdrücken.

„Tu das.“ Er zwinkerte ihr zu und eilte die Treppe in sein Zimmer hinauf, um sich umzuziehen.

* * *

Younes fror. Obwohl er seine Jacke fest um sich zog, kroch die Kälte noch immer durch alle Glieder. Was war das für ein verdammter Ort, an den ihn dieser Kruento bestellt hatte?

Finster sah er die dunkle Straße entlang, die verlassen vor ihm lag, seit er hier angekommen war. Er zog seine Hand aus der Hosentasche und blickte kurz auf die Uhr. Sein Kontaktmann war zu spät. Wie er doch Unpünktlichkeit hasste. Younes überlegte gerade, ob er auch wieder gehen sollte, als sich seine Nackenhaare aufstellten. Auch wenn er niemanden sah, wusste er, dass er nicht mehr allein war. Der Kruento war gekommen. Er drehte sich im Kreis und suchte mit den Augen seine Umgebung ab.

„Hier bin ich!“

Younes fuhr herum. Der Vampir stand zwei Meter hinter ihm.

„Du bist spät“, warf er ihm vor.

„Sei froh, dass ich überhaupt komme", entgegnete der Kruento, dessen Mantelkapuze so tief ins Gesicht gezogen war, dass er kein Gesicht erkennen konnte.

„Was willst du von mir?" Younes' linke Hand spielte nervös mit einer Münze, die er in der Hosentasche gefunden hatte.

„Ich habe einen Deal für dich."

„Ach ja?", entgegnete Younes skeptisch.

„Ich liefere dir den Kopf des Vampirs, der für den Tod deines Freundes verantwortlich ist."

Younes stieß einen überraschten Pfiff aus. „Wie das?" Plötzlich war er sehr interessiert an diesem Handel. Für die Auslieferung des Kruento Jendrael Collister würde er alles tun.

„Du bekommst einen Ort und eine Zeit genannt. Nur du allein, kein anderer Inimicus. Bring dein Messer mit."

„Etwas mehr wirst du mir schon erzählen müssen", forderte Younes den Kruento auf.

„Ich habe eine Aufgabe für dich, die nur du erledigen kannst."

„Geht es etwas genauer?" Younes' Blick fuhr nach oben, als die Laterne über ihm zu flackern begann. War er in eine Falle geraten?

Der Kruento lachte leise. „Jendrael Collister im Tausch gegen einen Gefallen. Was genau, wirst du dort erfahren. Entweder du lässt dich darauf ein, oder du lässt es bleiben."

Younes ärgerte sich. Er war neugierig, wollte erfahren, was dieser Vampir vorhatte. Es gefiel ihm überhaupt nicht, so wenig zu wissen.

„Ich erwarte eine Entscheidung!", drängte der Kruento.

Younes stieß ein ärgerliches Zischen aus. „Okay, ich bin dabei."

„Halte dich bereit!", wies ihn der Vampir an. „Die genauen Daten werden dir rechtzeitig über das Handy mitgeteilt."

Younes blinzelte und als er wieder hinschaute, war der Kruento verschwunden. Er fluchte. Das Licht über ihm flackerte wieder.

„Dumme Laterne", schimpfte er und warf einen grimmigen Blick nach oben.

Aus. Ein. Aus. Sekunden umhüllte ihn Schwärze, dann ging das Licht wieder an.

Vorsichtshalber tastete er nach seinem Messer, das er wie immer am Gürtel trug, dann machte er sich auf den Rückweg. Einige Straßen von hier hatte er seinen grauen Mercury abgestellt.

* * *

Die Nacht von Freitag auf Samstag verbrachte Isada bei Arnika. Es tat ihr gut, mit der Freundin zu reden. Sie tratschten über Schwangerschaften, geeignete Kleidung und tauschten sich über Clanangelegenheiten aus. Es war spät geworden, als Isada endlich aufbrach. Pierrick war noch unterwegs, als sie in Hingham ankam.

Am nächsten Abend war sie früh wach. Die innerliche Anspannung, ob bei den *Gen Guards* alles klappen würde, ließ sie einfach nicht los. Sie musste sich beschäftigen, und so setzte sie sich an ihren Computer und arbeitete konzentriert.

Pierrick erschien spät. Seine Haare waren noch feucht. Er hatte sicher nicht bis vor kurzen in den Federn gelegen, sondern bereits sein morgendliches Fitnessprogramm hinter sich gebracht. Er setzte sich mit einem knappen Gruß an seinen Schreibtisch und ging die dort auf ihn wartenden Berichte durch.

Isada überlegte gerade, ob sie ihm die App schmackhaft machen sollte, als sein Handy klingelte. Er blickte kurz auf das Display und nahm das Gespräch an.

„Was gibt es, Arek?"

„Die *Gen Guards* haben heute Abend zwei meiner Wachtrupps angegriffen. Einer der Krieger ist ums Leben gekommen, ein anderer liegt auf der Krankenstation, und ich weiß nicht, ob er es schaffen wird."

Isada hatte ohne Anstrengung jedes Wort mitgehört. Jetzt gefror ihr das Blut in den Adern.

„Testa!", fluchte Pierrick und fuhr sich über das Haar.

Isada rang um Fassung und schloss die Augen. Tief in ihrem Inneren hatte sie es geahnt. Mirosh hatte die Informationen, die sie besorgt hatte, nicht dafür verwendet, die Epheben zu schützen, sondern gezielt damit die Ekklesia-Krieger angreifen lassen. Ob Mirosh gewusst hatte, dass das von Anfang an der Plan war, oder ob das die Vampire an der Spitze entschieden hatten, war dabei egal.

„Ich bin bei Darius. Kannst du kommen?", hörte sie Areks Stimme durchs Telefon.

„Ich mache mich sofort auf den Weg." Er legte auf und griff nach seiner Jacke.

„Ich denke, du hast mitgehört", wandte er sich grimmig an Isada.

„Ja." Sie konnte nicht länger für die *Gen Guards* arbeiten. Das, was diese Gruppierung tat, schädigte den Clan, und sie würde nicht dabei helfen, ihn zu zerstören.

„Ich muss los." Pierrick wandte sich ab.

„Warte!", rief Isada ihm hinterher. Er war schon zur Tür hinaus, sie hörte aber, wie er umdrehte und zu ihr zurückkam.

„Isada, ich werde dich nicht mitnehmen. Es ist …" Er brach ab, als er ihren Gesichtsausdruck sah.

Ihre Augen waren wässrig. Aber sie musste es loswerden. Sie würde alle Konsequenzen tragen, wenn sie dadurch andere Ekklesia-Krieger schützen konnte. Das Sprechen fiel ihr schwer. „Sie haben den inoffiziellen Dienstplan der Wachen."

„Du sprichst von den *Gen Guards*?"

Sie nickte.

„Und woher weißt du das?" Er war nicht wütend, seine Augen zeigten nicht einen Schimmer des Zorns, der sonst so häufig in ihnen loderte. Seine Frage kam ruhig, aber bestimmt.

„Sie haben ihn von mir bekommen."

Um Pierricks Mund zuckte es. Er sah weg, fokussierte etwas weit hinter ihr.

Er sagte nichts. Mit wüsten Beschimpfungen oder Strafandrohungen hätte sie umgehen können, aber dieses enttäuschte Schweigen setzte ihr mehr zu als alles andere. Verzweifelt kämpfte sie um Fassung. Sie wollte nicht in Tränen ausbrechen.

„Es tut mir leid." Ihre Schuhspitzen waren plötzlich ungeheuer interessant. „Bitte lass mich mit dir fahren." In Ordnung bringen konnte sie nichts mehr. Der Schaden war bereits entstanden. Aber sie konnte verhindern, dass noch mehr Unschuldige in dieser Nacht ihr Leben verloren.

„Wie lange schon?"

Hilflos zuckte sie mit den Schultern. Es war einfach zu lange, als dass sie es vor ihm schönreden konnte.

„Isada!" Verzweifelt fuhr er sich mit den Händen übers Gesicht.

„Ich wollte nur das Beste für den Clan – immer. Dass es so kommt", sie ruderte hilflos mit den Armen, „das habe ich nicht gewollt. Ehrlich nicht, das musst du mir glauben."

„Was ist der Plan?" Seine Stimme war kalt und distanziert, ganz der befehlende Soya.

„Mir haben sie erzählt, sie wollten die Inimicus angreifen und bräuchten die Dienstpläne der Krieger, um ihnen aus dem Weg zu gehen."

„Stattdessen haben sie unsere Krieger angegriffen und wenn ich richtig liege, werden sich die Angriffe heute Nacht fortsetzen."

Weinend nickte Isada.

Pierrick hatte sein Handy bereits wieder am Ohr.

„Ja?", meldete Arek sich.

Ohne Isada aus den Augen zu lassen, erklärte er: „Darius muss sofort eine Ausgangssperre verhängen. Deine Krieger sollen im Hauptquartier erscheinen – ausnahmslos. Ich bin in fünfzehn Minuten da."

Er ließ das Telefon in eine Jacke gleiten und blickte sie unschlüssig an.

„Warum?" Der Schmerz war deutlich herauszuhören.

„Weil es sich anfangs nach einer guten Sache anhörte."

Pierrick schnaubte, setzte an und entschied sich dann jedoch dagegen. Die Lippen fest aufeinander gepresst stand er vor ihr.

„Hast du mich deswegen auf Abstand gehalten?"

Isada nickte stumm und wandte den Kopf ab. Sie wollte seine Verletztheit, seine Enttäuschung über ihr Verhalten nicht in seinen Augen sehen.

„Du bleibt hier!", sagte er knapp.

„Aber ich kann helfen."

Entschieden verneinte er. „Ich denke, du hast schon genug geholfen. Die Ausgangssperre gilt auch für dich. Wir reden ausführlich, wenn ich zurückkomme."

Isada nickte. Was auch immer Pierrick von ihr verlangte, sie würde sich fügen. Die Strafe, die er über sie verhängte, würde sie klaglos hinnehmen. Nur für ihr Kind wollte sie wie eine Löwin kämpfen.

Die Haustür fiel ins Schloss, und Isada war allein. Sie stand einfach da, starrte vor sich hin. In ihrem Kopf und in ihrem Herzen herrschte eine ebenso große Leere wie um sie herum. Sie hatte alles verloren, was ihr wichtig war, für das sie so viel Mühe auf sich genommen hatte. Trotzdem erleichterte es sie, dass das Geheimnis endlich raus war und nicht länger ihr Gewissen belastete. Das hier war ihre letzte Nacht, in der sie für Pierrick arbeiten durfte. Sie machte sich keine Illusionen. Eine Verräterin so nahe am Rat weiter zu beschäftigen, würde niemand tun. Schon jetzt wusste sie viel zu viel.

Isada blickte auf ihren Computer. Noch hatte sie Zugriff auf sämtliche Daten und Programme. Ekklesia versuchte verzweifelt, die Spitze der *Gen Guards* zu enttarnen und scheiterte daran, dass sie keinen Ansatzpunkt fanden. Den hatte sie und auch wenn es ihr nicht gelingen würde, die Drahtzieher auffliegen zu lassen, konnte sie doch eine gute Vorarbeit leisten und ein paar Verantwortliche enttarnen.

Entschlossen rief Isada alles Nötige auf, um ein weiteres Mal die bekannten Telefonnummern zu orten. Diesmal ließ sie die Orte, an denen ein Handy aktiv war, als blauen Punkt auf der Karte erscheinen. Isada brauchte einige Augenblicke, um zu begreifen, dass es nicht nur zwei oder drei Punkte waren, sondern dass sich alle georteten Handys an demselben Ort befanden. Direkt am Meer, am südlich Ende von Jeffries Point in East Boston, leuchtete es blau. Es gab genau zwei Erklärungen. Entweder hatte jemand alle Prepaid-Handys eingesammelt und sie dorthin gebracht, oder ihre Besitzer hatten sich dort alle eingefunden. Warum trafen sie sich dort? Warum wusste sie von dem Treffen nichts? Isada war völlig in Gedanken versunken, als es an der Haustür klingelte. Verwundert hob sie den Kopf. Wer mochte das sein? Pierrick war nicht da, und sicher hatte Blagden oder Allerd den Besucher darüber informiert. Es war also jemand, der zu ihr wollte. Wer konnte das sein? Schnell schloss sie alle Fenster. Niemanden ging ihre Recherche etwas an. Sie war lediglich für den Rat bestimmt und für Virus, der mit den Daten ihre Arbeit fortsetzen konnte.

Sie erhob sich, um den Besucher einzulassen.

KAPITEL 25

Pierrick erreichte Darius' unterirdische Festung in Rekordzeit von vierzehn Minuten. Er war wie ein Besessener gefahren. Er eilte in den Besprechungsraum, in dem Darius und Sam, Arek, Virus, Cathal und Jendrael bereits auf ihn warteten. Die Arbeit half ihm, die Probleme mit Isada zu verdrängen.

„Ich bin auf deine Erklärung sehr gespannt", begann Darius. „Ich habe eine umgehende Ausgangssperre verhängt und weiß nicht einmal, warum genau. Wenn du keine triftigen Gründe hast, werde ich in der nächsten Ekklesia-Sitzung ein riesiges Problem haben."

„Heute Nacht sind unsere Krieger das Ziel der *Gen Guards*."

Arek atmete geräuschvoll aus. „Ich werde mir jeden einzelnen von ihnen zur Brust nehmen."

„Woher weißt du das?", wollte Sam wissen, legte dabei den Kopf schief und musterte Pierrick aufmerksam.

Traurig senkte Pierrick den Kopf. „Isada ist das Leck", sagte er leise.

Betroffen schwiegen alle.

Er konnte es noch immer nicht fassen, dass ausgerechnet die Frau, für die er durch die Hölle gegangen wäre, ihn so hinterhältig verraten hatte. Zumindest wusste er jetzt, warum sie sich nicht auf eine Beziehung mit ihm eingelassen hatte. An den Gefühlen für ihn hatte es nicht gelegen. Die Anziehung war nach wie vor vorhanden. Aber sie wusste, dass er eine Offenheit von ihr forderte, die sie nicht bereit gewesen war zu geben. Dennoch rechnete er ihr hoch an, dass sie nun ihr Schweigen gebrochen hatte. So konnte er zumindest das Schlimmste verhindern.

„Isada haben sie erzählt, die *Gen Guards* wollten heute Nacht erneut die Inimicus angreifen und dabei unseren Leuten aus dem Weg gehen. Um die Epheben vor der Entdeckung durch uns zu schützen, hat sie die Informationen weitergegeben." Pierrick konnte nicht anders, als Isada zu verteidigen.

„Aber du hattest doch keinen Dienstplan." Arek schüttelte ungläubig den Kopf.

„Wer hatte überhaupt Zugriff darauf?", erkundigte Sam sich.

„Nicht viele", erklärte Virus. „Nur der Rat wusste, dass es einen zweiten geheimen Dienstplan gibt. Arek, Sam und ich haben die Pläne erstellt. Die betreffenden Krieger wissen nur über ihre Schichten Bescheid. Ein Gesamtüberblick existiert lediglich als Ausdruck bei Arek und auf meiner Festplatte, aber darauf hat außer mir keiner Zugriff." Virus hielt kurz inne, dann begann er, auf seine Laptoptastatur einzuhämmern. „Das hat sie nicht getan …", murmelte er.

Pierrick wollte überhaupt nicht wissen, was Isada getan hatte oder nicht. Der Verrat nagte auch so schon beharrlich an ihm. Er wollte nicht noch mehr Einzelheiten erfahren, die Isadas Vergehen beleuchteten.

„Ich kann kein Eindringen in mein System feststellen. Sie muss mir etwas untergeschoben haben, um unbemerkt Zugang zu bekommen. Wenn einer dies schaffen würde, dann Isada."

„So lange wir keine konkreten Beweise haben, will ich keine Vermutungen hören. Aber zumindest wissen wir jetzt, wer das digitale Genie bei den *Gen Guards* ist."

„War!", korrigierte Sam ihren Homen. „Isada hätte auch schweigen können. Stattdessen hat sie alles gestanden, um unsere Krieger zu schützen. Wenn die *Gen Guards* das herausbekommen, dann gnade ihr Gott."

„Ich habe Allerd angewiesen, niemanden zu Isada zu lassen. In einer halben Stunde wird auch Blagden da sein, um ihn zu unterstützen. In meinem Haus ist sie sicher", erklärte Pierrick.

„Dann gehen wir die heutigen Probleme an. Ausgangssperre? Krieger?", wollte Darius wissen.

„Die meisten unserer Krieger haben sich bereits in der Halle eingefunden und warten da auf weitere Anweisung", begann Arek.

„Wie sieht es mit der Ausgangssperre aus?"

„Die Vampirclubs haben geschlossen und die Leute, speziell die Vampire nach Hause geschickt. Die Familienoberhäupter werden in diesen Minuten darüber informiert, dass sie nach ihren Unterstellten sehen sollen. Außer den Ekklesia-Kriegern hat jeder zu Hause zu bleiben", fasste Jendrael den momentanen Stand zusammen.

Erst jetzt fiel Pierrick auf, dass Arnika fehlte. Für gewöhnlich begleitete die Alla des Soyas ihn überall hin. Aber in dieser Nacht war es für die schwangere Vampirin am sichersten, zu Hause zu sein. Das konnte er sehr gut nachvollziehen. Auch er war froh, Isada in Sicherheit zu wissen. So konnte er sich vollkommen auf den Clan konzentrieren, ohne sich ständig um sie zu sorgen.

„Um das weitere Vorgehen zu besprechen, sollten wir wissen, welche Informationen genau an die *Gen Guards* weitergeleitet wurden. Wenn wir wissen, was sie wissen, können wir das gegen sie verwenden." Pierrick blickte auf und sah Sam an.

„Sie hat ihnen die Liste geschickt."

„Und was noch?"

Ratlos zuckte Pierrick mit den Schultern. Er wusste es nicht.

„Wo ist Isada? Was hast du mit ihr gemacht?", wollte Virus wissen.

„Nichts. Als ich gegangen bin, war sie im Arbeitszimmer."

„Vielleicht haben wir Glück, und sie ist noch immer am Computer. Ich versuche, sie zu kontaktieren. Vielleicht bekomme ich eine Bildleitung zu ihr." Noch ehe Virus fertig gesprochen hatte, flogen seine Finger bereits über die Tastatur.

„Wir müssen dringend darüber sprechen, wie wir die Bevölkerung beruhigen wollen. Die Stimmung droht zu kippen", wies Jendrael noch einmal darauf hin.

„Wir brauchen Namen, Hintermänner." Darius ballte die Fäuste. „Diese jungen Vampire haben absolut keine Ahnung, was sie da tun."

„Die Jugend war schon immer impulsiv", sagte Cathal, und Darius funkelte ihn an. „Das ist ihr Vorrecht, genau deswegen sind sie Epheben und haben im Clan eine besondere Stellung."

„Ich hoffe, Isada kennt ein paar Leute und kann uns auf die richtige Spur bringen", unterbrach Sam das Duell der zwei Vampire.

„Ich erreiche sie einfach nicht", schimpfte Virus, während er weiterhin unablässig alles daran setzte, Isada zu kontaktieren.

Arek lehnte sich mitsamt seines Stuhls an der Wand an. „Wir haben gar nichts." Er klang äußerst frustriert. „Wenn ich diesen Raum hier verlasse, erwarten mich mehrere Dutzend Ekklesia-Krieger, um Anweisungen zu bekommen. Ich kann sie nicht einfach so auf die Straße schicken, wenn sie nicht wissen, gegen wen oder was sie kämpfen sollen. Auf Dauer eine Ausgangssperre zu verhängen, um sie von den Straßen abziehen zu können, ist auch keine Lösung."

„Scheiße!" Virus Augen wurde riesig, als er fassungslos auf seinen Bildschirm starrte und panisch versuchte, was auch immer zu tun. Verwirrt sahen die anderen ihm dabei zu. Dann sprang Virus auf und rannte aus dem Raum.

Pierrick sah ihm ratlos hinterher. Die anderen Vampire konnten sich ebenfalls keinen Reim drauf machen. Darius erhob sich und ging dem Vampir hinterher. Da nun auch Sam und Jendrael aufstanden, beschloss Pierrick, den anderen ebenfalls zu folgen.

Virus saß vor seinen Bildschirmen und tippte hektisch auf einer Tastatur herum. Er hob nicht einmal den Kopf, als sie alle eintraten.

„Kannst du uns erklären, was los ist?", forderte Darius ihn auf.

„Ich werde angegriffen. Mist." Virus öffnete ein weiteres Fenster und zog es auf den linken Monitor, um weiter in seinem Hauptprogramm arbeiten zu können. „Wer oder was auch immer versucht, in mein System einzudringen, ist zwar schnell, hinterlässt aber eine digitale Spur so breit wie eine mehrspurige Autobahn."

„Kann ich dir helfen?", bot Sam ihre Hilfe an.

Virus schüttelte den Kopf. „Alles halb so wild. Der Eindringling stellt sich so dumm an, dass es ihm nicht gelingen wird, Isadas brillantes Sicherheitssystem zu umgehen. Aber je länger er es versucht, umso leichter fällt es mir herauszubekommen, wer sich Zutritt verschaffen will."

Eine Karte erschien auf den Bildschirm, zeigte die Ostküste und einen großen Teil des Meeres. Virus zoomte heran, fokussierte Boston. Die Lokalisation wurde immer genauer, bis der blinkende Punkt schließlich auf Hingham fiel.

„Das verstehe ich nicht." Pierrick trat einen Schritt vorwärts, aber der blinkende Punkt befand sich direkt auf seinem Haus.

„Das ergibt keinen Sinn", murmelte Pierrick und wandte sich einem anderen Bildschirm zu.

„Ist das Isada?", fragte Sam.

„Keine Ahnung. Isada hat es bereits geschafft, unentdeckt in mein Netzwerk einzudringen. Das, was dieser Hacker macht, ist so dämlich, dass ich es einfach nicht verstehe."

„Sie will von dir gefunden werden?", hakte Darius nach.

Völlig entgeistert hielt Virus inne, sah den Anführer an. Dann hämmerte er wie besessen auf seine Tatstatur ein. Beeindruckt sah Pierrick zu, wie Virus strukturiert Daten um Datenreihen aufrief und dabei nach etwas Bestimmtem Ausschau hielt.

„So, damit wäre ich bei ihr drin", verkündete Virus grinsend. Noch immer war sein Blick starr auf den Bildschirm gerichtet, während seine Finger weiter über die Tatstatur flogen. Die Dateinamen flogen so dahin.

„Hier haben wir es doch." Virus öffnete die Datei mit den Dienstplänen. „Das hat Isada also an die *Gen Guards* geschickt. Dann wollen wir doch mal sehen, was sie noch alles hat."

„Vor allem Protokolle der letzten Jahre von diversen Einsätzen", erklärte Pierrick und staunte über die Menge an Daten, die Isada bereits digitalisiert hatte.

„Das ist seltsam", murmelte Virus und öffnete einen Ordner.

Handyanalyse lautete der ominöse Name einer Datei.

Pierrick konnte sich darunter nichts vorstellen und runzelte die Stirn. Er sah Virus zu, wie er die Datei öffnete. Wieder erschien eine Karte von Boston. Diesmal waren mehrere rote Punkte und ein einzelner blauer darauf zu sehen.

Virus beugte sich vor, starrte die Karte an, ehe seine Finger ein weiteres Mal über die Tastatur schwebten. Namen wurden sichtbar. Notizen, die Isada gemacht haben musste.

„Mein Gott!", entfuhr es Sam, als sie begriff.

Virus vergrößerte den Ausschnitt. Mirosh Pangolin war fett markiert. Jez und Zero Pangolin mit einem Fragezeichen versehen. Einige Namen sagten ihm etwas, andere absolut nichts. Die Familiennamen konnte er den Soyas zuordnen. Ennis Hardman war Gregorio unterstellt und gehörte jetzt zu Manilos Leuten. Bella Du Barry musste zu Darius gehören.

„Das ist das Haus meiner Eltern!" Aufgebracht zoomte Virus einen Bereich näher, auf dem etliche rote Punkte sichtbar wurden.

Die Namen Valor und Vigilio waren erst mit einem Fragezeichen, dann mit einem Ausrufezeichen versehen, während Virus' Name durchgestrichen war.

Aufgebracht fuhr Virus sich durch seine bereits verwuschelten Haare, die nun noch mehr abstanden. „Ich fasse es einfach nicht", stammelte er ungläubig.

„Kannst du das mal vergrößern?", fragte Pierrick und deutete auf Hingham. Auch hier war ein roter Punkt zu sehen, allerdings gab es keinen Eintrag dazu.

„Das ist Isada", erklärte Sam und trat näher an den Bildschirm heran. „Sie hatte das, was uns gefehlt hat: einen Ansatzpunkt. Ihre Linie geht direkt zu Mirosh Pangolin, der wiederum mit allen anderen verbunden ist. Ich denke, er war derjenige, über den sie ihre Befehle erhielt."

„Du gehst also davon aus, dass das alles *Gen-Guards*-Mitglieder sind und Isada die Vermutung hat, dass zwei meiner Brüder dazugehören?", fragte Virus nach.

„Wir werden jeden einzelnen Namen überprüfen", verkündete Darius bestimmt.

Virus sackte in sich zusammen, und Sam legte ihm beruhigend eine Hand auf die Schulter.

„Valor hat neulich eine seltsame Andeutung gemacht." Virus sank noch mehr in sich zusammen. „Ich dachte, er redet nur dumm daher. Aber jetzt ergibt alles einen Sinn."

„Ich werde mir ein paar Krieger schnappen und einen nach dem anderen auf dieser Liste abklappern. Einer von ihnen wird schon reden. Und wenn nicht, bringen wir sie her", verkündete Arek entschlossen.

„Nein!" Darius duldete keinen Widerspruch. „Das ist mir noch zu wenig. Damit haben wir noch nicht die Spitze der *Gen Guards* erwischt. Ich brauche den Kopf."

„So wie diese Gruppe aufgebaut ist, wird ihr Anführer im Dunkeln bleiben." Cathal lehnte an der Wand und tat so, als ob ihn das Ganze völlig kalt ließ. „Ich weiß nicht, ob das nicht alles eine Falle ist. Isada wollte, dass wir das finden. Wer weiß, ob ein einziger Name darauf echt ist."

Pierrick konnte ein Knurren nicht unterdrücken. „Wage nicht, so über sie zu sprechen!", knurrte er.

„Sie hat dich verraten. Woher weißt du, dass sie es nicht wieder tut? Vielleicht gerade eben? Vielleicht arbeitet sie weiter für die *Gen Guards* und war nur der Köder, um uns eine Falle zu stellen."

Entschieden schüttelte Pierrick den Kopf. „So etwas würde Isada nie tun." Dafür kannte er sie zu gut.

„Es wäre vielleicht tatsächlich nicht schlecht, wenn sie sich uns in Ruhe erklären könnte", überlegte Darius.

„Ich habe mehrfach versucht, sie zu kontaktieren, aber sie meldet sich nicht bei mir." Virus deutete auf den Bildschirm und das Telefon, das neben ihm lag.

Eilig prüfte Pierrick das Band. Er musste sich vergewissern, dass es Isada gut ging. Die Verbindung zu ihr hatte zwar an der ungewöhnlichen Leuchtkraft etwas eingebüßt, war aber nach wie vor fest und stabil. Wenn Isada in Gefahr gewesen wäre, hätte sie sich doch sicher bei ihm gemeldet, oder? Er war unruhig.

„Ich muss nach Isada sehen", verkündete Pierrick.

„Ich werde dich begleiten. Wir werden mit meinem Auto fahren", entschied Jendrael, und Pierrick widersprach nicht.

Er hatte vorgehabt, zu Fuß zu laufen, da er sich nicht in der Lage fühlte zu fahren.

„Danke", murmelte er und folgte Jendrael, der in flotten Laufschritt verfiel.

Kurz darauf erreichten sie die Garage. Seit Jendraels heiß geliebte Viper vor einem halben Jahr in die Luft gesprengt worden war, hatte er sich zunächst für einen SUV entschieden. Seine Leidenschaft für schnelle Autos ließ ihn jedoch nicht völlig los, und so hatte ihm Arnika zu Weihnachten einen neuen roten Sportwagen geschenkt. Wenn Jendrael ohne Arnika unterwegs war, ließ er den SUV gerne in der Garage stehen und stieg auf das sportliche Modell um.

Pierrick ließ sich auf dem Beifahrersitz nieder. Der Motor heulte kurz auf, und das Gefährt schoss die lange Einfahrt entlang. Ihr Ziel war Hingham.

* * *

„Du?" Überrascht blieb Isada in der Tür stehen und musterte den Vampir, der vor ihr stand. Nie im Leben hätte sie mit ihm gerechnet. Sie spähte an ihm vorbei und erblickte Allerd, der sich im Hintergrund hielt.

„So eine freundliche Begrüßung", scherzte Manilo und grinste sie an.

„Was willst du?"

„Ich erbitte mir etwas mehr Respekt. Pierrick schickt mich. Ich muss mit dir reden." Er wandte sich halb um, damit auch Allerd ihn problemlos verstand. „Wärst du so freundlich und würdest mich hineinbitten? Unser Gespräch muss nicht jeder mitbekommen."

Isada warf noch auf einen Blick auf Allerd, der sich weiter in die Schatten zurückgezogen hatte und trat schließlich zur Seite. Alles in ihr rebellierte, als Manilo die Eingangshalle betrat. Sie wollte nicht mit ihm allein sein. Er würde ihr nichts tun, dessen war sie sich sicher. Sie musste nur laut schreien, dann würde Allerd ihr zu Hilfe eilen. Warum hatte Pierrick ihr ausgerechnet diesen Soya geschickt? Warum konnte es nicht Jendrael sein? Selbst der immer grimmig aussehende Soya Thor, der sich noch immer in New York befand, wäre ihr lieber gewesen.

Ungefragt durchschritt Manilo den Eingangsbereich und steuerte auf Pierricks Büro zu. Es fühlte sich nicht richtig an, ihn in Pierricks Domäne in der Abwesenheit des Hausherrn zu sehen. Mit größter Selbstverständlichkeit zog er den Bürostuhl zu sich und setzte sich darauf.

„Also." Ungeduldig winkte er sie herein. „Ich bin hier in offizieller Funktion als Soya und Mitglied des Ekklesia-Rats. Wir müssen wissen, was du über die *Gen Guards* weißt."

Isada schluckte. Konnte Pierrick ihren Anblick nicht mehr ertragen und hatte deshalb Manilo geschickt, damit er mit ihr redete? Bei Pierrick hätte sie nicht eine Sekunde gezögert, ja selbst bei Jendrael hätte sie ohne mit der Wimper zu zucken alles erzählt. Sogar bei dem furchteinflößendem Soya Darius hätte sie keine Bedenken gehabt. Warum ausgerechnet Manilo? War das Pierricks Rache? Nein, so grausam konnte er einfach nicht sein. Er wusste nur zu gut, wie Isada zu Manilo stand.

„Ich habe Pierrick bereits alles erzählt", sagte Isada und ärgerte sich, dass ihre Stimme so schwach klang.

„Das reicht nicht. Ich muss alles wissen, wirklich alles. Und du darfst nicht das Kleinste auslassen."

Isada schloss die Augen und wollte gerade ansetzen, als ein Geräusch den Eingang einer E-Mail ankündigte. Sie drehte sich um und warf automatisch einen Blick auf den Bildschirm.

Eine Nachricht von Virus.

Irritiert sah sie Manilo an, der noch immer auf eine Antwort ihrerseits wartete. Wieder wanderten ihre Augen zu der Ankündigung der eingetroffenen E-Mail.

„Warte, ich drucke es dir aus", erklärte sie, setzte sich an ihren Computer, öffnete den Unterordner des Unterordners, wo sie den inoffiziellen Dienstplan versteckt hatte. Dass sie dieses Dokument besaß, war kein Geheimnis. Was sie jedoch stutzig machte, war, dass Virus ihr schrieb, während ein Mitglied des Rats bei ihr war.

Der Drucker begann zu rattern.

„Dort ist es", sagte Isada und wies auf das Gerät.

Manilo erhob sich aus Pierricks Sessel und ging die paar Schritte zum Drucker. Er nahm die zwei Seiten heraus und während er die Pläne studierte, drehte er ihr den Rücken zu.

Blitzschnell öffnete Isada Virus' E-Mail.

Ich brauche alles, was du ihnen je an Informationen geschickt hast. Virus, las sie.

Ein dicker Knoten bildete sich in ihrem Magen. Hier stimmte etwas nicht. Ganz und gar nicht. Sie handelte intuitiv. Schnell schloss sie das E-Mailprogramm und öffnete stattdessen eine andere Software. Zügig, bevor Manilo etwas bemerkte, veränderte sie eine Einstellung und betätigte die Enter-Taste. Dann war wieder der bereits ausgedruckte Dienstplan auf ihrem Bildschirm zu sehen.

„Ist das alles?", bellte Manilo sie an. Sie nahm die unterschwellige Drohung deutlich wahr.

„Was willst du von mir, Soya?" Sie verschränkte die Arme vor der Brust und hoffte, dass sie mutiger wirkte, als sie sich tatsächlich fühlte.

„Ich will wissen, was du Mirosh geschickt hast!"

Isada riss die Augen auf. Er konnte nichts von Mirosh wissen. Er konnte nicht wissen, wer ihr Kontaktmann war. Es sei denn …

„Das ist alles, was ich an die *Gen Guards* jemals weitergeleitet habe. Sie haben mich nur wegen dieser einen Sache kontaktiert", log sie.

„Canicula!", schnaubte Manilo und zeigte endlich sein wahres Gesicht. „Du bist schon lange ein Mitglied der *Gen Guards*. Ich werde die Wahrheit schon noch aus dir herausbekommen." Plötzlich ragte er neben ihr auf, packte sie grob am Arm. „Ich werde dir endlich Manieren beibringen und wenn ich mit dir fertig bin, wirst du nicht einmal mehr wagen zu atmen, wenn ich es nicht erlaube."

Isada schrie auf, als sich seine Finger in ihre Haut bohrten und ihr Schmerzen verursachten. Seine Worte erschreckten sie zutiefst.

„Was machst du? Lass mich los!", rief Isada verzweifelt.

Unbeeindruckt zerrte Manilo sie weiter. Isada stemmte sich mit aller Gewalt gegen ihn, versuchte sich in Erinnerung zu rufen, was Pierrick ihr beigebracht hatte. Sie wollte sich ducken und unter Manilos Arm wegdrehen, aber er schmetterte sie gegen die Wand. Als sie sich umdrehte, kam seine Faust so schnell auf sie zu, dass sie nicht ausweichen konnte. Er traf sie mitten ins Gesicht. Sterne explodierten vor ihren Augen, und die Welt um sie herum schwankte gefährlich. Alles verzerrte sich. Isada versuchte dagegen anzukämpfen, klammerte sich an der Realität fest. Diese entglitt ihr immer weiter, und sie fand keinen Strohhalm, an dem sie sich festhalten konnte. Sie tastete nach dem Band zu Pierrick. Es war noch immer vorhanden. Doch ehe sie daran zerren, Pierrick mitteilen konnte, dass sie Hilfe brauchte, versank ihre Umwelt im Nichts und zog ihren Verstand mit in die Tiefe. Zumindest waren hier kein Schmerz, keine Wut und keine Angst, und so hieß Isada die Schwärze willkommen.

KAPITEL 26

Das Haus lag im Dunkeln, was erst einmal nicht ungewöhnlich war. Eilig stieg Pierrick aus. Er konnte das unbestimmte Gefühl, dass etwas nicht stimmte, nicht ablegen. Jendrael folgte ihm. Pierrick war schon an der Tür, sperrte diese auf und stürmte in die Eingangshalle. Er betätigte im Vorbeihasten den Lichtschalter. Das Licht flackerte auf und erhellte den Flur.

„Isada?" Noch bevor er sein Arbeitszimmer erreichte, wusste er, dass sie nicht hier war. „Isada?", rief er noch einmal und hastete hinauf in den zweiten Stock. Doch auch hier würde er Isada nicht finden. Trotzdem sah er in ihrem Zimmer nach. Das Bett war feinsäuberlich gemacht. Pierrick riss den Kleiderschrank auf und fand ihn voll vor. Auch im angrenzenden Bad schien nichts zu fehlen. Zumindest hatte sie nicht beschlossen, ihn zu verlassen. Doch wo war sie? Er hatte ausdrücklich gesagt, dass sie hier warten sollte.

Nachdenklich ging er wieder hinunter ins Erdgeschoss, und erst jetzt stellte er verwundert fest, dass Jendrael nicht mitgekommen war. Er durchquerte mit schnellen Schritten die Eingangshalle und spähte zur Haustür hinaus. Etwas entfernt konnte er leise Stimmen hören. Eine davon gehörte Jendrael. Die anderen Stimmen waren ihm ebenfalls vertraut. Er hastete los.

Jendrael kniete zwischen zwei am Boden liegenden Männern.

„Was ist hier los?", verlangte er zu wissen und kam näher.

„Das hier sind Allerd und Blagden", erklärte Jendrael.

Pierrick beschleunigte seine Schritte und ging neben Jendrael ebenfalls in die Knie.

Allerd kauerte am Boden. Jendrael hatte ihm als Kopfkissen seine Jacke untergeschoben. Der Vampir hatte offenbar große Schmerzen. Sein linker Arm hing ungewöhnlich leblos an ihm herab, während er sich mit dem anderen die Seite hielt. Pierrick roch Blut. Wer auch immer dafür verantwortlich war, hatte Allerd nicht lebensbedrohlich verletzt, aber so, dass er eine Weile außer Gefecht bleiben würde. Ein schneller Blick zu Blagden ließ ihn erleichtert aufatmen. Dieser hielt sich zwar den Kopf, hatte aber keine blutigen Verletzungen, wie er riechen konnte.

„Wer war das?" Pierricks Miene verfinsterte sich.

Ihm schwante nichts Gutes. Blagdens Antwort war jedoch noch schlimmer als alles, was er sich ausmalen konnte: „Gen Guards."

Pierrick schloss die Augen. Er war fassungslos. Wie hatte Isada ihn so hintergehen können? Er hatte ihr geglaubt, als sie ihn mit ihren großen azurblauen Augen angesehen hatte. Wie hatte er sich nur so in ihr täuschen können?

„Wir müssen Allerd ins Haus bringen und ihn versorgen", unterbrach Jendrael das Gespräch.

„Sie ist nicht freiwillig mitgegangen, Soya", versicherte Blagden und machte Anstalten, seinem verletzten Kollegen zu helfen.

Er glaubte, die Last, die wie ein schwerer Stein auf seinem Herzen gelegen hatte, plumpsen zu hören. Isada hatte ihn nicht verraten. Sie war gezwungen worden, die Gen Guards zu begleiten. Er musste nur noch ihren Unterschlupf finden und konnte so Isada zurückholen.

Pierrick drängte Blagden zur Seite und hob an seiner Stelle den verletzten Vampir gemeinsam mit Jendrael hoch. Sie gaben sich Mühe, so vorsichtig wie möglich zu sein. Allerd stöhnte benommen. Sie kamen nur langsam vorwärts. Blagden humpelte neben ihnen her. Schließlich hievten sie Allerd auf das Sofa im Wohnzimmer. Der Vampir schlug die Augen auf und sah sich benommen um.

„Es ist alles okay", erklärte Pierrick ihm.

„Lass mich deine Wunde ansehen. Deinen Arm muss ich auch untersuchen. Wenn er ausgerenkt ist, kann er nicht richtig heilen." Jendrael beugte sich über den Verletzten und half ihm aus der Jacke.

„Soya", röchelte er unter Anstrengung, während Jendrael ihn noch immer aus seiner Kleidung schälte. „Die Mina …" Gequält stöhnte Allerd auf.

Pierrick richtete seine Aufmerksam auf den Vampir.

„Was ist mit Isada?", wollte er wissen. Er musste unbedingt erfahren, was Allerd wusste.

„Sie haben sie herausgetragen. Sie schien …" Er verzog schmerzverzerrt den Mund. „Sie schien bewusstlos zu sein."

Ein deftiger Fluch lag Pierrick auf den Lippen. Das Bedürfnis, Isada zu beschützen, ließ alles andere in den Hintergrund treten. Auch wenn sie ihn verraten hatte, auch wenn sie ihn nicht wollte, sie war sein und so lange er ihr Rinoka war, würde er mit allem, was ihm zur Verfügung stand, für sie da sein. Er ballte die Hände zu Fäusten. Verdammt, sie war die Mutter seines Kindes. Ihr durfte nichts geschehen.

„Ich werde sie suchen." Damit wandte er sich um.

„Pierrick!", rief Jendrael ihm hinterher.

Doch er wollte die Argumente des Vampirs nicht hören. Sicher wären sie vernünftig. Er wollte nicht vernünftig sein, er wollte zu Isada.

Sein Handy klingelte. Vielleicht war es Isada. Er zog es aus der Tasche und hätte es am liebsten in die nächste Ecke geschleudert, als er Virus' Namen las. Aber vielleicht hatte er Neuigkeiten. Deshalb – und nur deshalb – nahm er das Gespräch an.

„Was ist?", bellte er äußerst unfreundlich in den Hörer.

„Ist Isada auch verschwunden?" Es war nicht Virus' Stimme, sondern Darius'.

„Ja", donnerte er, hielt dann jedoch inne und fragte nach. „Was heißt auch?"

„Sämtliche Epheben sind fort. Etliche besorgte Familien-oberhäupter haben angerufen. Es scheint, als ob die *Gen Guards* ihre Leute versammeln."

„Isada ist nicht freiwillig mitgegangen." Er wusste nicht weshalb, aber es war ihm wichtig, dass Darius dies wusste. „Sie haben Allerd und Blagden außer Gefecht gesetzt und sie entführt."

„Kommt zurück ins Hauptquartier. Der Rat muss sich umgehend treffen."

Pierrick kämpfte mit sich. Er verspürte das dringende Bedürfnis loszurennen und Isada zu finden. Mit der geistigen Verbindung zu ihr würde ihm das innerhalb kürzester Zeit gelingen. Das Tier in ihm knurrte, bäumte sich auf. Er wusste, dass es mit der Entscheidung, die er getroffen hatte, nicht zufrieden war. Er war ein Anführer seines Clans und als solcher musste er persönliche Befindlichkeiten hinten anstellen. Die Ekklesia-Sitzung war unabdingbar, und er würde daran teilnehmen. Isada, so wichtig sie ihm auch war, musste warten.

„Wir machen uns auf den Weg und werden Allerd und Blagden mitbringen", entschied er schließlich.

„Kein Problem. Auf der Krankenstation ist Platz für sie."

Pierrick beendete das Gespräch. Er musste den anderen Vampiren nicht von dem Telefonat berichten. Sie hatten alles mit angehört.

„Gehen wir."

Jendrael nickte Pierrick zu und half Allerd aufzustehen. Blagden folgte ihnen.

* * *

Laute Geräusche, deren Inhalt sie nicht erfassen konnte, zuckten durch ihren Kopf wie Blitze. Isadas Schädel dröhnte, es gelang ihr nicht, die Augen zu öffnen. Dafür nahm sie nun immer deutlicher ihre Umgebung wahr. Die langgezogenen Töne wurden zu einer Stimme und endlich schaffte Isada es, deren Sinn zu verstehen.

„Die meisten sind in der Halle, Soya."

„Wunderbar. Ich komme sofort."

Ein Rascheln. Das Klicken einer Tür, die geschlossen wurde. Schritte, die sich näherten und wieder umkehrten. Ein Stuhl quietschte. Dann herrschte Ruhe, die nur vom gleichmäßigen, langsamen Herzschlag der Person, die noch immer anwesend war, unterbrochen wurde. Es musste ein Kruento sein. Jeder Mensch wäre bei diesem Rhythmus der Herztöne für nahezu tot erklärt worden.

Isada blinzelte und das helle Licht, das auf ihre Netzhaut traf, schmerzte. Sie hatte das Gefühl, als würde ihr Kopf explodieren und schloss stöhnend wieder die Augen. Nein! Sie wollte nicht länger isoliert sein. Sie musste wissen, wo sie sich befand und wie sie hier schnellstmöglich heraus kam. Langsam hob sie die Lider. Das grelle Licht stach wie spitze Nadelstiche, doch allmählich gewöhnte sie sich an die Helligkeit. Dann setzte sie sich auf. Ihr tat alles weh. Panisch fühlte sie in ihren Körper hinein, doch mit dem Baby schien alles in Ordnung zu sein. Seine regelmäßigen Herztöne beruhigten sie. Erleichtert atmete sie auf und konzentrierte sich wieder auf ihre Umgebung.

Die Decke über ihr war ungewöhnlich hoch. Sie drehte den Kopf. Die Wand zu ihrer rechten bestand aus Wellblech. Eine Holzspanplatte sorgte dafür, dass durch die Fenster kein Sonnenlicht drang. Lediglich die viel zu hellen Kunststoffröhren spendeten Licht. Isada blickte in die andere Richtung. Ein in die Jahre gekommener, billig aussehender Holzschreibtisch. Auf dem Stuhl dahinter saß ein Vampir und lächelte sie an.

„Na, endlich aufgewacht?"

Isada setzte sich nun vollends auf und lehnte sich mit dem Rücken an das Wellblech.

Sie kannte den Vampir ihr gegenüber nicht, aber etwas an ihm war ihr seltsam vertraut. Er war blond und hatte rauchgraue Augen. Es musste einer von Virus' Brüdern sein.

„Wo bin ich hier?"

Spöttisch musterte der Vampir sie. „Das ist nicht wichtig."

„Ich will nach Hause."

„Bedaure. Das wird der Soya nicht zulassen."

Jetzt war es an Isada, spöttisch den Mund zu verziehen. „Mein Rinoka ist niemand anderes als Soya Pierrick. Wenn ich um Hilfe rufe, wird er kommen und mich hier herausholen."

„Sachte", beschwichtigte der Vampir sie. „Wenn der Soya dich verletzen wollte, hätte er es schon längst getan."

Isada dachte über seine Worte nach. Die schmerzhafte Erinnerung, wie Manilo ihr mitten ins Gesicht geschlagen hatte, veranlasste sie, die Hand zu heben und ihr Gesicht zu befühlen. Die Blessuren waren längst verheilt.

„Komm mit! Ich will dir etwas zeigen." Der Vampir erhob sich, kam um den Schreibtisch herum und streckte ihr eine Hand entgegen.

Sie zögerte. Dann ergriff sie die dargebotene Hand.

Isada hatte gedacht, er würde mit ihr den Raum verlassen. Doch dem war nicht so. Er führte sie lediglich zur Tür. Daneben befand sich ein großes Fenster mit einer Jalousie. Der Vampir öffnete diese, und Isada konnte in eine geräumige Halle, einen leeren Lagerraum unter sich blicken.

„Beeindruckend, nicht?"

Sie konnte nicht anders und nickte schweigend. Mehrere hundert junge Vampire – Männer wie Frauen – hatten sich dort unten eingefunden. Die Menge war unruhig, schien auf etwas zu warten.

Ein Geräusch hinter Isada ließ sie herumfahren. Die Tür auf der anderen Seite des Raumes hatte sich geöffnet, und Soya Manilo trat ein. Augenblicklich versteifte Isada sich.

„Warte vor der Tür, Valor!", wies der Soya den Vampir an.

Valor nickte knapp und ohne Isada noch einmal anzublicken, verließ er den Raum. Ehe Isada es sich versah, fiel die Metalltür scheppernd ins Schloss, und sie war mit Manilo allein. Eine Gänsehaut zog sich über ihren Rücken. Es war nicht gut, mit ihm allein zu sein. Einzig das offene Fenster bot ihr Schutz. Jeder, der unten in der Halle stand, konnte zu ihr heraufsehen. Sie warf einen ängstlichen Blick hinab. Die Vampire dort unten waren mit sich selbst beschäftigt. Keiner sah zu ihr herauf.

„Schön zu sehen, dass du dich bester Gesundheit erfreust."

„Das ist sicher nicht dein Verdienst." Isada fühlte sich bei weitem nicht so mutig, wie sie tat und hoffte inständig, dass Manilo sie nicht durchschaute.

„Warum schon wieder so bissig? Hör dir doch erst einmal an, was ich zu sagen habe."

Isada verschränkte schützend die Arme vor der Brust und wartete darauf, dass der Soya weitersprach. Sie musste ihm zugutehalten, dass er bisher keinen Versuch unternommen hatte, näher zu kommen.

„Ich habe dich bewusst erwählt, Isada."

Sie kniff die Augen zusammen und überlegte einen Moment, ob sie sich verhört hatte.

„Du bist immer noch meine erste Wahl, Mel. Eine Frau, die intelligent ist, die ihren eigenen Willen hat und die sich mir unterordnen wird."

Um ein Haar hätte Isada trotzig mit dem Fuß aufgestampft und ihn angebrüllt, dass er das vergessen konnte. Nie würde sie das tun. Nicht um alles in der Welt.

„Ich werde heute Nacht eine neue Welt erschaffen und zukünftig als Dominus über Boston herrschen. Dich, Mel, hätte ich gerne an meiner Seite, als meine Samera." Er hielt kurz inne, sein Blick senkt sich auf ihren Leib. „Dein Bastard-Baby würde ich billigend in Kauf nehmen. Wenn es überleben sollte, kann es mir gerne eines Tages in den Reihen der Krieger dienen."

Noch immer rührte Isada sich nicht. Sie war sprachlos über diese Unverfrorenheit. Sie konnte sich den Soya unmöglich als Dominus vorstellen.

„Und was ist, wenn ich nicht einwillige?"

Manilos Mund verzog sich zu einem spöttischen Lächeln. „Wir haben alle Zeit der Welt. Du wirst an meiner Seite bleiben, ob du nun willst oder nicht. Und eines Tages, das verspreche ich dir, wirst du dich mir mit Freuden hingeben. Dein Leib und deine Seele gehören mir."

„Das wird nie geschehen!"

„Du hast dich den *Gen Guards* angeschlossen. Du hast dich mir angeschlossen."

„Ich habe mich einer Gruppierung angeschlossen, deren Ziel es war, unser Volk gegen die Inimicus zu verteidigen. Sie zu beschützen. *Das* würde ich immer wieder tun. Es ging nie darum, die Kruento zu entzweien. Es ging nie darum, dem Rat Schaden zuzufügen."

„Da irrst du dich, Mel."

Sie hasste dieses Kosewort, mit dem er sie ansprach. Am liebsten hätte sie ihn angeschrien, dass sie Isada hieß und er sie gefälligst so nennen sollte. Doch sie entschied sich für eine klügere Taktik, versuchte, ihn mit Argumenten umzustimmen.

„Das kann ich nicht glauben. Die Inimicus waren immer unsere Feinde. Denk daran, was sie dir genommen haben. Sie haben deinen Bruder auf dem Gewissen."

Wieder verzog sich sein Mund. „Ja, das haben sie. Du musst zugeben, der Schachzug war brillant."

Eine dunkle Ahnung stieg in Isada auf. „Welcher Schachzug?" Es fühlte sich plötzlich so an, als wäre alle Luft zum Atmen mit einem Wimpernschlag aus dem Raum verschwunden.

„Selbstverständlich haben die Inimicus einen Tipp bekommen. Natürlich anonym."

„Du Scheusal!", zischte Isada, konnte sich nun nicht mehr zurückhalten.

Laut lachte Manilo auf. „Ich mag dein Temperament, ich freue mich auf den Tag, an dem ich dich zähmen werde. Jeder Tag, den du dich mir verweigerst, wird ein Tag voller Vorfreude für mich sein."

Isada schnaubte. „Ich gedenke nicht hierzubleiben."

„Kämpf nur, Mel. Ich werde als Sieger hervorgehen."

Er kam einen Schritt auf Isada zu, die sofort zur Seite wich. Ohne sich davon aus dem Konzept bringen zu lassen, öffnete er die Tür, vor der Valor stand und winkte ihn herein.

„Pass auf die Kleine auf!" Dann blickte er noch einmal zu Isada, und sie sah das warnende Aufblitzen in seinen bestechend grün-blauen Augen. „Ich hoffe, du denkst nicht daran, deinen Soya zu rufen. Denn solltest du das wagen, verspreche ich dir, wird dein Kind nicht überleben." Damit schritt er an Valor vorbei.

Isada stand wie versteinert. Der Schock war ihr in die Glieder gefahren. Sie unterdrückte ein verzweifeltes Aufkreischen.

Valor trat ein und schloss hinter sich die Tür. Er trat zu ihr und sah hinab in die Lagerhalle. Neugierig geworden, drehte Isada sich um und blickte ebenfalls hinab. Die Wände waren nicht sonderlich dick und bei weitem nicht schallisoliert. Sie musste sich nur ein wenig darauf konzentrieren. Doch ehe sie eine Stimme herausfiltern konnte, ebbte das Stimmengewirr ab.

„Liebe Brüder und Schwestern", richtete Manilo seine Worte an die versammelten Vampire. Isada konnte ihn nicht sehen, aber den Blickrichtungen der Vampire zufolge, stand er nicht weit von ihrem Beobachtungsposten entfernt. „Wie ihr sicher mitbekommen habt, hat die Ekklesia eine Ausgangssperre verhängt. Warum? Weil sie euch vorschreiben wollen, was ihr zu tun und zu lassen habt. Aber ihr seid mündige Vampire. Ob nun Epheben oder nicht, ihr seid alt genug, um selbst zu entscheiden." Zustimmendes Gemurmel erklang. „Ich bin gerne bereit, euch zu unterstützen, euch zu beschützen. Nicht nur die Vampire, die den Familien angehören, die mir unterstellt sind. Ich biete jedem Einzelnen von euch meinen Schutz an. Sagt euch von euren

Familien los und folgt mir in eine neue Welt, in der wir frei sein werden und in der wir den Inimicus endlich zeigen können, wo ihr Platz ist."

Einige Vampire sahen sich unsicher an.

„Ich biete euch meinen Schutz als Soya. Im Gegenzug erwarte ich uneingeschränkten Gehorsam. Wer jetzt gehen und sich den Konsequenzen der Ekklesia stellen möchte, kann das gerne tun."

Ratternd öffnete sich das große Hallentor, und zwei Vampire traten zur Seite, um den Weg in die dunkle Nacht freizugeben.

„Wer möchte, kann nun gehen. Von allen anderen männlichen Vampiren erwarte ich einen Blutschwur."

Ein Raunen ging durch die Menge. Einige Epheben schienen zu zögern, liebäugelten mit dem offen stehenden Tor.

„Aber bedenkt, die Ekklesia wird nicht barmherzig mit euch sein", fügte Manilo hinzu.

Das führte dazu, dass die Meute wieder ruhiger wurde. Kein Einziger wagte es zu gehen.

„Die Vampirinnen werden sich bei Vigilio melden. Er wird euch einem Rinoka zuordnen. Aber auch euch steht es frei zu gehen. Geht zu euren Familien zurück und stellte euch den Konsequenzen, oder kämpft Seite an Seite mit euren Brüdern und Schwestern für ein Leben in Freiheit."

Sekunden verstrichen, dehnten sich zu Minuten aus. Keiner ging.

Isada stand da und schüttelte fassungslos den Kopf. Begriff denn keiner von ihnen, welches falsche Spiel Manilo mit ihnen trieb? Wenn sie die Wahl gehabt hätte, wäre sie gegangen. „Weißt du, was Manilo vorhat?", fragte Isada, ohne Valor anzusehen.

„Natürlich." Seine rauchgrauen Augen verengten sich kurz zu Schlitzen. „Unser bisheriger Clan ist zum Scheitern verurteilt. Die Ekklesia richtet unser Volk zu Grunde. Wir brauchen einen neuen starken Dominus."

„Wer soll das werden?"

„Soya Manilo", entgegnete Valor überzeugt.

„Glaubst du wirklich, dass er die nötige Dominanz hat?"

„Aber sicher. Außerdem wird die Ekklesia merken, was Manilo für einen unglaublichen Rückhalt hat."

Das verstand Isada. Es leuchtete ihr sogar ein. Kein Vater würde freiwillig mit seinem Soya in eine Schlacht ziehen, um den eigenen Sohn zu töten. Manilo dagegen hätte keine Bedenken, die Epheben in erster Reihe zu opfern, wenn es darauf ankam.

„Was springt für dich dabei heraus?"

Valor grinste breit. „Der Posten eines Soyas."

Mehr brauchte er nicht zu sagen. Isada wusste, dass das für ihn eine Chance war, die sich ihm im Bostoner Clan nie ergeben hätte.

„Wie viele von euch Hannigans sind hier mit involviert?"

„Soll das ein Verhör sein?", fragte er zurück, anstatt ihr eine Antwort zu geben.

Isada zuckte mit den Schultern.

„Nur Vigilio und ich. Die anderen sind zu alt und zu eingefahren in ihren banalen Strukturen, und Virus", abfällig verzog er das Gesicht, „hält sich für etwas Besseres, seit er für den allmächtigen Soya Darius arbeiten darf. Als ob die Soyas ihn wirklich ernst nehmen würden. Er ist und bleibt ein Spinner."

Isada wandte sich ab. Sie hatte keine Lust mehr, weitere Fragen zu stellen und Fakten um die Ohren gehauen zu bekommen, die sie noch verzweifelter werden ließen. Sie setzte sich auf das Bett, auf dem sie gelegen hatte, lehnte sich an die Wand und schloss die Augen.

„Was tust du?", wollte Valor wissen. Eine unterschwellige Drohung schwang in seiner Stimme mit.

„Ich kann hier nichts tun, also werde ich warten." Sie öffnete noch einmal die Augen und sah Valor direkt an. „Die Nacht war lang, und ich bin müde." Dann schloss sie wieder die Lider und versuchte, sämtliche Umgebungsgeräusche auszublenden und sich nur auf sich selbst, ihr Innerstes zu konzentrieren.

Das Band zu Pierrick war nach wie vor fest in ihr verwurzelt, und freiwillig würde sie es nie trennen. Manilo konnte bis in alle Ewigkeit warten. Der Tag, an dem sie diese Verbindung löste, um ein Band mit einem selbsternannten Dominus zu knüpfen, würde nie kommen.

KAPITEL 27

Nachdem Pierrick und Jendrael den verletzten Vampir auf der Krankenstation untergebracht hatten, wo er bei den verwundeten Ekklesia-Kriegern in guter Gesellschaft war, betraten die Soyas die Kommandozentrale. Blagden entschied sich, bei seinem Kollegen zu bleiben und bei der Versorgung der Verletzten zu helfen.

„Ich verstehe immer noch nicht, warum die *Gen Guards* Isada entführt haben." Jendrael schüttelte nachdenklich den Kopf. Blagden hatte berichtet, dass sie hinterrücks von ein paar *Gen-Guards*-Anhängern überwältigt worden waren.

Pierrick presste die Lippen fest aufeinander. Auch er verstand es nicht. Was hatten die *Gen Guards* davon, Blagden und Allerd niederzuschlagen und Isada mitzunehmen? Was wollten sie von ihr? Er musste etwas übersehen haben und kam einfach nicht darauf.

Jendrael öffnete die Tür zum Besprechungsraum und ließ Pierrick den Vortritt. Darius saß bereits an seinem Stammplatz, Sam neben ihm. Auf der anderen Seite befand sich Cathal, der zwar kein Soya war, jedoch den Clan seit dem Tod ihres Dominus unterstützte. Weitere Anwesende waren Virus sowie die Soyas Arek, Lucio und Prosper. Thor war noch immer in New York und damit verhindert. Seltsamerweise fehlte auch von Manilo jede Spur. Pierrick hätte eigentlich darauf wetten mögen, dass Manilo sich eine Ratssitzung nicht entgehen lassen würde.

Pierrick und Jendrael setzten sich.

„Wo ist Manilo?", fragte Jendrael in die Runde.

Betretenes Schweigen war die Antwort.

„Ich denke, er wird nicht mehr kommen", sagte Darius schließlich düster.

Pierrick kniff die Augen zusammen und musterte ihren Anführer. Wusste er mehr, als er sagte?

„Beginnen wir. Ich fasse die Lage kurz zusammen. Heute Nacht haben die *Gen Guards* unsere Ekklesia-Krieger angegriffen. Nachdem wir sie zurückbeordert haben, begannen die *Gen Guards* ihrerseits, ihre Leute zusammenzurufen. Aufgebrachte Familienoberhäupter sowie besorgte Mütter tanzen hier ununterbrochen an. Das Telefon steht kaum noch still."

Pierrick und Jendrael hatten die Autoschlange gesehen, die die Einfahrt zuparkte.

„Sophie tut derzeit ihr Möglichstes, um die Vampire zu beruhigen."

„Sie warten oben?", hakte Jendrael nach.

Sam nickte zustimmend. „Darius wird nach dieser Sitzung hoch müssen und sich dem Volk stellen. Sie wollen wissen, was geschehen ist und wie es weiter geht."

„Wie sieht es bei den Kriegern aus?", erkundigte Pierrick sich.

Arek, der blonde Vampir, der für die Krieger verantwortlich war, antwortete: „Dank deines schnellen Handelns konnten wir Schlimmeres verhindern. Außer den zwei Trupps wurde niemand angegriffen."

Lucio meldete sich nun auch zu Wort: „Kann man sagen, wie viele der jungen Vampire sich den *Gen Guards* angeschlossen haben?"

Darius schüttelte den Kopf. „Dem Ausmaß im Haus oben zu urteilen, mehr als wir vermutet haben. Genaue Zahlen kann ich dir jedoch nicht nennen."

„Wissen wir inzwischen, wer die *Gen Guards* anführt?"

Jendrael hatte die Frage eigentlich an Darius gerichtet, doch es war Virus, der sie beantwortete: „Isada hat gute Vorarbeit geleistet. Nur ihr verdanken wir es, dass wir endlich Namen haben." Virus atmete einmal tief durch. „Neben Zero Pangolin und Hadley Bagués sind meine Brüder Valor und Vigilio die wesentlichen Drahtzieher." Es fiel dem Vampir sichtlich schwer weiterzusprechen. „Der Anführer der *Gen Guards* ist Soya Manilo."

Für Sekunden legte sich eine bedrückende Stille über sie. Fassungslos starrte Pierrick Virus an, während es in seinem Kopf zu rattern begann. Es gelang ihm endlich, die Puzzleteile zusammenzusetzen, und alles ergab plötzlich Sinn. Manilo hatte Isada unbedingt als Gefährtin haben wollen. Selbst nachdem ihr Vater verstorben war, hatte er auf Einhaltung des Vertrags gepocht. Nur weil er keine Belege dafür hatte, war es Pierrick möglich gewesen, Isada zu schützen. Warum war der Soya so hartnäckig hinter Isada her? Ihm wurde übel, wenn er daran dachte, dass Isada jetzt bei diesem Scheusal war.

Pierrick sprang auf. „Damit ist er einen Schritt zu weit gegangen. Ich werde mich umgehend auf den Weg machen. Das muss endlich ein Ende haben."

„Ruhig!", mahnte Jendrael ihn. „Du darfst jetzt nicht den Kopf verlieren."

„Er hat Isada." Das Tier in ihm bäumte sich auf. Die Fänge schossen aus seinem Kiefer hervor, und ein urtümliches Brüllen grollte aus seinem Mund.

„Setz dich!", befahl Darius und legte in diesen Befehl alle Dominanz, die er besaß.

Pierrick fuhr zu ihm herum, lieferte sich ein Blickduell mit dem Anführer. Er war hin- und hergerissen, sich auf den anderen Soya zu stürzen und in einem blutigen Kampf um sein Recht zu kämpfen. Doch was würde Isada es nützen, wenn er sich eine sinnlose Rauferei mit ihrem Anführer lieferte? Mit einem wütenden Knurren ließ er sich auf seinen Stuhl zurückfallen und blickte finster in die Runde.

„Wenn wirklich Manilo hinter der ganzen Sache steckt, wage ich zu behaupten, dass der Übergriff der Inimicus auf der Geburtstagsfeier von Gregorio kein Unfall gewesen war", fuhr Jendrael unbeirrt fort und tat so, als hätte es keinen Zwischenfall gegeben.

„Wir dürfen ihn nicht unterschätzen", stimmte Arek zu.

„Über seine Ziele können wir derzeit nur Vermutungen anstellen. Darum lasst uns um die Dinge kümmern, die wir angehen können. Die Vampire dort oben erwarten uns, wollen wissen, was wir gedenken zu unternehmen." Darius sah jeden Soya der Reihe nach an. „Ekklesia muss nun Stellung beziehen. Wir müssen auf die eine oder andere Weise handeln."

„Die meisten der *Gen Guards* sind doch Epheben. Könnt ihr sie nicht dazu zwingen zurückzukehren?" Sam sah ihren Homen fragend an.

„Ihr paar Soyas? Dazu seid ihr zu wenig", erklärte Cathal mit seiner tiefen, vollen Stimme. „Aber ihr könnt die Familienoberhäupter mitnehmen. Die Epheben werden auf den Ruf hören."

Pierrick hatte seine inneren Dämonen zurückgedrängt und das noch immer zum Sprung bereite Tier in sein Gefängnis verbannt. Cathals Idee war ausgesprochen gut.

„Und was geschieht dann mit ihnen?", wollte Pierrick wissen. „Lassen wir sie ohne Strafe davon kommen? Die Moris dort oben werden wissen wollen, was ihre Söhne erwarten wird."

„Wir werden den Kopf der Bande, Manilo, und die vier anderen Vampire vor den Rat stellen und ein öffentliches Gericht abhalten. Wir brauchen ein klares Zeichen, dass wir so etwas nicht dulden. Alle anderen Vampire übergeben wir der Gerichtsbarkeit der Familienoberhäupter", schlug Jendrael vor.

„Alle?", hakte Pierrick nach. Für ihn war diese Entscheidung äußerst wichtig. Wenn dies der endgültige Ekklesia-Beschluss war, würde nur er für Isadas Strafe verantwortlich sein.

„Ja", bekräftige Jendrael. „Damit glätten wir die Wogen. Was nützt es uns, sämtliche Epheben zu bestrafen? In wenigen Jahrzehnten sind sie Stützen unserer Gesellschaft. Wir sollten diesmal Gnade vor Recht ergehen lassen."

„Ich habe gewusst, dass ich den Tag verfluchen werde, an dem ich diesem Rat beigetreten bin", grummelte Darius vor sich hin.

Sam legte ihm schmunzelnd eine Hand auf den Arm und tätschelte ihn. „Du machst das wunderbar."

„Jendraels Vorschlag hört sich vernünftig an", sagte Lucio und bezog damit klar Stellung. „Ich bin eindeutig dafür." Demonstrativ hob der Soya die Hand und sah die anderen auffordernd an.

„Ich bin dafür, die Gerichtsbarkeit der Epheben den zuständigen Familien zu übertragen", bestätigte Jendrael und hob ebenfalls die Hand. Reihum gingen alle Hände hoch.

„Wer ist dafür, die fünf Köpfe, allem voran den Soya, vor den Ekklesia-Rat zu bringen?", hängte Darius gleich die nächste Abstimmung an. Diesmal zögerten die Soyas länger. Auch Pierrick warf Virus einen prüfenden Blick zu. Man sah dem jungen Vampir an, wie sehr er unter dem Verrat seiner beiden

Brüder litt. Auch diesmal gingen wieder alle Hände nach oben. Tapfer schluckte Virus und nahm den einstimmigen Beschluss stumm hin.

„Bleibt noch die Frage, was wir mit den Familienangehörigen oben machen."

„Wir mobilisieren sie, mit uns gemeinsam zu Manilo zu gehen und unsere Leute zurückzufordern", griff Jendrael Cathals Vorschlag auf.

„Gut. Wer ist dafür?", fragte Darius und hob gleichzeitig die Hand.

Pierrick wünschte sich nichts sehnlicher, als endlich Isadas Verfolgung aufnehmen zu können, doch er zwang sich, die Hand zu heben und seiner Rolle als Soya gerecht zu werden.

Nachdem auch diese Abstimmung einstimmig abgenickt worden war, folgte er mit angespannter Miene Darius, der als ihr Anführer voran ging. Immer wieder prüfte er die Verbindung zu Isada und stellte jedes Mal erleichtert fest, dass sie noch vollkommen intakt war. Wo immer Isada auch war, es ging ihr für den Moment gut.

Als sie vor den großen Flügeltüren des Ballsaals kurz anhielten, waren die hochgekochten Emotionen deutlich zu spüren. Sam hakte sich bei Darius ein, und das Anführerpaar trat als erstes durch die Türen. Jendrael und Pierrick folgten ihnen an zweiter Stelle. Den Abschluss bildeten Lucio, Arek und Prosper. Cathal blieb neben Areks Bruder André neben der Tür stehen. Sollte die Lage eskalieren, konnten die zwei von dort aus agieren. Pierrick hoffte jedoch inständig, dass es nicht dazu kommen würde.

Er atmete tief ein, als er durch die Menge schritt. Die Vampire wichen zur Seite, machten ihnen Platz. Eine fast greifbare Spannung lag in der Luft. Aus dem Augenwinkel erhaschte Pierrick einen Blick auf die anwesenden Vampire. Vorrangig Moris, fast ausschließlich männliche Vampire. Nur vereinzelt dazwischen mal eine Vampirin.

Sie hatten den Raum durchschritten und bauten sich an der Fensterfront auf. Das Gemurmel verstummte, als Darius einen Schritt nach vorne trat und ihnen bedeutete, dass er etwas zu sagen hatte. „Meine lieben Freunde", begann er feierlich.

Pierrick bewunderte Darius für die Sicherheit, die er inzwischen bei jedem seiner Auftritte ausstrahlte. Ihm selbst gelang es nur dann, die Leute so zu fesseln, wenn er in ihre Köpfe vordrang.

„Wir teilen eure Besorgnis den Epheben gegenüber. Natürlich sind wir erschrocken über das Ausmaß derer, die sich der Splittergruppe *Gen Guards* angeschlossen haben. Um es gleich klarzustellen, wir dulden es nicht, dass die Hand gegen unsere eigenen Leute erhoben wird. Die *Gen Guards* haben in dieser Nacht die Ekklesia-Krieger angegriffen. Um sie zu schützen, haben wir sie zurückgerufen und um euch zu schützen, die Ausgangssperre verhängt. Das wiederum hat die *Gen Guards* dazu veranlasst, ihre Mitglieder zusammenzurufen." Darius machte eine Pause und blickte die Vampire offen an. „Wir, der Rat, haben beschlossen, dies nicht einfach hinzunehmen. Wir werden sie zurückholen." Kunstvoll legte Darius eine weitere Pause ein. „Doch dazu brauchen wir eure Hilfe. Ich bitte jeden Mori, der einen Schützling vermisst, uns zu begleiten."

Unsicher blickten die Moris sich an. Sie schienen nicht zu wissen, was sie von dieser Bitte halten sollten.

„Was passiert mit unseren Kindern, wenn wir sie zurückgeholt haben?", fragte ein Mori laut. Alle starrten Darius an, der die Ruhe selbst war.

„Der Rat hat beschlossen, die Gerichtsbarkeit der Epheben euch, den Familienoberhäuptern, zu überlassen. Von unserer Seite muss keiner etwas befürchten. Ausgenommen sind die Drahtzieher der *Gen Guards,* bestehend aus Zero Pangolin, Hadley Bagués und Valor und Vigilio Hannigan."

Pierrick hatte gerade Mori Kostek, das Familienoberhaupt der Hannigans, im Blick. Als die Namen seiner zwei Söhne fielen, wurde er leichenblass. Ein Muskel in seiner Wange zuckte immer wieder, sonst blieb er jedoch ruhig. Die Moris neben ihm blickten ihn erschrocken an, aber auch darauf reagierte er nicht.

„Wie einigen von euch aufgefallen sein wird, fehlt ein Soya. Damit meine ich nicht Soya Thor, der noch immer in New York verweilt, sondern Soya Manilo. Allen Moris, die ihm unterstellt sind, befehle ich hierzubleiben. Er ist nämlich der Anführer der *Gen Guards* und als solcher ein ernstzunehmender Feind."

Dieselbe Fassungslosigkeit, die ihn vorhin ergriffen hatte, sah Pierrick nun in den Gesichtern der Vampire.

„Ihr habt ihm dem Blutschwur geleistet, und wir alle wissen, dass dieser Schwur über allem steht", fuhr Darius erklärend an die betreffenden Moris fort. „Deswegen bleibt ihr zu eurem eigenen Schutz hier. Wir werden dafür sorgen, dass eure Söhne und Töchter unbeschadet nach Hause zurückkehren", versprach Darius.

Nun wurde es wieder etwas lauter.

„Ich bitte nun alle Moris – von Soya Manilos Leuten abgesehen – mir zu folgen und bedanke mich für das Vertrauen, das ihr in Ekklesia setzt. Ich verspreche euch, dass ihr es nicht bereuen werdet."

Lucio und Arek hatten die Flügeltüren in den Garten geöffnet, und dorthin begab sich nun Darius. Der Großteil der Vampire folgte ihm, und auch Pierrick schloss sich ihnen an. Er trat hinaus in die kühle Nachtluft und überlegte gerade, ob er sich nicht jetzt abseilen konnte. Ihr Ziel würde dasselbe sein, nur ohne die ganzen Kruento wäre er wesentlich schneller.

Sam trat an seine Seite.

„Du bist der Aufräumer." Ihre zierlichen Finger legten sich auf seinen Unterarm. Gedankenverloren blickte er auf die kleine Hand, die ebenso schwielig war wie seine eigenen Hände, und er musste sich ins Gedächtnis rufen, dass Sam eine Kriegerin war.

„Darius hat mich gebeten, hierzubleiben", erklärte sie und schlug die Augen nieder.

Er konnte nur erahnen, wie schwer es ihr fallen musste, seiner Bitte nachzukommen, während Darius sich in Gefahr begab. Keiner von ihnen konnte jedoch abschätzen, welche Situation sie vorfinden würden und wenn es wirklich zu einem Kampf kam, dann war es besser, wenn Sam nicht dabei war.

„Kannst du auf ihn aufpassen? Bring ihn mir wieder zurück, bitte."

Pierrick senkte den Blick. Er brachte es einfach nicht übers Herz, Sams Bitte abzuschlagen. „Das verspreche ich dir", sagte er leise.

Sam schluckte. Ihr standen Tränen in den Augen. Schnell drückte sie seinen Unterarm, machte sich von ihm los und eilte mit einem verdächtigen Schniefen davon.

Pierrick starrte Sam hinterher, dann fluchte er leise. Schon jetzt bereute er das Versprechen, das er der Vampirin gegeben hatte, denn es führte dazu, dass er seine Pläne begraben und mit den Vampiren, mit Darius, gehen würde.

Die ganze Situation gefiel ihm nicht. Sie durften Manilo nicht unterschätzen. Der Vampir war verschlagen, hinterhältig und äußerst gewieft. Es war ihm nicht nur gelungen, sein Tun vor seinen Männern, sondern auch vor dem Rat und vor seiner Familie zu verbergen.

Darius rief zum Aufbruch, und Pierrick setzte sich in Bewegung. Er blieb in Sichtweite zum Anführer, so dass er jederzeit eingreifen konnte, wenn Darius in Gefahr geriet. Sie mussten die Epheben zurückholen – Isada mit eingeschlossen.

* * *

Isada hielt es hier nicht mehr aus. Nachdem Valor gegangen war, kam Hadley und später Zero. Ein vernünftiges Gespräch ließ sich mit keinem von ihnen führen. Sie war froh, als Zero die Tür hinter sich schloss und sie endlich alleine war. Sie saß mit angewinkelten Beinen auf der Liege, lehnte am Wellblech und starrte vor sich hin. Gerade als sie sich überlegte, den Schreibtisch nach einer geeigneten Waffe zu durchsuchen, ging die Tür auf, und Manilo trat ein.

Als er sie sah, grinste er überheblich, und Isada konnte nicht einmal so tun, als hätte sie ihn nicht bemerkt, oder gar, als würde sie schlafen.

„Na, Mel, wie geht es dir?"

Isada wandte trotzig den Kopf ab und schwieg. Er kam auf sie zu. Zu nahe, viel zu nahe. Sie bekämpfte die aufsteigende Panik, versuchte ganz ruhig zu bleiben. Dass ihr Atem stoßweise ging, konnte sie nicht verhindern.

„Jeder Tag, an dem du mich warten lässt, ist ein guter Tag, denn das, was danach kommt, wird umso süßer für mich sein."

Eine dunkle Hand griff nach ihrem Magen und schien ihn zusammenzuquetschen. Gut, dass Isada schon seit Tagen kein Blut mehr zu sich genommen hatte, sonst hätte sie sich sicher übergeben müssen.

„Ich rieche deine Angst, Mel, und ich genieße sie."

Das tat er in vollen Zügen, und dafür hasste Isada ihn noch mehr. Was für ein Vampir war er nur, dass er so kompromisslos und schlecht war und sich an der Schwäche anderer so ergötzte?

„Ich freue mich schon darauf, deinen Soya hier zu sehen. Dann werde ich ihm endlich mal die Meinung sagen. Mach dir keine Hoffnung, dass er dich retten wird. Er wird – wie alle anderen auch – unverrichteter Dinge wieder gehen."

Trotzig presste Isada die Lippen aufeinander. Nur zu gerne wollte sie ihm widersprechen. Er kannte Pierrick nicht. So einfach würde er sie nicht aufgeben, denn schließlich trug sie sein Kind unter dem Herzen. Auch wenn er sie, Isada, aufgegeben hatte, sein Kind würde er nicht im Stich lassen.

Isada wandte sich ab und schloss die Augen. Es schmerzte, an Pierrick zu denken. Ihr letztes Gespräch war nicht unbedingt positiv verlaufen. Es gab noch so viele Dinge, die sie ihm erklären wollte, die noch unausgesprochen waren. Sie schämte sich für ihre Engstirnigkeit. Hätte sie nicht schon viel früher begreifen müssen, welches abgekartete Spiel Manilo verfolgte? Hätte sie nicht schon viel früher dahinter kommen müssen, dass die *Gen Guards* nicht das waren, was sie vorgaben? Warum waren die Epheben, die sich unten in der Halle befanden, nur so blind? Sie mussten doch merken, dass Manilo ein falsches Spiel trieb.

Es klopfte an der Tür, dann wurde sie geöffnet. Hadley streckte seinen Kopf herein.

„So ... Dominus, da gibt es etwas, was du sehen solltest."

Manilo grinste Isada noch einmal vielsagend an und verließ den Raum.

Erleichtert seufzte sie auf, als die Tür hinter ihm ins Schloss fiel. Sie war allein. Schnell rutschte sie von der Liege, eilte zum Schreibtisch hinüber und durchsuchte ihn. Weder Laptop, Telefon oder Handy noch sonstige elektronische Geräte waren zu finden. In der ersten Schublade befanden sich nichtssagende Papiere. In der zweiten Schublade war noch mehr Papierkram. Schritte näherten sich der Tür. Isada hastete zur Liege zurück, setzte sich darauf und tat so, als wäre nichts geschehen.

Manilo stapfte herein, würdigte sie diesmal jedoch keines Blickes. Hadley folgte ihm, ebenso wie ein weiterer Vampir. Seine Körpersprache sagte mehr, als Worte es gekonnt hätten. Die

Schultern waren gesenkt, die Hände nestelten rastlos am Saum seines Shirts.

Manilo fuhr herum und donnerte: „So und nun sag es noch einmal!"

Der Ephebe zuckte zusammen, wagte nicht aufzublicken.

Hadley stieß ihn von hinten an und zischte: „Nun mach schon."

„Ich würde gerne nach Hause gehen."

Manilo brach in lautes Gelächter aus. „Hast du das auch gehört, Hadley?"

Hadley grinste dreckig. „Ich habe es nicht so recht verstanden. Vielleicht kannst du es noch einmal etwas lauter sagen."

Der Ephebe zitterte am ganzen Körper und sank auf die Knie.

Manilo marschierte vor ihm auf und ab. „Du weißt, was sie mit dir tun werden?" Er wartete nicht auf eine Antwort, sondern fuhr unbeirrt fort. „In der unterirdischen Festung von Soya Darius gibt es einen Raum, völlig dunkel. So dunkel, dass selbst wir Vampire nichts mehr sehen können. Vollkommen schallisoliert. Kein einziges Geräusch dringt hinein oder heraus. Dort stecken sie dich rein und lassen dich einige Tage darin hocken, bis du halb wahnsinnig vor Hunger geworden bist. Dann kommen sie und dringen in deinen Kopf. Sie pfuschen in deinen Erinnerungen herum, decken deine tiefsten und dunkelsten Geheimnisse auf. Wenn sie mit dir fertig sind, wirst du dich an nichts mehr erinnern, außer an den Schrecken. Deine größten Ängste werden nichts dagegen sein, wenn sie mit dir fertig sind." Der Soya blieb stehen und ging vor dem Epheben in die Hocke, um ihn ansehen zu können. Er streckte die Hand aus, griff in das Haar des Vampirs und hob dessen Kopf an. „Wenn du wirklich möchtest, dass sie das mit dir tun, dann verschwinde von hier. Aber glaube ja nicht, dass ich dir dann noch helfen werde. Von dir wird nichts übrig bleiben als ein bedeutungsloser Schatten, eine leere Hülle." Er ließ ihn los, und der Kopf sank wieder auf die Brust des Vampirs.

„Bitte, Soya", murmelte der Ephebe verängstigt. „Bitte, nicht."

„Dann steh auf! Sei ein Mann und lege hier und jetzt den Blutschwur ab!"

Hadley zog einen Dolch hervor und streckte ihn dem jungen Kruento hin.

Isadas Augen wurden größer. Sie brauchte diese Waffe. Wenn es ihr gelänge, an den Dolch zu kommen, könnte sie sich verteidigen und vielleicht sogar einen Fluchtversuch starten.

Zitternd streckte der Ephebe seine Hand nach dem Griff aus. Isada befürchtete, die Waffe würde jeden Moment zu Boden fallen, als er die Klinge über seinen entblößten Unterarm zog. Blut quoll hervor, benetzte den Boden.

„El me lu Sangius al to, Tait Beal, misu ab."

Isada hielt die Luft an, als der Ephebe die rituellen Worte sprach.

„No Mimare", erklärte Manilo zufrieden.

Was dann geschah, konnte Isada nur erahnen, denn es spielte sich auf geistiger Ebene zwischen den zwei Vampiren ab. Der Bittsteller, in diesem Fall der Vampir Tait, öffnete seinen Geist und ließ Manilo eindringen. Es musste so ähnlich funktionieren wie das Band, das zwischen einer Vampirin und einem Rinoka gesponnen wurde, allerdings war die Verbindung zwischen zwei männlichen Vampiren feiner, vergleichbar mit einem Spinnenfaden. Doch es war unzerstörbar, mächtiger als das Band eines Rinoka, und im Gegensatz dazu konnte nur der Ranghöhere den Blutschwur auflösen.

Manilo wandte sich zum Fenster. „Siehst du, es war doch gar nicht so schlimm." Mit einer wedelnden Handbewegung entließ er den Epheben.

Hadley begleitete den jungen Vampir aus dem Raum hinaus.

„Hadley?" Manilo wandte sich nicht zu ihm um, schien aber zu registrieren, dass er die Aufmerksamkeit seines Untergebenen hatte. „Ich möchte, dass die anderen Vampire der Reihe nach aufgestellt sind. Die Älteren zuerst. Wenn ihr fertig seid, komme ich."

„Natürlich", murmelte Hadley geschäftig und hatte es plötzlich äußerst eilig.

Die Tür schlug hinter ihnen zu, und Isada war mit Manilo allein. Den Dolch hatte Hadley dummerweise mitgenommen.

„Wenn du erst einmal begriffen hast, Mel, wie privilegiert du an meiner Seite bist, dann wirst du mit Freude den Platz einnehmen, den ich dir zugedacht habe." Mit diesen Worten verließ er sie ebenfalls.

Isada schloss die Augen und betete, dass diese furchtbare Nacht endlich vorbeigehen mochte und dass Pierrick kam, um sie zu retten. Wenn er nicht bereit war, für sie ein Risiko einzugehen, dann doch zumindest für sein ungeborenes Kind.

* * *

Pierrick hielt sich am Rand der Gruppe, als der erste Mori, der einige Reihen vor ihm lief, plötzlich aufschrie und einen Moment wankte, sodass die Vampire neben ihm ihn stützen mussten.

„Was ist los?", fragte einer der Kruento besorgt.

Der angesprochene Mori, ein hochgewachsener, hagerer Vampir rieb sich die Stirn. Pierrick erinnerte sich nicht an seinen Namen. Vom Geruch her gehört er zu Lucios Männern.

Er zitterte noch immer. „Sie hat die Verbindung getrennt", sagte er mit brüchiger Stimme.

Pierrick vermutete, dass er damit seine Tochter meinte. Er konnte nur hoffen, dass es sich um einen Einzelfall handelte. Eilig prüfte er das Band zu Isada, das nach wie vor vollkommen unbeschädigt war. Er wurde ruhiger. So lange er diese Verbindung zu ihr hatte, wusste er, dass es ihr gut ging.

Gerade, als sie ihren Weg fortsetzen wollten, knickte ein Mori hinter ihm ein. Er sank auf die Knie und hielt sich stöhnend den Kopf. Keiner der Umstehenden musste fragen, was soeben passiert war. Auch ein weiterer Vampir ging mit Tränen in den Augen zu Boden.

„Das muss nicht heißen, dass sie tot sind. Sie können auch freiwillig die Verbindung getrennt haben", versuchte Darius den Vätern Mut zu machen.

An ein Weitergehen war nicht zu denken. Immer wieder verlor einer der Moris seine Verbindung zu einer unterstellten Vampirin.

Pierrick schluckte. Wenn es möglich gewesen wäre, hätte er sich an das Band geklammert, damit Isada nicht imstande war, die Verbindung zu trennen. Bei jedem Mori, der in die Knie ging oder taumelte, wuchs seine Angst, Isada zu verlieren. Doch jedes Mal, wenn er sich auf die geistige Ebene begab, konnte er sich davon überzeugen, dass sie immer noch da war.

Wieder schwankte ein Vampir, diesmal direkt neben ihm. Pierrick hielt ihn fest, als er zu stürzen drohte. Es war Casio, einer seiner Moris. Er hatte einen Sohn, der bald seine Volljährigkeit erreichen würde, und eine deutlich jüngere Tochter.

„Ganz ruhig", versuchte Pierrick ihn zu beschwichtigen.

„Nein!", rief der Mori verzweifelt. „Sie darf nicht fort sein."

Pierrick kramte in seinem Gedächtnis nach dem Namen der Tochter. „Anwen kann die Verbindung freiwillig unterbrochen haben."

„Nein!", schluchzte Casio wieder, und Tränen rannen ihm über das Gesicht.

Pierrick tastete auf geistiger Ebene vorsichtig nach dem Mori und strich über seinen Geist. Der Mori ließ es zu, öffnete sich ihm sogar. Pierrick schlüpfte hinein, sah die Verletzung, den Teil, der herausgerissen worden war. Er wusste, wie sehr eine solche Verletzung schmerzte, hatte er doch selbst vor kurzer Zeit erst Caren verloren. Sanft blies er darüber, verströmte Zuversicht und Ruhe. Die Atmung des Moris wurde ruhiger, und Pierrick zog sich wieder zurück.

„Du musst jetzt stark sein. Wir müssen zu deinem Sohn", ermutigte Pierrick ihn.

„Vielen Dank, Soya." Er rang noch ein wenig um Fassung und räusperte sich dann. „Ihr wisst nicht, wie es ist, Kinder zu verlieren."

Doch, das wusste Pierrick. Er hatte es mehrmals durchgemacht, und auch jetzt sorgte er sich nicht nur um Isada, sondern ebenso um sein ungeborenes Kind. Er öffnete schon den Mund, um das klarzustellen, schloss ihn jedoch wieder.

In diesem Augenblick wurde ihm klar, dass er eine Entscheidung getroffen hatte. Isada konnte ihm den Rücken kehren, sich für einen anderen Mann entscheiden, aber er würde nicht zulassen, dass sie ihn aus ihrem Leben ausschloss. Wenn sie ihn nicht haben wollte, dann würde er damit zurechtkommen – irgendwie. Aber von seinem Kind würde er sich nicht zurückziehen. Dieses Blutkind bekäme seinen Namen, und es war ihm egal, was Isada dazu sagte. Es war sein Sohn oder seine Tochter, und als solches sollte das noch Ungeborene seinen Platz im Clan einnehmen.

„Pierrick?"

Pierrick blinzelte einen Moment, bis er registrierte, dass jemand nach ihm rief.

„Ja?"

„Kannst du kurz kommen?" Es war Darius, der zwei Meter von ihm entfernt stand.

„Selbstverständlich." Er schickte sich an, zu ihm zu gelangen. Die Vampire wichen zur Seite, und so stand er schließlich vor Darius. Dieser zog ihn zur Seite, sodass nicht jeder mitbekam, worüber sie sprachen. Jendrael und Arek traten ebenfalls zu ihnen.

„Eine Verbindung nach der anderen bricht ab. Die Verunsicherung wird größer, wir müssen unbedingt weiter." Ärger schwang in Darius' Stimme mit.

„Na, dann los", drängte Arek zum Aufbruch.

„Ich weiß doch nicht wohin." Laut, sodass alle ihn hören konnten, fragte Darius die Moris: „Wer von euch hat noch eine Verbindung zu einer vermissten Vampirin und kann uns führen?"

Betroffenes Schweigen war Antwort genug.

„Du bist der beste Fährtensucher", wandte Jendrael sich an Darius.

Darius stöhnte auf. „Das wird ewig dauern."

„Isadas Band ist intakt, aber ich weiß nicht, ob sie bei den anderen ist", sagte Pierrick.

Überrascht sah Darius ihn an. „Dann bitte ich dich, die Führung zu übernehmen. Ich werde es dich wissen lassen, wenn ich der Ansicht bin, dass du uns falsch führst."

Pierrick nickte Darius zu, und sie kehrten zu den wartenden Moris zurück.

„Wir gehen weiter!", rief Darius den anderen zu.

Angeführt von Pierrick liefen sie los. Darius blieb direkt neben ihm. Das Tempo war nun deutlich langsamer. An jeder Gabelung hielten sie kurz inne. Pierrick suchte immer wieder den Blickkontakt zu Darius. Dieser deutete in eine Richtung, und Pierrick nickte. Sie führten die Vampire durch *South End* und *North End* und erreichten schließlich *East Boston*. Pierrick spürte, dass er Isada näher kam. Sie musste sich ganz in der Nähe befinden.

Dann endlich erreichten sie eine Abwrackwerft. Darius und Arek waren die ersten, die einen großen Satz über das schiefe Tor machten, das für einen Vampir kaum ein Hindernis darstellte. Pierrick und Jendrael folgten ihnen. Immer mehr Vampire überwanden nun ebenfalls das Tor oder stiegen über den Metallzaun.

Zielstrebig gingen sie auf die größte Halle zu. Isada war ganz nah, ebenso wie die Epheben, wie er an ihrem Geruch erkennen konnte. Doch etwas passte nicht ganz. Etwas hatte sich verändert. Er wechselte einen kurzen Blick mit Darius, dann blieben sie vor den Toren der großen Halle stehen.

Darius schloss die Augen und atmete tief ein. Pierrick tat es ihm gleich. Er erstarrte. Nun wusste er, was nicht stimmte. Der Geruch der Epheben hatte sich kaum merklich verändert. Manilo hatte den männlichen Vampiren den Blutschwur abgenommen. Damit hatte er sich gezielt gegen die Bostoner Vampire gestellt. Sie konnten nicht zulassen, dass sich ein zweiter Vampirclan in Boston niederließ. Ein Krieg stand unmittelbar bevor. Doch wie sollten sie den Moris erklären, dass ihre eigenen Söhne und Töchter der Feind waren?

KAPITEL 28

Isada war eingedöst. Wie lange sie geschlafen hatte, bevor die Männerstimmen sie weckten, konnte sie nicht sagen. Sie war sich nicht einmal sicher, ob es helllichter Tag oder noch immer Nacht war, denn durch das mit Holzplatten vernagelte Fenster drang nicht der kleinste Lichtstrahl.

Hadley und Manilo betraten den Raum.

Manilo fragte: „Möchtest du mitkommen?"

Isada brauchte etwas, um zu begreifen, dass er die Frage an sie gerichtet hatte. Sie nickte eilig und erhob sich von ihrem Platz. Nichts konnte schlimmer sein als das sinnlose Herumsitzen in diesem Raum, und je mehr sie von diesem Gebäude sah, umso besser konnte sie ihre Flucht planen, sollte kein Rettungskommando kommen und sie hier herausholen.

Schweigend folgte sie den Männern. Vor dem Raum befand sich ein etwa vier mal vier Meter großes Podest, von wo aus Isada in die Halle hinunterblicken konnte. Eine Treppe führte an der Wand hinab. Dort unten hatten sich die Epheben in einer langen Reihe aufgestellt.

Manilo schritt hoch erhobenen Hauptes die Treppe hinab. Hadley folgte ihm geflissentlich. Isada ließ sich etwas mehr Zeit und versuchte, sich die Umgebung möglichst genau einzuprägen.

„Wer von euch möchte beginnen?", fragte Manilo gut gelaunt.

Keiner der Versammelten reagierte.

„Hadley?"

Eilig trat Hadley neben ihn, mit einer Liste in der Hand. „Varick", rief er den ersten Vampir auf.

Unsicher trat Varick vor. Die Zweifel standen ihm deutlich ins Gesicht geschrieben. Sein Blick war starr auf den Boden gerichtet, als er vortrat und den Dolch ergriff. Das Ritual, dem Isada vorhin schon einmal beigewohnt hatte, wiederholte sich. Der Vampir schwor Manilo Gehorsam. Nach Varick wurden weitere Epheben aufgerufen. Auch Ennis und Mirosh legten den Blutschwur hab.

Isadas Blick wanderte durch die Halle. Eindeutig eine Industriehalle. Oben, wo sie gefangen gehalten wurde, befanden sich die Büroräume. Hier unten fand normalerweise die Fertigung statt, aber alle Maschinen waren fortgeräumt worden. Wie viele Quadratmeter mochten das hier sein? Isada blickte sich nach Fluchtmöglichkeiten um. Zu ihrer Linken, ganz am anderen Ende der Halle, gab es eine Tür, die mit etwas Glück ins Freie führen mochte. Auf der rechten Seite befanden sich sechs riesige Eingangstore, die derzeit alle geschlossen waren.

Isada roch den geballten Duft des Clans, den die Vampire verströmten, Maschinenöl und etwas, das sie nicht wirklich benennen konnte. Es erinnerte sie an muffiges, abgestandenes Wasser, verursachte ihr jedoch keine Übelkeit. Jedenfalls konnte sie auf diesem Weg auch keinen Anhaltspunkt finden, wo genau sie sich befand. Sie schloss die Augen, um zu lauschen und versuchte dabei, die Geräusche in ihrer direkten Nähe auszublenden. In einiger Entfernung fuhren Autos. Wasser plätscherte, schlug gegen eine Steinwand oder eine Mauer. Ob nun direkt am Meer oder am Charles River, vermochte sie nicht zu sagen, also kam sie mit dieser Information auch nicht wirklich weiter.

Die Reihe derjenigen, die Manilo noch den Blutschwur ableisteten mussten, verkürzte sich merklich. Die Vampire, die dies bereits getan hatten, traten zur Seite, setzten oder stellten sich im hinteren Teil der Halle zusammen und sprachen leise miteinander. Die Vampirinnen – Isada war bis dahin überhaupt nicht aufgefallen, dass lediglich männliche Vampire in der Reihe standen – kamen mit Valor und Zero zurück. Manche von ihnen waren gut gelaunt, andere starrten betreten zu Boden. Isada erkannte Bella. Ihr neonblauer Pony stach aus der Menge heraus.

„Ben Du Barry", rief Hadley in diesem Moment den nächsten Vampir auf.

Isada konnte beobachten, wie Bella stehen blieb, sich an eine Säule stellte und zusah, wie ihr Homen vor Manilo trat und den

Blutschwur ablegte. Mit einem Lächeln eilte der Vampir auf Bella zu, umarmte sie und küsste sie stürmisch. Hand in Hand gesellten sie sich zu einer Gruppe am Boden sitzender Vampire dazu. Traurig sah Isada ihnen nach. Ob sie ahnten, welchen Fehler sie gerade gemacht hatten, indem sie ihr Leben in Manilos Hände gaben?

Noch immer standen einige Epheben in der Reihe und warteten darauf, aufgerufen zu werden. Isada lehnte sich mit dem Rücken gegen das Wellblech und ließ sich zu Boden gleiten. Sie langweilte sich und war weiterhin zum Nichtstun und Ausharren verdammt.

Der Duft des Clans hüllte sie ein, als ob er ihr Trost zusprechen wollte. Isada brauchte einige Zeit, um zu begreifen, dass der Geruch immer intensiver wurde. Sie hob den Kopf, den sie auf ihren Handrücken abgelegt hatte. Die Vampire des Clans kamen her, um sie zu holen.

Die Vampire um sie herum wurden unruhig. Auch sie mussten die Kruento gerochen haben.

„Weiter!", donnerte Manilo und riss einem Epheben den Dolch förmlich aus der Hand, um ihn dem nächsten in die Hand zu drücken.

Noch zwei weitere junge Vampire leisteten den Blutschwur, dann winkte Manilo seine vier Vertrauten zu sich und flüsterte ihnen etwas zu. Hadley verschwand. Valor ging von Gruppe zu Gruppe und sprach mit den Vampiren. Was er sagte, konnte sie nicht verstehen, aber sie sah das Entsetzen und die Abwehr in den Gesichtern der Vampire. Einige schüttelten ungläubig den Kopf, andere sahen betreten zu Boden und nickten. Diejenigen, die saßen, standen auf. Sie stellten sich in regelmäßigen Reihen mit Blickrichtung zu den Toren auf.

Manilo stand immer noch da, drückte einem nach dem anderen den Dolch in die Hand. Sie schnitten sich in den Unterarm und sprachen die rituellen Worte. Dann stellten sie sich hinter die formierten Vampire. Schließlich wartete nur noch eine Handvoll Vampire in der Reihe, als Manilo die Hand hob.

„Genug!", rief er und ließ die übrigen Vampire einfach stehen. „Sie sind da!" Er ging an den Reihen der Kruento vorbei auf das Tor zu.

* * *

Darius trat zur Seite, und Pierrick folgte ihm unaufgefordert. Mit einer Kopfbewegung rief der Anführer die restlichen Soyas zu sich.

„Manilo hat den Epheben den Blutschwur abgenommen", informierte er die Soyas.

„Testa!", fluchte Lucio.

„Was sollen wir tun?", wollte Arek wissen. „Kämpfen wir?"

Die ausgebildeten Krieger hatten sie zurückgelassen. Mit einem Kampf hatten sie nicht gerechnet. Pierrick musste sich eingestehen, dass er Manilo unterschätzt hatte.

„Der Blutschwur ist stärker als jede familiäre Bindung und jede Dominanz. Die Vampire hier sind völlig nutzlos für einen Kampf." Arek starrte grimmig zu den Moris hinüber.

„Wir werden nicht alle kämpfen."

Pierrick horchte auf. Was Darius da sagte, gefiel ihm überhaupt nicht. Er hatte Sam versprochen, auf ihn aufzupassen, und er gedachte dieses Versprechen zu halten. Wie sollte er das tun, wenn Darius …

„Ich als Anführer werde ihn herausfordern", machte Darius Pierricks schlimmsten Albtraum wahr. „Wenn Manilo es darauf anlegt, einen eigenständigen Clan zu haben, gelten die üblichen Gesetze unserer Rasse."

„Mir gefällt diese Idee nicht", murmelte Arek. „Manilo kann sich denken, dass du ihn herausforderst. Er ist nicht dumm. Er weiß, dass er dich mit legalen Mitteln nicht besiegen kann."

„Dieses Risiko werde ich wohl eingehen müssen."

Pierrick starrte zu Boden.

„Sollte mir etwas passieren, wirst du meinen Platz einnehmen, Jendrael." Darius blickte seinen Freund direkt an.

Dieser verzog abfällig das Gesicht. „Ich hoffe nicht, dass es dazu kommen wird."

„Versprich es mir."

Jendrael nickte widerwillig.

„Also los!", rief Darius laut. „Wir stellen uns auf."

Pierrick folgte den anderen Soyas und nahm seinen Platz neben Darius ein, während die Moris neben und hinter ihnen Position bezogen.

Schwerfällig öffneten sich zwei der großen Rolltore.

Die Epheben standen aufgereiht vor ihnen, die älteren vorne, die jüngeren hinten, und versperrten ihnen so den Zugang zur Halle.

Pierrick ließ eilig seinen Blick über die Vampire gleiten. Isada war nicht dabei. Dennoch spürte er sie. Sie war in der Nähe.

„Willkommen, Darius", begrüßte Manilo den Anführer und trat selbstbewusst einen Schritt nach vorne.

„Wir sind hier, um unsere Söhne und Töchter zurückzuholen." Darius verschränkte demonstrativ die Arme vor der Brust.

„Nur zu", grinste Manilo und machte eine einladende Handbewegung in Richtung der formierten Vampire.

„Ruft sie zu euch!", gab Darius den Befehl nach hinten.

Die Reihen der Vampire blieben zuerst geschlossen, dann schlängelte sich eine Handvoll Epheben an den anderen vorbei und kam zu ihnen. Pierrick zählte genau vierzehn Epheben, die von ihren Familienoberhäuptern freudig begrüßt wurden. Er schloss die Augen. Dann zwang er sich, diese wieder zu öffnen. Er blickte auf die Kruento, die in Reih und Glied unbeweglich dastanden und auf die Befehle ihres Dominus warteten. Pierrick missfiel dieses Wort, aber genau das hatte Manilo getan. Er hatte einen eigenen Clan gegründet und sich selbst zum Oberhaupt gemacht.

„Ich denke, das waren alle", sagte Manilo grinsend und legte den Kopf schief.

Darius schnurrte laut.

Stocksteif stand Pierrick da. Er spürte den Muskel, der in seiner Wange zuckte. Wo war Isada? Sie war doch ganz in der Nähe, und trotzdem fand er sie nicht. Immer wieder ging er die Reihen der Vampire durch. Dann sah er eine Bewegung, weiter hinten, von den Schatten verschluckt stand Isada und sah ihn an. Soweit er es beurteilen konnte, war sie unversehrt. Es kostete ihn seine gesamte Willenskraft, neben Darius stehenzubleiben und sich nicht den Weg zu Isada freizukämpfen. Er wollte sie in die Arme schließen, sie fest an sich drücken und nie wieder fort lassen.

„Wir möchten unsere Leute zurück!", forderte Darius in diesem Augenblick Manilo auf.

Dieser brach in schallendes Gelächter aus. Mit einer ausladenden Handbewegung wies er auf seine Männer. „Sieht nicht so aus, als ob einer von ihnen zu euch zurückkommen möchte."

„Was hast du ihnen erzählt?", knurrte Darius.

Überlegen zuckte Manilo mit den Schultern. „Das ist nicht wichtig." Er trat einen kleinen Schritt vor, reckte das Kinn noch etwas weiter in die Höhe und rief: „Als Dominus des Bostoner Clans biete ich euch allen einen Platz in meinen Reihen an!"

Keiner der Moris, die um Pierrick herum standen, verspürte das Bedürfnis, die Seiten zu wechseln.

„Gib uns unsere Kinder zurück!", rief einer der Moris aufgebracht und musste von zwei Vampiren festgehalten werden, damit er sich nicht auf Manilo stürzen konnte.

Manilo ging nicht auf die Forderung ein.

„Als Anführer des Bostoner Clans dulden wir keinen weiteren Clan in unserer Stadt", erklärte Darius.

„Du möchtest mich also zu einem Zweikampf herausfordern?", fragte Manilo. Sein verschlagenes Grinsen gefiel Pierrick nicht. Für seinen Geschmack blieb Manilo viel zu ruhig. Er musste etwas geplant haben. Sonst könnte er bei der Aussicht, gegen Darius zu kämpfen, nie so gelassen sein.

„Selu di midoare, Dominus", benutzte Darius nun die Formulierung der alten Vampirsprache und erkannte damit Manilo gleichzeitig als Dominus mit einem eigenen Clan an.

„Mo seluno questu, Anführer", nahm Manilo die Herausforderung an. „Wähle du den Ort und die Zeit."

„Jetzt und hier."

„Als Waffe wähle ich die Bartaxt." Manilo grinste frech.

Darius nickte grimmig.

Pierrick fluchte in Gedanken. Jeder, der Darius näher kannte, wusste, dass er ein Meister im Umgang mit dem Schwert war. Die Axt dagegen lag ihm nicht wirklich. Sie war unhandlicher und hatte einen völlig anderen Schwerpunkt.

Manilo gab einem seiner Untergebenen ein Zeichen. Pierrick tippte darauf, dass es Hadley war. Er verschwand und kam kurz darauf mit zwei Bartäxten zurück.

Darius blickte zu Jendrael, der nickte und neben ihn trat. Dann wandte der Anführer sich zu ihm um und sah ihn fragend an. Pierrick schüttelte den Kopf. Er wollte nicht als Darius'

Sekundant fungieren. Darius respektierte seine Ablehnung und blickte stattdessen fragend den blonden Soya an. Arek nickte ihm zu und stellte sich an seine Seite. Zu dritt gingen sie auf Hadley zu und begutachteten die Waffen. Einer nach dem anderen untersuchte die zwei Äxte. Schließlich nickte Darius und gab eine davon Hadley zurück.

„Die Waffen sind in Ordnung", erklärte er schließlich, drehte sich um und trat ein wenig zur Seite, um sich auf den Kampf vorzubereiten. Jendrael und Arek waren bei ihm. Arek probierte die Waffe aus und besprach sich mit Darius leise.

Stirnrunzelnd stand Pierrick da. Er musste herausfinden, was Manilo im Schilde führte. Der selbsternannte Dominus stand bei Hadley und Valor und traf seinerseits Vorbereitungen für den Kampf. Seinen weiten Mantel hatte er abgelegt und trug nun nur noch Stiefel, eine enge Baumwollhose und ein weißes Hemd.

Lucio trat neben Pierrick. „Die Sache gefällt mir nicht."

„Mir auch nicht", stimmte Pierrick dem anderen Soya zu, ohne ihn anzublicken.

„Hast du etwas gefunden?" Aufmerksam ließ Lucio seinen Blick durch die weitläufige Halle gleiten.

„Nein!"

„Wenn der Kampf erst einmal begonnen hat, dann wird er so lange andauern, bis einer der beiden Kontrahenten tot ist."

„Ich weiß." Pierrick musste nachdenken. Dieses sinnlose Gespräch mit Lucio hinderte ihn nur daran, eine Lösung zu finden. Wieder blickte er zu Isada hinüber. Sie war allein. Niemand schien auf sie zu achten. Aber warum kam sie nicht zu ihnen? Mit einem Mal hob sie den Kopf, drehte sich um und eilte die Treppenstufen hinauf in das oben liegende Büro.

Pierrick wünschte sich nichts sehnlicher als ihr nachzueilen, doch er richtete seine Aufmerksamkeit auf seinen Anführer und dessen Gegner. Nicht mehr lange, und der alles entscheidende Kampf würde beginnen.

* * *

Fassungslos hatte Isada dagestanden und alles mit angesehen. Glücklicherweise hatte sich niemand um sie gekümmert. Pierrick hatte sie gesehen, aber er hatte keinen Kontakt zu ihr aufgenommen. War er noch immer zornig auf sie? Sie hatte sich nicht getraut, sich ihm auf geistiger Ebene zu nähern. Zu groß war ihre Furcht vor einer Abweisung. Außerdem war er in offizieller Funktion als Soya hier.

Ein Geräusch hinter ihr ließ sie den Kopf drehen. Da war jemand über ihr im Büro. Isada zögerte, blickte zu Manilo, der etwas abseits bei Hadley und Valor stand und sich auf den Kampf vorbereitete.

Aber das waren doch eindeutig Schritte. Jetzt war sie sich ganz sicher. Es waren zu viele Vampire hier, als dass sie etwas riechen konnte. Speziell Manilo und Soya Darius sonderten einen extrem starken Geruch ab.

Wieder ein Scheppern. Isadas Neugier gewann. Sie huschte die Stufen hinauf und verharrte vor der Tür. Niemand hatte sie bemerkt. Vorsichtig spähte sie durch das kleine Fenster in der Tür in den Raum. Es war niemand hier. Schnell schlich sie hinein und zog die Tür möglichst geräuschlos hinter sich zu. Ein Poltern aus dem Nebenraum ließ Isada einen Moment verharren, dann schlich sie weiter, drückte vorsichtig die Klinke hinunter und spähte durch den Spalt.

Es war dunkel, und Isada brauchte einen Moment, ehe sich ihre Augen daran gewöhnt hatten. Der Raum war beinahe leer. Auf der einen Seite befand sich eine langgezogene Schrankwand mit Aktenordnern, auf der anderen Seite kauerte eine Gestalt am Boden. Isada öffnete die Tür etwas weiter, um besser sehen zu können und stockte. Am Boden, gefesselt und geknebelt, lag eine Vampirin. Gerade wollte sie auf die Frau zueilen und ihr helfen, als auf der anderen Seite die Tür aufgestoßen wurde. Blitzschnell zog Isada sich zurück, lehnte sich mit dem Rücken an die Wand und lauschte.

„Wie versprochen habe ich euch die Frau des Anführers mitgebracht", hörte sie einen Fremden sagen.

Sam?! Isada hielt sich erschrocken die Hände vor den Mund, um nicht laut aufzuschreien. Unter der Tür zog ein muffiger Geruch zu ihr her. Isada wurde übel. So konnte nur ein Inimicus stinken. Seit wann machten die Vampire gemeinsame Sache mit dem Feind?

„Der Deal war, dass du sie nicht nur herbringst, sondern ihr auch das Messer an die Kehle hältst", entgegnete ein anderer, den Isada an seiner Stimme eindeutig als Vigilio erkannte.

Fassungslos fragte Isada sich, wie intrigant Manilo nur sein konnte. Sich mit einem Inimicus zu verbünden, sprach gegen jegliche Grundsätze der *Gen Guards*. Alles, wofür diese Gruppe jemals gestanden hatte, hatte Manilo verraten.

Das dunkle Lachen des Inimicus erklang und dröhnte in Isadas Ohren.

„Ich will den Mörder von Leyton haben."

„Wie versprochen. Wir liefern dir den Soya aus, sobald unser Dominus den Kampf gewonnen hat."

Isada ballte die Hände zu Fäusten.

„Was zwischen euch Vampiren abgeht, ist mir egal", zischte der Inimicus.

„Du bekommst ihn, sobald du deinen Teil der Abmachung erfüllt hast."

An den Schritten konnte Isada hören, dass sie sich der Tür näherten. Eilig schickte Isada sich an, das Büro zu verlassen. Von oben stellte sie erleichtert fest, dass der Kampf noch nicht begonnen hatte.

Ein Geräusch ließ sie herumfahren. Die Tür wurde geöffnet, sie musste hier fort. Während sie die Treppe hinabging, versuchte sie Blickkontakt mit Pierrick aufzunehmen. Der verfolgte jedoch das Geschehen konzentriert, sodass er sie nicht sah. Sie musste es ihm sagen, musste ihn warnen. Der Soya konnte nicht kämpfen, so lange der Inimicus Sam in seiner Gewalt hatte. Aber wenn der Kampf erst einmal begonnen hätte, gab es keine Möglichkeit, diesen zu stoppen.

In diesem Augenblick traten Manilo und Darius sich gegenüber. In ihren Händen die Äxte. Ihre Sekundanten flankierten sie. Auf der einen Seite Darius mit den Soyas Arek und Jendrael. Auf der anderen Seite Manilo mit Valor und Hadley. Zero stand etwas abseits und verfolgte von dort aus das Geschehen.

Die Kontrahenten nickten sich zu und nahmen ihre Ausgangspositionen ein. Es war zu spät! Der Kampf begann.

Isada musste etwas tun. Verzweiflung breitete sich in ihr aus. Das Band. Vorsichtig zupfte sie an der Verbindung zu Pierrick und hoffte inständig, dass dieser antwortete.

Er blickte sie direkt an, als er auf geistiger Ebene ein ungehaltenes *Was?* schickte.

Sie strich beruhigend über die Verbindung, versuchte seine Anspannung abzumildern.

Sam ist hier.

Unmöglich!

Sie sah, wie sich Pierricks Augen weiteten.

Ein Inimicus hat Sam entführt. Manilo hat sich mit ihnen verbündet, erklärte Isada.

Testa, de doniminica, fluchte Pierrick. *Bist du dir sicher, dass es Sam ist?*

Isada überlegte einen Augenblick. Ihr Name war nicht gefallen, aber wer sonst sollte die ‚Frau des Anführers‘ sein? Die Gestalt, die sie am Boden gesehen hatte, konnte durchaus Sam gewesen sein.

Ja, sagte sie schließlich.

Darius, der Manilo bisher nur umkreist hatte, schoss in unnatürlicher Geschwindigkeit und mit gezückter Axt auf seinen Gegner zu. Manilo sprang zur Seite und duckte sich, war jedoch nicht schnell genug. Darius' Bartaxt erwischte Manilo an der Schulter und bohrte sich tief in das Fleisch. Manilos weißes Hemd verfärbte sich augenblicklich rot. Als Darius die Axt zurückzog, ergoss sich ein Blutschwall auf den Boden. Die Wunde hatte sich schnell geschlossen. Manilo wischte sich über das Gesicht und grinste hämisch, als er einen Schritt zurücktrat.

Isada suchte wieder den Blickkontakt zu Pierrick. Der fixierte jedoch mit zusammengekniffen Augen etwas über ihr. Sie blickte hinauf. Von ihrer Position aus konnte sie nichts sehen, war sich aber sicher, dass dort oben Sam und der Inimicus standen.

KAPITEL 29

Er wusste es! Pierrick war sich sicher. Darius musste wissen, dass Sam hier war. Anstatt Manilo ein zweites Mal anzugreifen, wich er zurück. Sam als Druckmittel zu benutzen, damit ihr Anführer nicht gewann, war nüchtern betrachtet ein cleverer Schachzug. Für sie als Clan jedoch glich es einer Katastrophe. Suchend blickte er sich um. Wo war sie? Dann sah er über Isada am Fenster des Büros eine Bewegung. Er kniff die Augen zusammen. Das musste sie sein.

„Canico", stieß Pierrick zwischen zusammengebissenen Zähnen hervor und konnte nicht verhindern, dass seine Fänge hervorschossen.

„Was ist los?", fragte Lucio leise, während er sich alarmiert umblickte.

Der Schatten am Fenster bewegte sich, und diesmal konnte Pierrick Sam ganz genau erkennen. Sie hatte einen Knebel im Mund, und an ihrem Hals befand sich ein langes Messer oder ein Dolch. Hinter ihr stand ein kleinerer Mann. Der Inimicus, von dem Isada erzählt hatte.

Mit dem Ellenbogen stieß er Lucio an und deutete in Sams Richtung.

„Nein!", keuchte Lucio erschrocken.

„Psst", warnte er den anderen Soya. Die Umstehenden durften nichts mitbekommen.

Angestrengt dachte er nach. Er kannte Darius und wusste, dass er Manilo nicht töten konnte. Nicht, wenn das Leben seiner Alla davon abhing.

„Kannst du Isada von hier fortschaffen?" Pierrick wandte sich Lucio zu.

„Was hast du vor?"

„Kannst du sie in Sicherheit bringen?", wiederholte er seine Frage.

Lucio blickte zu Isada hinüber, dann wieder zu Darius.

„Ich soll Isada aus der Schusslinie bringen. Dann rettest du Sam, und Darius kann den Verräter töten", fasste Lucio zusammen.

„So sieht der Plan aus", stimmte Pierrick zu.

Lucio schüttelte ungläubig den Kopf. „Wie willst du gegen den Inimicus kämpfen, ohne dass Sam ein Haar gekrümmt wird? Das geht nicht."

„Lass das mein Problem sein. Ich bitte dich nur darum, Isada von hier fortzubringen."

Darius startete einen halbherzigen Angriff auf Manilo, den dieser spielend abwehrte.

„Ich kümmere mich um Isada", versprach Lucio und machte sich auf den Weg. Er ging nicht direkt zu ihr, sondern machte einen großen Bogen, um sämtlichen Kruento aus dem Weg zu gehen.

Immer wieder blickte Pierrick zu Isada hinüber, die abwesend wirkte.

Darius griff ein weiteres Mal an. Dann war Manilo an der Reihe, und Darius wich einige Schritte zurück, ehe er zum Gegenschlag ausholte.

Pierrick hatte nur eine vage Idee, wie es ihm gelingen konnte, den Inimicus auszuschalten. Er konnte mit dem Schwert umgehen, das war keine Frage, aber ehe er auch nur in die Nähe des Feindes käme, hätte der Inimicus Sam längst geköpft. Das durfte nicht geschehen. Es gab nur einen anderen Weg und auch wenn dieser als unmöglich galt, würde er alles daran setzen und es zumindest versuchen.

Pierrick wusste nicht, wie lange er einfach nur dagestanden und gewartet hatte. Manilo startete einen weiteren Angriff, dem Darius nur knapp ausweichen konnte. Die Axt flog um Haaresbreite am seinem linken Ohr vorbei. Einige Moris schnappten nach Luft, ein paar andere seufzten erleichtert auf, als sie sahen, dass ihrem Anführer nichts passiert war. Den Tumult nutzte

Lucio aus. Pierrick sah ihn plötzlich neben Isada auftauchen. Er sagte etwas zu ihr, und sie blickte zu ihm hinüber. Er nickte ihr zu.

Manilo brüllte und stürzte auf Darius zu, der sich zu Boden fallen ließ und sich gekonnt abrollte.

Als Pierrick wieder zu Isada sah, war sie verschwunden.

Alles In Ordnung? Er musste sie fragen, musste sich versichern, dass es ihr gut ging und sie in Sicherheit war.

Ja, Lucio ist bei mir, hörte er sie in Gedanken und atmete erleichtert auf. Sie sandte ihm durch das Band Mut, Entschlossenheit und Kraft. Er schloss die Augen, badete in den Gefühlen, die sie ihm schickte. Sie stärkte ihn. Noch bevor er sich bedanken konnte, zog sie sich aus seinem Kopf zurück. Lucio musste ihr erzählt haben, dass sie ihn nicht stören sollte. Wie gerne wäre er jetzt zu ihr gegangen und hätte sie in die Arme geschlossen. Isada war in Sicherheit, das war das Wichtigste. Alles andere konnte warten. Zuerst musste er Darius helfen.

Pierrick schloss die Augen und tastete sich auf geistiger Ebene vor. Er streckte sich bewusst nach Sam aus. Es dauerte etwas, bis er im Meer der vielen Kruento ihren Geist fand. Ihre Schilde waren stark. Die hatte sie auch schon als Mensch besessen, doch jetzt, als Vampirin, besaß sie beinahe unüberwindbare Schilde. Vorsichtig tastete Pierrick sich an Sam vorbei und stieß auf einen anderen Geist. Die Schilde des Inimicus waren wie eine uneinnehmbare Festung. Nicht umsonst galten die Inimicus als nicht beeinflussbar. Doch er war der Beste auf diesem Gebiet. Wenn es jemandem gelang, in den Kopf eines Inimicus einzudringen, dann ihm. Er stemmte sich gegen die Schutzwelle, versuchte den Druck zu erhöhen. Der Inimicus zuckte nicht einmal zusammen.

Er musste eine andere Taktik anwenden. Suchend strich er über die Schilde, suchte nach einer winzigen Unebenheit. Die Fassade war aalglatt. Ein zweites Mal tastete er den Geist des Inimicus ab. Nichts.

Frustriert öffnete Pierrick die Augen und sah, wie es Manilo gelang, Darius am Arm zu verletzen. Das Hemd des Anführers riss entzwei, Blut tropfte zu Boden. Doch es war glücklicherweise nur ein Kratzer, der nicht lange brauchen würde, bis er verheilt wäre.

Er musste etwas tun. Es musste es schaffen, in den Kopf des Inimicus zu gelangen. Abermals schloss er die Augen, tastete sich bis zur unüberwindbaren Mauer vor. Mit aller Kraft rammte er dagegen und hoffte darauf, dass sie ein kleines bisschen nachgeben würde. Sie bewegte sich keinen Millimeter. Aber diesmal schien der Inimicus zumindest etwas gespürt zu haben. Als Pierrick zu ihm hinaufblickte, sah er, wie er kurz den Kopf schief legte und die Stirn runzelte.

Er war auf dem richtigen Weg. Noch einmal nahm er Anlauf, rannte mit aller geistigen Kraft auf den Inimicus zu und prallte gegen seine Schilde. Der Inimicus schüttelte den Kopf und fasste sich an die Schläfe. Das war alles. Pierrick wollte nach einer anderen Möglichkeit suchen, als er den Sprung in der Oberfläche sah. Ein sehr feiner, kaum wahrnehmbarer Haarriss. Er untersuchte ihn genau. Eindeutig ein Riss. Ein drittes Mal ging er zurück, sprintete los und prallte mit voller Wucht gegen das Hindernis. Der Inimicus blinzelte, schüttelte kurz den Kopf. Pierrick begutachtete den Riss auf geistiger Ebene. Er war noch etwas länger geworden. Wenn es ihn ans Ziel bringen würde, sich immer und immer wieder dagegen zu werfen, würde er es tun.

Er konnte nur hoffen, dass er schnell genug war und Darius nicht aufgab.

Ein ums andere Mal rannte er gegen die Schilde des Inimicus. Der Sprung wurde länger und auch etwas breiter. Schweiß rann ihm über die Schläfen und zwischen seinen Schulterblättern hinunter. Pierrick merkte, wie ihn die Kräfte verließen.

Du musst sein wie er.

Er zuckte zusammen und sah sich alarmiert um. Eine Stimme in seinem Kopf? Niemand hatte auf seinen Geist Zugriff, lediglich Isada, und ihre geistige Stimme klang eindeutig anders. Er taxierte die Vampire um ihn herum, die ihre Aufmerksamkeit völlig auf den Kampf richteten.

Werde wie er. Ein Spiegel seiner selbst, vernahm er abermals die fremde, eindeutig männliche Stimme. Wer war das? Er überprüfte seine Schutzschilde, die unversehrt waren. Außer Isada konnte es keinem Vampir gelingen, in ihn einzudringen.

Wer bist du?, fragte er vorsichtig, schickte die Gedanken in keine bestimmte Richtung.

Die fremde Existenz strich über seinen Geist, und Pierrick erschauderte. Es gab nicht viel, das ihn aus dem Konzept bringen konnte, aber dieses Wesen gehörte eindeutig dazu. Er riss die Augen auf, sah sich panisch um. Der Fremde musste hier sein, ganz in der Nähe. Doch wie sollte er ihn finden, wenn er doch nicht wusste, wonach er suchen sollte?

Robus Lamian, der Reisende, der als Besucher in Boston geduldet wurde, trat hinter einer Säule hervor. Pierrick hatte gewusst, dass dieser Kruento gefährlich war. Er hatte ihn gesehen, wie er in der Schlacht gegen die New Yorker Vampire gekämpft hatte und war tief beeindruckt von seiner Schnelligkeit und Effizienz gewesen. Doch seine geistigen Fähigkeiten befanden sich noch einmal auf einem vollkommen anderen Level. Das, was er eben gespürt hatte, war so groß, so mächtig, dass er es nicht in Worte fassen konnte.

Was willst du?

Bisher hatte der Vampir ihnen keinen Anlass zur Furcht gegeben. Im Gegenteil, er hatte Arnika das Leben gerettet, als sie von den Inimicus angegriffen worden war.

Beobachten, lautete seine Antwort.

Hilf uns, Manilo aufzuhalten, bat er den Kruento.

Werde wie ein Inimicus.

Pierrick runzelte die Stirn. Was meinte er damit? Seine Schilde waren vollkommen anders als die des Inimicus. Anstatt ihm zu helfen, sprach er nur in Rätseln.

Was meinst du damit?

Er hatte den Vampir aus den Augen verloren. Die Säule, an der er eben noch gestanden hatte, war verwaist. Pierrick blinzelte, aber er kam nicht zurück. Er tastete noch einmal auf geistiger Ebene nach ihm.

Wo bist du? Sein Ruf blieb unbeantwortet. Er war fort.

Pierrick richtete seine Aufmerksamkeit auf den Kampf. Manilo und Darius sahen beide müde und abgekämpft aus. Noch immer hatte Darius es nicht gewagt, den anderen Vampir ernsthaft anzugreifen. Lange würde es jedoch nicht mehr dauern, bis Manilo einen Treffer landete.

Er musste handeln, musste einen Weg finden, um den Schutzwall des Inimicus zu durchbrechen. Er musste wie ein Inimicus werden. Aber das war unmöglich. Er tastete nach seinen eigenen

Schutzschilden, die aus winzigen Fragmenten bestanden, die ständig in Bewegung waren und sich unablässig übereinander schoben. Dadurch war es seiner Art möglich, den Kontakt zu anderen Vampiren zu halten.

„Ich muss werden wie er", murmelte Pierrick leise vor sich hin. Dann begann er ein Bruchstück nach dem anderen aneinander zuzufügen, die Bewegung anzuhalten. Sein einziges Problem waren die Verbindungen zu den anderen Kruento. Der Blutschwur seiner Moris und das Band zu Isada hinderte ihn daran, das geschlossene Gebilde fertigzustellen.

Er musste die Verbindungen trennen. Die Blutschwüre auszulösen, fiel ihm nicht schwer. Wenn Darius den Kampf verlor, waren die Strukturen ihres Clans ohnehin hinfällig. Erst bei Isadas Verbindung zögerte er. Er strich über das Band, und fast augenblicklich spürte er, dass er Isadas volle Aufmerksamkeit hatte.

Ich muss unser Band durchtrennen. Bitte Lucio in meinem Namen, ob er dir Omare gewährt.

Pierrick spürte Isadas Verunsicherung und wollte noch etwas sagen, ehe sie ihm auch schon antwortete: *Lucio wird mich aufnehmen.* Sie klang ängstlich. Gerne hätte er ihr alles erklärt, doch dazu blieb ihm keine Zeit.

Ich liebe dich. Dann zerschnitt er das Band.

Isada war fort. Er war allein. Pierrick fühlte sich wie ein Vakuum, vollkommen leer. Die Kruento waren nicht dafür geschaffen, Einzelgänger zu sein – zumindest er nicht. Eilig versiegelte der die letzten Stücke des Schutzschildes und legte eine glatte Schicht um seine Seele. Nun war er wie er, der Feind. Sein Schutzschild glich dem des Inimicus. Er sammelte sich, hatte sein Ziel klar vor Augen. Dann nahm er ein weiteres Mal Anlauf und rannte auf den Inimicus zu. Mit voller Wucht prallte er gegen ihn. Sein Schutzschild zerbrach wieder in tausende kleine Fragmente, die sich automatisch ausrichteten und zu schwingen begannen. Pierrick richtete sich auf und sah, dass der Schutzwall des Inimicus ebenfalls zu Bruch gegangen war. Seine Seele lag ungeschützt vor ihm. Das Gehirn des Inimicus war etwas anders angeordnet als das der Menschen oder der Vampire. Es dauerte jedoch nicht lange, und Pierrick fand sich zurecht. Er schlich sich in das Erinnerungsvermögen und löschte die letzten Stunden aus seinem Gedächtnis. Kurz zögerte er, dann grub er weiter, kam zu der Erinnerung, als der Mentor des Inimicus, Leyton, von Jendrael getötet wurde. Diese Bilder waren jedoch so fest in seinem Kopf verankert, dass es ihm nicht möglich war, sie zu entfernen, ohne großflächigen Schaden zu verursachen.

Vorsichtig ging Pierrick zurück, pflanzte dem Inimicus das dringende Bedürfnis ein, zurück zu seinen Leuten zu gehen. Dann ließ Pierrick ihn gehen.

Er öffnete die Augen und blickte hinauf zum Fenster. Sam stand noch immer dort, die Hände auf dem Rücken gefesselt, aber sie war allein. Er umrundete die Kruento, rannte die Treppe hinauf und stürmte in das Büro. Sam kam auch ohne seine Hilfe bestens zurecht. Sie hatte sich rittlings auf Vigilio gesetzt, der sich nach der Flucht des Inimicus berufen gefühlt hatte, Sam in Schach zu halten. Die ehemalige Polizistin benötigte nicht einmal ihre Hände, um den Vampir am Boden zu halten.

„So wie es aussieht, brauchst du meine Hilfe überhaupt nicht mehr." Er grinste Sam an, ging auf sie zu und löste die Fesseln. Erleichtert zog sie sich den Knebel aus dem Mund. Vigilio bewegte sich, versuchte sich zu befreien. Kurzerhand holte Sam aus und schlug ihm mit der Faust mitten ins Gesicht. Es knackte, und die Nase, wenn nicht sogar noch mehr, brach. Sein Kopf schlug hart auf den Boden. Blut strömte aus Vigilios Nase. Benommen blieb er liegen. Sam erhob sich, massierte sich das Handgelenk.

„Danke dir", sagte sie und drückte im Vorbeigehen Pierrick den Knebel in die Hand. Er blickte auf das Stoffknäul und warf es neben Vigilio auf den Boden. Dann folgte er Sam auf die Plattform.

Darius, der am Boden lag sah auf, erblickte Sam und lächelte. Er richtete sich auf, ergriff seine Axt und fixierte Manilo. Alle Zurückhaltung legte er endgültig ab. Von der Wut auf den Mann beherrscht, der es gewagt hatte, Sam zu entführen, rannte er auf Manilo los. Er traf Manilos linkes Bein und hackte es mit einem sauberen Schnitt ab. Darius blieb für eine Sekunde stehen, dann wirbelte er herum. Manilo versuchte noch zur Seite zu robben, sagte etwas zu Darius, das Pierrick nicht verstehen konnte. Darius schüttelte nur den Kopf und schlug ein weiteres Mal zu. Der Kopf des selbsternannten Dominus rollte zur Seite. Eine Blutfontäne traf Darius. Dieser riss die Axt hoch und ließ sich von den jubelnden Vampiren feiern. Langsam drehte er sich um und sah zu ihnen herauf.

„Darius bedankt sich für deine Hilfe", sagte Sam, die neben ihm stand.

„Das muss er nicht", erklärte Pierrick. Er nickte seinem Anführer zu. „Du solltest zu deinem Homen gehen, und ich werde meine …", er zögerte. Es fehlten ihm die richtigen Worte.

Sam legte den Kopf schief und grinste ihn an. „Gefährtin?", half sie ihm auf die Sprünge. Dann ließ sie ihn stehen und eilte die Treppen hinunter und auf ihren Homen zu. Die Reihe der Epheben hatten sich aufgelöst. Die Moris hielten ihre Schützlinge überglücklich in den Armen. Unter all den Tränen war die Erleichterung deutlich zu spüren.

Pierrick sah sich suchend um. Ihm fehlte die Verbindung zu Isada, darum fiel es ihm schwer, sie auszumachen. Er suchte nach Lucio, der viel leichter in der Menge zu finden war. Und da stand sie, etwas verloren neben dem Soya. Ihn hielt nichts mehr. Er rannte auf Isada zu, so schnell ihn seine Beine trugen, und riss sie in seine Arme.

„Isada", stöhnte er und drückte ihren Kopf fest gegen seine Brust.

„Pierrick." Ihre Stimme war brüchig, den Tränen nahe. „Es ist alles gut. Es ist vorbei."

„Es tut mir so leid."

„Das muss es nicht. Komm einfach nach Hause." Er sprach das aus, was er sich am sehnlichsten wünschte. Er spürte, wie sie zusammenzuckte, als sie die Verbindung zu Lucio löste und auf geistiger Ebene nach ihm tastete. Pierrick öffnete seinen Geist, zog Isada zu sich, band sich an sie. Der zierliche Faden verwebte sich mit seiner selbst, wurde zu einem festen Strang. Er glitt über Isadas Geist hinweg, liebkoste sie. Vorbehaltlos öffnete sie sich ihm, ließ ihn in ihr Innerstes hinein. Völlig gerührt verschmolzen ihre Seelen für einen kurzen Augenblick zu einem Ganzen. Die Verbindung zwischen ihnen flammte auf und erstrahlte in einem weißen, glänzenden Licht. Sein Herz war so voller Liebe, dass es einfach überfließen musste. Er öffnete die Augen. Gleichzeit hob Isada den Kopf, und ihre Blicke trafen sich.

„Ma heol, meine Alla", murmelte Pierrick und beugte sich zu ihr hinab, um sie zu küssen. Isada schmiegte sich an ihn, bot ihm ihre Lippen und nahm gierig das, was er ihr gab.

Lucio räusperte sich neben ihnen geräuschvoll.

Pierrick hob den Kopf und betrachtete den anderen Soya mit einem vernichtenden Blick.

„Wir müssen Geschlossenheit demonstrieren", erklärte Lucio und deutete auf die anderen Soyas, die bereits zusammen standen.

Pierrick seufzte. Lucio hatte natürlich recht. Aber er war nicht bereit, Isada loszulassen. Er zog sie fest an seine Seite und folgte Lucio zu den anderen.

Darius hatte sich notdürftig gesäubert. Er hielt Sam fest im Arm, ließ seine Samera jedoch los, als Pierrick näher kam, und streckte ihm die Hand entgegen.

„Ich danke dir für deine Hilfe. Ohne dich hätte ich den Kampf heute Nacht nicht gewonnen."

Pierrick löste sich von Isada, um einzuschlagen. Darius umarmte ihn und schlug ihm dabei auf die Schulter. Pierrick erwiderte die Geste.

„Wenn ich mich erkenntlich zeigen kann …", begann Darius.

Pierrick winkte ab. „Du tust genug, indem du unser Anführer bist", erklärte er. Dann trat er zurück, legte Isada einen Arm um die Schulter und stützte sein Kinn auf ihren Kopf ab.

Darius hob eine Hand, während er die andere nach Sam ausstreckte. „Meine Freunde!", rief er laut und die umliegenden Gespräche verstummten. „Wir haben heute Nacht gesiegt. Die Gefahr ist gebannt. In Boston wird es einen einzigen Clan geben, unseren Clan. Es dauert nicht mehr lange bis zum Sonnenaufgang, deshalb lasst uns die Epheben nach Hause bringen. Morgen Nacht, pünktlich um Mitternacht, wird es in meinem Haus eine öffentliche Ratssitzung geben, in der wir beratschlagen, was mit den Verantwortlichen geschehen wird. Wer möchte, ist herzlich dazu eingeladen."

Etliche Vampire tuschelten miteinander.

„Alle anderen Mitglieder der *Gen Guards* werden der Gerichtsbarkeit ihrer Familienoberhäupter unterstellt."

Zustimmendes Gemurmel erhob sich. Ängstlich, aber im Großen und Ganzen erleichtert, blickten sich einige Epheben an.

Pierrick sah auf Isada hinab. Auch in ihren Augen spiegelte sich die Furcht. „Du bist mein Leben", flüsterte er ihr zu. „Ich würde nichts tun, was dir schaden könnte. Außerdem erwartest du mein Kind."

Verlegen senkte Isada den Kopf. „Es tut mir wirklich leid. Ich bin davon ausgegangen, das Richtige zu tun."

„Ich weiß." Er küsste sie aufs Haar. „In Zukunft wird es keine Geheimnisse mehr zwischen uns geben, aber auch das bedeutet nicht, dass du immer meiner Meinung sein musst."

Isada lächelte ihn keck an, und in diesem Augenblick war sie wieder das junge Mädchen, in das er sich Hals über Kopf verliebt hatte. Nun wusste er auch, warum er sich so unwiderstehlich zu ihr hingezogen gefühlt hatte. Sie war ihm vorherbestimmt, sie war sein – seine Seelengefährtin. Jetzt, wo er sie auch so nennen durfte, schwor er sich, sie nie wieder gehen zu lassen.

„Ich bringe dich nach Hause, ehe die Sonne aufgeht", sagte er mit einem stirnrunzelnden Blick gen Himmel. Ohne ihre Zustimmung hob er sie hoch und rannte mit ihr auf dem Arm nach Hause.

KAPITEL 30

Isada hatte so gut geschlafen wie seit Ewigkeiten nicht mehr. Pierrick hatte sie mit in sein Bett genommen. Dort hatten sie sich aneinander gekuschelt und waren eng umschlungen eingeschlafen. Erst kurz vor der Abenddämmerung hatte Pierrick sie geweckt, indem er angefangen hatte, sie zu küssen. Nachdem sie sich ausgiebig geliebt hatten, waren sie aufgestanden. Pierrick hatte darauf bestanden, dass sie noch vor Mitternacht im Fiftyfive vorbeigingen, um einen kleinen Imbiss zu nehmen.

Gegen elf Uhr erreichten sie Darius' Anwesen. Zeitgleich mit ihnen kamen auch Jendrael und Arnika an. Die hochschwangere Mi umarmte Isada strahlend und beglückwünschte sie. Isada freute sich über die ehrlich entgegengebrachte Zuneigung. Gemeinsam betraten sie den Aufzug und fuhren hinab in die Tiefe. Sam erwartete sie. Auch sie begrüßte Isada mit einer Umarmung und sagte ihr, wie sehr sie sich freute, dass sie und Pierrick endlich zusammengefunden hatten.

Isada wischte sich verstohlen eine Träne aus dem Augenwinkel. Es rührte sie, dass ausgerechnet die Mis sie in ihrer Mitte so herzlich aufnahmen. Pierrick ergriff ihre Hand und drückte sie leicht.

Sie sah ihn an und die Liebe, die aus seinem Blick sprach, trieb ihr erneut die Tränen in die Augen. Schnell blickte sie fort und beeilte sich, Jendrael, Arnika und Sam zu folgen.

Die übrigen Soyas trafen sie im Besprechungsraum an. Sogar Thor war extra aus New York angereist. Nachdem alle Platz genommen hatten – und diesmal waren nur die Soyas und ihre

Sameras dabei – begann Darius: „Diese Nacht wird keine einfache für uns sein. Also lasst sie uns mit einer freudigen Nachricht beginnen. Wir dürfen eine neue Mi in unseren Reihen begrüßen. Ich persönlich freue mich sehr über eure Verbindung." Darius blickte zu ihnen herüber.

„Vielen Dank", murmelte Pierrick. „Ich hätte nie für möglich gehalten, eines Tages zu den Privilegierten zu gehören."

„Aber du hattest doch bereits eine Gefährtin", sagte Prosper verwirrt.

„Isada ist meine Alla", erklärte Pierrick ruhig.

Die Überraschung war allen anzusehen.

„Die dritte Seelenverbindung in Folge …" Arek schien sichtlich verwirrt. „Heißt das, dass es nicht an den Schwestern lag oder an deren adeligem Blut? Bedeutet dies, dass eine Seelengefährtin für uns andere auch möglich wäre? Steht das nur uns Soyas zu, oder können alle Vampire so eine Verbindung eingehen?"

Isada war überwältigt von den neuen Gefühlen, kostete jeden Augenblick in Pierricks Gegenwart so sehr aus, dass sie noch keinen Gedanken daran verschwendet hatte, was dies bedeutete.

Keiner konnte Areks Fragen beantworten. Das Thema war zu neu oder zu alt, als dass einer von ihnen mehr darüber wusste.

„Das wird uns wohl die Zukunft zeigen." Darius atmete tief durch, bevor er fortfuhr. „Wir sind heute allerdings zusammengekommen, um vier Vampire zu richten. Virus geht die Sache ziemlich nah. Er ist wieder zu seinen Eltern gezogen, um ihnen beizustehen."

Isada konnte das gut nachvollziehen. Es war schlimm genug, dass es so viele Verräter in ihren Reihen gab, aber wenn diese aus der eigenen Familie kamen, war es noch viel schlimmer.

„Noch eine organisatorische Frage, bevor wir zum Strafmaß kommen. Würdest du, Isada, Virus' Job übernehmen, wenn er ihn niederlegt?"

Verwundert sah Isada in die Runde und wandte sich schließlich an Pierrick.

Ich habe zu ihm gesagt, er solle dich fragen. Du könntest selbstverständlich von zu Hause arbeiten.

Du hast nichts dagegen?

Nein, wenn es dir mit dem Baby nicht zu anstrengend wird, soll es mir recht sein.

„Ich würde mich freuen, wenn Virus seinen Job behält, aber solltet ihr jemanden brauchen, bin ich gerne dazu bereit."

Freudig nahm Darius ihre Entscheidung auf. „Kommen wir zum Strafmaß", fuhr er ernst fort.

„Da sehe ich eigentlich nur den Tod", erklärte Prosper und faltete die Hände.

„Oder den Ausschluss aus dem Clan", ergänzte Thor.

Isada hatte den dunkelhäutigen Vampir noch nie aus der Nähe gesehen und wenn sie nicht gewusst hätte, dass sie neben Pierrick nichts von ihm zu befürchten hatte, hätte sie furchtbare Ängste ausgestanden.

„Für den Tod gäbe es auch zwei Varianten", fuhr Jendrael fort. „Den Freitod oder die Hinrichtung."

„Ist denn jemand dafür, dass sie in unserem Clan verweilen?", fragte Lucio.

Schweigen breitete sich aus.

„Damit wäre zumindest das geklärt", murmelte Jendrael.

„Bleiben also Freitod, Hinrichtung oder Ausschluss aus dem Clan." Darius atmete ein weiteres Mal tief durch. „Ich bin nicht bereit, auch nur einen von ihnen hinzurichten."

Er griff nach Sams Hand und hielt diese ganz fest. Das Paar tauschte einen kurzen Blick, dann wendete er sich wieder den anderen zu.

„Wäre jemand bereit, dies zu tun?"

„Ich würde es machen", erklärte Thor. „Aber ich fände einen Ausschluss besser."

Isada waren Gerüchte zu Ohren gekommen, dass der Schleuser durchaus Flüchtlinge hinrichtete, wenn er für sie keinen Clan fand.

„Wenn wir sie gehen lassen, müssen wir bedenken, dass sie sich einem anderen Clan anschließen könnten", warf Arek ein. Als er einen bösen Blick von Prosper erntete, hob er beschwichtigend die Hände. „Ich wollte es nur gesagt haben."

„Stimmen wir einfach ab", kürzte Darius an dieser Stelle die Diskussion ab. „Wer ist für Hinrichtung?"

Prosper hob die Hand.

„Wer ist für einen Ausschluss aus dem Clan?"

Pierrick, Jendrael und Darius hoben die Hand.

„Freitod?"

Arek, Lucio und Thor meldeten sich.

„Gleichstand zwischen Ausschluss und Freitod", fasste Sam die Abstimmung zusammen.

„Vielleicht stellen wir ihnen beide Varianten zur Verfügung", schlug Arnika diplomatisch vor.

Die Soyas nickten einstimmig.

„Wir sollten uns auch über Manilos Nachfolger Gedanken machen", brachte Jendrael ein weiteres Thema zur Sprach.

„Ich könnte mir Dev Bagués gut vorstellen. Der Mori war Gregorios rechte Hand." Prosper blickte gespannt in die Runde.

„Dev hat durch die *Gen Guards* bereits ein Kind verloren, und heute wird dieses Schicksal auch seinen zweiten Sohn ereilen", meldete sich Isada das erste Mal zu Wort. Alle sahen sie an und machten sie so verlegen, dass sie schon abbrechen wollte, als Pierrick ihr unter dem Tisch eine Hand auf den Oberschenkel legte. Sie schöpfte neuen Mut und sprach weiter: „Rave kam bei dem Einsatz im LDC-Tower ums Leben, und auch Hadley wird nicht länger dem Clan angehören. Ich kann mir nicht vorstellen, dass Mori Dev den Posten als Soya bekleiden möchte."

„Der Einwand ist nicht verkehrt", stimmte Lucio zu und schlug stattdessen den jüngsten der Garcia Martinez-Brüder vor: „Wie sieht es mit Rosario aus?"

„Wenn wir es genau nehmen, gehört er noch zu den Epheben", gab Jendrael zu bedenken.

„Ach, was sollen die fünf Jahre schon ausmachen? Er scheint mir ein recht vernünftiger junger Vampir zu sein, der sich im Gegensatz zu vielen Altersgenossen nicht den *Gen Guards* angeschlossen hatte", ergriff Lucio für ihn Partei.

„Ihm werden aber die letzten Ereignisse in seiner Familie sehr zugesetzt haben. Ich bin mir nicht sicher, ob er der Aufgabe gewachsen sein wird." Darius schien sehr besorgt um den jungen Dan zu sein.

„Wir könnten auch die Vampire auf uns übrige Soyas verteilen", schlug Prosper eifrig vor.

Darius schüttelte entschieden den Kopf. „Das wäre unter den Umständen ein ganz schlechtes Zeichen. Wir haben uns bewusst gegen einen Dominus entschieden und wenn wir die Anzahl der Soyas reduzieren, bringt uns das der Monarchie ein Stückchen näher."

Isada musste Darius zustimmen.

„Ich bin trotzdem für Mori Dev", erklärte Prosper bestimmt.

„Wenn wir in diese Richtung weiter überlegen wollen, sollten wir ihn zuerst einmal fragen, ob er dazu überhaupt bereit ist. Möchtest du das übernehmen, Prosper?" Der angesprochene Vampir nickte Darius zu. „Wenn er ablehnt, bleibt uns ohnehin nur Rosario."

„Das hört sich doch nach einem vernünftigen Plan an", sagte Jendrael und machte Anstalten, sich zu erheben.

„Ich bitte euch, dass wir heute extreme Geschlossenheit zeigen. Wenn jemand den Verdacht haben sollte, dass die Ekklesia sich uneins ist, werden wir den Gegenwind gewaltig spüren. Die *Gen Guards* mögen vielleicht ihre Initiatoren verloren haben, aber den Grundgedanken, den sie vertraten, befürworten viele."

Isada senkte den Blick und starrte ihre Hände an. Auch sie war der Ansicht, dass etwas gegen die Inimicus unternommen werden musste und hatte das ewige Zögern des Rats ebenfalls nicht für gut geheißen.

„Wir sind Ekklesia, wir werden mit einer Stimme sprechen", verkündete Thor und erhob sich. Die anderen folgten seinem Beispiel. Pierrick griff nach Isadas Hand und drückte sie kurz, als sie den Besprechungsraum verließen, um sich dem Clan zu stellen.

* * *

Ungeduldig stand Isada neben Pierrick. Dieser musste ihre Unruhe gespürt haben, denn er strich ihr beruhigend über den Handrücken.

„Keine Angst", flüsterte er Isada zu.

Es war ihr erster öffentlicher Auftritt als Pierricks Samera. Natürlich würde anschließend über die schwangere Isada getuschelt und Vermutungen angestellt werden, ob das Kind von Pierrick war. Isada und Pierrick hatten beschlossen, darüber zu schweigen. Sollte doch jeder das glauben, was er wollte.

Isada atmete tief durch und sah aus dem Augenwinkel, dass Cathal und Darius sich angeregt unterhielten. Lucio hatte sich abgeseilt, trat aber nun zu ihnen.

„Dev hat abgelehnt", verkündete er.

„Dann wird es auf Rosario hinauslaufen. Ich werde ihn im Anschluss an den Urteilsspruch verkünden." Suchend sah Darius sich um. „Cathal, würdest du ihn darüber informieren?" Der angesprochene Vampir nickte und verschwand eilig im großen Saal.

Die Anspannung war deutlich spürbar, als sie sich formierten. Darius und Sam waren die Ersten. Dann folgten Jendrael und Arnika, Pierrick und Isada. Dahinter Thor, Lucio und Prosper.

Als sich die Türen öffneten, erblickte Isada eine kleine Bühne, die vorne aufgebaut worden war. Acht Stühle standen dort. Pierrick hatte ihr erklärt, dass sie nichts weiter tun musste, als sich hinter seinen Stuhl zu stellen.

Er lächelte ihr zu, als sie durch die Vampirreihen schritten. Zuerst nahmen die Paare vor ihnen ihren Platz ein. Pierrick saß zu Darius' Linker, und Isada stellte sich hinter seinen Stuhl. Sam nickte ihr kurz zu. Isada ließ ihren Blick durch den Saal schweifen. Die Kruento standen dicht gedrängt. Niemand wollte sich diese Urteilsverkündigung entgehen lassen.

Der Stuhl zwischen Jendrael und Prosper war leer geblieben. Neben Pierrick hatten Lucio, Thor und Arek Platz genommen.

„Meine Freunde, ich danke euch für euer Erscheinen", sagte Darius laut. „Wie ihr alle mitbekommen habt, hatte Manilo Garcia Martinez einen neuen Clan gegründet und unseren Clan herausgefordert. Er war mir im Zweikampf unterlegen. Deswegen ist dieser Platz heute leer." Er deutete auf den verwaisten Stuhl. „Heute geht es nun darum, diejenigen zu verurteilen, die Manilo als Mitwisser unterstützt haben. Hadley Bagués, Zero Pangolin, Vigilio Hannigan und Valor Hannigan."

Isada sah Mori Dev, den Vater von Hadley, der mit unbewegter Miene nach vorne starrte. Die Familie Pangolin war nicht erschienen. Dafür jedoch waren Kostek Hannigan und seine Frau Seetha da. Virus stand direkt neben seiner Mutter. Auch die übrigen Geschwister hatten sich um die Eltern geschart. Die Vampirin war noch blasser als gewöhnlich und hatte vom vielen Weinen gerötete Augen. Isada mochte nicht in ihrer Haut stecken. Dass gleich zwei ihrer Söhne heute verurteilt werden würden, war sicher ein Albtraum.

Die Flügeltüren öffneten sich, und die vier Gefangenen wurden von jeweils zwei Ekklesia-Kriegern hereingebracht und vor den Rat geführt.

„Hadley Bagués!", rief Darius mit lauter Stimme. „Dir wird vorgeworfen, dich einem Verräter angeschlossen und unseren Clan verraten zu haben. Hast du etwas zu deiner Verteidigung zu sagen?"

Betreten sah der Vampir zu Boden und schüttelte den Kopf.

Auch Valor und Zero beantworteten Darius Frage lediglich mit einem Kopfschütteln und einem kleinlaut hervorgebrachten „Nein".

„Vigilio Hannigan", fuhr Darius fort. „Dir wird vorgeworfen, dich einem Verräter angeschlossen und unseren Clan verraten zu haben. Hast du etwas zu deiner Verteidigung zu sagen?"

Vigilio hob den Kopf und blickte Darius direkt an. „Ich bereue nichts." Herausfordernd wartete er auf eine Reaktion des Anführers, die jedoch ausblieb.

Stattdessen wartete Darius, bis ein Ekklesia-Krieger ihm ein Schwert reichte und erhob sich, um die Waffe entgegenzunehmen. Der Griff war aus Gold und mit wertvollen Edelsteinen besetzt.

„Ekklesia wird nun ein Urteil über euch sprechen." Damit drehte Darius sich zu Jendrael um und nickte ihm kurz zu.

„Ich, Soya Jendrael, verbanne euch aus unserem Clan. Aus Gnaden ist es euch gestattet, den Freitod zu wählen."

Pierrick erhob sich und versperrte Isada den Blick auf die vier Gefangenen.

„Ich, Soya Pierrick, verbanne euch aus unserem Clan. Aus Gnaden ist es euch gestattet, den Freitod zu wählen."

Aus dem Publikum hörte man ein verzweifeltes Aufschluchzen.

Als nächstes erhob Thor sich, dann folgten Arek, Lucio und Prosper. Alle sprachen denselben Richtspruch und auch wenn nicht jeder dafür war, demonstrierten sie doch so dem Clan gegenüber Einheitlichkeit.

„Ich, der Anführer dieses Clans, Soya Darius, verbanne euch aus unserem Clan. Aus Gnaden ist es euch gestattet, den Freitod zu wählen." Damit hielt Darius das Schwert so, dass die vor ihm stehenden Vampire die Waffe ergreifen konnten.

Isada trat einen Schritt zur Seite, spähte an Pierrick vorbei.

Vigilio schüttelte trotzig den Kopf. Die anderen starrten unbewegt zu Boden.

„Damit ist das Urteil rechtskräftig und euer Anspruch auf den Freitod verwirkt", verkündete Darius laut. „Die Krieger werden euch an den Rand unseres Territoriums bringen. Von da an seid ihr auf euch allein gestellt. Solltet ihr es jemals wagen, auf unser Gebiet zurückzukehren, werdet ihr Bekanntschaft mit unseren Klingen machen."

Darius setzte sich als Erster wieder, und die anderen Soyas folgten seinem Beispiel. Die Vampire wurden abgeführt.

Ein Schluchzen war aus dem Publikum zu vernehmen, und Isada entdeckte Seetha, die um ihre Söhne weinte. Ihr Mann Kostek hatte ihr einen Arm um die Schultern gelegt. Auch in seinen Augen schimmerten Tränen.

„Wie ihr bemerkt habt", fuhr Darius unbeirrt fort, als hätte er nicht soeben eine der schwersten Entscheidungen in seiner Laufbahn als Anführer getroffen, „ist noch immer ein Platz in unseren Reihen leer. Wir als Clan müssen nach vorne sehen, und deswegen möchte Ekklesia einen neuen Soya berufen." Dieselben Worte hatte Darius bereits bei der letzten Soya-Einführung benutzt.

Die Soyas standen auf, stellten sich an Darius' Seite, während die Sameras auf ihren Plätzen blieben.

„Rosario Garcia Martinez, knie vor deinem Clan nieder und bitte um die Aufnahme als Soya."

Rosario trat einen Schritt vor. Dunkle Schatten lagen unter seinen Augen. Tapfer trat er vor die Soyas, kniete sich in Richtung des Clans und bat: „Ab Summo di Soya."

„Loka mimare, loka mimare", antworteten die Vampire, weit weniger enthusiastisch als bei der Einführung von Manilo.

Dann waren die Soyas an der Reihe. „Loka mimare", erklärten sie im Chor.

„Loka mimare", wiederholte auch Darius noch einmal die Worte. Dann nickte er, ging auf Rosario zu und reichte ihm die Hand.

„Die Familienoberhäupter haben sich bei Soya Rosario einzufinden, um ihren Blutschwur abzulegen", verkündete er. Dann wies er Rosario an, auf dem freien Stuhl Platz zu nehmen.

Darius hielt kurz inne. „Die Familienoberhäupter von Soya Pierrick haben sich ebenfalls bei ihm einzufinden, um ihren Blutschwur zu erneuern."

Isada sah zu ihrem Gefährten. Er hatte nicht nur das Band zu ihr durchtrennen müssen, sondern jegliche Verbindung aufgegeben. Sie war sich nicht sicher, ob einer der Vampire begriff, welches Risiko Pierrick für sie alle eingegangen war. Dafür liebte sie ihn.

„Wir sind der Rat, wir sind Ekklesia!", rief Darius enthusiastisch und blickte auf die Vampire hinab.

„Ekklesia!", rief ein Vampir und hob die Faust.

„Ekklesia! Ekklesia!", stimmte ein anderer mit ein.

Immer mehr Fäuste wurden nach oben gestreckt, und der Sprechchor schwoll an.

Darius nickte Sam zu, die neben ihn trat und sich bei ihm einhakte. Die anderen Soyas erhoben sich ebenfalls, und Isada trat an die Seite ihres Mannes. Hoch erhobenen Hauptes schritt sie an seiner Seite durch die jubelnde Menge.

Kaum hatten sie den Saal verlassen und die Türen hinter ihnen geschlossen, tauchte Virus auf. „Ducin möchte mit euch sprechen", ließ er die Bombe platzen. „Sofort. Er hat wichtige Neuigkeiten."

Der Name sagte ihr absolut nichts. Fragend blickte Isada zu Pierrick auf.

„Ducin ist einer unserer Kontaktmänner in Europa. Er hat Sam, Jendrael und Arnika geholfen, als sie dort waren und hat sie vor den Franken versteckt", flüsterte Pierrick ihr zu.

„Beeilen wir uns lieber. Das hört sich nicht gut an." Thor ging vor, ohne sich nach den anderen umzublicken.

Pierrick wartete auf Darius' Urteil, der schließlich meinte: „Dann lasst uns hören, was Ducin uns mitzuteilen hat."

So begaben sich die acht Soyas, Virus und die drei Frauen hinab in den unterirdischen Besprechungsraum.

* * *

In Darius' Magen grummelte es. Die Nacht war ohnehin schon schwer genug für ihn gewesen. Vier junge Vampire ihrem eigenem Schicksal zu überlassen, war ihm wahrlich nicht leicht gefallen.

Der Anruf von Ducin kam gänzlich ungelegen. Aber der Soya hätte nicht angerufen, wenn es nicht dringend gewesen wäre. So kamen sie im Besprechungsraum zusammen und warteten darauf, bis Virus den Laptop fertig verkabelt hatte. Ein schwarzes Bild erschien auf der Wand. Da die Plätze nicht ausreichten, begnügten sich Pierrick, Lucio und Arek mit einem Stehplatz. Pierrick hatte darauf beharrt, dass Isada sich setzte. Das hatte ihm ein Lächeln entlockt. Er wusste, wie der Soya für die Vampirin empfand, und er freute sich für ihren Aufräumer, dass auch dieser seine Alla gefunden hatte. Es brach wahrhaftig eine neue Zeit für die Kruento an.

Ein Störgeräusch ertönte, das Bild flackerte. Dann erschien ein blonder Vampir auf dem Bildschirm. Der perfekte Schwieger-sohn-Typ für jeden Innoka-Vampir, der eine Tochter im heirats-fähigen Alter hatte: gutaussehend, intelligent und mächtig. Aber Darius sah noch mehr in ihm. Er war ein Vampir, der Charakter-stärke und Treue bewiesen hatte. Er war selbst ein hohes Risiko eingegangen, als er Sam, Jendrael und Arnika Unterschlupf gewährte.

„Das nenne ich vollzählig", begrüßte Ducin die Runde überrascht.

„Wir waren gerade mit claninternen Angelegenheiten beschäftigt. Darf ich dir die *Neuen* in unseren Reihen vorstellen?" Darius wies auf Rosario. „Unser jüngster Soya Rosario Garcia Martinez." Dann deutete er auf Isada. „Isada, die schwangere Alla von Pierrick."

Ducin wusste bereits, dass es bei ihnen zwei Seelengefährten-paare gab, also warum sollte er ihn nicht auch über das dritte informieren. Sie standen tief in Ducins Schuld, und er für seinen Teil vertraute dem Sjüten.

Ducin stutzte einen Moment, kniff die Augen zusammen, und ein kaum merklicher Schatten legten sich auf die blauen Augen des Vampirs. Darius wusste, was das zu bedeuten hatte, vielleicht, weil er jahrzehntelang dieselbe Sehnsucht verspürt hatte. Tief in sich sehnte sich jeder Vampir nach seinem Gegenstück, seinem Seelengefährten.

„Euer Clan ist reich gesegnet." Das Lächeln, das Ducin zur Schau stellte, erreichte seine Augen nicht. „Wenn ihr so weiter macht, überlege ich mir doch eines Tages, zu euch überzulaufen", scherzte er.

„Lieber nicht, mein Freund. Dazu bist du für uns ein zu wichtiger Verbündeter", entgegnete Darius und ging auf das Geplänkel ein. „Aber ich gehe vermutlich recht in der Annahme, dass du uns nicht zu unserem Zuwachs beglückwünschen wolltest, sondern einen anderen Grund hattest."

Ducin wurde ernst. „Damit liegst du richtig", bestätigte er. „Dass der alte Vetusta Adalwin verstorben ist, ist kein Gerücht mehr. Der neue Vetusta der Franken, Sebum, hat nun offiziell die Nachfolge seines Vaters angetreten."

Ducin hatte ihnen damals davon berichtet. Als Sam, Jendrael und Arnika eilig das Frankenland verlassen mussten, waren sie auf sjütischen Grund und Boden geflohen. Sebum hatte sie damals nur bewaffnet verfolgen dürfen, weil er mit dem sjütischen Vetusta Haldor einen Handel geschlossen hatte.

„Dann ist der fränkische Jungvampir wieder nach Hause zurückgekehrt?", frage Jendrael nach.

„So ist es. Ich für meinen Teil bin froh, dass er fort ist. Der Junge hat mir nicht gefallen. Seine Ohren waren überall, und seine Worte sprach er mit gespaltener Zunge."

Darius kannte weder den Jungen noch seinen Vater oder Großvater, aber nach Sams Beschreibungen verspürte er auch nicht das Bedürfnis, nähere Bekanntschaft mit der Familie seiner Samera zu machen.

„Weswegen ich jedoch anrufe", Ducin legte eine Pause ein und erlangte damit Darius' ganze Aufmerksamkeit. „Es geht das Gerücht herum, dass aus dem Château de Potestas ein Gefangener fliehen konnte. Die Franken suchen in allen Winkeln ihres Landes und scheinen ziemlich verzweifelt zu sein."

Darius stockte das Herz. Ein Gefangener? War es tatsächlich möglich? Durfte er sich Hoffnungen darauf machen, dass Rastus … Er brachte es nicht fertig, diesen Gedanken zu Ende zu denken.

„Rastus?", krächzte er, während er unverwandt den sjütischen Vampir anstarrte.

Das Bedürfnis, augenblicklich seine Koffer zu packen und über diesen verdammten Ozean zu fliegen, um seinen Bruder zu suchen, war übermächtig.

Sams schmale Hand legte sich auf seine, und eine Welle von Gelassenheit strich um seinen Geist. Er wusste, was seine Samera damit bezwecken wollte.

Ducin lächelte, diesmal offen und ehrlich. „Ich hätte dich nicht angerufen, wenn ich mir nicht sicher wäre."

„Ich werde mich umgehend auf den Weg machen", stieß er hervor und war bereits aufgesprungen.

„Nein!", ertönte es von Jendrael, Sam und Ducin gleichzeitig.

Ich lasse nicht zu, dass du dorthin fährst. Du hast keine Ahnung, in welche Gefahr du dich begibst, hörte er Sams Stimme in seinem Kopf.

„Du kannst jetzt unmöglich gehen. Ekklesia steht auf wackligeren Beinen als je zuvor. Wenn du fliegst, signalisiert das unseren Untergang", erklärte Jendrael.

„Du kannst hier nichts machen", pflichtete Ducin Jendrael bei. „Wenn sie Rastus bisher nicht gefunden haben, ist die Chance groß, dass er es schaffen wird. Ich habe überall meine Leute. Sollte er bei den Sjüten ankommen, werde ich ihn postwendend in ein Flugzeug stecken und zu euch fliegen lassen."

Darius atmete tief durch. Es gefiel ihm überhaupt nicht, so nutzlos zu sein und tatenlos zu warten. Aber sie hatten recht. Nach Europa aufzubrechen, würde den Untergang seines Clans bedeuten, davon abgesehen, dass das Erscheinen des Anführers des Bostoner Clans für die Blutfürsten einer Kriegserklärung gleichkam. Es deprimierte ihn nur ungemein, seinem Bruder nicht helfen zu können.

„Okay", murmelte er frustriert und ließ sich wieder auf seinen Stuhl fallen.

„Ich verspreche dir, mich sofort zu melden, sobald ich etwas Neues weiß", sagte Ducin.

„Danke", murmelte Darius abwesend. Seine Gedanken kreisten um Rastus. Wie hatte er es geschafft, am Leben zu bleiben? Wie hatte er das letzte halbe Jahr verbracht? Halbherzig verabschiedete er sich von Ducin und bekam kaum mit, wie Virus die Verbindung trennte.

Rastus war am Leben, das war das einzige, was zählte.

„Ich weiß, wie du dich fühlst", flüsterte Sam ihm zu und umarmte ihn.

Er ließ es zu und schloss die Augen. Rastus musste es schaffen. Sein Bruder war clever und ein guter Kämpfer.

Du musst es schaffen!, rief er seinen Bruder in Gedanken zu und wusste doch, dass er ihn mit diesem Ruf nicht erreichen konnte. Er glaubte ganz fest daran, dass Rastus das Unmögliche möglich machen würde und er seinen Bruder bald in die Arme schließen konnte.

GLOSSAR

Alla ist in der alten Vampirsprache die Seelengefährtin. Die *eine* Vampirin, für die nicht nur das Herz brennt, sondern nach der sich auch die Seele verzehrt.

Ancillas sind alleinstehende Vampirinnen, die keinen männlichen Vampir haben, der für sie sorgt und ihr Rinoka ist. Aus diesem Grund geben sie sich der Prostitution hin und bekommen dafür als Bezahlung einen Rinoka. Dies wird in den meisten Clans als gesellschaftlich vertretbar angesehen.

Zu der **Alten Welt** gehören bei den Kruento der heutige europäischen Raum, geht aber von den nordischen Ländern über Russland bis zum Mittelmeer inklusive Türkei und Griechenland bis nach Spanien und Portugal. Dort sind acht Vampirclans angesiedelt, die an der Spitze jeweils einen Blutfürsten haben.
In der Alten Welt sind die Vampire in Clans organisiert. In Europa gibt es sieben Gebiete, die jeweils einem Blutfürsten unterstehen. Er herrscht über seine Untergebenen wie in der Neuen Welt ein Dominus. Im Gegensatz zu einem Dominus wird der Posten des Blutfürsten in der Regel in der Familie weitergegeben.

Vampire bezeichnen ihre Kinder als **Blutkinder**. Es gibt die Unterscheidung von Blutjungen und Blutmädchen. Mit Einsetzen der Renovation verwandelt sich das Blutkind in einen Vampir.

In einen **Blutrausch** verfallen in der Regel junge Vampire, Epheben, die sich noch nicht so gut kontrollieren können. Die Gier nach Blut nimmt überhand, alles andere um sie herum wird unwichtig. Bei einem leichten Blutrausch kommen Vampire relativ schnell wieder in die Realität zurück, wenn man sie von der Blutquelle trennt. Bei einer ausgeprägteren Form kann es durchaus mehrere Tage dauern, während der man den Vampir auf Entzug setzt. In der absolut schlimmsten Form besteht keine Chance mehr auf Heilung.

Der **Blutschwur** bezeichnet eine rituelle Handlung, bei der der Untergebene seinem Herrn die Treue schwört. Ein geleisteter Blutschwur kann nur durch den Herrn rückgängig gemacht werden, indem er die Verbindung löst. Durch das vergossene Blut wird eine geistige Verbindung geschaffen, durch die der Herr dem Untergeordneten seinen Willen aufzwingen kann. Dies funktioniert allerdings nur, wenn Sichtkontakt besteht. Will ein Untergebener den Schwur aufheben, kann er nur fliehen oder auf den Tod des Herrn hoffen.

Blutverwässerung ist eine der wenigen Krankheiten, die ein Vampir fürchten muss. Gegen Ende ihres Lebens erkranken die meisten Vampire daran. Die Vampirdrüse stellt langsam ihre Arbeit ein. Das zugeführte Blut kann nicht mehr optimal verwertet werden. Der Körper beginnt ungewöhnlich schnell zu altern. Meist tritt die Krankheit in Begleitung von Ausfall der Haare, Zähne und Fingernägel auf.
Da menschliches Blut allein nicht reicht, um einen Vampir am Leben zu erhalten, führt diese Krankheit zum Tod.

Blutwirte sind Menschen, die sich freiwillig oder unfreiwillig Vampiren als Nahrungsquelle zur Verfügung stellen.

Canico bedeutet in der alten Vampirsprache *räudiger Hund.* Es wird als Beschimpfung verwendet.

Canicula ist die Bezeichnung für eine *Hure,* ein *Miststück.* Meist wird das Wort als Schimpfwort benutzt.

Dan ist die Anrede und der Titel eines männlichen Vampirs aus der höheren Gesellschaft, also dem Vampiradel.

Derra el madera bedeutet in der alten Vampirsprache *So dumm wie Holz sein.* Es wird als Beschimpfung verwendet.

In der Neuen Welt sind die Vampire in Clans organisiert. Jedem Clan steht ein **Dominus** vor. Dieser ist gleichzeitig der dominanteste Vampir. Dominus wird sowohl als Anrede als auch als Titel benutzt.

El me lu Sangius al to, (hier wird der Name eingesetzt), **misu ab.** gehört zu den rituellen Worte in der alten Vampirsprache und bedeutet sinngemäß übersetzt *Bei meinem Blut schwöre ich, (Name), dir meine Treue auf Ewig.* Diese Worte sind Teil des Blutschwurs.

Der **Ekklesia-Rat** ist in Boston der Zusammenschluss der dortigen Soyas, die als Rat ihren Clan anführen und keinen Dominus haben, wie es in den Clans der Neuen Welt üblich ist. Auch wenn dem Rat ein Anführer vorsteht, werden alle Entscheidungen demokratisch getroffen.

Die **Ekklesia-Krieger** sind speziell ausgebildete Krieger, die für den Ekklesia-Rat arbeiten und in den Straßen von Boston für die Sicherheit der Vampire sorgen.

Ephebe wird ein Vampir bis zu seinem hundertsten Geburtstag genannt. In dieser Zeit wird er von seinem Clan als Jugendlicher angesehen. Gerade die männlichen Vampire entwickeln in dieser Zeit ihre Dominanz und lernen ihre Kräfte und den Blutdurst zu kontrollieren.

Franken ist ein Fürstentum der Kruento in der Alten Welt. Es umfasst Frankreich und einen Teil von Deutschland. Derzeit ist Adalwin Potestas der Blutfürst der Franken und herrscht von seinem Château de Potestas im Elsass über das Gebiet.

Die **Gen Guards** sind eine Splittergruppe, die sich innerhalb des Bostoner Clans gegründet hat. Ihr vornehmliches Ziel ist es, ihren Clan vor den Inimicus zu schützen und diese auszurotten. Großen Zulauf bekommt diese Gruppierung von den Epheben, die einen Großteil der Mitglieder ausmachen.
Das Gruppengefüge ist sehr undurchsichtig. So kennen Gen-Guards-Mitglieder lediglich ihre direkten Befehlshaber. Wer an der Spitze steht und die Fäden in der Hand hat, ist ungewiss.

Homen ist in der alten Vampirsprache der *Ehemann*.

Als **Innoka** werden in der Alten Welt die reinblütigeren Vampire bezeichnet. Die Innoka bestehen aus den Herrscherfamilien, dem Vampiradel. Das Wichtigste für sie ist die Reinheit der Blutlinie. Menschliches Blut verwässert und schwächt die Vampire, und damit würde auch ein Machtverlust einhergehen. Darum muss dies unter allen Umständen vermieden werden.

Inimicus ist die Bezeichnung, die die Vampire für *Homo neanderthalensis* benutzen. Sie sind die direkten Nachkommen einer sich parallel entwickelnden Rasse zu den *Homo sapiens*. Sie sind extrem stark und kommen mit ihrer Schnelligkeit und Wendigkeit auch gegen Vampire an. Im Alter von etwa vierzig Jahren sehnen sie sich danach, für Nachwuchs zu sorgen. Kurz darauf beginnen sie, langsam verrückt zu werden und begehen Selbstmord.

Vampire bezeichnen ihre Rasse selbst als **Kruento**. Sie sind lebendige Wesen, die sich parallel zu den Menschen entwickelt haben, und sich von Menschenblut ernähren. Um sich zu nähren, müssen sie ihre Blutwirte nicht töten.

Sie sind unempfindlich gegenüber Kreuzen, Knoblauch, Weihwasser und in der Regel auch Sonnenlicht. Kurz nach der Renovation kann Sonnenlicht zu schlimmen Verbrennungen führen, mit dem Alter wird der Vampir jedoch immer unempfindlicher. Da sie geschärfte Sinne haben, können sie sich schneller bewegen, besser hören, riechen, schmecken und sehen als Menschen. Jeden Vampir umgibt etwas, das Menschen als anziehend empfinden.

Die ersten hundert Jahre werden die männlichen Vampire als Jugendliche angesehen. Sie müssen erst lernen, ihr Bedürfnis nach Blut zu kontrollieren und entwickeln in dieser Zeit auch die Stärke ihrer Dominanz.

Weibliche Vampire lernen nie, sich komplett unter Kontrolle zu halten. Darum müssen sie sich immer einem männlichen Vampir unterordnen.

Loka mimare ist ein Satz in der alten Vampirsprache und bedeutet sinngemäß übersetzt *Deiner Bitte wird stattgegeben.*

Ma heol bedeutet in der alten Vampirsprache *meine Sonne*. Es wird als Kosewort benutzt.

Mel ist ein Kosewort in der alten Vampirsprache und bedeutet *Honig.*

Mi ist die Anrede und der Titel einer Vampirin aus der höheren Gesellschaft, also dem Vampiradel.

Mina ist die Anrede und der Titel eines Blutkindes aus der höheren Gesellschaft, also dem Vampiradel.

Minola stammt aus der alten Vampirsprache und bedeutet sinngemäß übersetzt *Unbeschadete Nacht.* Es wird als Abschiedsgruß verwendet.

Mo seluno questu ist ein Satz in der alten Vampirsprache und bedeutet sinngemäß übersetzt *Möge der Bessere gewinnen.*

Mori ist die Anrede und der Titel eines männlichen Vampirs, der einer Familie vorsteht, die nicht dem Vampiradel angehört.

Als **Neue Welt** wird bei den Kruento das heutige Amerika und Kanada bezeichnet.

No mimare ist ein Satz in der alten Vampirsprache und bedeutet sinngemäß übersetzt *Ich gebe deiner Bitte statt.*

Omare bedeutet in der alten Vampirsprache *Asyl.*

Renovation ist die zweite Geburt. Sie findet in der Regel zwischen dem fünfundzwanzigsten und dreißigsten Lebensjahr statt. Wenn der Körper beginnt, menschliche Nahrung nicht mehr zu behalten, braucht das Blutkind Vampirblut, das es von seinem Renovator bekommt.

Wie stark, und bei Blutjungen auch, wie dominant der Vampir wird, hängt nicht nur von den Eltern, sondern auch zu einem Drittel von der Stärke und Dominanz des Renovators ab. Leider ist die Sterblichkeit bei der Renovation immer noch sehr hoch. Es überleben mehr Blutjungen die Verwandlung, Blutmädchen sterben häufiger.

Durch das Blut des Renovators (der immer männlich sein muss, weibliche Vampire können keine Renovation durchführen) beginnt die Vampirdrüse zu wachsen, die von nun an den Hormonhaushalt des Vampirs steuert.

Rinoka ist ein männlicher Vampir, der eine Vampirin unter seinen Schutz stellt und sie davor bewahrt, in einen Blutrausch zu fallen. Eine Vampirin findet in ihrem Partner auch ihren Rinoka. Ungebundene weibliche Vampire sind häufig dem Familienoberhaupt unterstellt.

Durch ein geistiges Band, das die bewusste Zustimmung beider Vampire voraussetzt, kann der Rinoka der Vampirin seinen Willen aufzwingen. Dieses Band kann jederzeit von einem der beiden getrennt werden und löst sich automatisch auf, wenn einer der beiden stirbt.

Riu ab summo di Soya ich bitte darum, den Soyas hinzugefügt zu werden.

Samera ist in der alten Vampirsprache die Ehefrau, eine gebundene Vampirin. Damit hat sie in der Vampirgesellschaft einen anderen Stand als eine unverheiratete Frau.

Der **Schleuser** ist sowohl Titel als auch Berufsbezeichnung. Er ist der Vampir, der in New York die Flüchtlinge, Vampire, die aus der Alten Welt ankommen, in Empfang nimmt und dafür sorgt, dass sie in den dafür vorgesehenen Clans aufgenommen werden.

Selu di midoare, Dominus. Dieser Spruch gehört zu den rituellen Sätzen in der alten Vampirsprache. Er bedeutet *Ich fordere dich, Dominus, zu einem Kampf auf Leben und Tod heraus.* und wird dann benutzt, wenn ein Vampir, anstatt einen ganzen Clan anzugreifen, stellvertretend den Dominus herausfordert. Der Gewinner dieses Kampfes wird als neuer Dominus akzeptiert.

Sjüten ist ein Fürstentum der Kruento in der Alten Welt. Es umfasst einen Teil des heutigen Deutschland und die Länder Schweden, Dänemark, Finnland und Norwegen. Vetusta Haldor Salverson regiert das Fürstentum von Fredrikstad aus.

Soya wird in der Alten Welt das Oberhaupt der adeligen Familien genannt. Die Clans der Neuen Welt haben diese Bezeichnung übernommen. Auch hier trägt der Familienvorstand der obersten Schicht den Titel Soya. Als Adelige bezeichnen sie sich nicht.

Testa wird als Schimpfwort benutzt. Es bedeutet im Lateinischen *Scherbe*. Man kann es in unserem Sprachgebrauch mit *Scheiße* oder *Mist* gleichsetzen.

Der Blutfürst in der Alten Welt trägt den Titel **Vetusta**. Er ist gleichzeitig der dominanteste Vampir seines Clans. Vetusta wird sowohl als Anrede, als auch als Titel benutzt.

Vollia stammt aus der alten Vampirsprache und wird zum Fluchen benutzt. Es kann mit unserem deutschen *Scheiße* oder *Verflucht* gleichgesetzt werden.

Kruento – Verloren

von

Melissa David

Boston der 30er Jahre: Der Vampir Ismael Collister hat den Entschluss gefasst, sein Leben zu ändern und endlich sesshaft zu werden. Grund für den Sinneswandel ist Ava, eine junge Frau, die er gerne heiraten möchte. Doch wird ihr Vater ihnen seinen Segen geben? Oder ist Ismael ein ganz anders Leben bestimmt als an Avas Seite?

Melde dich jetzt auf meiner Webseite (www.mel-david.de) für meinen Newsletter an und lass dich regelmäßig über Neuigkeiten, Neuerscheinungen und Gewinnspiele informieren. Als Dankeschön erhältst du die Kurzgeschichte **Kruento – Verloren** vollkommen kostenlos.

Kruento - Heimatlos
Serita und Arjun
"Mit dem Rücken zur Wand muss Serita alles auf eine Karte setzen, um zu überleben."

Kruento - Der Anführer
Sam und Darius
"Eine taffe Polizistin, zwei Männer und ein Kampf, den nur einer überleben kann."

Kruento - Der Diplomat
Arnika und Jendrael
"Ein Nachtclub, ein Undercoverjob und Geheimnisse, die Arnikas Leben für immer verändern."

Kruento - Der Aufräumer
Isada und Pierrick
"Zwei verfeindete Gruppierungen, ein gefährliches doppeltes Spiel und eine Liebe, die nicht sein darf."